U0690434

1905-2015
110周年
ANNIVERSARY CELEBRATION

编 委 会

1905—2015
110周年
ANNIVERSARY CELEBRATION

沃土

——附中人·附中情文集

主 编

谢永红

副主编

樊希国　厉行威

编 者

刘　磊　黎长昭

陈胸怀　李香斌

谷辰晔　李　钊

周晓芳　赵景云

苏晓玲

湖南师范大学出版社

前　言

一百一十年，相比时光长河，只是一方窄窄的水域；一百一十年，之于一所学校，已然是一卷丰富厚重的史书。

1905年到2015年，从昔日设施简陋的私立学堂，到今天承载荣耀的国内名校，湖南师范大学附属中学走过的一百一十年，曲折艰难而流光溢彩。民主革命先驱禹之谟，开启了这段历史的源头，而他身后的一代代附中人，已万涓成水，汇流成河。

综览每一所学校的历史，我们都不难发现，教师是学校发展之基石，校友是母校办学之财富。而在这本小册子中，湖南师范大学附属中学的教师与校友，他们同为学校历史的见证人，也作了学校传统的承继者，他们可能是叙述的主体，也可能是被记录的对象。

慎选良师，精育名师，是附中人历经百年形成的优良传统。老一辈附中人爱校如家，爱生如子，堪为垂范。而新时期的附中教师，也在附中这片沃土上孜孜以求。他们有的成为了引领教育风潮的名校长，有的成为了具有教育理念的名教师，他们的思想值得宣扬和传承。而更多的一线教师们，如同那无名的藤架，藤蔓生长延伸，蔚然成荫，而藤架隐于其中，不矜不争。而在回眸自己的教育生涯时，很多老师欣然提笔，他们对教过的学生如数家珍，回忆经年往事犹历历在目，都因为他们心中有深沉的爱，眼中有大写的"人"。

年年桃李，岁岁芬芳，理所当然是一所名校的终极目标。有人说师大附中是金牌摇篮，有人说它是课改先锋，其实，它更愿是一方朴实的育人沃土。一百多年来，从这里走出了革命先驱、国家总理、军中将领、学界泰斗、文艺精英，还有各行各业的优秀人才。他们散是满天星，聚是一团火。他们在这里，开启了无愧的青春之旅，而饮水思源的感怀，日久弥深，流淌出来，可谓字字含情。他们追忆学生生涯的"一字之训"、"一课之得"、"一面之悟"，看似琐屑平常，然一生受用，永志不忘。这就是教育的真谛：一次成功的教育可以成就一段美丽的人生，教育就是一项成就无数美丽人生的崇高事业。

值此110年校庆之际，我们编纂这一本《沃土》，意在铭记前贤，策励来者，既追溯百年的办学历程，传承优良的办学传统，也记录平凡的人和事，留存真挚的点滴记忆，为校庆献一份礼。本书分为"岳麓风来"、"樟园师范"、"湘水波远"三辑："岳麓风来"为校长篇，注目各时期校长，或见其心忧天下的广阔胸襟，或忆其引领风潮的社会功绩，或述其高瞻远瞩的教育思想；"樟园师范"为教师篇，或为学子的深切感恩，或为同事的恳切感怀，或为自我的真切感慨；"湘水波远"为校友篇，或回忆在母校的青葱岁月，或回味师生间的点滴温情，或回想同学间的眷眷情谊……全书内容丰富乃至博杂，但篇什中念念不忘真挚情怀则一，感人至深。

诚然，一本小册子不足以涵盖学校的世纪历程，也难以尽述校友们的拳拳之心，加之时间仓促，我们的编纂工作难免挂一漏万，恳请广大校友、同仁批评指正，以弥补遗漏，纠正错讹。

《沃土》编写组
二〇一五年四月

目　录

湘水波远（校友篇）

¤

----------------¤----------------

岳麓风来

----------------¤----------------

（校长篇）

　　一个好校长，就是一所好学校。上
下求索，他们是拓荒人；勇立潮头，他们
是掌舵者；高瞻远瞩，他们是岳麓风，吹
遍三湘大地，引领湖南基础教育的方向。

¤

¤

¤

¤

缅怀学校创始人禹之谟烈士
——为迎接110周年校庆而作

刘磊

　　湖南师大附中将迎来110周年校庆。学校的前身广益中学（始称惟一学堂），是民主革命先驱禹之谟于1905年创办的。20世纪初，他办工厂、兴学校、从事革命斗争，并把这三者紧密结合起来进行，最终为革命而壮烈牺牲，值得我们永远怀念和敬仰！

革命一生

　　禹之谟，字稽亭，1866年7月18日生于湖南省湘乡县青树坪（今属双峰县）一个破落的小商家庭，祖父经商。6岁入私塾，学书习剑，喜爱算术。15岁去宝庆（今邵阳市）一家布店当学徒；因看不惯店主尔虞我诈的行为，不久返家，博览群书，尤爱王船山著作，对科举之学则不屑一顾。20岁投身军营，历任文书、军需等职。1894年中日甲午战争爆发，他在两江总督刘坤一军中任派运军械委员，因"随办转运，在事出力"，奏叙五品翎顶，候选县主簿。他以"外侮频仍，清廷腐败，无以展其志"而辞官赴上海研习矿学，考察长江下游矿产资源，想兴办矿业，遇阻力而止。1898年回湘，时值维新变法运动高潮，他与谭嗣同、唐才常等均有接触。维新失败后，他深感"倚赖异族政府改行新法，等于与虎谋皮"，遂萌发革命之心，参与唐才常自立军活动。1900年自立军在汉口起义，他负责运输枪械弹药。起义失败，他恨事业不成，东渡日本攻习纺织和应用化学，并广交留学日本的革命志士。1902年学成归国。1903年起即与黄兴"畅谈，间作密语"；次年华兴会成立，他是其最早成员之一；1905年8月，同盟会在日本成立后，他受黄兴函托与陈家鼎在湖南筹建分会；1906年4月，他由易本羲主盟加入同盟会；随后，同盟会湖南分会成立，他被推为首任会长。与此同时，他又被推举为湖南商会会董、湖南学生自治会干事长，被公认为"湖南学界、工界、商界之总代表。"在1905至1906年间，他利用这些合法身份，在反对英人要索、抵制美货、电阻割闽换辽及争取粤汉铁路改归商办等斗争中，均为积极活动家和中坚人物。特别是与宁调元、陈家鼎等同盟会员发动省会长沙万余学生公葬烈士陈天华、姚宏业于岳麓山，矛头直指清廷，大张民族正气，影响极大。后来，毛泽东在《湘江评论》中称赞此举为"惊天动地可纪的一桩事"！

禹之谟的一系列政治活动，"不容于虏"，加上以王先谦为首的守旧势力的敌视和痛惩长善学务总监督俞诰庆宿娼的丑行所引发之嫉恨等，1906 年 8 月 10 日被清廷借口"湘乡盐案"，以率众"哄堂塞署"罪逮捕入狱。在狱中，他受尽酷刑，遍体鳞伤，惨不忍睹，但宁死不屈。1907 年 1 月 3 日立下《遗在世同胞书》，正告同胞曰："身虽禁于囹圄，而志自若，躯壳死耳，我志长存。同胞，同胞！其善为死所，宁可牛马其身而死，甚毋奴隶其心而生！" 2 月 6 日凌晨被绞杀于靖州西门外，时年 41 岁。他临死前高呼："禹之谟为救中国而死，为四万万同胞而死！" 1912 年中华民国成立，南京留守黄兴呈请临时大总统孙文追赠他为陆军左将军，恤其遗族。同年 10 月，他的遗骨从家乡运至长沙，11 月 15 日省会各界举行盛大追悼会，黄兴执绋前导，公葬于岳麓山。"烈士禹之谟墓"于 1956 年由湖南省人民政府宣布为省级文物保护单位。2010 年辛亥革命百周年之际，与黄兴、蔡锷等 25 处辛亥将士的墓一道，由人民政府修缮一新。

兴办工厂

在禹之谟短暂而光辉的革命生涯中，兴办工厂、"实业救国"，占了很重要的地位，甚至他被囚禁在靖州狱中仍念念不忘其工厂的盛衰。1902 年他从日本留学回国即投身于振兴实业和资产阶级民主革命。他回国时随带铁木混合机构件 4 台，先在安庆组装，成立"阜湘织布局（厂）"，暗中鼓吹革命。阜者，盛、多也，厂名"阜湘"意在使湖南物阜民丰，即发展湖南经济，也说明他在安徽办厂属过渡性质。1903 年，禹之谟回湖南，在湘潭租江西会馆为厂址，设立"湘利黔织布局（厂）"，"黔"即"黔首"，古指平民百姓，取有利于湖南人民大众之意。他亲自设计制成织毛巾的机器，招收艺徒 10 来人，织成的毛巾经过漂白、印花、熨烫和包装，同进口货无多大差别，且价格便宜，受人欢迎，往往供不应求。但他觉得湘潭为纯粹商业地区，不利于开展革命活动，便于 1904 年迁厂至长沙，并附设工艺传习所，招收青少年学生，教以简化的应用化学及手工艺。厂址先设小吴门附近，后迁北正街圣公会侧的一民房。其时，又得到了湖南巡抚赵尔巽拨借官银千两的资助，便扩大规模，工人、艺徒发展到五六十人。到了 1905 年，"湘利黔"年产各色花布 8 万米、毛巾 2500 打，还有提花被面及新式家具等，均物美价廉，畅销四方。禹之谟和工人、艺徒"同寝食、同起坐、同工作、同商量、同谈笑，恍若一家父子兄弟之亲密，毫无劳资长属的区别"。"每月收支公开，量入为出，他和职工支取同样的薪资，绝无私自多取。对生徒除供给衣食外，酌予津贴，家贫者多给，由大家共同商定。"这些可算是民主管理的尝试。"他的这种自奉节约、待人忠厚的品行，为全体职工、生徒所翕然心服，莫不把爱护厂内财产和发展厂的业务当作每个人应有的责任。"他还利用业余时间组织学习，亲自讲课，传授技术，提高职工素质。因而他的工厂日益兴旺。

禹之谟兴办工厂的目的，在于实现其"实业救国"的理想。曾说，他办工厂"非仅关乎一家，即社会上实业发达系之；吾家负有先觉之责，若因循不进，或一蹶不振，其负罪于社会也深矣"。即不仅仅着眼本厂的利益，还要促进社会生产力的发展和经济的繁荣，为人民大众谋福利。他的两次厂名均寓此意。他以社会利益为重，向别人传授经营经验，如其好友黄钺在宁乡创办了织布厂，希望与他合作，因有眷属和女工，有所不便；但表示"我厂所经历之事，无不尽情告之也"，答应毫无保留地介绍经营经验。又曾热情接待常德来省城参观学习其工厂的同行。特别是向各地输送工艺传习所培养的艺徒和自己工厂的熟练工人帮助别人开办织布厂。当时，衡山、常德、宁乡、湘乡各地纷纷开办机织厂，都得力于他精心培训的技工的协助。上海《时报》报道称："湘省织布机坊，一时开设不少。"至1907年，全省纺织工业发展到50余家。他吸收少量家庭妇女参加工厂的生产劳动，在一份《湘利黔主要职工情况一览表》的17名职工中，除了他的继母、妻子、弟媳之外，就有招自湘乡和宁乡的两个女工。同时，他计划"俟年终工厂彻底稽核盈绌如何，倘敷衍得来，明年（应指1907年）可专立一女工厂"。他主张"男女皆生利之人，非分利之人"，认为妇女参加生产劳动"不仅为社会增幸福"，也是"安家之长策"。实乃妇女解放之思想，其意义深远！凡此种种，无不体现了他的"实业救国"的理想。

他又在其厂内辟阅览室，备有"多种有关宣传反清革命的书报，那时，最新出版的革命刊物，都可以在那里先看到，并且每种备有很多份"，供来厂和他联系的青年学生阅读，广泛宣传革命思想。"为了便于联系和掩护，他还把同盟会湖南分会的机关设在厂内。"这些都说明他把办工厂与革命活动结合起来。

禹之谟十分热衷于办工厂，在狱中对其诸伯母、诸堂弟的7封家书中有4封谈及了工厂。如"明年可专办女工厂，求继母大人主持内务"；告诫家人、劝勉职工同心协力，力求上进，不辜负社会的期望；告诉其堂弟不宜与宁乡黄钺合作办厂，但愿传授办厂经验，等等，始终关注他的织布厂。遗憾的是在他就义后，"湘利黔"于1907年出售给朱华堂及堂弟禹泽亭经营，改名"湘利乾"，迁至贡院东街左边，禹的家属也迁出厂外；大约到1921年又出售给陈松藤和陈鹤趾，厂名改为"湘利元"，因经营不善，到1924年停业。

他办的织布厂虽自己只经营了短短的五六年，但他创办织布厂比民国元年筹办的湖南第一纺织厂早10年，而且推动了省内不少织布厂的设立，史载"湖南之有机织自君（禹之谟）始"。因此，他不愧为湖南近代纺织业的开拓者。

办学育人

同样，兴学育才、"教育救国"也占了禹之谟短暂而光辉的革命生涯的很重要一部分；甚至当年清廷将他逮捕入狱，也是以他亲自参加湘乡学生提取盐税附加作为办学经费（"湘乡盐案"）到县署申辩（"哄堂塞署"）为借口的。在"20世纪初，国内废科举、兴学校"的历史条件下，1905年初，禹之谟回到家乡动员青年50余人赴省城求学，"首捐百金"与湘乡旅省进步人士借湘乡试馆创办驻省湘乡中学堂和师范学堂。驻省湘乡中学堂开设师范、中学、小学三个班，他主张学生不以湘乡籍为限，广收天下有志青年，把他们造就成才。因此，湘潭的毛泽东得以于1911年就读于此，而且他后来赞扬这所学堂是"了不起的学校"。民国时期，这所学校改为湘乡县立中学，今为湘乡市一中。其时，他还发动和帮助其他州、县的旅省进步人士仿照湘乡模式，陆续办起了驻省邵阳中学堂、衡阳中学堂、永州中学堂等。"是时各学校赖君成立者甚多"，"盖湘省所以有今日之开通者，率君之力也"。可见禹之谟为"教育救国"所作的贡献！

禹之谟"兴学育才"所付出的精力，莫过于创办"惟一学堂"。1905年长沙经正学堂甲班学生陈朗超、张光棠、刘常治、朱道周、盛浚、盛懋、岳翰等十余人，因不满主持校务者的措施，愤而退学。教职员黎尚雯、石广权、华子模、王栎安诸先生都怜惜其志向，爱慕其德才，不忍心让他们失学，便自动随这些学生在校外义务授课。禹之谟原与黎、石等友善，又以这些爱好自由而不愿受压迫的学生深堪造就，即与师徒结合，借湘乡试馆组织一个学堂，命名"惟一"。此即惟一学堂之创立，时为当年4月12日。惟一学堂由禹主办，黎、石、华、王，还有邹代藩、陈安良等先生努力经营，以培养革命人才，推翻清朝统治，实现资产阶级民主政治，"保种存国"为宗旨。禹之谟和一些同盟会员在这里宣传革命思想，策划革命工作，惟一学堂也因此引人注目，其他学堂的有志青年慕名而来就读的日益增多。王光甲、唐无我、禹夷苍、唐璜、彭遂良、彭昭、刘盛、肖鹏、蒋育寰、李范吾、舒亮等即是。原有的校舍不够用，便另租水风井小桃园巷内一栋民房作为校舍，禹自任学堂负责人（监督），黎尚雯主持教务。此时，教员增加了罗介夫、曾伯欣等，也都是同盟会员。学堂按照清廷1903年颁布的《奏定学堂章程》的规定，开设修身、读经讲经、中国文学、算学、历史、地理、博物、图画、体操等课程。禹之谟经常教育学生不可读死书以猎取功名富贵，要有为革命献身的精神；强调要"人各自主"、"脱离奴籍"，从被统治、被奴役的精神枷锁中解脱出来，培养自治能力和民主作风。因此，当时人们评价惟一学堂"其学生皆有自尊独立之风，校风为全省各校之冠"。这里的学生不只局限于听教师讲课，还要进行课外阅读和参加一些社会活动。校内暗设了一个阅览室，备有《孙逸仙》《新湖南》《警世钟》等宣传革命的书刊供学生阅读。1906年5月公葬陈、姚于岳麓山时，"惟一"的学生身着素服，手举白旗，走在送葬队伍的前列，先行队的队长即为彭遂良。学生在这次活动中受到了深刻的爱国主义教育。

惟一学堂为革命培养的人才中，彭遂良和彭昭兄弟是突出代表。彭遂良（1879—1911）、彭昭（1884—1911）湖南宜章人，出生于当地望族家庭。1905年入惟一学堂，次年加入同盟会，因参加公葬陈、姚二烈士的活动，在禹之谟被捕入狱、惟一学堂遭查封后，被当局开除学籍回乡。1907年其叔父彭邦栋担任湘南革命实行团主任时，他们组建联络机关、训练革命军队。1911

年武昌、长沙相继起义，彭遂良与彭昭协助彭邦栋在宜章响应，兄弟俩率兵攻入县城，不幸遭县公署伏兵出击，同时殉难。宜章光复后，1912年经黄兴呈请南京临时大总统孙文褒赠彭遂良为陆军上校、彭昭为陆军中校。次年湖南省政府将二烈士合葬于岳麓山。辛亥革命百周年之际，其墓由人民政府为之修缮。

禹之谟被清廷逮捕入狱后，惟一学堂被视为革命机关而遭封闭。同盟会员黎尚雯、罗介夫、曾伯欣、陈安良、禹贡、廖钧焘、廖伯昆等，一面尽力营救禹之谟，一面不负同志嘱托，在潮宗街继续办学，推举张少荃为名誉监督，黎尚雯为监督，更校名为"广益英算专修科"，以避耳目，暗中继续鼓吹革命。广益英算专修科在1908至1910年间，清廷学部检定其所报表册，认为办理合法，命令更名"广益中学堂"。

广益中学堂于1912年改为广益中学，1926年改为湖南私立广益中学，1951年11月首批由人民政府接管，改为湖南省立广益中学，1955年1月2日改为湖南师范学院（今师大）附属中学。从惟一至广益办学50年，培养了大批人才，革命烈士彭遂良、彭昭、柳直荀，无产阶级革命家李立三和著名戏剧家欧阳予倩等都曾就读于此，原国务院总理朱镕基从1941—1943年也在广益中学读初中整三年。其他成为学者专家的不少，如中国工程院院士黎鳌、黎介寿、黎磊石三兄弟，以及张履谦、朱之悌和将军杨迪、王厚卿等都是广益学生；尚有潘力生等不少海外知名人士，为国家民族作出了重大贡献。今日的湖南师大附中，已是享誉三湘、全国著名、具有国际影响的湖南省示范性普通高级中学。

注：1911年，毛泽东由贺岚冈老师介绍到湘乡驻省中学堂学习。1936年10月由美国著名记者埃德加·斯诺笔录、毛泽东口述、吴黎平现场口译的《毛泽东自传》一书中，毛泽东回顾了1911年进入湘乡驻省中学堂学习的情形。他说，"当时心情非常激动，一半是担心自己遭到拒绝不能入学，我几乎不敢指望自己真能成为这所了不起的学校的一名学生，使我惊讶的是我居然没有遇到困难就入学了。"

2014年8月

（作者系我校退休高级教师，原教导主任、校办公室主任）

禹之谟的革命思想和实践

袁建光

禹之谟（1866—1907），湖南湘乡人（今属双峰县），近代著名革命家、实业家、教育家。然而，走在双峰的大街上，估计没有不晓得曾国藩的，但对于禹之谟，恐怕大部分说不上来。故笔者试图梳理禹之谟的革命思想和实践，以追思前人，让后人铭记。

一、革命思想的形成

禹之谟出生在湖南双峰一个偏僻的小山村，为何会走上革命道路并成为近代著名的革命家？

1. "提三尺剑，挟一卷书"

1866 年，禹之谟生于湖南湘乡。1878 年，其母刘氏因贫困忧患病逝，12 岁的禹之谟受刺激很大，遂由三婶李氏和四婶伍氏抚养，"伍家兄弟习文尚武……之谟颇受伍氏兄弟影响，从而初具侠义思想"。少年时代，禹之谟最爱读的书也是《史记·游侠列传》，私塾的同学状其气概，说他"提三尺剑，挟一卷书"。"每见社会上的不平等现象，辄激起他的义愤。邻居有悍妇殴姑，其夫懦不能制，他猝入其室，捽妇于市，其家人来责难，片言折之。由是侠勇之名大著。"禹之谟的这种疾恶如仇，为日后投身革命奠定了初步基础。

2. "思想学业，进益甚大"

1881 年，禹之谟赴宝庆府城（今邵阳）一商店当学徒，因目睹商场尔虞我诈，极感不满，离店回家。这一时期，研读《史记》《汉书》、《船山遗书》、《明季忠烈录》等思想巨著。同时，因同情农民疾苦，常帮助农民撰写揭帖、状纸，以反对豪劣压榨。对于凶年饥岁及青黄不接之际，地主囤积粮食、抬价等行为，尤其痛恨，常鼓动农民向地主"闹粜"。对他的舅父刘献庭的囤积剥削行为，同样极力反对。可见，这一时期的禹之谟"思想学业，进益甚大"。

3. "丢掉改良，走上革命"

1886年，禹之谟随叔父禹骏烈去南京，开始游幕江淮，并广结良友，如黄兴、唐才常等众多革命家。考察祖国山川形胜以外，他还在一些历史上遭受过民族浩劫的地方，凭吊洪杨革命遗迹，缅想扬州十日、嘉定三屠的惨状。因此，他的"思想感情，因而发生急剧变化"。1894年，禹之谟参加甲午战争，因运输粮饷军械的劳绩卓著被"叙五品翎顶，候选县主簿"，但他"辞不受"。可见其心在国在民，不在私在利。

1896年，禹之谟至上海，专心研究实业。他"感于祖国沉沦，时事日非，毅然抛弃旧的生涯，向往'实业救国'"。1898年，面对百日维新的失败，禹之谟的结论是"倚赖异族政府改行新法，无异于与虎谋皮"。至此，他丢掉改良幻想，倡革命救亡之说，走上反清革命道路。

究其一生，禹之谟走上革命道路的原因至少有四：伍氏兄弟侠义思想的感染，各类历史书籍的熏陶，黄兴等革命家的思想引领，祖国日益沉沦的惊醒。

二、革命实践及其影响

禹之谟既是思想的巨人，也是行动的巨人。他一生参与的革命实践数不胜数，可概括为三个方面：投身革命，实业救国，兴学育人。其实，此三方面，互为关联，究其实质，均为革命；论其影响，都推动了近代湖南的发展。

1. 投身革命，近代湖南革命的重要领导者

1900年，禹之谟东渡日本，学习纺织工艺和应用化学。1902年回国，先后在安庆、湘潭、长沙办厂，厂里备有各种宣传"反满"革命的书报，"凡新出版的革命书报，都可在那里看到"，以灌输革命思想，鼓吹反清革命。

1904年，华兴会成立，黄兴起义失败避走上海，而禹之谟，此时则成为湖南革命运动的实际领导者。1905年，中国同盟会在日本东京成立。受黄兴委托，创立同盟会湖南分会，并担任第一任会长。作为同盟会湖南分会会长，作为湖南革命运动的实际领导者，禹之谟"日持革命书报于茶楼酒肆，逢人施给，演说排满，悍然不讳"。

1905年，为培养革命人才，禹之谟在厂里办起了工业学堂，并捐钱创办湘乡驻省中学（湘乡一中前身）、邵阳驻省中学。同年，创办惟一学堂（湖南师大附中前身）。通过这些学校，大力宣传革命思想，培养革命急需人才。应该说，达到了预期目的，"唤醒有国民志者，可万数计"。

1905年至1906年，禹之谟领导了几桩轰轰烈烈的群众运动。1905年率先发起抵制美货运动，他精诚爱国，敢于任事，深得各界群众拥戴。1906年组织收回粤汉铁路运动，他大声疾呼，要求商界不要彷徨，"商界亦信仰其人，举其为（湖南）商会董事"。1906年，不顾清朝的湖南当局和顽固势力的极力反对，公葬陈天华、姚宏业两位烈士于岳麓山，以彰义烈。6月10

日当天，"君约全体学生制服行丧礼，万人整队送之山陵"，形成声势浩大的政治大示威。次日，领导学生揭露和开会斗争学界败类俞诰庆的嫖妓丑行。"民气伸张至此，清政府危，而官绅之富贵不保矣！"毛泽东《湘江评论》上发文说道：这是"惊天动地可纪的一桩事"，并进而指出："这次毕竟将陈、姚葬好，官府也忍气吞声莫可谁何，湖南的士气在这个时候几如中狂发癫，激昂到了极点。"

1906 年 8 月 10 日，禹之谟被捕，事前，好友曾劝他暂到圣公会避难，他婉言谢绝："吾辈为国家、为社会死，义也。各国改革，孰不流血？吾当为前驱。"此种境界，常人难及，似有谭嗣同之风。开始投在善化县监狱，因"学生探监者甚多，恐滋大事"，后转解往靖州。禹之谟在狱中受尽折磨，断指割舌，体无完肤，而终不屈服。

尽管自己身陷囹圄，依然装着国家，想着人民。在狱中致同学诸君书，勉励他们"以百折不回之气概，振刷精神"，"于大风潮、大实力、兴大狱之际，放大光明于黑暗世界"。在狱中致留日同志书，阐述铁路"官督商办"的实质与前途，指出"路权去矣，而湖南与之俱亡。呜呼危哉！欲存湖南，必争路权，是所望于诸君！"在狱中致伯母书，自叙"十年以来，不甘为满洲之奴隶，且大声疾呼，唤世人毋为奴隶"，并劝慰家人"转忧为喜，喜吾家有甘为国民死，不为奴隶生者"。在狱中，禹之谟正告同胞曰："躯壳死耳，我志长存。"

1907 年 2 月 6 日凌晨，禹之谟被绞杀，临刑前高呼，"禹之谟为救中国而死，为救四万万人而死！"1912 年中华民国成立，黄兴请临时大总统追赠"陆军左将军"，公葬于岳麓山。"是时，黄兴适自汉返湘，匆匆赶到会场，鞠躬致悼，并执绋前导送葬岳麓山。"墓碑上刻"同胞！同胞！其善为死所，宁可牛马其身而死，甚毋奴隶其身而生！"

2. 实业救国，近代湖南工业的卓越开拓者

20 世纪初，当时的中国流行两大思潮："民主共和"，"实业救国"。而禹之谟是辛亥人物中少有的走实业救国路线的革命家。值得指出的是，禹之谟"实业救国"的根本出发点是为了革命，可喜的是他的"实业救国"卓有成效。

甲午战争后，禹之谟赴上海。"感于祖国沉沦，时事日非，毅然抛弃旧的生涯，向往'实业救国'，悉心研习矿学，考察长江下游矿产，想兴办开业。"可惜，由于诸多阻力，暂未能如愿。

1900 年，禹之谟与唐才常谋划起义失败，经上海东渡日本，"学习纺织工艺和应用化学，投身大阪、千代田等工场，实习操作技能，以为回国兴办实业的准备"。1902 年，禹之谟从日本购买一批纺织机械回国，先在安庆开设了阜湘织布厂，后搬到湘潭西昌宾馆（当时江西商人在湘潭的会所），招收艺徒不足十人，但生产出来的毛巾质量很好，且产品价廉，畅销各地。继而再搬到长沙的小吴门、圣公会（今长沙北正街处），扩大规模。又附设一个工艺传习所，制作竹木家具，职工共约四十人。

禹之谟对兴办实业极为用心，甚至身陷狱中，仍谆谆告诫家人办好工厂，"非仅关乎一家，

即社会上实业发达系之;吾家有负先觉之责,若因循不进,或一蹶不振,其负罪于社会也深矣"。正因如此,禹之谟对兴办实业付出了极大精力,亲自参与生产实践,悉心传授技艺和文化知识,并把学有成就的艺徒输送到全省各地,"现如衡山、宁乡、常宁、湘乡各邑,皆立有机厂,胥禹艺徒所在"。此外,禹之谟对于女工的培养也特别注意。"在当时从不重视女工劳动的社会里,确是开风气之先。"

自19世纪60年代开始,一场以引进西方先进技术、创办近代工业为特征的洋务运动兴起,中国近代民族工商业随之发轫。尽管曾国藩看到了来自工业文明的冲击,然而整个湖南无一厂一矿之设,错失近代民族工业发展良机。直至20世纪初,以湘乡人禹之谟为领头的湖南人"自强求富"的士气民风才被激发出来。"湘潭近代棉纺织工业因近代民主革命斗士、湘乡留日学者禹之谟于光绪二十九年(1903)在湘潭县城创办湘利黔织布局而开始起步。"亦如《湖南省志》所载:"禹之谟在1903年创立湘潭毛巾厂,是为湖南近代机织业的开端。"可见,禹之谟在民主革命时期的"实业救国"之举,在近代湖南开启工业大门的活动中功不可灭。

3. 兴学育人,近代湖南新学运动的核心人物

对于实业,禹之谟极为用心;对于教育,禹之谟不遗余力。"公(禹之谟)以总理(孙中山)及克公(黄兴)之嘱,极力提倡学校,灌输革命精神。"

禹之谟主张"脱离奴籍"、"人各自主",就是要人们从被奴役的奴隶思想状态中自己解放出来,成为有觉悟有作为的人。1905年,清末废科举、兴学校,禹之谟随即回乡,动员青年赴长沙进学校。"以青树坪为中心的六个乡,青年响应的就有五十多人……禹预先在永丰雇了四个倒扒子(船),亲自送这一批青年进省,一路殷勤照顾,并宣传排满革命。"当时长沙的学校还不多,为了安置这批学子,禹之谟带头捐银百两,在湘乡试馆(长沙新安巷,南阳街附近)办起了驻省湘乡中学堂(今湘乡一中前身)和师范学堂;在邵阳试馆办起了邵阳中学堂和师范学堂。而"衡阳、永州各府在省的新派知识分子亦由禹推动,依照湘、邵办法",相继成立衡州中学堂、永州中学堂。其他各县依照办理的也不少。一时间各州学堂纷纷创立,而"每一学堂都有几个积极分子与禹联系,禹就成了新学运动的核心人物"。

"为了发动青年促进革命,禹之谟只顾多办学校,多收学生,任何艰难困苦,皆所不辞。"在创办湘乡中学堂的同时,禹之谟在长沙发起创办了惟一学堂(校址位于长沙新安巷)。惟一学堂体系完整,包括小学、中学及游学预备科,后更名为广益中学,就是如今湖南师大附中的前身。虽多次改易校名,数度迁址,"校规既无存,学友亦非旧",但"先生革命之真精神,则实与斯校并永矣!"禹之谟当初的"坚持真理,勇于抗争,不断进取"的精神一直得以传承。正是在传承中升华,今天的湖南师大附中已是一所省内领先、国内一流、国际知名的学校。追本溯源,禹之谟筚路蓝缕的首创之功,孜孜不倦的创办之绩,是值得后人记住的!

正因其对湖南教育的卓越贡献,禹之谟被推选为湖南教育会的会长,湖南学生自治会的干

事长。他也没有辜负这两个重要头衔，除前文所述创办学校以外，还多次组织学生开展革命活动，如公葬陈姚两位烈士，惩治学界败类俞诰庆等等。他对教育的痴心，达到了无以复加的地步。1906 年在靖州狱中，"对于靖州商人的子弟之读家塾者，给他们讲授科学知识，并向长沙函购教科书以为教材"。他对教育的认识之深，至今仍令人深省。在靖州狱中，禹之谟告诫同胞："世局危殆，固由迂腐之旧学所致，亦非印板的科学所能挽回。故余之余学界，有保种存国之宗旨在焉！"

禹之谟年仅 41 岁，但他把毕生精力乃至生命都献给了革命，献给了国家，献给了人民。他积极投身革命，成为近代湖南革命的重要领导者；他力行实业救国，成为近代湖南工业的卓越开拓者；他力主兴学育人，成为近代湖南新学运动的核心人物。

（作者系我校历史一级教师）

黎尚雯与广益中学

刘磊

在辛亥革命 100 周年之际，长沙岳麓山上的黄兴、蔡锷和焦达峰、禹之谟等 25 个辛亥将士的墓由人民政府进行了修缮，其中就有"故参议院议员黎尚雯之墓"。

黎尚雯，字桂苏，1868 年（清同治七年）5 月出生于湖南浏阳县城营盘里一书香门第，后迁居西乡青草市元甲山。自幼聪颖，受祖父黎宗学的"不踏入仕途"和"培养儿女的民族气节"之教育熏陶，读经史诸籍，过目成诵。稍长，潜心研究王夫之、顾炎武等人的学说，务求经世致用，鄙视清廷科举，后在父母的苦劝下勉强应试，名列前茅，被同辈誉为奇才。

1895 年浏阳大旱，四乡饥民聚集县衙吁请赈救，湖南巡抚倡设救灾机构，聘黎为幕僚。他捐出薪俸和家产，购运粮食放赈；还掘矿采煤，以工代赈等。当地绅士赞许，申奏清廷授予官衔，但他毫不动心。他曾研究欧美政治，痛感清廷愚昧腐败，祸国殃民，非变法不足以救亡图存，于是决心以维新变法为己任。他奔走呼号，提倡学习西方政治、经济和自然科学，极力驳斥顽固派对维新运动的歪曲和抨击；参与唐才常、梁启超等创办时务学堂和《湘报》《湘学报》的活动等。1898 年戊戌政变失败，"六君子"殉难，他仍"不改素志"，"本性难移"。

1900 年，唐才常组建自立军准备起义时，他往来于长沙、武汉之间，与唐交往甚密，因得与闻自立会的策划机密。8 月，自立军起义事泄，唐在武汉被捕殉难，黎极端悲愤，避居衡州，因虑时局艰难，唯专心从事教育以唤起民众之爱国、救国精神，方为上策。但并未放弃反清斗争，如 1906 年 5 月积极参与禹之谟、宁调元等公葬陈天华、姚宏业于岳麓山的活动，大张民族正气，清廷惶恐不安。同年，萍浏醴革命军兴起，黎在北京策动会党相机响应。1907 年回湘，知此次起义之失败在于无坚强领导机关，便与龙璋、焦达峰、谭人凤、宁调元等重组同盟会湘支部。后来，武昌起义成功，湖南首先响应，与这个支部工作的成效分不开。1909 年（宣统元年）全国各省创立咨议局，黎当选为正式议员，10 月又当选为中央咨政院议员，先后倡导实业，整顿教育和积极参与改革政治，提倡民主等。1912 年 1 月 1 日，孙中山就任中华民国临时大总统后，黎被推为临时参议院参议员，曾建议巩固民权，废除不平等条约，主张以党治国。后来，从袁世凯篡夺革命政权到黎元洪继任总统期间，他一直拥护孙中山的革命主张，参加过讨袁（世凯）和驱汤（芗铭）等活动，并曾被捕入狱，幸得朋友营救才免于难。直至 1917 年孙中山在广州成立护法军政府、就任大元帅，开始护法战争，电召他赴广州议政时，黎已积劳成疾而未能赴任。1918 年 3 月在长沙病故，时年 51 岁，公葬于岳麓山。国民党元老、著名书法家于右任书写墓碑："故参议院议员黎尚雯之墓。"

黎尚雯一生为中国之民主共和而不懈奋斗的同时，长期从事教育工作。1900 年 8 月自立军起义失败，他避居衡州时，曾应聘为衡州府中堂监督，并提出了"知耻、立志、好学"的施教新方针，学校学风校风焕然一新，学生德业俱进，大多成为后起之秀。1903 年（光绪二十九年），黎复受胡元倓之聘，任长沙经正、明德学堂管理员，与黄兴、张继等共事。1904 年，湖南创建高等实业学堂，黎受聘为教务主任。不久，又任湖南中路师范斋务长，他教育学生立志为人师表。1910 年，黎应曹典球聘，任湖南高等实业学堂教务长，编制教程，分科教学，又加强爱国强种之教育和科学技能之培训，使学生出校后积极投身于路矿等实业界。1912 年，湖南高等实业学堂更名为湖南高等工业学校（即今湖南大学前身），黎奉命出任校长，次年去北京。他还曾在武汉潜伏期间被推为江汉大学监督。他为 20 世纪初的中国教育事业作出了贡献。而最值得永远铭记的是他鼎力协助民主革命先驱禹之谟创办惟一学堂！

1905 年，黎尚雯任教的经正学堂甲班学生陈超朗、张光棠、刘常治、朱道周等 10 余人，因不满主持校务者的措施愤而退学。他和石广权、华子模、王栎安诸先生都怜惜其志向，爱慕其德才，不忍心让他们失学，便自动随他们在校外义务授课。当时禹之谟正在长沙兴学，他与黎都曾关心和参与过唐才常的自立军活动，早有交往；与石、华等也颇友善。又以这些爱好自由而不愿受压迫的学生深堪造就，即与他们师生结合借湘乡试馆成立了惟一学堂，时为当年 4 月 12 日。学堂由禹主办，黎、石、华、王，还有邹代藩、陈安良等先生努力经营，以培养革命人才，推翻清朝统治，实现资产阶级民主政治，"保种存国"为宗旨。禹和黎等一些同盟会员在学堂宣传革命思想，策划革命工作，"惟一"也因此引人注目，其他学堂的有志青年慕名而来就读的日益增多，王光甲、唐无我、禹夷苍、唐璜、彭遂良、彭昭、李范吾等即是。原有的校舍不够用，便租水风井小桃园巷内一栋民房为校舍，禹自任学堂负责人（监督），黎主持教务。此时，教员增加了罗介夫、曾伯欣等，也都是同盟会员。"惟一"按照清廷的规定开设课程，黎配合禹教育学生"不可读死书以猎取功名富贵"，要"脱离奴籍"，从被统治、被奴役的精神枷锁中解脱出来。因此，当时人们评价惟一学堂"其学生有自尊独立之风"。"惟一"学生不只听教师讲课，还要进行课外阅读和参加一些社会活动。校内暗设阅览室，备有《孙逸仙》、《新湖南》、《警世钟》等革命书刊。省会长沙万余学生公葬陈天华、姚宏业于岳麓山时，惟一学堂的学生身着素服、手举白旗，走在送葬队伍的前列，先行队的队长即为彭遂良。学生们真正做到了"读书不忘革命，革命不忘读书"。

当时，学堂的所有设备都由师生筹款购置，学生张光棠的父亲张少荃捐款较多。学生赤脚草鞋，节衣缩食，用节省下来的钱作为房租等经费。遇有不足，黎以在高等实业学堂授课所得的薪俸补给；再不足，师生典当衣服来补充。唐璜在《惟一纪事》一文中回忆说："黎（尚雯）先生冬季授课，仅着夹衣，瑟缩之状，恍然在目。"原来是黎先生把自己的棉衣典当了。可见当时办学的艰苦程度和他的执着精神。

禹之谟是湖南同盟的首任会长，又是湖南商会会董、湖南学生自治会干事长。他利用这些合法身份所进行的一系列政治活动，均为清廷所不容。1906年8月10日，他被清廷借口"湘乡盐案"、率众"哄堂塞署"罪逮捕入狱，惟一学堂也被视为革命机关而遭封闭。黎尚雯、罗介夫、曾伯欣、陈安良、禹贡、廖钧焘等，一面尽力营救禹之谟，一面不负同志嘱托，在潮宗街继续办学，推举张少荃为名誉监督，黎尚雯为监督，更校名为"广益英算专修科"，以避耳目，暗中继续鼓吹革命。当时的困难更大，经费奇缺，有些教师不计报酬义务教学；师资不足，挑选高年级符合条件的学生教低年级同学，如陈朗超教过英语、王光甲教过体操。职员仅1人，担任教务、会计、庶务等工作，校工只有2名厨工和1名传达，日常勤务工作，如洒扫、洗涤诸多杂事均由学生担任。1908年，广益英算专修科曾附设铁路营业专修科，次年与湖南铁路学堂合并，创设湖南高等铁路学堂，分设机械、建筑、业务三科，学制四年，1913年因铁路收归国有而停办。黎对广益英算专修科管理严格，呈报官厅之例行公文、表册，十分谨慎小心，务求详尽。清廷学部检查其所报表册，认为办理合法，命令更名"广益中学堂"，并令湖南提督学使按年给津贴实银200两，从而使学堂在经费十分窘困中得以勉强维持，但无法兴建校舍，故先后搬迁5次。1911年秋，辛亥革命推翻了清朝封建统治，谭延闿任湖南都督，以广益中学堂系革命党人所创办，教员多是革命党人，师生长期以来参加民主革命出力较多，即拨长沙北门外熙宁街湘水校经堂为其永久校舍，并优给办学经费，以奖励学堂对革命所作出的贡献。

惟一学堂及其后的广益英算专修科为革命培养的人才中，以彭遂良、彭昭兄弟和唐拓庄最突出。彭遂良（1879—1911）、彭昭（1884—1911）为湖南宜章人，出生于当地望族家庭。1905年入惟一学堂，次年加入同盟会，因参加公葬陈、姚二烈士的活动，在禹被捕入狱、惟一学堂遭查封后，被当局开除学籍回乡。1907年其叔父彭邦栋担任湘南革命实行团主任时，他们组建联络机关、训练革命军队。1911年武昌、长沙相继起义，兄弟俩协助其叔在宜章响应，率兵攻入县城，不幸遭公署伏兵袭击，双双殉难。宜章光复后，1912年经黄兴呈请临时大总统孙中山褒赠彭遂良为陆军上校、彭昭为陆军中校。次年，湖南都督府将二烈士合葬于岳麓山。2011年10月，其墓由政府进行了修缮。唐拓庄系湖南零陵人，1909年入广益英算专修科，曾为收回粤汉铁路主权奔走呼号。1911年武昌起义成功，袁世凯在北京组阁，窃取革命果实，他便与教师罗介夫、曾伯欣及同学谢宅中等组织暗杀团，"欲炸袁世凯"，以烟台为根据地制造炸弹，不幸被炸成重伤而身亡。留有绝命书云："吾辈来此，狙击民贼，志在死耳……政体不能共和，人民不能自由，是吾耻也，是虽生犹死也。……吾今已矣，希诸君勉为之。"

黎尚雯从1906年起，先后担任广益英算专修科和广益中学堂的监督至1912年1月，长达5年多。是他，鼎力协助禹之谟创办了惟一学堂；又是他，在禹之谟被捕入狱、惟一学堂遭查封后，将学堂更名为广益英算专修科，使"惟一"得以延续下来；还是他，与其同事们艰苦经营，使广益英算专修科得到清廷核准改为广益中学堂。广益中学堂于1912年更名为广益中学，1926年改为湖南私立广益中学，1951年11月由人民政府接管改为湖南省立广益中学，1955年1月又改为湖南师院（今师大）附中。今日的湖南师大附中已成为湖南基础教育的龙头和窗口，在全国具有较高知名度并有国际影响力的示范性普通高级中学。

（摘自湖南省文史研究馆《文史拾遗》，2012年第2期）

罗介夫与广益中学

刘磊

　　百年名校湖南师范大学附属中学的校史馆里，摆着两个珍藏了 70 年由罗介夫亲笔题词和捐赠的铜墨盒：一个是 1936 年秋季该校前身湖南私立广益中学英文会考的奖品，上面刻着"自强不息"；另一个是 1937 年春季国文会考的奖品，上面刻着"人心之正"。人们看着这两个古铜色的墨盒，都会想起老校长、老董事长罗介夫。

罗介夫其人

　　罗原名罗良干，1880 年出生于湖南浏阳。"少时诚实好学，聪慧过人，曾就读于举人李迪人先生门下，并深受青睐。""数年后参加童试，一举中秀才，名列前茅。"在日本京都大学攻读政治经济学期间结识了孙中山先生，并于 1905 年加入其创建的同盟会。回国后到禹之谟创办的惟一学堂（广益中学前身）任教，并以惟一学堂为基地，积极开展反对清朝封建统治的革命活动。

　　罗于 1912 年 8 月任国民党湖南支部总务副主任、《国民日报》总经理，并被选为省参议员，反对国民党内少数人专政独裁。1913 年"二次革命"失败，议会被袁世凯解散，报社被查封，他被通缉匿居上海，后再赴日留学。在第一次国内革命战争时期，他任国民革命军第三军政治部主任、湖南大学法科学长等职，在《革命》半月刊发表《苏俄革命成功之研究》。1931 年任国民党政府监察院监察委员，不畏权势，对何键主湘期间所犯贪赃枉法案多次提出弹劾。何千方百计派人疏通关系，并送巨礼给罗妻治病，均遭拒绝。1937 年秋，罗以中央特派员身份来湘，成立清算委员会，大声疾呼"要代表湖南三千万人清算到底"，又在湖南各界清算委员会所办的刊物上题词："抗战必胜，首在铲除贪官污吏"，从而遭到何键的忌恨，于 1938 年 8 月被何所害而殉难。

广益中学的元老

禹之谟创办的惟一学堂，以造就革命人才，推翻清朝统治，实现资产阶级民主政治，"保种存国"为宗旨。教员均系同盟会员，利用讲台宣传革命。1906年4月，禹受黄兴委托组建同盟会湖南分会并被推为首任会长，后又被推为湖南商会会长、湖南学生自治会干事长等。他利用这些合法身份，进行了一系列包括不顾清政府的禁令，发动全城学生万余人公葬陈天华、姚宏业而被毛泽东称赞为"惊天动地可纪的一桩事"的革命活动，8月10日遂被清政府逮捕入狱，而被视为革命机关的惟一学堂遭查封。

禹被捕后，黎尚雯、罗介夫等一面尽力营救禹，一面不负同志嘱托继续办学，更校名为广益英算专修科。为避政府耳目，学堂对于呈报官厅之例行公文、表册，务求详尽。清政府学部检定他们所报表册合法，命令更名为广益中学堂，并令湖南提督学使按年给津贴实银二百两，学堂得以勉强维持。任邦柱校长于1935年广益中学30周年校庆纪念特刊上发表的《广益校史纪略》中说："黎、禹、罗、廖诸公虽惨澹经营，奔走呼号，而经费夺绌，未能创构校舍，故自丙午（1906）迄辛亥（1911）六年间校舍凡五迁焉。"这些都说明罗介夫是广益中学的元老。

三任广益校长和一任董事长

1911年，谭延闿任湖南都督，以广益中学堂系革命党人所创办，教员多是革命党人，师生长期以来参加民主革命出力较多，即拨长沙北门外熙宁街湘水校经堂为永久校舍，并优给办学经费。1912年，即民国元年，教育部颁布《普通教育暂行办法》，将学堂一律更名为学校，总管学校的监督改称校长。2月，罗介夫任广益中学首任校长，他尽力发展校务，"于固有中学外，增办大学预科及法政经济特科，来学者多三湘有志之士"。由于当时一些成绩优秀、思想进步的青年慕名前来就读，大、中两部学生多达700余人，校誉日隆。广益学生"于研究高深学问之余，仍注意当时政治"。袁世凯为消灭民主革命力量，向英、法等五国大肆借款扩充军备，"全校师生愤慨异常"，纷纷发表言论揭露和声讨袁的卖国罪行，广益"祸根亦潜伏于此矣"。1913年"二次革命"失败，汤芗铭督湘，以屠杀革命党人为当务之急，因而嫉视广益中学，收回已拨之永久校舍，停发学校津贴，急欲迫使学校自行解散。同年7月，罗介夫被迫辞去校长职务。

1920年2月至1922年6月，罗第二次任广益中学校长。时值军阀赵恒惕鼓吹联省自治，1921年自任湖南临时省长，次年宣布《湖南省宪法》，任省长，对广益中学"仍摧残不遗余力"，学校困难重重，中学部第七、八班于1920年毕业后停办（大学预科和法政经济特科已于1914年停办），只存1916年开办的附属小学在艰难中维持，罗校长第二次去职。

1928年至1936年，罗任湖南私立广益中学董事会的董事长，"马日事变"后，学校遭受严重破坏，经费奇缺，私立学校的董事会要筹款集资、延聘教师，对学校的建设和发展至关重要。在罗董事长的鼎力支持下，校长任邦柱经过一年的苦心经营，1928年秋，仅招收乡村师范一个班43人。次年上期，中学部有5个班，小学部有6个班，共学生518人。1930年下期招收了高中普通科一个班（63人），次年与明德、岳云、周南同时获得教育部备案，是为广益中学高中第一班。以后每年高、初中春、秋两季同时招生，全校维持高、初中各6个班，学生七八百人。1933年全省第三届毕业生会考，高、初中第一名均为广益学生，第五届会考，广益学生又获高中亚军。体育方面，篮球队"名震三湘"，田径、武术、网球、排球等代表队也在省市比赛中名列前茅。文艺、科技、学科活动十分活跃。1935年4月12日学校30周年校庆时，湖南省政府以广益中学"办学有方"发给奖金1万元。"要学习，进广益"的谚语也在社会上广为流传。

1936年底任校长病逝后，董事会推罗继任校长，他从1937年至1938年8月，第三次任广益中学校长。他因担任了国民政府监察委员，不能常驻学校，便聘请老教育家王季范为代理校长，主持校务；聘请老董事苏慧荪主持财务；禹之谟之子禹宣三任会计，希望学校能得到进一步发展。

罗任监察委员期间，"对于弹劾案件，有铁面御史之誉"。1938年8月13日，罗乘轿由河西三叉矶寓所到河东熙宁街广益中学途中，在观沙岭被何的奸徒狙击，身中数弹而殉职。遗体运回学校，摆设灵堂，全校停课两天。国民政府命令抚恤，公葬于岳麓山下的凤凰山。

（摘自湖南省文史研究馆《文史拾遗》）

一位 "精神不死" 的著名教育家
——缅怀湖南私立广益中学任邦柱校长

刘磊

从 "千里驹" 到 "任三角"

任邦柱先生，男，字佩琨。1889 年出生于湖南省今汨罗市弼时镇，是中国共产党早期领导人任弼时的堂伯父，曾配合党的地下组织成功地营救过他的这位侄儿。他自幼聪颖过人，启蒙于乡办序贤族校，"恒以启迪民智，改良社会为职志"[1]，有 "教育救国" 思想。他好读书，彻夜深而不寐，遍读家中藏书，乃辗转借之于亲朋戚友，恐逾借期失信于人，以故攻之愈勤。乡人咸相语曰："此乃满爹（乡人对其父之尊称）之千里驹也。"[2]1901 年入长沙师范学堂，1911 年毕业于前清湖南高等学堂（今湖南大学前身）理科。曾任大麓中学教务主任。1913 年 2 月，应聘担任民主革命先驱禹之谟于 1905 年创办的湖南私立广益中学（今湖南师范大学附属中学前身）专任数学教师，同时先后在湖南大学预科班及湖南商业专科学校、农业专科学校、长沙市一中等校兼教数学。由于他精通数学，尤长 "三角"，教学有方，一丝不苟，教学成绩显著，又视学生如子弟，严慈相济，诲人不倦，故备受校方和学生欢迎，一时名噪长沙教育界，享有 "任三角" 之美誉。

治校九年成绩斐然

任邦柱先生到广益中学任教不出数年就被推为该校董事会董事。1927 年 "马日事变" 后，长沙市城内的中学除明德、周南两校外，其他均遭封闭。1928 年初，反动当局迫于社会各界舆论之压力，不得不允许各校陆续复课。经广益中学校董事会反复酝酿，以 "校运维艰，非君莫图"，一致推选任先生出任校长，主持复课。

---

[1] 见任邦柱 1935 年所撰《广益校史纪略》。

[2] 见任邦柱之子任培根所撰《任邦柱先生传略》。

他为了继承先烈遗志，为国育才，不惜辞去其他各校优厚待遇之聘约，"遂慨然以维持本校为己任"[1]，一心扑在广益中学的重建上。

当时，广益的校址在长沙市北门外熙宁街，曾驻军九个月，所存几间校舍已不蔽风雨，教具和其他设施几乎荡然无存。任校长发扬广益艰苦办学传统，千方百计通过校友及社会热心教育人士的捐助和向银行贷款，修复校舍，添置校（教）具，四处奔走，选聘教师。经过一年的苦心经营，学校稍具规模。1928年秋，招收乡村师范班一班（仅此一班）。到次年上期，初中部有5个班、小学部（1916年办，后称附小）有6个班，学生由原来的120多人发展到518人，教职员47人，复课初见成效。

由于社会动荡，1929年又遭两次火灾，校舍烧毁近半，校（教）具损失惨重。任校长矢志不移，苦心孤诣，历尽艰辛，依靠自力更生添建了一栋两层的楼房，上层为大礼堂兼作室内篮、排球场，下层为四间教室；又添建了一栋能容纳500人就餐的食堂。为了扩充运动场地，在学校附近购得一块土地，修建了一条200多公尺的跑道，建了一个足球场和几个篮、排、网球场。同时，发动师生尽量利用校内空坪隙地和庭院，种植花木，陈设盆景，致使校园绿树成荫，花香扑鼻，环境之优美，在当时长沙市的各中学中颇为少见。1930年秋，招收高中普通科第一班，连初中、小学在内共计13个班、学生600人。不到几年，他就把一所气息奄奄的旧制中学建设成为了一所朝气蓬勃的完全中学。

任校长深知要办好一所中学，特别是像广益这样缺乏政治背景的私立中学，非有一支稳定的、水平较高的教师队伍不可。于是他慎选良师，尊师重道。据当时的英文教师陈克劲、体育教师闫家笃回忆："任校长最大的特点是善于选择教师，又善于团结教师。他对待教师很尊敬，常常迎进送出，赤诚相待。"又说过，"良师者，生之师表也，余之益友也，焉得不敬"。因此，当时省会一些著名的教师如魏先朴、彭昺、黎赞唐、喻子贤、文士员、沈望三、郭德垂、黄培心、郑际旦、李百葵、喻盈科、张煦秋、杨笔钧、左复等，均为他的精神所感动，放弃其他学校的优厚待遇而纷纷应聘来广益中学任教。

在名师的谆谆教育下，广益学生刻苦学习蔚然成风，教学质量显著提高。据任校长于1935年撰写的《广益校史纪略》中说："第三届会考（注：指1933年湖南省第三届毕业会考），全省高、初中冠军皆为本校学生所获（注：分别为高一班彭肇藩和初十八班文海云）；第五届会考高中亚军蒋季青为本校高二班学生，获得大陆银行储蓄奖金800元；第六届会考高三班学生胡骐、张前逮成绩优良，经省教育厅保送湖南盐务稽核处服务。高中第一班毕业于民国二十二年（即1933年）秋季，11人报考湖大，录取10人，胡校长春藻（注：即胡庶华）极为称赞；同时4人报考武大，亦取3名。高中第二班毕业生二十三年（即1934年）秋季升学，考中央政校录取4人，经外省报纸披露，占全国各高中取录最高百分率。"[2]从此，"要学习，进广益"的谚语在社会上广为流传。

---

[1] 见任邦柱1935年所撰《广益校史纪略》。

[2] 见任邦柱1935年所撰《广益校史纪略》。

广益中学的学生不仅文化成绩好，参加省、市各种体育竞赛的成绩也总是名列前茅。尤其是篮球队拥有丁子骙（当时公认的长沙市"球王"）等一批健将，先后两次夺得全省冠军，名震三湘。其他如文化、艺术社团活动，无不开展得有声有色。学校组织了舞雯、黄林文艺社，敬业学术研究社，欣欣口琴社等；学生自治会成立了校刊社，举办《广益半月刊》（后改为《广益旬刊》）；或自编出版刊物，或自编自演文艺节目，丰富多彩，深受师生好评。1935 年 5 月，湖南省无线广播台播送了广益学生的 8 个音乐节目，"效果极好，尤以《Red Rose》、《连环套》和《抗敌歌》为最"。这些体育、文化、艺术活动的广泛开展，大大有益于学生个性的发展。

任校长注重对学生进行思想品德教育，认为"此乃做人之根本"。他经常在周会上以禹之谟烈士的业绩和视死如归的精神启发学生爱国家、爱民族的热忱，教育学生坚持真理。1931 年"九一八"事变，日本帝国主义悍然侵华，他在一次周会上义愤填膺，慷慨陈词，揭露日寇侵华野心，痛斥国民党反动派的不抵抗政策，要求学生学好杀敌本领，同仇敌忾，共赴国难，使在座学生受到了深刻的爱国主义教育。还组织学生自编自演活报剧《爱国血》和上街宣传抵制日货等。他对学生要求严格，纪律严明；又像慈母一样关心爱护学生，每夜亲自查寝室，为学生盖被、驱蚊（扎好蚊帐），学生患病，亲送汤药。甚至连一些做父母的都难于启齿的话也不厌其烦地向学生嘱咐。老校友何吉荪回忆说："在每学期放寒、暑假以前，学校总要开一次大会，由任校长作临别赠言。我印象最深的是他除就学习、生活作一般布置交代外，总有句老句要反复嘱咐。即'行房百里者病，百里行房者死'，当时我是初中生听不懂，后来才知道这句话是对高中部那些年龄偏大、已经结婚的外县同学说的，真可谓关怀备至，爱生如子。"

任校长不幸患食道癌于 1936 年 12 月去世，他主持学校工作的九年，是广益中学的鼎盛时期。1933 年 4 月 23 日，省教育厅颁布视察省垣各公私立学校的报告，指出广益中学"办理认真，成绩卓著"，通令嘉奖。1935 年校庆时，省政府以广益中学"办学有方"，发给奖金一万元。其毕业生遍及全国各地，北平、上海、南京、武汉等地都成立了广益中学校友会，为国家培养了大批有用人才。

办学经验弥足珍贵

任邦柱先生终身从事教育工作，是一位中学教育界的实干家，其事迹收入了《长沙教育志》（1840—1990）的"人物传略"，为所列 150 年间 77 位教育名人之一。他治校有方，归纳起来为艰苦奋斗、慎选良师、从严治校、注重学生全面发展。这也是他继承和发扬了广益中学自创办以来的优良传统。

一、艰苦奋斗。他出任广益中学校长时，先后因兵灾、火灾，校舍破坏严重，教学设备所剩无几，他面对困难，坚韧不拔，勉励同仁说："积土可以成山，积腋可以成裘，深望同仁诸君，同心同德，一致向前，为振兴广益而团结奋斗。"毅然拒绝当时省政府主席何键以出任广益中学董事长为条件的 10 万元银洋捐赠，认为不能让他利用贪赃枉法攫取的民膏民脂来玷污革命先烈创办的这所学校。他一方面向社会和校友募捐（包括义演、义卖等），向银行借贷；另一方面发动师生自力更生，精打细算，艰苦建校。经过几年的努力，广益中学的校舍规模和教学环境，成为了当时长沙市各中学中所少有的。

二、慎选良师。他千方百计选聘好教师，如当他得知杨炎和是北大数学系的高材生时，便在杨毕业前与他约定毕业后聘来广益任教，并事先在学生中宣传他。后来杨老师果终成了教师中的骨干之一，还被推选为学校董事会的董事。他选聘的教师，资历都比较高，据保存的名册记载，1928 至 1936 年先后新聘的 44 名教师中，北大、清华等大学毕业的 18 人，上海体专、上海美专毕业的 7 人，湖南、武昌高等师范毕业的 9 人，加上前清举人、贡生共计 36 人，占 82%。这样的教师队伍，也是当时长沙市各中学所少有的。

三、从严治校。任校长对学校管理严格，无论是上课、早晚自习、就寝、用餐、早操、课余锻炼，乃至学生的仪表、着装、礼节等都有明确的规定，违者要受到纪律处分。考试舞弊者，除试卷记 0 分外，区别不同情况记大过、退学或开除学籍。操行成绩不及格者不准毕业。门卫制度很严，校门有两进：前门为传达室，有工人守门；二门要经过校办公室，由校长或值日教师坐镇，学生不到下午课后不能出校门。当然，也很注意奖励优秀学生，如初中毕业生每个班的前三名可免试升高中，每学期各班的前三名可免学费；各种竞赛也发奖品、奖状等。对教师的要求也很严格，在聘约上均有详细规定。因此，广益中学的校风很好，教学秩序井然。

四、注重学生全面发展。他重视文化科学知识的传授，不仅按规定开设必修课，还设选修课，数理化用中英文两种课本；不仅开设英语，还开日语、德语。他重视思想品德教育，既有革命传统教育，又有爱国主义教育；1929 年制定了"公勤仁勇"的校训；还勉励学生"富贵不淫，贫贱不移，威武不屈，好学近智，知耻近勇，力行近仁"；甚至在遗嘱中叮嘱学生"务宜勤学守规，造出优良之人才，以为国用"。他既重视体育，又广泛开展课外活动。总之，注重培养学生全面发展。

鞠躬尽瘁精神不死

任校长严于律己，以身作则。他以"育天下英才为至乐"，克己奉公，每月只支工薪 40 元，是当时长沙市中学校长中最低的，并说："我不拿高薪办广益，这就是我的事业。"他安贫乐道，不谋私利，一件布棉袄穿十年，虽补丁加补丁也不肯更新，并常曰："笑烂不笑补。"他的"夫人朱佩卿出身贫寒，以童养媳嫁先生，甘苦与共，数十年如一日，生四女二子，一家八口生活维持不易，有时竟断炊。但任校长不向学校左借分文，也不肯接受学校的补贴"。其长女回忆说："每天吃萝卜、白菜、豆腐，顶多有点小鱼虾，只有家里人过生日才吃点肉。"他全家挤住在学校一套旧房内，任校长命名曰"康庄"，"取虽贫犹健，居窄心康之意也"。[1]"康庄"前门临街，后门通校，常将后门上锁，不让家属子女出入学校，以避嫌疑。他以校为家，每天早晨6时起床即到校办公室，至晚上10时俟全体学生就寝、职员出室才回家。他主持全校工作，又长期兼教"三角"，任务十分繁重。特别是由于当时的政府长期嫉视富有革命传统的广益中学，津贴远远少于明德、周南等校；而广益收取的学费又低于他们；同时"从民国十八年（即1929年）以来，有班次而政府无补助者，截至现在（注：指1935年）欠领津贴达二万一千余元。故经费至为支绌……积欠达四万有奇"。[2]是故任校长操心过度，积劳成疾。1936年10月11日送湘雅医院治疗，诊断为食道癌晚期，27日动手术，同学们自动为他输血，师生员工和亲友积极捐赠医药费。11月28日，任校长出院，移养私寓，每隔一日仍令工友用藤椅抬至他的办公室坐视半小时，并计划学校行政事宜。直到临终前几天，还要家属用睡椅抬着巡视学校一周，对侍随的师生说："我病已不治，再不能来校工作了，望全体师生念先烈创校之艰难，励精图治，使学校发扬光大。"语重心长，感人肺腑。12月10日，他立下遗嘱，除丧葬务宜简单、感谢众人对他治病的关心等以外，还寄厚望于学生。真可谓鞠躬尽瘁，死而后已。次日凌晨4时溘然长逝，年仅48岁。全校停课一天，在大礼堂举行了追悼会，师生们悲痛不已。"湖南教育界陨落一颗巨星"，各地唁电如雪片飞来，广大同仁为失去一位忠诚的教育家而惋惜！

任校长于12月26日出葬，"执绋者千数百人，途为之塞"。老校友赵旺初回忆说："出殡队伍很长，头排有一大横幅，白布黑字写着'精神不死'。这天正好是'西安事变'放回蒋介石的第二天，那时长沙的街道窄，出殡队伍占了半边街，街上看热闹的还未看到后面的棺材，就以为我们是庆祝'西安事变'和平解决的游行队伍。有的市民相互发问道：不是放回南京没有死吗？怎么打'精神不死'的横幅呢？我走在队伍的前几排，听到了这样的对话。"可见影响之大。

纵观任邦柱先生的一生，终身从事教育事业，教学有方，爱生如子。他担任广益中学校长的九年，是公认的该校鼎盛时期；其艰苦奋斗、慎选良师、从严治校和注重学生全面发展的办学经验，一直为如今享誉国内外的、原国务院总理朱镕基的母校——湖南师大附中的继承和发扬，对其他治校者也有启迪意义。他为人严于律己，廉洁奉公，一生劳累，两袖清风，鞠躬尽瘁，死而后已的风范，更值得世人学习和敬仰。任邦柱校长离开我们虽已71年，但其精神仍然不死。

（摘自湖南省文史研究馆《文史拾遗》，2008年第1期）

---

[1] 见任邦柱之子任培根所撰《任邦柱先生传略》。

[2] 见任邦柱1935年所撰《广益校史纪略》。

曹孟其轶事

刘磊

一

曹孟其，男，原名惠。1883 年生于湖南长沙县榔梨，1950 年 1 月 9 日病逝，终年 67 岁。他早年毕业于城南书院，补县学生员。1905 年入警官学堂，及卒业，任湖南警官训练所教官。1911 年参与湖南光复，任都督府民政司科长。1913 年任警兵补习所教员。1914 年起主持贫民工艺厂，并在修业学校、长沙县立师范、湖南省立一中兼教国文。后来，先后任湘军第二军军部、湖南省督军署、民政厅、警察厅秘书及广西省政府顾问等。1926 年，北伐军兴，任国民革命军前敌总指挥部秘书。至宁汉分裂，总指挥唐生智下野，他赴上海政法和大夏大学任教。三年后返湘，任湖南孤儿院院长兼广益、三峰两中学校长。同时，创办长沙台田瓷业公司。抗日战争胜利后，兼任湖南省文献委员会委员。

他一生以经营湖南孤儿院时间最久，用力最多，20 余年孜孜未尝少懈。将自己所有田产房屋全部捐出，以院为家，视孤儿如子女，最为时论所称道，全国慈幼会考绩，以湖南孤儿院成绩最突出。他掌管孤儿院时，将该院所有湖田创办兴庆农场，购置拖拉机，是为湖南有机耕之始；又将孤儿院内余地建"给孤园"，亦为湖南有公园之始。"给孤园"内，艺菊千余种，自号"菊界大王"。

他博学能文，诗亦佳丽，尤善撰挽联。其书法以北碑而参颜意，自创新派，别开生面，时称"童体"。其著述甚多，有《孟父春秋》刊行于世。他的事迹被收入 1992 年编辑出版的《长沙教育志》"人物传略"栏，与胡元倓、朱剑凡、何炳麟等一道，被列为长沙地区从 1840 年至 1990 年 150 年间的 77 位教育界名人之一。

二

曹孟其曾于 1937 年至 1938 年 8 月，出任湖南私立广益中学（今湖南师大附中）董事会的董事长；1914 至 1920 年 1 月和 1938 年 9 月至他临终（1950 年 1 月），两次兼任该校的校长近 18 年，对学校的建设和发展作出了贡献，也留下了不少感人的故事和宝贵的精神财富。

其一，不支薪俸的校长

他先后两次出任校长，都是临危受命。1914 年，广益面临当局收回已拨的长沙市北门外熙宁街永久校址（1916 年退回）和停发津贴的严重困难，他被推为校长，与当时在校任教的教师相约"不计报酬"，先后租赁私宅和湘乡试馆为校舍，艰难维持。1938 年 8 月，罗介夫校长遇难后，学校董事会推他继任校长，也是临危受命。抗战时期，颠沛流离，三迁校址，1938 年秋至 1945 年，广益熙宁街先后迁至望城沱市、常宁和蓝山办学。当时，他的主要精力是在长沙经营湖南孤儿院，又身体欠佳，不能常驻学校，只每个学期到校决策学校经费和延聘教师等大事，日常校务先后由教师喻子贤、李之透任秘书或代理校长主持。虽然如此，他毕竟是一校之长，肩上的责任重。广益中学的学籍簿（含教职员名册）记载，曹校长不支月薪，只领取少量夫马费。如 1939 年 5 月的教职员名册中，曹校长的月薪一栏记载："不支薪，年支夫马（费）二百元。"在贪官污吏充斥的旧社会，他这种当校长、不支薪的社会贤达是罕见的！其奉献精神，很值得我们学习。

其二，在抗日战争的硝烟中坚持办学

1938 年秋他第二次上任伊始，长沙城屡遭日机轰炸，城区中学奉令疏散。他通过数学教师汤执盘联系，将学校迁至汤先生的家乡——望城沱市，借辖神庙、程家和尹家祠堂办学。但沱市距长沙城近在咫尺，被迫提前放假。寒假期间，当时在校任教的校友李之透返常宁度假，向客居在此的学校董事长黄士衡告知学校要再次迁移。黄认为常宁辟处湘南，数十年无兵祸，又有河流通湘江，运输便利，是学校避难的最佳选择，便要李利用当地多种关系，觅得了可作校舍的柏坊大坪尹祠、李祠、义塾等处所。1939 年农历正月初三，曹校长召开学校董事会议，讨论再次迁校事宜，他断然指出："为图学校之生存，并负战时教育之使命，不能不全力以赴"，一致决定学校迁常宁。在那里艰难地办学五年多后，到 1944 年 8 月，衡阳失守，常宁告急，当时的代理校长李之透又克服重重困难，将学校转辗迁至蓝山。抗战胜利后，曹校长又立即召开董事会议，组成了由董事长黄士衡、名誉董事长王劲修、政界名人余籍传为常委的复员委员会，并恢复校友会，广泛募集经费，在一片废墟的熙宁街原址，修复校舍。1946 年 3 月 18 日正式复课。之后，学校不断有所发展。在常宁、蓝山期间，广益中学在抗日战争的硝烟中历尽艰辛，坚持办学，使这所私立中学得以延续下来，先后主持校务的秘书喻子贤，特别是后期的代理校长李之透，固然立有汗马功劳，但曹校长也是很有贡献的！

其三，一份被传为趣谈的电报

私立学校的校董会至为重要，关系到筹措经费和延聘良师，必须有社会名流牵头。曹校长1938年上任时的董事长是曾留学美国、担任过湖南省教育厅厅长和湖南大学校长的黄士衡（直至1951年11月学校由人民政府接收止）。1942年冬，他又凭自己的社交聘请国民党将领王劲修出任名誉董事长。1944年某月的一天，李之透代理校长收到曹校长自长沙发来的一份电报，电报只6个字："王事妥即同来。"他得知曹校长将陪军界要人、名誉董事长来校视察，立即全校动员，打扫卫生，美化环境，整顿内务，重申纪律，师生们兴高采烈地恭候两位光临。可是等了一个星期又一个星期，仍不见驾。约莫过了个把月，两位从容莅临。李代理校长问曹校长："来电说马上起程，我们天天等您。"曹笑曰："等什么？电报不是说了么，要等王事办妥之后才能立即动身吧。"原来我们中国的文字有时同一句话，可以这样解释，也可以那样理解。"王事妥即同来"，可解释为"王将军的事情已办好了，即刻同来学校"；也可以理解为"等到王将军的事情办好后，就立刻同来学校"。而李代理校长是按前者来领会的。此事，既证实了不支薪俸的曹校长的确定期亲临学校商议大事，也是当时乃至今天的趣事一桩。

其四，珍贵的"童体"墨迹

1935年，他以广益中学老校长名义，为高中第五班毕业生用自创的"童体"题词相勉："作人如撑舟，一篙不到便退一程；求学如绩麻，日见其少，月见其多。"署名"孟其"。在他兼任校长期间，先是用"童体"题写了1929年制定的广益校训"公勤仁勇"，并署"孟其谨署"，以教育学生。1946年4月12日为广益建校41周年，他用"童体"为校庆特刊题写了"广益中学卌周年纪念"刊头（封面）。1947年上学期，为纪念学校创始人禹之谟，由师生捐款，修建了一栋两层楼的图书馆，命名"之谟图书馆"。是年冬，他又用"童体"题写了馆牌（之谟图书馆），右边写"建国卅八年冬"，左边落"曹孟其敬署"。上述墨迹都收入了2005年作者参与编辑出版的《湖南师大附中百年校志》，前三者的原件保存在学校档案室，"之谟图书馆"馆牌珍藏在学校的百年校史馆。说起这块馆牌，还有一个故事。广益中学于1955年改为湖南师院（今师大）附中从熙宁街迁至岳麓山下的新校区时，尚无图书馆，这块长1.5米、宽0.5米、厚5厘米的馆牌，被誉为"红管家"的仪器管理员黄少坤老师收藏到自己的工作室。由于它木质坚硬，黄老师曾把它翻过来做工作台（俗称砍凳）。正是他这一不经意的举动，使这件文物在"文化大革命"初期逃过了"红卫兵"小将破"四旧"的一劫，得以保存至今。

以上这些，是我所了解的有关曹孟其老校长的故事，也是他为我们留下的精神财富。在他逝世60周年的前夕，撰此短文以示怀念。

（摘自湖南省文史研究馆《文史拾遗》，2012年第2期）

教育家李之透

刘磊

李之透先生幼名保南，又作宝兰，曾改名饱难。1907 年农历四月三十日出生，1986 年 6 月 26 日病逝，湖南常宁县江河乡人。他终身从事教育事业，其事迹被收入 1992 年编辑出版的《长沙教育志》"人物传略"栏目，与杨昌济、徐特立、王季范等同时列入，是长沙地区从 1840 年以来 150 年间的 77 位教育名人之一。政协常宁县委文史资料研究委员会亦于 1990 年 8 月编印有《教育家李之透纪念集》问世。

改名"饱难"的由来

之透先生的父亲李际虞为常宁著名中医，通经史，有悬壶济世之心，在当地颇有声望。

他自幼随父读书，后入私塾，喜做诗文。1924 年至 1926 年，先后在长沙兑泽、岳云、修业等中学肄业，逐步接受马克思主义思想，追求进步。1927 年 4 至 5 月国共合作时期，入国民党湖南省党校学习，并加入共产主义青年团，投身革命。同年 9 月入武昌中山大学中文系预科学习，10 月加入中国共产党后，参加学生和工人运动。因参与支援震寰、裕华纱厂的罢工斗争，于 1928 年 1 月被捕入狱。在关押审讯的四个月中，屡遭严刑拷打，但守口如瓶，始终没有暴露身份，国民党武汉警备司令部军法处仍以"盲从附和"的罪名，判处他有期徒刑一年。他在狱中曾勇敢机智地与狱友共同开展对敌斗争。1929 年 4 月刑满出狱后，与共产党组织失去了联系，只得回家乡常宁蓬洲小学教书，改名为"饱难"，表示不忘饱受牢狱生活之苦难，矢志革命到底。

抗日战争时期，之透先生积极投入爱国学生运动，撰写发表抗日文章和参加查禁、焚毁日货等反日斗争；还担任过常宁县组训民众总部指导员，从事唤醒民众、训练民众的抗日救亡工作。解放战争时期，他坚持抵制反动当局对学校的控制，拒绝加入国民党，使广益中学始终未建立国民党基层组织。他热情支持反内战、争民主的革命学生运动，保护和支持学校的地下党员学生张维寰等的革命活动。1948 年，他动员教师参加"长沙市中学教师联谊会"。1949 年，他支持学校地下党支部的邹晋魁等发动和组织师生"护校迎解"，8 月 1 日率先在长沙市各界《为拥护当局主张避免战祸呼吁和平宣言》上签字，参与推动长沙的和平解放。新中国成立后，他曾先后被选为长沙市和湖南省的第一届和第二届各界人民代表会议的代表，湖南省首届教育工会委员，政协长沙市第一、二、三届委员和常务委员，1956 年加入中国农工民主党，后被选为长沙委员会常委；他曾送两个儿子参加中国人民解放军。这一切都说明他一生热爱祖国，拥护共产党。

回母校教书任校长

1930 年秋，李饱难来到长沙，考入湖南私立广益中学（今湖南师大附中）高中第一班，改名李之透，时年 23 岁，是全班 50 余人中年龄最大的。他在校勤学守规，毕业成绩平均 78.3 分，国文、史、地优秀。1933 年夏考入湖南大学中国文学系，兼攻先秦文学及现代文学，受到多位知名教授的器重。他同时继续参加革命活动，在"一二·九"运动中，曾在全校学生大会上慷慨陈词，痛斥投降派，力倡示威游行。他参与主持湖大进步文艺团体赫曦文艺社的工作，大力倡导新文化研究，先后在长沙《力报》、《铮报》、《晨风日报》及《邵阳力报》等报刊上主编赫曦文艺期刊 55 期，被人誉为"麓山才子"，颇有影响。

1937 年夏，李之透大学毕业后，曾利用假期赴南京梅园新村寻找党组织未果，便应聘回母校广益中学担任国文教员，此后他即以教育事业终其一生。抗日战争爆发后，长沙城屡遭敌机轰炸，人心惶惶。1938 年秋，湖南省政府下令市内各中学疏散离城，广益中学迁至望城县的沱市。不久，日寇进犯湘北，岳阳沦陷，长沙告急，沱市与长沙城近在咫尺，学校被迫提前放寒假，动员学生回家。当时，李之透老师回到了老家常宁，意欲协助母校南迁常宁，便向客居常宁的学校董事长黄士衡先生反映。黄董事长认为常宁僻处湘南，数十年无兵祸，又有河流通湘江，转运方便，甚为合适。在黄的授意下，李老师利用当地多种关系，觅得了柏坊乡大坪（有人叫太坪）的尹祠、李祠、义塾及民房培荫园等处，可做临时校舍，便将情况函告学校。学校随即派事务主任前往察看后，承当地教育界人士尹镇湘的大力协助，得到了尹、李两大家族头面人物的支持，签订了租约。1939 年农历正月初三日，校长曹孟其召开董事会议，讨论再次迁校事宜，大家一致认为"为图学校之生存，并负战时教育之使命，不能不全力以赴"，决定学校迁常宁。经过精心筹划，克服种种困难，通过水路，将全部校具、图书仪器及购买的稻谷（8000 斤）、煤油（数百斤）等运到常宁。当年上期，学校有高、初中 13 个班，学生 600 多人、教职员 43 人。李之透老师在母校南迁中发挥了重要作用。

在学校暂时安定下来以后，李之透于 1940 至 1943 年，先后应聘到衡山岳云、新宁楚南和武冈国立十一中等中学任教。当时广益中学的校长曹孟其因在长沙经营湖南省孤儿院，每个学期只在开学时到校一次，讨论决定学校重大事宜，日常工作先后由秘书（实为代理校长）王季范先生和喻子贤老师主持。到 1943 年时，喻老师已年近六旬，人老力衰，校董会便应他的要求，请李之透校友回校主持校务。于是李之透于 1944 年初从武冈回到母校，担任教导主任兼教国文，同年下期担任代理校长，全面主持校务。1950 年 1 月，曹校长病故，李继任校长。此后，1951 年学校首批由人民政府接管改为湖南省立广益中学，1952 年改名湖南省长沙市第四中学，1955 年 1 月又改为湖南师范学院附属中学，他都担任校长，是新中国成立后省内原中学校长中长期继任者的少数几人之一。直到 1956 年 10 月调到湖南师院中文系任教止，主持学校工作 13 年，历经抗日战争、解放战争、社会主义革命与建设三个时期，私立广益、公立广益、四中和师院附中四个阶段，使学校得到维持、巩固和发展。先后培养出高、初中毕业约 2000 人，升入高一级学校的分别达到 90% 和 70.80%，为国家作出了重大贡献。

在硝烟中坚持办学

李之透主持广益中学期间，成绩显著。抗日战争后期临危受命，艰苦撑持，使学校得以维持下来。抗日战争胜利后，他千方百计筹款和发动师生在废墟上修复和扩建校舍，复员长沙，并苦心经营，使学校逐步得到巩固。新中国成立后，学校被人民政府接管，焕然一新，不断有所发展。1952 年，按照学校规模、师资力量、教学设备和学生成绩等方面的评比，该校排在湖南省立一中、长郡中学和明德中学的后面改为第四中学。后来该校被湖南师范学院选为教育实习和教育科研基地，改为湖南师院附属中学。这些都说明了广益中学的办学成绩和在省会公私立中学中的地位，而最令人难忘和称赞不已的，莫过于在硝烟中坚持办学。

1944 年日寇为打通湘桂交通线，大举南侵，5 月长沙失守，6 月衡阳被围，日寇窜入距学校仅 30 多里的地方。李之透与同事商定，学校提前考试放假，附近和外地有家可归的学生暂时疏散回家或投亲靠友。有 160 多名家住敌占区的湘北学生成了无家可归的"难民"，加上教师共 200 人。为保学校之生存和师生之安全，李之透代理校长带领他们肩负简单行李、书籍、米粮，步行 70 多里来到庄泉，在当地租得刘家祠堂为校舍，教师借住附近农民家中，在艰苦的条件下，坚持教学。但由于学生已断绝经济来源，所带粮食所剩无几，一度靠吃稀饭、喝盐水度日。学校无钱购粮，面临断炊，李代理校长率师生代表赴宁远找当时南迁的省教育厅救济，也无粮可拨。面临绝境，他拍着胸脯向学生说："只要我李之透还有一口饭吃，就决不会让同学挨饿。"于是毅然以家产作抵押，向当地人士和乡公所借谷 200 余担，又托人向县政府借谷 100 担，以维持学生的口粮。同年 8 月底，衡阳失守，常宁告急，李代理校长四处奔走联系，将一部分年龄较大、能力较强的学生介绍到抗日后方的各机关、小学服务，组织 60 余名年龄和身体都合格的学生到广东坪石第九战区的学生教导总队受训。剩下 20 多名年龄较小的学生，由他带领长途跋涉 6 天逃难到了宁远县城，请求省教育厅收容，但无结果。宁远无法立足，又只得率领学生走 80 余里崎岖山路逃到蓝山县，找到了离县城 20 多里的所城作为校址，仍租祠堂和民房做校舍，教职员也陆续从常宁到来，于是又竖起湖南私立广益中学的校牌，号召学生复学，进行秋季招生，100 多名学生在比常宁困难得多的条件下坚持学习。第二年春，在当地名人钟伯毅的支持下，该校迁到离县城仅两里路的高阳，借钟家祠堂为校舍，学生增加到 460 多人，有高、初中共 11 个班，校誉日隆。同年 4 月 12 日，在蓝山举行了校庆 40 周年纪念大会，省政府以"广益中学能在战火中坚持办学，实属难能可贵"，发给奖金 50 万元。一时，在湘南偏远山区的广益中学名传三湘，秋季入学者达 830 余人，弦歌不绝。

国难深沉，颠沛流离，李之透代理校长，不辱使命，坚忍不拔，殚精竭虑，艰苦备尝，爱校如家，爱生如子，使一所濒临倒闭的私立中学起死回生，并出现生机勃勃的气象，同样"实属难能可贵"。

（摘自湖南省文史研究馆《文史拾遗》，2008年第3期）

忠诚于教育事业的李校长

江文笔

我是 1955 年下期从湖南师院毕业后分配来附中的，当时接待我的是李之透校长。1956 年 10 月，他调到师院中文系工作，我们共事只有一年的时间。当时对李校长的印象是他工作认真负责，办事一丝不苟，待人诚恳、和蔼可亲。这次我负责编写师大附中校史，查阅了大量的历史资料，走访了许多老校友，对李之透先生办学所经过的一段艰苦历程有所了解，并深为他那种办学精神所感动。

李之透先生于 1933 年上期在我校前身——广益中学高一班毕业，以后考入湖南大学中文系，1937 年上期从湖大毕业以后，下期又回到母校任教，时值抗日战争爆发，长沙城屡遭敌机轰炸，1938 年秋，学校迁到望城县沱市。日寇侵入湘北，学校仓猝解散，教职员相继离校，学校待再次迁徙。李之透先生回到原籍常宁，意欲在常宁寻觅校址，于是拜访了当时客居常宁的黄士衡董事长。黄认为常宁僻处湘南，数十年无兵患，且地濒湘江河，交通方便。李之透先生认为自己的家乡——柏坊乡太坪村的尹祠和李祠可作校舍。于是函告学校，请求派人前往考察。学校即派总务主任朱谷贻去柏坊，亦认为尹祠和李祠可以办学。经李之透先生多方奔走周旋，得到了尹、李两族头面人物和各方人士的支持，于是签订了租约。1939 年初，学校南迁到了常宁，在这个过程中，李之透先生是立下了汗马功劳的。

广益中学南迁以后，之透先生曾一度离开学校到其他中学任教。后来由于曹孟其校长身体不好，每学期只能来学校一次，且停留时间不长，主持校务的喻子贤秘书年近六旬，力不从心，于是校董事会商定请李之透先生回校主持校务。1944 年春，李之透先生从武冈国立十一中学返回广益任代理校长。时值日寇第四次犯湘，1944 年上期，长沙失守，衡阳告急，学校只得提前放假，而家住湘北的学生，成了有家不能归的"难民"。李代校长动员家住湘南的学生伸出友谊之手，接纳部分湘北学生回家暂住，剩下的 160 多位湘北学生，在李代校长的带领下，肩负简单行李、书籍、米粮，步行 70 多华里来到常宁庄泉，在生物教师刘伯勋的帮助下，觅得刘祠为临时校址，在艰苦的条件下继续办学。由于学生断绝了经济来源，学校无钱购米，李代校长率领师生代表去宁远县省教育厅请求救济。省政府命常宁县田粮处拨给学校公粮。回来以后，经多次与常宁田粮处交涉，毫无结果。眼看学校即将断炊，学生担忧生计，李代校长拍着胸脯对学生说："只要我李之透还有一口饭吃，就决不让同学挨饿。"当时这句话，至今许多学生难以忘怀。于是他以自己家产作抵押，向当地人士借来 200 余担谷子，仍无济于事，又向当地乡政府借了 50 担谷。经过一段时间以后又无法维持，于是再通过多方周旋，托人说情，向常宁县教育科借了 100 担谷子来继续维持学生日食。

1944 年 8 月底，衡阳失守，常宁告急，校内人心惶惶，李代校长多方设法介绍一部分年龄较大、能力较强的学生到抗日后方各机关、小学服务，一部分学生参加学生教导总队受训，最后剩下的 20 多个是年龄较小的同学，则由李代校长率领去宁远县省教育厅请求收容，经过六天的长途跋涉，才到达宁远县，借住在与李代校长同班的广益校友、当时在育群中学任教的彭肇藩家。初步安顿以后，李代校长即与省教育厅联系，请求安排学生生活、学习，经反复交涉，毫无结果。出发时只带四千元法币，路途已用去大部分，所剩不多，宁远既无落脚之地，只得继续向蓝山进发。又经过 80 多里的崎岖山路，于古历七月十五日到达蓝山县城。蓝山当局不重视私立学校，不给安置，于是又觅得离县城 30 多里的宁溪所为临时校址，继续办学。在当地招收了一部分学生，连同各地复学的共有学生百余人。这里的办学条件更加艰苦，买不到教科书，缺乏必要的生活设施。李代校长团结全体师生，茹苦含辛，勉强维持。其时日寇逼近蓝山，学校又只得暂时疏散。当时已是寒冬季节，大雪纷飞，天寒地冻，李代校长率领无家可归的湘北学生避往接近瑶山的岩口洞，在那里度过了十多个日日夜夜。

1945 年春，时局有所缓和，当地知名人士钟伯毅，佩服广益中学在战火中坚持不散的办学精神（当时办在蓝山县城的由省立二中、三中、七中联合办的临时中学已经解散），又为了县城学生入学方便，表示欢迎广益迁到县城办学。于是学校又迁到离县城约两里路的高阳里，借高阳里小学和附近的钟祠和孟祠为校舍。这里办学条件比宁溪所好，又有县城各界人士支持，学生猛增到 460 余人，高、初中共有 11 个班。同年 4 月 20 日校庆 40 周年，省政府认为广益中学在战火中颠沛流离，坚持办学，实属难能可贵，特拨给学校奖金 50 万元。

日寇投降以后，1945 年 10 月，李代校长返长筹备学校复员长沙的工作。由于敌机轰炸，"文夕"大火，又经长沙的四次会战，原学校熙宁街校址已是一片废墟，断垣残壁，满目疮痍，杂草丛生，一派凄凉景象，复员工作面临极大的困难。李代校长与曹孟其校长及其他董事会成员共同商议，决定一方面组织人力，清除校区内的地雷和未爆炸的炸弹，迁走坟墓，另一方面李代校长和曹校长到处奔波，找省救济总署请求救济，找银行、钱庄贷款，都未能解决多大问题。于是决定恢复校友会组织，广泛登记校友，发动校友和社会各界捐赠资金。李代校长的艰苦办学精神，深为广大校友和社会各界所感动，纷纷解囊相助。这样经过一段工作，学校恢复并新建了部分校舍。到 1946 年下期，高、初中学生达 800 多人，学校又兴旺起来了。

新中国成立后，1950 年，李之透先生正式担任校长，一直到 1956 年 10 月。

李之透先生在附中（包括广益）前后工作了 15 个年头，除了两年半时间担任语文教员以外，负责学校行政领导工作有 13 年。他受命于危难之际，经历了学校发展的困难历史时期，学校得以在极端困难的条件下延续下来，而且办得很有成绩，使广益中学名播三湘，这与李之透校长那种忠诚于教育事业的精神是不能分开的。李校长虽然去世了，他的办学精神，在我们校史上留下了光辉的一页。

（摘自《教育家李之透纪念集》）

怀念李迪光校长
——为纪念他逝世23周年而作

刘磊

李迪光同志，1921 年 4 月 9 日生于湖南望城县。初中毕业后，曾在长沙市一家照相馆当学徒。后以优秀的成绩同时考取明德、长郡和岳云三所中学。因明德校长爱才，许以特等奖学金，遂入明德。高中二年级时考入中山大学化工系。1949 年大学毕业后到衡山县三忠中学任教，并加入中国共产党，同年七月来长沙。解放初，受命接管长郡中学并任党支部书记、副校长；1952 年调任湖南第一师范党支部书记、副校长；1956 年 8 月调入湖南师院（今师大）附中任党支部书记、副校长（无正职），先后两度主持工作 12 年。那些年，我在他的领导下先后当教师和中层干部，得到过他的很多培养和关心。他 1991 年 5 月 10 日病逝前的两三年在湘雅附二医院疗养，我去看望过多次，当他弥留之际，还同他握了最后一次手。50 多年前的那段共事和 23 年前的那最后一次见面，至今仍历历在目，我没有也不会忘记他。

他在附中主持工作的那十多年，"左"的影响大，1959 年在"反右倾"运动中蒙冤受屈，曾安排去师院化学系工作。1962 年落实政策平反回校主持行政工作，但"文革"一开始，又被揪斗、关"牛棚"和长达 4 年多的"靠边站"，剥夺了他履行职责的权力，而且身心受到严重摧残！因此，他实际主持学校工作不过 7 年多，但仍做了很多卓有成效的工作。

一是抓人头，培养教师、干部队伍

为了建设一支合格的教师队伍，李校长到校之后，根据教学工作需要，合理调整安排了包括刚刚并入的长沙市第十中学在内的原有教师，并采取了下列措施：

首先，趁师院调整下放教师之机，接收了一批原来从各地中学选调的老教师，如语文教师王鑑清、章春盈，物理教师李仲涵、刘盛昌，化学教师郭琴轩等。他们的业务知识扎实，教学经验丰富，李校长尊称他们为"工作母机",后来都成了教学上的带头人,王鑑清和李仲涵还当了教研组长。

其次,每年从师院的毕业生中按照选留助教的标准吸收若干新生力量。他们有比较系统的文化科学知识,学过教育学,上进心强。李校长要求他们与老教师签订"师徒合同",跟班系统听"师傅"的课,请"师傅"审阅、修改教案和指导进修等,首先熟悉所教学科的全部中学教材、学会基本的教学方法,他们很快地站稳了讲台。

再次,对原有学历参差不齐的中青年教师,要求他们"教什么、学什么,缺什么、补什么"。或者听本学科老教师的课,从文化科学知识到教学方法都学;或者为他们创造条件到师院的有关系科免费听课,几年过去便达到了大专乃至本科的水平。

最后,聘请师院富有中学教学经验的老教师如徐钰礼、黄世知等来校听课,分别指导数学和物理教学;又请来退休外语教师杨笔钧住校指导外语教学;对培养提高教师都起了立竿见影的作用。同时,要求全校的中老年教师,除了做好青年教师的"传帮带"以外,主要是学习教育理论,总结自己的教学经验,不断提高教学水平,形成自己的教学特色。数学教师黎赞唐,几十年来工作认真负责,教学经验丰富,热心培养青年教师,67岁光荣入党,被评为全国劳动模范、选为全国教育工会委员。李校长树他为先进典型,号召全校教师向他学习,一时,"学先进赶先进"的热潮兴起,教学研究的风气空前浓厚,教学积极性普遍提高。

在培养年轻干部方面,主要是让他们在实际工作中锻炼成长,如先后提拔2人担任教导处副主任和2人担任团委书记等。在他来校不久,为了提高党支部的工作,就吸收刚入党的江文笔和我列席支部委员会,既让我们在会上发表意见,以利贯彻他的意图,又让我们在"见习"中得到培养。后来,这些同志都成为了学校的骨干力量。

二是抓教学,培养学生德智体全面发展

李校长熟悉中学教育规律,很重视常规教学。也多次探索教学改革的路子,如1958年曾按照上级的部署进行教育革命,停课劳动一个月,复课后仍每周安排三天半劳动,办工厂、农场等。接着转入教育思想自觉革命。当时师生的劳动热情很高,思想面貌发生了积极的变化,物质收获也颇丰,如全校一千多名寄宿生的肉食、蔬菜自给有余,省电影制片厂为学校摄制了题为《一个副食品自给自足的学校》新闻简报在全省放映。但劳动过多,少了琅琅的读书之声!1959年,中央针对教育革命中出现的问题,修订和颁布了《关于全日制学校教学、劳动和生活安排的意见》。李校长积极贯彻执行,提出"大兴读书之风",纠正劳动和政治活动过多、忽视文化科学知识的偏向,学校又走上了正轨。

李校长在常规教学方面,认真贯彻党的教育方针,主要做了以下工作:

第一,严格按照国家的教学计划开课。

他认为国家的教学计划具有法规性质,只有按照它开设课程,才能保证贯彻党的教育方针

和培养全面发展的人才。他文理并重，既重视语数外和理化，也不忽视音乐、美术，还特别注重体育。他教育学生不偏科时，曾形象地说过：你们不要以为吃韭菜会长眉毛、吃大蒜就长鼻子，萝卜白菜都要吃，不能偏食，偏食就长不好身体；读书也一样，不要偏科！偏科就成不了材。所以，他坚持高中毕业考试后才按文、理、医农三类编班复习一个多月参加高考。而且在高三仍坚持"两课"（每周两二节体育课）、"两操"（每天早操、课间操）和"两活动"（每周课外体育活动两次），保证班会和团的活动时间，反对一切片面追求升学率的错误做法。

第二，合理配备教师，狠抓"三基"。

"三基"，指基础年级（初中一年级）、基础学科（语文、数学、外语）、基础知识和基本训练。他认为初中一年级是从小学向中学过渡的关键时刻，必须狠抓，要配备富有初中教学经验的教师任课。当时的数学教师王海云、黄浩苍、姚某某等，基础知识扎实，教学有方，耐心细致，长于教初中，教学效果很好，深受学生欢迎，便保持他们在初中教课，并要求他们培养接班人。

他认为语、数、外三科，是学好各科的基础，也是继续深造培养各类人才必不可少的基础，必须保证打好这个基础。为此，在安排教师时，各年级的语、数、外都配备中老年骨干教师当备课组长，带头钻研教材、掌握重点难点、选择教学方法，进行把关，从而保证了教学质量的提高，也有利于培养提高教师。

他认为基础知识和基本训练，相当于建造高楼大厦的基石和基本功，如果基石不牢固，基本功不熟练，就建造不出高质量的高楼大厦。他指出：学生如果在中小学阶段没有学好基础知识和练好基本功，就没有希望成为具有过硬本领的人才。因此，要求教师把所教学科的基础知识弄清楚，让学生一一过关；对各项基本训练严格要求，使学生熟练掌握。

第三，深入教学、深入课堂，指导改进教学方法。

李校长既熟谙理科，又通晓文史，上任伊始就深入各科教师办公室，看教师的教案，查他们批改的作业，发现问题当面指出，对教师，特别是青年教师帮助很大，无形中也起了督促的作用。他每周都要听几节课，文理体音美课都听，并及时向授课者提出中肯的意见，指导改进教学方法。又提倡教师写"教学后记"，自己总结经验教训。我当年教历史课就这样做过，很有好处。他不仅自己坚持听课，还规定管教学的其他校级和中层干部的听课任务，每学期开学初，发一本"听课笔记"并定期相互检查。从而，形成了学校以教学为中心的氛围，也促进了教学质量的提高。

第四，合理安排教学时间，促进学生全面发展。

上世纪五六七十年代，每个星期有6个工作日，每天安排6节（星期六只5节）文化课，第七节分别安排课外体育锻炼两次、文娱活动一次、课外小组活动一次、团队活动一次，周六下午第6节为班会，第七节全校大扫除。李校长很重视课外活动的开展，各项活动的时间和文化课的时间一样，必须保证，各人守住自己的阵地。课外活动的场地统一分配，一到课余整个学校生动活泼。航空模型、航海模型和射击等国防体育活动，不仅时间、场地、器材有保障，而且配有指导教师，参加的学生热情很高，在省、市比赛中稳操胜券，逐渐形成了学校的传统项目。

教研组和备课组的活动都安排在白天，只有一个晚上的政治学习（党、团员间周一次组织生活），保证教师有足够的时间进行教学、备课、批改作业和业务进修。

当时，学生的思想政治教育，主要是爱国主义教育、集体主义教育、组织纪律教育和结合政治运动的形势教育。1963 年起持续开展了学习雷锋的活动。而劳动教育则贯彻始终，所以附中学生爱劳动、爱惜劳动成果和尊重劳动人民的精神很强。

总之，上世纪五十年代后期至"文化大革命"前的附中，培养了一批又一批合格的初高中毕业生。他们的文化科学知识扎实，思想上进，体魄健全，兴趣爱好得到了较好的培养，德智体全面发展。其中涌现了如中国科学院院士朱作言（59 届高 14 班）、少将潘振强（58 届高 13 班）和周良柱（64 届初 64、67 届高 59 班）、香港爱国企业家蔡鸿能（58 届高 9 班）以及国家有突出贡献的青年专家和国防科研等各类学者专家与国家运动健将等荣获国家级奖的四五十位知名校友。

三是抓"三风"，树立良好的学校形象

"三风"即校风、教风和学风，附中的这"三风"一直受到社会上的赞誉。长期以来市内外的学生向往附中，学校地处岳麓山下、湘江畔，学习环境优雅和校风、教风、学风好是很具吸引力的。因此，李校长很重视"三风"的建设。

首先，建立、健全学校管理制度，培养良好校风。

上世纪五六十年代，强调党对学校的领导，校长在党支部的领导下工作，学校每年的大事，党支部有规划，学校行政每个学期有工作计划，每周召开一次行政会议，发扬民主，讨论各方面的工作，分头落实。学校有分管教学、总务和体育卫生工作的副校长，教导处也有分管教学、学生思想政治教育和体育卫生工作的副主任，各司其职。当时有两名副校长和教导主任、总务主任都是民主党派人士，他带头并要求党员干部尊重非党员干部，支持他们开展工作。1962年他回校时，我已担任教导处副主任和党支部宣传委员，分管学生思想政治工作。学校一贯重视班主任工作，每个学期排课，教导主任总是要我先安排全校的班主任，常常产生矛盾。如某语文教师教学能力和班主任工作能力都强，主任希望安排他教两个班的语文，我则已安排他当班主任，只能教一个班的语文了，难免发生争执，但主任往往让我。后来被李校长知道了，曾提醒我要尊重非党员主任，谦虚谨慎，对我触动很大。

李校长认为干部的作风，直接影响校风、教风和学风。他带头并引导全体干部尊师重教、廉洁自律、互相尊重、勤奋工作、团结协作、谦虚谨慎，做好本职工作，为教学服务，为师生生活服务。

其次，要求教师为人师表，培养良好教风。

李校长要求教师对学生全面负责，既要教书又要教人，不仅管课内也要管课外，处处为人师表；备课要备知识、备思想（寓教于学）、备教法、备作业（课外习题）；课堂上要留有学生思考、发问的时间，提倡"向 45 分钟要质量"；课外要及时辅导答疑（早晚自习要下班），争取"只只蚂蚁都爬上树"；作业要全批全改或当面批改，布置给学生做的习题要自己先做一遍等。要求教育学生各科作业都要规范，书写工整，卷面清洁，不合格的要发回重做。当时的初中数学教师王海云等，指导学生做习题，开头要写"解"，结尾要有"答"，演算过程要完整，"+ - × ÷ > < = （ ）"等符号都要规范，上下横式的"="号要对正。附中的初中毕业生参加市里的统考（统一命题制卷、统一阅卷、试卷密封），外校阅卷教师只要打开试卷本就知道哪本是附中考生的。可见严谨的教风养成了学生良好的学习习惯。

针对当时某些教师中"文人相轻"的现象和十中并入之初彼此不熟悉等情况，李校长要求大家互相尊重，互相学习，互相了解，加强团结，齐心合力把学生教好。因此，随着时间的推移，教师之间的隔阂不断消除，感情不断加深。一些教师因照顾家庭关系，或因工作需要陆续调去了外地，仍保持与老同事的联系，有的在若干年后还回校参加校庆活动，说是"回娘家"为"母亲"祝寿。李校长离开学校多年后仍关心附中的发展和老教师的健康。1990 年 1 月，附中 85 周年校庆时，他正住院治病，仍亲笔题写"百年树木，惟楚有材，呕心沥血，继往开来"的贺词。

再次，建立健全学校各项规章制度，培养优良学风。

上世纪五六十年代，附中是长沙市唯一一所寄宿条件完备的中学，又面向多个地区招生，80% 的学生住宿，管理工作比较复杂。李校长指导建立健全规章制度，学习方面有课堂纪律、考试规则、升留级规定、奖惩制度以及早晚自习纪律等；生活方面有寝室纪律、食堂纪律、早操纪律、请假制度，等等，要求学生自觉遵守。加上教导处和团队的干部、生活辅导以及班主任的检查督促，学校秩序井然。年年评选三好学生、优秀团（队）员、先进集体和各类积极分子，学生"比学赶帮"成风。又实行团带队、高初中结兄弟班的制度，学兄、学姐带学弟、学妹，全校形成了思想上进、学习刻苦、体育锻炼自觉的优良学风。

此外，李校长对教学条件的改善也十分重视。

积极向省教育厅争取经费和向师院争取支援，1956 年建成的办公楼内开设四间实验教室和图书室；利用 1958 年的劳动收入修建了长达 1300 多公尺的围墙，添置了一些教学设备和供学生借用的蚊帐与棉被；趁高等院校清产核资和省工农速成中学撤销的机会，通过教育厅调进了大批教具和教学仪器，充实教学设备。他对校园的绿化也很注重，曾带领生物教研组长殷老师指导总务部门进行规划，并亲自参加植树。还去岳麓山公园要回了一株雪松，植在教学楼与办公楼之间的花园中心，现已移植于琢园，仍枝繁叶茂。

李校长在党支部的领导下进行工作，十分重视党和青年团的发展建设，注重发挥党员的先锋模范作用和团员的带头作用，要求党、团员与教师交朋友，用自己的实际行动影响周围的群众。又很重视发挥工会和民盟等民主党派组织的作用，支持、推动它们开展工作。工会有业务委员会、调解委员会和互助储金会，党团员做骨干，又吸收一些要求进步的积极分子，他们能力强、热情高，分别在教学业务领域和职业生活方面做了许多工作，对于调动教师的积极性和解决职工生活中的后顾之忧，起了很好的作用。民盟的成员都是教学业务强的教师，在教学工作中发挥了带头作用。

他在附中主持工作期间，政治运动不断，他竭力排除"左"的干扰，克服重重困难，忍辱负重，认真贯彻党的知识分子政策和教育方针，建立了一支素质较高的教师和干部队伍，提高了教学质量，改善了办学条件，培养了良好的风气，各项工作都取得了显著成绩，为1960年学校被评为"全国先进单位"和确定为省属重点中学创造了条件，也为后来的不断发展奠定了基础。

他离开附中调入长沙市后，1971至1975年曾先后受命筹办湘江师范（原师资训练班）与重建市教师进修学院。1976年又受命筹建长沙基础大学并任副校长，并曾任市教育工会副主席和参与编纂《市志》和《辞源》等。1981年调长沙市一中，先后任校长、党委副书记、顾问。1989年离休，享受副厅级待遇。

李迪光同志的事迹被收入《长沙教育志（1840—1990）》的"人物传略"，与徐特立、王季范、杨昌济、胡元倓、朱剑凡等同时列为长沙地区从1840年以来150年间77位教育界名人之一，又被收入1988年出版的《中国名人大辞典》。

（摘自《校友通讯》第48期）

坎坷路上的跋涉者
——访江文笔书记

刘炼

走过 110 个年头的湖南师大附中，步伐越发从容和自信。回首风雨百年，有过兴盛与辉煌，也不免经历挫折与坎坷，而要走出艰难困境，需要跋涉者的胆识与勇气。江文笔书记就是这样一位跋涉者。

惟公心，担道义

1955 年，附中搬迁到二里半，中学阶段就入党的江文笔跨过马路，从湖南师范学院化学系来到附中任教。

1960 年年初，江文笔任副校长，主持学校事务。在原有五年一贯制和教材改革取得成绩的基础上，狠抓学校教育事业，成效凸显。1960 年 5 月，附中先后被评为湖南省、长沙市文教战线先进单位，接着被评为全国教育、文化、卫生、体育、新闻、出版方面社会主义建设先进单位，同时他被评为湖南省、长沙市先进工作者，享受省部级劳模待遇，并代表学校出席全国教育、文化、体育、新闻、出版方面社会主义先进单位和先进工作者代表大会，捧回了周恩来总理亲笔题写、以中共中央和国务院名义颁发的先进单位奖状。同年，附中还被省教育厅确定为全省第一批办好的重点中学。

1962 年，被错误批判的前校长李迪光复职，江文笔任党支部书记，学校的事业在他俩的支持下稳步前进。1966 年，"文革"开始，学校事业受到严重冲击。少数学生贴出大字报，将矛头指向领导和老师，教师队伍开始出现慌乱。为维持学校的正常教学秩序，江文笔向全校师生作了广播讲话，维护李校长和老师们的威信，强调正常的教学秩序的重要性，后被称为"六九"事件。明知这一次广播事件会给自己带来打击和伤害，但江文笔还是选择站在真相的一边，还像平常一样和学生们同吃同住，和学生打成一片，深入学生中去做工作。虽然师生人心得以稳定下来，但江文笔却戴上了"资产阶级保皇派"帽子，被撤销党内外一切职务。

随后，一阵名为"揪黑鬼"的暴风骤雨降临了，李迪光、江文笔等校领导被迫"靠边站"，被关进了牛棚，接受隔离审查。学校也经历着停课、复课反复无常的混乱状态。江文笔从未为自己的决定后悔过，只要是为公道、为义理，他义无反顾。

宁艰苦，不弃学

勿忘初心，方得始终。江书记在任期间始终铭记着一所中学应有的坚持，那就是永远以办学为学校第一要务，不论这条跋涉之途有多么艰难。

1970年，应上级指示，附中建立了"三结合"的革命委员会，江文笔出任第一副主任。1971年，李迪光校长调往长沙市二十中工作，江文笔接手主持学校工作。

经历过四五年混乱的师大附中当时正面临着诸多困难，首当其冲的就是开办学农基地（农村分校前身）的困境。1971年8月，应市革委会教育组要求市内中学都要到农村建立学农基地的要求，江文笔毅然承袭"勤俭办学""艰苦办学"的传统，带领全校师生半天学习、半天劳动：没有日常开支来源，学校自己开山创收；没有教学活动场所，学校自己开荒辟地；没有办农村分校经费，学校自己招工招生……骑着旧自行车，江文笔往往在一天里来回30公里往返于附中与农村分校之间指导工作，却总是毫无怨言。经过三年的艰苦努力，学校建房2000多平方米，开辟了简易操场和盘山公路，购置了大型拖拉机、排灌机械、发电设备等，修筑了能蓄水1万立方米的山塘，开水田8亩多，开荒种菜50余亩，成功做到了基本解决学校发展的经费困难。

1974年，为响应长沙市教育部门"普及高中教育"的要求，师大附中办学规模急剧扩大，班级数量猛增至42个班。由于教室不够，江文笔坚持"二部制"：一部分学生上午上课，下午不来校；另一部分学生下午上课，上午不来校，隔周轮换。在附中教学楼和附小楼两栋楼共三十来间教室内，江文笔带领着还在因批斗而减少的教师队伍坚持办学，成功将普及高中教育的口号在学校实践了。

1975年，江文笔还于岳麓公社靳江大队开设办学点，以草棚为教室办起了四个初中班，为贫下中农子弟送学上门。尽管办学条件有限，但终于得到上学机会的贫苦孩子们的学习积极性空前高涨，开门办学的"草棚班"善举一时传为长沙教育界的美谈。

时间和历史证明老一辈校领导的努力是极具价值的，历经十年"文革"浩劫后的国家千疮百孔，人们欢庆着迎接新的时代的到来，附中也欣喜地从灰暗历史中抖落一身尘土，迅速站了起来。得益于"文革"期间李迪光、江文笔等校领导和全校师生对校园的保护，附中的恢复建设进展十分顺利，成为省内少数资源和环境恢复完好的中学之一。

附中情，永不断

附中任职四十载，离休后至今又已不知不觉过去了18年。18年里，附中在时间的流转中变化着，成长着，蓬勃着，这位为学校付出半生的老人将一切都看在眼里、记在心里，以渐深的皱纹见证着附中十几年来的岁月洗礼，以如霜的两鬓关心着附中稳步向前的足迹。

1977年，江文笔被调往湖南师大任后勤副处长、总支书记。5年后被返聘回校。时年56岁的江文笔退居二线，担任正处级调研员，负责管理学校理科实验班的工作。

"不错过每一位优秀的学生"是江文笔开办理科实验班的宗旨。江文笔曾带领相关老师远赴桂东县举行招考，只为选拔优秀的学生。其间，一名在理科实验招生初考中失利的孩子果然不负众望，还是凭着自己的实力顺利进入了附中就学。慨纳贤能名师，广收优秀学子，附中理科实验班也取得了越来越骄人的成绩。

此外，江文笔十分珍视校史这一宝贵的精神财富。自1988年起，江文笔同志开始主持编纂附中首部校史，历时两年，遍访老校友、泡省图书馆、伏案苦读、抢救文献资料……这部凝结着江文笔太多心血的《湖南师大附中校史》终于于1989年底问世，为附中校史的整理保存添上了重要的一笔。

1997年，江文笔正式离休了。但始终关心着学校发展的他还是受学校之托牵头筹办广益实验中学：筹聘教师、招纳学子……出任广益实验中学校长的江文笔带领学校老师访问了北京、天津等多地中学，学习各校成功的办学经验。历时一年的筹办结束了，广益实验中学顺利建成并开学，为附中的建设奠定了雄厚的经济基础，储备了优质的师生资源。

1999年，79岁的江老文笔才正式告别附中工作安度晚年。退休后，江老依旧关注着附中的动态和发展，每周两次上网浏览附中官网已经成了他多年来雷打不动的生活习惯。

转瞬间，时间已跨到了2015年，已经85岁高龄的江老每每回首往事，总是谦虚地摆摆手，说道："我没能为学校做出什么。"但后辈的校友看着这历经风雨而美丽如初的校园，谁能不为江老等老一辈校领导的半生倾心付出而动容。

承前启后，继往开来，师大附中承载着风雨百年的厚重历史和底蕴，寄托着江文笔等老一辈校领导和师生的心血和希冀，正开创着更美好的未来。

（作者系我校校宣传干事）

奉献者之歌
——记湖南师大附中原校长王楚松

秋阳

长沙岳麓山下，湘江岸畔，历来是人文荟萃之地。湖南师范大学附属中学就坐落在这人杰地灵的绿水青山之间。

在湖南基础教育界，师大附中无疑称得上是知名度很高的学校。这所学校的前身是由民主革命先驱禹之谟创办于1905年的广益中学，堪称百年老校。从学校创办算起，王楚松是这所学校的第十八任校长。

新著《中学校长治校方略》，作者就是王楚松。他在这本书的"后记"中留下这样一段话："今年，是我国改革开放二十年，正好也是我从事中学教育工作二十年。回顾这段人生历程，我感到十分幸运的是，党的十一届三中全会重新确立的解放思想、实事求是的思想路线和改革开放的英明决策，带来了教育的春天，我和附中的师生员工一道，也迎来了学校改革发展的大好时机。经过二十年的艰苦奋斗，学校面貌发生了深刻的变化，这是附中人抓住机遇、坚持改革、辛勤耕耘所结出的丰硕果实，这当中也融入了自己的一份心血。二十年的校长工作实践，使自己学到了许多的东西，领悟到了许多做人的道理。这是我人生中一段珍贵的记忆。"字里行间，流露出创业的艰辛，成功的欣慰。

一、"党的事业的需要，就是我的志愿"

王楚松1962年大学毕业后，在湖南师院物理系当了几年教师，之后，他被调至湖南城市社教工作队。1971年起，担任师院宣传组组长。提起这段往事，王楚松心里有许多的遗憾：政治运动太多，做了不少无用功，耽误了许多大好时光。但是，经过十多年的风风雨雨的磨炼，他渐渐成熟了。

王楚松的人生在1978年7月的一天发生了转变。这天，师院领导找他谈话，委派他担任附中的校长，希望在他的努力下，"把附中越办越好"。

师院附中是省教育厅的直属重点中学。教育厅对办好附中也寄予了厚望。这期间，教育厅一位领导热情地鼓励王楚松说："在附中大有可为，希望你立志在附中干一辈子，在中学教育事业上做出一番事业来。"

王楚松平静地点点头，说："党的事业的需要，就是我的志愿。要干，就一定干好。"这是心声，也是一位忠诚者的人生宣言。

沧海桑田，风云际会，人生委实不知要经历几多转折！但是，对于王楚松来说，这次转折，不能不说是一次生命之重。

人生注定要在这里转弯。

王楚松还清楚地记得，到附中报到的那天，当他伫立在附中的校门前时，看到在一边门柱上赫然挂着一块宋体字的条匾："湖南师范学院附属中学。"当这行字扑入眼帘的一刹那，他竟有些轻微的震颤，似乎看到一双期望之眼，竟觉得这是一部史书的封面和标题，顿时觉得肩上负荷沉沉。也在这一刹那间，似乎明白了自己踏进这道门槛的双脚有多少分量。

"人生何处不风流！要干，就干出个样子来！"几天的犹豫和迷茫，一时消失了，他带着微笑与自信，踏进了这命运中待开垦的原野。他心里暗暗地立下誓言：热爱这片热土吧，让生命之火在这里燃烧！

誓言无悔。王楚松用他坚定的信念，用他的智慧与汗水，同全校师生员工一道，谱写了师大附中崭新的篇章。

他在附中的校长岗位上，一干就是 20 个春秋。在这 20 年里，他本着献身教育事业和锐意改革、开拓进取的精神，坚持全面贯彻党的教育方针，坚持教育改革实验，积极探索科学育人的路子，努力寻求重点中学办学的新格局。开创了一个全面发展、欣欣向荣的学校整体局面：办学条件日趋完善，教改实验硕果丰盈，教学质量稳步提高，办学特色逐步形成。

耕耘成收获，改革写风流。师大附中朝着"争一流，创名牌，出特色，育英才"的办学目标，迈出了坚实的步伐，赢得了一个又一个耀眼的"头衔"：

1979 年被评为全国学校体育卫生工作先进集体；

1982 年被评为全国中小学勤工俭学先进集体；

1986 年被评为全国教育系统先进集体；

1992 年省教委首批给全省 8 所重点中学授牌，附中名列榜首；

1996 年被评为全国青少年科技活动先进集体；

1997 年被评为全国群众体育先进集体；

1991—1998 年学生在国际中学生数、理、化、生学科奥林匹克竞赛中夺得 10 枚金牌、4 枚银牌（至 2004 年，共夺得金牌 18 枚，居全国之首）。

附中被社会誉称为"金牌摇篮"，王楚松被誉称为"金牌校长"。

二、时刻记住"校长领导学校首先是教育思想的领导"

王楚松总结自己20年校长工作的体会,认为中学校长的主要任务是做好三件事:管好方向(办学思想),抓好中心(教育教学),搞好协调(学校管理)。他把教育思想的领导列在学校领导工作的首位。

早在上世纪80年代初期,他就明确提出,校长要有自己的办学思想,重点中学要正确发挥自己的优势。

或许是十年浩劫给人们留下了急于弥合的伤口,或许是人多底子薄的国情有太多的就业困惑,教育经过70年代后期的恢复整顿,到80年代渐渐出现了片面追求升学率的倾向,而且有越演越烈之势。

王楚松对此感到忧心忡忡。尽管克服"片追"需要社会、家庭、学校共同努力,但他认为,作为中学校长,还是可以有所作为的。

1987年暑假,在省教育工会举办的全省重点中学校长教书育人研讨会上,王楚松慷慨陈词:"如果重点中学的优势仅仅表现为升学率比一般中学高,那就失去了办重点的意义。重点中学要有更高层次的追求。重点中学的优势应当发挥在带头全面贯彻教育方针,带头开展教改实验,带头探索科学育人规律上面。"

会上,他率先发起制定了《湖南省重点中学校长关于当前端正办学指导思想、克服单纯追求升学率所产生的弊端的八项规约》。

次年,《湖南日报》围绕贯彻"八项规约"组织开展教育思想大讨论,他又带头撰写文章,呼吁社会为克服"片追"创造宽松的环境,勉励同行要为克服"片追"有所作为。

他在自己的办学实践中,更是身体力行。他一直坚持附中不办复读班、不收复读生、不搞"高三专业队",不按高考成绩排队评奖,严格按国家计划开课,严格控制编印复习资料,坚持节假日不补课。

这些看似平常的举措,在当时社会上"一切向钱看"、"一切向分看"的思潮下,王楚松却要承受不小的压力。说实在的,别的学校都在为短期效应加班加点,自己的学校却在"单方面裁军",学生不放心,家长不放心,老师也放不下这个心,唯恐升学率上不去呀!

王楚松没有动摇。他的观点很明确,反对片面追求升学率,不是不要升学率,全面贯彻教育方针与提高教学质量并不矛盾,关键看你怎么抓。附中的老师也渐渐认了这个理,在实践中不断提高按教育规律办学的自觉性,在改革教育教学、提高课堂教学效率上下工夫,使高考做到"水到渠成"。几年下来,附中的升学率不但没有下降,还一直名列全省前茅,还有多名学生夺得全省文科、理科的"状元"。王楚松说,这叫"不为高考,赢得高考"。

某校一位校长来附中参加教学观摩研讨活动时,由衷地说:"以前我私下里认为,真正能克服'片追'的做法,一丝不苟地按教育方针办事的学校是没有的,看了师大附中后,我才知道还有如此优秀的学校。"

其实，在王楚松心里想的还有很多。

中学阶段是一个人长身体、长知识、形成良好行为习惯、树立理想信念的黄金时期，每个建设者都要经过它的培养，一代又一代新人走向社会、走向世界都是从这里起步的。他们的素质如何？他们走什么路？中学应当为他们打好基础。

他认为，如果一个学生毕业后，除了记得在校紧张的学习、频繁的考试之外，其余什么印象都没有留下，那么这所学校的教育是失败的。

中学生活的记忆里，除了读书、考试，还应该有运动场上的风采，文艺晚会上的笑声，国旗下的讲话，主题班会的发言，实验室的发现，劳技课的佳作，课外活动的乐趣，图书馆的藏书，师生、同学间的纯真友谊……

王楚松要办的就是这样的学校。

三、自强不息，做教育改革的"领头雁"

坚持改革，勇于实验，是王楚松校长之路上最清晰的足印，也是最为人称道的一种精神。

20世纪80年代，改革成为时代的主旋律。这是一个向开拓者提出挑战、向奋斗者提供机遇的时代。

面对这个令人振奋的时代，王楚松激情澎湃。是啊，改革！他一下子就把握住了时代的脉搏，他要站到改革的潮头上去，为教育之春，为附中之春，去击水，去踏浪！

王楚松在思考：传统的教育模式、陈旧的教育思想已日渐显露出它与时代的距离，弊端在不断出现；未来的时代，是一个充满竞争的时代，学校也只有以高质量、有特色来强大自己的生命力。

他高瞻远瞩，看准了的就大胆试、大胆闯。一项项改革实验在附中起动。

80年代初，以写作为序列组织阅读教学的语文学科改革，"吹皱一池春水"。

紧接着，各种教改实验班应运而生："初高中连贯整体教育实验班"、"初高中四年制超常发展教育实验班"、"高中理科实验班"。这些实验班各有特点，但主旨一个，探索"面向全体学生，全面打好基础，发展个性特长，鼓励学科拔尖"的人才培养模式。

实验教学中总结的"自能作文分项训练法"、数学"引导探索法"、外语"阶段侧重、全面提高"教学法以及"情感教育在班集体建设中的作用"等经验在全校乃至全省推广。汇集这阶段教改实验成果的《教育实验与全面发展》一书，1988年正式出版，1990年获首届全国教育科学优秀成果评比二等奖，受到吕型伟等专家的称赞。

20世纪90年代初，中央提出了由"应试教育"向"素质教育"转变的指导思想。一个更大的改革计划在王楚松的胸中涨潮。

他总结自己学校80年代的改革实践，博采他人的先进经验，主持制定了《湖南师大附中整体教育改革实验方案》，提出了一条具有本校特色的整体改革的路子，即：加强德育，改革课程，增加活动，优化环境，开展科研，搞活管理。

以提高学生整体素质为目标的改革实验，在附中全面展开。

——以德育为根本，坚持行为养成与人格塑造相结合，理论教育与实践育人相结合，促进学生思想品德素质的良好发展。

——优化课程体系，坚持必修课与选修课、活动课相结合，知识传授与能力培养相结合，全面提高学生的整体素质。

——开展教育科研，坚持理论学习与教改实践相结合，教学与教研相结合，提高教师的思想业务素质。

——激活内部管理，实行校长负责制、教职工双向选择聘任制、校内结构工资制、年级组集体岗位责任制，调动教职工积极性，转换机制，提高效益。

整体教育改革，使附中走上了健康、快速发展的轨道。

整体教育改革，实践着附中"更高层次的追求"。这一追求，落实到学生身上，就是王楚松和他的同事们归纳的"四大发展"目标：全员发展，全面发展，特殊发展，和谐发展。

有人认为，像师大附中这样的"龙头"学校，学生应100%成才。坦率地讲，这种要求说得上有点苛刻。然而王楚松却自觉地以这种要求自律。

"不允许出现一个不合格的学生"成了附中至高无上的要求。"理由很简单"，王楚松说，"像我们这样的学校，师资力量也强些，教学设备也好些，生源质量也高些，我们还不能保证每一个学生合格，一般中学又怎么办？"

附中是不轻易对班级、学生按考试成绩排队的，但有一个指标大家都很敏感，也"卡"得很严，那就是"合格率"。在王楚松心目中，看一个班的成绩，首先是合格率，然后才是优秀率、升学率。既不能用"割补法"以"优"补"差"，也不能用"障眼法"让"明星"掩盖"暗星"，要让每一颗"星"都能闪光。

不让一个学生"跛脚"已经成了王楚松办学育人的一条重要原则。

他本人在中学阶段，就是一个品学兼优、全面发展的学生。初中入团，高中入党，担任校学生会主席，是校足球队员，还是九江市人大代表。回顾中学时代，他有太多的感受，其中最深刻的一点，就是一个人必须全面发展。今天，身在中学校长岗位上，这种感受不能不对他的办学产生深刻的影响。

要使学生全面发展，课程改革是关键。因为课程是贯彻国家教育方针的保障，不同的课程设置折射出不同的教育思想、不同的学生观。

改革和优化课程体系，成为附中整体改革的重头戏。全校干部、教师在"改革必修课、开好选修课、加强劳技课、丰富活动课、开发隐性课"方面进行了积极探索，建立起了必修课、选修课、课外活动三大板块的课程体系，把思想政治教育、社会实践活动、劳动技术教育融入新课程体系中。

人都是有"特点"的。谁能将自身的"特点"充分发挥出来，谁就成为"天生我材必有用"的杰出人才。成功的教育必然是帮助学生发现"特点"、强化"特点"、发挥"特点"的教育。

早在 1987 年，王楚松就把附中的育人目标概括为"全面发展，基础扎实，学有特长，个性优良"。这种"全面发展加特长发展"的提法，反映了师大附中的一种教育理念。

在当时"片追"风盛行的时候，大部分学校实际上把发展特长看作少数"尖子"的事。附中则不同：所有的目标都是面向"全体"的，"每一个"学生都必须在全面发展前提下实现"特殊发展"，要求每个学生都要实现"三特"：一是要有特长学科，二是要有特别兴趣，三是要有特殊成果。学校开设的 20 多门选修课，全校 50 多个课外活动小组，还有每年的三大节（科技节、体育节、艺术节），为学生发展特长、施展才干，开辟了园地，提供了舞台。

人的"发展"本来就是"和谐"的，但在教育实践中，确实存在着让学生"霸蛮发展"、"畸形发展"的现象。学习压力过大、心理出现障碍、人际关系不协调……奏出的是不和谐的声音。在师大附中，王楚松提出从改革教法、指导学法、减轻负担、开展心理健康教育、增进师生亲和力着手，至少保证学生三个方面的"和谐"：精力要和谐，心理要和谐，学法要和谐。

一次有几个来自不同学校的少年朋友在一起闲谈，有好几个都诉说着读书的苦恼，附中一位学生便友好地说："那就到我们师大附中来吧，我们这里读书好玩。"读书当然不是好玩的，但学生这种感受，确实令人耳目一新。

1997 年第一期《人民教育》刊载了《四大发展目标一条高速航线——湖南师大附中办校育人经验写实》的长篇通讯，同时配发的评论员文章《办好实施素质教育的示范学校》中写道："湖南师大附中作为一所有特色的实验性、示范性高中，坚持四大发展目标办校育人……其办学方向是合素质教育要求的。"

详细的报道，高度的评价，激励着附中人继续沿着素质教育的航线快速前进。

四、"团结、信念、凝聚力"是办好学校的力量之源

校长管理学校，有不同的风格。有的主张"要严一些"，有的主张"要宽松一点"。王楚松的主张是，不管是"严"是"宽"，首先是要努力在学校内部形成同心协力的团结气氛，树立坚定的共同信念，增强全体师生员工的凝聚力。

王楚松尊重教师。他常说："教师是学校的希望。真心实意地依靠教师办学，是当好校长的根本所在。"

他不仅知人善用，更注重努力把全体教职工拧成一股绳，充分发挥每个人的积极性，想方设法营造一个干事业的环境。

他积极倡导、认真组织教师参加教改实验，开展教育科研，为满足教师事业心的需要，做好"服务"与"保证"工作。

他鼓励大家发挥自己的才干，做"研究型"、"学者型"的教师，著书立说，成名成家。附中涌现了一批在全省乃至全国都颇有名气的教师，在他们辉煌成绩的背后，凝聚着王楚松校长的一份默默奉献。

王楚松注重民主管理。重视和支持发挥工会、教职工代表大会的积极作用。他认为这是从制度上保证教职工行使民主管理的权利，是"校长负责制"的重要组成部分。

他每年都认真地向教代会报告工作，学校改革和发展中的重大问题，都主动提交教代会审议。每年还通过工会、教代会对中层以上干部进行民主评议，他本人也从不例外。

这些看似普通的做法，对人心的凝聚，工作的推进，士气的提高，心理氛围的改善，都发挥了特殊的作用。

有人说，今天学校的管理，很大的方面，不是靠纪律去管，是靠校长的人格魅力。附中的老师说，王楚松是一位具有人格魅力的校长。

人生的天平上，王楚松始终把事业的砝码看得最重。他以校为家。20个春秋，他把全部心血都倾注在学校的改革与发展上。一年365天，除了过春节在家完整地休息几天外，其他时间，几乎都在学校里工作或学习。家里人说，学校才是他真正的家。

随着年岁的增大，他更是老骥伏枥，壮心不已。作为一校之长，他对学校的建设和发展总是孜孜以求。学校的一切，从校园规划到环境卫生，从教学改革到职工福利，以及教师的培训提高、学生的食宿安全，都揣在他的心里。

在附中老师的心目中，王楚松是一个既爱学习又善于思考的人。他认为，一所称得上优秀的学校，就要做到出人才、出经验、出思想。校长不努力学习，思想从哪里来？

他还提倡校长既要勤于学习，还要勤于动笔，经常写一点东西。他当校长20年中，写的论文、工作报告和总结材料近百万字。其中在《人民教育》、《中国教育报》、《湖南教育研究》等刊物上发表20多篇。他撰写的《优化课程体系，加强教育科研》一文，是《人民教育》举办的校长岗位培训征文1700多篇中11篇获奖论文之一。

他视事业重如山，却视名利淡如水。

他当附中校长前十多年中，学校先后有五位教师评为特级，五人被评为全国先进个人，受到省市表彰的就更多。可他自己，总是以"我是一校之长，要求应更严格"为由，把他当之无愧的荣誉给推掉了。

不知从什么时候起，以教谋私的现象也在校园悄悄发生。王楚松却正气凛然，两袖清风。不说别的，每年招生求他帮忙的人踏破门槛，有的家长还很有来头，老实说，只要他要一点"手腕"，要风有风，要雨就会有雨。可他从不为所动。

多做实事，不谋私利，这是王楚松始终恪守的信条。

　　王楚松的人格魅力还表现在对人宽厚、豁达。他在处理与学校领导成员的关系时，坚持相信他们，依靠他们，使他们有职有权有责。即使个别领导在工作中有失误，只要不是属于个人原因造成的错误，他总是主动承担领导责任，一道总结经验教训。对于学校出现的一些重大偶发事件，他总是主动出面处理，从不躲避矛盾，从不推卸责任。

　　他在人际关系上搞"五湖四海"，不讲恩怨，以诚相待。他认为，如果校长对人表现出主观好恶和亲疏之分，必然在学校形成恩怨派系，而任何单位都经不起这种恩怨派系的离心作用。

　　同志有了错误，他既敢开展批评，又善于启发诱导，使对方感到被理解、被信任。

　　他公道正派、知人善任、以身作则、平等待人，乐于为群众办实事，善于与群众打成一片，在群众中享有很高的威信。

　　光阴荏苒，岁月如歌。王楚松20年的中学校长生涯，在1999年开春，打上了一个圆满的句号。在回首这段人生历程时，他想起了刚上任时在自己的工作笔记本的扉页上写下的一段话："一个人只要有了正确的人生价值观，就可能在本来不属于他的天地里，树立起新的奋斗目标，创造出新的成绩。"是的，他用坚定的信念，扎实的工作，实践了自己的人生格言。

　　忘掉自己的人，人们偏偏忘不了他。不求闻达、淡泊名利的王楚松，获得了许多的荣誉：1992年被评为湖南省优秀中学校长；1993年被授予全省教育战线最高荣誉奖——徐特立教育奖；1995年被评为全国优秀中学校长；1996年评为特级教师；为了表彰他对教育事业的突出贡献，从1994年起享受政府特殊津贴并获国务院颁发的荣誉证书。

　　随着附中和他本人社会声望的提高，他还担任了不少社会兼职：中国教育学会第一、二届理事，湖南省教育学会常务理事、副会长，全国高中教育专业委员会副理事长，湖南省教育学会高级中学校长专业委员会理事长，湖南省人民政府督学……

　　一位好校长可以造就一所好学校。当这位校长离开的时候，能否留下长久的推动力，使这所学校长盛不衰呢？王楚松认为，一所名校的稳定性，在于它形成了优良的办学传统和文化精神。他相信：在新任校长引领下，坚持优良传统和改革创新的附中人，一定会给师大附中带来更加可喜的新面貌，创造更加美好的明天！

　　"莫道桑榆晚，为霞尚满天。"王楚松从校长岗位上退下来了，但他对教育事业的这份情感依旧是那样的炽热。作为湖南省人民政府督学、省教育厅聘请的"湖南省普通高中建设指导专家"，还在热情洋溢地为基础教育事业的改革与发展，献计献策，奉献余热。

（摘自北京出版社《今日做校长》，2004年）

人生六十又是春
——记赵尚志校长

黄耀红

　　赵尚志的办公桌上立着一帧放大的照片，那是 2002 年春节他在麓山之巅的留影。照片上的他披着一件黑色风衣，眉宇间透着一种历经沧桑的欣慰与自信。

　　他一辈子与岳麓山结缘。麓山的枫叶红了又红，赵尚志在钟爱的湖南师大附中朝夕如斯，竟忘了岁月的流转，转眼已是人到六十。在中国人的观念里，人生六十，意味着生命步入了围炉忆旧的冬日；而赵尚志几十年生活在青春飞扬的中学校园，他对教育永远怀着一种春天的感觉。60 岁生日那天，赵尚志端详着自己的这张照片，不禁情有所动，发而为诗："巍巍名山蕴三经，喜偕学子揽祥云。青葱满目霞光映，人生六十又逢春。"

人生的"圆心"与"半径"

　　1942 年，赵尚志出生于湖南邵东一个小山村。他是沐浴新中国的曙光成长的。从小他就是一个会读书、爱劳动、懂是非的孩子。有一年，小山村来了一支修桥的解放军，在那个文学兴盛的时代，赵尚志从解放军叔叔那里读到了许多现代小说。《吕梁英雄传》《新儿女英雄传》《暴风骤雨》等优秀作品都曾给他的童年带去无限的欢乐。他喜爱读书，间或也涂涂写写。上小学的时候，就在《中国少年报》上发表习作。赵尚志的哥哥嫂子都是物理教师，受他们的影响，进中学后，他迷上了物理。

　　18 岁那年，赵尚志揣着湖南师院物理系的录取通知，从邵东乡下来到省城长沙。在大学，他担任班长、团支部书记。金先杰先生的《原子物理》、黄世知先生的《物理教学法》等课程深深地吸引了他。名师的风范和精湛的教艺激励着他做一名优秀的中学教师。为此，四年中，除了学好专业知识外，他还阅读了不少人文社科书籍。

　　读里乾坤大，书中日月长。赵尚志几十年保持着一种吸收的姿态，对读书学习情有独钟。现在，跟他聊天，读他的文章，你会发现，这位学理科出身的老师，其人文素养和文字表达都是极见功底的。严密的理科思维、广泛的人文涉猎、独到的教育体验，使赵尚志特别擅长于归纳和概括，擅长于形象而生动的表达。不妨听听他对人生的理解吧！

人生就是画圆，首先要确定一个圆心，即人生的理想信念，再是取一个半径。青年人要极力增长才干，全力提升品格，取一个尽可能大的半径，画一个大大的圆。圆的面积就是人生价值的投影，就是事业成就所在，且不要太在乎圆周些许的欠缺。而对岁数大一点的同志来说，关键是要坚持圆心莫移位，要紧的是如何修补欠缺，消除遗憾，使人生之圆像十五的月亮一样圆圆满满。

这是赵尚志 38 年教育工作的人生感悟。大学毕业后，他一直在湖南师大附中工作。这是一方良师云集、人才辈出的育人沃土。从青春染绿的青年时代到两鬓微霜的花甲之年，赵尚志的热血、智慧与汗水都毫无保留地献给了附中。38 年中，他从最基础的班主任、物理教师做起，当过教研组长、年级组长、教科室主任、副校长、校长兼书记、书记，他的人生之圆始终画在基础教育这方热土上。

"却顾来时径，苍苍横翠微。"在充盈着文化气息的中学校园，赵尚志牢牢把握的只有两条：历练品格，增长才干。他深深感到，是人格的亲和与学识的力量扩大了自己的人生"半径"，让他感受到工作与生活的幸福。

赵尚志说，他是一个生活在传统与现代之间的人。就修身而言，他一直以传统的道德标准要求自己的言行，他的人格特质中保留了他母亲坚毅和宽厚的基因；就学习、工作而言，他总是提醒自己要具备现代人的思想观念、思维方式和行为习惯。熟悉赵尚志的人都说：他是个外圆内方、刚柔相济的人。在他看来，"外圆"不是圆滑世故，而是主动适应环境，减少人际的碰撞与摩擦；"内方"则是做人的风骨与处事的原则。为了达到这种境界，赵尚志恪守中国传统知识分子重操守、讲德行的修身传统。他认为，一个真正有自知之明的人总能让岁月洗却自己的浮躁、虚荣与狭隘，留住善良、仁爱与宽容的底色。

赵尚志确实留住了善良与宽容的本性。他跟我谈起几十年前当班主任时的一件小事。当时，他班上有个孩子，聪明，但有小偷小摸的坏习惯，学习成绩很糟糕。赵尚志心里很不是滋味，他想用心拯救这个迷途的孩子。中秋节那天，他特意给这位学生送去月饼和书籍。学生被赵老师的真诚打动了。当他站在赵尚志的家门外时，竟迟疑了 20 分钟不敢敲门，他的内心充满了愧疚与感激。后来，在赵尚志慈父般的关爱与支持下，这位学生顺利地考上了大学，现在在一家外资企业工作。每年，他都会给昔日的恩师寄来问候。他说，是老师以宽容与爱心改变了他的人生航向。

历练品格、增长才干不是一时一地的事，而是一种终身修炼。赵尚志认为，这种修炼的最佳方式是读书。采访中，他最感兴趣的话题仍是读书。他说，家有书香是一种宝贵的财富，人有书卷气是一种难得的潇洒。爱读书，但不要成为书呆子，最佳的读书方法应该是"把书当成社会来读，把社会当成书来读"。因此，赵尚志读书，特别注重思考、内化与运用，多少有点"实用主义"。

在赵尚志眼里，爱读书是任何一个追求上进的教师必须具备的美德。当校长以后，他总不忘跟老师们谈他自己的"名言"：我们总说给学生一杯水，教师要有一桶水。面对日新月异的时代，我认为，真要给学生一杯水，纵使拥有一潭死水也是没用的，教师的头脑里要始终流淌一泓思想的清泉。

教育的探索从我反思开始

38年过去，弹指一挥间。生活在书香四溢的校园，在广泛的阅读中，赵尚志以他年轻而向上的心态，用坚实的脚步为自己的人生画出了一个大大的"圆"。

做人要善于反省自己的一言一行，做事要善于反思自己的成败得失。只有不断地反省与反思，人才能真正认识自己。赵尚志是个特别善于反思自己的人，做人如此，教学如此，科研同样是这样。

他说，教育的探索是从自我反思开始的，就在那些习以为常、司空见惯的现象背后，隐藏着某种契机和可利用的资源；对那些看似理所当然、天经地义的常规，只要我们试着去改变，哪怕改变一点点，就是迈出了可贵的研究步子。这是他的肺腑之言。

有人说，课堂教学不能"投机取巧"，赵尚志却认为，无论教育还是教学都要善于"投机取巧"。所谓"投机"，就是要去"投"学生之"机"，针对学生的需求，找准启发的契机；"取巧"，就是要用"巧妙"的办法获得最佳效果。如何"取巧"呢？赵尚志感到，教学经验的积累与从教时间并不成正比。一个不善于反思的人，即使他教了几十年，他的教学体验不见得深刻；相反，一个有反思习惯的年轻人，他的教学会常教常新。

最初，赵尚志是教物理的，他最善于培养学生的学习习惯和激发学生的学习兴趣。即使是批改作业，他也与别人不一样。很多老师总习惯于以勾叉和分数来评定学生的物理作业。赵尚志开始也这样做，日子一长，他便琢磨：教育是一种极富情感性的过程，这样去改作业固然能判断学生作业的对错，但是不是会影响与学生的情感交流呢？学生都是有血有肉有感情的生命个体啊！于是，他每次改完一本作业，总要根据学生的不同特点给他们写几句简短的评语。学生做物理作业的积极性果然大不一样。赵尚志还有一个习惯，就是每次上完课之后，他总要想想这堂课需要改进的地方。比如，对于作业讲评和试卷讲评，赵尚志通过反思，形成了自己的一套。针对不同的题目，他的讲评方法就变化多样。有时"小题大做"，由一道小题目引申发散，以点带面；有时则"大题小做"，攻其一点，不及其余；有时他采用"相辅相成"的办法，把同类题目放到一起，得出普遍规律；有时又采取"相反相成"的谋略，让学生在比较中发现知识的本质……

1989 年，赵尚志出任学校教科室主任。走马上任之后，赵尚志很快从物理学科教学研究的圈子里跳出来，他把整个学校的教研工作纳入自己的视野。几年下来，他摸索出普通中学开展教育科研和培养国际奥赛金牌选手的成功策略。他的理论功底更为深厚，研究眼界更为开阔，学术思想更为深刻。

边教学，边反思，边管理，赵尚志在教育教学研究上找到了源源不绝的一溪活水。自 1978 年起，他在《教学研究》《湖南中学物理》《现代教育研究》等刊物上发表论文 60 多篇，内容涉及物理教学、教育管理等多个领域。他撰写或编著的《物理重点难点导学手册》《高中物理解题规律、方法、技巧》等深受中学生的喜爱。此外，他在心理学、美学、超常教育、学习方法等方面也发表了不少著述。他所主持并实际参与的《一种高素质教育的探索——湖南师大附中超常教育实验班》课题获湖南省第四届教研成果二等奖。

校长要有名师的风范、学者的内涵和哲人的思考

赵尚志在学校担任副校长、校长、书记前后有七年时间。他认为，校长应该是学校里最有学问的人，最具人格魅力的人，对老师最关心、最了解的人。他应该是更新教育观念的先行者，搞好教育教学改革的排头兵，终身学习的带头人。理想的校长应该具有名师的风范、学者的内涵和哲人的思考。他说，他最为景仰的是著名教育专家、上海的吕型伟老校长。

说实在的，要在湖南师大附中这样一所具有悠久历史的名校当好校长不是件简单的事，没有全心的投入和足够的智慧是不可想象的。赵尚志感到，教育思想是办学的灵魂，教育质量是办学的生命，学校管理是办学的关键。他的精力应着重用于抓灵魂、抓生命、抓关键上。

对于附中的办学特色，《人民教育》和《湖南教育》曾以《四大发展目标，一条高速航线》为题作过长篇报道。如何在取得成绩的基础上谋求新的发展呢？赵尚志与班子成员在充分调研的基础上，将"科研兴校、全面育人"作为学校的办学特色。他们紧紧围绕实施全面素质教育这个主题，构建了一套富有特色的办学模式，即：以德育人为根本，以师资队伍建设为关键，以教育科研为先导，以课程改革为核心，加强管理出效益，改革体制求发展。

赵尚志对教育研究一往情深。当校长之后，他对苏霍姆林斯基的告诫更是感触良深："如果你想让教师的劳动能够给教师带来乐趣，使天天上课不至于变成一种单调乏味的义务，那你就应该引导每一位教师走上从事研究的这条幸福道路上来。"于是，学校每出一本教研论文集，他都要在序言中以深入浅出的语言跟老师们谈教研的理念、方法，甚至教研论文的写作技巧。

在抓教育思想上，赵尚志感到，学校的办学思想仅靠单纯的实践与反思还是不够的，在宏观理念的导向、宏观问题的决策上必须具有前瞻性。赵尚志想问题、办事情的风格总是粗中有细，头脑特别清醒。比如，他感到，课程是教学的"心脏"，课程体系改革好比"做心脏手术"。在这个问题上，他明确提出了"素质教育课程化、课程实施素质化"的原则；在学校的整体发

展规划上，他又及时提出"适度扩大规模，努力丰富内涵，不断提升层次"的新思路。

赵尚志特别关注教育研究的新成果、新观点，关注兄弟学校的办学经验，兼收并蓄。因此，他给全校老师讲叶澜教授的教育思想："把课堂还给学生，让课堂充满生命活力；把班级还给学生，让班级充满成长的气息；把创造还给教师，让教师充满智慧挑战；把精神发展的主动权还给师生，让学校充满勃勃生机。"他跟老师们宣传杨福家院士的"火把理论"、"开门理论"和"大观园理论"；他向老师们介绍东北师大倡导的"尊重的教育"，等等。与此同时，他还先后应邀到湖北、江苏、安徽、河南等地介绍师大附中的办学经验和他自己的教育理念。

在学校管理上，赵尚志一直认为，校长领导靠理不靠力。所谓"理"就是真理的力量和人格的力量；而"力"就是权力及由权力而生的压力。他信奉"校长无小节，处处做楷模"，因此，他不喜欢坐在办公室听汇报，而是习惯于到校园里走走转转，到教室里听听课，听听师生员工的心声。见过赵尚志的人都知道，他走路有一个特点，就是快步如风，这与他办事的风格相似。他说，快是一种生活习惯，一种现代意识。成功属于勇者、智者，也属于决者。专任党委书记之后，他又与常力源校长密切配合，为师大附中的持续发展殚精竭虑。

"老骥伏枥，志在千里。"而今，赵尚志已从湖南师大附中校长、书记的位置上退下，出任以该校为依托的广益实验中学校长。如何扩大师大附中的办学优势？如何弘扬老广益"广开学路，益我中华"的办学传统？如何在加强"实验性"上大做文章？如何开拓一条"名校办民校，民校变名校"的办学新路？他在思考，他在探索。

这将是赵尚志事业中的又一个春天！

（作者系湖南教育报刊社记者）

行走在教育的创新之路上
——《考试》杂志记者访湖南师大附中校长常力源

刘静

记者：一直以来，湖南师大附中以教育教学质量卓越，学生素质全面个性鲜明而闻名于中国的基础教育界，被教育界同行誉为"课改先锋"、"金牌摇篮"，被湖南省政府誉为"素质教育的窗口与龙头"。那么作为这样一所以杰出形象出现在公众视野里的名校校长，您认为湖南师大附中发展的原动力在哪里？

常力源：附中这些年来取得的成绩，凝聚着我们的教育理想与办学理念，凝聚了几代附中人的不懈努力与执着追求。我们之所以被同行誉为"课改先锋"，是因为我们学校 1999 年成为教育部基础教育司"国家级示范性普通高中建设"项目试点校，2000 年正式启动学校层面的课程改革探索与实践。在校本课程建设、分层教学、学分制管理等方面为 2004 年全国新课改的启动和 2007 年湖南省全面实施高中新课改提供了有益的借鉴。"金牌摇篮"指的是我们学校在国际奥林匹克学科竞赛上的特色，我校目前在数学、物理、化学、生物四个学科上已经取得国际金牌 23 枚，银牌 8 枚，金牌总数在全国稳居第一，在世界上可能也是第一。我校培养出来的学生素质全面、个性优良，这都是我们"真心实意实施素质教育，办人民满意的教育"的结果。回首过去，附中发展的原动力我想还在传承与创新，主要是创新。

记者：现在中国基础教育领域的很多学校都在改革，可以说也在搞创新，可有的学校成功了，有的学校失败了，还有的学校步履维艰，甚至有的学校又退回到过去的状态。您认为湖南师大附中创新成功的主要原因有哪些呢？

常力源：目前中国基础教育尤其是高中教育改革的力度是很大的，高中新课程的改革顺应了知识经济时代的要求，顺应了中国高中教育由量向质提升的要求，给高中教育提供了千载难逢的发展机遇。我们学校迈出了探索的步伐，勇敢地走上了教育创新之路。要说附中创新成功的主要原因，我看主要是我们在教育理论上有新的认识，在教育实践上构建起了一套创新的体系。我们提出了教育要关注人的本质发展的教育思想，并在实践中不断丰富"以人为本"的内涵。我们认为，"以人为本"的内涵有三个层次：第一层次是以学生为本，关注学生的全面发展。第二层次是以师生为本，关注学校的和谐发展。第三层次是教育必须回归到它的本源，关注人的本质发展。这是教育的出发点，也是教育的永恒追求和归宿。在这种教育思想的指导下，我们的实践创新就有了明确的方向与指导。

记者：据我从一些媒体报道中了解，附中着力培养的是高素质创新型人才，理科创新人才在国际奥赛中屡获金牌；科技创新人才在全国、省青少年科技创新比赛中多次获大奖，2009年还代表中国参加在美国举行的世界青少年机器人锦标赛，一举获得第一名；文科创新人才经常参加世界模拟联合国大会，表现突出；体艺人才层出不穷，屡屡夺魁。附中的学生阳光、思维活跃、充满活力，你们有什么样的高招培养出如此优秀的学生？

常力源：附中的学生的确不错，学习很轻松，素质全面、个性鲜明是附中学生的共同特征。我们也没有什么高招，在高素质创新型人才培养目标上，我们通过建立起特色鲜明的"两性四型"学校课程体系来实现。"两性"指的是"基础性课程"和"拓展性课程"两大类。基础性课程为国家课程，拓展性课程为校本课程。"四型"指的是拓展性课程中提高型、兴趣型、实践型和研究型这四小类课程。提高型课程注重国家课程中学科知识的拓宽加深，兴趣型课程注重学生个性发展需要，实践型课程注重学生动手能力和素质提升，研究型课程注重培养学生思辨与科学素养。基础性课程和拓展性课程相互关联，相辅相成，为学生差异性发展搭建平台，形成了附中高中课程特色。比如我校已开发出的《生活中的心理学》、《化学与生活》、《生活中的经济学》等一百多门兴趣型课程，打破自然班的局限，在全校实行自由选课。比如我校开设的国际课程，先后引入了英联邦A-LEVEL课程、欧盟SUC课程、美国AP课程等。此外，我校先后与澳大利亚、美国、英国、加拿大、韩国等学校缔结为友好姊妹学校，经常开展校际交流互访活动。又比如"四体验"实践型课程：高一体验军营生活、高二体验农村生活、高三体验企业生活、全体学生体验社区生活。这种朝生活开放，向内心求证的体验教育，给学生带来了终生难以忘怀的记忆。就是在这种大课程的实施中，学生的个性得到了充分发展，素质得到了全面提升。

记者：我们知道，改革时常会面临诸多困难，尤其像你们这样一所老牌名校，改革是牵一发而动全身的，在教育创新的路上，你是否遇到过困难甚至是挫折？你的团队是否一开始就和你走在创新的道路上？你是如何让你的团队和你一起前进的？

常力源：我们的创新之路并非一帆风顺，也曾遭到很多质疑，但我始终认为教育是为未来培养人才的，是要满足人的本质发展需要的。这种观点支撑了我一直走到现在，并为我的团队所接受。我认为教师是一所学校发展的核心竞争力，教师强则学生强，学生强则学校强。我校在"慎选良师"的基础上，建立起"精育名师"的教师发展机制，以校本培训促进教师的专业发展，以校本课题提升教师的科研能力，以专业认可激励教师的事业追求。我校特别重视校本培训，老师们认为培训是学校的一种福利。我们将学校百年文化积淀融入教师的灵魂中，把爱与责任融入教师的行动中，把前沿理论融入教师的专业发展中。除每周固定的培训之外，每学期的寒暑假都有为期两天的全员教职工培训。为了加强培训效果，学校各部门联合攻关开发出系列培训教材，构建出"三步六环"培训模式，有效提升了教师的综合素质。我们一贯重视校本科研，这既是教师由经验型转变为专家型的必由之路，也是学校教育改革取得成功的关键。面对新课程，我校每年投入专项经费，开展校本课题的研究，引领教师把研究作为自己的一种生活方式。目前，学校有23项国家级、省级课题和校级课题在研，科研风气十分浓厚。为了促进教师发展，学校实行了学科带头人制度、督学制度和兼职教研员制度，以专业认可激励教师把职业当事业追求。有这样一支充满激情的创新团队，我们的很多工作开展得比较顺利。

记者：湖南师大附中在教育创新的路上，不断累积了自己的经验，这为中国基础教育的改革提供了榜样。我们看到学校的记录，每年来学校参观学习的同行特别多，这也为兄弟学校提供了借鉴。我们知道，新的东西经过一段时间的沉淀之后，慢慢会归于平静，成为学校发展的深厚底蕴，那么学校的持续发展又需要的新的东西来指引。请问学校是否有新的创新计划？

常力源：学校的发展其实是在传承中创新，在创新中发展。湖南师大附中正在实施的是特色学校的创新之路。我们提出了"科学教育见长，注重人文素养"的学校特色，科学教育并不仅仅是科学知识的教育，而是一个有机系统，包括科学兴趣的培养、科学方法的熟练运用，尤其是实事求是的科学态度、勇于探索的创新精神的自我内化。人文素养指的是以人文精神为核心的一种普遍的人类自我关怀，即对人的尊严、人的意义和价值追求的一种情怀，是对全面发展的理想人格的肯定和塑造。

我校"科学＋人文"特色，是对学校百余年的办学历程的潜心总结、对"以人为本"办学理念的精心凝练、对高素质创新型人才培养模式的悉心呼应而提出的。特色的形成绝不是一蹴而就的事，它需要我们在实践中不断地打磨与砥砺，我们将继续行走在教育创新的道路上，做一个教育人想做的事。

（摘自光明日报《考试》杂志，2011年9月14日）

最是那一抹动人的红
——谢永红校长在博才

黄赛　黄丽　贺炜石

2011 年的夏天，年轻的博才迎来了新的校长，谢永红同志受附中委派，到博才走马上任。生命是有色彩的，谢永红就像他的名字描述的一样，始终向博才的事业、周围的老师和学生传递着他的那股"红"的精神。在博才的七百多个日子里，他给博才学校、老师和学生打下了深刻的印记，那一抹动人的红，给博才的事业带来的，是一股浩然正气；给博才的校园抹上的，是一片盈盈书香；给全体博才人传递的，是一腔满满的幸福。

红是催人奋进的色彩

谢永红出身农村，少年求学蒙恩师照顾，始有今日之成就，对此他一直感念在心。在博才工作期间，有一次与九年级全体教师聚餐，几杯水酒下肚，他带着微醺的醉意，与老师们说起自己的求学经历，对儿时恩师将自己的衣服穿在他身上的细节历历在目，说到动情处，不禁潸然泪下。现场熟悉他为人的老师都知道他是个性格温和内敛的人，见到这一幕，无不为之动容。

也许正是这段特殊的经历，促使他走上了教育的道路，并且对这份事业充满了热爱。在博才工作期间，他把最大的心血倾注在了所深爱的事业上。

2011 年是博才建校的第三年，当时的博才正处于快速发展期，许多工作从无到有，亟待梳理和规范，不仅如此，新加入的教职工人数多、年纪轻，如何将各具个性、带着不同文化背景的人统一到学校的办学理念上来，成为了学校管理者急需解决的头等大事。

谢永红校长一到任，第一件事就是开展深入调研。他走进教室听课，到食堂走访，与师生代表谈心，做了许多细致的工作。经过充分调研，他终于出手了，决定把制度建设和队伍建设作为工作的重中之重，一手抓起来。

博才自建校以来，学校领导就很重视制度建设，但因处在创业初期，难免出现一个管理者肩负多重责任的现象，职责不明则政令不行，在附中从事教育管理工作多年的谢永红深明其理。在思考解决办法的过程中，他想起了附中的优良传统，决定将学校的管理制度进行梳理和总结，编印《管理要务》，作为管理蓝本。于是在他的力推下，一本十余万字的管理制度汇编很快付梓刊行。这本汇聚了学校教育、教学、教研和管理等各方面工作的制度汇编，在博才规范办学的路上起到了巨大作用。至今，每一位新加盟博才的老师都必定人手一册。书中的许多制度如今已像血液一样融入每一位博才人的心中。

说起这本书的诞生过程，博才的陈建文老师记忆犹新。他参与了编印此书的全过程。据他回忆，在 2011 年 9 月的一次校务会议上，谢校长提出要将学校管理制度编印成册，"已经存在的、不合理的制度要修改，没有的要完善起来"。

随后，各部门分头行动，广泛召集教职工积极参与学校管理制度的制定，将本部门制度整理上报，由校办公室汇编成册。成书后，全书达到十余万字，先后拿到行政会、校务会上反复讨论了 6 次，在谢校长的要求下，又广泛征集了教职工的建议、律师的意见和其他相关人士的智慧。大家不断提出新的修改意见，到最后定稿时，前后修改达到 26 次之多。

经过这样一番"折腾"，博才的教职员工深入了解了学校制度，进而成为了学校真正的管理者，学校各项工作得到了很好的规范。特别令一线教师印象深刻的是，也是通过这次制度的修订，学校把"把好教师入口关"中业务考核的工作下放到了教研组，由各教研组组织骨干教师对新进教师进行业务能力评价和考核，学校行政不再直接参与，使得"学术治校"的理念深入人心，成为博才师资队伍建设具有里程碑意义的事件，也使学校的专任教师队伍建设进入良性循环，呈现一片生机蓬勃的气象。如今，一大批当初加入博才的新老师快速成长和涌现出来，素质优良的师资队伍已成为博才不断发展的核心竞争力，受到同行的高度认可。

大胆起用新人、大力培养年轻干部和大力加强校本培训，也是谢校长在任期间首倡并力推的。黄丽老师和邓璐老师便是其中的受益者。在被提拔前，黄丽老师是一位一线优秀教师，而邓璐老师则是刚刚毕业新加入博才的大学生。她们的业务能力都很强，不过对于后来主管的教研工作和团委工作来说，当时的她们却完全是个新手。谈起对自己有"知遇之恩"的谢校长，两人不约而同地深怀感恩，而令她们感触最深的是，在从事管理工作的初期，关键时刻正是谢校长的鼓励和支持，甚至手把手的教导，让她们建立了自信，亦步亦趋地走到了今天。

而对图书管理员莫宏霞老师来说，谢校长在任期间对教职工培训，尤其是职员培训的重视令她印象尤为深刻，她还记得自己在博才参加第一次心理培训时的场景。她说，"我从没有参加过那么鼓舞人心的培训，那一次我才真正感到自己在教辅的岗位上也可以大有作为。"当时受到的激励直到今天仍在激励着她不断成长。

谢永红校长就是这样，他不但自己干起事业来红红火火，无形之中也给身边的人带来了巨大的能量。如今，博才的事业正沿着他当初的足迹，越走越好，越走越远。年轻的博才已经在省内声誉鹊起，他给博才的事业留下的这一抹红，仍在激励着博才人奋勇前行。

红是传播芳香的源泉

作为语文教师出身的谢永红校长，深知阅读对于人成长的重要性。所以，当制度管理和队伍建设初见成效的时候，文化建设又被他提上了日程。校园里文气氤氲，弥漫着浓郁的书香是他一直追求的。为此，他亲自主抓，创办和完善了博才的"七大文化传播平台"，即电视台"博才之窗"、广播站"博才之声"、校园网站、校报《博览》、校刊《博苑》、教学成果集《博思》和"博才论坛"。这其中，校报《博览》是在他一手操办下运转起来的。

对于这份如今已成为"学校名片"的刊物的创办过程，主管宣传工作的黄赛老师感触很深。在一次行政会上，谢校长提出要创办校报校刊。对于一所年轻的学校来说，文化的积淀无疑意义重大，但却不是一朝一夕可成的。老师们对此深有领会，因此对提议表示一致赞同，但在这些刊物的刊印周期上却产生了意见分歧。在提议时，谢校长建议将校报办成月报，有老师不无担忧地劝谏，"我们这样一所新学校，有那么多东西可以上报吗？一月一期是不是有点紧？"此言一出，大家顿时议论纷纷。许多人担心的是，对于办报来说，老师们都是外行，而且在繁忙的教育教学工作之余，能否有足够的精力办出一份有品位的报纸，令师生、家长和社会各界普遍感到满意，这是关系学校声誉的大事。在打算创办校报时，大家就一致决定，要把校报办成学校与社会沟通的桥梁，面向与学校工作相关的人群公开发行，而不只是自家人孤芳自赏。因此，对于创办校报的任何细节，老师们都必须十分慎重。讨论中，有的老师赞同办成月报，也有人建议办成季报，一时争执不下。谢永红也不着急，他让大家充分讨论，最后，为了既保证质量又遵循规律办好校报，大家一致同意指派专人管理，并抽调专门的人手来负责此事。正是这样，黄赛老师由一个一线的语文教师走上了"报人之路"。用她自己的话来说，当时的心情可谓是"诚惶诚恐"。

尽管出身中文系，但黄赛老师却从未涉足报业。她还记得当时的窘境：没有经验，只好找来最近的《长沙晚报》《潇湘晨报》拼命钻研。还记得在编辑创刊号时，她和同事反复讨论，又把文字认真校读了三遍，才敢把样稿送到谢校长面前。令她没想到的是，半天过去，谢校长拿着样稿来到她的办公室，温和地对她说："不错！像份报纸，但是文字的凝练、版块的设计还要进一步修改。"当她看到摊放在桌上的样稿上面密密麻麻的，已被改得"面目全非"时，心中的那股震撼是不言而喻的。但令她震撼的还不只这一点，接下来，谢校长指着样稿上写满的修改文字，逐字逐句地念给她听，告诉她，哪一部分的文字要怎么替换，又给她讲解报眼、图片新闻、头条的处理技巧等，还勉励她说，"没事，万事开头难！前面几期我会帮你把关！出版的文字是把双刃剑，一定要慎之又慎，不能出任何差错。好好学，今后你比别人还多了一项编辑的技能呢！"这番话瞬间给了她强大的动力和信心。在此后的报纸编辑工作中，谢校长无论多忙，都会亲自过问，时不时还要动手修改。正是他这份坚持，让报纸的编辑队伍如沐春风，感觉到无形的动力，并迅速成长起来。

如今，校报已成为师生自我发展、自我提升的一个重要平台，一个交流思想、展现才情的舞台。很多老师、学生都说，校报提供了发表文章的机会，大家对写作更有兴趣了。不知不觉间，老师们的专业素养越来越深厚了，师生的人文情怀越来越浓郁了，大家越来越有博才的味道了。这与谢校长长期的关心和支持是分不开的。

除了主持创办和完善"七大平台"，在平日工作之余，谢校长还有创作的习惯，他会借助一些契机，在校报和学校网站上发表习作，对师生员工进行教育和引导。他创作的《博才赋》便是其中的经典，这篇洋洋洒洒千余字的赋文，将博才的历史娓娓道来，读来朗朗上口，典雅蕴藉，成为博才历史的见证和文化的内核，被学校制成雕塑刻在了墙上，随着一批批学子的入学、毕业，在一代代博才人中广为流传，发挥着润物细无声的力量。

由他首倡，将读书纳入学校教育活动"三大节"的"读书社团节"在博才如今也已开展到第三届，今年，学校打算将读书节独立出来成为"三大节"之外的"第四节"。与之相配合的是，同样是在他在任期间，如雨后春笋般冒出来的班级图书角如今也有了新的发展，南校区的自助式书柜即将与师生见面，这将成为书香学园建设的又一有力举措。

如今的博才校园，无论是文化环境的营造还是读书氛围的浓厚，都已经呈现书香满园的良好态势。行走在书香学园中的老师和学子，"腹有诗书气自华"，这正是谢永红校长想要看到的结果。但已经离开博才到附中工作的他也许不知道的是，这股书香之气的与他的大力倡行是分不开的。

红是点燃幸福的火苗

在博才，只要提起前任校长谢永红，凡是跟他共事过的，没有不充满溢美之词的。原因无他，就是源于他在任期间，始终将教职工的切身利益挂在心上，落实在行动中。

到任后，他首先想到的就是教职工的工资和福利待遇。他常说，"一个好的老师，对博才的影响将是几十年的，要让老师们从工作中获得尊严，首先就要竭尽所能提高老师们的待遇。"因此，对于老师们的切身利益，他给予了特别的关注。

到任之初，通过调研摸底，以及与附中体系内兄弟学校的对比，他发现博才教职工的工资待遇在政策范围内还有较大的调整空间。于是马不停蹄，亲自出面带领学校后勤部门有关同志，多次找到区教育局、区财政局等部门磋商，为学校尽量争取更多的财政拨款。在学校内部，又通过加强制度管理，厉行勤俭节约，努力开源节流。经过一番努力，在他到任后的第4个月，全体教职工的工资实现了较大幅度的提升，大家深受鼓舞，努力工作的劲头更足了，学校的发展也更快更好了。对此，知晓内情的劳资专干罗丹老师至今记忆犹新，说起当中那些艰难曲折，她对谢校长的胆略和为教职工谋福利的作为感佩不已。

要让老师们安心地干好工作，解决他们的后顾之忧同样十分重要。这其中，最为难办也最为重要的，就是妥善处理教职工子女的入学问题。程序上来说，所有入学行为必须符合上级部门的招考政策，而情感上，学校又要想办法最大限度地满足教职工的合理需求。特别是随着学校教职工人数的不断增加，这项工作的重要性和艰巨性就显得尤为突出。为此，学校工会主席姜建平老师多次找到谢校长汇报这项工作的难处。谢校长听在耳中，记在心上，先后多次带领学校有关部门负责人赴上级教育主管部门、附中本部和兄弟学校洽谈协商，不知做了多少沟通协调的细致工作。2012年的夏天，为了帮助解决陈小平老师、余淑君老师孩子的入学问题，远在外地学习的谢校长在得知消息后甚至第一时间赶回学校，会同工会有关同志向上级部门和兄弟学校争取，并最终使此事得到圆满解决。说起这段往事，至今两位老师和家属还对谢校长感恩戴德。"不为其他，就冲他作为校长，有这份心就很难得了！"陈小平老师爽快地说。

如果说帮助解决在编教师甚至专任教师的子女入学问题是学校分内之事，那么把校聘教师特别是职工也纳入保障体系，真正做到一视同仁，就不得不令人肃然起敬了。正是在谢校长的力主下，学校将此项工作纳入常规工作体系，真正落到了实处，并一直延续至今。直到调任附中校长后，谢校长对这项工作依然一如既往地给予重视和支持，令博才的老师十分感佩。

而说起谢校长的人文关怀，老师们更是感触良多。卡务中心的杨艳双老师回忆说，作为远离学校核心工作的"边缘人"，谢校长见面能第一时间叫出她的名字，让她感觉备受尊重；数学组的郑娟老师在一次区里组织的监考中，因孩子在家中突发高烧无人送医而焦心，是谢校长雪中送炭，替她揽下了工作，让她能够及时回家处理，说到此事，郑老师感动得留下了泪水……

这样的例子在博才还有很多很多，这样的温暖、关怀，像细雨浸润着老师们的心田，让老师们觉得：跟着谢校长干，有盼头，很有劲；在博才工作，有尊严，很幸福。谢永红校长这一抹红，让博才"幸福生活"的办学理念产生了无穷的力量。

眨眼之间，谢永红校长离开博才到附中工作已一年有余，博才的老师们还时常想起，那个几乎每天早晨都会准时站在校门口，微笑着向所有老师、学生和家长打着招呼的高大身影。他就像一抹动人的红，给博才的每一个人都打下了不深不浅的印记，这些印记留在人们心中，不那么耀眼，但却持续散播着光热和芬芳，给人以温和的力量，激励着博才人前行。

（作者系湖南师大附中博才实验中学青年教师）

樟园师范

（教师篇）

　　教师是教育之本。花的事业是甜蜜的，但叶的事业更珍贵。琢园追梦，教泽绵延。默默耕耘，春风化雨滋兰蕙；樟园师范，丹心热血育英才。

人民教师的楷模
——怀念黎赞唐老师

刘磊

　　全国劳动模范、中学教育界名流黎赞唐老师，从1913年到1960年退休止，在湖南师院（今师大）附中及其前身广益中学任教达45年之久。1955年起，我有幸与他同校工作，且于1956年10月同时加入中国共产党，同事加同志，情谊较深，即使在他退休后，也常有交往。1989年我负责设计制作的学校第一个校史陈列馆，展出了黎老师的事迹。1991年我应《长沙教育志》编纂委员会征稿，撰写了《黎赞唐传略》，并被缩写收入志的"人物传略"栏目，为所列长沙地区从1840年以来150年间的77位教育名人之一。1999年我负责编辑的《我与母校》一书中，有好几位老校友在回忆文章里不约而同地写到了他。总之，我对黎老师很敬佩，也有所了解。在他老人家诞生120周年前夕，特撰本文以示怀念。

一

　　黎赞唐，男，湖南省浏阳县（今浏阳市）人。1904年入前清湖南高等学堂（原岳麓书院，今湖南大学），攻读理科，1911年毕业。他早年受维新思想和欧美先进科学的影响，向往民主与科学。1909年加入同盟会。从1913年起，应聘于湖南私立广益中学兼任、专任（1941年起）数学教员，并先后在船山中学、大麓中学、兑泽中学、省立女子二中等多所学校兼课，到1960年70高龄退休止。黎老师于1970年9月16日病逝，享年81岁。

二

　　黎赞唐老师一生经历了两个不同的社会，在旧社会度过了60年，他坚守"踏踏实实干事，清清白白做人"的信条，出污泥而不染，是一个具有民主主义思想的正直的知识分子。在新社会生活了21年，他忠于党的教育事业，全心全意为党为国，是一个爱国的知识分子。他学识渊博，治学严谨，教学有方，诲人不倦，在数学教学上造诣高深，与汪澹华、陈鹿平、杨少岩等省会长沙市中学教育界著名的数学教师齐名。1956年国家第一次工资改革中，他是全市中学教师中仅有的两名一级教师（当时是教师中级别最高的）之一。新中国成立后，他积极靠拢组织，追求进步，1956年以67岁的高龄光荣加入中国共产党。入党后，他认真学习马列主义、毛泽东思想和党的文件，积极参加组织生活，按时交纳党费，模范带头，教书育人，处处以共产党员的标准严格要求自己。上世纪60年代初国家经济困难时期，学校领导考虑到他年过古稀，拟照顾减轻其教学工作量。他说："在旧社会，我们这些教书匠糊里糊涂，不知为什么教书；现在成了人民教师，党和国家把我们当成'人类灵魂工程师'，社会地位提高了，肩上的担子重一点算什么呢！"坚决不肯，表现出了当主人翁的气概和老当益壮的精神。他退休后，主动搬到女儿季芳家里居住，把自己的私房、庭院全部无偿地献给国家。在病危时，他立下遗嘱，告诫子女将他的遗体火化，丧事从简，不惊动在外地的子女儿孙和他工作过一辈子的师院附中的师生，以免因他的去世而影响别人的工作。终其一生，黎老师总是要求自己尽可能多地奉献，却从不向单位和社会索取，以自己的模范行动充分表明他无愧于共产党员的光荣称号！

三

黎老师对待学生如同子女，不管学生的成绩如何，表现怎样，都一视同仁，既不偏爱优生，更不歧视差生。他在课堂上处处为学生着想，每讲解完一个问题后，总要反复向全班学生询问："听懂了吗？我还有什么地方没有讲清楚呢？"并有重点地问个别成绩较差的学生："你还有什么地方不理解吗？不懂就问呀！不要紧的。"直到全班学生喜形于色，露出心领神会的神色，他才放心讲解下一个问题。有时个别学生偶尔注意力不集中，甚至做点小动作时，他便缓步走到这个学生课桌前，俯下身去，拍拍学生的肩膀，耐心地说："何解不听啰？我没有讲好，是吗？"那种十分关心而又亲切感人的神态，常常使得个别学生惭愧不已，立即改正自己的缺点。同时，也使全班学生更加聚精会神地听课。他在课堂上从不斥责学生，即使在讲评作业的错误，或提问学生不能回答时，也总是慈祥地说："可能是我交代不清楚，未能使你们每个人都懂得。"并耐心细致地再一次讲解，帮助学生理解清楚。总之，他事事处处体现出对学生负责和热爱学生的精神。

四

黎赞唐老师从事中学数学教学工作近半个世纪，代数、三解、平面几何、立体几何、解析几何等课程门门都能教，门门都教得好，才艺精湛，经验丰富。新中国成立前和上世纪50年代，学校都总结推广过他的教学经验，经他培养和受他的影响而成长起来的数学教师数以百计。1956年，他写了《我是如何教懂学生的》一文，学校百年史馆分四条、用16句话介绍了他的教学经验。现略加诠释如后：

（一）钻研教材："六读"教材遍遍新，理顺编排穷原因。创例设疑求新意，重、难关键不放松。

赞唐老师在自己的经验总结中说："要钻研教材，挖掘和明确其思想性和科学性。"他大学理科毕业，在旧社会教过中学数学 36 年，正如他自己所言，"旧教材不论哪一页的内容我都能背得出，新教材对于我来说，也没有什么难于理解的地方，但我在备课上从来不敢放松。"他归纳了备课的"六读法"，即备课要读六遍教材，每读一遍都有其特殊目的，每读一遍都有新的收获。他注重理解教材的编排，考虑它何以必须如此编排，从而领会其科学的系统性。他注重理解基本概念，认识它的内涵和外延，并创例设疑，考虑如何解决学生在理解它时的困难和可能发生的混淆问题。他注重掌握教材的重点、难点，并考虑如何引导学生吸收、消化。他经常备课至深夜，务求自己对教材融会贯通，透彻理解，几十年如一日。

（二）讲求教法：联系实际讲课程，条理清晰思路明。启发思维求发展，言简意赅教态亲。

赞唐老师在自己的经验总结中说："要从学生出发，进行一切教学活动。"他在深入钻研教材的基础上，很讲求教学方法。他很注意在课堂教学中联系学生的思想实际和社会生产、生活实际，指导学生认识每一项教学内容的教学目的和在生产、生活中的应用价值。他经常从学生的周围环境入手，引导学生将书本知识运用于实际。如讲圆台就了联系烟窗所需砖块的计算，讲圆锥就联系教室里灯罩所需材料的计算，讲菱台就联系走廊上果皮箱及操场上所堆石子（并说明为什么要堆成菱形）的计算，讲排列组合就联系班上选出班委的问题，等等，使学生懂得学好数学对国家建设和社会生活都有重大意义，从而提高学习的自觉性和积极性。他在讲授新课中，总是设身处地为学生着想，充分估计学生难于理解和接受的地方进行重点讲解，深入分析，明确交代，言简意赅。许多老校友回忆说："黎老师授课，从不照本宣科，对每个定义和每条定理，都要举很多例题反复加以论证，条理清晰，层次分明，深入浅出，语言简练，哪怕是极其复杂的问题也觉得易懂，而且记得牢，运用起来也得心应手。同学们都爱上他的课，数学成绩都很好。"另一位校友回忆说："黎老师日复一日，年复一年，认真负责，一丝不苟，呕心沥血，诲人不倦，真是我们的良师益友。"

（三）批改作业：习题先作分类型，难易适当搭配匀。要求图美字工整，详批细改勤讲评。

赞唐老师积多年教学之经验，认为"教材是帮助学生建立理论、获得计算公式的经典（重要依据），习题是帮助学生掌握理论和运用公式的主要材料（重要手段），因此，要使学生牢固掌握教材，就必须充分重视习题"（见《我是如何教懂学生的》）。他坚持"亲口尝梨子"，给学生布置的习题，都自己先做一遍，他"做了很多的习题，将它们进行分类，哪些是复习性的，哪些是巩固新课用的，哪些是带有启发性的。然后根据新课的难易和学生的接受能力，难易搭配，给以适当的各类习题"（同上注）。他有几个练习本，有一次，课代表发练习本时，发现有一本的封面上没有姓名，打开一看，逐题解答得清清楚楚，书写十分工整，原来是黎老师的，大家敬佩不已。他在几十年的教学中，练就了娴熟的教艺，一些老校友反映，"黎老师的板书工整且有计划，字迹均匀清晰，每节课刚好写完整块黑板，等到黑板写满，就知道要下课了。他画圆可以不用圆规，画坐标和角也可不用直尺和三角板，信手画出来的圆跟用圆规画出来的一样圆；横坐标、纵坐标、横平竖直：30°、45°、60°的角，都分毫不差。"而他却认为"即使我随便画出来的都是正确的，也不应该这样做，因为这样就失去了画图的指导性，如果学生也照我一样随手画，将永远得不出正确的图形，对他们以后制图和学习数学造成不良习惯。多画图、画正确的图可以加速对问题的理解，也可以培养学生制图的技能和精细爱美的性格"（同上注）。因此，他很重视作图工作。他批改作业一直很仔细，很及时，从不马虎和拖欠；对学生做错了的也不是简单地画"×"，而是具体指出错在哪里，让学生自己更正，有时还当面批改。在讲评作业时，黎老师总是面向多数，肯定多，注意正面引导学生思考发生错误的原因和找到更正的思路。特别是学生出了差错，从不责怪学生，总是把责任归咎到自己交代不清上。

（四）勤于辅导：夜拄拐杖进校门，下班辅导帮学生。不厌其烦答疑问，七旬高龄感动人。

赞唐教师一贯要求自己把每一个学生都教懂，"让只只蚂蚁都爬上树"，认为"包教不包懂"不是人民教师的态度。因此，他坚持每天晚自习时下班辅导。当时，不论是广益还是附中学习风气都很好，下午七时上晚自习的铃声响过后，教室里便鸦雀无声。几乎每到七时半，黎老师便拄着拐杖轻轻地推开门，缓步走进教室，等待学生提问。学生们都很尊重这位德高望重的老教师，有问题要问时便起立致敬，而黎老师总是招呼学生坐下来，自己轻轻地走近学生的座位，俯下身去给学生轻声细语地解答，直到学生完全理解为止。他下班辅导从不间断，不论是酷热盛夏，还是凛冽寒冬都一样。据一位老校友回忆："有天夜晚，大雪纷飞，寒风刺骨，黎老师家住北门外百善堂，离学校二三里路，全班同学都希望他不要来下班辅导。可是，到了七时半左右，黎老师披着满身雪花出现在同学们面前。大家望着他老人家冻红的面颊无不热泪盈眶，这一幕感人的情景，令我们终生难忘。"

五

黎老师一辈子教过的学生不可胜数，为国家培养了无数合格的人才。对其亲侄儿、国内外闻名的黎氏三院士（即同胞兄弟黎鳌、黎介寿、黎磊石三位中国工程院院士）的成长付出了不少心血。1937年夏，他的胞弟不幸病逝，弟媳的家庭经济失去了来源。当时，大侄黎鳌虽已进入国立大学（1995年当选中国工程院院士），但二侄介寿及三侄磊石正待上中学，他便接纳侄儿、侄女（比介寿大4岁）和弟媳住到自己家中，责无旁贷地挑起了胞弟留下的重担，当年秋就让两个侄儿以同等学力进入广益的初中。抗日战争时期他的薪俸只及战前的1/5，全家10多口的生活十分艰难，他仍坚持连续抚养他们读了5年中学。而且除了以自己敬业爱生的精神影响他们之外，还要求他们"珍惜时光，勤奋学习，立志成才，为国效力"。由于基础较好，加上刻苦自学，1943年俩侄儿双双考取了国立中正医学院（后来分别于1994年和1996年当选为中国工程院院士）。50多年后的1996年，黎鳌在写给堂妹黎季芳老人的信中充满感激地说："我们三兄弟均评为中国工程院院士，我总是与五弟、六弟（即介寿、磊石）和儿孙们说，我们兄弟三人的成长，是与伯父的抚育与教养分不开的。"

　　黎赞唐老师毕业从事"为国育人"的教育事业，特别是新中国成立后，他虽年事日高，仍以极高的热情为培养社会主义建设人才勤勤恳恳地工作，且成绩显著，赢得了党和人民的赞誉。1955年1月，他出席了湖南省第一次中学、师范、小学和幼儿园优秀教师代表会议。1956年4月和5月，他先后出席了湖南省第二次先进生产者代表会议和全国先进生产者代表会议，被授予"全国劳动模范"的光荣称号，并受到毛主席及其他党和国家领导人的接见。1956年11月，又当选为中国教育工会第二届委员会委员。他的一生是光荣的，他是人民教师的楷模！

（摘自湖南省文史研究馆《文史拾遗》，2009年第1期）

良师益友
——谢承铗老师

黎长昭

  谢老师（1931—1995）湖南新化人，是大我十岁的良师益友。"文革"期间，我们同住"打靶村"，又在雷锋学农分校相处共事了两年；1987年底一同入住到合作村教工一舍。他的德识才学给我留下了深刻难忘的印象。梳理记忆表于文字，谨表对谢老师的怀念和敬佩之情。

  他爱祖国和人民，时刻关注国家的前途和命运，视为国育才为己任。在他为之奋斗的人生旅途，留下了串串可点可赞的脚印。

  读书、阅报、收听时事广播是他的业余乐趣和生活常规，以至于在行进途中和蹲厕所时都没有让时间虚度。政治学习时他积极发言，坦言直述别具见解。在一次学习关于中苏珍宝岛之战的报道文章时，他主动要求领读。由于新化口音重，把"珍宝岛"读成了"jin bao diao"，老师们暗暗发笑，他却不以为然一脸严肃地说"我慢点读，大家认真点"，更引发了一阵欢笑。

  谢老师顾全大局，对工作安排，从不挑剔，不计名利得失，尽职尽责，任劳任怨。停课"闹革命"时，烧过战备砖，挖过防空洞；复课"闹革命"时，到学农分校搞后勤，担负采购、管账、理财的繁杂任务。有一天，时至深夜，他还在清理账务，左手按住腹部，额上沁着汗水，显然又是肝病复发了。我见状要他早点休息，他说"没事，吃点药就会好的"。待他事毕脱衣上床时，我才缓缓告离。他办事效率高，后勤保障到位，大家都钦佩他有个"精明的数学脑袋"，更赞誉他有颗"无私奉献的心"！

  谢老师为人正直，待人宽律己严，从不背后论人是非，从不做于心不安之事。他高风亮节，淡泊名利。在大家的心目中，他是有资格参评特级教师的，由于名额有限而未遂愿，他毫无怨言，一如既往地追求卓越。

  十年动乱中，他曾蒙受过不白之冤和不公正的政治待遇。身处逆境，信念不泯。他坚信党组织会澄清是非，还以清白。不仅未被困境压倒，反而更坚定了申请入党的志向。党的阳光雨露抚慰了他那多次创伤的心灵，他矢志不渝、奋发进取。1984年底，年过半百的他迎来了人生的第二个春天，成为了一名光荣的中共党员。

  谢老师1960年毕业于湖南师院（现湖南师大）数学系，他钟情教育，全身心耕耘，奉献于附中这方育人热土。

他博览群书,勤于探索。他的书架上摆满了数学经典书籍和专业杂志。他说这是教师的"基本建设",他把"多读书,会读书"视为教师的"基本功"。他精心设计和保留的本本教案已存入学校的档案室,当中凝聚了他的智慧和心血,更彰显了他钟情教育的赤子情怀。

谢老师授课,条理清晰,逻辑严密,层次分明,重点突出,板书精要,释疑解惑,点拨有度,擅长于启发式教学,对学生发散性思维能力的培养颇有研究,特色鲜明,教学效果甚佳。尽管新化口音较重,仍深受广大学生和家长的欢迎和爱戴。他用智慧的火花照亮了一批批学子求索攀登的征途。1980届学生郭向东成就于哈佛大学,谈起高中三年的学习生活,最为敬佩和难忘的恩师就是谢老师。1989届学生欧阳小熙从加拿大回国来母校看望老师,深有感慨地说,谢老师曾经的谆谆教诲使他终身受益,没齿不忘;得知谢老师身患重病,顿时热泪夺眶而出。

谢老师曾经担任过省、市数学学会的理事,长期坚持数学教学法的探索和研究,撰写了不少教研论文。其中《数列的拆项与求和》、《从三棱锥的体积公式证明谈起》《含有绝对值不等式的证明》等文先后发表在《湖南教育》杂志上。他为首编著出版了《高中数学疑难解析》和《高中数学精要》两本书,后者曾作为省教育电视台的专用教材,广受好评。他还多次应邀为省内外的一些学校和地区命预考试题,为市教学教师培训班作专题讲座,在省内数学界享有盛誉。

在他与朱石凡老师担任数学教研组长期间,我校学生参加高中数学联赛和高考数学成绩均列全省前茅。我校学生为湖南省捧回的"陈省身杯"摘取的两届数学奥赛金牌,无不折射出他的教学智慧和导师光芒。

谢老师博学多才,功底深厚。他懂得不少中医保健和天文地理知识,谈古论今,不乏新意;他是学校围棋、太极拳的高手,还是教工排球赛的裁判和技术指导,更是数学组教学、教研不可多得的"台柱之一"。他多次被评为学校的"优秀班主任"和"教书育人先进个人",两次荣获师大"先进教育工作者"光荣称号,但他从不以年长和学高自傲,谦和待人,乐于探讨,热情指导每一位求教于他的中年教师,多名教职工子弟经过他的悉心辅导得了长足进步。他常说"帮助他人,同时也提升了自己"。朴实无华,感人至深,因而赢得了大家的敬重。

谢老师在承担繁重的教育教学任务的同时,克服了夫妻两地分居和体质虚弱带来的诸多困难。大女儿在家乡立业成家,他把两个小女儿带在身边,既做爹,又当妈,言传身教,悉心培养。二女儿毕业于华中理工大学;三女儿被保送到北大毕业后去美国攻读博士学位,寻梦于大洋彼岸。他身患多病,但能乐观面对,坚持散步,做操,打太极拳,以顽强的意志和毅力与疾病抗争。

足下迢迢路,不尽漫漫情。人们从叩开生命的大门一天起,就要沿着本属于自己的旅途一步步走下去,行进途中,是甘于沉沦,还是不懈奋斗,当中包含着追求的真谛,塑造着一个真正的心灵。

谢老师毕生的精力在人生旅途和广阔的沃土中吸吮着,奉献着,无怨无悔地挥写着一个光彩耀人的用词——追求!

（作者系我校退休高级教师）

一位可敬的老职员
——怀念黄少坤同志

刘磊

黄少坤同志是湖南师大附中的老仪器管理员。我从 1955 年到附中工作至他 1985 年退休，共事 30 年。之后，我和他仍同住一个宿舍区，几乎天天相见。我对他比较了解，尊敬他，也怀念他。

先苦后甜的"两重天"

少坤同志于 2008 年 91 岁高寿仙逝，前 30 年是在黑暗的旧社会熬过的。他原名黄顺金，老家在湖南长沙县。由于家境贫寒又缺医少药，他的弟弟和妹妹相继夭折。1929 年，年仅 11 岁的他，父亲不幸病逝。他的母亲，一个农村寡母无力养活他，便于 1930 年托熟人带他到离家乡百里之遥的长沙市，碰巧抵上一个被开除的名叫黄少坤的小孩的缺额进了韭菜园孤儿院，从此，他的名字由黄顺金改为黄少坤。1931 年，他 13 岁，母亲又撒手人间，可怜的他成了孤苦伶仃的孤儿！ 1932 年上半年，他在孤儿院初小毕业后就走上了自己谋生的坎坷之路。开始是在长沙坡子街做学徒。1935 至 1936 年回到乡下，先后在易姓和凌姓家放牛。1937 至 1938 年来到长沙南门外的罗姓粉笔社学做粉笔。"文夕大火"后又只得回乡下，1939 至 1940 年在王家做长工。1941 年由人介绍到长沙市北门外的广益附小当校工，又进了城。1943 年由人介绍到当时已避难南迁常宁的广益中学当校工，直到复员长沙的 1946 年。1947 年曾去大麓中学工作过。这样颠沛流离达 17 年之久，直到 1949 年 9 月，才正式成为我校前身广益中学的校工、仪器管理员。他是学校最早的员工之一。他的后 60 年都是在广益及其后的附中度过的，是沐浴着党的阳光雨露，为党的人民教育事业献力和安度晚年的艳阳天。因此，少坤同志的一生经历了先苦后甜的"两重天"。

出色的仪器管理员

少坤同志从 1950 年起担任广益中学的仪器管理员，主要任务是管理仪器和为教师在课堂上做演示实验作准备。开始全校只有高初中 12 个班，后来增加到 20 个班。1955 年，广益改为湖南师院附中，第二年又并入十中（前身云麓），每年高初中保持 36 个班。这时，他的仪器室安排在 1956 年落成的办公楼二楼，有两间大约 20 平方米的仪器保管室，一间存放理、化仪器和化学药品；一间存放生物标本，包括一只东北虎，都井井有条。另有一间大工作室，不少于100平方米，置有电工、金工和木工等工具，是他准备实验、修理仪器和堆积能为他所用的杂物的场所。为了适应工作的需要，他主动上夜校学习文化，平时一有时间就自学中学物理、化学、生物课本，并虚心向任课教师请教，不几年工夫就掌握了有关的基础知识。他对教材中的每个实验的原理、技术和要求认真钻研，反复琢磨，自己先试先做，逐步熟悉了各种仪器和化工药品的性能，并运用自如；又能进行改进，使实验仪器更加符合教学的需要。

大概到了20世纪50年代末、60年代初，在二楼开辟了理、化、生实验教室供学生上实验课，理、化要分组，生物实验课可人手一台显微镜。他的工作任务大大加重，但从不叫苦叫累。他总是按照全校的课程表提前做好准备，供老师课前预演，上课前送到教室，从不误事。上实验课的准备，一般要先一天做好，常常晚上忙到深夜。

解放初期，乃至上世纪六七十年代，学校的仪器设备有限，又相当老化，经费也少，他不仅十分爱惜仪器、药品，而且勤俭节约。凡能自己动手修理的，从不送出校门请人修，凡能用废品代替的从不上街买。他经常把散失在校区内的废旧物品，小至一颗螺丝钉、一支旧电池或一块木头，他都捡起来收进他的工作室，以备急需。他勤动脑，心灵手巧，不仅能修理仪器，还创制了一些教具和收集、制作了一些生物标本，修旧利废，变废为宝，几十年间为学校节约了不少开支。

到了七八十年代，随着学校规模的扩大和教学改革的开展，实验课增加了，仪器设备也越来越充实，为了工作需要，学校调了小何、小刘两名青年职工充实到仪器室，他言传身教，使他们很快成长起来。1982年科学楼建成后，少坤同志和两个年轻人分工协作，各司其职，为实验室的工作开创了新局面。

忠实的"红管家"

少坤同志是附中有口皆碑的"红管家"，不仅仅是由于他的本职工作出色，爱惜学校财物，不乱花一文钱，还有如下几件事。一是他业余管理学校的互助储金会，这是自广益以来就建立起来的，就是教职工自愿拿出一笔为数不等的钱，积少成多，存入银行，一旦有职工遇到临时困难，随时可向工会申请，经过批准借用，定期归还，不计利息，为不少职工解决过不时之需。二是他乐于助人，热心为教职工和家属服务，不管哪家的小家具、小电器，乃至拉链和钥匙坏了，走进他的工作室都可以得到修理，"有求必应"，大家都说他这个仪器管理员管到了职工的家庭。三是他一贯以校为家，"文革"初期，"打砸抢"风盛行，派性斗争激烈，他不顾个人安危，只身住进了工作室，不仅保全了全部仪器设备未受损失，还冒险保护过学校的人事档案。四是老校长曹孟其（也是湖南孤儿院院长）于1947年用童体字写的长1.5米、宽0.5米、厚5厘米的"之谟图书馆"（为纪念学校创始人禹之谟所建）匾牌，因其木质好，被他收到自己的工作室翻转过来做工作台（俗称砍凳）使用，正是他这个不经意的举动，使这件散失的文物在"文革"中逃过了"红卫兵"小将破"四旧"的一劫，至今珍藏在校史馆，功莫大焉！

知足常乐的少爹

少坤同志生活俭朴，奉献多，索取少，从不计较工资待遇，知足常乐。他夫妇俩生育两个男孩，靠他一个人微薄的工资收入维持家庭生活，从不借贷、求助。上世纪六七十年代挤住一间 20 多平方米的平房，分成前后两半，与邻居共厨房。1980 年才在新建的职工宿舍楼分得一套 50 来平方米的两居室，一住就是 28 年。这期间，学校新建了多栋新宿舍，他不仅不申请，而且住房也不装修。有次，我去他家串门，劝他把墙壁粉刷一下，亮堂一些，添两张小沙发，坐着舒服一点。他说："咯样蛮好，够用，何必花钱又劳神咯！"他的爱人是个没有文化的农村妇女，但通情达理，操持家务，精打细算，粗茶淡饭，日子过得平平稳稳。她贤惠有加，曾多年无偿为住在隔壁的某教师看管小孩和开煤火煮饭。少坤同志经常穿一件褪了色的中山装，但干干净净。爱人患病，就医困难，他也不向学校申请补助。他对儿子的管教严格，他们中学毕业后找工作也不麻烦学校照顾，先后进入了市外贸单位工作，一个党员，一个团员，陆续成家，生育子女。他爱人一病多年，他精心照料，无微不至，直至离开人间。为了支持儿子、儿媳的工作，他一个人独居，生活自理。他爱钓鱼，几乎每天都要到几里路外的池塘、河边垂钓，夏天戴一顶旧草帽，冬天带一把长柄布伞，肩上背一根长钓竿和一个布口袋。每当他回家在村子里碰到时，我就问，"少爹，今天收获如何？"他总是乐呵呵地回答："说有收获也有收获，要吃鱼就有收获，因为钓的几条小鲫鱼都放生了，有收获就是锻炼了身体呦。"可见他把钓鱼当作了修身养性、强身健体的乐趣。后来这些年，宿舍区的离退休活动室越办越好，他也和同事们玩玩麻将，但不计较输赢，只求充实退休生活。他晚年身体好，精神爽，很少生病，孤独而不寂寞，潇洒自如，知足常乐。

少坤同志一生经历两种社会，黑暗和艳阳"两重天"，对共产党和新中国充满激情。他工作认真负责，勤勤恳恳，一丝不苟，不分分内分外，热心为职工服务；他为人正直，严于律己，宽以待人，有原则，又谦和，深受师生爱戴；他公私分明，生活节俭，两袖清风，一身正气。1960 年光荣入党，先后被评为"爱校模范"、"教改积极分子"，湖南师院（师大）"先进工作者"、"优秀共产党员"和长沙市"教育战线先进工作者"等。退休后，仍坚持关心国家大事和学校的建设发展，曾担任离退休党支部委员和老年协会委员，始终工作兢兢业业。2007 年"七一"前夕，学校第一次在 80 多名离退休党员中评选了三位优秀共产党员，他是其中之一。他的一生是光荣的一生。

（摘自《校友通讯》第49期）

一位平凡而可敬的老校工
——怀念何镇秋同志

刘磊

何镇秋同志是广益中学和其后的湖南师院（今师大）附中的一名老校工。我同他共事26年，他退休后，仍常有往来，因此，对他比较了解。他逝世后的悼词就是我起草的，后来还应《长沙教育志》编纂办公室之约，写了《何镇秋传略》。我敬佩他，也怀念他。

从广益到附中45年的老校工

他，1900年（清光绪二十六年）11月22日出生于湖南湘潭县郭家桥的一个贫苦农民家庭，只读过两个月私塾，从小在家种田，八岁当放牛娃、打零工，生活艰苦。1927年，经广益中学教师何谷芳老师介绍，到该校当校工；1955年广益改为附中后，继续留校工作，直到1971年退休，为教育事业忠诚服务达45年之久！1989年12月24日与世长辞，享年90岁，是当时学校年龄最大、校龄最长的老校工。因他排行第六，人们都尊称他叫"何六爹"。在广益，在附中，提起何六爹，不论是领导、教师，还是工人，无一不竖起大拇指说："他是一位可敬佩的老校工！"

何六爹忠于职守，对工作一丝不苟。学校的校工一般从事保管校具、打扫卫生和为教师送茶水等工作。六爹几十年如一日，每天都是做这些琐屑而又费力的平凡事。我1955年暑假到校后，他每天早晨把开水和洗脸的热水送到我的房门口，当时住校的教师有几十个，他都要一一送到。有次，我对他说："六爹，你五十多岁了，我才满27岁，真不好意思要您送茶水，你只给那些老教师送就行了。"可他立即说："这是学校分配给我的工作任务，老教师也好，年青教师也罢，都是要给学生上课、为国家培养人才的，我为你们服务，也为培养人才作了贡献，我乐意！"大约到1958年的时候，搞卫生和打茶水这些事都由师生自己动手了，而且学校办起了农场和猪场，何六爹就调去农场管理工具和肥料了。他同样很认真负责，工具脏了他洗干净，坏了他及时修补好，一大屋子的锄头、扁担、粪桶和畚箕等，摆放得整整齐齐。他还经常下地指导参加劳动的师生种菜、施肥。到 1959 年，农场生产的各种瓜类、青菜和猪场养出的猪，使全校 1000 多名寄宿生的蔬菜、肉食自给有余。湖南省电影制片厂为学校摄制了题为《一个副食品自给自足的学校》新闻简报在全省放映，影响很大。这其中就有何六爹辛勤劳动的贡献。

三次押运校具完好无损受赞扬

何六爹以校为家，爱护学校的一草一木。他出身贫苦，自幼深知柴米油盐来之不易，对学校的公共财产十分爱惜，看到被抛弃的破旧课桌椅，他送到学校木工厂去修理；看到破铜烂铁乃至一块木头或一颗螺丝钉，他都立即拾起来送到保管室等待派用场。抗日战争时期，学校曾三迁校址，1939 年从长沙迁常宁和抗日战争胜利后又从蓝山迁回长沙，所有校具、图书、仪器等，都是雇用民船由他押运从水路运输的。去时溯湘江而上，河道水浅滩多，行船困难，遇到急流险滩还要卸物减重，背纤过滩，过了滩又要把卸下来的东西装上船，有时船被搁浅在滩上，要等涨水才能继续前行，很是麻烦！何六爹不负重托，督促船工履行职责，往返都无损毁、丢失。1956 年暑假，学校从河东北门外熙宁街老校区迁至河西岳麓山下的新校区，校具、图书、仪器和一些教师的家具等的运输（先用车，后用船），也是由他负责押运，同样完好无损。广益时期添置的校具、图书、仪器等保存齐全，为教学提供了方便，为国家节省了开支，更为学校保存了勤俭办学的精神，备受校内外赞扬。对此，何六爹作出的贡献很大。

思想好风格高，保持劳动人民本色

何六爹爱憎分明，关心同事，不计较个人名利。他一生经历了旧社会和新中国，既饱经风霜雨雪，又沐浴了党的阳光，对新旧社会有着鲜明的对比。他常对人说："我们这些从旧社会过来的工人，搭帮共产党和毛主席，才有今天这种主人翁地位和幸福生活。"在上世纪 60 年代的暂时困难时期，有些人对党失去信心，埋三怨四，而他认为"日子总会好起来的"。在"十年动乱"中，也有人对前途忧心忡忡，他则说："共产党能把国家治理好的。"从不动摇对党的信念！"文革"那些年他仍管理生产工具和肥料，当时很多老师被打成牛鬼蛇神关进"牛棚"、搞劳动，有些年老力衰或身患疾病的也被强迫干重活。他对监管劳动的红卫兵说："我在这个学校做了几十年工，全校的老师差不多都认识，哪有咯多黑鬼？！"并偷偷地把轻锄头、小粪桶分配给那些体弱有病的老师用，使他们得到照顾。在负责运输校具中，他对教师的家具也同样爱护，只要发现某位老师忘记搬走自己的东西，不是主动送去就是及时告诉那位老师搬回家。因此，老师们说："何六爹不仅管校具，也管我们的家具，真是贴心人！"他总是心中有学校，有他人，唯独没有自己，从不计较个人名利得失，安心当一辈子工人。上世纪 50 年代，学校提拔少数工人当干部，动员他出任事务员，他硬是不肯干。他说："我几十年来劳动惯了，我热爱校工工作，还是干我的老行当好！"他退休后年老体衰的时候，也不因为自己是学校的老工人而要求照顾，他的7个子女都自谋生计，没有一个安排在学校工作的。他全家一直住在学校后门外一套狭窄的平房里，拥挤不堪，毫无怨言。同事们都称赞"何六爹思想好，风格高"。总之，他只顾奉献，不思索取，体现了劳动人民的本色！

保护广益文书档案的功臣

何镇秋同志从广益到附中勤勤恳恳地工作近半个世纪，对学校教育教学工作做出的诸多贡献中，以为保存广益的学籍档案所作出的贡献最具历史意义！广益中学是湖南最早且有名的私立中学之一，开始叫惟一学堂，是民主革命先驱禹之谟烈士在1905年创办的，历史悠久，办学严谨，校风学风良好，为国家培养了大批有用人才。从1929（民国十八年）起，它的学籍簿和成绩册（包括期考、月考、毕业考试等）保存齐全，至1954年底止，学籍簿有27卷（每卷两本），成绩册有122本，叠起来足有4米高。学籍簿里有全校学生名册（含姓名、性别、年龄、籍贯、所在年级、入校年月，新生还有原毕业学校）和全校教职员名册（含姓名、性别、年龄、籍贯、学历、经历、所教学科或所任职务、月薪、到校年月等），其中一部分还有"学校概况报告表"（含学校沿革、学校编制及各年级男女学生人数、教职员性别及学历（人数）统计和最高与最低月薪、教务概况即课程编制和教学方式、生活概况、事务概况和未来计划等），是学校每个学期向省教育厅报案的表册，在开学后两个月由校长签字上报。它是学校办学的原始记录，弥足珍贵！在学校编写《校史》和《百年校志》中，它是重要依据之一，也发挥过为某些老校友查证个人历史的作用。有次中央有关部门同志到附中了解朱总理的初中学习情况（他1941—1943年在广益中学读初中，毕业考试11门功课7门100分，平均96.27分，为全班54人中的第1号文凭），也说："一个中学能够把几十年的学籍资料保存得如此完整，在全国都是罕见的，十分难得！"而这些珍贵的历史资料，在当年学校迁移中，是像图书一样用木箱装着，连同校具一起，由何镇秋同志负责押运的，前后三次，克服了重重困难。这是他的不朽的特殊贡献！

我们的数学老师朱石凡

林斌

2013 年是我们湖南师大附中 201 班毕业后的第 15 个周年。毕业 10 周年的时候，我们曾经举办过一次盛大的聚会。那次来了很多同学，大家从全国各地赶回长沙来，欢聚一堂。时间如白驹过隙，5 个年头很快又过去了。大家等不及到又一个 10 年的时候再聚会。于是大家提议在 5 周年的时候我们再次回母校聚会。11 月份的第三个周末，我们又回到了离别已久的母校，见到了阔别已久的同学。

聚会当然少不了请来以前教过我们的各位老师了。可惜大多数老师都去了附中的海南分校，无法赶过来。只有体育老师汤彬老师还在本校区，特意过来参加我们的聚会。与会的时候，很多人才知道，我们曾经的数学老师朱石凡老师已经不幸去世了。

在附中三年，我们换过好几个数学老师。朱老师是陪伴我们到毕业的最后一位数学老师。在准备高考的最后一年里，给了我们很多的帮助，所以大家对他的印象非常深刻。朱老师那时已白发苍苍，一看就是在中学教育战线上奋斗很多年了。他说话不紧不慢，非常有节奏，听他的课是非常享受的。朱老师课上的另外一种享受就是看他的板书，写得非常工整，像是印刷机里印刷出来似的。可惜那时候还没有智能手机，下课后老师的板书就都被擦掉，不然就可以拍下来留作永久的纪念了。除了这些，朱老师给大家印象最深刻的是他上平面几何和立体几何课的时候，用三角尺圆规等辅助工具非常之少，因为朱老师随手一画，是圆的话非常的圆，是方的话非常的方，大家都啧啧称赞，羡慕不已，因为我们就是徒手在纸上画也画不出这么规矩的方圆来，更何况是在黑板上用粉笔画了。

高中的时候，数学是我最喜欢的自然科学课之一。数学的逻辑之美，总是让我非常陶醉。数学的魅力不是因为它很容易，而是因为它很难，却又不是高不可攀。经过细心的思考，通过一步一步严格的推理，达到解决问题的目的地，那种随之而来的成就感，难以用言语来形容。而且问题的彼岸往往不止一种途径，朱老师经常鼓励我们进行发散性思维，对于同一个问题，应该运用所学的数学知识，用一种以上的方法来解决。有时候，我想破头脑也想不出第二种、第三种解决方法的时候，朱老师却早已成竹在胸，轻轻地点拨我一下，让我豁然开朗。这种训练在我以后的求学道路上，让我受益匪浅。

数学是一切自然科学的基石，所以，在我学习其他学科的时候，朱老师也给了我很多的帮助。当时我正在研读大学物理化学，里面涉及到很多微积分的知识，在高中的时候我们还没有学习到，我就去请教朱老师。朱老师浅显而又生动地给我介绍了一下微积分的基本原理，给我打开了一扇通往物理化学道路上的数学之门。后来我在攻读博士学位的时候读的计算生物学，是一门运用理论计算的方法来研究生物学问题的交叉学科，其中最重要的知识就来自于理论物理化学，这和高中的时候朱老师给我的帮助是分不开的。

时间过得真快，转眼15个年头过去了，201班的我们都已经走向了各个工作岗位，朱老师却已经永远地离开了我们。但是，他曾经教过我们的点点滴滴，给过我们的谆谆教导，却一直深深地影响着我们。我们感谢他，怀念他，愿他在天堂里安息。

（作者系高201班校友）

朱石凡：既当"经师"，又为"人师"

李香斌　欧阳荐枫　叶越冬

在 20 世纪 80 年代初期，湖南省仅有的 38 个特级教师中，四十余岁的朱石凡是其中最年轻的一位。

朱石凡生于 1934 年，1957 年毕业于湖南师院（现为湖南师范大学），并留校师从数学系知名教授戴世虎，从事数学教学法研究，这为他日后的数学教学和研究打下了坚实的理论基础。1960 年起，到湖南师大附中任课。

50 年代的中国教育领域，基本是照搬前苏联的教学理论。1959 年中苏关系破裂后，这一理论来源被切断了，中国教育界开始了自主研究和开发。年轻的朱石凡，也加入了这一行列。1982 年，他结合自己的教学实践，借鉴传统教学的精髓，大胆吸收西方教学理念的合理成分，中西合璧，创造性地提出了"数学引导探索教学法"，这是一种全新的教学理论，在全国数学教学领域引发了强烈的反响，并被后来众多的教学理论研究者广泛地借鉴和吸收。

朱老师主张："与其多花一个小时改作业，不如多花一个小时备课。"提高课堂教学质量是教学的保障。他从教几十年中，精心设计每一堂课，从不用现存的旧教案上课，总是精益求精地加以补充、改进，他的教案被当作教师培训的参考范本。在担任教研组长的 30 年中，也不例外，勤勉出真知，他出版过著作 40 余部，发表论文 60 多篇。

他所任教的我校第一届理科实验班，共有学生 24 人。多年省数学奥赛的前三甲均出自该班，大部分学生都在省级以上的学科竞赛中获奖。

如今的师大附中，被誉为学科竞赛的"金牌摇篮"。而象征着附中师生荣光的"奥林匹克之光"纪念碑上，也将永远镌刻着朱石凡和他指导的学生刘炀（我校第一块国际数学奥赛金牌获得者）的名字。朱老师开创了我校数学学科竞赛的新篇章。

1994 年退休后，朱老师仍为学校的教学发挥着余热。在学校前几年实行的分层教学中，他主动请缨任教基础差的 C 班。直到 2002 年因声带发病，动了手术，他才离开为之奉献了一辈子的讲坛。

"经师易求，人师难得。"一位教师，除了当好"言传"知识的"经师"，还要做好"身教"做人的"人师"。朱石凡老师在他的教育生涯中，始终实践着这一理想。

刚进附中，他担任班主任，并教三个教学班，面对繁重的工作量，他既不怨天尤人，也不敷衍塞责，而是默默地承受压力，兢兢业业地做好本职工作。朱老师爱生如子，深得学生的尊崇。在采访中，我们从朱老师的爱人口中得知：1971年，学生赶赴望城进行社会实践，两个学生不慎失足落水，旁人手足无措，情势万分危急，闻讯赶来的朱老师来不及细想，跳入水中，冒着生命危险，费尽周折，救起了溺水学生。

朱老师曾在湖南第一师范就读，培养了广泛的才艺兴趣；保送进入大学后，担任了校学生会的体育部长。这一段学习经历使他具备了很好的文体才能，使他在与学生的交往中，能游刃有余，也拉近了和学生之间的距离，让学生感受到了为人师者的浓厚涵养。

在客厅的墙壁上，悬挂着朱老师自行创作的《香远》、《千峰竞秀》、《青峡观瀑图》等国画作品，其画运笔自如，色调鲜明。他的书法作品，也俊朗飘逸，颇见功底。退休后也曾获我校"离退休老教师协会"象棋比赛冠军。平日以绘画、书法为娱，每周去钓一次鱼，每天坚持晨练，既锻炼身体，又怡情养性。

桃李不言，下自成蹊。在众多的学生来信中，1987年湖南省高考文科状元、留学美国的学生彭梅静在信中深情地说："今天我代表我的学习小组交了数学作业，交之前我们的美国数学系同学查核我的对错时，赞叹不已。而这是我仅凭中学时您所教的东西完成的，我根本没看老师指定的参考书……"

在总结自己的教学心得时，朱老师最有感触的两点就是一是志存高远，不能甘于做"教书匠"，要立志做"学者型名师"；二是苦练基本功，要学会"逼"自己，"不满"是前进的源泉。只有那些几十年如一日，孜孜以求，活到老学到老的人，才能最终获得特级教师的殊荣。

（作者均系我校青年教师）

朱先生传

向冰洁

朱先生者，孟德是也。但是，这里所说的"孟德"并非三国时期那个叱咤风云、雄霸一方的曹丞相，也不是那个屡屡被贬、但在诗坛混得还算个人物的刘梦得（刘禹锡），而是我们大名鼎鼎的物理老师。

我们从初一到初二，多了一门新课——物理，那天，我们破天荒地坐得端端正正，算是迎接这位新老师，有人说应该是个长发飘飘的"丑霸"，因为一般智商与长相成反比，也有人觉得可能是个文质彬彬的眼镜小生，可是出乎大家的意料，走进来的这个人，和蔼可亲，头发短却成大波浪，大大的眼睛深陷在眼眶里，大约四五十岁，鼻梁高高的，却没有架眼镜，背稍有些驼，不是很厉害，但好像永远也直不起来，再加上人笑起来嘴总有些歪，因此，给我们的第一印象——"贼头贼脑"（若物理老师不幸瞄到此文，请手下留情）。

朱先生不仅长得有个性，语言也很特别。我时常听不懂他在讲些什么，他的表情简直像变脸，不，比变脸还快，时而像父亲一般慈祥，时而又像一发怒的狮子，恨不得把人吃掉。在他讲课时，多半是处于"激情燃烧的岁月"，他会手舞足蹈，唾沫横飞，然后凑到你跟前，郑重其事地问："懂了吗？"那目光认真又期待，坚定又亲切，谁还会摇头呢？

朱先生虽然很多事情像个老顽童，但他自始至终都很认真，嗯，很认真！我很羡慕他对任何事的那股认真劲儿，那是我所缺少的，也很欣赏他对于物理的那种执着，我想正是因为这样，他才会取得今天的成就吧！

当然，我最佩服朱先生的，是他的板书，朱先生不仅粉笔字写得很好，图也作得很标准，再加上各种颜色粉笔的巧妙搭配。看他的板书，不得不说是一种享受。一节课下来，仿佛他在黑板上作画一样。而且，他写板书总是井井有条，每个字，一笔一画都似乎设计了好久，最后像表演一样呈现在我们面前。

记得有一次，朱先生去出差，一个月没见，朱先生回来时，不知是谁带的头，全班竟响起了热烈的掌声，朱先生先是一愣，随即便会心地笑了。其实，为人师表固然重要，但也别忘了——"亮出你的个性！"

（作者系2004届初0109班校友）

香樟树的记忆
——为《浪吟集》作序
赵尚志

一

当下，有的官员忙着出书，好多明星也急于出书，他们为了什么，我不说三道四。然而，放在我案头的这一本薄薄的书稿，却是一位八十高龄的老教师，回眸人生历程，将记忆的碎片，用朴实的文字记下而成，为的是："铭记父母生我养我，感恩党的阳光雨露，以娱自己，以告后人，以赠亲友。"

罗浪吟老师是我几十年的老同事，长我十岁，称大姐最为贴切，也蛮亲切。读其文稿，她人生历经一帧帧美丽画面就清晰可见，度过重庆南开的中学岁月，经过华中师大的四年深造，好一个好学要强的女大学生，怀揣青春的梦想，于1956年登上湖南师院（今师大）附中的三尺讲台，开启了崭新的教师人生。她以极强的责任感投入工作，除了深入钻研教材，还跑书店、进图书馆、收集历史名人的事迹，将枯燥的史料编成妙趣横生的故事，还借鉴刘兰香说书的艺术表达，将历史唯物主义史观，把得准、讲得透，课堂上"史"和"论"能生动结合，就这样任劳任怨、勤奋耕耘近十年，迎来了奋发有为的人生中年。她在"文革"期间，因停开历史课，教过九年多语文，边学边教，还当过备课组长。恢复高考以后，按学校安排重回本行教历史。当时的语文教研组长邓日老师对他说："学校要你回本行，我们应该支持，其实我们真舍不得你走。"1989年光荣退休，晚年逢盛世，幸福又美满。在小外孙考入大学以后，她二老迁入江景新居，东面临湘江，西边靠公园，视野开阔，空气新鲜，尤其是夜景格外迷人。二老身体健康，生活能够自己料理，每天坚持公园或小区的花园散步，儿辈孙辈十分孝顺，节假日驱车陪同郊游，平日询问电话不断。多年来，常携手老伴外出旅游，神州大地游了一个"东西南北中"，还饶有兴味地拍摄了好多照片，真是分享了改革发展的成果，记录了改革发展的景象，选编《旅游相册》以作纪念。

　　浪吟老师在她八十华诞庆祝宴上百般欣喜地说："真是芝麻开花节节高，党的政策如和煦的春风，吹绿了大地，也滋润了我的心田，怎叫我不笑在脸上喜在心头呢！"还写下了豪放的诗句："人生岁月似长河，扬帆也曾遇风波，苦辣酸甜寻常事，回眸一笑乐呵呵。"

二

　　八十多年的风雨人生，八十多年的苦辣酸甜，浪吟老师一路走来，真不简单，真不寻常，她用自己的汗水、心血和智慧，扮演了三个出色而成功的角色。请看：

　　好教师。在附中工作长达 34 年，担任了 13 年班主任，连续三届省历史教研会理事，多年担任历史教研组长，在市历史学会多次发言，介绍如何评价老一辈革命家刘少奇；如何帮助青年教师掌握历史的线索和脉络；如何结合教学进行爱国主义和革命传统教育等，帮助市电教馆研究利用电教手段让历史课成立体的图文并茂的课。先后在《师大学报》和省《教育科学研究》发表教学论文数篇。抓班级建设的"四个坚持"，抓养成教育的"事事抓、日日抓、反复抓"和日"清"周"结"的成功做法，充分体现了一个教师的爱和责任，她亲手带出不少优秀班集体。罗老师的教学、教研和班主任工作得到领导的充分肯定，得到同事的赞许，是学生爱戴的好老师。

　　好妻子。三石主任一心扑在行政工作上，成天忙于工作不落屋，浪吟老师深深理解、全力支持。安排家庭日常生活，赡养两边老人，照看孩子的事全由她一个人来承担。在那艰苦的年代，粮食供应不足，浪吟老师宁愿自己少吃，从牙缝里省出粮食，让爱人多吃些以应对繁重的工作，还美言之"男人靠吃，女人靠睡"，自己多睡一会就没事了。在那"疯狂"的年代里，当三石主任受到重大的胁迫时，她用弱小的身躯加上巨大的勇气，顶住莫大的伤痛，保护住了三石主任，真让人肃然起敬。

　　好母亲。浪吟老师在搞好工作的同时，竭尽全力培养好两个孩子。大女儿出生在"大跃进"年代，小女儿在"苦日子"里出生。除了千方百计保证孩子吃穿外，特别注重孩子品性的培养和意志力的锻炼，言教与身教并行，罗老师好学要强的品性在孩子身上得以延续，所以两个女儿都很优秀。跃红下过乡，工作变动多，遭遇挫折多，但是工作一直出色；志红是省级某大医院主任医师，省病理科专家。浪吟老师还是一位好外婆，把优良家风传承下去，帮助女儿将两个外孙培养得很好，大外孙中学就是省优秀学生干部，高三入了党，从湖南大学硕士毕业考取清华大学博士，如今已在北京创业；小外孙个性鲜明，善良诚实，遇事很有主见，但又不固执，南华大学毕业后，在省级医院工作。

三

　　浪吟老师这本集子是小小的，留给大家的启示是多多的。在这里略说两点：

其一，何谓幸福？这是一个很多人谈论的大话题，罗老师用她的人生历经作出了很好的诠释。青年时期的努力，为晚年的幸福打好了基础，直至老年仍与时俱进，不断学习，又增添了幸福，身体硬朗又福上加福，罗老师真正是位有福之人。请记住幸福是一靠创造，二是感受。

其二，何谓恩爱？爱不是盲目的，是理解，是尊重。夫妻恩爱是美好而珍贵的，有人说"秀恩爱"，秀是一个动词，是几十年实实在在的行动，浪吟老师与三石先生的恩爱如此的深刻，如此的厚重，年青时不一定有"海誓山盟"，但今天有着恩爱有加"白头偕老"现实存在。婚姻是神圣的，恩爱是无价的。

我时常赞美校园里那几棵香樟树的枝繁叶茂，清香四溢……我们的浪吟老师，虽说没有樟树的高大，但依然有着樟树的奉献精神，依然散发着香樟树般的淡淡清香……

甲午年秋日

（作者系我校原校长、党委书记，中学物理特级教师）

守望麓山的青翠
——读《邓日教育文集》

赵尚志

四十多年，弹指一挥。邓日在湖南师大附中教语文，搞作文教改，做班主任，当教研组长，做教学副校长，兼湖南省中学语文学会副理事长。这一切，都成了历史，成为过往，成为传说。然而，不被那"雨打风吹去"的是智慧与思想。

一生做好一件事

一生做好一件事，卑之无甚高论。然而，在生活中，这样的人并不多，我很敬重这样的人生。

邓日进湖南师大中文系之前已经是一名小学教师，毕业后即分配到附中教语文。由初中，而高中，一头扎进语文课堂，恍然抬头，就是三十多年。后来，尽管他做过学校副校长，有过一些社会兼职，但他真正念兹在兹的还是"语文"。退休之后，他说过，他这一生似乎是为语文教育而来。

因为专注，所以投入；因为投入，所以创造。时至今日，邓日的学生还能记得他提出的那些"狡猾"的问题。他始终信奉"教学的真谛在于导"。课堂上，他最擅长的就是制造一些"事端"，让孩子们提出不同的看法。他说，教语文，我的拿手好戏无非两个：一个叫阅读与作文的分科教学，一个就是"自能作文"。他一直是那种不安分、想创新的人。记得他曾教过一个初高中六年连贯制的实验班，这个实验班是有名有实的"实验"。他将语文分为阅读和写作两大体系，以期系统地培养学生听、说、读、写能力。他自己动手编著作文教材和阅读教材，创建"自能作文分项训练体系"。在当时的中国语文教改版图上，邓日的自能作文体系亦如湘水流波，深有影响。

我是一个教物理的，做过学校管理。多年来，总会不断听到语文教师抱怨：语文不好教。可是，从邓日那里，我能感受到的却是一种行胜于言的"定力"。他的语文教学，因为专注而创造，因为创造而幸福。当他两鬓染霜的时候，他说，这辈子，这件事，他已尽心了，做到了自己能够达到的"最好"。

变"语文教学"为"语文教育"

在人们的观念里，"教学"可能更多的指向学科与课堂，指向专业；而"教育"呢，更多的指向人的成长，指向身心发展的每一个方面。邓日的身份是语文教师，可是，从上世纪八十年代起，他就深刻地意识到，"经师易得，人师难求"。他总是自问亦问人：语文仅仅是教那些字、词、句、篇，语、修、逻、文吗？语文仅仅是一种无情无意的工具吗？不，语文的育人视界在于价值和信仰的传递，在于对孩子们心性的涵养、审美的开发，在于对青少年人格的塑造。倘若是"目中无人"的语文教学，学生失去内心的浪漫和人生的诗意，他们没有真正的大爱情怀和人生的悲悯意识，"画地为牢"的语文课堂还会有多大的价值呢？变语文教学为语文教育，成为邓日教学改革的思想基点。

于是，邓日特别喜欢带领或鼓励学生自己走出"小课堂"，走进大自然，走向生活的"大课堂"。近则带学生到岳麓山看枫树、拾红叶，到岳麓书院领味千年学府的底蕴与风味；远则登临岳阳楼，泛舟洞庭湖，漫游君山岛……

从"语文教育"的视角看"语文教学"的课堂，邓日明确提出要给学生以"三权"。何谓"三权"？看书权、思考权和讨论权也。

邓日对语文教育的探究始终关注的是"人"——基于人，为了人，成全人。因此，他思想、视角与路径总是与众不同，出人意料。如他倡导在语文教学中开发学生右脑的研究，着重开发的就是学生的想象力与形象思维力。

从"学科本位"到"学生本位"，从关注学生的知识、能力、效率、分数，到关注学生的情感、态度、价值观生成，邓日的语文教育思想里总有一个鲜明的"人"字坐标。

探索，始终在路上

邓日在中学语文教育研究中，何以几十年都乐此不疲？一个重要的原因，就是他的思想始终敞向未来，敞向时代，敞向学生的内心。

教育家吕型伟先生说到教育改革时曾说，我们要摸着石头过河，问题是，石头在哪里呢？邓日的回答是：要始终保持一种理性精神。

在他看来，理性精神就是独立思考，科学探究，不追赶"时髦"，也不简单地照搬别人的方法。理性精神还是善于反思，勇于批判，让人沉着的精神。因为，一切教育改革的本质都是教育者对自己的革命，都是用改革的精神超越人生的束缚，以平静的心灵屏蔽现实的喧嚣，以期找到让中国教育安静前行的方向和力量。理性精神还应该是一种海纳百川的精神。因此，每个人都是改革的参与者，不应当教育改革的"看客"和旁观者。

几十年来，邓日就是以这种理性精神来引领自己的行动。一是坚持理论和实践的紧密结合，做到教学、研究、改革的"三合一"。唯其如此，他的实践始终有明确的理论指导，而他的理论又始终有深厚的实践根基。由此，六年一轮的"实验"下来，他未曾落下一堂课；大小作文、学生剪报、生活速记、预习本、课堂练习本等，他的办公桌上总是那么"几大堆"，而他都一丝不苟地认真处理。甚至，他还收集保存了 100 篇附中学生的作文，成为了他日后研究作文教学的一手素材，并写成专业论文，惠及全国语文界同行。二是坚持宏观研究与微观研究的有机统一。他的教育以邓小平同志的"三个面向"为大前提，从培养创新型人才着眼，而又基于语文学科的特点，着力于诱发学生写作的情趣和才思，并以勾点圈画的训练培养学生的阅读能力，从而深度契合了现代社会对人才读写能力的要求。

一辈子，一件事，一条路……

岳麓山下的邓日，如夸父逐日，奋蹄迈步。从青年而壮年，由青丝而白头。人如其名，他做了自己的太阳，每日照着麓山下的那些青春笑脸，守望着麓山的千年青翠。

我们的老师笑微微
——值得敬佩的周望城老师

王湘红

瞧，他在对着我们笑……

也许在全国再也找不到比他更"嬉皮笑脸"的老师了。他整天挂着笑，脑袋里装的仿佛都是好消息。在一般人看来，这笑容挂在成年人脸上，似乎有些令人奇怪——太天真了，像个孩子似的。每逢遇到什么事——好事、坏事、高兴的事、愤怒的事，他总喜欢在自己的神情变化后面微微一笑。

他的肖像、身材、歌喉没有特殊的地方，额头宽阔，粗眉，大眼，线条笔直的鼻梁，唯有那两角上翘的嘴使他的脸变得憨厚而亲切。害羞的小姑娘看到这样的笑容，就会变得无拘无束，像在自己的双亲面前一样；骄傲的孩子们看到这样的笑容，小脸霎时变得通红，从笑容里看到了学习的顶峰；淘气、后进的孩子们看到这样的笑容，仿佛看到了希望和胜利，充满了信心……

挂着这种亲切、温和、诙谐的微笑的人，就是教我们语文的周望城老师。

上课了，他站在讲台上，望着我们起立，忽然咧开嘴笑了。"周老师也真是，这有什么好笑的。"我想着，也忍不住抿嘴笑了。"你们起立的姿势各式各样，哪像个中学生，如果哪个摄影师把你们的动作全拍下来，贴出去展览，你们可出丑了！"同学们都被老师的语气逗乐了，轻声的笑声中，我们挺起胸膛，精神饱满地站直了。

"好，坐下。"他用满意的目光打量了我们一下说。周老师待我们坐好后，端正地站在黑板前，用手扶了扶讲台上的作文本，又笑了。我从他那微微上翘的嘴角、咧开的嘴，看出，他是那么喜欢和高兴。他说："这次作文，你们班又比112班好。你们班有几个上了80分，还有张红兵和唐月两个同学打了86分。希望你们继续努力。"

周老师拿出几本作文本，给我们念写得好的，和大家一起分析差的。好的好在什么地方，还有什么不足；差的问题在哪里，还有那病句、错别字、标点符号都不放过。他那时时浮起的笑容——包含着赞扬和批评，不仅使教室里显得异常活跃，又使同学们在笑声中总结经验和教训……上课时，他口若悬河，联想丰富，把我们带到一个又一个美好的世界里，他带我们到知识的海洋里游泳，到智慧的太空中飞翔，到文明的花园里散步；他还会带着我们回到古代终南山去看卖炭翁的悲惨遭遇、卖油翁的熟练技术；他会带着我们上马扬鞭，去月球开矿，到五大洋探险；他会带着我们去听口技人的声响，去看小橘灯橘红的光……如果有的同学开了小差，悄悄地从这个美好的世界里溜了出来，周老师就会带着责备的微笑说"你别发呆了"，把溜出去孩子的心拉回来。

周老师还关心同学。一天下午，周老师笑着来到男同学付涛的前面，对他说："你的头发都可以扎小辫子了。"付涛立刻涨红了脸。他不好意思地摸摸耳朵，搔搔后脑勺。"我给你理个发吧！"周老师笑着说。付涛惊喜地叫起来："周老师还会理发啊？"他又笑了。周老师领着付涛向办公室走去，他们的后面立刻多了一群跟踪的"尾巴"，边走边叫："看周老师理发去哟！"

透过玻璃窗，只见付涛身上围着个白兜兜，笑着坐着，周老师手拿着推剪在付涛的脑袋上仔细地推着，他的脸上浮起一种温和平静的笑。

不多久，付涛摇着周老师给他推的"杰作"出来了，他骄傲地站在观看的同学们面前，"怎么样？蛮好的，是周老师给我理的！"一个快嘴的小姑娘说："你有什么了不起？如果我是个男孩子，周老师也会的。"孩子们哄笑着跑走了……

我敬佩地透过玻璃窗望去：瞧，他在向我们笑……那笑是那样的甜，我仿佛看见，过了十年之后，当周老师的学生都成为建设祖国的栋梁时，一束束鲜花围簇着他，"待到山花烂漫时，他在丛中笑"！

（作者系1982届初113班校友，现北京著名律师）

易娭毑

刘爱国

说起易娭毑易红芝老师，附中老师大多认识。易老师德高望重，敬业爱生，深得学生喜欢，因为她慈祥而平易近人，学生多称她易娭毑。小时候在乡下，乡俗有一种借家里小孩身份称呼客人的习惯，比如孩子的奶奶随孩子叫孩子的外婆为外婆，所以，我们也常随学生叫易老师为易娭毑，她也欣然答应。

记得刚到附中的时候，在一次教研组会上听组长汤正良老师介绍，易老师所带的备课组，是值得大家学习的，他们组规定每期每个老师要读几本书，还要写心得。语文老师不读书是可怕的，而语文老师不读书，却也并不鲜见。听说有人将读书作为一种指标布置下来，也真是挺难得的，我不由对这人心生敬意，想来，这个老师应该是工作很扎实的了。只可惜不在同一个年级，难有接触的机会。

两年后，易老师送完毕业班，又被年级组长"抢"到我们组来了，仍是担任备课组长。这个时候，我开始听到有人说到易老师的"严"了。我想，"严"也不是一件坏事，要想把一件事做好，没有一点"规矩"也是不行的。可说到易老师的"严"，大家却似乎都有些"谈虎色变"的感觉。我颇有些疑惑。

很快，"杯具"降临到我的头上了。那天早上，我没有早自习，还赖在床上呢。突然接到年级组长的电话，说语文备课组开会。我不知道啊！可电话已经挂了。我只好草草洗漱就赶去办公室。到了才知道，易老师让同办公室的老师通知我们开会，可她忘记通知我了。这本来已经够我郁闷的了，毕竟是第一次开会，我可不想给人一个不好的印象。谁知散会的时候，娭毑点我名了：爱国，开会迟到是要罚款为备课组做贡献的，这第一次就算了！果真留下恶劣印象。可我是冤枉的啊！

近距离第一次接触，娭毑果真名不虚传，这让我们的心不由悬了起来。接下来的日子，易老师的严一点点渗透进我们的生活。有同事开玩笑，做梦都梦见开会迟到被批评。

娭毑在我们心目中的"严"就此扎下根来，对我们的影响有时候简直让同事"震惊"。记得有一次我上公开课之前，娭毑叮嘱我该请哪几个老师来听课。我很认真地一一亲自去请了，可在跟同组的李新霞老师交流的时候，我和她说话的时间最长，说的事最多，临走时却忘了告诉她上课时间就是下午第六节。离上课还有半个小时的时候，我打电话给她，确认她是否已经到了学校，她的回答却让我忍不住失声叫出来。她说："你没告诉我下午就上课呀，我还在家里午睡呢！"神啊，这让我怎么在娭馳面前交差！我只好说："我求你了，你快起床吧！打车过来，就算迟到一会儿，应该也比不来强。你若不来，娭馳会骂死我的呀！"霞姐善解人意，答应立即赶到。不过，上完课后，评课时，首先谈的感受竟然是娭馳的"威慑力"，说我的电话生生把她"从热被窝里拽出来"，"看把爱国吓的"！听的人都大笑。

娭馳的"严"其实早为众人所熟知，不止语文老师，别的科目的老师也大多颇有同感。不过，他们是只知其一，不知其二。娭馳除了"严"，还有一个更大的特点是"纯"。娭馳的纯，源于她内心的单纯。很奇怪吧！年近花甲的娭馳还能单纯到这么纯粹的境界，这简直让人惊异。她对人们谈论的"八卦"一概不懂，一些连三岁小孩子都张口就来的"术语"也听不太明白。记得有一次吃饭时只有同组的几个女老师，不知怎么就说到曲线，说波大波小，娭馳一不小心听见了，便问"波"是什么，我们虽然惊讶，但马上有人给她解释关于"三围"的问题，可娭馳一句"三围是什么"一下把我们都给雷翻了。娭馳的单纯指数如何，大概你也能猜个八九不离十了。

因为易娭馳单纯的内心，所以，虽然她很严，但走近她，了解她之后，我们都不觉得她可恶，反而觉得她很可爱。她是那种前一分钟很认真批评你，下一分钟又会因为你哈哈大笑的人，她的那种认真劲儿，有时候简直让人抓狂。有一次，我数试卷时少数了三张，我在讲台上发试卷呢，让课代表去办公室取三张。可派出去的课代表一会儿回来报告，说那个老师不同意他拿，让我亲自去拿。我想这算是哪门子道理？待我跑到办公室，忍不住对她说："娭馳哎！这东西又不能当饭吃，我忙着呢，干吗非得让我跑这一趟？"谁知她很认真地对我说："我就是要你亲自过来，因为我要批评你，你怎么数试卷的？怎么能少数呢？"我，我当即要晕倒过去，稳住，稳住！我稳稳神，向她深深一鞠躬，说："我错了，我对不住您！下回再也不敢了！"她一看我那故作认真的严肃劲儿，又忍不住哈哈大笑起来。我这才拿着试卷狂奔出办公室，晕啊！

其实，相处久了，你会喜欢上她单纯的思维，喜欢她纯粹的笑声。易娭馳是我见到的少有的几个会毫不掺假真诚夸你的人。看我风风火火做事，她会由衷地说，我就喜欢爱国这样的，做事又快又好。让我小小地骄傲一下。看我喜欢搞怪，她在大笑之余，总不忘加上一句：爱国啊！哪儿有你，哪儿就有笑声！每周在一起看周考试卷，虽然很累，但这种时候，大家在一起，往往也是笑声最多的时候，可是，易娭馳总担心试卷不能如期看完，所以，她最常做的一件事就是警告我，最常说的一句话是：爱国！你再说话就要罚款了！唉！你说我冤不冤？

一年时间，我们一起走过，虽然这是最累的一年，可是，也是最温馨的一年。那一年我们年级高考语文成绩也名列全省前茅呢！和我们一起送完这一届学生后，易娭馳光荣退休了。我们没有了继续共事的可能，这不能不说是一种遗憾。

娭毑啊！还记得那些逝去的时光么？那些在图书馆集体备课的时光，虽然严肃却总不乏笑声；记得天晴的时候我们穿着"组员服"去爬岳麓山，开心而去，尽兴而归，您还说要给我一个最佳创意奖；记得那天同游橘子洲头，我们围在您的身边，六个女人的笑声随江上清风轻舞飞扬……

如果时光可以倒流，或许我们会更好地珍惜这一段时光。现在，我只想对您说：易娭毑，要记得天天开心，还要记得回来看我们哦！

（作者系我校语文高级教师）

与欧阳老师同桌的日子

刘爱国

　　到附中近十年，没与欧阳昱北老师同年级工作过，这真算得上是一大憾事。虽说来附中之前就认识欧阳老师多年，不过真正对他了解却是与他同桌的那几天。

　　自认为是个做事比较认真的人，与欧阳老师接触才真正了解所谓"大巫与小巫"的区别。欧阳老师追求完美，他的做事态度，让我认识到什么是"认真"。

　　第一天是试评。为了让老师们尽快掌握标杆，欧阳老师让我把所有发下来的资料包括作文题解、评分细则、标杆作文一字不漏地朗读一遍。起先我还心存疑惑，私下里跟他商量让老师们自己阅读就行。可欧阳老师不答应。他让我一篇接一篇地读下去，然后在必要加注的地方让我停下来，加以解说。有一刻，我有些恍惚：这是欧阳老师的课堂，我是老师的一名学生，老师让我站起来朗读课文。读着读着，我自己已经进入角色，读起来颇有些声情并茂了。

　　后来才体会到，欧阳老师的良苦用心在接下来的几天阅卷当中起了多大的作用！举个例子：评分细则里明确规定，不满四百字的文章，只给一个总分。可是出现在欧阳老师的仲裁卷里的很多给分就没有遵守这个细则。而判错分的老师中，没有一个是我们这一小组的。

　　欧阳老师的认真，还体现在他对老师们的态度上。刚开始的那两天，他基本上没在自己的座位上呆过，不管有多累，只要老师们叫他，他一定立即过去，给老师们详细分析打分的依据。很多时候，连休息时间他也在给老师们个别辅导，往往忙得连水都忘了喝。而他其实有着比较严重的咽喉炎，并不适宜长时间持续说话。

　　相处十天，我没听他说过"等一下"这样的话，他总是说"我马上来"，有时候同时有几个人叫他，他会歉意地对不能立即过去的一方说"对不起"。实在分身乏术时，让我帮他先去看看，在欧阳老师的授意下，我一下在几十个人当中也成了"师级"人物了，这让我不胜惶恐。可欧阳老师的那份认真劲儿，让人感动，更让人信服！

俗话说："严师出高徒。"欧阳老师的认真表现在对待老师们的态度上，还有一个字，那就是严。对看卷认真、高效的老师，他会一一提出表扬；对有误判的老师，他会把你叫过来，一一加以指点。严格程度，不亚于面对学生。记得有一次抽查一个老师的打分，一篇可以上45分的作文，那个老师只打了34分。欧阳老师颇有些着急，说话的时候不免有些流露。虽然用着玩笑的口吻，但担忧之情溢于言表。那一刻，连我这个旁观者都有些替那个老师惭愧了。

经过这样的手把手的培训，在其后的几天里，我们组的阅卷质量一直是全大组较高的，得到了核心组领导的多次肯定。更重要的是，所有的老师都衷心地说："这次阅卷收获太大了！我们从欧阳老师这儿学到了很多的知识。"

欧阳老师是那种因外表刚毅而让人初次见面有些生畏的人。可是接触之后你就会发现，他的内心是多么的善良。那些仲裁卷，往往都是难判的试卷。欧阳老师总是审视了又审视，斟酌了又斟酌，唯恐误判一分。有时候看到有的试卷判分很离谱，他会一边痛苦地说着"作孽"，一边审慎给分。最多的一次，他给一个学生救回24分！

当然，面对那些花样百出、玩弄自己前途的学生，欧阳老师扣分也绝不手软。我们都知道，为了给所有同学一个相对的公平，这是唯一的选择。

欧阳老师自称"老头"，因为看卷的老师大多比他小。就是这么一个自称"老头"的人，我却在他身上看到了他少年般可爱的一面。

有时候，认真的欧阳老师是有一点点"倔"的。他那么执著地认定自己的看法，并且，一定要把这种观点表露出来。在我看来，他的看法总是很有道理，他也总会有理有据地让你心服口服。可是，事情的结果却不都是单一的。有时候也会有观点不一致的情形。这个时候，欧阳老师的"倔"劲便上来了。那一年的高考作文题是"谈意气"，手上有着那么多谈"意气用事"的作文，我有时候会调侃他意气用事，欧阳老师也不跟我计较，一笑置之。

仔细想来，一点也不"倔"的欧阳老师，那一定不是个性的欧阳老师了。有点倔，却不强词夺理，这就是欧阳老师的魅力所在吧！

在与欧阳老师同桌的日子里，无时无刻不受着他的感染。短短十天，瞬息即逝。在我看来，我不只是多了一个学习的机会，更重要的是感受到了欧阳老师那非同一般的意气，让我学会意气风发地投入到工作和学生中去。

谢谢您，欧阳老师！

我们喜欢谢老师

——怀念谢克平老师

周宗勤

今天翻出了高三的记事本，无意中看到高考以前谢克平老师跟我们"告别"时自己记在本子上的片段。哎呀，看得我差点又哭脸了。

习惯了每天连续两节的正课。外语课上的谢老师——可爱的老头子。每天习惯他迎着朝阳从惟一楼六楼的东头走到西头。他的走姿多有趣啊：走路的轨迹从来都不是直线，而且别走还边看路边的热闹。左手在前四平八稳地端住杯子，右手拿着英语报，在身后随步伐节奏甩手，脸上有和蔼的笑容。下课我们在他身后模仿他。

高三有清不完的桌子和讲不完的话，似乎英语课我从来都是很繁忙，现在也不记得都在忙些什么。习惯了这个可爱老头子，手里握着英语报在教室里绕圈圈，时不时左瞅瞅右看看，问一句"NO. XX 期的报纸做了没有？"谁要是没做被他抓到了他竟然会很得意。还记得他那句笑死人的要挟："啊……呃……你们要是不做报纸呢……我就站到后面去！"可是他的好脾气忍让我们的听话一直到毕业，他始终没有"站到后面去"。大家更是有恃无恐，对谢老师的作业总是能逃就逃。每次都是英语课代表小 KC 站出来誓死捍卫谢老师的权益。

我很感动，一个六十岁的人，每天高负荷地上四节课，不分严寒酷暑。这个在讲话的时候，会讲着讲着声音就会变小，最后变成喃喃自语的可爱的老头子；这个听说包办了很多家务，脾气好好、有点小八卦，从来不在班上发火的可爱老师；这个十分迷信《十年高考》和英语周报，高考前倍加关怀我们，并告诫我们"自信是成功第一秘诀"的我们的亲人。

我暂时想象不到以后看不到谢老师我们的学习生活会有多么的枯燥：他总是我们的话题，小 KC 和莎莎总是屁颠颠地找一切课间时间去和谢老师磨嘴皮子打趣，碰到一个好老师总是可以激发大家对那一学科的兴趣。现在也无从后悔以前有多么的对不起谢老师：缺交作业、偷懒不按要求背单词、上课打瞌睡、讲话、甚至逃掉半节课去吃拉面……而他又总是记得我们的好，忘记我们的不好。

"I still remember the cold day and hot day with you." 他用平时的语调，缓缓地说。他说，记得我在一个寒冷的天气，借给他的热水袋；记得酷热的夏天，孙一鹏递给他的小扇子；还有在他喉咙嘶哑的时候，很多同学关切地送上润喉糖还有一句句善意地提醒。谢老师在不经意间营造了最煽情的一节告别课，离开教室的时候他还是挂着慈祥的笑容，这就是他的魅力，让文一班的女生都眼泪鼻涕一大把。

下课的时候小 KC 又揪着谢老师的袖子跟他说话。不同的是平时她总是喜笑颜开的，今天却哭得小脸通红，变成了一个大柿子。我没有听到他们的谈话，却可以感受小 KC 的不舍，谢老师的最后一句话是："You'll have another good teacher."

（作者系2005届校友）

人生有幸遇良师
——可敬可爱的樊希国老师

林中叶

认识樊老师纯属偶然。

记得那是初一刚进附中的时候，我很懂规矩地见到大人都喊老师好。那次我在搞卫生，好像是擦墙吧——我都记不清中学四年我擦了多少次墙了，好像就没干过别的。突然见到一模样像老师的人走过来，我想都没想就放下手中的抹布，随意叫了声老师好。没想到他不像其他人那样应一声就走，而是停下来冲我说了一句："我认识你，你叫林中叶吧？"我顿时有点傻，愣头愣脑就是一句："我不认识你啊，你怎么认识我的？"他呵呵一笑，说："你是我招进来的嘛。"后来我才知道，我入学时的英语面试给他留下了印象。真是有些感动，很平常的新生，居然让他给记住了。

打那次以后，我才慢慢从学校宣传栏一类的地方知道，这位老师叫樊希国，是当时的校长助理、教导主任。虽然之后的两年和他一直没怎么打交道，但我的心里一直记着这位老师，也希望有一天，能聆听他的教导。

进入高一的第一节化学课，走到讲台前的老师让我眼睛发亮——居然是樊老师！虽然还一直对可爱又可敬的袁爹依依不舍，但几次课后，便很快从感觉不过如此到被樊老师的课所吸引。大概是由于化学成绩一直不错吧，我也对这门学科充满了兴趣。在两位好老师的引导下，我从奇妙的元素世界里找到了无穷无尽的乐趣，也深深地爱上了化学课，爱上了化学。可惜的是，现在我准备学的专业和化学一点都搭不上界，想来还真是有些遗憾，希望多年以后，能重拾旧爱吧。

记得樊老师第一天上课就对我们说过，书要越读越薄——记住精华，也要越读越厚——开拓思维。虽然后来我才知道，第一个说这段话的好像是华罗庚，但当时听来，便让我对樊老师充满了敬佩。记得樊老师留给我们的作业永远是最少的，一个学期下来，化学本写了一半还不到，一本"三精"，他也很少检查，就算看到你没做也不会有什么惩罚。不过他也说过，只要我们跟紧他的步伐，他就能保证我们高考无忧。现在想想也是，我们的化学成绩虽没有物理成绩那么出色，但从我们所付出与所得到的比较上看，樊老师无疑是成功的。

我想樊老师的课大家是都爱听的，轻松，风趣，有条有理，重点突出。他讲课总是不紧不慢的，还老是把重要的东西一遍遍强调，时不时便冒出两句长沙话，或是用一两个学校里的笑话逗我们。在他眼里，我们都是孩子，都很可爱，他也和我们保持着那份共同语言。他讲题也是一节课讲不了几道，但讲的都是很典型的举一反三的东西。这样乐哈哈的一个学期下来，看似完不成的教学任务，他却还能总是笑嘻嘻地向我们保证他能教完教好。他很爱笑，还经常笑得咧开嘴巴；他也很少骂我们，记忆中他发脾气也就那么一两次吧。我还记得他总爱让我们到黑板上默写化学方程式，喊学号也很有规律，搞得李平心每次都紧张兮兮的。他出的考试题也不会太为难我们，呵呵，这个就不知道是不是我的个人感受了，因为记忆中，我的化学考试还只筐过那么很少几次瓢，而其他科目就不好说了。

他是一个这么大的中学的教导主任，平常总是公务缠身、日理万机的模样。我也很庆幸他只教我们一个班，于是他在政务工作之余，对教学的全部热情便通通倾注于我们身上。

平心而论，樊老师对我是有所偏爱的，不知道是不是因为早就认识的缘故。他总是在班上点名表扬我考得不错，很给我面子，我也尽量努力没让他失望。高中毕业半年以后的元旦，当远在杭州的我给他寄了一张新年贺卡时，我想都没想到会有一份来自他的祝福飘到我身旁，那天我很是兴奋了一阵子。事后回想，才知道这就是所谓的教化无声——在我毕业之后，樊老师的祝福卡，还在教育我该如何待人。我想自己何其幸运，在人生成长最关键的时期，遇见了樊老师这位良师，他的熏染教化，足以滋养我一生。

（作者系2001届超7班校友）

人生的催化剂
——我的恩师苏建祥侧记

吕华

人生就像化学反应。一个人从反应物"起始的我"蜕变成为产物"全新的质变的我"，这个脱胎换骨的过程中有很多险阻和磨难，就像化学反应中所需要跨越的活化能。而老师就像是催化剂，在学生们的人生道路上帮助他们越过原本很高的反应能垒，完成其中的质变。我的成长很大程度上得益于我的母校湖南师大附中众多老师的催化，我的班主任、化学奥赛教练苏建祥老师就是我人生中让我难以忘怀、影响我终身的催化剂。

1999 年，我离开家乡常宁，第一次来到大城市长沙。我的入学成绩并不好，在两个理科班共 80 人里排名倒数。懵懂和消息闭塞的我入学前甚至不知道我会参加奥林匹克竞赛，等开学以后才发现上了"贼船"，进了"狼窝"。好在年轻的班主任苏老师以他的亲切和随和稍微缓解了我刚入学的紧张和局促。在之后的化学组奥赛选拔过程中，苏老师并没有因为我的基础不好而否定我，相反，他接纳我、帮助我，让我有幸搭上末班车，并从此与化学结缘，毕其一生行走在化学科研的道路上。知遇之恩，莫过于斯。

催化往往就发生在某些特定的瞬间，摄影里有一个著名的概念叫做决定性瞬间（the decisive moment），"恰好有一个瞬间，所有元素（人、地、物）均各得其所，并同时展现出特定内涵和意义"。苏老师特别善于把握学生成长的"决定性瞬间"，观察学生细微的心理波动和变化，然后不动声色地加以引导和化解。竞赛班的学习非常辛苦，有位外地同学有段时间学习状态欠佳，心烦意乱之下私自回老家休息调整去了，苏老师本着爱护的态度没有对他施以压力，而是耐心地和他私下交流和开导，最终让这位同学解开心结回到学校学习。这件事情直到我们毕业多年，同学聚合酒酣耳热之际，苏老师才当着那位同学的面和我们透露。2001 年化学竞赛全国初试前，我压力很大，有些失眠和焦虑，苏老师知道后说，睡不着说明你身体并不累，不要刻意去想要睡着，更不用担心第二天考试会精力不济。听了他的话以后，我没有了"一定要赶紧睡着"的心理暗示和焦虑，反而睡得更踏实了，并且在第二天的考试中还超常发挥。后来我才知道，苏老师专门研读并且精通教育心理学，我受他影响在大学期间也一度对心理学非常感兴趣。

老师的催化作用往往还直接体现在对学生关心和爱护上。我还记得有次中秋节国庆假期，长沙的同学们都回家过节了，校园里只有零星的来自外地的几个住校生。苏老师特意安排我们几个外地学生去他的公寓洗澡，和他的家人一起过中秋节，让我们感受到家人般的温暖。苏老师对学生的这种关心直到我毕业以后还一直保持着。四年前，我父亲患重病，需要到长沙做手术，而我在美国不能及时回国，急得方寸大乱。万般无奈中我想起苏老师在长沙，抱着试一试的心态向苏老师打去了求助电话。苏老师非常热心，一边安慰我不用着急，一边用最快的速度帮我联系了医院的专家大夫，我父亲得以顺利住院，手术也顺利完成。让我没想到的是，苏老师手术前和手术后都专程去医院看望我父亲，我家人非常感激，我知道以后更是感动得无以复加，不知如何报答。

苏老师对我的影响是全方位的，在我的印象里，他知识渊博，涉猎广泛，而又虚心好学。我高中的时候经常看到他阅读各种教育和化学学科相关的期刊，并且还常听他感慨"需要时刻充电"。大学里我有一个业余爱好是摄影，而这也离不开苏老师的启蒙：我的第一个相机是苏老师帮我挑的；我的第一个关于摄影的常识——按黄金比例构图，也是苏老师教我的。毕业以后，我们时有邮件联系，当得知苏老师成功获得了教育硕士学位，还承担了行政和管理工作，我心里对老师感到由衷佩服。苏老师很有前瞻性，在网络和多媒体教学还远远没有普及的1999—2002年期间，他就在我们的学习中试验这些新鲜事物，后来我有次经过长沙特意去拜访苏老师，得知他当时在学校某个部门任职，并在推行数字化管理和教学，不由得默默地为附中领导们的知人善用点赞。

时光荏苒，转眼我离开附中已有13年之久，但很多事情仿佛仍在昨日。不知不觉中我也完成了角色的转变，和苏老师一样成为了一名化学老师。回望来路，我不由得更加感叹人生际遇的奇妙，感谢成长过程中身边不离不弃的人们，尤其是给予我无数帮助和指导的老师们。从小学启蒙到博士毕业，我经历了长达21年的求学之路，一再深刻体会到老师的伟大和这份职业的特殊意义。没有苏老师和所有其他老师们对我的谆谆教诲，就没有我的今天。基于此原因，我很早就清楚地知道自己的理想职业就是一名大学教师，从事化学科研和教学，而今我也有幸完成了这一目标。

我只是苏建祥老师催化过的众多学生中的普通一员。正所谓大恩不言谢，我相信我对苏老师最好的报答就是以他为榜样，做好学生的人生催化剂，将教师的精神传递给下一代。

恰逢附中110周年校庆，特写此文表达对苏老师和母校的感激，同时也向母校汇报自己成为大学教师一年来的些许感悟。

衷心祝愿苏老师身体健康，工作顺利，桃李满天下！祝贺母校110周年华诞！祝愿母校的明天更美好！

2015年3月18日于燕园

（作者系2002届校友，2002年获国际中学生化学奥林匹克竞赛金牌。
现就职北京大学化学与分子工程学院，任特聘研究员，博导。2004年2月入选全国"青年千人计划"）

花姐

刘爱国

花姐全名陈清花，附中英语老师。刚到附中不久，我就听说了花姐的大名，可真正了解花姐，是在我和她同时担任 2010 届班主任的这一年时间。

现在回想起来，那一年虽然忙碌，可留下的记忆也最为深刻，这一切，大多与花姐有关。

那一年，年级其他班在惟一楼，只有我们几个班被安排在云麓楼。云麓楼因为班级少，很安静，便于学生学习，可因为班级少，在这边办公的老师也少。我和花姐同在二楼，二楼只有三间小办公室，每个办公室三个老师，我这个办公室只有我一人当班主任，所以，很多时候，都是我独处一室。虽然多是忙碌，但偶尔也会有些孤独，在这孤寂中，花姐是陪伴我时间最长的人。

因为大家都很忙，花姐的陪伴往往也是心有余而力不足。记得那次我代表年级在学校做关于"凝聚和奉献"的报告，我引用了花姐对我说的一句话，此后，差不多有一年的时间，年级老师看到我都不忘笑着调侃一句："爱国啊，我怎么这么忙呢！忙得连跟你说话的时间都没有呀！"

不能说花姐这话太夸张，我们当班主任的，有时候忙起来，不要说在一起说话，就连吃饭都常忘记。当然，也并不是完全没有空闲的时间。记得有一次，花姐和谭硕姐在我办公室不知怎么说到电视剧上去了，花姐向我俩推荐一个电视剧——《来不及说我爱你》，我和硕姐都哼哼哈哈地表示会看看，花姐对我俩的态度显然极不满意，当即"逼"我在网上搜到这一电视剧，并且要求我们当着她的面把第一集看完。在花姐的"威逼利诱"下，我俩无奈就范，可是我对花姐狂热地喜欢的男主角钟汉良却并不怎么感兴趣。虽然花姐给我布置了"看完后必须给我谈你的观后感"的"政治任务"，可我实在不想勉强自己。我有一种很管用的"解脱方式"，就是当我对一个电视剧产生了一些兴趣却又不想费时看的时候，我就用半个小时的时间浏览一下它的分集介绍，这样，我就不会再有一集集看下去的欲望了。在书与影视的选择中，我向来是选择前者的。我不知道硕姐有没有完成"任务"，我的确是浪费花姐的一片苦心了。后来花姐还问过我一次，被我以"顾左右而言他"之术敷衍了过去。姐，对不起啊！

说到忙碌，花姐的敬业在附中也是出名的。关于花姐的敬业，我姑且以一事来证明。在认识花姐之前，"拖堂"在我的词典里是一个贬义词，可在和花姐相处一年之后，这一个词竟变成了一个褒义词。这不能不说是一个神奇的现象。那一年，我和花姐同教文科实验班，常有机会在教室相遇，相遇的情形大多是我在教室外面等着上课，等预备铃已经响了，花姐匆匆出门，我匆匆进门……后来，12班同学出班刊，有"好事者"帮我们老师总结了些"伟大语录"，关于我的无非就是"下面我们开始谈'爱'""林黛玉是个性解放者"之类，他们为花姐总结的那些却让我每次想起都不由要忍俊不禁。其中有一条是这样的:某日，离下课还有五分钟，花姐问:"还有多久下课？"学生答曰:"五分钟。"花姐闻言欣然:"好！十五分钟正好讲完！"直接把下课的十分钟算进去了！

拖堂的老师我见过不少，可是像花姐这样把"堂"拖出境界来的就不多了。那个时候，周二下午上兴趣课，我在惟一楼开了一门《庄子》，花姐在我班教室开设英语兴趣课。下课后，每每我从惟一楼穿过科学楼回到了云麓楼，花姐还在我教室里讲得眉飞色舞神采飞扬，教室里坐着一教室的听众，而教室外我班归来的学生也早已是里三层外三层了。你无法不佩服花姐拖堂的精神啊！

要说花姐身上最吸引我的，还是她的热心肠。初次见面，你就会被花姐身上的热情所吸引，不管你是内向的还是开朗的，你都会不由自主地跟她一起 high。记得我们年级班主任一起去郴州，那是我们那一年中最放松的两天，我想，那功劳应该把一半记花姐身上吧！最为难得的是，花姐还给每个人赋诗一首，让我们在心情放松之后，又"娱乐"了很长一段时间。

花姐的热心更多地表现在对别人的帮助和关心上。有幸和花姐朝夕相处一年，我得到了花姐太多的关爱，那些爱，就算现在我们不在一起，也常让我的心备感温暖。有好几次，我们查完寝之后，两个人拉着手围着教学楼转圈说话，转了一圈又一圈。我说，你回吧，晚了。花姐必说，再走一圈。

花姐对人的关心是多方面的。花姐有一个幸福的家，花姐的爱人特别懂得疼人，所以，花姐的早餐从来都是从自己家带，早餐之丰富与营养，让我们无比羡慕。如果忙，花姐来不及回家吃晚饭，姐夫会把饭送到办公室来。我有幸享受过一次这样的待遇。那一次我身体不太舒服，不想吃饭，就没回家，花姐看我没吃饭，硬逼着我把姐夫送过来的一碗粥当她面喝了她才放心。那种关爱，十分暖心。

别看花姐很闹，很能折腾，其实她有着一颗特别善良的心。我常想，世界上的任何爱和恨都是有原因的。相处一段时间后，我知道姐夫那么多年仍然深爱着花姐的缘由了。花姐像对待自己的亲妈一样待婆婆好，包括婆家的所有兄弟姐妹，她都会尽自己最大的努力去帮助他们。这些，我也是慢慢了解到的。可是这些却特别能打动我。我总觉得，一个能善待他人的人才是真正可以做朋友的人。和花姐在一起，我可以喜怒形于色，不必刻意掩饰什么。因为花姐从不吝啬她对我的夸奖，也不会藏着对我的批评。

　　因为工作的需要，我和花姐共事一年后便不在一个校区工作了，相见的日子并不多，联系也并不频繁，可想起那些日子，心里总是暖暖的。前些日子，花姐因工作劳累导致突然得病卧床，我听了十分震惊。

　　姐，你一定要记得多保重身体啊！

数学老师叫"萍萍"

李佳瑜

不知从何说起，我对数学有一种无端的害怕。我甚至连做梦都梦到数学书里面有魔鬼出没，烽火连天。

高二分科时到了新班，我这个带有数学恐惧症的学生连去小卖部都不愿意。不是我不喜欢吃零食，而是我害怕与数学发生关系。至于那刚开始学的"立体几何"，在我的眼里就是一张拍扁了的图片，怎么也立体不起来。

我害怕数学，更害怕那个戴着一副金丝眼镜、头脑里只有"阿尔法""贝塔"和"神小明"的刻板数学老师。我那时总是小心翼翼地极快地看她一眼，她那标志性的金丝眼镜，透着点点寒光，让人"高纬度战栗"。初中时的数学老师也大多是冷峻而极少温柔的。在我看来，都是随时可以来一阵无名的"冷风暴"的。

到了新班，我想这数学老师大概也是个难应付的"主"，但还是安慰自己：兵来将挡，水来土屯，或者用十六字游击方针中的"敌不动我不动"来应对，何惧之有？

中国的戏剧真是生活的极致标本。主人公还未出来，先是大肆地渲染，营造一种浓烈的气氛。还未见到这个新班的数学老师，对于她的议论却是诗词里写的"一川烟草，满城风絮。梅子黄时雨"。其中最具影响力的说法是这个数学老师"可凶"了。

"没带书的全给我站到外面去，预习作业打 A 以下的，下课都过来面批。"一个声音从门响起，犹如平地起惊雷。是谁来了？一个矮小又不乏精明的女人走了进来，同桌使劲戳我："看，那就是我们的数学老师。"我想，完了，这全然不是我喜欢的老师。只见她板着脸，在讲台上批评着一个新生。好一会儿，她才开始她的开场白："新的同学可能认不认识我，我姓彭……"同桌阴险地小声说："听咯，以后会打得你'嘭''嘭''嘭'的。"彭老师继续说："我相信你们会喜欢上我，也会喜欢上数学的。"

与数学老师"嘭嘭嘭"的相处就这样戏剧性地开始了。我与同桌凯开玩笑说："我是个正宗的中国人。"他说："此话怎讲？难道我们不正宗？"我说："外国人批评中国人死要面子。那我就是死要面子的，所以是正宗的中国人。""嘭嘭嘭"老师总是打击我脆弱的心和比纸还薄的面子。上课提问，我越低头，她越是提问；我越一知半解，她越追问。天啊，旁人的哄笑，同学的眼神，我几乎无地自容了，我的面子犹如滑落的玻璃，破碎得满地都是……下课了，她却走过来，用一种不可商量的口吻对我说："等下来面批你的作业！"

我拿着似懂非懂的作业，战战兢兢地一步一挪地走向"嘭嘭嘭"的办公室，不知为何，我的脑子里却浮现出鲁迅小说里那些个猥琐的小人物。"过来，过来，就等你了。"老师似乎一眼就看出了我在那自惭形秽。她开始耐心地给我讲作业，这个符号应该怎么写，那个解题应该从哪入手……我渐渐凝神，进而被她的声音吸引。我感觉她的声音充满磁性，仿佛来自天国的音符……

人真的是一种奇怪的动物。为什么对人的印象可以发生如此大的改变了？世界上没有无缘无故的爱，也没有无缘无故的恨。我自知我的改变源自那种无缘无故的爱。

自此以后，我不再叫"嘭嘭嘭"，而是称她为"萍萍"。我真佩服孔子这老头的伟大，几千年前他就说，喜欢老师就会喜欢他的学问。我喜欢"萍萍"从而喜欢上了数学。数学成绩也是直线上升。

如果有人问我，你们数学老师是谁？我们都会说她叫"萍萍"，虽然她姓彭。

（作者系1222班学生）

另一面·何立琳老师

马达

> 反应物是良好的愿望，生成物不一定是良好的结果。
>
> ——k12个人专辑中何老师的留言

附中有许多值得敬佩的老师，何老师无疑是其中的一位。

由于高一何立琳老师不教我们班，所以我对何老师的印象，只停留在化学兴趣课的时候，他那搞笑的言语而已。我一直以为，何老师只是一个不修边幅的、只会讲"塑料普通话"的老师。直到高一的下学期，因为研究性学习的需要，我时常登陆 k12（中国中小学教育教学网）的化学论坛，却无意间发现了何老师在 k12 竟然拥有个人专辑！强烈的好奇心驱使着我去看何立琳老师的留言板。长达 30 几页的留言板，我花了近两个小时才看完。之后，我明白了何立琳老师远非我想象的那样普通。

"化学是最具有人性的一门学科。许多做人的道理都体现在丰富多彩的化学反应方程式中。反应物是良好的愿望，生成物不一定是良好的结果。教学的艺术永无止境。"在这篇蕴涵哲理的文字间，流露出了何立琳老师非凡的文采。小时候，何老师就爱吟诗作赋，现存诗作还有百余篇。《孤塔》等三首已发于蓝天作文网上。何立琳老师的论文，逻辑严密，思维连贯，举例充分，就连他的回复与评论，都力求简明达意，还略带调侃色彩。2000 年 12 月，面对一些媒体对教师的粗暴攻击，何立琳老师以一篇《我哭教师，但我舍不得放弃热爱的职业》据理力争。其文没有任何的矫揉造作，完全是作者的真情流露，读后不禁让人潸然泪下，真难以想到是出自一化学老师之手。此文一发，立即引起轰动，连续几个月入选"k12论坛精华"。这也是本人认为最感人的文章之一了。

在探索教学的艺术上，何老师也颇有见解。在一篇《如何看待学生"上甲课，做乙事"》的文章上，何立琳老师列出了可能的四种情况，并一一给出对策："三心二意"的学生＋"难得糊涂"的老师；自主学习的学生＋善意查探的老师；学习困难的学生＋不放弃的老师；迷失方向的学生＋指导航向的老师。并做出了如下归纳：学生"上甲课，做乙事"现象是难免发生的，我们有时需要明智"宽容"地处理，有时需要"糊涂"地处理，有时需要"妥善"地处理，有时需要"秘密"地处理。只要不是上课捣乱，都可以"平和静气"来处理！

"爱我所爱，天长地久；恨我所恨，决不随波逐流。"在事关国家前途的高考政策，以及一些敏感话题上，何立琳老师往往也大胆直言。当初"3＋X"刚刚施行，何立琳老师就大声疾呼："3＋X"高考改革大大削弱了中小学理科教育，是重蹈国外的覆辙！当北京市修订《中小学生行为规范》，删掉了"敢于斗争"四个字时，何老师认为这简直是民族精神的堕落！"我们的学校教育不仅仅要教育学生现在怎样为人，更重要的是教育青少年树立正确的人生观。""设法斗争"才是积极的斗争方式！当听到中纪委严查黑龙江省政协主席韩桂芝案和黑龙江省原省长田凤山案时，何老师拍案叫好，说："最'黑'的查了，接下来该查 XXX 了。"俨然自己就是纪委的书记。当看到许多留学生"留学不归"时，何老师气得咬牙切齿，说中国的教育是"毫不利己，专门利人"，美国人"从文化侵略到人才侵略，本质还是经济侵略"。当看到教师行业"人越老越得益"的不公平现象时，何立琳老师以论文的笔调，写出《教师职称评定需要科学的评价体系》，提出了改革教育管理的现实意义。

何老师在网上，经常用"小糊涂虫"的笔名。人如其名，也是傻傻的那种（尤其是何老师笑的时候）。但正如《糊涂学》中说的："小糊涂，小聪明；大糊涂，大聪明；不糊涂，不聪明！"——何老师是最聪明的。一个人敢于说真话，说正话；不愿说假话，不怕说错话——何老师是最勇敢的。何老师就像一本书，一本书页发黄的书，越读，越让人感到：大智若愚，大智若愚呵……

（作者系2003届校友）

湘水有滨

杨佳文

彼年初入附中，我听辅导员同志介绍其人：此人姓李，附中语文组之才子，颇有文采。后来我们又道听途说，耳闻其人其事，于是心向往之。

初逢之时，他尚未显山露水，几堂课后，方领略其魅力，心下欢喜。而他为人处世，依旧是低调简约，内敛风华，有才而不酸腐，骨子里的宽厚温和，自然流淌。

他在课堂，引领我们关注语文的每一个细节。生活琐碎，道德文章，无所不包，万象皆可入语文。课文赏析、应试训练，老师教得认真，弟子们学得用功，高考指挥棒下，我们不能绕道，但这只是语文的极小部分。我们在"天天语文"里积累素材，共赏美文；在热点时政中尝试独立思考，表达个性……语文课堂，早已不是单纯文字技巧的学习，而是浸润了满满的人文情怀。倘若说各科老师自夸本门学科，多少有点王婆卖瓜，那么李老师平素念叨的"大语文"，则是深入我等之心。

某年教师节，我们第一次读到了李老师的文字。他说："且让我自赏一回。"他读着自己的字句，讲述起师长的故事，目中晶莹，敬重与怀念之情，令人动容。我不禁掩泪涕泣，对往昔师长的回忆，也在这一刻涌上心头。

曾点开过蓝天作文网，拜读老师的若干篇什，颇有文如其人之慨。也曾偶入过老师与同窗创办的文学网，十余年苦心经营，坚守着纯粹梦想，有众多文友于其间激扬文字。后因网络监管原因，以致无法访问，想来总有些无名感伤。

课堂上，他会对着一段温情视频而感动失语，会情之所至哼起一曲校园民谣，会讲张爱玲"从尘埃里开出花来"，讲沈从文"只爱过一个正当最好年龄的人"。相传有一句源起隔壁五班，旋即在我六班流行的名言："语文课，永远是正确爱情观的发源地。"他竭己所能，每天一点正能量，而又不粉饰社会阴影。经历了人生风雨，仍存留着几分理想色彩和文青气息，彰显一种明媚的人生观，有师如此，幸甚至哉。

　　即使在以分数为标杆的高中生涯，仍有这样一位师长，推介着一些仿若很杂很闲很无用的课外书，放一些绝非提高语文成绩之宝典的影视片段，坚持着一些无关乎考试，却诚然让我们受益终生的训练。我们也便在心田开辟了一块自留地，一处世外桃源。哪怕再多的书山题海席卷而至，心也能获得救赎，变得柔软。我相信即便是多年之后，这般光明与温暖亦乃高中生活里浓墨重彩的一抹，可抚慰挣扎于分数中而疲惫的身心。它教会我，哪怕是戴着高考这副镣铐，也能起舞。

　　有时候在语文课上，欢快非常，活跃得脱线，以至流于轻浮。后来，多以李老师自省：将姿态放低，谦卑二字，铭记自警。

（作者系1306班学生）

谨以此献给欧阳荐枫老师

张亚菲

这个题目看起来有点郑重其事的，其实不太像本人一贯的作风。但是我想，厚重的心情，总要配上一个厚重的题目吧。

自上初中以来，除了代一两节课的老师不计，教过我的语文老师就是杨茜老师、马正扬老师和欧阳老师，现在则是生完 baby 回来的杨老师任教。老师们各有擅长，风格迥异，要武断地评论谁比谁好实在是件愚蠢的事。在这里，只是对欧阳老师在过去的一年里对我们的关心与爱护，说一声，谢谢你。

那时初一进入尾声，杨老师请了长假去生宝宝，马老师接下我们班接近期末复习的空白段，顺顺利利过渡到了初二。初一到初二的那个暑假有点难熬，因为对新生活的期盼。现在想想，那样的日子早已一去不复返了吧，只是我被时间抛弃，还傻傻的不知所以然。

初二报名那天，妈妈就很热衷也很担心地去打听新语文老师的情况，后来十分放心地告诉我，新老师姓欧阳，文章写得很好，是湖南省的一大才子等等。我就对她哦了几声，全身心投入到电脑里。心想迟早也要了解的。

不久就见到了大才子的庐山真面目：瘦，但是很精神。

欧阳老师很有力气，掰手腕可以赢何力伟，不过赢不了谭星宇。头发有点点长，但是绝对没有正宗的诗人形象那么长的头发。嗜烟，尤其爱抽盒白沙，据他说和程主任抽的芙蓉王味道差不多，反正我也没尝过搞不太清楚。他喜欢穿一件卡其绿色的衬衣。喜欢把手插在裤子后面的口袋里扮酷。喜欢嘿嘿嘿地傻笑。喜欢带着笑意看着你，让人莫名其妙的同时起一身鸡皮疙瘩。喜欢高声唱一些豪迈的歌，直到我们无法忍受的时候只好不惜打击他。走路有点雷厉风行的感觉，实际上并不是很快。喜欢在电脑里用"画图"软件画一些抽象的画，或者人物特写（只不过我们都不认得是谁），然后把画得好的作为桌面让所有的人欣赏。

我觉得欧阳老师说明文上得最好，这一点很奇怪。他上课总会带一个保温杯，里面泡着茶。有几天我咳嗽得特别厉害，嗓子很不舒服，在办公室玩的时候正好看见欧阳老师有一板润喉糖，于是要来吃。可能人生病的时候会变得笨手笨脚，或者我这个人本来就笨手笨脚，反正我好不容易把一粒糖弄出来的时候十分不巧地掉进了欧阳老师的杯子。欧阳老师见状，立马当机立断地喝完了满满一杯水，以求在糖溶在茶里之前吃掉它。然后我们几个狂笑，欧阳老师什么都不说也不理我们，只管继续玩电脑。

说到糖，不得不提我们频繁去办公室的企图。第一可以和老师扯谈，第二可以玩电脑，第三可以吹空调，第四有东西吃，哈哈，有点像天堂的样子哦。欧阳老师桌上老是有一包一包的喜糖，我们班和二班的几个语文课代表或者"办公室活跃分子"，一到办公室就帮欧阳老师吃糖，有时还有饼干、巧克力什么的。

特别有意思的一次，欧阳老师桌上有一大包蛋黄派，不过我一向不太喜欢吃蛋黄派，所以没动。刘洁颖还是谁就象征性地问了一句，"欧阳老师，我吃啦？"欧阳老师声调极其平稳正常地说了句，"吃吧。"那时他面对电脑，所以我们没看见他脸上可能浮现的阴笑。于是那个谁就拿了一个，撕开包装一口咬下去，还没反应过来又咬了一口。这下反应过来了，对着垃圾桶吐啊吐啊，然后又跑到洗手间去漱口。回来之后正义女神一样愤恨地指着"邪恶"的欧阳老师说道："照妖镜，显形显形！"哦不对，她说"欧阳老师，过期了！"

欧阳老师是个愤青式人物，对当今社会的许多丑恶现象极为不满情绪激烈，对美好纯洁的生活极为憧憬，常常在我们这帮毛孩子面前强烈地表现出"我吃过的盐比你们吃过的饭还多"以打击我们顺便显示他的味觉迟钝（吃那么多盐干嘛）。有的时候在办公室里跟我们谈大道理，我们就"嗯嗯啊啊"地含混过去，专心吃糖。欧阳老师总要我练字说不要学他的字；要我尝试各种各样的文风，不能以一种文体自持。结果导致我的文风开始缓慢地变化，变到现在我已经不再擅长最初的写作方式。总之有点拿了这个丢了那个、拣起那个又不见了这个的感觉。

差点忘记提欧阳氏特色字体。最开始欧阳老师来到我们班，刷刷刷地刷下四个大字：欧阳荐枫。马上底下的人开始交头接耳：喂，那个字你认得不？是什么字啊？后来写周记，看完欧阳老师的评语后我在后面写下一句话，大意是此字真真难认！简直是连猜带蒙的！第二次发周记本时看见欧阳老师的新留言：这是我独具特色的"螃蟹体"（本人的理解是因为那些字像爬出来而不是写出来的），看啊看啊就习惯了。我把大意蒙出来之后愣了好久，总觉得后面那句话与一句经典台词有异曲同工之妙：吐啊吐啊就习惯了。是不是很像？

更夸张的一次是一篇批改完的课堂作文，那句评语经研究后我以为懂了，就搁在一旁不再去管。结果一直到数月之后我清理文件夹时恍然大悟，原来是这个意思啊！于是觉得十分好笑，一个人笑了很久。

欧阳老师发脾气时很吓人。我们班的语文课一周里有两节是下午，天气热起来的时候，下午大家都昏昏欲睡的。不过我坚信欧阳老师本人也不清醒，有一次下午上课等了半天他都没来，我跑到办公室一看他正在玩"蓝天"。我说欧阳老师上课了！欧阳老师偏过头来一脸茫然无辜地望着我，上课啦？但是不管怎么样，我们昏昏欲睡表现得比较明显，欧阳老师就发脾气，尤其是点一个人起来却不知道问题是什么的时候，欧阳老师本来就大的眼睛瞪得更加大，头发一竖一竖的，声音变得震撼而有穿透力，每个昏昏欲睡的同学都清醒过来，大气也不敢出地低头数手指，眼睛还不安分地往上瞟察欧阳老师。他发脾气时就威胁说抛弃我们，我还诚惶诚恐地在"蓝天"上发了许多长长的回复以澄清我们的心意。这一点"蓝天"可以作证。

后来初二末尾真的确定欧阳老师不教我们了，但是又有消息说杨老师会回来。暑假我碰见过一次欧阳老师。那天去逛街，刚进平和堂，就看见欧阳老师穿着那件经典的卡其绿衬衣，和女朋友一起站在走廊那头。马上我就看见欧阳老师的脸刷地一下红得像被番茄酱涂了一层，在耀眼的灯光下格外显眼。我装作没看到他脸红了，大声叫欧阳老师。然后欧阳老师期期艾艾地搪塞过我，赶忙跟女朋友一起走掉了。我妈说欧阳老师一定是怕在河西碰到学生所以跑来平和堂，想不到在平和堂碰到了我。我就得意非常地笑啊笑，并对老妈扬言开学后要到楼下的办公室"审问"欧阳老师。想不到现在欧阳老师居然没有换地儿，还是在原来的办公室。不过"审问"一事，倒是忘记了。

欧阳老师，我代表我，代表3班，代表所有你的学生：

谢谢你！

（作者系2005届初0206班校友）

给海涛老师的信

徐红雨

尊敬的海涛老师：

您好！

张寓弛这学期作文很大的进步，我知道，是您的鼓励和教导起了很大的作用，感谢您。

一直就想写封信和你说点什么，但想法总是一闪而过不能付诸笔墨。

今天看了您的文章《一起成长》，深受触动，有感而发，在此和您交流一下。

和您说的那位家长一样，我们也认为学习是人生永恒的主题，和孩子一起学习，再当一回学生也是人生一件快事！

这段时间，我们和孩子一起背诵曾经熟悉的《从百草园到三味书屋》，和孩子一起算计曾经烦人的不等式解集，和孩子一起研究剪不断理还乱的动词不定式和动名词的区别，和孩子讨论以前根本不曾注意的中国历史版图的变化，和孩子一起研究新闻热门话题海啸和地质板块的关系，和孩子一起观察熟视无睹的绿豆芽的生长和发育，仿佛又回到我们自己的学生时代。每当孩子用学校学习的知识把我们反驳得体无完肤的时候，内心洋溢的那种骄傲和温暖感觉就难以言表。

老师的形象在我们心目中又一次升华了。我们感到孩子的老师同时也是我们这些家长的老师，在您身上我们家长也学习到不少以前从未注意的东西，我们和孩子在您的教育下共同进步。

您虽然很年轻，班主任这个官虽然很小，但您的责任不小。您的肩膀虽然稚嫩，但扛起的是 62 名学生的未来。您虽然很年轻，但承载的是 62 个家庭的希望。

知道学校给了您很大的压力，社会也给了你很大的压力，但您没有辜负学校和家长的期望。您的责任心比我们这些工作了很多年的同志还强，在我们心目中的形象很高大，千万不要小看了自己啊！

说到老师，孔夫子不就是老师吗？毛泽东不也担任过小学主事吗？但他们都是圣人！中国都因他们发生了深刻的变化。

　　人生贵在坚持，坚持才能使平凡变成伟大，坚持才能使磨难变成成功。梅花香自苦寒来，宝剑锋从磨砺出。相信您一定会克服困难坚持到底，最终成就辉煌。

　　很多年过去后，也许您还是一名诲人不倦的老师，也许您的许多学生都成就了辉煌的事业，但不管他们有多高的社会地位和多么显赫的财富，他们为社会做出的每一份贡献都有您的汗水和努力，他们的每一点进步都有您的骄傲和自豪，这就是您的辉煌，不比任何一位达官显贵差。

　　最后我想告诉您的是，看得出您非常热爱自己的事业，您费尽心力，为每一位同学的进步着想。请您坚信，您越是热爱自己的事业，学生就越热爱你，我们家长就越热爱您，社会就越热爱您。

　　有师如此，一生何求？

　　最后，真诚地祝福您！

张寓弛的家长：徐红雨敬上

妈妈一样的温暖

黄素兰

人的一生中会遇到许多老师，他们传授知识，引导我们认识世界，但能让你刻骨铭心的却只有在心灵上给予你启迪的人。我时常想起的是一位极平凡的体育老师——高老师。

在师大附中的六年里，高老师是从初一到高三一直陪伴我们的女老师，她永远慈祥地微笑，有着妈妈一样的热度，温暖着我们这些寄宿在学校的女生。

我们读书时，高老师应该接近40岁，个子不高，不胖，特精神，因长期在室外工作，皮肤黝黑，雷厉风行，心直口快，对学生充满着爱，哪怕是对学生的训斥，也会在批评之后转为善意的微笑。从初一到高三，学校组织了丰富的体育活动：跳绳、篮球、排球、集体舞、岳麓山登山等。记忆深刻的是篮球和集体舞比赛。从未打过篮球比赛的我们，会在情急之下抱着球快速冲向篮板投中篮，虽然欢呼进球了，但结果却是犯规了，在欢呼、唏嘘的交替声中我们快乐极了。在随后的体育课中，高老师训练我们运球、上篮。跳集体舞在当时可算上时髦之事，"桑塔露琪亚"的旋律是那么的优雅，再笨的女生也希望能翩翩起舞，于是我们会在课余时间跟着漂亮的舞友一遍遍学习，自得其乐。高老师说：我们女生要通过跳舞培养淑女的气质。

印象最深刻的是一次雨天的体育课，高老师召集女生在教室里，给我们讲女生要自强、自立、自爱的人生道理，懵懂的我们听得半知半解，如今想来老师是多么富有爱心，她把幸福的钥匙交给了我们。

高老师的爱人也是体育老师，由于寄宿生和老师宿舍在一个校园内，夫妻俩忙碌的身影会经常出现在我们的身边。他们很恩爱，上有老下有小，生活负担也不轻，但高老师一直充满着青春活力，感觉他们很幸福，他们用自己的阅历告诉我们：生活再苦，也可以幸福。

当初高老师给予我们的温暖，一暖就暖了我们几十年。如今我们这些平凡的学生时常会想起她，这算不算是给予她的感恩和回报？愿我们的想念她能知道，并且和当年她温暖我们一样，为她的晚年增添些许温馨。

（作者系1985届高109班校友）

当年的月光

叶蔚青

淡淡的桂香轻轻飘来，我闭上眼，深深地吸一口气，捕捉那一缕缕游离的迷人气息，心里明白：又是中秋了。

二十多年前，我们一群十一二岁的孩子开始了住校生活。刚开学时，每到夜晚都会有女生因为想家而忍不住哭起来，接着大家就哭成一团。两周以后便是中秋节，按规定我们不能回家，上晚自习时，教室里满是低低的啜泣声，班主任周老师照例来到教室，微笑着说："同学们，我们赏月去！"

我们随着周老师走出教室，她给了我们一个意外的惊喜：在每个人的手心放上两颗糖。在那个年代，月饼是周老师所负担不起的奢侈品，吃糖也不是很经常的事。两颗糖，足以让我们这些刚进初中的孩子感受到节日的温暖。

那夜的月光，也因此格外迷人。

周老师给我们讲着嫦娥、月兔、桂花酒，和我们一起唱着"八月十五月儿圆"，那天晚上，寝室里第一次没有了哭声。

后来的两年时间里，在不同的时节，周老师会带着我们欣赏夜来香的开放过程，看岳麓山层林尽染，观察校门口两棵松树的不同，认识花园里的各种花儿……

这些看似平淡无奇的小事，在潜移默化中让我们感受着生活的美丽，教会我们感动，成为我们一生的精神财富。

每个中秋夜，当我抬眼望月的时候，总会想起那一年的中秋节。

年年中秋，都是当年的月光。

（作者系1985届初108、高105、高109班校友）

恩师的包容

周冬兴

　　离开附中已经二十余年了，很多人与事在流光中渐渐淡去，直至无影无痕。但是同样某个人及某件事在忆海中永远难忘，因为其人其事已经深深扎根于内心。尽管二十余年走南闯北，尽管当年的激情少年而今已鬓染秋霜，某些情愫不但挥之不去，而且愈来愈浓……

　　我无法用任何语言来描绘我的恩师；同窗相聚，我也从不会刻意去赞美我的恩师。但是恩师的音容总会在不知不觉的时候出现在我的碎梦中，他的一言一行影响了我二十余年的为人处世。

　　20世纪80年代末期，性格倔强且有几分自傲的我考入附中高中部。入校第一件事便是购置校服，本来理所当然的事，我却不解且抵制。其一，为了迎接开学，我刚购买了一件新装，我不想让父母再为我多花一分钱；其二，我来附中是求学的，统一的校服与学习无关。性格偏激如此，换作今天的学校和老师，其结果可想而知！但是恩师罗宗友予以我极大的包容，不但没要求我一定要购买校服，也没有为一件校服对我唠叨半句。从此以后，我成了全年级唯一没有校服的学生。事情也没有就此告一段落，往后整整三年，当年级或学校组织活动要求统一着装之时，恩师总是费尽心力帮我去借，一直没有半句怨言……

　　恩师是一位十分讲究原则、对学生要求严格甚至接近苛刻的人，但是他同时具有中国传统知识分子那颗坦荡、宽容之赤心。在他慈祥的眼中，所有学生皆如子女，一视同仁；在他宽厚的心中，他能容纳一个偏激学生的个性。他用自己的言行去感化学生，他让学生自己去发现性格上的对与错。

　　二十余年过去了，我虽然未能如恩师所愿，改变自己倔强的个性，但是我一直在做一个重视原则而不失宽容的人。未必在做一个好人，但绝对如恩师一般，在尽力做一个正确的人！

　　最后以一曲残词聊以表达对恩师的崇敬：

沁园春
——附中 110 年校庆兼寄恩师

孤鹜南飞，阅尽风云，眷恋楚天。

料学堂二里、犹存旧貌；附中此季、尽展新颜。

风骨无衰，清流不绝，一脉书香逾百年。

恩师在、纵飘零万里，朝暮情牵。

凭轩、子夜难眠，叹梦里时常返琢园。

念铮铮瘦影、铭留脑海；丝丝细语、润却心田。

把读晨光，挑灯夜雨，教诲依稀绕耳边。

生生愿，涉朱张古渡，跪拜尊前。

（作者系1991届高147班校友）

那些温暖的往事

任梦姣

　　披着暖暖的秋阳，迎着习习的微风，我走在熟悉的校园林荫道上。虽然退休多年了，虽然不住在这校园之内，但心爱的学校，亲爱的同事，都是我时时牵挂、常常要来走走的理由。这耳畔熟悉的读书声和那扑鼻而来的桂花香，挥之不去，沁入心脾，令心头泛起往事的涟漪，勾起我对三十多年平凡但不寻常岁月的遐想。

　　还记得我到附中第一个秋天，主管教学的朱校长走进我们办公室对我说："小任哪，长沙市一中的老师下周想来听一堂语文课，你准备准备吧。""啊？"我惊呆了！眼泪都要出来了。我才毕业来附中一个月呀，我还没来得及体味附中老师的教学风格呢，我怎么能代表附中上这样的接待课呢？更何况来的据说是语文教学那么强的一中！这个任务我真的不敢承担，不想承担。当时我们的备课组长陶步农老师也看出了我的心思，笑眯眯地说："好事呀，干吗紧张？第一，说明领导器重你；第二，你也从中得到锻炼呀；这第三，小任，朱校长可是军人出身，说一不二，别想着推辞，赶紧准备吧。别紧张，还有我们呢，备课小组讨论讨论，一起来设计一下，你不就可以上了？"无奈，硬着头皮开始准备吧。当天就开了备课组会，陶老师和各位老师出了很多主意，连资料都给了一大堆，可是我的教案几易其稿，写得还是不尽如人意。晚上，陶老师又去我的房间听我试讲，看着我那诚惶诚恐、忐忑不安、毫无信心的样子，这位妈妈一样的老师心生恻隐了。第二天一早，她找到朱校长说，小任刚来不久，对这样的任务感到压力太大，怕上不好，这样吧，这次还是我来上，过些时间再有接待课的任务就不放过她了。校长居然同意了，我就像获得解放一样高兴，可是陶老师却语重心长地说："小任哪，教学相长，其实上一次接待课，就是一次学习研究的过程，多有这样的历练，你的教学水平才会提高更快，以后可不要放弃这样的机会哟！"望着慈祥的陶老师，感激之情油然而生，不仅因为她为我解围，更因为她那如母亲般的爱护与教诲。

　　不久，又有上接待课的机会了，这次接待的是株洲一个学校的老师。我欣然接受了这次任务。当时任教研组长的邓日老师问我：

"接待课准备上什么内容啊？""《生命的意义》这课。"我回答。"这篇课文好啊！你看过原著没有？""以前看过。""了解作者吗？""就从小说的前面说明里知道一点点，还不是太清楚。""那我建议你去图书馆借三种书：一是原著《钢铁是怎样炼成的》，二是关于奥斯特洛夫斯基的介绍资料，三是有关课文的解析资料。《生命的意义》是这部小说的精华与中心所在，是主人公保尔·柯察金经历过多次战斗和无数困难的考验之后对人生的感悟，其实你若了解了作者的经历，还会感觉到这段其实就是作者的心声。"就这样，我懂得了要上好一堂语文课，光靠所发的教参是远远不够的，课外的准备必须是这堂课的数十倍工夫才行。遵从邓老师的指示，花了几天的时间看原著、看资料，我感到心里踏实多了，再也不觉得课文太短，没什么可讲的了。晚上，邓老师、陶老师还有李允恭老师又到我的房间检查我的教案来了。三位老师虽然肯定我对资料的了解广泛，看得出，他们对我对教材的处理及教学过程的安排是不满意的。他们毫不客气地提出了修改意见。其中最核心的是：要让课堂活起来，要注意双边的活动，要注重启发学生思考问题，切忌照本宣科满堂灌。"明天放学以后在你的教室试讲，全组的老师都来听，你准备好流程，我们来做你的学生，回答你的提问。"邓老师说。第二天放学后，全教研组的二十几个老师齐刷刷坐在学生们的座位上听我试讲，老师们不仅配合回答我的提问，还提醒我课堂有可能出现的其他问题。钟老师就板书问题说："语文的板书要提纲挈领，井然有序，不能像写数理化算式一样写了擦，擦了写，最好一堂课就是一个版面。"大家还提议最好把"人最宝贵的是生命……"这段话让学生当堂背下来。大家认为：只要把这段话里表达语法关系的关联词语板书出来，学生就会很快记住并背下来的。老师们的提议令我深受启发，眼界大开，原来语文课要这样上！我顿时像吃了定心丸，对上好这堂接待课有了信心。

果然，我的接待课上得很顺手，教学计划基本完成。正在我如释重负之际，全组按惯例听完课后的评课开始了。老师们既肯定了我这堂课的成功之处，也毫不客气地指出了不足，曾老师说："小任哪，要当好语文老师，手上要有点墨，心里也要有点墨，上起课来就不会一抹黑呀。"老先生是个幽默睿智的人，他的书法又快又好，课堂上诗词歌赋顺手拈来，课上得生动又深刻，深受学生的欢迎。我深深懂得这是老先生对我的希望与激励。此后，我便利用课余练习书法，广读诗书，还参加教育进修，经常听老教师们的课，以此来提高自己的教学水平。

就这样，我这个怯怯的"小任"，在语文组这个温暖的大家庭中，在慈爱的老师们的呵护下，犹如一棵小苗沐浴着春风，在附中的沃土里拔节成长了。后来，我也成了备课组长，我也带了教育教学徒弟，我也变成了老教师。可是，我永远忘不了曾经手把手言传身教的老师们，永远忘不了那些至今想来都润湿眼眶的温暖的往事。

（作者为我校退休语文高级教师）

难忘那些可敬可爱的老师

赵聚春

　　退休超十载，年已过古稀，许多往事都已记忆模糊了，然五十多年前在湖南师大附中上学时遇到的那个老师群体形象一直印在我的脑海里，使我永生难忘。

　　1959年我由湘潭县一个偏僻山村考入湖南师大附中来上高中，能到省重点中学读书，自然十分兴奋，然而无论是学习还是做人都需要有人引导。尽管当时"大跃进"高潮已过，国家提出了"调整、巩固、充实、提高"的八字方针，但总的来讲，还是偏"左"一些，李迪光校长却提出了"大兴读书之风"的口号，这是极利于我们抓紧时间读书学习，掌握基础知识的。汪文笔老师是副校长，刘磊老师是副教导主任，我们常常在全校学生聚会上或是教堂里的广播匣子里听到他俩的讲话，叫我们如何做三好学生，如何做人，如何热爱劳动，真是苦口婆心。虽说我们这些淘气鬼有时觉得有点唠叨，事后细想也获益匪浅。

　　高中三年，先后有钟辑安、唐克辉、易心洁、李允恭、任基德等老师当过我的班主任。钟辑安老师是复转军人，手受过伤，他教我们物理，板书写得很好，以他受伤的手在黑板上写出那秀丽干净的粉笔字，我认为是克服了许多困难和经过无数次操练的。唐克辉老师当班主任时还待字闺中，梳着两条又黑又长的辫子，为了让我买到一个凭票证的搪瓷缸，她还真调查了一番，然后找我谈话并将班上为数不多的一张票给了我。易心洁老师也是教我们物理的，当时第26届世界乒乓球锦标赛在北京举行，易老师在课堂上特地结合物理力学知识讲了弧圈球的产生和球运动的轨迹，我们听得如醉如痴。李允恭老师教我们语文，他接手班主任不久就碰上了评定助学金和减免学杂费的事。上面总的方针是要压缩金额。我原来评为享受乙等助学金后改为享受丙等。我的心里非常沮丧，因为自己家里实在贫穷，拿不出钱，靠妈妈当保姆度日，自己胆小，觉得也不好意思向老师诉苦，可李允恭老师却申请到给我减免学杂费十元。我不知道他是如何了解到我家的艰难困苦的，这十元钱对我当时意义是十分重大的，从心底里我永远感谢他，我认为他是特别关爱学生的。任基德老师教我们数学，那时他在长沙中学教学界已是小有名气了，他讲述的逻辑思维和解题技巧使我们的思路更加开阔。他要求我们应记住一些常数，需做到随口而出。他还教我们做几何证明题时，除了从已知一步步推出证明外，亦可分析求证得出证明需要的条件，再在题中寻找出这些条件，也就是现在常说的逆向思维吧！还有林淑兰老师，她是印尼归侨，教我们俄语，她对值日生的俄语报告制度抓得很紧，我们每个人都不敢马虎，这对我们提高口语水平是相当有利的。在课堂上做俄译汉句子时，她常常会问，这个中文应该怎么说才更好，这一是出现了师生互动，另外也体现了林老师特别谦虚。罗贤希老师教我们化学，好像那时他来校的时间还不长，应算年轻的新老师，可他的化学课上得真好。配化学方程式和核外电子云的分布我至今仍有印象。体育老师刘蓄纯年纪较大，他要求我们做操或练拳都要认真出力。但也教我们如何节约和保存体力，这特别可贵，因为当时正值三年困难时期，生活困苦，食品匮乏，我们都有点力不从心了。文咏梅老师教过我们政治，有一次他对我们说要抓紧时间学好外语，国家将来和世界打交道，一定需要大量外语人才。一个政治老师那时有这个看法着实令人敬佩，当然还有曹昌词、朱石凡、舒培森、刘新明、文定仁、周家聿、龚润莲等可亲可敬的老师。

　　我是1962年毕业的。毕业后，回过母校几次，也见到过一些我的老师，但有些也未见到，一些老师已经离开师大附中去了外地，据说有的已仙逝了，有的身体也不那么硬朗了，听完十分唏嘘，更觉心痛。我祝愿老师们幸福愉快，健康长寿，我永远记得你们。

（作者系1962届高31班校友）

100班的老师们

李力

　　每当聊起附中的一些人和事，常发现要不是蔡文方不记得了，就是我不记得了。不免感叹我们都老了。但给我们传道授业解惑的老师们，却成为经岁月而不磨灭的印记。

　　计其文老师是我的第一个英文老师。计老师短头发，声音清脆。上课时表情是腼腆的那种。她好像从来没有在课堂上发过脾气，或者即使发过脾气，也是先把她自己气得脸红红的那种。她是第一个教我们写英文字母和背单词的老师，发音是所有英文老师中最好的。我们在开始学英文时遇到计老师是很幸运的。到现在我还记得她领我们读课文时的情形，还记得她带我们读单词时的语调。

　　邓老师是初中时的班主任，教数学。记得个子小小的她，拿着两个大三角板走进教室的样子。她给我上课的内容我倒是记不太清了，但她给我们这帮调皮孩子的爱就像母亲一样，我永难忘却。初中时寄宿，在一定程度上也算是离开父母。生活老师何老师是管我们的，而邓老师则更是关爱我们的。初三时班级篮球比赛，我们几个爱好者一心想为班级拿个好名次，在球场上拼命。记得邓老师一直在场边看，不是给我们加油，而是要我们慢点，不要太猛了。还给我递水，我只喝了一口，把剩下的大半杯泼到地下就跑了，谢谢都没说。现在想起还觉得惭愧，太没有礼貌！不过那次我们只输给了"体育特长班"105班，特别是赢了篮球明星老师刘雄志带的101班，挺嘚瑟的。初中时我们班喜欢打篮球的几个同学有杨超、钟健、刘浩、黄心宇、陈峥嵘等。

　　邓日老师是我们的语文老师，他给我的印象是不修边幅。还有一个不修边幅的是后来教化学的王老师。我觉得邓老师是"懒懒散散"的不修边幅，而王老师是"精精致致"的不修边幅。两个老师都很可爱。邓老师挺喜欢钟健的。还记得他在班上念钟健写的日记。日记写的是我们的寄宿生活，确实写得很生动，到现在我还是认为如果钟健去写小说，一定会写得很好。后来发现他在看《大林和小林》。从此这本书就在班上成了畅销小说。邓喆（邓忠革）的小名"世世格"就是那时候起的。

化学王际定老师的不修边幅至今还是同学们的谈资。小小的个子，声音也不是洪亮，上课时都压不住同学们在下面说小话的声音。甚至在后来有同学说因为不喜欢他，搞得化学都没学好。但我却认为他是最好的化学老师。他给我的印象是，上课时自己讲着讲着就会自我陶醉，摇头晃脑，眯眼拍桌子等。我倒是认为跟着他学化学学得挺有味的。

初中还有一个老师我一直记得，虽然他教我们的时间并不长，就是语文吴良俅老师。不记得吴老师是初二还是初三开始教我们语文，高中就没教了。他给我的印象是水平很高，而且兢兢业业，但身体不太好。我现在敢写东西给别人看，就是吴老师教的。那时贪玩，作文写不好，也总不按时交。他找我到办公室谈话，谈了什么我不记得了，但后来我就觉得自己写作文慢慢有信心了。也就是从那开始，我喜欢了上语文课。首先应该是他有水平，教得好；他虽然身体不好，但上课认真敬业，简直让我们无法不好好上他的课！当时我是卫生委员，每天最后一节自习课时要在黑板上写哪个组扫教室什么的。有一天是他的自习课，他把我写的一行字中间的"室"字擦掉，然后自己写一个。他写的那个"室"字在那一行字中如鹤立鸡群，搞得我无地自容，唯一的心思就是想赶快下课，我好把黑板擦干净！也是从那天开始，我才意识到自己写的字有多难看。现在想来，吴老师教人真是举手投足，潜移默化啊！说起写字，何泽宇同学是写得最好的，那时天天在一起也没想起多跟他学学。

还有一个不能忘记的语文老师是曾哲之。胖胖的，总是一身中山装，一口带有重重鼻音的普通话。我是跟他上了一个学期的课后，才知道他的长沙话更地道。他上课一般是站在讲台上，腰背笔直，口若悬河。上曾老师的课感觉是欣赏和享受。当然，在享受的过程中学习。记得他给我们讲朱自清，才知道那时刚开始用白话文。他讲曹禺，说在重庆当记者时采访过他。他讲鲁迅的刘和珍君，要我们背"我只觉得我所住的并非人间……"一个学期中，曾老师在头几堂课讲白话文，特别是第一篇散文，如《荷塘月色》，中间的一带而过，然后就跳到后面的古诗文。太正确了！现在想来，中间的大部分是一些拍马屁或者洗脑的文章。我现在还记得跟曾老师学《孔雀东南飞》《梦游天姥吟留别》《琵琶行》等等。讲《孔雀东南飞》时，他告诉我们现代改编的戏曲中，给小媳妇离开婆家的理由是婆婆不喜欢她，因为媳妇不能给她生个孙子，无后为大！我那时是理科生，但最喜欢上的课却是语文课，好长一段时间我都想学文科也挺好。有一堂课曾老师什么都没讲，进教室时只见他提来一个四喇叭录音机放在讲堂上，然后开始播放他自己朗读的《孔雀东南飞》。那堂课他一边听，一边在教室中背着手，低着头踱步，一副很享受的样子。我们就跟着他一起听。好不容易一遍听完，他上去说了一句，然后再放一遍！可见他自己也有多享受！当时还觉得这堂课就这么完了，一句小话都没讲，不过瘾（那时我跟崔文彪或薛亚东坐一起，小话不断）。但现在回想起来，那是我记得最清楚的一堂课。毕业后与舒畅一起去过曾老师家一次，那是他已经退休，好像也不太记得我们了。但我们却都不会忘记。

梁伟老师之后，陈老师是高中班主任，他也是水平很高、显得很牛的那种。感觉陈老师比较严格，但却不是说教式的严格，而且性子急些。可能是与毕业班要高考有关。高三时中午贪玩，下象棋。彭红、王建郴等都下得好。有一次陈老师中午来了，看到我们在下棋，也没说什么，只是在一边观战，还不时支一招。等下完了才说你们要多花时间复习。如果有同学说起陈老师对不听讲的同学扔粉笔头，或者教训一顿，我会附和的。可能因为陈筑是我们的同学，所以我觉得陈老师比别人来对我们更有父辈的感觉。就像刘老师除了是一个很牛的数学老师，还是杨操的妈妈一样。有一次陈老师和熊新春打赌，说如果熊下次物理能考85分以上，就如何如何。那次熊新春还真当真了，要我帮忙。但我当时觉得熊更是只想打这个赌，而且这老兄平时就不学，难度很大。因为这事，熊对我生了好一阵子气。

我们经常说很幸运在附中的时候遇到了一生中最好的启蒙老师，确实如此。借此机会，略记一二，抛砖引玉而已。

（作者系1986届校友）

难忘的纪念

姜颖

在同学的激励与催促下，我决定静下心来，写写自己记忆中的附中老师。三十多年的光阴过去了，附中的生活犹如一段尘封的往事，而记忆的闸门一旦打开，我吃惊地发现往事就像电影一样历历在目，其中不少老师的样子鲜活地浮现在眼前，就像歌中唱道："从来不需要想起，永远也不会忘记。"而在众多老师中，首屈一指的是教我五年语文的钟德湘老师。

2009年春节，我回到了长沙，与同学见面时，却意外得知钟老师去世的消息。斯人仙逝，唯留往事在我们心中，钟老师的音容笑貌和谆谆教诲，我永志难忘。

从初一起，钟老师就是我的语文老师。那时他四十多岁，英俊的脸庞，棱角分明，五官端正，鼻梁挺直，眼睛炯炯有神，微笑时和蔼可亲，严厉时犀利，让学生们又敬又怕。他的个子中等，但站得笔直，很有军人的英姿勃发，深受学生们的赞赏。语文课当然讲得非常好，清晰又生动，加上一手漂亮的板书，上他的课绝对是一种享受。

只是他的要求也很高。背诵课文不得含糊，每周两篇的生活周记开始让我们都叫苦不迭，每次都搜肠刮肚，绞尽脑汁地"挤"出两篇周记交差。但日积月累，这种严格的要求，使我们逐渐培养出了认真观察生活、悉心留意生活、准确细腻地表达自己情绪感受的写作能力。到后来，每次周记本发下来的时候，我都迫不及待地看看钟老师给予的分数及评语。看着好词好句下面画的红色波浪线，就不禁自鸣得意。我渐渐由"怕"作文变成了爱写作文，乃至后来形成了写日记的习惯。

初三暑假，我无事可干。想起钟老师对我的字很不满意，他在我的作文本上写道：你的字就像绣花线，飘呀飘。我决心好好练字，从庞中华的楷书练起，整整练了一个假期。高一开学一亮相，没想到钟老师对我的字大加赞赏，甚至还在班里列为榜样，以鼓励其他同学。

高二下学期，我们又面临文理分科的重大抉择。对此我十分头痛，因为我是均衡发展型的，文理科没有明显的偏废和爱好，就去征询钟老师的意见。他给予我的评价是：文科成绩一流，理科成绩二流，建议以学文科为宜。看来，还是老师看得准：我的数理化成绩的确不如文科成绩出色。钟老师的话一锤定音，从此我选择了文科，考上了南开大学中文系，走上了以文字写作为生的职业生涯。

语文是一切文化课的基础。正是凭借着在附中练就的文字水平和写作根底，帮助我敲开了一扇又一扇的职场大门。

除了钟老师外，我还记得：

教我数学的黎老师，非常精干，嗓音洪亮，有时在傍晚时分空无一人的教室走廊上，能传来黎老师高亢的歌声；

我们先是不理睬教外语的舒老师，后来却从心里感激他挑选我们参加外语歌曲比赛……

教地理的尹老师，当了一年班主任，最后被同学评为最佳班主任；还有爱讲"塑料"普通话的教化学的严老师；小巧玲珑、随时精神奕奕的，教物理的何麦秋老师；外语口音十分清晰的李小鸽老师；教体育、拥有三个儿子的高老师……

高三教我语文的李允恭老师，外语特长班的特级教师方龙伯老师；教数学的席老师、援藏回来的邓普祥老师……

几乎所有的老师都是爱岗敬业，爱护学生，平易近人，讲课水平较高的。正是他们高水平的教学，倾尽心血对学生负责任的态度，使得我们在附中打下了坚实的文化基础，培养了我们良好的学习习惯和较强的学习能力，为我们的事业与人生开辟了广阔的天地。我在学习和事业上取得的任何成就都与老师的辛勤劳动是密不可分的。

由衷地感谢钟老师及附中的所有良师。

愿钟老师在九泉之下安息！

（作者系1990届初106、高112、高105班校友）

贴在墙上的芭蕾

鲁宏

十二月二十二日，临近圣诞节了，去纽约机场的路永远是堵的，缓慢的车流中实在是无趣。忽然，陈旧的街边墙上贴着一张"天鹅湖"的黑白宣传广告，那熟悉的舞姿像一把戒尺狠狠地敲在头上，我知道，要交作业了。

高109班的第一个班主任张守福老师教我们政治。他是个严肃又严谨的人，我想他的内心其实挺柔软的，只是用刚强的方式对付一班半大不小的我们，实在是费力不讨好，跌跌撞撞中一年很快过去了。那时的我们渴望知识的同时，更渴望着独立、与众不同。别的班的黑板左右总有惯例式地贴着守则或格言之类的，而109黑板靠窗的一侧贴的是一张黑白的"天鹅湖"中的双人舞剧照。不知道什么原因，那张在当时多少显得有些不合时宜的剧照，顽强地陪着我们度过了让每个109人终生难忘的两年。

第二年师大分来了一批刚毕业的年轻人。他们就像一股充满朝气的和熙春风，拂进了我们的生活。

班主任耿瑞老师在我们眼里本身就是跟兄长一般的大小伙子。在他的宽容下，我们可以最大限度地恣意游乐。可以骑着自行车，近到太阳岛远到昭山去野炊；可以一起去青少年宫溜旱冰；可以成群结伙地挤公共汽车到各大公园去神游；还可以……

吴雁驰老师教我们语文。她以独特的教学方式让我们齐齐地把对语文的兴趣迅猛地提高了许多。她娇小地穿梭在课桌间，明快地鼓励大家用或长、或短、或繁、或简的文字描述生活的每一天、思想的某一个角落，她用简短的评注点拨着同学们翻飞的思绪。109的墙报总有让人耳目一新的篇章，或是一首小诗，或是几篇短文，或是几幅别出心裁的插图。她甚至用短短两周，让我们把课文《雷雨》编排成了一幕短剧。她让许多男同学希望以后有她那样的女朋友，她让许多女同学心中存了学她的决心。

109人对物理老师曾放最深刻的印象，恐怕就是在我们新春聚会中即兴的舞蹈了，同学们惊讶地知道男生也可以把舞跳得那么洒脱，给全班参加集体舞比赛做了个生动的动员。

教过我们的老师很多，正是在这些辛勤的园丁的精心呵护下，同学们飞速地在人生舞台上放肆地演绎着各自不同的角色。也正是在他们的言传身教中，109人不知不觉地形成了一股自有的、稍有不同的风格与默契。还是因着在附中集体度过的美好岁月，30年后的今天，无论在世界的哪个角落，109人都仍顽强地张扬着个性，固执地坚持着自我，却又都默默地守着那份绵绵不断的温情，就像"天鹅湖"剧照，远远地却是稳稳地钉在109同学们的心中。

（作者系1985届高109班校友）

写给我的老师

杨文蕴

毕业了，熬过十二年，这纯粹的阳光总算穿破灰暗的天空洒向这一方土地。以往的十二年，此时，我都在教室里，听着某个老师的声音。

一路走来，遇到了差不多十几位恩师吧，却从未为他们写过点什么，我从来都不善于表达，就用我的文字，来传递我的情感吧。

我的爷爷奶奶都是老师，一位小学老师，一位大学教授，从小到大，我看到了很多的哥哥姐姐来家里看望他们，也听了无数他们师生间的故事，总感叹，最辛苦的，责任最深重的，也是最幸福的，恐怕是老师吧。

班主任钱老师

钱老师是分班前的班主任，匆匆的一年半，懵懂的我还来不及抓住些什么。就这样转眼间的一年半，记忆里流淌着些琐碎的片段，和一些清晰的镜头。

钱老师教数学，是和我们一同进附中的吧，初中在广益就上过他的课，久闻他的大名，庆幸自己高中分到了他的班上。

钱老师最大的特点就是声音洪亮，而且语文功底特别好，有时感叹他应该去当语文老师，每次钱老师一发挥，便出口成章。

最记得的是那次钱老师和全班推心置腹地说起他的事，那次是我第一次被身边的老师感动，不懂世事的我们总是叛逆地伤害着我们的老师，总是对老师有这样那样的不满。其实，我们忽略和打击的，是老师对我们最热诚的心。

不知道钱老师最后有没有去考为了我们而放弃的研究生呢，不知道赵老师和他们的女儿是否都还好呢，真心地祝愿他们一家幸福，钱老师事业有成。也感谢钱老师，在我的人生中留下了理解与体谅这一课，也希望钱老师能原谅我们这些叛逆的小鬼。

班主任黄老师

黄老师是我身边了解的众多老师中最容易"变脸",最关心学生,也最"霸气"的女老师。

文科班女生多,一见哪个女孩子眼泪巴巴的,正在气头上的黄老师脸便一下由阴转晴,走上前做安慰天使,嘴里常说:"好了好了,不哭了,你们也是,搞得老师来气,本来不想骂你们……"一边说一边笑,刚才的暴雨还没落到地球上就被风给带走了,黄老师脸上写着的我懂……

每次考试过后,黄老师总要求我们去找她分析考试情况,每次都见她很仔细地拿着计分册一个个地说。记得我考得最差的那次,我情绪低落地去办公室找她,办公室里面有些人,她叫我到外面说话,我走到门口,她两只手轻轻地搭在了我的肩膀上,不知道为什么,那一刻我忽然哽咽了。我从小就怕老师,对老师都是恭恭敬敬的,对长辈一样地尊重他们,可是那一刻,我的感觉变了,黄老师后来说了很多鼓励的话,我的眼泪一直流,或许是为考试成绩流,或许,是因为感动吧。我还记得那天黄老师说她"打"了我考重点大学的"米",不知道我有没有让她失望呢?

黄老师最"霸气",因为她总是"霸"很多时间来给我们上课,那时大家很有怨气,但也没有办法,谁叫我们大家的共同目标是高考!确实,那时的我也常常被上不完的课弄得有些火,每天都要很晚才能到家,被高考折磨的日子,我真是对睡眠有无尽的渴望,真的希望能早点回家,早点干完事睡觉。可是现在冷静下来,回首黄老师陪我们走过的日子,忽然间,有一种恍然。那些日子,当我们匆匆走出教室,抱怨着高三痛苦时,黄老师还在教室里给同学答疑,有几回,在回家的路上,看到黄老师匆匆地往家里赶,突然想起黄老师那句话:"自己的儿子都没有管来管你们,你们还不领情。"听她们说,黄老师好爱她儿子,宝贝得不行,转念一想,她又有多少时间陪在她儿子身边呢?人啊,不是牺牲生命才叫牺牲。她图什么呢?我想我们都懂……

高考在我们的生命中屈指可数,可是对老师而言,是一生。黄老师说过:"是你们考不是我考。"可是她的努力却是看得到的,我抱怨高三生活的时候,妈妈总在耳边说我,她说老师也辛苦,我似乎现在才体会到。或许人身处事外看得更清吧。

一年半里,穿梭着师生间各种各样的故事,我懂,真的懂。

欧阳老师

我挺喜欢语文的,幸运得很,高中让我成了欧阳老师的学生。

如果把欧阳老师放到古代,那肯定是苏东坡、王勃那种文人,然而,当代的欧阳昱北老师,是传道授业解惑之师,也是我们步入社会之前的社会启蒙老师。

上欧阳老师的课不累,听他讲作文课更是一种享受,从他嘴里蹦出的"一滴水就是一条丰沛的河流","我是明代的一株柳……护城河畔洗衣服的小女子"……让我们耳熟能详,史铁生和海轮·凯勒更是成了我们写作必不可少的素材，同学作文里少了爱因斯坦和居里夫人，多了更多有新的内涵的东西。欧阳老师你知道吗，刚开始成为你的学生时，你总说我的作文缺乏文采，到后来，你的话成了文采还不错，我心里真的好高兴，然后我的毛病转移到了文章布局谋篇的问题，我想我会继续努力的。到高三，真的，到高三我才发现应试作文也可以是很美的。可是我知道欧阳老师就不那么轻松，面对我们一群叽叽喳喳的小女生，不争气的小女生，欧阳老师总是说要把我们晾晒出去，晒干一点，嬉笑之余，我们也能明白老师的苦心。

我不善言表，总是缺乏一种自信，其实我很想和欧阳老师像朋友一样说说话，可是我总是缺乏胆量。记得有次月考选择题只对了4道，我托铭梓开路，找到了欧阳老师，当时我有好多话想对欧阳老师讲，却不知道怎么讲不出来，看着旁边的同学和欧阳老师滔滔不绝地讲着，我只能望洋兴叹。我想我会先去练练口才和胆量，再和欧阳老师好好地聊一聊。欧阳老师要等我啊。

欧阳老师的课上得好就不用多说了，重要的是，课堂总是穿插着些人生哲理和社会人生，也许这是老师，一位中学语文老师的职责吧，但是这种职责在欧阳老师身上表现得尤为明显，我们这群涉世未深的中学生在语文课上收获更多的，是一种人生观价值观。我想，欧阳老师接手的班级有福了，好好珍惜吧。

欧阳老师从不放弃一个学生，我知道我不是他最喜欢的学生，但他却是我最喜欢的老师，也许是他功底深厚，也许是他教人育人的方法，也许是其他更多吧。

梁老师

说起最可爱的老师是不能少了梁老师的，到现在，梁老师名字中的三个字的顺序我还是没有弄清楚。

梁老师特别有学生缘，大家都特别喜欢他，听说老师们也都很喜欢他。的确，梁老师是个特别有亲和力，而且很会教学的老师。

梁老师是特级地理教师，据说，湖南在岗的特级地理教师只有四个，梁老师就是其中之一，而且梁老师只教高三。说实话，梁老师和其他老师真的不一样，他不会去猜题，不会弄很多很多的题目给我们做，会想要多给我们一些自主的时间，最特别的是，他会说："这个老师也不会做啊……"他经常会说，地理是个能力的问题，关键在能力的培养上面，老师也不是神仙，什么都知道，也要学习和思考，不会就是不会。梁老师就是这么谦虚，这么对学生负责，我想这是一个人的美德，也是值得我们学习的。

梁老师说话很有趣，记得有一次，同学缠着他不让下课（我们班的同学比较爱学习），当时已经是中午第四节课下课很久了，梁老师说下次再上，一群女生："别咯，梁老师。"梁老师呵呵地笑了一下，很正经地说："老师，也有一个家对不对啊？"全班笑成一片。梁老师常疑惑："老师带了这么多届高三，他们有的上课都不听的，自己看书，你们这一届最喜欢上课哦。"其实也不是啦，是因为梁老师的课特别有趣。

梁老师看过很多书，他给我们讲地中海的一个岛的时候就说，小说里讲这个岛上有很多黑手党，他说他看过很多小说，他说："以前，有很多老师问老师（梁老师还有个特点是不称"我"，只称自己"老师"）有什么好看的，老师就向人家推荐。后来这些老师都调走了。"知道的知道是两码事，不知道的还以为这两者之间还有什么因果关系。梁老师说话有时真是有趣。

要学好地理，真的要听梁老师的课，听懂梁老师的课，有段时间我上地理课不大专心，地理成绩立马大滑坡，后来一位朋友对我说，有时候梁老师上课好像没有讲什么和考试、教材有关的东西，但是他讲的，是一种方法。他经常讲长沙哪个地方生意红火，哪个地方没有人去，总是亏本，看似没有什么好听的，但分析的思路，是我们需要的。

希望梁老师别忘了我们这群缠着他上课，跟在后面追着问题目的小女生，也祝愿梁老师在事业上能够再创佳绩，永远快乐。

（作者系2005届校友）

我的中学老师

孔明

很久没有作文了，文字已显得少了灵气。一提起笔来，一种深深的感激和愧疚之情，让我含泪写完了这篇文章。

师范之意，学为人师，行为世范。我的老师给我的正是春风化雨的教诲，做人立志的榜样。张瑜老师、谢朝春老师、厉行威老师、曾克平老师赋予我的更是我人生路上的瑰宝。

张老师是我初中班主任，也是一位亦师亦友的引路人。我已不记得多少次他和我谈历史、聊人生，带给我乐观自信的人生观。球场上他肯和我们一起流汗，球场下我们像朋友般无所不谈，他是第一位让我懂得怎样学习、怎样做人、怎样处世、怎样立志的老师，他是我心目中给我影响最深让我改变最多的老师。因为他，我知道了我人生的方向。

谢老师是我初中语文老师，也是我作文的启路人。初中三年，是我作文水平发生质的飞跃的三年。机智幽默的谈吐，翩翩自如的风度，我很快喜欢上了写作。和谢老师聊天是一种享受，你可以感受一种朝气，一种气度，一种超出其本身的体悟。

厉老师是我高中语文老师，语文老师给学生的影响总是巨大的。我不能忘记他那深厚的专业功底，他那忘我工作的敬业，他那被我开过分玩笑后的宽容，他那通透淡薄的人生态度。他像一股清泉，洗去我心头的尘嚣。和厉老师聊天，你可体会到一种平等、博爱、大度和浩瀚。

曾老师是我高中班主任，我很感激他，他放手全方位地锻炼了我三年。我相信，在班长中，我得到的锻炼是最多的。他很信任我，我也想成为一个在综合素质上出色的人，但很失望，我高考让他失望了。我觉得我最对不住的就是曾老师和厉老师，他们花在我身上的多少心血我却没能够好好报答。

一日为师，终身为父，何况是这四位亦师亦友、让我甘愿深深地陷于他们的言传身教中的老师。

总不敢忘聊天时的受益，总不敢忘批评时的护犊情深。

只言片语，怎能描述我的感激之情。零碎文字，又怎能掩盖老师散发出的人性光辉。

附中有这些老师，是附中之福。我们有这些老师，是我辈之福。

文章很短，心中好多东西无法用文字表出，也许，只有行动才是最好的注脚。

（作者系2005届高0204班校友）

为了民族团结、边疆稳定和祖国统一

黄月初

三年援疆，是我人生的重要经历，人生的一笔财富，将激励我奋斗在今后的人生旅途上。下面分四个标题将我的三年援疆工作进行高度浓缩，作个简要汇报。

一声令下

2002年7月24日，正在享受暑假快乐的我突然接到省教育厅通知：经厅党组研究决定，你将作为我们教育系统推荐的第三批援疆干部去支边援疆，省委组织部马上就要对你进行考察，请作好充分准备。听到这个通知后，我的岳母关切地对我说："你要照顾两个家庭的老人，还有读小学的孩子等你教育，最好跟学校说派别人去，再说我作为一名人民解放军战士（"八千湘女"中的一位）保卫过新疆边塞了！"我的爱人听到这个消息后，即刻放下了手中的碗筷，关在卧室里偷偷地哭了起来，并且很长一段时间以泪洗面。我那不太懂事的儿子对她说："妈妈，你还要我坚强，你自己干吗经常哭呢？"岳母的话何尝没有道理，妻子的举动也是人之常情。

7月30日，正在石燕湖参加学校暑期干部工作研讨会议的我正式接受了省委组织部的谈话：经过我们的认真考察，派你去新疆支边的事已经定下来了，请你表态吧！我的一番表态赢得了省委组织部领导的首肯，其中一位领导感慨地说："到底是湖南师大附中这所名校培养的共产党员，到底是师大附中培养出来的年轻干部！"

就这样，党的一声令下，使我加入到了湖南省第三批援疆干部行列之中。

8月15日，出发前的我们正在接受省委领导的接见，时任常务副省长、亲自抓援疆工作的周伯华同志关切地问：哪位是吐鲁番地区实验中学的校长？他握住我的手深情地对我说："你是省教育厅领导亲自点将的援疆干部，你将去工作的那所学校是我们湖南省援建的一所地区级民汉合校的高级中学，是我们省对口援建吐鲁番地区的重点项目，你的担子不轻啊！马上就要出发了，我给你布置三道'作业题'——第一道题，维护好边疆地区的民族团结和祖国稳定；第二道题，学校要实现三年大变样；第三道题，当你离校时为当地学校带出一支好队伍，写出满意的答卷吧！"

就这样，带着省委领导的殷切希望，带着湖南6000多万父老乡亲的重托，带着老父老母、妻儿的叮咛，我登上了开往祖国西北边陲的飞机。

二次创业

"地区实验中学是我们地区上上下下关注的焦点，我是们地区基础教育的希望所在，来这里工作有好多好多的事情等待着你去拓荒开垦，你是我们费尽周折后亲自圈定的援疆干部，就看你的了！"地委书记的一席敬酒辞更使我掂量到了省委领导布置的三道"作业题"那沉甸甸的分量，于是乎一仰脖子，人生中容量最大、分量最重、燃烧着吐鲁番火焰山激情的一碗酒就这样下肚了。

来到地区实验中学，师生们依然沉浸在高考胜利的喜悦之中，"实验中学不仅高考要领先，而且要全面领先；不仅在吐鲁番要有影响，还要在全新疆占有一席之地。实验中学过去三年取得了一定的成绩，我们权且把它称之为'第一次创业'吧！我们现在要启动学校的'第二次创业'，要通过我们的努力，将学校跻身于自治区级重点中学的行列，把学校办成'高质量、有特色、实验性、示范性、现代化'的全疆一流中学"，全校师生大会上充满豪情的话语拉开了我在吐鲁番地区实验中学工作的序幕，拉开了学校"第二次创业"的序幕，拉开了学校争创自治区级重点中学的序幕。

争创自治区级重点中学谈何容易，三只拦路虎横在我们面前：

一缺资金。怎么办？要！在吐鲁番争取那几乎是不可能的，于是我两次飞回了湖南，第一次有了所获，带着400万回去了，第二次可就不那么顺利了，有的省厅局领导半开玩笑半当真地对我说："你在师大附中工作时找我们要钱，现在去新疆工作了还找我们要钱，你上次要了，这次还来要啊！"确实我们湖南省也不是什么经济大省，更不是经济强省，各厅局都有自己的困难。略显尴尬的我，为了祖国边疆的发展，为了祖国的统一与稳定，为了祖国的民族团结，硬着头皮说了一句话："我去援疆，是我们湖南省把我'嫁'到了新疆，'女儿'在外遇到了困难，我不回娘家要钱，找谁去要呢？"这一句挚朴的话把在场所有的领导深深地打动了，很快又一个400万元的援助款落实到位。正在湖南师大教科院硕士课程班听课的我再也抑制不住内心的激动，没跟老师打任何招呼就冲出了教室。因为这是等米下锅的援助款，这是对吐鲁番地区实验中学至关重要的援助款，这是将在吐鲁番基础教育发展史上留下重重一笔的援助款啊！

二缺经验。怎么办？学！到疆内学，带着10多人的队伍北上天山，南下塔里木河，先后考察了疆内8所优质学校，每到一所学校都载满着收获而归。能否将视野打得更开一些，去疆外学，于是领导一帮人第一次来到了湖南，来到了三湘名校，全国实施素质教育的示范校——

湖南师大附中，前来学习考察的老师们眼睛一亮，通过两校的对比，更是唤起了要急起直追的强烈责任感，而正是这种责任感在后面的争创工作中发挥了非常重要的作用。

三缺资料。怎么办？建！新疆验收自治区级重点中学的一项重要程序，就是全面查阅学校全方位的资料，资料不合格，要想通过那绝对没门。地区实验中学是一所办学历史才三年的新学校，资料是百分之百的零的记录，这可是最大的一只拦路虎啊！我给干部们下了一道死命令：自治区评估验收团到来之前10天，我们的资料必须合拢，哪个组完不成任务，影响了评估工作，就拿哪个组是问。从此全校上下不得安宁，白天要完成繁重的教育教学任务，晚上都要来准备资料。我把床铺搬到了学校的办公室，除了督查工作外，还亲自准备"办学思想"这一板块的资料。有一天晚上，工作到凌晨四点时确实感到江郎才尽、黔驴技穷了，于是约了两个援疆教师去一小巷深处的小酒馆寻找灵感，也许是喝了不少，也许是人太疲劳，回家的路怎么也找不着了，无奈之下掏出手机，请"110"帮助领我们回家，闹了在疆工作期间最大的一个笑话，至今还被许多"疆友"作为谈资。经过半年多的努力，278盒档案资料齐刷刷地排列在会议室椭圆形的桌子上，望着它就像望着刚出生的婴儿一样，怎么看都觉得可爱极了！

创建成功了！师生们紧紧地相拥在一起，有的眼里噙满了泪花，有的泪流满面，还有的干脆放声大哭，因为一所办学历史仅五年的学校能晋升为自治区级重点中学太不容易了，它简直就是个奇迹！就是实验中学神话！自治区教育厅验收评估团的团长握住我的手久久不愿松开，地委书记拉着我的手动情地说："感谢你！主席家乡来的年轻有为的干部，你们湖南人就是能做事，就是霸得蛮，就是能成大事！"

吐鲁番从此有了自治区级重点中学，地区实验中学也站在了更高、更新的起跑线上。

三大困难

从风和日丽的南国赴四千公里开外、广漠粗犷的大西北工作，遇到的困难一般人难以想象。第一个困难就是自然环境恶劣。吐鲁番有全国"三最"：最低，平均低于海平面50米，最低处乃中国最低处——艾丁湖在海平面155米以下，由于低就形成了山间盆地，人们就如同生活在"锅底"一样，很不适应；最热，神传故事《西游记》中的火焰山就横亘在吐鲁番中部，全年中有半年多时间气温持续在30℃以上，超过40℃高温的时间长达100多天，地表绝对温度可达80℃以上，把一个生鸡蛋扔下地，一会儿就会被烤熟，穿着皮鞋在戈壁滩上走，一不小心鞋帮就会脱落；最干，吐鲁番全年的降水量仅为50毫米，而蒸发量有几千毫米，根本不可能下雨，如果吐鲁番下雨，那肯定是奇迹在发生，另外吐鲁番的风大和沙风暴烈在全国也是首屈一指的。最大风力可达12级，"百米风区"、"30里风区"更是令人恐怖，往往风来的时候把盆地里的尘土卷起来，满天黄沙，能见度极低，令人窒息，这就是"沙尘暴"，等风一停，尘土又落下来，也就是吐鲁番人说的"下土（不下雨而下土），沙尘暴一来就是一个礼拜，那段时间真像世界末日来临……在这样恶劣的自然环境里工作个中滋味令人难以忘怀；第二个困难就是风土习俗迥异。一、语言不通，吐鲁番是维吾尔族聚居的地方，外加 30 多个少数民族在此杂居，汉人在此工作，语言交流极其困难；二、饮食习惯差异巨大，面食、牛、羊肉是主食，不吃这些东西你准会"饿"死在吐鲁番，至于喝酒，那更是对你身体和意志品质的极限考验，我经常跟别人开一句玩笑：援疆三年喝了前面三十七年的酒；三、文化背景不同，思考问题、表情达意的方式、宗教信仰完全不同，稍不注意、一不留神就会"犯忌"。风土习俗对人的影响是巨大的，30 多年习惯了一种风土习俗后而去适应另一种风土习俗，适应的难度可想而知，而这种适应又是你必须作出的选择。第三个困难就是工作思路难以融合。边疆工作节奏慢，太阳老高了还不上班，晚上八点了还在上班，节奏明快的南方人很难适应；工作出发点不同，南方人的工作出发点是求发展，而边疆工作的出发点是保稳定，所以改革难以推进；工作评价方式也不一样，南方人注重你做成了多少事，而边疆工作一定要求稳，不允许有任何闪失，工作思路融合起来有相当的难度。

　　在这样的环境中生活、工作三年，1000 多天，要克服多少困难，要付出多少心血啊！

四份答卷

　　吐鲁番地区实验中学是一所民汉合校的高级中学，十几个民族的学生在同一所学校求学，在同一栋教学楼内上课，要让他们和睦相处、共同进步，付出了援疆干部多少心血。新疆是边疆地区，是少数民族杂居的地区，是宗教文化盛行的地区，再加上社情、敌情复杂，所以工作起来难度是极大的。为了感化民族同志，我们在饮食、生活习惯方面努力地去适应，在言语、谈吐方面尽最大可能克制自己，诚心诚意地帮助民族学生，克服生活、学习困难，提高汉语水平和学业成绩……

　　我们的努力终于赢得回报，学校被地区评为"民族团结先进单位"，被自治区授予"少数民族中学双语教学先进集体"（双语指汉语、维吾尔语），《中国教育报》以《一朵盛开的民族团结之花》为题报道了吐鲁番地区实验中学民族团结的优秀事迹。一位民族地委领导发自内心地说："实验中学的民族团结是我们地区教育战线做得最好的！"这算完成了湘吐两地领导交给我的第一个任务，也算作我交出的第一份较为满意的答卷。

　　"学校无论是外形还是内涵发生了翻天覆地的变化，高中课程改革在我们边疆学校扎扎实实地实施起来了，'四大节'的活动在我们学校生根开花并结出了丰硕的果实，吐鲁番地区解放后的第一位北大学子诞生了，实验中学的第一位特级教师也诞生了，学校能在短短的五年内晋升为自治区级重点中学，这没有湖南省委、省政府的关怀，没有湖南援疆干部的努力，那是不可想象的事情。完全可以这样说，没有湖南的援助，就没有吐鲁番地区实验中学的今天，就没有吐鲁番基础教育的今天"，这是地委书记孙昌华同志每次接待湖南省领导考察吐鲁番时必须说的一段话。湖南省人民政府副省长许云昭亲自点派记者赴吐鲁番采访,记者采访归来,在《湖南科技导报》(《湖南日报》子报)上发表了七篇有分量的文章,其中有五篇介绍了地区实验中学,《办百姓满意的优质中学》的长篇报道在湘吐两地产生了强烈的反响。省委副书记、省长周伯华同志在湖南省农村教育工作会议的主体报告中用较大的篇幅赞扬了吐鲁番地区实验中学的快速发展,赞扬了为吐鲁番教育做出突出贡献的援疆干部、教师。《吐鲁番报》、《新疆日报》、《中国教育报》、吐鲁番电视台、新疆卫视、黑龙江卫视纷纷报道了吐鲁番地区实验中学突出的办学成绩。王乐泉、铁力瓦尔地、宋爱荣等中央、自治区领导不止一次地到实验中学视察,对学校发生的变化给予了充分肯定。《吐鲁番报》一位资深记者曾经对我说:"实验中学是我们地区的新闻策源地,你们湖南援疆干部是新闻的主要制造者。"地委书记孙昌华对前去吐鲁番考察的朱副厅长(湖南省教育厅副厅长)、陈副书记(湖南师大副书记)、常校长讲:感谢你们给我们派来了湖南最好的中学校长。第三批援疆干部领队林安弟副专员逢人便讲,月初校长硬是把一所学校实现了三年大变样。这应该算完成了领导交给我的第二个任务,交出了第二份较为满意的答卷。

"实验中学的首位特级教师产生了,优秀青年教师在吐鲁番很有影响,中层干部的工作能力提升很快。我们从你那里学到了不少东西,你是真正的中学教育专家。"离别吐鲁番前学校领导班子成员的一席话说得我热泪盈眶,一位曾受过我严厉批评的中层干部这样说道:"和黄校长一起工作压力真大,但进步也快,如果我有机会再跟他学三年,我也会成为管理方面的专家。"学校的教师队伍和干部队伍建设呈现了良好的发展态势,这是学校长远发展、可持续发展的根基,这是我援疆三年最感欣慰的,也算是完成了领导交给我的第三个任务,交出了第三份较为满意的答卷。

2005年7月3日,离别吐鲁番的日子终于到了,"你把内地教育发达省份的先进办学理念传播到了我们边疆,我们吐鲁番,这种先进的办学理念就好比是一支永不离疆的援疆工作队,使我们长时间享用、受益",教育战线给我送行的同志们发自内心的肺腑之言让我激动得不知所措。是的,人离开了吐鲁番,是应该把湖南的精神留下来,这是我超额完成的一个任务,是我向领导交出的第四份答卷。

三年援疆,使援建的学校发生了质的变化,取得了可喜的进步,朝着"高质量、有特色、实验性、示范性、现代化"的全疆一所中学目标迈出了坚实有力的步伐,使吐番鲁的基础教育在很多方面取得了突破。组织和领导也给予了我诸多荣誉:地区优秀干部、优秀援疆干部、自治区优秀援疆教师、三等功获得者,吐鲁番地委为我所作的鉴定和湖南省委给我所写的考察报告对我三年援疆工作给予了很高的评价,新疆自治区党委、人民政府给我们颁发了纪念勋章。真是三年不虚此行。

在这收获喜悦的时刻,我发自内心地感谢湘吐两地的各级领导;感谢和我一起走过三年风雨、共创学校发展佳绩的吐鲁番地区实验中学的师生们,感谢我的援疆战友、我的老父老母、给我无穷力量的爱人、儿子，更要感谢培育我成长的师大附中，帮助我进步的所有附中人。

我忘不了常力源校长对我的信任和支持，周望城书记对我的激励，蒋云鹤副校长对我的关爱，忘不了苏主席、康主任、晏主任、曾科长对我的关心，忘不了希国副校长、定子、永红助理、荣宏、迪勋等同志对我及家人的帮助，忘不了认识我、不认识我的附中老师们对我投来的热情的目光，忘不了为吐鲁番地区实验中学捐献过图书的可爱的附中学子们！

如果我为援疆工作做出了一点点成绩的话，那是我们师大附中的骄傲和自豪，我要深情地说：师大附中是育人的沃土，是成才的摇篮！

老师们，同志们，新疆拥有全国六分之一的国土面积，有几千公里的边防国境线，有丰富的资源，是我国西部大开发的重点区域，是极具潜力的民族地区，无论是它的地理位置还是经济、政治、军事地位都非常重要。我愿意为新疆的进一步发展继续出力，愿意为增进民族团结、促进边疆稳定、维护祖国统一再立新功！

（作者系我校副校长，高级教师。于2002年8月至2005年7月援疆三年，任新疆吐鲁番地区实验中学党委副书记、校长。该文为2005年作者在学校"优秀教师先进事迹"报告会上的发言）

高扬理想的旗帜

彭荣宏

尊敬的各位领导、老师:

晚上好! 今天我演讲的题目是"高扬理想的旗帜"。

不知有多少次我曾站在这里发言,但每次面对的只有我们的学生或学生干部,所以内心还算平静。然而今天却实在难以平静,因为这是我第一次站在这里接受各位领导、同事的检阅与指导。此时此刻,我心中既激动又不安。激动的是,我有这样一个难得的机会向各位领导和同事汇报我的故事谈谈我的感受;不安的是,现在站在这里发言的本应不是我,而是在座的任何一位。但是,我并没有推辞,我想,借今天这个机会,接受全校教职工对我校共青团工作的检查、指导;同时,以我的汇报,折射学校德育工作系统领导、同事们的辛劳和成绩。

一、高扬理想的旗帜,树立并坚定信念

六年前,我怀揣着心中的梦想从对面的理学院跨越一条不足 20 米宽的马路来到师大附中,走过人生的又一个转折点。读大学时,我时常站在教学楼眺望美丽的附中,心中充满了无限遐想与憧憬。经过四年努力,我终于实现了自己的愿望,来到了这片人杰地灵的育人沃土,开始了自己的事业与追求。

刚进附中第二学期,我有幸担任校少先队大队辅导员,一年后担任校团委书记一职至今。记得当初有人曾不解地问我:你为什么不一心教书,还去做这些费力不讨好的苦差事? 我的回答是:没别的,就因为我喜欢,就因为这是我的梦想。在读高中和大学时,我曾担任校学生会主席和院学生会副主席,其貌不扬的我总是试图通过不懈的努力,用自己的实干和能力向别人证明我的价值,从而赢得别人对自己的支持与信任。我深知,做学生工作很难,其中充满了艰辛和坎坷。正如谢助理、陈主任所说:"凡是有学生在的时候,都应有我们学生工作系统的同志在,我们的工作就是为师生服务。"早出晚归是我们搞学生工作同志的真实写照。每天清晨,我们就早早地站在校门口迎接学生的到来;中午我们又牺牲休息时间,到校园周边查网吧,处理校园各种突发事件;放学时又站在校门口送走每一位学生;可以说每天都有忙不完的事,很琐碎,很具体,非常辛苦,有时甚至身心疲惫,人们都说,搞学生工作出问题容易,出成绩难。但是,我觉得只要热爱这份工作,无论苦与乐,工作起来都会很开心,收获也很多。我一直认为,作为老师如果想让学生快乐,自

己首先要快乐，要以一种积极进取、乐观向上的态度去面对我们的工作，感染我们的学生，这样才会让学生感到快乐，同时自己也收获快乐。

二、高扬理想的旗帜，时刻怀抱事业的激情

六年来，是事业的激情在时刻激励着我前行。为此，我全身心投入到工作，去年我第一次教高三，为了做到团委工作和教学两不误，我白天全力以赴开展工作，晚上做题、备课、批改作业到深夜。高三这一年，我几乎每天晚上都睡在男生公寓，由于房间潮湿，缺少睡眠，缺乏锻炼，我的体质明显减弱，但是心中的信念从未改变，我总是咬紧牙关挺了过来。在这里，我很感激我的爱人和她的父母，是他们的全力支持才让我全然不顾家庭，全身心投入工作。我爱人临产，但我仍滞留在军训基地，现在小孩两岁了，我甚至连抱他的时间也不多，每天上班时小孩还没起来，晚上很晚回家他已经睡了，我总觉得欠他们的太多。每年暑假我几乎没有休息过，学工、学农、学军酷热难熬，到凤凰、张家界、上海组织开展远志夏令营，实践活动一个接一个，马不停蹄，活动的策划、实施、安全问题、后勤保障问题等等，全都认真解决，保证各项活动的顺利完成。寒来暑往，我与学工办的同志们一道都全程参与，从未有人叫过苦、叫过累，记得 2004 年暑假我刚带学生干部搞完远志夏令营回家，第二天便背起行李到宁乡学农。由于劳累过度，天气太热，我声音嘶哑，鼻血直流。有人问我，你这样做值得吗？我总是坚定地回答：值得。因为我们虽然辛苦点，但是能真正让学生在实践中体验分享与合作的快乐，提高学生的综合素质，同时也让自己在活动中得到锻炼与提高，我觉得很值。

三、高扬理想的旗帜，在实践中不断创新

不断创新是共青团工作保持蓬勃朝气的源泉。离开了创新，共青团工作将是一潭死水，毫无生机可言，更无法吸引和凝聚青年团员。为了扩展团工作的思想建设内容，以丰富多彩的活动吸引团员学生的参与，这几年校团委进行了一些有益的探索。如：2004 年创设校园绿色网吧；学生社团从原来的不足 10 个，发展到目前的 40 多个，吸收学生会员近 2000 人，成功举办三届社团节，极大地丰富了校园文化生活；积极开展校内外爱心助学活动，培养学生的爱心、同情心和责任心，目前全校师生捐款捐物已累积达 30 多万元；坚持开展青年志愿者服务活动，既教育了学生，又产生了很好的社会影响。前天，省委宣传部长在咸嘉新村考察工作时，对我校青年志愿者在咸嘉新村社区设立"爱心捐赠专柜"给予了高度评价。昨天上午，中央电视台焦点访谈栏目组的记者对我校在咸嘉新村社区爱心超市设立爱心捐赠专柜，并长期看望、捐助白血病患者林好小朋友的事迹进行了专题采访报道，影响非常大；每年我们还通过"走出去，请进来"的形式对学生干部进行系统培训，培养学生干部自我管理能力；学生电视台的建设正

在有序进行；评选校园明星，树立先进典型，利用电视台、广播站、网站、宣传栏全方位进行宣传报道；定期开展以爱校、爱国、理想、成才、感恩、节约等为主题的各种教育活动；另外，还通过请校友何炅、龙丹妮为高三学生见证十八岁成人仪式，请孙悟空的扮演者六小龄童为初中学生庆"六一"，这几天我一直在与中国男孩洪战辉联系，他已答应近期来校为全校师生做报告等等。所有这些活动的开展将极大地激发学生的学习热情，从而增强当代中学生的社会责任心和历史使命感。

四、高扬理想的旗帜，不断收获成长的快乐

一分耕耘，一分收获。在学校领导的正确领导下，我校团委工作得到了团省委和团中央的充分肯定，校团委被评为湖南省"五四红旗团委"，目前正在创建全国"五四红旗团委"。这也从一个侧面展示了师大附中的风采。就我个人而言，尽管工作成绩一般，但大家给了我很多荣誉，包括学校第九届"禹之谟管理（服务）特优奖"、"先进教育工作者"、"教学新秀奖"，师大"三育人"优秀个人、"优秀共产党员"，全国"优秀共青团干部"。

作为一名年轻人，我以自己是一名光荣的附中人而自豪，我为她百年积淀的深厚底蕴而骄傲，为她新世纪所创造的一个又一个新的辉煌而自豪。令我终生难忘的是，去年六月我在人民大会堂受到了胡锦涛总书记等党和国家领导人的亲切接见，当时我心潮澎湃，万分激动，我很清楚这个莫大的荣誉绝不是我一个人的，而是我们所有附中人共同的荣誉，是属于师大附中这个优秀的集体，而我只是有幸成为其中的一名代表，我所展示的是全体附中人的形象与风采。今年教师节，学校打破了特优奖五年内不重复的先例，再次授予我"禹之谟管理（服务）特优奖"等三项荣誉，我万分感激。感谢师大附中对我的培养，感谢学校领导对我的关怀和信任，感谢各位同事对我的关心和帮助。我知道每一项奖励都是源于学校领导对我们年轻人的爱，而每个称号本身却是一种鞭策，一份沉甸甸的责任。有人说：一个没有崇高的政治觉悟和强烈的组织归属感的人，就像一只离群的孤雁，找不到春天的方向，也不再拥有来自雁群的鼓励与帮助。心怀感恩的我总是收获着无比的幸福，我热爱附中，热爱伴我成长的这片沃土。

老师们，"人的一生只能享受一次青春，当一个人在年轻时就把自己的人生与人民的事业紧密相连，他所创造的就是永恒的青春"。也许我很难实现，但是我会为这个志向顽强努力，不论遇到什么困难和挫折，都不改初衷，矢志不渝。

最后，我想用一句话来结束我的发言：我很庆幸我拥有了一份我热爱着的事业和一所我热爱着的学校，为了教育事业，为了师大附中的发展，我将奋勇前行，义无反顾，无论过去、现在，还是将来！

谢谢大家！

（作者系我校党委副书记，高级教师。
该文为2010年作者在学校"敬业、奋斗、成长"青年教师报告会上的发言）

我愿做那个无名的藤架

蒋向华

　　自大学毕业参加工作以来，在工作中我有一个很深的感触，这就是："三人行，必有我师。"我周围的很多同事都有许多优秀的班级管理经验和方法，因而我向同事们学了很多，提升了自己的教育理念，极大地提高了自己的工作能力。在工作中品尝了一些教育的苦乐酸甜，感谢领导、感谢大家给了我这个诉说的机会。下面就将自己的工作及思考向大家作一个简短的汇报。

一、我的教育观

　　我认为，这辈子最自豪的就是自己赶上了好时代，工作有分配（如果我现在大学毕业，恐怕难得找到理想的单位），做了自己最喜欢的行当——老师。和学生打交道，一直是我的最爱。正因为如此，无论教初中还是教高中，教普通班还是教实验班，我都会全身心地投入到我的工作中，从内心深处接纳我的每一位学生，把每个学生当作自己的朋友或孩子对待。我经常和学生谈到我心目中理想的学生是什么样子。我希望学生不要成为只会做题的机器，要学会独立思考，要学会享受生命和成长的快乐。我希望我的学生做一个"目光中有自信、面容上有自尊、生活中有朋友、行动里有把握的人"，积极乐观地面对生活，将来走向社会都能成为自食其力的合格公民，不给家庭添负担，不成为社会的包袱。我的教育方向：培养全面发展、有理想主义情怀、有国际视野、有合作精神、乐于分享、有积极乐观人生态度的"新公民"。

　　所以在高一的班会课上，我都会让学生思考这个问题：我到湖南师大附中来干什么的？目的是引导他们树立远大的理想并为之努力奋斗。

二、我的收获

从 2000 年秋到 2010 年 7 月，我在附中理科实验班这块试验田里连续担任 8 年的班主任，所带班级先后 4 次荣获"长沙市优秀班集体"的称号，连续 6 年被评为校优秀集体和校优秀团支部。在担任竞赛班班主任时，全班有 33 人分别获得数理化生计算机等省级以上一等奖；有 9 人进入省代表队（其中数学 2 人，化学 2 人，生物 3 人，物理 2 人），有 4 人进入国家集训队，最后 1 人获数学金牌，1 人获生物银牌。有 12 位同学保送或考进清华北大。担任 0402 高考班的班主任期间，有 3 人在数学和计算机奥赛中获得省级一等奖；刘康同学获得全国青少年科技作品创新大赛二等奖，并获得第三届中国青少年科技创新奖；在研究性课程学习中，我班有 2 个课题在 2006—2007 学年度湖南省中小学研究性课题成果评比中获得一等奖（这是理科实验班学生首次参加研究性学习所获得的殊荣）。

我知道，学生的健康成长、班级成绩的取得离不开任课老师的辛勤付出和帮助，我很庆幸，在我担任班主任期间我遇到了一批爱岗、敬业、学识渊博、为人友善的好同事、好搭档。

三、为师的三种境界

有人说为师有三层境界。第一层境界被称为"赶鸭人"。学生就是那群鸭子，老师就是那个赶鸭人。在这个层次，学生只是处于"被动"的境地，这种状态下培育出来的学生，一定只会循规蹈矩。

为师的第二层境界称为"园丁"。园丁们每天辛苦工作，浇水、除草、施肥，给予花朵们最悉心的关怀。而学生呢似乎只有接受呵护的"权利"。

为师的第三层境界被称为"藤架"。学生是"藤"，老师是"藤架"；无论是南瓜藤还是丝瓜藤，只要是藤，只要想成长，就需要一个藤架来引领、来支撑。而藤架所要做的，就是提早为藤搭建起一个平台，让藤随着自己的身躯成长、蔓延，最后撑起一片绿荫。藤愈来愈繁盛，而藤架的身影则随着藤条的繁盛而愈发隐于其中、不现其形了。

我认为，第三种境界当属最高境界，第三种境界下的学生是幸运的，他们没有像鸭子那样被禁锢，也不要像花朵那样无条件接受耕耘，他们有着"藤架"这一平台，可以凭借自身的力量来成长，而这种成长也因为藤架的存在而适当地减少了困难。这才是真正的"授之以渔"，学生占据的是主动的地位，老师和学生的互动也达到了统一。从老师的角度来说，伴随学生成长无疑达到了最高境。

（在我十二年学习生涯中，遇到的"赶鸭人"是占少数的，遇到的"园丁"算多，遇到的"藤架"也不在少数。这么看来，我是够幸运的了。而在幸运之中，最"幸"之时应是在高中，附中的三年，碰到的老师大多是"藤架"型的。）

在我的教学生涯中，我就是一直朝着第三种境界努力的。

四、爱就是一堆细节

有人说，在附中当班主任很累，做理科实验班的班主任更辛苦，对班主任的要求也更高。在与学生7年的交道中，我凭着一颗仁爱之心和平和的心态，用自己的一言一行去感染学生，激发学生。

被周恩来总理称为"国宝老师"、被列入中国现代百名教育家之一的霍懋征老师有一句至理名言："没有爱就没有教育。"教师对学生的爱应是真诚的、无私的、广泛的、一视同仁的。

我觉得爱学生就得尊重学生、信任学生。在我的班上无论什么事，我都用平等的原则尊重学生的意见，我从不自作主张，充分地相信他们，让他们放开手脚，大胆地开展工作和活动。

爱学生就得宽容学生，千万不要把学生的过错放在心上。一次，一群男生打完篮球回到教室，晚自习的铃声已经敲响，看着他们湿漉漉的衣服，满身的汗水，我没有直接批评他们，而是用一种非常平稳的语气说："都没吃饭吧？给你们20分钟，吃饭洗澡，快去快回。"同学们一个个惊讶地瞪着我，看着我一脸的认真，才迅速地离开教室。真的，20分钟后，他们一个个回到了教室，投入到了学习的行列。此后他们中再没有一个同学因为类似的事情而迟到过。

爱学生不仅关心他们的学习，还得关心学生的生活。实验班／广高班上的很多学生都来自外地，回家少，尤其是家庭经济较困难的学生一学期就回家一次。周末或节假日，我都把他们叫到家中或去餐馆为他们改善生活。几年来我花在学生身上的钱已经超过了5位数。每逢端午，我给每个学生发两个粽子、一个盐蛋和一个香蕉；每到中秋，给学生每人两个月饼、一个苹果、一串葡萄；偶尔到新一佳采购学生喜欢吃的零食，曾不止一次在新一佳购买烤鸡21只，每个学生半只。学生在博客中是这么描述的："这三年来，蒋老师给我们付出的是她无尽的爱：多个节日，班上同学都会收到她的祝福……中秋节看着大家吃着她买的月饼，她在一旁别提有多开心了。在炎热的夏天，她会气喘吁吁地送来一箱冰棒，分发给每一个人。她亲切地喊着每个同学的小名，就像母亲呼唤乳儿的名字一般。"

爱学生不仅只关心他们的成绩，更应该关注他们的健康，培养他们爱运动的好习惯。起初，很多学生怕耽误学习，不喜欢体育锻炼，有的甚至上体育课都偷偷溜回教室学习。为了让每个学生参与到锻炼的行列，我自费买回跳绳、篮球、足球、乒乓球、羽毛球球拍等，根据学生不同的爱好分为几个组，在班上大力提倡运动，鼓励他们去参加各种运动。对早起锻炼的同学给予一定的奖励——每人一个鸡蛋。学生锻炼的积极性提高了。在年级的各种比赛中，我们班篮球第一，足球第二，排球第一，拔河第一。以戴天骄为队长的"桃子湖女子登山队"每周六放学后去爬山，一直坚持到高考前夕。学生说："运动带给我们的快乐不只是荣誉，更重要的是加深了我们的友情。"

爱学生除了给予学生关爱，还得让他们懂得去爱他人、关心他人。高一暑假，郑珊同学的父亲身患癌症已经晚期，为了不耽误女儿培训，他坚决不要女儿回家陪伴。正逢年级去郴州旅游。我没和同事们出去观光，而是前往资兴在病房陪她的爸爸妈妈4个多小时。几天后她父亲去世，班上同学自发给她家发去唁电。正是大家的关爱使她度过了最艰难的日子，她学习愈发努力，高二时被评为长沙市的"新概念三好学生"，她把所得600元奖金全部捐给了郴州市福利院。在学雷锋的日子里，我们班选择了长沙市智残儿童康复中心，每一位同学都带去了一份礼物，有3位同学把自己的压岁钱全部捐给了康复中心……此后，我们成立了志愿者服务小分队，每月去一次，一直坚持到高考前夕。同学们意识到是父母给了我们健全的身体，大家应该好好珍惜，社会上还有很多需要帮助的人们，使得爱心活动得以延续。

爱学生不仅要让他们懂得爱亲人、爱老师、爱同学、爱母校，还得让学生爱自然，爱身边的一草一木。教学楼惟一楼4、5楼厕所前的迎春花得以存活下来，真的要感谢0101、0401、0402、广0606班的全体同学……同学们利用休息时间不时地给它们浇水、施肥，一直坚持到高考结束。

学生眼中的蒋老师：

> 在蒋老师身上，亲和力和"铁腕"完美融合，其实说融合是不准确的，一个人不同的方面——特别是性格上——是不可能融合的，人的人格只能有一个，但性格，可以有多面。而老蒋，总会将她具有亲和力和具有魄力的截然不同的两面完美、恰当、适时地展现出来。从而在赢得肯定和尊敬的同时赢得每一位同学的亲近，而这种亲近是比任何一种尊敬更加可贵的。可以说，她一人就身兼了三个身份：老师，母亲，朋友。这三个身份，在我看来其实是三种境界，而这三个境界，是一个比一个更难达到的，而老蒋却可以"自然"地达到。"自然"这个词，的确很贴切。她的亲和和铁腕其实并非刻意，而是出于对每一位同学的责任和爱。

> 妈妈曾很羡慕地说："蒋老师真的很乐观啊！每次都见到她在笑，在跑。"是的，蒋委出现在我们脑海中的形象就是如此：扎着个马尾巴，走路蹦蹦跳跳的，像个小姑娘。她的乐观，深深地感染着我们班的几大女将，所以，来到0402班，必定会受到许多欢声笑语的熏陶。

> 这就是我的妈妈老师，一个平凡的，乐观的，可亲可敬的教育工作者。

五、赢得家长的理解、支持和帮助，是学校教育不可或缺的

教育不单指学校教育，家庭教育在每个孩子的成长过程中也充当着很重要的角色。家长与教师共同肩负着教育孩子的重任，两者相辅相成，协同促进学生的健康成长。所以每次新生入学不久，我会给家长们发放一些资料，比如，"高一学生的心理特点及其对策"，让家长们了解应该如何正确看待孩子的成长：孩子们需要的不再是保姆式的家长，而是一个可以和他们的心

灵进行沟通，对精神进行引导，于行为予以合理支持和理解的爸爸或者妈妈，这样达到家长自我教育和自我更新的目的。

我还充分利用手机和"家校通"短信平台加强家校联系：当孩子取得进步时，及时向家长汇报，和家长一道分享孩子健康成长带来的喜悦；当孩子出现"异常"时，适时地和家长沟通，力求达成共识，解决问题；家长在教育孩子时出现了困惑，我为他们提供方法、推荐一些好的教子经验和文章，深受家长们喜欢。

六、善待自己，同时也善待同事

也许从小受父母的熏陶：宽以待人，低调做人，善待自己，同时也善待他人，虚心向身边的同事学习。在当今以成绩论英雄的时代，每个班主任都希望自己的任课教师配备整齐。我深知，我们每个人都年轻过，每个人都会变老。在新的班级，我都会不失时机地在学生面前宣传和推销我班的每一位任课教师，无论是年轻的还是经验丰富的老教师，树立任课教师在学生心目中的威望，让学生尽快减少不适应。作为班主任，切忌在学生中间或与学生的谈话中抬高自己而贬低科任老师；尤其是当学生提出科任老师在教学中的不足或存在一些问题时，更要维护科任老师应有的地位，并正确引导学生一分为二地评价科任老师。在我担任班主任期间，我从没与任课教师发生过冲突，从没为任课教师的事情找过领导（即使有不如意）；从不为难我的任课老师，而是恰当反映、慎重转达学生对科任老师的意见，从不拆人家的台；在家长面前从不诋毁任课教师，更多的是宣传。

作为一个普通的教师，我只知道快乐地做人，快乐地教书，快乐地育人，做好自己该做的分内事。我始终认为，为社会培养健康、合格的公民，为大学培养有才能、有学养、人格个性完善、心理健全、素质全面提高的大学生是我们中学教师应尽的职责。在我的心里，学生的健康成长比分数更重要。我将一如既往地"为藤搭建起一个平台，让藤随着自己的身躯成长、蔓延"，和学生一道快乐成长。

谢谢大家。

（作者系我校英语高级教师。该文为2007年作者在学校"优秀教师先进事迹"报告会上的发言）

附中是我永远的家

莫晖

1991年我开始教书，1997年加入附中人这个显赫而荣耀的团队，先后担任过两年高中语文老师、一年班主任、九年年级组长，2009年任学工处副主任，2010年外派到星城实验中学任教导主任，2012年外派到博才实验中学任常务副校长，2013年外派到梅溪湖中学任筹备组副组长、副校长。

外派之前，在附中校园里，有领导的关心与呵护、有专家的示范和引领、有同事的信任和帮助，我就是一个埋着头在一线战壕里摸爬滚打的小兵，忙碌地工作与生活着。2010年8月，正在制订当年新高一军训计划的我，突然接到学校的外派通知，去附中星城实验中学工作。一瞬间，我不知所措，一所完全不了解的学校、一群完全陌生的老师和学生和一个全新的工作岗位，在我毫无准备的情况下真实地闯进了我的世界。因为马上就要开学，现实容不得我多想，在何宪才校长的率领下，我们马上进入工作状态。但是很客观地跟各位汇报，当时我真的很不适应，看了十几年湘江东岸城市里光怪陆离的霓虹，习惯了一出校门摩肩接踵的行人，突然来到星城这个陌生的地方，才恍然发现这里的老师是那般的悠闲与自在，只是他们对我们的到来充满着好奇、观望，有时还聚在一起窃窃私语；这里的家长是那般的富足与强势，只是他们喜欢开着拖拉机、渣土车随心所欲地来送孩子上学。看到这些，我意识到：前所未有的挑战要来了，我必须去改变，脚踏实地，一步一个脚印地去改变。一开始，工作开展得并不顺利，因为我们进驻后发现星城中学的前身谷山中学，距离城市虽然很近很近，但真是一所地地道道的农村中学。省会城市的节拍与农村生活的节奏很不搭调，教育理念差异明显，原有师资力量十分薄弱。举个例子来说，原有的英语老师中除了教研组长是个大专生之外，其他成员都是中师毕业之后任教英语。作为教务长，我该怎么办？我觉得我不能再把自己定位为那个埋头在战壕里摸爬滚打的小兵了，我应该努力去当排头兵，应该有勇气向其他老师喊出向我看齐，给自己加压。白天需要处理教导处的各项繁杂事务，晚上备课到深夜，逼着自己钻研、思考，在教学上想多一点、想远一点。就拿解读课文来说，每一次阅读文本之前，不查看任何评论，不搜索任何与之相关的资料，静下心来努力深入到文本的字、词、句，甚至是标点符号中去理解、去发现，以读者的身份挖掘课文的原生价值，之后再以教者的身份思考怎样体现文本的教学价值。对我来说，这样的阅读过程是艰难的爬坡。在星城的两年，我的课堂永远是开放的，每一堂课我都不敢懈怠，因为我是附中人，不能"扮式样、出洋相"。在各位专家面前，我绝对没有资格说我的课上得好，但我绝对可以说我的课一定上得很用心，因为我要为附中添彩。我的这种示范让老师们慢慢相信，课堂绝不只是为了生存而必须从事的被动工作，而是应当成为为自己未来储存幸福基金的必要努力。这样的过程，甘苦自知。辛劳中，我觉得自己成长了、进步了。更可喜的是获得了生源的第一手资料，了解到了学生的学情，与老师们有了相互沟通的丰富话题，始终保持住了作为教师的感觉，走进他们的世界，才能找到改变他们的办法啊！附中的教育理念是很先进的，很多做法也是很成熟的。有些在我看来是再简单不过的做法，放在开创初期的星城中学，那是比登天还难。第一次体育节，学生要表演课间操，我想按照附中的惯例让学生退到东边跑道，然后举起双手，欢呼着奔跑入场，以营造一种节日的喜庆氛围，但是方案提出之后，一片沉默……后来一位胆子大一点的老师站起来说：这里是星城，我们学生的素质不好，这种搞法存在很大的安全隐患，有危险，真的搞不得！我建议还是用过去我们的老办法，先让学生退出田径场，然后按照班级依次踏步入场，这样保险一些。表面看起来这只是一个方式的选择问题，我可以选择妥协，但是从深处仔细琢磨，各位会发现，这是一个愿不愿意改变观念的深层问题。因为对固有的东西，我们都会有天然的亲近感，但是对于陌生的东西，哪怕只是一个小小的变化，我们都极易产生拒绝和排斥感，于是我选择了坚持。过程极其艰难，我拉着一个老师、两个老师、三个老师，跟我一起到田径场，从东侧跑道举起双手欢呼入场，一次、两次、三次……看到我的努力和一遍又一遍地示范，最后他们答应试一试。改变开始萌芽，为了把工作做到最细致，我分别召集班主任会、班长会、体育委员会，然后进行培训、讲解并多次训练。最终他们看到了一个全新的开幕式，宏大的场面有了、喜庆的气氛也有了，心存疑虑的老师们也由衷地竖起了大拇指，原来附中的做法真有神奇之效啊！任何好的教育都必须以高的质量为前提，我们也想出成绩、快速地出成绩，以此来证明自己。在生地会考的时候，我们对合格有困难的学生实行导师制，所有的老师都挑选了自己的研究生，剩下最后一位姓肖的同学，大家都望着我、面有难色，我知道谁都不愿意带这个孩子，包括我自己，因为这个孩子是三月份转入我校，六月份就要参加生地会考，每次周考成绩两科相加不会大于十，来到星城的当周就跟高年级的学生干了一架，父亲是房地产大亨，第一次见面就夸自己的儿子比自己的学历高，所以对成绩没有任何要求，只要不打架就好，在这个时刻，说不纠结是假话，说有把握就更是谎言了，但是没有别的办法，除了当着老师们的面信心十足、面带微笑地在肖姓同学的姓名后面工工整整地写下"导师莫晖"之外，我没有别的选择。消息传出，各种声音都有，我也做好了栽在肖姓同学手中、一世英名毁于一旦的准备，但我不会束手就擒，更不会让人看附中人的笑话。天道酬勤，最后的生地会考成绩是：生物 92 分、地理 88 分。当我离开星城的时候，不止一位老师噙着热泪对我说，当初我们私下里认定百分百会看到你的笑话，但是肖姓同学最后的成绩让我们对附中老师服气了，附中老师那么舍得搞，不可思议。

2012 年，我外派到博才实验中学工作，担任常务副校长。博才实验中学位列长沙六大初中名校之列，已经开办三年，属于开创者们垦过荒的学校，也是附中化很成功的一所学校，在这里，我非常荣幸地能有机会跟着谢永红校长学习与工作，每次校务会对我个人来说都是一次很好的学习与培训机会。谢校长一直叮嘱博才的班子成员：一所学校的成功，是长时期艰辛探索、一代又一代教育者文化积淀的结果。在这个过程中，重要的是方向不能迷失、境界务求高远，教育固然求新求变，但更应该回归，回归到教育的本质规律上，回归到真正促进人的发展上。对此，我牢记在心，再加上从教导主任到常务副校长的工作岗位的变化，我自己也逐渐发生着改变，从当初的"只埋头做事"到"要抬头看路"再到"要提前探路"；从以前的一年一年的想变成了一届一届的想。这个过程也唤醒和促进了我的成长进步，对于教育、对于学生、对于教师、对于管理、对于教育的价值，我的思考、理解和实践都有提升。对于我个人的素质要求、目标意识和自身缺陷也都有了全新的认识。

2013 年，我外派到梅溪湖中学工作，担任筹备组副组长、副校长。这是一所被寄予厚望的学校，好在校长彭荣宏在创办新学校方面有着丰富的经验，虽然时间紧、任务重、困难多，但是在附中本部各级领导、同事的指导帮助下，在彭校长的亲自带领下，我们的筹备工作在扎实有效地推进。班子成员中我负责招生工作，面对的困境一是手下没有兵，事无巨细都只能依靠我自己。再一个，大家都知道：现在的形势下办学，生源太重要了。"好学生从哪里来"，为了解决学生这个问题，从正月初四开始，我就开始下到全省各地，通过各种途径发现优秀学生，之后再次下去召集优秀学生的家长会，主动向家长们介绍学校，这样的会一开就是四五个小时。功夫不负有心人，连续奋战 100 多天，我们的情况还算比较满意。其实为了新学校的顺利开学和稳健起步，苦也好、累也罢，都是不能拿到台面上来品评的，因为对于在座各位来说，哪个不苦？哪个不累？但又有哪个真的有过放弃？因为我们每个人都坚信梦想就在不远处、幸福就在我们心里。尤其是外派到耒阳、甚至海口的老师们，他们都是附中人，他们都应该被我们铭记和感激！

回望在附中的 17 年，我深深感谢附中的知遇之恩，没有附中这个平台就没有我幸福的今天，所以面对学校的安排，虽然我也有具体的困难，但是一想到这个大家庭的事情总得有人去做、总得有人去承担，所以我选择服从。我坚信学校管理层把我安排到一个新的岗位上的时候，一定是从大附中这个全局来考虑的，除了服从之外我唯一能做的就是担起责任，努力工作，不辱使命！

附中是我永远的家，我深信在谢校长、曾书记的领导下，附中这个大家庭一定会更美好！我们的生活一定会更幸福！

（作者系我校语文高级教师。该文为2014年作者在学校"教职工优秀事迹"报告会上的发言）

用心做事才能把事情做好

张胜利

首先，请允许我代表学科奥赛的指导老师，对大家表示衷心的感谢！因为领导的安排和老师们的倾听，我们有了让大家了解奥赛工作的机会。

任何竞赛都是残酷的，学科奥赛也不例外。单从结果看，"不付出肯定没有回报，付出了也不一定有回报"，从这个意义上讲，我是幸运的：我所带的竞赛班，39 位同学有 32 位获得省一等奖，高考一本上线率 100%，有 17 位同学升入清华北大；我带的生物竞赛组，在湖南省 20 个一等奖份额中，夺取了 7 个，超过全省的 1/3，其中朱军豪同学荣获了第 18 届国际中学生生物奥赛金牌。

下面，我向大家汇报一下过去三年培养生物奥赛选手的几点体会。其实我的很多做法是老教练们都做过的，也是现任教练们正在做的，请教练们允许我利用这个机会，"借花献佛"。今天我向大家汇报的题目是《用心做才能把事情做好》。

"认真做只能把事情做对，用心做才能把事情做好。"这是韩国青春励志剧《大长今》中的一句台词。这部戏中的不少精彩台词我都记在了我的培训日记里，我为什么要这么用心地去看这部戏呢？因为，戏中反映大长今参与宫廷厨艺比赛的心路历程，与学科奥赛不谋而合，其中蕴含的智慧和经验，非常值得我们做奥赛培训工作的老师细心品味。

一、不知道能否成功，也要满怀信心、热情地做下去

这是郑尚宫表扬长今顽强执著的台词。这句话，不正是体现了奥林匹克精神的精髓吗？在奥赛的路上，谁一开始就知道自己到底能取得什么样的成绩？能走多远？但是只要希望没有完全破灭，我们就应当满怀信心、热情地做下去。

2006 年 12 月 16 日，国家队选拔前夕的第一次实验培训，朱军豪同学出现了一些状况：用容量瓶配溶液，定容时水加多了；研磨叶子时玻璃棒破了；移液时，容量瓶倒了，移液管内的溶液滴到

试管外了……实验失败了，情绪十分沮丧，他自己也想不出到底是什么原因，开始对自己的能力表示怀疑。

说实话，遇到这种状况，我也很郁闷。但是作为指导教师，我必须始终保持一颗冷静而理智的头脑，只能帮助他解除消极心理，重新鼓足起自信心和斗志。

"常怀感恩之心，一生其乐无穷"，以感恩之心面对生活足以融化郁闷的坚冰。我是这样开导他的：今天的收获实在是太大了。一是在正式培训的第一天，就能够发现这么多的问题，意味着将来能够克服这些问题，这些问题都克服了，将来就没有什么问题了，怕的是有问题却发现不了。二是任何一个人的情绪和能力水平发挥都有起伏，有波峰，有波谷，今天应当是波谷，是状态最差的一天——意味着，今后不可能还有比今天状态更差的时候，只会状态越来越好，逐步走向波峰，而这个波峰来临的时候，正是在竞赛场上的时候，这是我们求之不得的。所以，应当感谢今天，感谢自己在一开始就能够幸运地发现这么多的问题。

因为不放心，所以在12月17日，我在他身边盯着他做实验，并有时故意制造点干扰。令人欣慰的是，他经受住了考验，我十分满意，他自己也感到发挥正常、信心倍增。他在培训日志中写道："看来昨天的指导和心理调适十分有效，感谢昨天的一切。"

生物培训组有一位叫刘兆兆的同学，有一次做用生物方法鉴别溶液的实验，做了两三次，基本都是错的，已经失去了自信。为了培养其实验基本功和能力，恢复其自信，我帮她找到原因后，她反复练习了8次，在最后一次练习时，她是全组同学中做得最快、最好的一个。这正应验了《细节决定成败》一书里的一句话："把简单的招式练到极致就是绝招。"

二、要把每天做过的事情用心记下来，要不时间长了就会忘记

这是长今在读她母亲明伊藏在宫中的日记时的一句台词。用心把每天做过的事情记下来，看起来不难，但真正能做到的人却并不多，而这一点，正是许多聪明学生最容易忽视的。

我从高一培训队伍组建开始，三年里记了近三万字的培训日记，日记里有我与学生谈话的记录，有我从书刊、电视、网络中查到的信息，有我个人的阶段总结和感悟等等，日记帮助了我不断回顾和反思我的工作，帮助了我深入了解分析学生的状况，加强了培训的针对性和实效性。

同时，我也要求我的学生记培训日记，把每天做了哪些事情，哪些做到位了，哪些还有欠缺都用心记下来。尤其是欠缺和不足，如果不及时用心记下来，时间长了肯定就忘了，那么缺陷就会越积越多。重视自己的不足，就是重视基本功。无论在省队培训，还是国家队培训期间，我要求朱军豪同学多看、多听竞争对手们是怎么干的，如果发现自己的不足，用心记下来，回来后弥补。

总之，我要求我和我的学生们"处处用心，事事留意"，随时准备汲取一切有益的营养。

三、在任何情况下，都能保持相同的心态，用诚实与真心面对竞赛

这是长今妈妈的朋友韩尚宫对长今在比赛中只重结果、不重过程，想偷工减料投机取巧走捷径的做法的严厉批评。其实，我们不少的学生在奥赛培训过程中，何尝不是这样，但这样的学生常常走不远，不可能取得十分突出的成绩。

我们生物组有两位同学，学习能力很强，学习也很认真，也是我心目中的种子选手。有次测验成绩很不理想，在单独交谈中得知，他们成绩不理想的原因竟是一样的：就是抱侥幸心理，认为这里不会考，那里可能不是重点，忽视了系统性。

朱军豪也犯过同样的错误，如做分子生物学实验时，要把冷冻的酶解冻，应放在掌中用体温慢慢解冻，而他想当然地放在恒温水浴锅内加热，影响了实验的精确性。

"命运总是垂青于准备最充分的人。"如果我们用诚实和真心面对竞赛，苦练基本功，扎扎实实打基础，会使我们受益匪浅。在国家队选拔前，有人根据历年来的惯例，预测过人体解剖和脊椎动物实验不会考，不需要准备。但我们从学科系统性的角度出发，还是认真地在这两方面做了准备。谁知"兵不厌诈"，实验考试中居然有一个图片判断题，其中 25 张是关于人体解剖和脊椎动物的，一般同学只能判断出 10 张左右，而朱军豪只有 3 张没有把握。最后，他再次以第一名的成绩顺利入选国家队。

四、任何成功的人都有两个共同的特征：一是单纯、热情；二是认清现实，并超越现实

这是长今在比赛获胜后，郑尚宫和韩尚宫在总结长今成功经验时的赞誉之词。朱军豪同学对生物学有浓厚的兴趣，可以说是热情有加。但我们在认清现实，并超越现实方面却付出了艰辛的努力。

朱军豪同学性格豪放，动手操作大大咧咧，而分子生化实验需要慎之又慎，取样需要精确到微升（也就是千分之一毫升）。分子生化实验，是他的软肋，也是我最担心的地方。怎么办呢？只能从细节入手，一样一样地练，一项一项技术过关。只举一个例子，他为了练单手开PP管技术，练得大拇指几乎红肿。功夫不负有心人，在国际比赛中，他的分子生化实验得了满分。细微之处见精神，有做小事的精神，才能产生做大事的气魄。

——参加奥赛的学生，谁不想成功？怎样才能在竞赛中获得成功，韩国的大长今做出了榜样！

也许我过于投入，容易使人产生错觉。在杭州全国竞赛颁奖会场外，朱军豪获得全国第一名的桂冠后，突然扑到我的怀里，动情地哭了起来，在一旁看到这一幕的北大生科院程红教授问朱军豪："他是你老师，还是你爸爸？"有一次，朱军豪在我家吃午饭，正好我爱人的小侄女也在，我送朱军豪出门时，这个不到三岁的小孩不知道捕捉到了什么信息，竟令人吃惊地问了

一句："他是你的孩子呀？"

"有一种爱叫做执著"，教育是大爱，值得我们用心、执著……

我深知，成绩的取得是学校各级领导的亲切关怀和大力支持，是各位老师全力帮助，是选手顽强拼搏的结果。尤其令人难忘的是：汪训贤、黄国强、王美军老师，从经验上给予的帮助指导；贺淑兰老师为了买到有花粉的百合花几乎跑遍了滦湾镇附近所有的花店；张艳秋老师为了买到水稻种子，四处寻找卖稻子的人；徐学君老师为了买到新鲜蘑菇材料，走路的速度快得惊人；肖晓辉、蒋向华老师在我最紧张的时候，主动帮助我管理班级事务……回想起这一切，至今都让我感到温暖和鼓舞，在这里道一声谢谢啦！

学科奥赛教练不仅因为付出，更因为承载了对学校、对学生发展的使命和责任，从接受任务的那天起，就承受着巨大的心理压力，而学科奥赛的路是条"单行线"，容不得走错一步。因此，我们希望在取得成绩时能得到大家衷心的祝贺，我们更希望在没有取得理想成绩时，能够得到大家的宽容、理解和安慰。

（作者系我校教务处主任，生物高级教师。
该文为2007年作者在学校"优秀教师先进事迹"报告会上的发言）

30年，陪伴学生一起成长

杨美英

有机会站在这里发言，我很荣幸。因为 10 年以前我曾两次随团来这里参观和学习过。当时无论是常校长的报告，还是所观摩到的各种兴趣课和常规课都给我留下深刻的印象。我一直认为湖南师大附中在扎扎实实地实施素质教育，湖南师大附中在真心实意地办人民满意的教育。这里优美的环境，特别是这里浓厚的学术氛围吸引着我，我梦想着有一天我也能调入湖南师大附中，站在素质教育的前沿阵地，了解课程改革的方向。今天这一天终于来到了，所以我很激动。同时我站在这里有些惭愧，因为来附中还不到两年，没有什么成绩可言。

在这里我想表达两层意思：一是谈谈当老师，特别是当班主任的个人感受；二是借此机会对两年来关心、帮组和支持过我的领导和老师表示感谢。

我 1981 年 7 月毕业于常德师专，从 1985 年开始当班主任至今，中间因生小孩，带小孩中断 5 年。

我一直很喜欢这句话：教学相长。记得开始当班主任的时候，我既激动又紧张。第一年期间，我的班主任工作可用一个词形容——焦头烂额。巡早操，巡晚寝，巡课堂，查作业。我和学生一起大扫除，我和学生一起为运动会拿名次欢呼，我为个别学生的不懂事而生气。教育工作具体该如何开展，我没有套路。我边学习边实践，边实践边学习。我的学生们一点都不嫌弃我没经验，他们愿意和我亲近，愿意和我配合，两年下来，班上各项工作开展得很好，学风好，班风正。1987 年所带的 130 班 47 人高考重点上线 13 人，高考录取 28 人。其实，现在回想起来，当时班主任工作只是生搬硬套老教师教的一套。但学生的支持、理解与合作让我对当班主任有兴趣、有信心。学生的进步让我获得成就感。学生给了我多大的宽容，我从心底感激这些善良、可爱的学生们。每个学生都是那么生动，我喜欢看他们灿烂的笑容；我愿意去发现他们身上的闪光点，并告诉自己应该向他们学习；我乐意和他们一起犯错，然后一起成长。随着班主任工作经历的丰富，我接触的学生越多，接触到的任课老师越多，接触到的家长越多，我的学习资源越来越丰富，我虚心向他们学习，收获越来越多。同时班主任工作是一项有挑战性的工作，它促使不断努力向书本学习，我的业务水平在不断得到提升。久而久之，当班主任渐渐成了自己的内心渴望和自觉倾向，因为在这一过程中我享受到教书育人的乐趣、自由创造的喜悦和自我价值的升华。

来到附中后，我申请教两班英语，当一个班班主任。我认为教学过程无论从时间上还是空间上来说，都是最能连接教师与学生的纽带和媒介。只有通过教学，学生与教师才有机会保持最为密切的沟通和接触。也是凭借教学这一组织活动形式，教师才能在"教书"过程中潜移默化地启发学生智慧、感召学生心灵，从而促进学生个性健康成长，达到"育人"之功效。同时我还认为教师只有在学生的成长和进步、上级与同行的积极肯定中才能体会到教师职业的意义和价值，其幸福感的重要来源也尽在于此。

教师职业是精神享受大于物质回报的职业。我们的报酬形式实际上不仅通过物质回报一种途径，师生间在课业传授和道德人生上的精神交流和情感融通，学生的道德成长和学业进步进而对社会做出贡献等，都是我们职业生命意义的确证。教师职业幸福感是教师通过艰辛的创造性劳动，换得学生健康成长学业进步之后，因目标和理想的实现而在心理上和精神上感受到的职业乐趣和人生欢愉，这是其他任何职业所无法享受到的幸福。师大附中这个平台很高。从这里我得到了一些锻炼和学习的机会。2009年至2010年间受学校推荐，出任2009年湖南省学业水平考试命题组组长，2009年湖南省学业水平考试阅卷组组长。2010年3月受省教科院的邀请，在全省英语骨干教师培训班讲课。我喜欢附中的氛围，所有教师专业功底好，大家都很敬业。在平日的交往中大家很真诚，分工合作，相互学习，资源共享。由于教师的劳动对象是人的精神世界，职业实践方式以主体间交往为主，加之交往双方都具有能动性、主体性和个体差异性，所以教师的职业实践是永远处于生成性过程和暂时性情境中的。教师职业情境中充满着复杂性、偶然性和不可预见性，这种既可被看成科学又可被视为艺术的职业行为方式，决定了教师职业实践的个体性和多元性，也使教师职业实践必然融通于教师的生活之中，成为其生活方式。虽然当教师很平凡，但我喜欢跟学生打交道，陪伴学生一起成长，我很快乐。

（作者系我校英语特级教师。该文为2010年作者在学校"敬业、追求、幸福"骨干教师报告会上的发言）

再回首，一路幸福一路歌

陈清花

当老师我觉得幸福，但是今天受我们年级的同伴之托，面对这么多的同事要我来谈幸福，我真的有点痛苦。大家一定看得出来，我很紧张，我只能讲一口宁乡普通话，我只有娇小但不妩媚的身材，我又没有天使般的脸蛋，再加上我这么一把年纪，我怕自己不能给大家带来视觉和听觉上的享受，但我觉得这个机会也很难得，就请在座的各位耐着性子听我聊一聊 21 年来当老师的体会吧。我今天要讲的题目是——再回首，一路幸福一路歌。

大家可能会不相信，当老师是我从小的梦想。小时候，我最喜欢听的歌就是"老师窗前有一盆米兰，小小的黄花藏在绿叶间，它不是为了争春才开花，默默地把芳香洒满人心田。"我非常庆幸，在我的学生时代遇到许许多多的好老师，他们教给我知识，教会我怎样做一个正直、善良的人，用满腔的师爱洒满我的成长路。正是他们，坚定了我当老师的梦想。

当我大学毕业遇到职业选择时，我毅然放弃了与姐妹们去广东创业的好机会，如愿以偿地登上了神圣的讲台，成为了一名光荣的人民教师。如今那些姐妹们好几个都成千万富婆了。再回首当初的选择时，我还是坦诚地说一句："我依然不后悔。"

在这 20 多年期间，为了追求我挚爱的事业，我从来没有放慢过上进的脚步。宁乡十三中使稚嫩的我在教育教学等方面慢慢变得成熟；长沙市八中丰富了我的人生经历，让我更进一步体会到了教师职业道德的核心是爱学生，爱贫困家庭的学生，爱有缺陷的学生；师大附中，这所享誉三湘的百年名校，则给我提供了更广阔的舞台，教我如何去成为一名研究型、学习型、务实型和创新型教师。

再回首，多少次睡梦中心系着学生，多少回灯光下唤醒了晨风，多少次呼唤驱散了学生心中的乌云，多少颗汗水在学生成才的路上跳动，多少滴心血把学生的理想染红……再回首，一束束盛开的鲜花，一条条温馨的短信，一首首动人的歌曲，一个个热烈的拥抱，一次次依依不舍的分别……一幕又一幕涌上心头。

我是一个激情饱满的人，我尽情地享受课堂。我深知：讲台下，我所面对的不止是一双双求知的眼睛，而是一个个需要用爱、用激情、用智慧来倾注的浩瀚海洋。我会精心地备课，找准每一堂课能激发学生兴趣的切入点，时刻不忘朝白开水里面加点咖啡；我会阳光灿烂、充满激情地走进每一个堂课；我会在课堂上和学生一起欢笑、一起流泪、一起沉思、一起震撼。清楚记得广高 0401 班学生张标（武汉大学）在一篇描写我的文章中（文章的名字是《清花落满地》），他这样写道："陈老师的英语课一直很活泼，同学们激情飞扬，仿佛斗牛场上的勇士，扯着嗓子跟着讲台上最癫最疯最狂的不似老师胜似老师的陈老师大声叫喊，你说我们怎能不融入沸腾的溶浆般的课堂中呢？大家精神好着呢！哪个还会睡觉？……"虽然"最癫最疯最狂"这些评价并不优美，但我读了以后很满足，很快乐，因为在学生的眼中，我的课堂是成功的，我的激情感染并激发了他们学习英语的浓厚兴趣。21 年来，我送走了 11 届高三毕业班，1 届初三毕业班，我所教的学生高考、中考英语成绩届届突出。学生有了这样的英语基础，进大学后参加各种考试或竞赛，成绩都很好，而且每次他们都会在第一时间向我报喜。特别记得广初 0107 的彭至乐，她在初二就通过了英语四级考试，她立刻复印等级证书送给我作留念。课堂是展示师生精彩的重要舞台。尽情地享受着课堂，我非常快乐。

我当了 15 年的班主任，带过 7 个班，获得过无数荣誉。每接一个新班，我就像捧着一个世代单传的婴儿，小心翼翼地呵护着她的成长，生怕她受到丝毫的伤害。作为班主任，我的教育理念是：爱学生，爱所有的学生；全面地培养学生，培养学生终身发展的能力，特别注重培养学生的社会责任感；身教重于言教，时刻做出榜样。

老师的心应该是一个火红的太阳，给每一片绿叶都洒满阳光，因此，不论学生的成绩好坏，不论学生的家庭背景如何，对学生我向来一视同仁。在我心目中没有差生，特别是对于家庭贫困的学生我除了给予精神关怀外，还给予力所能及的物质帮助，潜移默化地影响着学生，使学生学到了要如何关爱别人。汶川大地震后，现在我所带的附高二 0712 班班委会立刻组织捐款，捐款总数达一万三千多，其中喻翔将自己的零用钱 1000 元捐了出来；就读于四川音乐学院的周鑫（广初 0108）得知母校正在为灾区募捐，特意赶到现场，声泪俱下地讲述了灾区的惨相，呼吁母校师生积极捐款，他捐了 400 元；考上了北京大学的刘融莹（广初 0108）也打电话委托我把学校奖给她的 500 元奖学金捐给灾区。看到他们个个有这样的社会责任感，有爱心，我非常欣慰。

记得广初 0108 班那个最胆怯的小男孩仇荣琦，进初一的时候，每次老师叫他上台发言或表演时他就哭，记不清他哭过多少次，"一定要改变他"。有段时间，我规定自己每天想尽办法创造条件至少给他一次表现的机会，不断地鼓励他，并让其他同学多与他交流。我还特意让他参加了艺术节的男生舞蹈表演。后来他考上了附中的理科实验班并保送到了清华大学，上次他回来看我，欣喜地说："老师，您曾经告诉我要我锻炼自己，以后要在更大的人生舞台上展示自己，今天，我能够在清华大学的舞台上轻松地一展歌喉，还参加了我们系里举行的演讲比赛呢！"看到他那个满足的样子，我非常欣喜。

还记得广高 0402 有这样一个男孩，在高三那年，被青春狠狠地"撞了一下腰"，陷入了青春的迷茫，经常打母亲，视父亲为敌人，同学都不敢靠近他，更不要和他谈纪律和学习。说实话，他真的折磨人，真烦人。但我对他始终不抛弃，不放弃，带他找学校的心理老师进行心理咨询，如果哪天没来上课我就去他家里接，我记不清去了多少次，与他长谈了多少回。一年之后，他走出了人生的低谷。后来，他带着女朋友来看我，满怀感激地说："老师，当初没有您，我不敢想象今天的我是什么样子，因为我，您受折磨了。"分别的时候，他紧紧地拥抱着我，泪水涟涟，并在我的脸上 kiss 了一下，长久地、深情地。看到他走出了青春的迷茫，成为了一个阳光男孩，我非常开心。

我的同事经常说："陈姐，每天看到你充满激情，乐呵呵的，我们觉得你当老师当得真幸福。"老实说，以前我不知道老师的幸福感是什么，我只知道我每天都很快乐、开心。今天，我才真正思考这个问题，当我和学生一起完全融入课堂、享受课堂；当我能感动学生，成为学生的榜样；当我帮助学生战胜自我，走出了迷茫；这不就是我当老师的幸福吗？

的确，当老师我很幸福。在今年的教师节，我收到了一个大大的惊喜，那天，我正在0712 班上第四节课，正要下课时，门"砰"一下被打开了，一群刚毕业的学生手捧 99 朵火红的玫瑰涌入了课堂，鲜花、掌声、拥抱、祝福，教室成了一个沸腾的海洋，我是被感动得一塌糊涂。这是我有生以来第一次收到这么多红玫瑰，当我问起他们为什么要送我红玫瑰时，其中一个调皮的男孩子说，"我们之间的感情比爱情还甜呢！"收获着比爱情还甜蜜的师生感情，这不也是我当老师的幸福吗？

国庆期间，我应邀参加了一个班学生的相识 20 年聚会（这个班毕业的学生个个事业有成，其中一个当上了吉林省松原市的副市长，一个是岳麓区消防大队的大队长），聚会非常隆重，那天我一下车，就像"明星"一样被他们团团围住，他们争着依偎在我身旁，回忆着往事，向我讲述着他们的事业，妻子，丈夫，孩子，还不停地夸我，说我还是和以前一样年轻……我仿佛是坐在退潮后的沙滩上，看着捡拾贝壳的孩子一个个朝我走来，伸出双手，向我展示他们手中那五彩缤纷的贝壳，多么惬意呀！能被学生永远铭记、尊重，能体会体会当"明星"的感觉，这不还是我当老师的幸福吗？

当学生告诉我心中的秘密，与我探讨人生的真谛时；当被学生理解和包容时（这么多年来，每次的评教评学，学生忽略我的缺点，给我最高的评价——优秀）；当看到那不知谁悄悄放在我办公桌上的牛奶、面包时；当毕业典礼上被学生授予"最具母亲气质"奖时，我是多么骄傲多么自豪啊！这不正是我当老师的幸福吗？

"最具母亲气质奖"。谈到母亲，我就觉得很内疚，因为对于我的孩子，我并不是最称职的母亲，我不能像其他职业的母亲那样有足够的时间陪孩子，甚至还失去了一个母亲应有的耐心。我的痛苦和困惑也使我深深体会了教师这个职业的特殊性，从事这个职业的母亲她心系的不只是一个孩子，而是无数个孩子，所以她收获的是无数个孩子的爱，这是从事其他职业的人难以体会的幸福，这就是教师特有的幸福。

一路的回忆，一路的感动，一路的幸福。

岁月如歌，成长是河，无数张孩子们的脸庞似折射到河面上斑斓炙热的光，一点点随岁月流逝，却一张张被记忆珍藏；多少个潮起潮落，多少个春夏秋冬，粉笔染白了我的头发，钟声送走了我的青春，一批又一批的学生羽翼丰满、展翅高飞，而依然守巢的我放飞的是一个个希望，我无怨无悔。未来的路，我依然会用我嘶哑的喉咙站在三尺讲台上继续激情饱满地"歌唱"下去，我相信我也一定会这样一直幸福下去。

（作者系我校英语高级教师。该文为2008年作者在学校"分享职业幸福、弘扬附中精神"报告会上的发言）

换一种心态，多一份幸福

黄雅芬

实在没想到，才两个月，又被拽回来这样和大家见面。说实话，这次任务让我很是烦恼。发言本就是件累心的事，俗话说"唱戏何如看戏好"；更何况连续来发言，虽不至于落得像祥林嫂那样让人生厌，但肯定会产生"审美疲劳"，这多少会影响到我们的幸福指数。但是，作为岳麓区外国语学校（以下简称"岳外"）四人中唯一最易受"特殊照顾"的女性的我，中奖率实在太高了。不过，不管怎样的勉为其难，换一种心态想一想，能有机会回到附中大本营，现在，东邪、西毒、南帝、北丐，来个武林会盟，把把酒、论论剑、叙叙旧，又未尝不是一种快意的幸福！

说了这么冗长的一个开头，其实引出了我今天发言的主题：换一种心态，多一份幸福。这主要源自我们四人在这两个月支教生活中的切身体验，愿与大家分享！

追求人生幸福永远是我们生存的最好理由。没有幸福感的教师是不可能带出真正拥有阳光人生的学生的。在过去的教育实践中，我曾从师生交往的角度，切实感受到，教师要幸福，必须先让学生有幸福感，播种幸福，才能收获幸福；也从教师自身专业成长的角度，深刻体会到，教师的自我实现对于增进职业幸福感有多么的重要。但近两个月，让我感受最深的还是，教师的心态和对生存状态的正确定位，会直接影响到我们的幸福指数。正所谓一念天堂，一念地狱，我们对工作和环境的态度，直接决定了我们每天的快乐与悲哀！

先以我的心态为例。清楚地记得是在 6 月 13 日中午，在电话中听月初校长说要我出去干干，这颗心一下子被拎起来，就放不下去了。其后朋友给了我很多善意的提醒，比如说，岳外的老师，很多都是官太太，人际关系很难处理；岳外的学生，经常打群架，尤其初二的。最让人头皮发麻的一个真实故事就是，一位老师上午一杯白开水没喝完，下午喝了后就发现不对头，原来，被学生下了安眠药！如此种种，真让我感觉就好像一个小女子被送进了土匪窝！那种焦虑简直是难以言表。其他几位男子汉虽说没有我这样夸张，但多少还是有那么些不情愿。但是，在经过最初的焦虑和不愿之后，我们四人确定了调整心态、悦纳现实、准确定位、积极融入的基本原则，结果，惊喜地发现，幸福，其实是那样的无处不在！

一、变化，本身就是幸福

谁会喜欢一成不变的生活呢？我不愿意！继续重复的日子，那职业倦怠感也就会悄悄地到来。所以，换一种心态来看待支教于岳外，就好比封闭的生活城堡突然打开了一扇新的窗，对我们而言，到处都弥漫着全新的气息。特别值得一提的是有别于以往的我们四人团队的工作方式，就仿佛是上演了"铿锵四人行"，我们淡化性别意识，也不存在领导级别的差异和年级组之间的距离，凡事都四人协调和探究。从最初的角色转型和定位，到具体每一块工作的突破口，甚至到实施时的操作细节，都一起磋商。为此，我们还建立了定期的四人工作交流制度和不定期的岳外边米粉店的早餐会制度，一坐下来，工作的话题就展开了。且不说干得怎样，这一份经历，就是我们宝贵的人生财富。而且，我坚信，换一种土壤，就换一种活法，只要有心，也一定会开出美丽的花！原来，感受变化着的生活，本身就是一种幸福。

二、融入，是一种幸福

徐志摩有一首小诗叫做《雪花的快乐》，飞扬的雪花追求的是融入的快乐。人活在世上，要像那朵快乐的雪花，落到哪里，就融入哪里，融入了，就会感受到幸福的到来。

初到岳外，我们感受到了很多不同，办学理念、管理方式、教师观念等等。我们的第一步，除了了解和融入之外，别无选择。怎么融入？首先要正确定位，拉近距离。在年级组第一次全体教师大会上，我是这样说的：我们来岳外的身份和工作定位是，第一，我们都是教师。不管面对怎样的学生，都会承担作为教师的职责。第二，我们是老附中人。希望能代表附中教师群体的工作形象，兢兢业业，输送和传播附中这么多年积淀的、经过实践确实有效的理念和做法，两年后也能为附中高中输送一批真正优秀的学生。第三，我们是新岳外人。会把岳外当成第二个家，结合实际为岳外出谋划策，为岳外的发展做贡献。这样的定位，应该是坦诚而实在的，也让他们打消了顾虑，开始悦纳我们。其次，深入岳外人的工作和生活。我们和岳外的老师谈心，了解他们的酸甜苦辣，并做些力所能及的事帮他们排忧解难；我们每天早早到岗，常常也是最后一个离开，一起看操、一起处理突发事件，实实在在地把自己当岳外人看。应该说，在最初的一个月，我们都已成功地适应了环境，融入了这个群体。现在每到一处，作为空降兵的我们，都能看到微笑着的面孔。这，不也是一种幸福吗？

三、创造，是一种幸福

有学者说："创造性的幸福不仅是激动人心的，而且同时是一种人生成就，一种贯穿一生的意义。"我们去岳外，不光是去适应他们，更多还是要体现优质资源的辐射，要起到引领和推动的作用。所以，融入是第一步，在那里创造新的带有附中标志和特色的东西才是关键。

在这两个月，我们做了很多尝试。比如，教研这一块，针对教师不太重视课堂教学的有效化和优质化，不重视教研组研讨等问题，在陈益副校长的提议下，以校内赛课为突破口，实施说授评一条龙的落实和反馈，细化和完善教研组研讨、公开评课、个人反思等环节。这些新的做法，在教师中引起了很大反响，比如，初一年级张志老师，针对养成教育难于落实和学生自主管理欠缺等问题，在岳外首创年级组学生会和年级组检评制度；针对英语特色未能有效体现，采取了和长外交流以及年级英语氛围营造等工作，很有起色。初二年级，针对学生"初二现象"冒头的问题，采取对教师、学生、家长三管齐下引导和教育的做法。此外，针对很多班主任忙于事务性的应对工作，缺乏创新性和前瞻性的问题，着力抓班主任实践反思和理论提升，组织"班主任沙龙"进行阶段性交流，现在，班主任教育研讨的热情越来越高。初三年级舒玻老师，针对初三面临的主要任务，在抓直升生尖子生方面做了很多工作；他还在增进学生对附中的感情方面做了很多努力。

我们做的这些，在附中不算什么新东西，但对他们而言，都是全新的理念和实践。在得到一定认可也看到一定成效后，作为推动者的我们，真切地感受到了开拓和创造的幸福。

四、感动，是一种幸福

"一个人的价值往往体现在感动别人，一个人的享受就是被别人感动。"心存感动，就有幸福。在岳麓区外国语学校，我经常被这里的老师所感动。学校要求的是 7 点 40 早读，经常是 7 点 20 我去各班看时，班主任都已经到位，学生也都基本到齐；英语课文，我是看着老师利用课余时间把学生叫来一篇一篇背的（当然，他们是小班教学）。当我们被声名所累，俗事繁杂，不免很有些心浮气躁时，岳外的教师群体却更多地体现一种重心向下、落实基础、非常务实的风格，能把简单繁琐而平凡的工作做得波澜不惊、始终如一，真是不得不让人佩服和感动。

岳外的学生也带给我们很多感动。他们给我的第一印象真的不好，日常行为习惯自不用多说，单说课堂，不是瞎吵瞎闹，就是畏畏缩缩，对附中去的老师，有敬畏，更有观望。我们商量好，一定要充分利用课堂，一方面是要树立附中老师的形象，但更多的是要唤醒这些孩子的自信和自尊。自信的孩子会上进，自尊的孩子会自觉约束自己。舒玻把他的数学课难度一再降低，尽量把课上得深入浅出；张志给每一个课堂积极发言的孩子发小贴纸；我在课堂经常会给他们一句"你真聪明！这点你想到了！"这样的话常让他们眼睛一亮。现在，看到孩子们在课堂上都能齐刷刷微笑着注视我们，听到孩子们说"一节课怎么过得这么快啊"，那一种感动就会油然而生。

还有一种感动是和附中的发展连在一起的。因为我们自觉承担着要在岳外学生中扩大附中影响和传播附中理念的任务。在讲《新文化运动》时，我打出北京大学的图片后，告诉他们，北大倡导"思想自由、兼容并包"，附中的理念也是"以人为本，兼容并蓄"，着力培养"素质全面，个性彰显"的人才。在他们心向往之时，又不失时机地说，我刚刚看到了附中网上的喜讯，今年全国物理竞赛附中成绩突出，已经有1个北大3个清华了，只要努力，你们也能一步一步走向理想的大学！结果一下课，一大堆孩子围过来问，老师，附中网怎么上啊？老师，什么时候带我们去附中看看？作为附中人，我怎能不被他们感动？（作为附中人，我们希望附中的发展更好，能让我们出去的人腰板更硬、底气更足！）

五、比较，得来全是幸福

幸福是一种内心体验，而这种体验具有很大的相对性。尤其是不同个体对自身生存状态的不同认识和感受，往往就是幸福和不幸的媒介。

在去岳外之前，我一直待在附中，因为有着种种期待，也同样感受着对现状的种种不满。但最近两个月，在对比中产生的一些感触，让我切实体会到作为附中人应该珍惜的幸福。首先关于学生。在岳外的普通班上课，程度实在是太差了，经常一节课下来，既要斗智斗勇，还要伤心伤肺，那种感觉真是一言难尽！有天上完课我突然心生厌烦，很是难受，不由得恨恨地想，这两年，我就要每天面对这样的学生吗？但冷静下来再一想，我感觉再差，搞两年还可以离开；而这里的老师，要年年月月忍受这样的学生，没有尽头。相比之下，同为教师的我怎能有所埋怨？又怎能不珍惜在附中做教师的幸福！还有一个故事，他们管教育教学的雷云飞校长，在今年高考后，等出来的几个成绩都是二本，最后听到电话里报来一个叫袁鹏的理科生的成绩，573分。他连问了三遍后，哗的一下，眼泪就流下来了！他告诉我，"你知道这唯一的重本是怎么出来的吗？是节假日不休息，是一个个晚上我陪着守出来的，我怎能不激动！"我在想，他们守出了一个，就幸福得让一个校长让一个大男人落泪；同样是辛苦，同样也是守，毕竟学生不一样，我们至少还能守出一大批来，相形之下，我实在应该感到庆幸是在附中啊！还有关于老师。上次带岳外老师来听课，她们走进附中，是仰慕的，是敬畏的，她们开心地说，以前不好意思来到处看，现在好了，有人带着可以到处走了。我就在想：她们为什么感觉那么卑谦？是能力不行、学历低了？不是，是因为她们在岳外这样的普通学校。我们为什么到哪里都还可以抬着头走路？难道是因为我们能力强很多、学历高一截吗？不是，是因为我们身后是附中！正如他们江校长聊天时告诉我的，"回去一定要和你们老师说，作为老师，能在附中这样的学校教书，真是一种幸福！"这不仅是一个附中门外人的真实的表白，也是走出附中后的我们，回望附中时的切实感受！"不识庐山真面目，只缘身在此山中"，远观一下，比较一下，就能感受到身在附中的幸福，就会为了把握现有的幸福而付出更大的努力！

　　刚才从五个视角谈了岳外支教的两个月来对幸福的直观感受，仔细想想，幸福来得其实很简单。当我们抱怨生活的时候，幸福会从我们嘴边匆匆离开；而换一种心态来看待生活时，幸福就会随着阳光出现在我们的身边！最后，套用一句罗丹的话吧，"我们缺乏的不是幸福，而是发现幸福的心灵！"只要有心，每个人都能寻得实现幸福的方式，每个人都能真切地感受到幸福的到来！祝福大家！

（作者系我校学工处副主任，历史高级教师。
该文为2008年作者在学校"分享职业幸福、弘扬附中精神"报告会上的发言）

那山，那水，那讲台

童建庭

有一年暑假，曾经就读于张家界民族中学广益班的几位学生，结伴到长沙，来看望我这个仅仅教了他们一年的老师。一见面，大家都说，多年不见，老师越来越富态了，定是心宽体胖呢！我笑言，"体胖"是事实，"心宽"谈不上。是啊，时光荏苒，屈指数来，支教归来已是整整十年了！十年间，经历了许多，也淡定了许多。然而，学生们的到来，还是令我唏嘘不已，激动不已。当年的一幕幕又立刻浮现在眼前，记忆的闸门也因此而徐徐开启——

一

2003年酷暑刚过，受学校委派，作为第二任支教组长的我和几位同事一起去张家界实验中学支教。怀揣着按捺不住的兴奋与激动，我们踏上了这方热土。突兀的奇峰，时时冲击着我的视觉；潺潺的流水，如醉人的琼浆，沁人心脾。不过，此时的我已经没有往日作观光客的情绪，而是平添了一份亲切感、使命感，甚至有了一种主人的情怀。

进入学校，我才发现，这里的许多条件比我预想的还要艰苦。大多数学生家境比较困难，但孩子们那种纯朴、诚实和勤勉学习的精神很快就让我心生感动。学校老师们的待遇比较低，但那种因拥有乐观向上的生活态度而表现出来的坚韧性格和强烈敬业的精神时时令我感奋。此时，忽然觉得，名为"支教"，其实应该还有另一层意义，就是要接受这种淳朴民风的人文熏陶，从而净化自己，改善自己，充实自己，提高自己。

二

开学第一堂课就学习朱自清的《荷塘月色》，这是传统的篇目，少说也教过四五遍了，驾轻就熟把教案很快写完了。掩卷一想，觉得自己的教法并不能体现新的理念，教学中应让学生自主阅读、合作探究、多元解读，我于是立马否定了自己，决定推倒重来。新的教案中，我注意引领学生进入课文情境，启发学生自己发现问题、分析问题、解决问题。记得当时学生就踊跃地提出了如何赏析文中景色的描写、把握作者情感等问题。欣喜之余，我进一步提出：现在的课文是原作，而在以前的课文中，编者对原文有三处删改，一是"层层的叶子中间，零星地点缀着白花……又如刚刚出浴的美女"，删去了"又如……"一句；二是将所引《采莲赋》删去；三是删去"也是一个风流的季节"等几句。为什么过去删，现在不删，应不应该删？问题一投向课堂，就引发了学生极大的兴趣，讨论热烈，学生的思维能力、欣赏能力得到了锻炼，甚至影响到了大家的文艺观。

三

最难忘记的还是孩子们的眼睛，面对着孩子们渴求、期盼、热情的眼睛，我感到了事业的神圣和伟大。曾经有"鞠躬精粹，死而后已"的诸葛亮，有"穷则独善其身，达则兼济天下"的白居易，有"春蚕到死丝方尽，蜡炬成灰泪始干"的李商隐……而我所从事的，只是"捧着一颗心来，不带半根草去"的事业。在这一年的时间里，我与孩子们建立了亲密的关系。在我的眼中，这里的学生有如一汪平静的湖水，我们就像清风，把它吹出层层涟漪；这里的学生恰似一棵棵茁壮的小树，我们就像细雨，给他点染出片片新绿；这里的学生仿佛一方静默的砂石，我们如风一般从上面吹过，砂石便留下了风的痕迹；这里的学生好像一片澄澈的天空，我们如雨一般从云中飘过，空中便划过一道亮丽的彩虹。

记得开学才两天的时候，我了解到有一个平时很内向的学生已有几天没来上课了。周末到了他家，我才知道，世上竟有这样的不幸：父亲不在人世，母亲身患间歇性精神病，爷爷奶奶既要养育孩子，又要照顾病人。我被老人那如雪的双鬓、渴望得到帮助的眼神感动了，我当即决定用我有限的力量（这一年中，每期给该生五百元）帮助学生回到学校。临走时，老人拉着我的手说：老师，我们真的非常感谢你！你是我孙子的救命恩人！我明白，再耽误也不能耽误孩子！——是啊，再耽误也不能耽误孩子！辍学的学生回来了，我这颗心也平静下来了。这是我们的需要，更是我们的心愿："一个也不能少！"

这里的孩子们，家里大都不宽裕：有的学生，一日三餐全部都吃馒头；有的学生放学后还要帮父母干活，才能维持学业；有的学生，甚至从小就要独自担负起家庭生活的重担。一个个懂事的学生使我感动不已，他们对于学习的渴望更让我看到了信念的力量。于是，我自己掏钱为89个学生每人每期送一本学习资料。有学生想参加第三届"新世纪杯"全国中学生作文大赛，为了鼓励他们，叫他们坚持自己的理想，为目标而努力，我为两个班的学生交齐了参赛费，鼓励他们全都参赛，结果有四名学生分别获得了一、二等奖。

四

还有许多类似的真实故事发生在我身边，它们没有英雄式的悲壮，也不动听，但每一个细节都足以令我刻骨铭心、感动不已。有人说"家有三斗粮，不当孩子王"，可是我要说"衣带渐宽终不悔，为伊消得人憔悴"。在老师这个平凡却不平庸的岗位上，我体验到了人生最大的幸福。教师节一封封热情洋溢的信，一张张饱含谢意的精致卡片，一声声"老师，节日快乐"的深情问候，都让我的心里充满骄傲与自豪。为了那无数双求知若渴的眼睛，我将在这条没有鲜花与掌声的路上一路前行。不求轰轰烈烈，但求踏踏实实；不求涌泉相报，但求今生无悔。

站在那简陋的讲台上，变成了山区孩子眼里的百科全书、心中的智慧天使。我沐浴着人间最温暖的春风和雨露，体验到世上最珍贵的热情和真情。

竹笛吹起来了，学生走过来了，一个个那么专注，那么凝神。钟子期弹"高山流水"，叹知音难寻，或许是因为他没有过作老师的幸福；我奏"牧童新歌"，叙人间情多，知音满眼，这是身为人师的快乐。因这快乐，我们在山区播下高尚和纯洁，收获庄严与神圣；我们为人梯，让山区的学生踩着肩膀奔向希望；我们作春蚕，让山区学生乘着知识的绸缎飘向远方；我们当蜡烛，燃烧自己，把每一个心灵照亮。像白云身许蓝天，任风狂雨骤，永远动摇不了我执着的痴恋；像清泉身许高山，任壑深渊薮，怎么也改变不了我不倦的追求。身许神圣的教堂，我终身永无遗憾。

在离开张家界回到长沙时，当地政府及两边学校均给予我们支教老师很高的评价，而我觉得，我们还有许多地方做得不够，还留下了许多遗憾！一年，在我整个生命中虽然只是一个小小的阶段，然而却留给我许多美好的回忆。

多少年后，每当漫步湘江，遥望西天的时候，我似乎总能看到水中浮动着天子山的倒影……

如今，又是一年橘黄橙绿时，又是一年一度的教师节，缘于到访的几位学生，我自然想起了十年前令人难以忘怀的那山，那水，那讲台的故事……

（作者系我校语文高级教师）

回到附中　回归家园

李显亮

　　1995 年，17 岁的我考进了湖南师大首届"国家中文基地实验班"。大学的开始，也是大苦难的开始。那份苦，不是因为学业的繁重，而是因为贫穷所来的种种心灵上的折磨。

　　为了完成学业，我做过家教，当过促销员，摆过地摊，扫过厕所，而且每到年底的时候，我还要写下声泪俱下的悲苦文章，去积极申请只有数百元的特困生补助。为了能够赚取假期守护寝室的那点值班费，大学四年，只有两次回家过年。

　　但我也是幸运的，1999 年大学毕业的时候，经过层层选拔，我被附中挑中，成了一名光荣的附中人。对这份来之不易的幸福，我格外珍惜。到附中的第一年，我教两个班的语文，而且两个班教材不一样，一种是人教版，一种是开明版，组里面要我搞教学对比实验；同时，我担任白帆文学社和红叶剧社的指导老师，领着学生出社刊、排话剧；此外，我还担任着教工团支书一职，组织青年教师们开展各项活动。这一年，我工作尽心尽力，学生、家长和同事对我的表现都很满意。这期间，我所上的汇报课、考核课和接待课也很优秀，也得到了学校领导和专家的一致好评。可是，一年后我却出人意料地向学校提出了辞职，离开了附中。

　　一个穷孩子，一个农家子弟，为什么要舍弃这份工作，舍弃这份很多人都羡慕的工作，不顾一切、只身下海呢？这里有一个说起来令人心碎的故事。因为要送我念大学，家里就无法再供妹妹和弟弟上学了。爸爸妈妈忍痛采取了"保帅舍车"的策略。因此，初中尚未毕业的妹妹和弟弟都不得不相继辍学。未满 16 岁的他们，为了哥哥，背着行囊，加入了南下打工的队伍。弟弟当时还小，还不知道辍学将意味着什么，所以并没有太多的感伤；可是，稍大一点的妹妹呢，却因辍学一直伤心不已，经常哀叹声声，泪眼涟涟。一个开朗自信的女孩，从此，变得消沉而忧郁。她写给我的信，封封都滴满了泪水。

　　看到妹妹那个样子，我感到特别的内疚。我是大哥，可我却没有尽到大哥的职责，而且，还因为我，他们的前程和幸福都受到了影响。深深的负罪感，常常令我寝食难安。为了让良心不再受谴责，为了和妹妹弟弟同甘共苦，为了挣更多的钱改善家境，我毅然做出了下海打拼的冒险决定。因为我很清楚：单从经济方面来说，做一个中学老师，顶多能够确保我个人过上幸福的小日子，而不可能从根本上改变我一家的命运（2000年的时候，我的月收入是1100元左右）。为了赎罪，为了让妹妹不再流泪，我必须舍弃现有的幸福和安逸，勇敢地走出去。当时，我这么天真地设想着。所以，我走了，走得那样坚决，那样悲壮。

爸爸妈妈，看到我搬回家的大包小包，知道我出了大事。他们问我究竟发生了什么事情。我回答说，因为我不能胜任学校的工作，学校不要我，把我开除了。起初，爸妈根本不相信，可是，听我说城里的孩子怎么难招呼啦，家长又喜欢动不动就告状啦，等等，说得头头是道，加之在爸妈的心目中，我一直是个乖孩子，没有说谎的记录，于是，他们信了。

我一个大学生，想要骗过两个"小学生"（爸爸妈妈都只有小学文化）还不容易么？只是，当时的那个情形，让我特别难受，因为爸爸妈妈一边帮我收拾行李，一边控制不住地哭。要知道啊，我可是全家的顶梁柱、主心骨啊！我这一倒，倒掉的是全家的心血和希望。

一切都按计划进行着。2000年7月，我抵达上海，开始"寻金之旅"。为什么会选择上海呢？在我看来，上海是个有钱人聚集的地方，又是国家重点开发的热土，只要我舍得吃苦，敢于打拼，一定会有出人头地的机会。

可能是因为自己太年轻吧，所以思想认识只有那样的水平；也可能是学文的人都耽于幻想吧，所以，总是把事情想得特别理想和美好。到了上海后，我四处碰壁，举步维艰。参加了七八场的招聘会，想把自己卖出去，卖个好价钱，结果却只找到一份广告业务员的工作。虽不情愿，却也无奈。只好每天拿着地图、骑着单车，在陌生的大街小巷和高楼大厦里奔波忙碌。

生活艰辛劳累，待遇微薄可怜。沮丧的我，常常一个人站在黄浦江畔，面对黑夜，自言自语、偷偷落泪。嗨，想想那个被社会遗弃的感觉啊，想想那个没人要的感觉啊，真是伤心欲绝。当时，若不是想着还有比我更可怜的父母，若不是想着还有比我更不幸的妹妹弟弟，我可能就真的投江喂鱼了。

生活还得继续，现实总要面对。这之后，我还做过短期的文员和推销员。在上海的三个月，不但没有赚到钱，还倒贴了3000多元，而且元气大伤，本来就偏瘦的我，体重由之前的110斤减到了100斤。

在陌生的上海找不到出路，只好落魄地回到长沙。那时，已到了2000年的国庆节。

经人引荐，我在湖南广播电视报社谋了份差事，但月薪也不高，只有1600元左右。这样的薪水，并不是我所期待的。我辞职下海，为的是什么？是"大富大贵"啊！所以，我一边工作，一边继续寻找机会。但结果呢，却陷入更深的失望。

历经一次次的挫折，经过一次次的反思，我终于看清了自己的分量和价值。真是"百无一用是书生"哪！我一个学中文的本科生，一个没有任何家底和背景的老百姓，怎么可能会有想象中的那种"好命"呢？总不至于，为了富贵，我也要放弃对道德的坚守，抛开对法律的敬畏，铤而走险，去做社会的罪人吧？

改变不了现实，又活得那般辛苦，家人都劝我别再折腾了，别再跟命运去作徒劳的抗争了，希望我找个相对喜欢的工作，安安心心地过点平静、简单而幸福的小生活。而且此时，妹妹的眼泪也已哭干，不再吵着要读书了，她已经慢慢地学会接受了命运不公的现实。

对自己如何定位？对未来如何设计？抛开利益不谈，我能够做什么，又最值得去做什么？思来想去，恐怕也只有教书了。

一想到教书，记忆中美丽的附中校园，可爱的附中学生和友善的附中同事，顿时便在我的脑海里鲜活起来。昔日的感动和美好，在心头轻轻摇荡、摇荡。

可我知道，错过就会永远地失去，昨日的美好早已成不可逆转的历史，我不可能再踏进附中的门槛了。

我只好准备好求职材料，去别的中学求职应聘。但这消息却很快传到了附中。据说，是因为有所学校负责招聘的老师，认为我的材料有假，不相信我曾在附中工作过。于是打电话到附中进行核实。当时，附中也正在招聘语文老师，学校领导经过商议后，决定开绿灯，准许我回来上班，并保留我的附中编制。

就这样，在2001年的一个美丽的秋天，我回到了这片熟悉的土地。附中以她的宽容大度，改写了所谓"好马不吃回头草"的俗套。这件事，让一些人觉得不可思议。他们不敢相信，在今天这样的时代，我们附中这片土地上，还会有这么朴实美好的人间真情。

回到附中后，我便是怀着对教育的忠诚，怀着对附中的热爱，怀着对附中人的感激，在这里安安心心地工作了。倘若继续"坐这山，望那山"，定将一事无成。

既然，今天的工作是为了生存，为了兴趣，为了理想，也为了感恩图报，那么，我没有理由不好好珍惜，也没有理由不满怀激情。

回来后这四年里，跟很多人一样，我的工作也非常辛苦，但大家总可以看到我坚强的笑容。梁启超先生不是说过吗？"苦乐全在主观的心，不在客观的事。""会打算盘的人，一定能够从劳苦中找出快乐来。"

就拿去年来说吧，我担任班主任，教两个班的语文，并担任年级工会组长。我们工会小组可不小，有40多位老师，而且他们的办公室分散在惟一楼和云麓楼，开展工作很不方便。如此一来，工作量之大不言而喻。但是，我却能够乐观地面对，并努力地去发现工作的趣味。

当老师是辛苦的，对此，各位都深有体会。但是，"人间大爱教师心"。我们的工作，是与祖国的前途和千家万户的幸福联系在一起的；我们的工作，是与家长的期待和学生的美好未来联系在一起的。因此，从某种意义上来说，平凡的我们，其实拿捏着民族兴衰的命脉，掌握着百姓忧乐的命运。

作为一名中学教师，我们要有强烈的自豪感和使命感，热爱我们的工作，进而实现我们的价值，也享受我们特有的幸福。

我自认为是个有点想法的人，但在具体的教育活动中，我更是一个执行决策不走样的人。

身为人民教师，我能够自觉遵守教师职业道德，能够严格执行学校各项规约，能够准确领会学校的办学理念，能够坚决维护年级的各项规章，并以此作为管理学生、教育学生和帮助学生的行动指南。

四年来，在各位领导和老师的关心和帮助下，我在班级管理、教学科研和工会管理等方面，都取得一些进步。

我现在所带的0314班，连续两次被评为长沙市先进集体；参加青年教师赛课，我在学校获了一等奖第一名，在市里也得了个一等奖；参加教育科研，成果丰硕：教学论文，发表在《湖南教育》；单篇教案（《背影》）获省一等奖；德育论文分获校特等奖、市一等奖、市二等奖；此外，我还参加了"语文课堂教学学生提问学习法实验与研究"课题研究。我们工会小组，在学校工会的直接领导下，真心实意地为老师们办实事、送温暖，因工作出色，被评为学校的优秀工会组长和"湖南省模范职工小家"。

四年来，我先后被授予过"优秀班主任"、"教学新秀"、"优秀教师"、"教育特优奖"、"工会活动积极分子"、"优秀工会干部"等荣誉称号，还被省教育厅选聘为"湖南省中学语文教育扶贫讲师团"的成员。

面对现在所取得一点的进步，我丝毫不敢骄傲，因为，我清楚自己的底细，也明白自己的差距。在教育、教学方面，我都还有很大的努力空间；要想成为一名真正的优秀教师，仍然任重而道远。因此，我需要各位的教导和帮助。恳请各位像过去一样，继续帮助我这个年轻人，帮我指出缺点，帮我改正缺点，推着我继续进步。

当然，也请关心、爱护我的各位领导、老师和朋友放心。今后，我一定会继续虚心学习，积极进取，努力工作的。我将用自己的爱心和责任去教育学生，用自己的汗水和智慧去成就事业，和大家一道，为"附中"和"广益"的美好明天而努力奋斗。最后，我想送几句名言给各位，与大家共勉，并以此作为今天发言的结束语。

爱因斯坦说：教育，是孩子把他在学校学习的东西忘光了之后，还能留下来的东西。

教育家第斯多惠说：教学的艺术不在于传授本领，而在于激励、唤醒和鼓舞。

教育家马卡连柯说：培养人，就是培养他对前途的希望。

（作者系我校语文一级教师。该文为2005年作者在学校"优秀教师先进事迹"报告会上的发言）

师爱真谛

吴艳容

师德是教师之本，师爱是师德之魂。有道是：真情兮，春风煦煦如母爱；师魂兮，日月浩荡齐放彩。

师爱，使我把教育当事业，奉献青春终不悔。

我从教于岳麓山下、湘江之滨的湖南师大附中。这是一片养育人才的沃土。这是一方成就名师的乐园。这里有闻名全国的金牌校长，这里有享誉三湘的特级教师，更有一大批为人师表、乐于奉献的优秀园丁。我有幸成长在这片沃土上，我荣幸耕耘在这乐园里。它使我真正领悟到"学高为师，身正为范"的深刻内涵，它使我深切感受到做一名人民教师的神圣与崇高。

记得我刚走上附中的讲台时，我的心情既是欣喜，又是惴惴不安。是学校让老教师与我结成师徒关系，从教材的处理到课堂的驾驭，从教育教学到教改教研，每一步每一处，都有老教师孜孜不倦的教诲和精心独到的指点。正是他们一丝不苟的工作态度，深深地感染着我，正是他们为教育事业鞠躬尽瘁，死而后已的精神，时时地激励着我。它鞭策我用师爱来回报我所热爱的学生，它启迪我用师爱来奉献我们所热爱的教育事业。

师爱，使我把教育当科学，孜孜以求寻规律。

在附中这片沃土上，我和同事们一道辛勤耕耘，我们一起参与课题研究，实验课题获得湖南省基础教育教研教改成果二等奖。我以教学手段的现代化为突破口，利用多功能媒体设计课件，在 2000 年全省中学语文优质课竞赛中获得一等奖。是学校的教研科研，使我不断探寻规律，摆脱平庸，逐步形成了自己的教学特色，有效地培养了学生的思维品质。我也从学生们的成长进步中感受到了无比的快乐，得到了莫大的鼓舞。

师爱，使我把教育当艺术，鞠躬尽瘁献爱心。

教育是一门艺术，是一门爱的艺术。在附中这个乐园里，我学会用智慧和师爱去开启学生的心锁，让他们走正道，求上进，不断地攀登人生的高峰。记得有一次，我收到一位毕业生的贺卡，上面写道："老师，在我最孤独无助的时候，是您给了我支持，给了我做人的勇气。我要真诚地对您说上一声'谢谢'。"写贺卡的是一位因父母离异曾一度消沉的学生,我用师爱解开了她的心结,使她能健康地成长。这张贺卡,使我在教育过程中的辛酸库纳全部烟消云散,因为天底下还有比这发自肺腑的感激和赞美更叫人快乐的吗?

师爱是需要沟通的,而沟通的前提是师生的平等。没有平等就没有爱,没有爱就没有教育。在课余时间,我喜欢找同学谈心,谈学习、谈生活、谈社会、谈人生、谈未来。这其中有会心的微笑,也有激烈的争论,而师生感情却因此日益加深。在学生看来,我首先是他们的朋友,然后才是他们的老师。

有一次,期中考试后,一位学生将一封信悄悄地塞到我的抽屉里,信中写道:"老师,今天我父亲来校了,我没敢把考试成绩告诉他。因为我发现,才半年的时间,父亲头上的白发竟添了许多,人也憔悴多了。父亲对我抱有很大希望,从小学到中学,我一直是他的骄傲。我这次没有考好,父亲如果知道了,一定会很伤心的,我请您暂时为我保守这个秘密,请相信,我一定会有出色的成绩让您和父母自豪。"看到他的信,我心里久久不能平静,一方面为有这样懂事的孩子而高兴,另一方面,又为他成长而担心。我告诉这位学生,我尊重他的请求,同时也帮助他分析了没有考好的原因。后来这位同学一直很优秀。我从他当时那充满感激的目光中,看到了保护一颗纯洁稚嫩的童心是多么的重要。我深深地理解到:师爱其实就是以人为本,其中也包含对学生的宽容啊!

师爱,意味着责任。我曾对学生说:"如果因为我的努力而使你的一生变得辉煌,我将感到自豪。"现在,我担任理科实验班的班主任,这些来自三湘四水、远离父母的优秀学子,时刻牵挂着我的心。冷了,我叮嘱他们添衣加被;病了,我带他们求医问药,许多次,医生都误认为年轻的我怎么会有这么大的孩子;有的同学家庭困难,我请求学校减免他们的学杂费;休息日,我就让他们来家里改善伙食,使他们感受家的温暖。在师爱的感染下,同学们都能团结友爱,相互关心。有四位同学自发组织起来,为了不让一位同学因家境贫寒而失学,他们每人每月资助这位同学30元钱。他们谁也不说,直到家长来信,我才知道,多么可爱的同学啊!从这里,我深深地感受到:我将从老师那里得到的师爱给予我的学生,而学生又将真爱给予他周围的人,这是多么有意义的真情传递啊!师爱是一种力量!播种希望,收获欢乐,师爱总能结出善果!在附中这个洋溢着爱的校园里,学子们怀着"今天我以附中为荣"的期盼求学琢园,带着"明天附中以我为荣"的豪迈走向四方,这不正是师爱结出的硕果吗?

我所做的这一切,其实都很平凡,平凡得微不足道,因为我们今天在座的每一位也都是这么做的,我们的校园是这样一个充满师爱的大家庭,艰辛而平凡的教育生涯,始终流淌着我的生活激情,有充满师爱的附中精神作支柱,有学子们的相伴而行,我会用我一生的智慧和心血去继续寻爱的真谛!

(作者系我校语文高级教师。该文为2008年作者在学校"分享职业幸福、弘扬附中精神"报告会上的发言)

幸福的附中人

刘婧

今天，在这样的场合发言，对我而言，既是一种荣幸，又是一种压力。15 年前我选择了当一名教师。虽然我过得比较辛苦，虽然我没有什么钱，但我一直无悔于自己的选择。我深知教师肩负着家长的希望和学生的未来，只有勤勤恳恳地付出，才不会误人子弟，才无愧于教师的称号。所以在教育工作的征程上，我从来没有停止过追求"学高为师，身正为范"的脚步。但我更知道，我们学校有大批值得我终生敬佩的老师，他们日复一日，年复一年，为我们学校的教育教学工作无私地奉献着。今天作为一名青年教师的我，站在这里来谈师德师风，实在是班门弄斧，不当之处，敬请谅解。

我将从敬业、爱生和爱校三个方面来谈谈我对师德师风的理解。

一、敬业

大学毕业前夕，刚跟我们学校签订了协议的我，被安排来广益初 9805 班代课兼班主任。一星期后进行了段考，年级共 6 个平行班，这个班前 20 名的没 1 人，最后 10 名的倒有 8 个，平均分不及格的占了全年级的三分之二。当时，年级里很多知根知底的老师都暗地里为我捏了一把汗。面对这样一个班，我没有想过退却，我本着一定要对得起学生、家长、学校和自己的信念，凭着一股认真负责的态度，开始了我的教师生涯。8 月底正式接手后，我每天早上 6:30 抓早操；中午和傍晚，去寝室里抓玩牌的，去校园外抓玩桌球的、玩电游的、租言情武侠小说的；晚上寝室熄灯以后，还去查寝。第一个月，我几乎是天天如此。有时候还得像警察办案一样去调查诸如半夜三更把几个寝室的窗帘结在一起从三楼窗户外爬出去到网吧去的，与社会上的混混在一起威胁小个子同学偷钱物准备攒钱去买气枪的等事件。那一个月我就瘦了 8 斤。终于在年级组长许小平老师、班主任师傅郭子霞老师以及全体任课老师的努力下，班风在半个学期内发生了根本性转变，赢得了家长、学生的认可。

到了初二生地会考的时候，为了确保全班过关，我几乎是陪着那几个基础差的学生一起背，放学时还背不完的，我就把他们带到我所住的打靶村，他们继续背书，我则弄饭菜，他们在我那儿吃了饭以后，又继续背。以至于临考前，一些自习课进行检测以后，我都可以给全班同学讲评了。终于使生地会考100%合格。而且出人意料的是，一直稳坐年级倒数第一和第二两把交椅的两个学生，在中考时还考出了比较漂亮的分数，使班合格率达到了100%；660分以上的考生也达到了年级的中上水平。

毕业时，有学生给我送卡片，写道："是您让我们感受到了成功的喜悦感，是您让我们在年级里能够昂首挺胸。刘老师，谢谢您！"而一位家长则握着我的手说："没有你，我可能要到牢房里去找儿子了。"

但有时候，我心里又会有一种慌慌的感觉。我觉得自己的大部分精力都放在了班级管理上，我怕在业务方面，教师生涯才刚刚起步的我，就得靠着备课组吃大锅饭才能过日子。这不是我的性格。于是，在那年暑假，已经得知自己将要去带理科实验班的我，熟悉了高中教材和教学大纲，做了三十套高考试卷和模拟试卷。这为我能顺利带下第一届理科实验班打下了很好的基础。

即便是现在，我每天都要花相当多的时间来备课。晚饭后，我一般都会到学校来，一是看看学生的自习情况，看看觉得心安一些；二是备课。我也经常被楼下的一些邻居问起："我看你教了几届毕业班了，还用备课啊？"每每这时候，我都会说："我们很多老老师都在认真备课，何况我呢？"

是啊，敬业精神是我们附中老师的传统。你看我们的张迪平老师，也是五十多的人了，除担任年级组长、16班的语文教学外，这学期还兼了文科重点班23班的班主任和理特班的语文教学，这半年，头发都花白了；你看我们语文组的欧阳老师，快退休的人了，出试卷是那样的精益求精，还主持编写校本教材，想给后人留点什么；你看我们生物组汪训贤老师，以他的敬业精神、人格魅力感染了多少人……这样的人还很多很多，这里我就不一一列举了。他们的这种敬业精神令我们年轻老师感动，是我们这些后辈学习的楷模，也是附中应该传承下去的精神。

二、爱生

"刘老师，您为我们付出了太多，我们打心眼里感激您！要是您在体锻课上能够和我们一起打打球，而不仅仅是站在一旁清点人数、维持纪律，像个警察一样，那该多好啊！"这是我第一届的9805班的一个学生毕业后给我的一条留言。它曾经让我反思了很久。尤其是我自己做了母亲以后，我更能从教育者和母亲的双重角度去看待学生的一些行为。我也日渐明白：一名好老师不应该让敬业精神大于爱生情怀。

我教的第二个班是理科实验班0102班，在蒋向华老师的带领和帮助下，我们一起为2001级理科实验班学生营造了一个温馨、团结的大家庭，我们和学生一起打球，一起爬山，一起流泪，一起欢笑。被子被雨漂湿了，会向我借；生活费没了，会到我这儿来拿；每逢周末，还会有几个去我那儿"打牙祭"，以致于菜市场那个卖鸡的误以为我在搞"家养"；父母闹离婚的，会拉着我在田径场一圈又一圈地走着，然后趴在我肩上哭泣……

那时班里有一位男生，又高又瘦，刚进高三时就患上了腰肌劳损，情绪变得很糟糕，经常在房里大哭大闹，把书本、衣物等扔得到处都是。每每家长向我求救的时候，我都会立即赶过去，默默地把地上、床上的东西一一捡起，放好。然后，就搬条小凳子坐在他旁边，很耐心地倾听他的诉苦，耐心地开导他的心理。去的次数多了，以致于他家楼下那条狗都认得我了，每次我一去，就朝我摇尾巴。慢慢的，他的心理和身体状况都有了明显的好转。最后考取了同济大学的他填完志愿后对我说："遇到你，是我一生的幸运。我知道你还有些担心我的大学生活，请放心，我已经走出来了，出去后我不会给师大附中丢脸的。"

我用我的真诚、热情赢得了学生的喜欢和信赖，甚至在一定程度上还帮擦去了他心灵上的灰尘，有什么比这更令人欣慰的事呢？

爱学生，出了关爱，还应该用宽容之心包容学生。学生毕竟是孩子，难免犯错，难免偏激，我们应该允许学生有缺点、犯错误，有时犯错也是一种成长。对学生我始终坚持这样的原则：教育归教育，但不能找茬、整人。我原来遇到这样一位考虑问题较为偏激的学生。有一次，他在周记中说我看他的周记，是侵犯他的个人隐私。我告诉他周记是我校不写大作文的那周的作文小练笔以后，他又老跟同学说我肯定会找岔子整他。我当然没有去跟他计较，并且在一次开学时他钱带得不够的情况下，给他垫付了700元钱交学杂费和住宿费。他很感动，这样也就消除了他心头误会的阴云。当发生误会甚至冲突时，虽然当时我会有些不愉快，但我都会告诫自己，不要跟孩子们斤斤计较，更不能因此而有伤害其自尊心的言行。其实，有时宽容地指责训斥、冷言冷语的威力更大。

"父母之爱子，则为之计深远"，其实老师也应该如此，我们除了自己爱学生，还要让学生学会感恩。

2008年，我在初三年级。有一次，我感冒了，咳了一整晚，咳得连腰都直不起来了。但第二天上午，我戴着扩音器坚持把课上完了。没想到刚下课，该班的班主任杨一娅老师就在班上说："同学们，为了不耽误我们的学习，一晚没睡的刘老师带病在上课，你们看，我们的老师是多么地爱我们啊！"更让我没想到的是，当天下午我的桌上就放了一盒喉片，下面压了一张纸条：刘老师，您辛苦了！请您多多保重身体！也谢谢您对我们的爱！署名为：您的学生。那一刻，我的眼角湿了。是啊，杨老师巧妙地抓住了这一教育学生如何感恩的契机。于是，在那一周的作文课上，我先让学生阅读《没有一种给予是理所当然的》这篇文章，然后让他们谈谈读了此文以后的感想。学生谈到了对父母、老师、同学、甚至是各行各业素不相识的人。学生谈完了以后，我说起了喉片那件事，我说："有这么可爱、懂事的学生，老师再辛苦也是值得的。虽然我不知道是你们中的哪一位，但我会永远记得有那么一盒喉片，它让我感动，让我幸福。这位可爱的同学，让我说声谢谢你！"话刚说完，台下就响起了热烈的掌声。后来，我让学生写了一篇《_____，让我说声谢谢你》的文章，学生写得非常成功。

曾经，我以为爱学生就是对学生严格要求；曾经，我以为爱学生就是要有奉献精神；后来，我认识到了"有爱"不等于"会爱"，有了爱并不等于有了教育，要把感恩的心传给学生，更能让他们受益终身。

三、爱校

虽然我是一个独立性很强的人，但在内心上我又是一个对家庭和事业归属感也很强的人。我觉得自己是附中的一分子，附中是我的又一个家。

记得我跟附中签协议的时候，周望城书记一边签字，一边问了我一个问题："小刘，找朋友了吗？"说实在的，在这种场合，对于这样一个问题，我真没有任何心理准备，来不及去思考他为什么要问我这样一个问题，只好老实交代"有朋友了，在武汉大学，刚刚保送读研"。他笑着点点头说："嗯，好。"没想到，三年以后，我在校园里碰到他，他说："小刘，你朋友应该要从武汉大学毕业了啦，找工作的事情有没有压力啊？"那一刹那，我真的觉得很暖心，因为这中间我很少直接跟他打交道，我压根就没有想到他还记得三年前我回答他的话。而且，在又过了两年多以后，周书记又主动跟我说："你那位博士快毕业了吧，如果想到师大来，我可以帮他去推荐一下。"虽然我最后没有去麻烦他，而且到今天为止，我也没有跟周书记说过我心存的这一份感动，但我打心眼里感激这样一位对年轻老师如此关心的领导、长者。

岂止是领导，我身边还有很多这样关心我的人。我会记得我小孩在住院时，东西从河西拎着熬了几个小时的玉米排骨汤送到附二；我会记得周宇中老师、陈鹤龄老师哪怕再忙，也会抽出时间手把手地教我出试题；我会记得每每向汤正良老师、李新霞等老师请教时，他们是那样的知无不言、言无不尽；我会记得杨一亚老师、张海蛟老师主动地帮我渡过经济上的难关；我会记得小马对关于汽车保养几乎是个"文盲"的我总能适时地给予一些建议和帮助；我记得在和花姐在晚自习后，畅聊到将近12点；我会记得彩霞姐、海燕姐对我生活中的诸多帮助……

这种暖心感觉让我在附中找到了一种归属感。一个有着浓厚的归属意识的老师，定会是愿意去创建一个人际关系和谐、人文情怀浓郁的校园的，也定会是愿意与同事同甘共苦、团结协作的。

有我们这些爱岗敬业、爱生如子、爱校如家的老师，我相信附中的明天会更好，也相信我们附中的人文关怀会更加浓厚。那样，虽然我们的基本工资比长沙市的少点，虽然我们已经错过了集资建房的大好时机，但我们依然能够发自内心地说："做附中人是幸福的！"

（作者系我校语文一级教师。该文为2014年作者在学校"教职工优秀事迹"报告会上的发言）

我是幸福的

秦飞

2000 年 7 月，我从华中师大毕业，为了爱来到这片神奇的土地，从此，注定了我是幸福的。

我是唱着"长大后我就成了你……"成长起来的一代，从小我就向往着神圣的三尺讲台，对"老师"这个美好的称呼有着无限的向往。终于，我实现了儿时的梦想，成为了一名光荣的人民教师，成了附中这个大家庭中的一员。怀着对教育事业的无限热爱，我登上了这个实现梦想的舞台。

初到附中，完全陌生的环境使我感到孤独和无助。这时，我们化学教研组的老师们向我伸出了一双双热情的手，让我备感亲人的温暖：教研组长李安老师给我的关怀无微不至；师傅胡俊英老师对我的教学指导细致到每一个教学环节，每一道题的讲解；在生活方面，严智敏、陈云莎、曹奉洁等老师都曾给我热情的关怀和帮助。在此，我感受到春天般的温暖，我感觉我是多么的幸福……

工作中我慢慢地成长着。2005 年，我顺利完成了三年初三教学和高一、高二的教学任务，当我正准备高三的教学工作时，突然接到通知让我在高二再磨炼一年，顿时我感到非常失落。我认为我了解学生，学生也喜欢我，我能够把学生教好。于是郁闷、消极的思绪了占据了我的心，我觉得懊恼、颓废，很受打击，我伤心地哭了。了解这一情况以后，教导主任陈克勤老师和教研组长肖鹏飞老师都多次找我谈心，耐心地给我分析在高二多锻炼一年的好处。我没想到，对于一位年轻老师的思想波动，学校领导却给予了如此高的重视，能够如此耐心细致地做思想工作。我感觉到自己受重视、被关怀，我的心感动着，我觉得我是幸福的……

2007 年 2 月，我刚刚进入广高一年级工作，开学的第二天，突然接到噩耗，远在桂林年迈的父亲突发脑出血去世了。当时我的脑袋整个就懵了，完全不知道该怎么办了。这个时候，年级组长莫晖老师、工会组长李显亮老师、校工会的苏主席和关老师都给我深切的慰问和莫大的帮助。他们安慰我的同时，帮我理清思路，先做什么，再做什么，认真细致地把要做的事情一条条写好交给我。为了不耽误学生学习，其他老师主动帮我调好课，让我能够安心回家。临走前，当我来到班上给学生交代一些事情的时候，学生不知从哪里知道了此事，几个女生围抱着我，眼中含着泪花，却小大人似的说："秦老师，你别难过了，你放心地回去吧，我们不会耽误学习的。"临走时，莫晖老师还不忘叮嘱一句："小心开车，注意安全！"赶回家的路上，我的心里满是哀伤，可是，有这么多人帮我分担着，我是多么的幸福……

现在，我觉得时时刻刻被幸福包围着：为了让我毫无顾虑地搞好高三的教学工作，我的两位妈妈分工合作给我搞好后勤工作，一位负责带孩子，一位负责起居饮食；每当我值晚班或是改卷到深夜，爱我的老公总是等候在办公室外，当起了我的司机兼保镖；两岁的儿子可爱无比，当我要去上班时，刚牙牙学语的儿子竟懂事地对我说："妈妈去学校上课，哥哥姐姐上大学。"这时，小家庭和工作带给我的幸福又怎么说得完呢！

去年元旦晚会，《小聪的幸福生活》让我又当了一回幸福的"新娘"。直到现在，排练短剧时的欢声笑语还常常萦绕在我耳边。排球赛上，作为主力队员的我，被队友们喜爱着、信赖着，我们尽情欢笑、奋力拼搏，我们捧着排球赛的季军奖杯，紧紧地拥抱在一起。今年运动会举行开幕式的时候，我作为教师方块队的一员，代表教职工接受学校领导检阅，心中充满着骄傲和自豪。学生频频朝我挥手，"秦老师！""那是我们秦老师！""好帅哦！"那时，我好幸福。50米迎面接力，学生给我们的呐喊加油声此起彼伏，让我们的冲刺更带劲，最后我们取得了第二名。这时我的心里满载幸福……

现在，我们的广高三年级是个年轻的团队，我们意气风发，我们锐意进取，我们奋力拼搏，我们勇创一流，共同分享着工作的辛劳和职业的幸福！

我相信，2009年6月，我的眼前将是一张张洋溢着胜利的喜悦的笑脸。那时，我也将笑得像花一样漂亮，心中像蜜一样甜美……

（作者系我校化学一级教师。该文为2008年作者在学校"分享职业幸福、弘扬附中精神"报告会上的发言）

敬业 · 追求 · 幸福

杨萍

感谢学校给了我一次向全校老师介绍我们艺术教研组的机会。今天，我想借此机会向各位老师汇报一下我们这个团队，在学校艺术教育方面所做的一些工作。

我本人是 1990 年调入附中，1992 年组建师大附中学生艺术团并担任艺术教研组组长，当时主要是以合唱团为主，到 1999 年歌、舞、乐三个队分别有了专任教练，算是"品种"齐全了。

调入附中后，我被学校深厚的文化底蕴深深地吸引，这所蕴蓄着湖湘文化历史积淀的育人沃土，给了我极大的信心。从我第一次带学生参加比赛开始，我就有了一种信念：比赛非拿一等奖不可，不然就与学校形象不匹配。这看上去有点简单，但它却一直激励着我勤奋、苦干、拼搏。从 1992 年参加长沙市合唱比赛获总分第一名开始，我校艺术竞赛开始崭露头角。1993 年、1996 年、1999 年连续三届参加湖南省重点中学文艺调演，参赛节目全部获得省一等奖，我校艺术竞赛逐渐在全省名列前茅，较好地展示了学校艺术教育的整体水平和实力。

一、有一种力量叫精神

说实话，艺术学科由于是非高考科目，学科地位在学校就是小三门，艺术教师的地位也就可想而知。但是，社会的需求量却很大，大部分艺术老师也就耕耘"自留地"去了。这是一种普遍现象。我个人一直认为：有为才有位（有所作为，才会有地位）。多年来，我努力希望通过营造一种"勤奋、敬业、踏实、能干"的工作氛围，使我们的团队逐步形成一种"自强不息、团结合作、共同发展"的团队精神。我们的老师为此付出了不少的艰辛。正是由于有了这种精神，我们才能在 2004 年的百年校庆中，独立承担"百年荣光"文艺晚会的演出；2008 年才能克服冰灾所带来的重重困难，率领我们艺术团 104 名团员远赴英国，带着长沙市人民政府各级领导及学校领导的重托，完成了"2008 北京奥林匹克——长沙文化周"整台文艺晚会的演出，还有，105年校庆文艺晚会。不管晚会的水平高低，但这些晚会最大的特点是，演员全部都是我们自己的学生，节目都是我们自己老师编排的。这在兄弟学校是不太可能的事。

俗话说：台上一分钟，台下十年功。我们每排一个节目，师生所付出的辛劳是常人无法想象的。首先，在训练时间上，因为不能耽误学生的学习时间，只能利用中午、下午放学以后、周日、寒暑假等时间进行训练，尤其是老师们下午还有课，经常看到我们的教练们搞完训练趴在桌上休息几分钟又要进教室上课。这种疲惫尽管成了一种习惯，但还是需要有惊人的毅力和吃苦耐劳的精神来支撑的。其次，我们的劳动是不能重复的，它需要不断创新。再则，通常情况下，我们的学生刚刚训练出来他就要毕业了，学生一批批的来，又一批批的走，这就注定了我们的精英教育比其他阶段艰难很多。

可能大家都觉得我们的工作是一种享受，的确，欣赏好节目是一种享受，玩音乐是一种享受，吹拉弹唱自娱自乐是一种享受，但当这种工作必须"生产"出一个作品提供给人们欣赏或评价时，它就带有极强的功利性了，因此它的创作过程就不会是享受。但我们却又是快乐的，首先，这种快乐来自于学生的睿智，他们常常给我启迪。我在每次排练之前都会与学生一道研究排练方案，排练过程中我会广泛听取大家的意见，而且会在某些小处理上用上学生的建议，这使学生干劲十足，我也会备足功课，使每一次排练达到高效率。看到学生出色的表现，成就感使我很快乐。其次，在与学生的交流中我感受到快乐。我们艺术团的学生很亲近，他们经常聚集在我办公室，甚至十几个学生挤在办公室里，聊着各自的趣事，有时他们很善意地学某个老师的方言，或老师课堂里讲的经典句子、或模仿某个老师的习惯动作时，逗得大家捧腹大笑，使你不得不佩服他们的幽默、风趣和模仿天赋，同时也让我感到学生对自己的老师充满着亲切感。有了师生之间融洽、和谐的关系作基础，我们的训练再苦再累也会感到快乐。

我们师生间似乎有某种默契，任何时候把学校的荣誉放在第一位。无论是比赛，还是演出，时刻把自己作为附中人应有的形象展现在公众面前，多次在全省大型比赛活动中获得"精神文明奖"，受到各级领导的表扬。"为校争光"的集体荣誉感驱使他们刻苦训练，顽强拼搏。最令我感动的是全国第三届中小学生艺术展演，因为参加比赛的三个学生全部都是高三学生，她们正面临着高考。因为这一活动从长沙市到湖南省的选拔，再到全国现场决赛，前后历经差不多半年时间。在我感到两难的时候，三个学生义无反顾地决定代表学校参加全国比赛。特别是比赛那天，我们有一个学生要参加中国音乐学院的考试，而且抽签是下午考，家长想放弃比赛，我也能理解，并做好了调整的准备，但我们的学生坚决要求家长订当天下午五点的机票飞上海，从北京到上海需要两个小时的时间，我们的节目顺序大概在晚上八点上场，头天晚上我是通宵难眠，心里在盘算着怎样才能做到不误点。幸运的是，正好苏华老师在上海出差，是苏老师联系了校友的车，接了学生从虹桥机场一路狂奔，晚上八点整赶到了浦东的比赛现场。同时，通过多方协调，教育部领导同意将节目调到了最后一个，使学生能够稍作喘息，当时，我已经不在乎能不能拿一等奖了，只希望能够让我们这个节目完整地展示出来我就心满意足了。最后演出得到了专家们的认可，这个一等奖来得太惊险了。当天晚上，组委会主任亲自看望了我们的学生，当他得知我们这个学生第二天早晨又将坐最早一班航班飞回北京继续参加考试时，笑着说："你是这次参加展演在上海待的时间最短的，下次一定要补回来哦！"这就是我们可爱的学生，在关键时刻为了学校的荣誉坚守着这份承诺（出发前，她跟另外两个学生讲：你们等着我，我一定会赶过来的）。我想，这就是附中人的精神吧！

二、学校为我们师生提供了发展的平台

"挑战自我，精益求精"是我们工作中所倡导的不懈追求，"挑战自我"是一种创新，"精益求精"是一种工作态度，它们都是想立于不败之地的核心。艺术创作是一种富有创意的工作，我非常喜爱它，它使我在工作中投入更多的激情。这份喜爱首先要感谢学校这片育人的沃土，他不仅孕育了一批批优秀的学生，同时也培养和造就了一批批优秀的老师。记得全省重点中学文艺调演，兄弟学校都请专家排练，当时，学校主管领导坚定地对我说：你们就是专家。从此，不管参加哪个级别的比赛，所有节目从创作到排练全部由我们老师自己承担。领导的信任给了我们极大的鼓舞和鞭策，使我们有足够的信心"挑战自我"，有勇气在一次次艺术实践中摸索，总结经验教训，并精益求精。正是有了学校这份信任和鼓励，才使我们更加热爱这份工作，才使我们孜孜不倦，从长沙市到湖南省，再到全国比赛，老师的水平在一次次比赛中不断提高，并日臻成熟。2004年、2007年、2010年连续三届参加由教育部举办的全国中小学生艺术展演比赛（这是代表全国中学生最高艺术水平的比赛），我们的歌、舞、乐节目全部获省一等奖，声乐节目两次代表湖南省参加全国现场比赛，第一届（2004年）获全国二等奖，今年我校选送的声乐节目《土家土》获全国一等奖，取得了全国中小学生艺术展演比赛湖南省音乐类节目一等奖零的突破（湖南省教育厅特为此颁发奖金一万元）。近十年来，我校的三独比赛省一等奖总人数一直位于全省第一。这些成绩的取得离不开学校给我们提供的平台，老师们的成长离不开学校的培养。

兄弟学校的艺术老师曾经跟我说：你们师大附中的艺术特长生是幸福的。我想，这种幸福来自于学校先进的办学理念："以人为本，承认差异，发展个性，着眼未来。"我们一批批的艺术特长生在学校、老师们的呵护下健康成长、成才。学校的多元评价体系，使他们并没有因为分数不如别人而受到歧视，相反，他们是校园里耀眼的新星，是一道亮丽的风景。他们活跃在附中的校园里，艺术节、社团节为他们展示艺术才华提供了舞台和机会，班会课中经常可以看到他们显露才艺时那充满自信和幸福的笑容。在附中，他们感到有用武之地。如果没有学校"一切为了学生的终身发展"、培养"素质全面，个性彰显"的优秀学生的教育理念和人文环境，就不会有他们今天的成才。所以，他们能在这样的三湘名校学习，当然是幸福的。

三、学生是我们工作的动力

艺术特长生，在我们艺术老师心中个个都是宝贝。他们对学校有着深厚的感情。他们以校为荣，那种身为附中人的自豪感溢于言表。给老师们讲个小故事：张艺兴的妈妈告诉我，有一次星期日，她跟儿子讲，你们这校服不好看，不上课就穿自己的衣服吧！儿子却回答她："妈妈，你不懂，这就是品牌（指着自己的校服）！别人会对你刮目相看的。"听说学校105年校庆，他特意将休假安排在校庆期间，说："母校校庆我一定要回来唱首歌。"

记得2004年百年校庆，校庆文艺晚会开始准备跟电视台合作，这在某种程度上更多的是听他们安排，配合他们。但后来由于要价太高而没有签成协议，而这时离校庆只有两个月时间了，情急之下，我向全国各地艺术特长生校友发出邀请，希望他们能回母校参加百年校庆的演出。没想到所有接到邀请的校友们积极响应，如期赶回母校，顾不上一路风尘，马上投入排练，为回母校参加百年校庆的校友们、各级领导、社会各界人士献上了一台丰富多彩的文艺节目。因为有了他们的参与，晚会成了百年校庆的一个亮点。当他们风尘仆仆地如约来到我面前时，我真的是有太多的说不出的感动。当然，更多的是欣慰。

根据学校精神，105年校庆我们只联系了在长沙读书或工作的部分艺术特长生校友参加演出，他们在寒假期间为学校校庆赶排节目，开学后又利用周六、周日的时间进行排练，牺牲了很多休息时间以及春节期间与家人、朋友团聚的时光，是对母校真诚的爱，对老师深深的感恩之情才使他们有这份执著。

正是学生的爱校情结给了我们老师巨大的动力。面对我们可爱的学生，我们没有理由懈怠我们所从事的职业。"亲其师，信其道"，教师的人格魅力在教育过程中发挥着巨大的作用。我想：教师高尚的情操、丰厚的文化底蕴、执著的工作态度、娴熟的专业技能、敏锐的洞察能力以及审美品位是一个艺术教师的人格魅力吧！它就像磁石一样吸引着学生。我们只有不断加强自身修养，与学生一起成长，才能不愧对于我们可爱的学生。老师对学生多一点"尊重、宽容、赏识、激励"，这是一种境界，是教师的境界，也是教育的境界。做到了，我们会得到更大的回报，当学生心存感恩回报社会时，我们才会真正体会到教师职业的价值和幸福感。这种幸福感是学生对我们最好的回报。

《中国教育报》上有一段话我很喜欢："选择了一种职业就选择了一种生活，因此，我们必须为之选择的事业而奋斗、拼搏；就要永不满足、永不懈怠；这份事业就只有起点，没有终点。"

（作者系我校音乐特级教师。该文为2010年作者在学校"敬业、追求、幸福"骨干教师报告会上的发言）

敬业奉献，为校争光

蒋立耘

各位领导、各位老师：

　　大家晚上好！首先感谢学校为我们提供了这样一个互相交流、互相学习的机会。两年多来，英语教研组在学校领导的指导下，在各部门和各年级组的支持下，我们充分发挥团队的协作精神、依靠集体的智慧和力量，在教育、教学和科研方面取得了可喜的成绩。这次被评为学校优秀教研组，是学校对我们工作的肯定，更是对我们的鼓励和鞭策。

　　英语教研组现有在职教师 38 人，外籍教师 9 人，平均年龄 34 岁。承担全校各年级的英语教学。英语教研组在教育教学岗位上是一个踏实敬业、乐于奉献的集体，在各项活动中是一支朝气蓬勃、为校争光的团队。在这里我代表全组老师，从以下几个方面向各位汇报我们的主要工作和成绩。

一、充分发挥备课组的作用，落实好备课组的各项工作

　　英语教研组是个大组，教研组的各项工作都要靠各备课组去具体落实，在具体落实各项工作中，备课组长起到了重要的作用。他们负责三年教学任务的实施，青年教师的培养，师徒合同的落实，集体备课内容和方案、考试的命题、制卷和批改以及学生学情的分析。在三年的整个教学活动中备课组长最累，但他们毫无怨言，兢兢业业地工作着，在平凡的岗位上作出了不平凡的业绩。

　　黄长泰老师、鲁芬芬老师、沈真老师、冯伟老师带领的备课组在近几年的高考中取得了辉煌的成绩。从 2004 年到 2006 年连续三年附中高考英语成绩在全省排名第一。特别是 2006 届，当时学生进校时的分数线是 643 分，是长沙市四所名校中最低的。但备课组的老师通过三年的努力，最后的高考英语成绩在全省名列前茅。2007 年我们再创佳绩，广益理科的高考英语成绩取得了很大的突破，在四大名校的民办学校中排名第一。

　　2007 年的中考中，陈点华、唐莹带领的九年级英语备课组同

样也取得了优异的成绩，甲乙两组共有学生 975 人，其中有 513 人成绩为 A，仅有 1 人为不合格，笔试优秀率达 60.9%，合格率为 99.9%，口试优秀率达 94%，合格率为 100%。A 等人数居 5 科会考科目之首。

各备课组优秀成绩的取得有着许多的共同性：

1. 整体计划性强。每个备课组有三年的整体计划，在不同的阶段有教学的侧重点，稳打稳扎，步步推进。

2. 重视学生的知识积累，基础知识落实到位，学生的单词记忆，课文背诵、阅读训练常抓不懈。

3. 把好每一次检测题的质量关，根据课程标准的要求和学生的实际情况，确保试题的信度和效度。每次测试完后都认真开好分析会，总结经验和教训，指导后面的工作。

4. 备课组每个教师讲究教学研究，扎扎实实地工作，提高效率，做到事半功倍。

在备课组长的带领下，各备课组的青年教师迅速成长，他们乐于奉贤，爱岗敬业，深受学生的喜欢和爱戴，都成为了教学能手，熊进道、陈宇、尹一兵、欧阳红英、苏晓玲、黄赞、甘智英几位青年教师所任教的班级在高考和中考中取得了引人注目的成绩。特别是熊进道老师服从学校的安排前往张家界执教，那里学生基础差底子薄，但他想方设法提高学生成绩，2005 年附中班学生高考成绩超过当地名校张家界一中的"北大清华班"。今年熊老师带的广益文科班一本、二本、三本的升学率均超过平行班，有多名学生被人民大学、复旦大学、澳门理工大学录取，提高了广益高考升学的学校层次。

二、加强课堂教学研讨，提高教学的针对性和实效性

随着新一轮课程改革的实施，新理念新教法层出不穷，教学中的问题不断显现，因此，教研组的教研活动讲究一个"研"字。围绕教与学两大主题，各备课组坚持每周一次的教研活动，全组教师教研氛围浓厚。

2006 年 11 月张志老师代表长沙市参加"湖南省新课程英语学习方式变革试验与反思研讨会"的教学赛课，教研组以此为契机，在高二年级展开"英语语法教学"的研讨，即在真实的情景中学习和运用英语语法。这次赛课的地点在岳云中学，为了让学生感受到情景的真实性，大家决定以南岳衡山为背景，自主开发教材，让学生讲述衡山的过去、现在和将来。鲜活的教材，真实的情景，学生在愉悦的环境中接受了知识并运用自如。在比赛中，张志老师的课真实、自然、流畅，主题鲜明，实效性强，得到与会专家、听课教师和学生的一致好评，当之无愧地获得"省一等奖"，他的语法教学模式也在全省范围内得到推广。

我们不仅在本土开展教学探讨，我们还与英国伊顿公学的英语专家、加拿大南波特中学的教师进行课堂教学研讨。中外教师相互听课、上课，就外语教学中的词汇教学，语法教学、阅

读教学做了深入的探讨和交流。在进行课堂教学研讨的同时，我们还积极开展与教学相关的校本课题研究、教学论文撰写和兴趣课程的开发。2007年上半年，学校审批通过了4个外语类的校本课题，有5篇论文分别获长沙市一、二等奖，一篇送省参加论文评选。先后开设了《英美文化》、《公众演说》、《影视英语》、《英语单词记忆法》、《初级英语语法与修辞》、《英语会话》、《中级英语口语》等多门英语兴趣课。

三、充分利用各种资源和途径，开展英语教与学的活动，促进师生共同成长

近年来学校给学生的英语学习和老师的英语教学提供了很好的平台，第一，从"世界教师"组织引进外教，让他们走进课堂，传授原汁原味的英语，让学生感受异域文化。第二，频繁的国际交流拓宽了学生的视野，让学生意识到英语学习的重要性，学英语的氛围浓厚，全校学生的英语水平在不断提高。上学期李江平老师带的英语实验班和国际部的学生一起为伊顿公学的专家献上了一台精彩的英语晚会；学校每次接待外宾文艺演出的节目单、主持人的串词都是学生自己翻译，老师只做修改；学校学生广播站的英语节目备受学生的欢迎。现在我们学校不但有像廖范超这样的优秀学生，他在2007年高考中取得了全省英语单科第一的好成绩，而且涌现了一批像郭韵、徐婉擎、何赟、栾之龙、刘达麟、李迪雅英语口语超强的学生，还有一大批通过大学英语四级、六级；PETS考试过四级；雅思考试得6.5或7分的学生，他们以各种不同的方式展现自己的英语水平和能力。第三，英语教师走出国门，学习地道的英语和地道的外语教学理念和方法，促进业务水平的提高。近几年来，英语教研组包括我自己在内，先后有黄长泰、程继炳、陈益、蒋向华、谭硕、刘新芝7位教师去英国、澳大利亚、加拿大进行培训、考察。他们带回来鲜活地道的信息与大家分享，教研组有了很好的学习气氛，教师们的英语听说读写译的能力不断提高。

在学校的国际化交流中，英语组的教师发挥了很大的作用。在2006年我们完成学校专题片《百年》英文版的制作，接待首批加拿大南波特中学的师生来访；2007年圆满地接待了加拿大南波特教师代表团和伊顿公学专家的来访；协助省国际交流中心接待76名美国中小学校长到我校的考察。在学校的外事接待中，英语教研组老师们的热情、礼貌和优雅的英语给来访的外宾留下了深刻而美好的印象。

四、团结协作，乐于奉献

英语教研组是一支团结协作，乐于奉献的集体。近几年来，教研组的老师齐心协力，克服很多困难，顺利地完成了各项教学和科研任务。上学期我们有两位老师在开学前夕请病假，有5个班的教学任务需要其他教师承担，万尼亚、邓云浩、张志、莫俐、邓芳、谭莎6位老师二

话没说就接下了任务，为学校及时排忧解难。为了准备九年级的英语口试，所有高一和八年级的英语老师连续牺牲两个星期天上午义务担任口试考官，为学生指出问题，点拨口试的技巧。目前，教研组已形成以备课组为单位教学管理模块，各备课组正在和谐地开展各项教学工作，正朝着各自的目标前进。

　　在学科教研组建设方面，我们做了一些有益的探索，取得了一些成绩。忠于党的教育事业是我们的宗旨，为校争光是我们的责任。在学校狠抓教学质量、教学常规，大力加强教研组和备课组建设的背景下，我们一定会克服不足，继续努力，做得更好。路还长，我们不会放弃我们的追求，也不会停下我们的脚步。

（作者系我校英语高级教师。该文为2007年作者在学校"优秀教师先进事迹"报告会上的发言）

老师，你我共同的名字

欧阳昱北

从心灵的启蒙，到物类的格致，
谁让我们在黑板上，大写了"人"字？
子曰"知者不惑，仁者不忧"，
天地间，唯有老师，是你我共同的名字。
朝阳暮雪，雨侵风栉，
只期待桃芳李菲，家齐国治。
此生，沐一堂清风，站三尺讲台，举百代旗帜。
老师，生命的花开烛照，如燃如炽。

老师，是在座的你我共同的名字，而在座的我们又该怎样来定格老师这一职业？

孔子如是说："知者不惑，仁者不忧。"这样看来，教书的要义，在于仁智兼修，在于启悟童蒙，仁爱生命。乌申斯基如是说："教师个人的范例，对于青年人的心灵，是任何东西都不可能代替的最有用的阳光。"这样看来，教师的范例，在于德才兼备，在于感召心灵，烛照后生。

湖南师大附中高二年级是一个识大体、讲团结的集体。唯其名利不争，故能长养和谐。

在同城同工不同酬的深层次大背景下，全组老师感念学校克服重重困难，尽可能提高老师的待遇所作的努力，大家只讲大局，不讲小利。

年级组长张迪平胸襟开阔而不谋私利，是这个集体的兄长，全组53位老师是这个集体的成员。年级教师党员29人，14名党员担任班主任或年级组长，刘惠平、喻向明、龚红玲、彭萍、谭莎、江武华、张汝波、张天平、张磊、蒋平波、袁建光、秦飞、刘淑英、曹奉洁、刘芳、蒋向华、张静桃、李江平组成了一个敬业爱生的班级管理精英团队。这个团队彼此交流，相互学习，协助他班管理，都有大班主任意识。特别是刘惠平、谭莎、江武华、张天平、袁建光、刘芳、李江平为中途接手班主任，都干得投入，做得出色。其余党员全任副班主任，都明确了帮扶对象。张迪平、梁良樑、黄治清、杨茜、蒋碧荣曾代理班主任，每天做到早读、课间操、眼保健操、卫生检查和放学全到位。他们发挥了党员的先锋模范作用。

樊希国、谢永红、罗培基、陈胸怀、叶越冬、陈益、刘新之担任学校行政工作，主动融入年级教育教学工作而不以领导自居，参与教研，流水阅卷，指导青年教师，为和谐校园做了暖手、暖心、暖人的工作。

校园文化活动是我年级老师的最爱。学校排球赛、羽毛球赛和跳绳赛，我们均获第一，场上队员奋力拼搏，场边啦啦队加油声不断。每周二晚上，体育馆内锻炼身体的老师中我们年级的最多。学校国庆征文比赛，我年级获奖人数占全校三分之一。

湖南师大附中高二年级是一个懂规律、有智慧的集体。唯其科研有径，故能实现凝聚。

在年级组长张迪平老师的带领下，我们是一个接受了教育理论武装，特别能工作的教育教学团队。坚持课程改革，坚持教学研究，坚持集体备课，坚持教学交流，坚持资源共享，对于教育教学，我们有太多的坚守。

全年级各备课组，组织老师探讨新课程的模块教学，每期备课均不少于20次。备课内容丰富，形式多样，有新课程的思想培训，有新教材的集体研讨，也有新教法的彼此交流。课件、教案在集体备课的前提下统一制定而又倡导、容留个性的表达。

政治组最见示范，组长黄治清敏于事、善于思，以个性的思悟引领教学；蒋平波也是来自浏阳的善思者，教学班级工作之余，还为年级做了大量服务性的工作。叶越冬行政兼职而不放松教学。

语文组最能凝聚，老中青结合而充满教研的勃勃生机。张迪平的睿智，江武华的进取，陈鹤龄、龚新宇的沉厚，曾文峰、杨茜的思辨，张静桃、刘芳的美丽，谢永红行政兼课而不辞其劳、其责，还有近期杨茜、刘芳给教育部国培班的说课示范，这些让语文备课组成为附中校园的一道风景。

外语组最为扎实，组长刘淑英聪敏过人，祝颂平、蒋向华、李江平、苏晓玲、蔡茜、甘智英、谭莎，老中青三结合，资深教师不保留，青年教师爱学习，可谓集思广益。陈益、刘新芝行政兼课而不搞特殊，凝聚了人气。

数学组最讲帮带，他们敬业爱岗，积极进取。组长贺中良的器识、周正安、黄祖军、张天平的挥洒，苏萍、彭萍、张汝波、谢美丽、龚红玲的慧美，罗培基行政兼课而保有厚重，俊男美女济济一堂，而老带新成为一种教研的自觉行为。

地理组最具亲情，梁良樑是亲善的长者，张磊、房磊说他们就是一个和谐的小家庭，三人亲如父子。梁特的地理工作室成为教学研讨的风水宝地，他们的教学活动色彩缤纷，先后带领同学考察了岳麓山、橘子洲、浏阳的地质地貌、植被分布、人文活动等。

历史组最感务实，袁建光接手新组建的文科班班主任，问题多多，投入多多，很多时候备课谈心有小孩在旁侧。李珊美而好学，泡在教学楼听课、备课。陈胸怀作为校办主任可谓忙，但从不缺席组内备课，且乐于传带。

物理组最具活力，组长蒋碧蓉以一美女而带彭知文、汤新文、何彦君、喻向明四帅哥，他们教学教研最投入，穷究其理；他们参加年级活动最积极，活力四射。

化学组最有追求，全组更是五朵金花绽放：曹奉洁、刘惠平、秦飞、李莉、李立文。她们教学研究氛围浓厚，课改参与情绪高涨。组长曹奉洁将贤妻良母的情怀延伸至组内，教学、做人都垂范。樊希国行政兼课而因五朵金花的关系而最具亲和精神和人文关怀。

生物组最富创新，李尚斌温婉而美好，带领全组勇于进取的青年老师王勇、吴晓红、彭青春，精诚协作、整体推进。常规教学有序而规范，每堂课都是先有集体备课，后有研讨优化。组织的活动有：全校性首届校园植物网络设计大赛、全年级学生的模型制作大赛和生物知识编网大赛，全年级理科学生进行了湘江边生态调查活动等。

湖南师大附中高二年级是一个敢承担、有追求的集体。唯其胸怀无私，故能永倡奉献。

坚持以人为本的教学原则，积极贯彻、落实学校教育教学常规，全组老师无不爱岗敬业、团结协作，甚至是超越时限地忘我工作，为年级的平稳发展做出了贡献。

在教务处的倡导下，推门听课已蔚成风气。年长的不保守，年轻的愿学习。每期我年级听课的和被听课的多达50节以上，这学期半期刚过，年级老师听课多在10—20节。

我年级老师接受对外接待课、上级督导课、校际观摩课、国际交流课，每期不少于30节次；许多老师承担广益远程学校讲学任务等，不仅对新课程"先教后学"有所示范，也为我校"课改先锋"做了最好的宣传。

今年10月，蒋平波、刘芳、苏晓玲、秦飞赴西安参加8附中协作体第19届年会，授课都得到与会专家的高度评价。有老师听完他们的课后感叹："能上出这样的课，学生真是幸福。"刘芳在西安给欧阳昱北发来短信：走出教室，看到校园洒满阳光，思及青年教师因科研而成长，顿感作为一个附中人的幸福。

本期还有龚红玲老师参加全国青年教师优秀课竞赛荣获一等奖，苏晓玲、李莉老师的高质量的接待课征服了郑州外国语学校参加教学交流的老师们。龚红玲、叶越冬参加学校首届青年教师赛课获竞赛一等奖。

作为课改龙头学校的附中，老师每多公务与教学交流。高二组内老师总是主动承担教学任务和班主任工作，有张迪平、梁良樑、黄治清、曾文峰、杨茜等。

张迪平老师要我说，高二年级的教育教学工作可能不完美、不尽如人意，但我们总在努力，努力每一天，为教育、为课改，也为附中推出我们所能践行的最好的教育。善之本在教，教之本在师。乐于奉献吧，让美好的教育贡献于青年，大效于社会。

（作者系我校语文特级教师。该文为2010年作者在学校"和谐、凝聚、奉献"报告会上的发言）

金声玉振，婉如清扬

吴音莹

来附中八年，这似乎是我第一次体验格子间的生活。我们的格子间，六个人，汤老、郭总、厉兄、琳姐、阿亮，还有我。每天，大家做愿意做的，说愿意说的，读喜欢读的，写喜欢写的，并且以此谋生，如切如磋，如琢如磨，各美其美，美美与共，这也算得上人间至福了。

工作生活在汤老师的左右，真是件惬意的事。他胸藏丘壑底蕴厚重，云淡风轻举重若轻，时时都可以感受到他眼角心底传递的谦和善意。志于道而游于艺，随心所欲而不逾矩，这与其说是一种治学的方式，不如说是一种为人的境界。只可仰望，从未超越。

郭总，每天看着的，都是他忙碌的声影。他真是个大好人、大忙人，典型的"吃得苦，吃得亏，能做事，会想事"。觉着坐在他的旁边，感觉每一天都是新的，是可以"偷师"的。只是他日夜忧思，不觉鬓发斑白，看着有些心酸。

陈琳姐，永远笑意盈盈，从容淡定，对我们这些师弟师妹毫无保留。看过她的手写教案，有些明白了：要想在课堂上做到纵横捭阖左右逢源信手拈来，需要抱有的，必然是对这份事业不败的激情。

厉行威，我的师兄。以前交往不算很多，但不知怎地，一直很喜欢他那种不愠不火、正气堂堂、踏踏实实、坦坦荡荡的感觉。我觉着，这个平和谦逊的男人，是定然耐得住寂寞冷清的，是沉稳透彻的。他的课堂亦是如此，自由流畅，游刃有余。他说他喜欢巴金的文字，我觉着其中一句形容厉兄甚好："我唯一的心愿是化作泥土，留在人们温暖的脚印里。"

阿亮，我的左手，旁边就是你的右手。他比我大不了多少，但身上有种难言的沧桑，他的感情永远是那么的真挚而充沛，他的思想永远是那么的朴素而深刻。很高兴成为他的同桌，作为这个格子套间里最年轻的我们，相互交流，互相争辩，互相抬举，互相玩笑，一直都在彼此的左右。

我们这个格子套间里，六种面貌，和而不同。每个人都是独具灵性的生命个体，每个人都不可重复，每个人的人生经历、知识结构、性格特征都不相同，但彼此之间的真诚坦荡、愉悦融洽，让人动容。这里充满了"人性"、"人情"，每次深入，心都会慢慢被浸润，金声玉振，婉如清扬。

这就是我们的格子间，每一天，累并快乐着。每一天，在他们笑容的倒影中，做一个幸福的自己，面朝大海，春暖花开。

（作者系我校语文一级教师。该文为2011年作者在学校"来自身边的感动"报告会上的发言）

实验班老师带来的感动

李艳

高二 1018 班自从高一组建以来受到了全年级老师的关注和爱护，取得了很好的成绩。进入高二，班级在全体任课老师的共同努力下，成绩显著，不断进步。这些竞赛班的老师们，肩负光荣使命，他们的笑，显而易见；而他们的苦，只有自己知道。他们是：谢朝春，贺仁亮，羊明亮，蔡任湘，李海汾，李晓聪，李淑萍和李度老师。现在就请允许我说说他们的故事，谈谈身边的感动。

谢老师担任 1019 班班主任，兼任 1018 班语文老师。在本班队员参加的篮球决赛上，他不顾自己患了重感冒，赶往比赛现场呐喊助威，差点要晕倒在地上了！孩子们被他感动不已。

贺老师，虽然不是数学教练，但从高一起就长期额外承担年级先锋班数学教学任务，寒暑假的教学任务每天四节，任务繁重，与教练一样没有完整的节假日。在高一 18 班 19 班没有正式分班前，为了保证物理、化学、生物和计算机竞赛组的同学能学好数学，学校和年级决定给这些同学每周加上两次数学课，全部由贺老师一人承担；同时年级的先锋班周末教学照常进行。这样一来，贺老师周末要上课四节，周一到周五要加上两个晚上的课，我也听到过他说真的太累了，但只是说说而已，贺老师没有缺过一节课，一直坚持到现在。

羊老师，去年兼任本班和高三年级竞赛班教练，现在兼任本班和高一年级教练，他任劳任怨，对学生要求十分严格，常常是学校安排周六培训，他自己安排周日也培训，只为了帮助同学们迎战数学联赛。寒假时，数学组只放假两天，即过年的两天。这次数学联赛，本班获得五个一等奖，在成绩的背后有多少付出啊！（读孩子们的真实感言）

蔡老师被我戏称为"蔡牛"，因为每次班级家长组织活动时，他常常说：好吧，你们去吧！我有点事就不去啦！说一不二，牛！我如果告诉他班上出现了什么状况，他就说那你就这样吧，然后立刻讲出一系列应对办法，让我茅塞顿开，牛！上次带的学生获得两块金牌，怎么就那么牛呢！他平时好像也没有特别努力啊？我心里总是在纳闷。但是，一次从物理组家长的口中我才真正了解到他到底付出了什么。家长那几天借住在他家里，她说她住的那几天蔡老师每晚都找一个同学聊天，一次一聊就是四五个小时，往往是从九点聊到凌晨一点，聊怎样学习物理，聊怎样使用新的解题方法，聊怎样克服恐惧心理……一直聊一直聊，聊到每个孩子信心百倍，聊到每个孩子胸有成竹。当时一听到这些，我就几乎要流泪了。金牌教练，我平时看到的只是他的洒脱，但在这背后他是在真心付出！在我们为家长会录制的录像当中，几乎所有物理组的同学都提到了一句话：蔡老师，我谢谢您！我一定会记住您所说的话，我会努力！

海汾和小聪老师是两个年轻人，他们辛辛苦苦上课、培训，但一直都是低调做人，从不炫耀。学校提出的要求，他们都是一口答应，没有半点推脱。他们担任竞赛培训任务，同时执教普通班教学工作，并担任年级先锋班补课任务。往往是周六给竞赛班培训，周日给先锋班上课，不同的节假日，不同的教案，不同的层次，他们都出色的完成了任务。还有更让人难以想象的是，化学实验和生物实验偶然性特别大，如果孩子们不能在规定时间内达到预期效果的话，他们必须在老师的指导下加班加点，可能是在中午，可能是在晚上，可能是在周日……有一次我曾听说孩子们从中午一点开始做实验，一直到下午六点连续做五个小时才得到老师的肯定，我很震惊，但孩子们说这是常有的事。正是因为教练们牺牲了那么多个人休息时间手把手地教，才会有孩子们的突飞猛进。他们一起辛苦并快乐着。

海汾热爱班上的每一个孩子，非常关注班级活动。担任班级篮球队教练，场场比赛他都提前到场对运动员进行指导。以至于到决赛已经结束了，我听说有其他班级的运动员在议论，说1018班的班主任太厉害了，是一位个子不高但非常聪明非常灵活非常讲究策略的男老师！我真觉得很惭愧！我想，这次篮球赛冠军的荣誉一半属于运动员，一半属于海汾。他对化学组的同学更加了如指掌，常常带着他们到家里吃饭聊天，随时随地进行思想开导。虽说不是班主任，但在寒假培训冰天雪地的夜晚，他也经常到寝室去看望寄宿生，让同学们倍感温暖。

晓聪，是个孩子们遇到任何麻烦都特别愿意去找的一位老师。这也令我想起本学期有一次周末，我原计划组织班上所有同学和19班同学一起去吃火锅，但家中有急事要赶回老家。因为我答应在高中阶段班上只统一组织这一次活动了，所以不能取消。这时，是晓聪老师及时伸出援助之手。他到处打电话联系地点，比较价格场地，最后选定通城"不了锅"。但由于那里生意太好，商家不允许提前订桌，晓聪老师立刻决定喊上贺老师，喊来自己的爱人再邀上两三个家长提前一个小时到那里占座位，又怕别人不买账，还每桌先点上火锅点上几个菜，一直等到孩子们高高兴兴地进去高高兴兴地吃。后来，我问了孩子们的感受，他们特别开心和满意，但我能体会到作为组织者，晓聪老师为此付出的努力。有晓聪这样的副班主任，我想我们的班级会建设得更好。

淑萍，不愧为女中豪杰，班上信息组六人，现有4人取得省一等奖，这与她的辛勤付出、严格要求有着直接联系。信息组彭天翼同学和钟泽轩同学早在高一时就获得了一等奖，他们这样写道……

　　李度老师本学期担任本班的政治老师。据我所知，针对理实班一周只有一节政治课的特殊情况，他灵活处理，精心备课，特意为同学们专门制作了"导学案"，受到大家的一致喜爱。如果说多一事不如少一事，他把在其他班上的两次课作为一次课讲给大家听不就行了嘛，干吗这么麻烦？但他没有，他为理实班的孩子们重新备了课。

　　本人作为这个班的班主任，真的为老师们所做的一切感动不已。我觉得整个高二年级的老师、整个附中的老师都是那么敬业，那么关爱学生，今天我所说出的只是我所看到或听到的这其中的一点点一滴滴。天道酬勤，相信我们一定都会如愿以偿！祝愿我们每一个附中人身体健康，生活幸福！

　　　　　　（作者系我校英语一级教师。该文为2011年作者在学校"来自身边的感动"报告会上的发言）

平凡的岗位，不平凡的责任

柳运芳

尊敬的各位领导、各位教职员工：

你们好！

今天能够在这里发言，我感到很荣幸，同时也非常激动！此时此刻，我最想说的话只有两个字：感谢！感谢学校领导和同志们对我的无限关怀和厚爱，让我有机会在此与各位分享工作经验。我是一个很平凡的工作者，我所在的岗位也是万千平凡岗位中的一个，如果说我有哪一点不平凡，那便是我努力做好这平凡岗位上的每一件平凡事。

我原先在造漆厂工作了20年，1996年上半年学校要招聘基建管理人员，经李先舟老师推荐，我与学校取得了联系。同年5月份席校长、蒋校长到造漆厂了解我的工作情况，觉得我各方面都符合学校要求。7月份到学校总务处报到，和原总务处李工一起负责基建维修工作。我来校没多久李工退休了，校内一切基建改造项目和维修管理工作便落到我的肩上，我正好赶上了学校的发展时期。那时的校园几乎没有几栋好的建筑，大多建于20世纪50年代至70年代间，外观陈旧且不实用，已无法适应学校新时期的发展需求。因此学校要求进行全面规划，增加投资完善教育设施，建设项目一个接着一个，年年如此。基建工程是一个系统工程，涉及面广，需要各个部门相互配合，而我校设置的职能部门少，未分线条管理，我一人身兼多职。对外要联系上级主管部门，如规划、消防、建委、国土、环保、卫生、园林绿化、人防、招投标办等，每一项工程需经多道审批手续，往往要盖几十个章才能动工；对内要协调处理工程技术、现场施工、校区维修、绿化管理等工作。有时一天下来，水都顾不上喝一口，感觉累了，也只能稍作休息，然后继续投入工作。这一干就干了近20个年头，经手的大型基建工程项目十余个，小型维修项目不计其数。

回顾这20年里的每项工程，可以用一句话来概括——开工就像上战场。因为学校工作的特殊性，每项工程必须利用寒暑假前后时间完成，尽量不影响学校教学工作。但按科学、规范要求来讲时间太紧张。这样的施工压力大，一些做法要打破常规，才能保证结构质量和工期。因此，工程不能有半点马虎和差错。对于每个施工细节我都认真较对，哪怕内外工程再忙再紧，我都要亲自下基坑、下沉井（有些深井深度达 20 多米），仔细查看能否达到设计要求，验收合格后才能进入下一道工序。工作忙起来时就像个陀螺，根本停不下来。每晚躺在床上，想着工程的事，总是难以入睡。

除了大型基建工程，校区、宿舍区的小型维修建设也从未间断过。维修比基建工程还复杂、还烦琐，突发情况较多。尤其遇到恶劣天气，维修工作更是难上加难。

2008 年冰灾正逢寒假年关，校区、宿舍区道路结冰，车辆无法行驶，当时谢校长是主管后勤的副校长，在他和文昭主任的带领下，后勤各班组成员立即清扫校内道路上的冰雪，保证车辆顺利通行，同时调运物资和食盐用于在校园内抛撒融冰，避免师生滑倒摔伤。由于雪量大，又紧急调集维修和保洁人员反复铲除冰雪。因冰冻时间长，学校许多水电设施被冻坏，供水系统 85% 瘫痪，维修抢修任务很重。我和洪志新、李师力、谭卫泽、周国强等维修人员 24 小时轮流值班，并请自来水公司援助，全天候抢修。冰灾时期我们常常工作到深夜，有一次遇到主水管爆裂，水压高、水量猛，我们不顾天寒地冻，冒着刺骨的水流进行抢修，有几位同志摔倒后仍负伤坚持。为防止突然停电，后勤水电班全体成员放弃休假，守岗待命，随时准备抢修，尽快恢复灾害损坏的设施，保证了教职工春节期间的正常生活。

后勤工作一年 365 天都在运转。特别是逢年过节，大家都放假休息，而后勤战线上的同志，越是繁忙辛苦。我们不像教育教学工作者，有着规定的教学时间，除日常工作外，我们还必须利用课间、午休时间、周末、法定假日、寒暑假来解决教育教学急需之事，尽量不干扰和影响正常教学。无论酷热盛夏还是冰雪严寒，后勤总有做不完的事。对待老师们提出的问题，我们尽己所能、尽快处理。

记得有年暑假，黄祖军老师夫妇调到学校，学校安排在 11 栋负 1 楼 03 号房。原住房老师已辞职但还没交钥匙，房间内仍有物品，而黄老师夫妇已到学校。无奈之下，我只能一边热情接待，一边忙着联系开锁公司，对方说这种情况要征得学校保卫部门和原住房老师的同意。由于正值暑假，保卫部门负责人不在校，原住房老师又在外地，我和开锁师傅交涉了很长时间，未果，只好与黄老师一起想了各种办法，最后终于解决了。

今年春节正月初四那天中午，我接到李立超老师的电话，说楼上住宅水管爆裂，导致家中涨大水，请求迅速派人员维修。我立即答应会妥善处理好。我当时正在益阳亲戚家中拜年，春节期间维修人员也都不在校，我只得四处电话联系校外维修人员，几经周折，最终在当天下午解决了问题。

这些年来，学校基本建设改造、环境绿化建设有了明显的提高，我相信大家是有目共睹的。虽然这不是我一个人的功劳，但我倾注了非常多的心血，没有亲身经历过的人，无法体会个中艰苦。令我感到欣慰的是，近 20 载的付出，总算取得了一些成绩。到目前为止我所负责的工程项目，未出现过质量问题，也没有发生过安全事故。临近退休了，也从未请过病假、事假。

在我40年的职业生涯中，一直从事基本建设管理工作。无论是在原单位还是在学校后勤，始终恪尽职守、廉洁奉公。因为我所从事的这个行业非常敏感，要同经济打交道，我必须时刻保持清醒的头脑。这么多年来从未安排亲戚、朋友到学校做事，也没有介绍朋友来接业务，在工程项目上做到公平公正，不与金钱沾边。工作得到领导和同事们的认可，多次荣获"优秀服务工作者"、"优秀共产党员"、"禹之谟特优奖"等，还曾获评"省教育厅后勤系统先进个人"。

借此机会，我想提个建议，希望学校多重视和关心后勤员工，多提供一些技术培训平台和技术职称评定信息。我在这个方面深有体会。在原单位时，在那个年代，讲究高风格、高姿态，把自己评定职称的机会让给年长的人。1996年调到学校后，由于工作量太大，没有时间考虑个人职称问题，同时也没有部门提供相关职称考试信息，直到我50岁时仍没有获得任何职称。最后只好自己从省教育厅、省建设厅了解咨询信息，终于在2006年报名参加了湖南省土建中级职称考试，考试时发现自己在所有考生中年龄偏大，当时觉得非常不好意思。考试合格后，获得中级建筑工程师证书。通过这件事，我深刻地感受到，信息来源多么重要，一定要趁年轻考虑自身发展。

辛勤耕耘，必有收获。以上我讲的点点滴滴都离不开学校领导和同志们的帮助，我所做的也都是分内之事，我不求名、不为利，只想做个本分人。请大家多多监督我的工作，多提宝贵意见。

谢谢大家！

（作者系我校后勤职工。该文为2014年作者在学校"教职工优秀事迹"报告会上的发言）

1+1大于2

吴绪芳

尊敬的各位领导、亲爱的各位前辈、以及可爱的兄弟姊妹们：

大家好！我将会用数学逻辑来展开今天的演讲，这将是一道证明题，题目是：1＋1大于2。

先简单介绍一下我的集体，今天的教务处工会小组共15人，与上学年相比，在人员上是大大精简了，可依旧承担了与上学年相同的工作量，保障了学校教学工作的正常运转，我们工会小组在学校各级领导大力支持下，全体组员群策群力，团结奋进。我的命题是：如果教务处是一个敬业奉献的集体，是一个团结协作的集体，是一个和谐发展的集体，那么我们更是一个"1＋1大于2"的集体。

因为，奉献是"不计报酬的给予"，是"有一分热放一分光"，是"我为人人"的精神。奉献者付出的是青春，是汗水，是热情，是一种无私的爱心。因为有人奉献，社会的物质财富和精神财富才会不断增加，人类才会不断前进。奉献者收获的是一种幸福，一种崇高的情感，是他人的尊敬与爱戴，是自己生命的延长。教育家陶行知说：捧着一颗心来，不带半棵草去。我组各部门所从事的是微笑工作，与教育教学工作紧密相连。我工会小组根据学校和处室领导的要求，讲奉献，号召全体会员积极参加师德教育等活动，组织学习，进行爱岗敬业宣传，明确工作岗位任务与目标，搞好服务育人。

教务办公室是教务处的核心部门，他们的工作既繁杂琐碎，又有很强的时间性，出不得半点差错。从年头到年尾，办公室的三位老师忙着高考、学考、招生、排课表、管学籍、组考、学科竞赛管理、接待来访，每天马不停蹄。2009年下学期，学校又紧缩了一个岗位，剩下的三个人经常要加班加点，想尽办法提高工作效率，2009年圆满完成了四个人的工作。

实验室是学校重要的教辅部门之一，实验室的老师们为了使上课老师能准确完整的做好实验，他们做到了随叫随到，不管是清晨、中午、节假日，只要一个电话，他们就会及时赶到实验室，默默地做好各项准备工作。同时也取得了新的成绩：物理的自制教具"多用静电实验仪"获"第七届（华师京城杯）全国优秀自制教具评选活动"二等奖;化学的《制备低氯甜菜碱的新方法》获省科技创新大赛一等奖;生物的《细胞器模型创建》获全省实验创新大赛一等奖,等等。这些新成绩为学校的实验教学工作创新迈出了重要的一步。奥赛实验培训更是他们的出彩之处,从编写教材、出模拟试卷到设计实验由他们独立进行,为附中学生获得奥赛金牌做出了重要贡献。从2008年至今,共获得4枚金牌,其中2009年化学黄睿之同学以实验成绩满分获得全国第一;2010年物理吴俊东、张涌良两位同学分别以实验成绩世界第二、第十五获得金牌。以上大量事实充分说明教务处工会小组是一个敬业奉献的集体,是一个朝气蓬勃的集体。

还因为,以人为本,增强凝聚力。充分发挥人文关怀、文体活动潜移默化作用,引导全组成员形成具有特色的群体意识和价值观念,努力造就一支爱岗敬业、务实进取、团结协作的优良团队。这要靠忠诚服务、统一思想,靠积极的沟通交流融洽感情、靠公平公正的环境确立导向,靠先进典型的示范引导激发活力,靠丰富的文体活动凝聚合力。教务处人继承了搞好团结的优良传统,工会小组为此做了许多工作,了解组员的思想动态,关心组员工作和生活中的困难,力所能及地为他们排忧解难,如有的组员生了孩子,我们代表工会去祝贺;有的组员家里老人去世,我们组织全体组员表示慰问和关心;还有年轻人的婚嫁问题,工会小组也是月老树下,时时记惦在心。这些彰显出了我们团结协作的温馨。

要让工会小组成为一个温馨友爱、团结协作的集体,搞好工会活动、提高工会小组的凝聚力也是关键。要搞好工会小组的工作,不是组长一个人的事情,而要依靠全组的力量。因此我组的每次活动,事先都征询大家的意见,选择最佳方案,力求做到大家都满意;积极参加校工会的各类活动和竞赛,我们也不片面追求名次,而是力争做到人人参加,虽然不是每一个人都能上场,但要体现全组的参与精神。

更因为,天空的和谐,是穿一身蓝;森林的和谐,是披一身绿;阳光的和谐,是如钻石般耀眼;落日的和谐,是留下了最美的晚霞。而我们追求的和谐,是每一丝快乐,每一片希望,每一线阳光。教务处在奉献,凝聚的氛围中创造一个和谐发展的集体。一花独放不是春,万紫千红春满园。全体教务处人以饱满的热情,无私的奉献,立足本职工作,服务大家,创造一个奉献、凝聚、和谐的集体。

综上所述,这是一个真命题。所以教务处工会组确实是一个"1＋1大于2"的集体。

谢谢大家!

（作者系我校化学组实验教师。该文为2010年作者在学校"和谐、凝聚、奉献"报告会上的发言）

一路同行　谢谢有你

李志艳

首先感谢学校给了我这样一个非常宝贵的发言的机会。说实话站在这里还是很忐忑，因为我身边有太多的可爱、可敬的人，一一道出，时间又不够，更加让人担忧的是有一个资深美女在我的空间里写过："别回忆哦，人一回忆就表明你开始老了哦。"不过既然站在这里，总要讲上几段，既代表我自己，也要稍微反映出我身后十几个部门诸位同仁的心声。我发言的题目是"一路同行　谢谢有你"，为何要谢谢你呢？我总结了三个主题词。

第一个主题词：安心

刚开始工作时，很迷茫也很慌乱，憧憬未来却又不知方向。清晰记得第一次上课时的场景，刚开始感觉还不错，越往后走越没有思路，尤其是中途学生的几个长长的"为什么"打乱了我所有的思绪，甚至不知道自己说到哪儿，该讲哪儿，教案本上字迹整整齐齐可我就是回忆不起刚刚讲过的知识，心里慌得很，四肢发抖，声音就不自觉地颤抖了。我十分内疚地向师傅瞟了一眼，那满脸的笑容根本没有丝毫的不屑和埋怨，师傅微笑地示意我继续讲下去，也不知为什么，似乎变了魔法似的我心中充满了力量。就这样，我在师傅的鼓励下完成讲台上具有历史意义的第一次。课后，我胆怯地走在师傅的后面，师傅硬把我拉并排，重复着说"不错不错"，并用"想当年……"来安慰我，我竟然不知不觉掉下了眼泪。回到办公室，师傅悉心指导我备课的要点、难点和重点突破的地方，耐心地告诉我上课如何灵活应变，智慧地处理学生的回答，生成心理健康教育课的亮点等等，悄悄地指引我走出了那段迷茫的岁月。

就如保卫人员回忆 2005 年那一幕时也不禁潸然泪下：终考铃一响，校门口接学生的家长、外校招生人员蜂拥而上，将校门口围堵得严严实实，担当保卫工作的我扯起嗓门"请家长们让出通道，让考生通行"，可是仍有些人站在通道中间见一个考生出来就发一份招生简章，我只好将其资料没收，但冷不防此人对着我的面部就是几拳，以致将我戴的眼镜打落，面部青肿。这时，校门口流言蜚语逐渐传开："保卫人员有什么了不起，打人影响太坏"，也有人道听途说将此情况报告到了校长那里。正当我工作热情将要崩溃，满肚子委屈无处宣泄时，迎面走来了一位学校领导，并关心地问道："你眼睛怎么了，又青又肿，不要紧吧？"领导得知当时的情况后认真地安慰着我，还叮嘱我去医院就诊。时隔很久再次碰面时，领导还追问我，身体恢复得怎样，让我感动万分……

也如我们其他老师所说：老领导将柜子里的档案盒一一打开，一本本给我介绍，让我熟悉，有些甚至一页页翻开，一排排指出，哪些是要特别注意的，他们倾其所有，把知道的毫无保留地告诉了我等等，"似此等语，不可枚举"。

这种鼓励、关注以及指引，让人充满了动力。他们总是不经意地宽慰我们"想当年我也这样……"却不知不觉地告诉我"跌倒了再爬起来"、"不要紧"、"会过去的"。一路同行，真的谢谢有你！

第二个主题词：贴心

我还记得怀孕时在油印室的180° 情绪翻转体验，上午 8：00，我让他们帮印攀登杯的试卷(1万多份)，凑巧那天上午他们也很忙。于是我一再叮嘱"下午上班时我来取"请他们帮我预留时间，因为试卷下班前要送到各个年级组。随后我去市教科院参加一个心理培训，培训时，我都在想下午要如何把这些试卷数好、捆好、封好，并标明好，放学之前送到各个年级组。下午2点一到，我立马小跑到油印室去，"当当当当，我来了，印好了没有"。"忙不赢，还没有印呢。"听到这我伪装的脸上虽然没有一丝的不快，可心里却翻江倒海，凉了一截。"真的吗，还没印，我可是8点就送来了。""煮的，在这里。"我哈哈大笑起来，当我打开纸箱，看见一捆捆扎好、封好而且还写好科目、年级、考场、份数时，我的眼睛再一次湿润了，我毫不掩饰我心中的激情，拥抱他们，并在他们脸上亲了又亲，太谢谢了。

也因工作的关系，多次用到多媒体教室。我总有一个习惯，提前预订的同时，活动当天还会提前现场考察，若没有布置好，立马电话"温馨提示"。来校用多媒体教室近百次，他从未让我有过机会"友情提醒"。有时学校活动多，几个地方同时用，他马不停蹄地来回穿梭于这些场地操纵设备。学校有大的活动开展，如高考等，他总是提前检查设备，每个教室的音响他都仔细查看、确保设备运转万无一失。他还经常牺牲休息时间、寒暑假、周末，开展或是接待来访者，或是校友返校等活动。时间被支离破碎，他却毫无怨言，整天笑眯眯的。

也因工作的关系，今年暑假申报一个国家级的课题成果，需要查找一些档案资料。那时恰巧不是他值班，我与她一起在档案室找了一天，没找全，我都准备放弃了，可她连着三天埋头在档案室里查找翻阅，硬是查阅到我需要的资料才完工。第四天，当他把资料送到我的手上时，我心里热呼呼的。

有时我心血来潮，想重读一些书，如《沉思录》、《理想国》、《爱弥儿》等。我随口一问，馆长都会一一回答。他基本能将所有已购图书记在脑子里，为了能找到师生门有阅读意向的图书，有时不得不在新华书店里待上一天。而采购来的图书需要编目扫描入库，每次就是数百本。书名、出版社、价格、作者、册数、编码条等等书籍信息需要人工输入电脑，有时累得连腰都直不起来，看似简单的工作却需要万分的细致，一点一滴积累的背后是默默无闻的工作和辛勤的汗水。

下着毛毛雨，我要把宣传牌摆放到图书馆。他迎面走来，一手夺去，扛在肩上，尽管我再三推辞，"你就饶了我这眼睛，看着都不忍心"他边走还边说等等这样事情多不胜举。

这种善良、细致、贴心，让人充满了感激。他们总是会说"这是锻炼身体的好机会、把方便留给他人，把苗条留给自己"，却不知不觉地让你觉得世界不是没有美，而是缺少发现美的眼睛。

第三个主题词：暖心

因工作原因，心理疾病首先得排除器质性疾病，加之生活需要，我经常去医务室找他咨询。已是花甲之年的他热情，专业，从来就是有求必应，有问必答，经常不厌其烦地解答我那些稀奇古怪的问题。

数年前，全校上下大战诺如病毒，医生身先士卒（我也不小心被列入其中），身处前线，一番鏖战，几度相持，终于胜利。中间医师在外地兄长病逝，重任在身，一时不能前往，无奈只得先发唁电一封，再让妻子赶去外地。我曾在旁拜读电稿，手足之情，伤悼之心，不忍卒读。

今年暑假，一学生患急性阑尾炎需要立即动手术，而学生家长还在北京，班主任也还没有来得及赶到，医院手术前必须签字，他知道学生如果耽误手术时间就会加重病情，甚至有生命危险，于是立即给家长打电话说："我是校医，你的孩子需要马上手术，我替你为孩子手术签字好吗？"家长同意，他立即替学生手术签字，使学生得以及时手术，及时救治。后来，家长向学校写来了感谢信，大家在学校网页新闻栏中也可以看到。

前不久，一学生跑1500米时突然晕倒，只见他小跑步和高三老师及学生用担架护送着来医务室。学生大汗淋漓，一身湿冷，呼吸困难，心音较弱，血压下降，生命垂危，他一边让陪同学生打120，一边积极抢救学生：针灸、急救推拿、给服救心丸、注射急救药物，仍未见明显改善。他心里非常焦急，却叫学生不要紧张，保持呼吸道通畅，深呼吸，不停地针灸几个重要穴位，防止学生病情恶化，在第一时间实施了积极抢救……这样的事不胜枚举。当我向他表示由衷的敬意时，他却说这不算什么，谁遇到那样的事都会那样去做，是应该的。

还有实验室的他，讲到实验仪器眼睛就会放光。为了给学校节省开支，他建议不用买厂家的实验桌，而将原来的实验桌进行加工。他就天天晚上在实验室加班改造实验桌，包括桌子的重新摆放，重新设计，电源系统的改造等等大量的工作，他从没有怨言。

高三期间，学生心理波动很大，大冬天的晚上快12点打电话给她，她没一句推辞就出门到办公室给学生做心理咨询到凌晨，第二天一大早还嘱咐家长关注孩子的表现。

校工会为了组织一次活动，他们一天跑四五趟商店准备礼品，思前顾后，考虑周全，回到学校时累得走不走动。可第二天一大早同样出现在校园里，可步伐却缓慢许多。他们始终让我们感受到"我们能在一个单位工作，就不再是一个孤单的个体，有组织的感觉真好"。

信息技术组的老师，接连半个月的中午都用在了"高一心理普查"结果分析上，毫无怨言，满脸堆笑；通用技术组的老师在竞赛培训的冲刺阶段与参赛学生吃住都在机器人实验室。

教科室的老师撰写课题相关材料。白天上班时，人来人往，很难集中写出几句话来，因而写的任务只好在晚上进行。"课题获准立项，或者是课题评为几等奖。"殊不知，这一句话的背后隐藏着他们多少个不眠之夜，多少回心力交瘁。

教务处老师在关键时期应答得最多的一句话就是"这个礼拜有活动"。摸底子、录名单、打电话、做交流、印资料、初试、复试等等，都是在5＋2，白＋黑中进行的，为了好的生源，没有一句怨言。

学工处的老师披星戴月值勤、查寝、与学生谈话，整天行走在路上。就是这样，我们依然可以看到他们温馨的笑容，就连有点小吃的也会跑过来分享。

我的搭档，每每都是，"燕子，你先走，我来做！"工作一同做，不分你我，碰上评优评奖时总是力荐对方，让你的敬意、感动油然而生。

人事科、财务科，他们总是应答着"我就到"、"我马上来"，套用如今的话就是"绿色通道""快速通道"，而这，总让你觉得这个冬天很暖。

其实，这样的事情还有很多，他们有的只是平凡、只是琐碎，但就是在诸多的平凡和琐碎中，他们几年、几十年如一日地倾注着他们的热情，奉献着他们的真情，心安心、心贴心、心暖心，感动着你我的人生。一路同行，谢谢有你。

谢谢大家。

（作者系我校心理一级教师。该文为2011年作者在学校"来自身边的感动"报告会上的发言）

湘水波远

（校友篇）

一百一十年，弦歌不绝，英才辈出。
附中春晖遍，夭桃艳李五洲盈。公勤仁
勇记心上，自强弘毅创一流。

朱镕基和他的同学们

刘磊　彭鸣皋

朱镕基非常看重昔日同窗的情谊，对五六十年前历经曲折坎坷、聚散离合的同学，始终不能忘怀。

睡在上铺的兄弟

湖南长郡中学离休教师周继溪是朱镕基在广益中学和国立八中读初、高中时的同班同学（朱与周1941年至1943年同编在初39班），当时正值抗战时期，两校分别设在湘南和湘西的偏僻山村，交通不便，物力维艰。初中时睡的是两层的铁床，朱镕基分睡下铺，见分睡上铺的周继溪身体瘦弱，就主动把下铺让给他睡。对此，周继溪没齿难忘，说朱镕基从小眷注弱者。

1944年下半年，朱镕基和周继溪都考入了国立八中，并且也编在同一个班，这两个初中老同学又朝夕相处了20个月。1946年秋国立八中解散，朱镕基转入了省立一中，周继溪转到了省立十五中，从此两人分离。但两人同窗五载，"情深似水"，几十年来，他们之间的情谊从未间断。

1993年，朱镕基副总理来湘观察，百忙中要通周继溪的电话，两位老同学交谈了十多分钟。

有一次周继溪在给朱镕基总理的通信中说，昔日我们游历的八里洞庭湖由于围湖垦殖，如今水面大大缩小了，望政府拨款治湖。朱镕基深以为然，在充分调研后，拨出治湖专款。

1996年，周继溪到北京，朱镕基工作忙脱不开身，便委托劳特夫（也是国立八中同学）热情接待了他。2001年4月，朱总理到当年国立八中所在的花垣县考察，回到了母校的旧址，并在原有的石狮子旁与夫人劳安合影留念。花垣县县委宣传部特意放大一张十多寸的照片送给周继溪老师，周老师非常高兴，将其挂在自己的客厅里。

晚到10年的诚挚道歉

浏阳市第六中学的退休教师杨开卷也是朱镕基在国立八中的同班好友。1982年，杨老师从报上读到"国家经委副主任朱镕基"的信息，不禁一怔，拈须搓手：

他莫不是国立八中的老同学朱镕基?

思虑良久,他决定去信问询,但没有回音。十年之后,朱镕基被任命为国务院副总理,报纸上刊登了他的照片,杨开卷立马认出是国立八中的那位老同学,往日同窗之情——相互关心、切磋学业、作文比赛、打篮球、拉二胡、唱京戏等,一股脑儿涌上心头。他研墨展纸,给老同学写了一封叙旧的长信。

没过多久,就收到了朱镕基热情洋溢的亲笔信。

杨开卷同志:

　　接读来信,愧何如之。你前次来信,本应及时敬复,当时亦告诉自己,不要忘了,因我已有经验,上次一初中同学因我未及时回复,即遭来信大加讽讥。奈因每日白天会海,晚上文山,不过十二时不能就枕,过了几天,再也想不起来了。今蒙我兄再次来函垂询,实感愧怍,从兄处着想,难免感到旧友做了官,架子大了,白眼对故人,从我来说,亦是有苦难言,唯愿不做官。我也不应向兄发牢骚,但请见谅耳。回想中学时期,生活虽极清贫,但一心埋头向学,心情尚舒畅,故友同学切磋、互相帮助之情景,尚历历在目,可惜八中同学除我兄来信外,尚未有联系者。我记得在八中时,你的身体是比较好的,想今日亦好。

　　祝健康!

朱镕基
7.26(星期日)

情见乎辞,这封信真情毕露,每字每句都是那样直白,直白得如同一泓清泉。杨开卷感叹:还是那个情深义重的朱镕基!当了这么大的官,昔日同窗之谊没忘。

"就怕你找我题字"

光阴似箭,岁月如流,改革开放之后,杨老师的生活越发过得舒坦。1997年,他在自己的老家盖了一幢红砖楼房。他想,要是能得到朱镕基总理的题字,定能使小小的居室蓬荜生辉。他喜滋滋地又给老同学写了一封信;不揣冒昧,说出了自己的希望。他很快就得到了回复。

开卷兄:

　　来信收悉,谢谢,恭闻身体健康,新居舒适,甚感欣喜,并表贺忱。我一不怕你借钱,二不怕你求职,就怕你找我题字,因我有"五诫",此其一也,不能破例,务请见谅。

　　敬礼!

镕基
9.10

4月，朱镕基的母校湖南私立广益中学（现湖南师大附中）庆祝建校95周年。校庆前夕，老同学们恳请朱总理为母校校庆题词祝贺，他也以"五诫"相拒绝了。朱镕基严于律己，杨开卷老师只能作罢，不能勉为其难。

1998年3月17日，九届全国人大一次会议选举朱镕基为国务院总理。杨开卷从媒体看到报道，兴奋不已。

3月19日晚，他收看中央电视台播放的朱镕基记者招待会。新任总理关于"地雷阵"和"万丈深渊"的发言掷地有声。杨开卷为老同学的过人胆识激动万分，立即挥毫泼墨书写了一副楹联。

　　　镕古铸今精兵简政
　　　基法治国反腐倡廉

此联投邮寄给朱总理。这一次，杨开卷没有要求写回信，他知道这位老同学实在太忙。

一次公开的拥抱

1997年9月，曾经与朱镕基在清华大学同窗四年的中国航天科技集团公司科学技术委员会顾问、中国工程院张履谦院士获何梁何利基金技术进步奖，颁奖大会在香港举行。

坐在大会主席台上的朱镕基总理瞧见了在会场第二排正中就坐的老同学张履谦，颁奖一结束即迅步走下主席台。他与坐在第一排的领奖专家一一握手，然后走到张履谦身边，张开双臂，紧紧拥抱着他。

香港《大公报》记者抢拍了这真情流露的珍贵镜头。朱总理为何对他"情有独钟？"记者们大惑不解，纠缠着张院士寻根究底。此时此刻，张院士知道，不能太渲染他与朱总理在清华大学的四年同窗生活，就淡淡然说道："我是一个普普通通的老百姓，'民为贵'，'民为邦本'，朱总理最喜欢老百姓嘛。"

"同学会"成了"民意会"

朱镕基被任命为国务院副总理后，在一次在京工作的老同学聚会中，他表示愿意把工作做好，希望大学鼎力相助，并提出三点建议与之共勉：一、听到群众对我的意见，哪怕是斥责谩骂，要原汁原味、不折不扣地告诉我;二、找我办事，遵循章法，公事公办，能够办的就办;三、写给我的信，我一定看，但不一定回信。

老同学们称之为"约法三章"，个个允诺。

据老同学回忆，他们聚会、交谈、通信，不谈人情物理，只谈民生国计，反映民情民意。如"群众对公务员加薪计划很有微词"之类。当他们从新闻媒体得知"朱总理决定缓行原定去年下半年开始的公务员加薪计划，将这部分财政资金用于扶贫济困"的消息，高兴了，满足了。

在另一次老同学聚会上，有人反映："政府工作卓有成效，物阜民康，老百姓拥护、爱戴朱总理，社会上要求总理连任的呼声很高。"朱镕基诙谐地说，我这个总理并不好当呀，我们党内有能力的人多的是。我现在还兼任着清华大学经济管理学院博士研究生导师，以后不当总理了，还可以当博导嘛。

老同学哈哈大笑。

"友谊一生老益重，江山百代今最娇。"这就是朱镕基与昔日同窗深厚友谊的真实写照。

（摘自《南方周末》2003 年 3 月 6 日第 995 期。
刘磊，系我校退休高级教师，原教导主任、校办公室主任。
彭鸣皋，系广益 1949 年高 36 班毕业校友，老记者，湖南省作家协会会员。）

诗词两首

梁承玮

浣溪沙

母校广益师恩难忘

寇患南迁到柏坊，坚持弦诵育人忙。先贤曹李[1]热心肠。

颠沛共扶伤与病，饥寒分泽被和汤。师恩如海总难忘。

贺母校110周年校庆

百十筵开寿启明[2]，科研兴教育才精[3]。

修明学业忠家国[4]，广益前身后继荣。

（作者系广益初40班学生，在校名为梁尚珍）

---

[1] 曹李，分别为曹孟其、李之透两位校长。

[2] 启明，即长庚星。

[3] 指附中办学宗旨。

[4] 广益校歌里有"愿学业修明，愿效忠党国"一句。

贺校庆对联集锦

禹灿宣

贺母校湖南师大附中百年校庆

兴教救国创广益　先祖英名不朽

含辛茹苦育栋梁　后贤业绩永存

纪念祖父禹之谟烈士殉难百周年联

躯壳死耳革命家实业家教育家家家咸仰

壮志存兮自由愿富强愿文明愿愿愿尽偿

（以上二联均载《中国对联集成·湖南双峰卷》）

贺母校湖南师大附中百十校庆

薪火传承百十载　校史溯源怀广益

晨昏匪懈三尺台　宗师明道创辉煌

缅怀祖父禹父禹之谟烈士

惊天动地葬陈姚兴实业办学堂救国救民仪型数典敢忘祖？

湘水麓山启黄蔡倡共和除帝制同心同德革命毕功有后贤！

（此联载《中国对联集成·湖南湘乡卷》）

缅怀辛亥革命烈士禹之谟

就义靖州唤醒黔黎四亿名垂青史

育人广益栽培俊彦三千声震宇寰

（此联系在"娄底市纪念辛亥革命百周年大会"上发言的附录
载娄底市政协《政协之窗》）

（作者系禹之谟嫡孙，广益 1948 年初 50 班毕业，高 40 班肄业。双峰县朝阳中学退休教师。终生从事教育工作，曾出任政协双峰县委员第二、三、四届委员）

贺校庆组诗

唐士识

七律·庆祝湖南师大附中建校一百一十周年

母校奇葩又盛开，五洲学子慕名来。

高科新技严师授，艳李夭桃大手栽。

孔圣三千今古范，麓山万木栋梁才。

树人扬校腾飞日，敢摘星辰上九陔。

七律·高歌湖南师大附中

济济名师执教鞭，附中学子共婵娟。

讲台高筑麓山下，教泽长流湘水边。

继往开来兴伟业，滋兰树蕙育英贤。

自强弘毅争飞越，改革创新敢领先。

临江仙·湖南师大附中110周年硕果丰

校舍恁窗花一片，自强铸就峥嵘。弦歌不老麓山情。创新求是处，弘毅数书生。

婉转湘江经百折，春风化雨无声。满园桃李五洲盈。传承薪火地，硕果向人迎。

七绝·赞附中教师

呕心教导多骄子，群鸟争气落九霄。

胸有长空存大志，簧门振锋响声高。

讲台相伴气轩昂，凤舞龙飞衣挂霜。

汗水灌浇苗圃茂，呕心沥血化芬芳。

（作者系1957届高6班校友）

望海潮
——记别母校卅周年
平杰（平思学）

　　凤凰山下，桃子湖畔，独叹昼长春晚。江楼影暗，古樟卧雨，淡淡玉兰相伴。先生独笑玷。歌纵群英少年。君狂无暗。卷袖抖尘，斜看碧麓云散。

　　故人窗竹敲憾，记伊人秋水，乌丝旧颜。情极无语，执手潸然，且再把酒斟满。已过三十年。但闲品秦筝，梦随卿远。归马匆匆，一番豪情再相见！

（作者系1984届高102班校友）

麓山忆
樊晓杻

　　共望麓山云岭横，相逢悲喜汇一盅。
　　千炼方得材堪用，百折原知士毅弘。
　　叙遍师长及故旧，饮罢老友复新朋。
　　母校情怀除无计，试约佳期遣归程。

（作者系1978届校友）

颂附中

任理和

　　今年四月，恰逢由革命先贤创办的广益中学发展而来的湖南师大附中110周年校庆，我在附中工作、生活达半个世纪之久，对学校有特殊的感情。写就《颂附中》一首，以表寸心。

广益附中青史扬，
百有十年渐辉煌。
慎选良师奠基石，
谨择优生谱华章。
校纪严明学风正，
教研精彩业绩昌。
古樟见证今和昔，
创新发展放光芒。

（作者系我校英语组退休教师）

一个家庭三个院士兄弟：黎鳌、黎介寿、黎磊石

刘磊

三兄弟九个相同

一个家庭的同胞三兄弟都是中国工程院院士，国内外尚无先例。他们又同为一所中学的校友，自然在世界上是独一无二的。当代医学界的三颗璀璨明星——黎鳌、黎介寿、黎磊石就是这个先例；他们同为广益中学（今湖南师范大学附属中学）校友，就是这独一无二。

1996年6月的两院院士大会期间，黎介寿对采访他们三兄弟的一位人民日报记者说："1986年我们三人同时参加了全军医学科学技术大会，同时受到表彰，今天又同时出席两院院士大会，并在同一个小组讨论问题。"记者饶有兴趣地向黎磊石问道："你们兄弟三人共有多少相同之处呢？"黎磊石扳着手指说："同胞，同学医，同是军人，同是共产党员，同是一级教授，同是博士生导师，同是单位领导，同是中国工程院院士。"一口气说出8个相同之处。笔者认为还要加一个，即同是广益中学的校友。因为，黎鳌在广益中学附小读过四年半书，介寿、磊石同时在广益中学上了两年半初、高中。

出身书香门第

黎氏三兄弟的祖籍是湖南浏阳。他们的伯祖父黎尚雯，1905年鼎力协助民主革命先驱禹之谟创办惟一学堂（即广益中学），主持教务。三黎的祖父是一位乡村私塾教员，又曾行医。三黎的父亲浦堂早年随兄赞唐负笈长沙，毕业于湖南高等学堂理科，1913年又与赞唐同时受聘于湖南广益中学。他为人正直，担任英文教员，教学能力强，认真负责，且擅长书法与诗词，在师生中威望颇高，被推为校董事会董事，1926年7月至1927年年底出任校长。1928年起，先后在上海、南京、杭州从事教育等工作，1937年夏病故，年仅48岁，一生辛劳，两袖清风。三黎的母亲黎周霞虽系家庭妇女，但具有勤俭、朴实、宽容、谦和的美德，既竭力支持丈夫工作，又精心抚育儿女成长，挑起了家庭的重担。

三黎的伯父黎赞唐自湖南高等学堂毕业后，长期在湖南广益中学任教数学，他师德高尚，数学造诣高深，时人誉为"黎三角"。1956年被授予"全国劳动模范"称号。其伯母亦系家庭妇女，但知书达理，克勤克俭，教子有方，甚为贤惠。赞唐、

浦堂在长沙工作时，两家都住在湘江边的通泰街，相距很近，亲如一家，相互影响较深，介寿、磊石还曾由伯父家抚养多年。

童年个性自由发展

三黎都是在长沙出生的，老大黎鳌生于1917年农历五月初四日，老二介寿和老三磊石分别于1924年10月和1926年10月出生，他们都有属于自己的童年。据比黎鳌小五岁的堂妹黎季芳老人回忆："鳌大从小比较淘气，是个'孩子王'，走到哪里都会有一群孩子围着他转，连我这个女孩子也喜欢同他一道放风筝。他又很爱游泳，家里距湘江很近，时不时就跳到河里游水去了，常常使得叔叔婶婶提心吊胆。"淘气的男孩往往很聪明，黎鳌从小爱奇思怪想，连在与同伴玩耍中也常能弄出点新点子来。尽管淘气的"孩子王"有时磕破头，有时磕破脸，母亲却不苛责他。

介寿三岁多、磊石一岁多就随父母全家迁居上海了，介寿自小就乖巧，给他一个玩具，可以一声不响地玩上半天，一点也不缠人。可总喜欢拆拆卸卸，家里的闹钟也被他拆得七零八落，但他又能把闹钟安装起来，母亲也就随他去。

他们兄弟慢慢长大了，又发狂般迷上了踢足球，大哥喜欢当锋线人物，介寿、磊石也抢着踢前锋和中锋，谁也不肯当守门员，三兄弟就像充满活力的小狮子在足球场上奔跑着。

父亲忙于工作，管教孩子主要靠母亲，而母亲秉性宽容，教育方法比较开明。因此，三兄弟的个性从小就得到了自由的发展。

抗日时期艰苦求学

老大黎鳌于1923年秋6岁时入广益中学的附属小学读书，那是个办得很好的小学，但到1928年，就随父亲去上海工作，全家离开了长沙。他后来进了上海大夏大学附中，理科成绩冒尖的他，高中毕业后，本来渴望上南京中央大学数理系，是父亲希望他学医的一封信改变了他的升学志愿，也改变了他一生的命运。1935年8月，他考取了国立上海医学院。当时，他家庭经济比较困难，60年后黎鳌回忆说，"父亲是教书人，长年多病，家境贫寒，我从小就没有足够的钱上学"，于是开始半工半读，自谋生计。当时，上海医学院上解剖课需要很多挂图，学校图书馆也缺少工作人员，他就白天上课，中午画解剖图（每张能挣一元钱），晚上七点至九点半到图书馆当管理员。虽然每天累得筋疲力尽，可是他的学习成绩仍然十分出色。更未想到的是他在图书馆里能阅读很多书刊，大大丰富了他的知识面，从而补救了他最讨厌的"填鸭式"的教学。黎鳌就是这样通过艰苦努力，读完上海医学院，并在长期的忙碌和勤奋中，孜孜不倦地求索，锲而不舍地追求，一步一步地走进了医学界的最高学术殿堂。

　　1937 年夏天，三黎的父亲不幸患心脏病去世，黎家的顶梁柱倒了，母亲只好带着比介寿大四岁的女儿黎中和两个儿子回长沙，投奔仍在广益中学任教的赞唐老师。当秋季开学，介寿和磊石双双以同等学历进入广益中学初中第 20 班学习。1938 年秋，即抗日战争爆发的第二年，长沙城屡遭日机轰炸，市区各中学奉令疏散，广益中学先迁望城沱市，1939 年南迁常宁柏坊大坪，长郡中学和周南女中迁安化兰田。赞唐老师为了便于几个女儿上周南女中，只好应聘到长郡中学任教，全家迁蓝田，介寿、磊石转学长郡。

　　1941 年春，赞唐老师应邀回到广益中学，家又迁移，介寿、磊石随着回到广益中学，插入高中第 20 班读一年二期。当时学校所在地的大坪，是一个交通不便、仅有五十多户人家的偏僻乡村，学校租赁祠堂和民房作校舍，设备极其简陋，课本不齐，靠抄笔记，晚上自习点桐油灯，学习生活条件十分艰苦。当时，他们靠伯父抚养，和堂姐妹们一道上学，伯父除了以自己对教学工作极端负责的敬业精神影响他们之外，还要求他们珍惜时光，勤奋学习，学有所成，为国效力。

　　由于当时赞唐老师的薪俸每月只及战前的五分之一，他有九个子女，加上黎周霞母子，全家十多口的生活实难维持。因此，介寿、磊石到 1942 年夏读完高中二年级就辍学了。随后，兄弟俩跟着妈妈投奔在桂林工作的姐姐黎中家。为了生计，他们兄弟二人当过押运员，成天去押运货车；当过推销员，整天去推销钢笔、复写纸等文具；当过勤杂工，每天马不停蹄地打扫卫生。艰苦的生活磨炼了他们的意志，也激发了他们的上进心。他们每天晚上复习功课，从不间断。后来考取了东方语言学校和机械化学校。但黎鳌来信说："赴渝学工、学文不如学医实在，可以为老百姓除病去痛。"两人便于 1943 年 7 月考入了国立中正医学院（系后来的江西医学院），即大哥执教的那个学校，成了大哥的学生。

　　60 多年后，介寿、磊石回忆说："我们兄弟三人均先后受业于广益。我们两人在广益读书时正值抗日时期，颠沛流离，学习非常艰苦。然而母校老师不辞劳苦，坚持办学，诲人不倦，使我们打好了思想和学习的基础。同时受到了很好的爱国主义教育，懂得作为一个中国人，必须发愤读书，努力把国家建设强大，才不会受外敌欺负。中学的教育，使我们日后在事业上遇到困难不退缩，历经坎坷志不移。"

成功的秘诀

　　黎氏三院士的成长，得益于书香门第潜移默化的影响和良好的家庭教育，也离不开国难当头立志报国的激励和扎实的中学教育基础，但最关键的是自己勤奋。黎鳌在 1996 年说过："我们三兄弟均被评为院士，不少人问我们有什么成功的秘诀。我说，只有一条，比较'勤奋'，如此而已。"

（摘自长沙市教育局关心下一代工作委员会《院士成长与家教》一书）

为国防科研事业履险蹈难

——记中国工程院院士张履谦

刘磊　彭鸣皋

　　张履谦（1926年—），电讯工程专家。湖南长沙人。历任中央军委通信部雷达处组长、电子技术研究所雷达侦察干扰及反干扰研究室主任，国防部五院二分院雷达总体室主任、雷达设计部副主任、制导雷达站主任设计师、二十三所副所长，七机部卫星地面测控工程总设计师、研究员，航空航天部、航天工业总公司科学技术委员会常委。1995年当选为中国工程院信息与电子工程学部院士。

　　张履谦，1926年3月1日出生于湖南省长沙县。父亲张子尧是当地的一位小有名望的中医，对孩子的管教很严，从小教他勤奋读书，耕田种地，帮助家里照料来家就诊的病人。取名"履谦"，寄托了父母的企盼："履险蹈难"，做一个谦逊而严格要求自己的"谦谦君子"。小履谦11岁那年，日本侵略军在卢沟桥发动了突然袭击，挑起了全面的侵华战争。"平津危急！华北危急！中华民族危急！"小履谦的幼小心灵萌发了"读书救国"的爱国思想。他从初中到高中到大学，学习成绩一直优秀。1951年于清华大学毕业之后，被分配到军委通信部工作。他不负众望，在研究雷达抗干扰技术和研制我国第一代防空导弹制导雷达，以及参加研制我国多种卫星、载人飞船和空间测控等方面，都做出了重大贡献。1964年，他被国防科委树为我国国防科研战线上的标兵；1984年，又被批准为我国首批国家级有突出贡献的中青年专家；1985年，获国家科技进步奖特等奖；1995年当选为中国工程院院士；1997年获何梁何利基金科学与技术进步奖。这一切展示了他这位航天制导雷达及电子学专家履险蹈难，为国防科研事业立下赫赫之功的传奇人生。

履险蹈难，在烽火岁月中成长

　　张履谦的中学时代，正是日寇侵犯我国，中华民族的国土一年年沦丧的烽火岁月。长沙告急，国民党政府实施"焦土抗战"，一把火把长沙烧成一片废墟。长沙市的大中学校纷纷南迁,张履谦所在的湖南广益中学(现湖南师大附中)迁至常宁县柏坊镇太平村。学校租赁两所祠堂做教室,用土砖垒成课桌,学生晚上自习点豆油灯照明。老师谆谆教导他们:国难当头,物力维艰,要珍惜时间,发愤读书,将来报效国家。张履谦懂得:"学如掘井,井愈深,土愈难出。不坚其心,正其行,岂得见泉耶?"他下定决心:一、打好基础;二、艰苦奋斗;三、洗雪国耻。正当他的学业蒸蒸日上之时,长沙、湘潭、衡阳相继沦陷、学校被迫停课,人心惶惶,人员疏散,家庭接济断绝,张履谦有家归不得。当时的代理校长李之透用家产作抵押借粮食给 100 多名学生吃,并说;只要我有一口饭吃,你们就有饭吃。张履谦为了减轻学校负担,与徐文思到当时尚未沦陷的嘉禾县同学李秀生的家避难。他们办补习班、教小学、种蔬菜,自力更生,艰苦奋斗。1944 年 8 月,听说学校迁到了蓝山,他们辞掉教学职务,在蓝山找到了广益中学。这时的他们囊空如洗,如之奈何?黎赞唐老师看出他们的困境,说;"你们跑到哪里去了?没钱,先进校读书,钱好解决。"黎老师不仅关心学生,课也讲得很好。他每讲完一个章节,就问学生听懂了没有?提醒学生要多想想,不想,就不能弄懂。"学而不思则罔",罔,就是迷惑而无所收获。黎老师对学生慈父般的关爱和诲人不倦的教学作风,令张履谦至今难忘。

1945 年夏,张履谦在蓝山广益高中毕业。1946 年秋,北京大学、清华大学、南开大学、西北工业大学、武汉大学等全国著名大学在武汉招生。十载寒窗,读书万卷,此时正可以大显身手了。在这场选拔人才的考试中,张履谦崭露头角,一举考取了清华大学电机工程系,考生们称赞他是"奇才"!进入清华大学后,张履谦满以为可以躲进"象牙塔"做学问,可是"一二·一昆明惨案"、北平发生美国士兵强奸女大学生的"沈崇事件",迫使群情激愤的学生走上街头游行示威。此时内战一触即发,学生忧心如焚,他们下农村,下工厂,举办工人夜校,号召工农反内战、反饥饿、反迫害。国民党派了大批特务跟踪学生,骂他们是"职业学生",假学生之名,搞地下活动。张履谦积极参加了爱国学生运动,加入了党的地下外围组织——中国民主青年联盟。1948 年 10 月,张履谦光荣地加入了中国共产党。全国各地学生运动风起云涌,"推翻国民党,建设新中国"的雄壮口号,响彻云霄。1948 年 12 月,北平和平解放。张履谦奉组织派遣参加以彭真为领导的北平市军管会,他负责接管石景山钢铁厂,经过几个月的辛勤工作,工作恢复了正常秩序,他回校复学。

立功异域,为战鹰保驾护航

1950 年 6 月,朝鲜战争爆发,美军炮弹落到鸭绿江边的城镇。唇亡齿寒,中国人民志愿军出国抗美援朝。"大丈夫当立功异域,安能久事笔砚间乎!"大学生纷纷投笔请缨。1951 年张履谦大学毕业后,被分配到军委通信部,担任通信部雷达处技术员,成为中国人民解放军的一员。某日,鸭绿江两岸桥梁和城镇遭到 79 架 B-29 飞机和 300 架战斗轰炸机的空袭。军委通信部王部长对张履谦说:"美军 B-29 飞机从日本起飞,使用电磁波干扰使我警戒雷达致盲,我们看不到敌机,指挥雷达无法指挥我空军迎战,自己的飞机上不去,上去了也下不来。"王部长和雷达处处长与技术员张履谦一道,乘火车到安东,再转乘汽车到志愿军司令部通信处,听取汇报之后,王部长说,一定要解决雷达抗干扰的问题。张履谦留了下来。他深入前线雷达机房,和雷达技师、连队领导一道,监视敌机,观察分析电磁波干扰现象。那时部队使用的是苏制雷达,张履谦没有学习过,只能看说明书、请教技师,他苦苦钻研了一个星期,才摸索清楚雷达的结构、性能。他提出变一变频道,在雷达发射机上扩展频段,加装抗干扰电路,使自己的信号加强,剔除、拒收干扰信号等措施。连长把他的想法向上级汇报,上面同意"改"。没有器材,没有仪表,他将仓库的废料利用起来。改好一试,有点效果,但不理想。张履谦跟技师反复琢磨,敌机来一次他们改一次,越改越好,很快解决了问题。中朝空军联合司令部看了很满意,同意把前线雷达全部做改装。有了科学研究技术的保驾护航,美军的电磁波干扰失灵了,我们的战鹰"上得去,下得来"。外电报道:1951 年 10 月 23 日,美国空军动用 8 架 B-29 轰炸机和大约 100 架战斗机轰炸朝鲜南市简易机场,遭到了中方 150 架米格式飞机的截击,结果,美军 8 架轰炸机全被击中。媒体惊呼:"几乎在一夜之间中国便成了世界上空军力量最强大的国家之一。"军委通信部任命张履谦为新成立的雷达干扰与抗干扰组组长,他带领一批雷达学校毕业的学员,进一步开展我军电子对抗工作。雷达抗干扰被写进国家科学技术纲要,从此,我国电子对抗事业纳入国家科学技术发展轨道。不久,张履谦被任命为雷达干扰与抗干扰研究室主任。

焚膏继晷,忠心献给国防科研事业

20 世纪 50 年代末,我国进行"两弹一星"(原子弹、导弹和人造卫星)研制的关键时刻,苏、美两个超级大国最害怕中国"用核武器的音响效果作为自己的外交语言",苏联撤走了专家。我们如何独立自主,走自己努力发展国防科研事业的道路?已调到国防部五院担任第一代防空导弹制导雷达主任设计师的张履谦,正凝神思考如何用地—空导弹击落上万公尺高空的飞机?导弹速度快,敌机距离远,只有研制出最佳灵敏度雷达接收机和提高发射机的功率,才能制导导弹,打下敌机。研制这样复杂的微波制导雷达站,他没有经验,于是找到了一套美国原版28 卷本《雷达丛书》,这是美国麻省理工学院为研制军用雷达所写的技术总结。张履谦下决心攻读,每天坚持至少读两个小时,焚膏继晷,夜以继日。学生、同事劝他保重身体,他谈吐诙谐:"天将降大任于斯人也,必先苦其心志,劳其筋骨……",他花了整整 12 年工夫读完了这部几尺厚的巨著。1964 年,他写了《雷达》一书,宣传、普及雷达技术。当时研制雷达,实验室什么设备也没有,领导从大学抽调人才,到全国各地搞材料,经过大家共同努力,终于搞出我国第一代防空导弹制导雷达。美国的 U-2 型高空侦察机有必走的关键路线,地—空导弹部队在敌机必走的路线部署了雷达制导的地—空导弹。"道高一尺,魔高一丈",U-2 高空侦察机上装有干扰机对我地——空导弹制导雷达发出干扰，有时发现地面有雷达就自动绕开，使我部署的导弹击不中他们的飞机。有关部门请张履谦出谋献策。张履谦提出了我们的雷达是扫描跟踪，只要在雷达上采用照射信号，就能使敌真假莫辨。据此，部队和科研人员艰苦努力，潜心研制了抗扰电路，多次击落了美国 U-2 高空侦察飞机。聂荣臻元帅说："张履谦同志顽强地钻研科学技术和业务知识，是国防科学技术战线上优秀的基层指挥员代表。"1964 年，国防科委树立他为国防科研战线上的标兵。

20 世纪 70 年代末，我国研制第一颗地球同步实验通信卫星。当时，大病初愈的张履谦被任命为卫星地面测控系统工程总设计师。该项工程的配套设备中需设计一台 450-1 微波统一测控设备和一台 450-2 超远程引导雷达，这是当时一项赶超世界先进水平的工程。总设计师张履谦带领工程技术人员，深入进行方案论证，研制出模样机，又采用高新技术攻克了精密天线加工、高功率传输、高频率稳定等技术难关，终于研制、生产出了微波统一测控系统和超远程引导雷达。这一科研成果对我国第一颗 36000 公里高空通信卫星进行跟踪、测轨、遥测、遥控和数据传输，以及作实时控制入轨、定点，都准确无误。张履谦主持研究的这一微波统一测控设备获国家科技进步特等奖，超远程引导雷达获国家科技进步一等奖。

呕心沥血，为党的宇航实业竭诚追求

2002 年 5 月 15 日上午，我们拨通张履谦院士的手机，他轻声说："我正在开会，等会我给您打过去。"2002 年 6 月 8 日，张履谦院士在自己家中，热情接待了我们。他家客厅设备简谱，尚停滞在 20 世纪 70 年代水平。张院士说，比起过去这已经好多了。我们注意到相框里的朱镕基与他热烈拥抱的照片，他说："1997 年，何梁何利基金技术进步奖在香港颁发，大会主席台上的朱总理看见坐在领奖席上的我，会后迅步走下主席台，径直走过来与我热诚拥抱，香港《大公报》记者摄下了这珍贵时刻的镜头。"张院士与朱总理原为广益中学的校友，在清华大学两人又同在一间宿舍，一住就是几年，情同手足。

张履谦院士精力过人，虽年逾古稀，仍担任着中国航天科技集团公司科学技术委员会等 10 多个科研单位的顾问，曾参与我国多种卫星、载人飞船和空间测控等方面的研究，为其规划制定、型号立项、技术方案审查、重大关键技术突破等出谋献策。2002 年 5 月 15 日，他在电话中说的"开会"，实际上是在监视站监视海洋和气象两颗卫星的发射并处理问题。他是美国宇航学会（AIAA）的高级会员和 Associate Fellow、哈尔滨工业大学兼职教授，《宇航学报》等 5 家科技杂志编审……他的时间是一个星期一个星期地安排，2002 年 7 月已把 9 月以前的工作日程天天都排满了。

（摘自《三湘院士风采录》第三卷）

怀念院士朱之悌老校友

刘磊

我和朱之悌院士的接触始于他当选中国工程院院士的1999年9月。当时我正四处收集我校杰出校友资料，开始与他通信联系。接到他的个人简历和科研成果介绍后，我对他肃然起敬。之后，在2001年10月我参加北京校友分会年会期间，曾登门拜访；2002年6月和2004年10月又两次到北京肿瘤医院看望和采访他。我牵头撰写的《一株伟岸的白杨树——记中国工程院院士朱之悌》一文，被收入2002年12月湖南科学技术出版社出版发行的《三湘院士风采录》第三卷。在那五六年间，我与朱院士的往来电话和书信也很多。这样，我们便成了好朋友。他本来打算2005年5月回母校参加100周年校庆活动的，不料在当年1月22日就与世长辞了，距我最后一次与他见面不到三个月。而今他已离开我们八年了，但往事历历在目，难以忘怀。

朱院士1929年10月出生于湖南长沙青山铺的一个知识分子家庭，从小受到良好的家庭教育，尊师好学。1947至1949年就读于湖南私立广益中学（今湖南师大附中）高35班。广益历史悠久，具有慎选良师、从严治校、艰苦朴实、注重学生全面发展的优良办学传统，社会上流行"要学习，进广益"的谚语。老师不仅教书，而且教人，鼓励学生立志成材，报效国家。朱之悌从小不甘落后，有股力争上游的倔强劲。同班学友郭见扬一直记得：他勤奋好学，有疑问就向人请教；能用一口流利的英语回答英语教师的提问，同学们甚至不让他坐前排，怕他一个人抢去了锻炼英语听、说能力的机会。据广益学籍簿的记载，朱之悌在高中一、二年级各科成绩优秀，尤以物理、化学突出，为他以后成材打下了良好基础。1950年7月从湖南省立一中毕业考入北京农业大学森林系（后改为北京林业学院，即今北京林业大学），1954年毕业后留校任教。1957至1961年被公派赴莫斯科林学院留学，获苏联生物学副博士学位。他回国后先后担任北京林业大学讲师、副教授、教授、博士生导师和北京林业大学毛白杨研究所所长。中共党员。又长期担任中国林学会林木育种分会副主任、林业部科技委委员、林业部科技进步奖评委会评委、国家科技进步奖和发明奖评委会评委、《林业科学》编委等职。我国著名林木遗传育种学家。1999 年 4 月当选中国工程院农业、纺织与环境工程学部院士。

他终生奋斗在教学和科研第一线。在教学上除了为本科生、硕士生、博士生授课外，他编著的《林木遗传学基础》一书被列为林业院校的通用教材，至今仍被许多农林院校采用。在科研中，从 1980 年起承担并主持全国科研攻关重点课题——毛白杨良种选育，以解决我国造纸木浆原料问题，结束每年花近 100 亿美元进口"洋纸"的局面。他不辱使命，遵照苏联导师"一辈子就搞一个树种，不要换，越换越出不了成果"的告诫，带领他的硕士生、博士生和他的夫人林惠斌教授等经过 10 多年的艰苦努力，采用染色体部分替换和染色体加倍技术，将传统 38 根染色体的二倍体毛白杨改造为 57 根染色体的三倍体新毛白杨。这是毛白杨染色体数量和质量实现改造而形成的毛白杨新品种。新品种最突出的优点是短周期（五年）采伐、产量高、木材白、纤维长，为造纸的极好原料。1993 年和 1998 年，林业部和国家科委对该课题进行了鉴定与验收，认为是"具有国际领先水平的细胞染色体工程高科技成果"。林业部和国务院研究室的领导亲赴试验基地察看后，盛赞三倍体毛白杨的育成是"国之骄傲"，"将给我国林业带来一个革命性的变化"。时任国务院副总理的温家宝收到考察建议报告后，立即作出了批示。国家林业局缔造沿山西偏关至山东东营 2000 公里黄河两岸 77 万公顷以三倍体毛白杨为主的黄河长廊工程及时启动。

杂交三倍体毛白杨新品种的问世，以其当年出圃（原需两年）、1 年成树（原需 2—3 年）、3 年成林（原需 3—4 年）、5 年成材（原需 10 年以上）的特点，改变了人们对林业生产周期长、见效慢的认识，激起了种植三倍体毛白杨的热情，山东、山西、河南一些有远见的企业家，纷纷瞄准三倍体毛白杨造林造纸。但大规模产业化投产，必须增加毛白杨的品种，建立种质资源基因库，解决大规模繁殖技术和病虫害防治等问题，需要国家投入大量人力和资金。2001 年 3 月 20 日，朱院士向国务院总理朱镕基写报告，要求动用总理基金，投资 3500 万元作为启动经费，以他手下的 14 名博士生和 19 名硕士生为骨干，建立研究所，研究解决毛白杨造纸产业化中存在的问题；后续发展资金则依靠研究所与纸厂的科研有偿服务，走自谋生存发展之路。朱总理及时向有关部门作出了批示：纸浆原料是个大问题，必须抓紧林业科研开发工作，培育推广新品种。

为了尽快摘掉"洋纸"帽子，朱院士奋斗不息。2000 年 4 月刚动了肺癌切除手术出院后不久的他，被山东省某造纸厂的厂长请进了青岛军区疗养院，良医呵护，中药调养，指导纸厂培育了 5000 亩三倍体毛白杨苗，造林 700 多万株。2001 年，山东的另一家造纸厂厂长诚邀朱院士进厂解决造纸第一车间的技术问题；还有一对造纸企业的青年夫妇竟辞去浙江的职务，拜他为师。2002 年 1 月，朱院士得知自己捎给家乡湖南种植的三倍体毛白杨在益阳、常德一带生长很好，便写信给省委书记和省长说，"湖南是我的家，白杨是我的业，我用我的业建设我的家"，建议在洞庭湖沿岸兴建三倍体毛白杨纸浆林，发展造纸工业。杨正午书记批示："此事应大力支持，使之成为我省的一大产业。"当年 10 月，朱院士赴常德指导建立造纸基地，很快便拥有 6000 亩苗圃、年产 900 万株的一年生苗投入造林。

至 2005 年，三倍体毛白杨已经成为适生区内造纸企业原料结构调整的首选品种，开始进入"林纸结合"的产业化攻关阶段，已初步显示出巨大的经济和社会效益。如今朱院士生前呕心沥血为之奋斗的事业正发扬光大。

朱院士是拖着重病的身体带领他的学生们坚持三倍体毛白杨的研究和推广工作的。2001 年 10 月的一天，我去他家拜访，只坐了一个多小时，就亲眼见他接了三次电话，加起来不少于三刻钟，两个是他的博士研究生打来的，另一个是某实验基地打来的，都是咨询技术问题。我问他："您重病在身，组织上也不能减轻您一点负担吗？"他回答说："新品种的科研正在继续进行，实验基地也刚刚开辟，我怎能不过问呢？"他的夫人林教授补充说："他连正常的假期也不能休息一天，我们这代人就是很'笨'。"朱院士和他的弟子们在三倍体毛白杨的研究中的确"笨"劲十足，不知道牺牲了多少休息时间，遇到过多少挫折，克服了多少困难。1982 年，他起草的《毛白杨新品种选育研究》专题立项报告被林业部采纳，便和夫人林教授一道带着学生到山东省冠县进行三倍体毛白杨育苗试验。次年冬，他们从山东、河北、河南等地采集了不同种源的数百株白杨花枝带回温室进行人工传花授粉，节假日（包括春节）也不休息。林教授说："植物传播花粉是不分节假日的。"而且"寒不炉，暑不扇"，不论严寒和酷暑，都必须夜以继日地守候。大量的、重复的、平凡的脑力加体力劳动使他们累得精疲力竭，朱院士竟积劳成疾。

朱院士带病坚持工作直到 2004 年，即肺癌手术的第五个年头。学校决定当年 6 月 7 日在北京召开在京的院士、将军、知名学者座谈会，派我去采访。我事先与朱院士电话联系，请他务必参加，但林教授告诉我，他已于 6 月 1 日去山东察看他的实验基地了。同年 9 月某日，他打电话给我说："我又住进了医院，恐怕这次出不来了，参加明年母校 100 周年校庆的愿望也难实现了。"我心情十分沉重地讲了些安慰他的话，鼓励他树立信心，积极配合医师治疗，争取早日康复。同年 10 月 24 日，我和学校另外两个同志去北京肿瘤医院看望和采访他，当时他已处于病危状态，林教授和一名保姆在那里护理。躺在病床上等候我们采访的朱院士，心态尚佳，面色还好，讲话的声音也没有多大变化。但他告诉我们："外面还好，里面不行了！"我转达了母校领导对他的问候，请他为母校校庆题词。他深情地对我们说："广益中学的校风和学风很好，教师水平高，教书又教人，学生刻苦学习，我在母校打好了文化科学知识基础，学会了做人的道理，终生难忘！"然后勉强地坐起来用硬笔题写了"熙宁（指原校址熙宁街）广益，中学摇篮；教我诲我，作人作文；恩深似海，毕生难忘"24 个端端正正的字。医师不许我们久留，只得依依不舍地告别。这一别成了我同他的永诀。

朱院士是我国林木遗传育种科学的开创者之一，国家教委任命的我国该学科首位博士生导师，部级有突出贡献专家，首批国家政府特殊津贴享受者。他先后主持完成了国家科技攻关等 10 余项科研课题研究；在国内外发表论文、专著 70 余篇（部）；先后荣获国家科技进步二等奖 3 项，林业部科技进步一等奖 1 项、二等奖 2 项，还荣获何梁何利科技进步奖、国家林业科技贡献奖、国务院黄淮海开发优秀科技奖、国家科委金桥奖、中国林学会陈嵘科学基金奖等多项奖励。他不仅为国家作出了重大贡献，在国际上也颇有影响，如 1995 年世界林联芬兰大会，他是中国唯一被邀请的大会报告人。他是我国林业建设和林业教育事业的大师和林业科技的领军人物之一。他为人正直，朴实坚强，豁达大度，淡泊名利，学识渊博，治学严谨，诲人不倦，育种育人。不愧为一株伟岸的白杨树！

杨第甫二三事

刘磊

　　第三届全国政协委员、原湖南省政协副主席和中华诗词学会副会长杨第甫，是湖南师大附中前身湖南私立广益中学高中第一班的校友。在我 1989 年退休后做校友会工作期间，曾多次与他通信和三次登门拜访，又拜读过他的自述《吹尽狂沙》，给我留下了很深刻的印象，他是一位值得尊敬和学习的老人。

一

　　杨老 1911 年 4 月 17 日出生于湖南湘潭县河口乡，家里做点生意，有份田产。祖父与父亲都是文化人，有一定社会地位和影响。他三岁开始识字，五岁随父启蒙读《三字经》，随后学背唐诗，八岁读《四书》《五经》，十岁在杨氏族小读书时就能与游学先生和诗。故而古典文学根基深厚，又一生爱好诗词。同时，父亲教他读《正气歌》，学习文天祥的大义；读《满江红》，学习岳飞做忠臣（即当民族危亡之际，要奋不顾身，起而卫国）。故而古典文学根基深厚和一生爱好诗词。1931 年 2 月 20 岁时考入长沙湖南私立广益中学，念完高中二年级。在校期间，成绩优良，文史见长；"九一八"事变后，长沙学生成立了省学联，开展抗日救亡活动，他被推选为广益中学仇货检查队队长，在市中心检查封存仇货，招致国民党省党部的监视，被迫离校。1933 年，在上海大厦大学附中读高三时，有幸阅读了《共产党宣言》《家庭、私有财产及国家的起源》和《马克思传》等马克思主义的书籍。1934 年高中毕业后，辍学回乡，恰遇家乡大旱，他组织农民抗旱救灾，与当地农民建立了良好关系。1935 年在大厦大学读书时，积极参加"一二·九"学生爱国运动，接受了革命思想的洗礼。1937 年"七七事变"爆发后，曾赋诗云："百万弟兄齐甲胄，三军将士共戎衣。暗鸣叱咤风云变，不灭倭奴誓不归。"决心投身抗日战争工作。他认识到"要抗日救亡就要跟共产党走"，11 月便去西安进入共青团中央在安吴堡办的战时青年训练班，正式参加了革命。本可以直接去他一心向往的延安，但组织上任命他担任两湖回乡工作团团长，便服从革命需要回到了湖南。1938 年 2 月，参加中国共产党投入地下斗争，随即被调任中共湖南省委军委秘书。同年 8 月，介绍时年 18 岁的妹妹杨秋润[1]和不满 15 岁、正在广益中学读初中二年

---

[1] 杨秋润，1919 年出生，1938 年 8 月去延安，经过培训后分配到中央军委总参二局工作。1940 年改名张正文。新中国成立后任纺织工业部党委委员、中国纺织品进出口公司经理。

级的弟弟杨迪[1]到西安八路军办事处参加革命。1939年奉派与陈素[2]在长沙设立党的地下机关。1940年被分配去鄂西任中共咸丰中心县委书记，1941年调重庆南方局宣传部工作，随后赴延安入中央党校学习。1945年抗日战争胜利后去东北，曾任县长、专员。1949年5月南下，奉命接管湘潭，历任湘潭县县长、县委书记、株洲市委书记。1952至1959年，先后任中共湖南省委秘书长、省委统战部部长、第三届全国政协委员等。接着曾多年遭受极不公正的待遇，但他忠诚于党和革命事业，服从安排，积极工作。1980年后，历任湖南省政协第四届副主席、第五届第一副主席和党组书记（主持全面工作），建立健全机构，掌握人、财、物三权和工作自主权等，为我省的政协工作开创了新局面。他一辈子写诗填词不辍，留下了许多不朽诗篇，著有《心潮集》（后补充新作，更名《世纪回眸》）问世，其诗词具有时代性、思想性、艺术性和可读性。1990年的八十自寿诗云："八十年来几首诗，浮沉人海一书痴；风华岂敢追唐宋，杖履优游喜自知"，可见其幽雅和高尚的诗词情趣。1986年7月离休后，又攻书法，其作品古中求新，多次参加省级和全国展览并获奖，又被一些著名碑林、楼台收藏或刻石。1987年组织湖南省诗词协会，任名誉会长；5月，当选中华诗词学会副会长。又曾先后应聘担任湖南省书法家协会名誉主席、省志编纂委员会顾问、省中共党史人物研究会会长等。为继承、发展和宣传湖湘文化作出了贡献。2002年10月18日与世长辞，享年92岁。其传略辑入中共湖南省党史研究室、湖南省中共党史人物研究会编辑，由湖南人民出版社于2001年出版的《二十世纪湖南人物》和《中国当代书法家大辞典》、《中华诗词学会名人辞典》等。

二

"坚持真理任沉浮"，杨老既有很强的组织纪律性又敢于坚持真理，勇于反"左"。从他的《年谱》中可以看出，从1937年参加革命起至1986年离休的半个世纪革命生涯中，工作异动达20多次，每次都愉快地服从了革命的需要。如上面提到的1937年11月进入安吴堡青训班，走到了延安的大门口，因工作需要，服从组织分配，又回到湖南参加党的地下斗争。五十年代和六七十年代，在"左"的影响下他曾多次受到迫害和不公正的待遇，职务时升时降，他都把党的利益放在第一位，从不计较个人得失。正如他在《声声慢·七千人大会》词中所云："鞠躬

---

[1] 杨迪，1924年出生，1938年8月在西安八路军办事处参加革命，同年12月去延安，次年入抗大并加入中国共产党。1940年调入中央军委总参一局（作战局），先后任见习参谋、参谋、部队的作战科长、处长，在抗日战争、解放战争和抗美援朝战争中参与指挥过许多重大战役。1954年起历任沈阳军区司令部作战部长、副参谋长、参谋长。1955年被授予中校军衔，1960年升为大校。1989年离休后任沈阳军区学术委员会副主任等，先后荣获五枚勋章，晚年撰写出版了《抗日战争在总参谋部——一位作战参谋的历史回眸》等三部战争史。

[2] 陈素，女，1914年生于湖南湘乡市，1938年入党，第二年奉调省委交通站。1940年与杨第甫结婚。1943年入延安中央高级党校学习。1945年赴东北，曾任延吉市民运部长、吉林省总工会文教部长。1949年8月，调任湖南省总工会文教部长，1951年任省总工会副主席、党组副书记。1968年1月，在省总工会被批斗至死，时年56岁。1981年平反昭雪。

尽瘁而已，那管他失失得得，为人民，最重是英雄本色"。

他一贯坚持真理，实事求是。如1946年任安图县长时，正值东北民主联军"三下江南"、"四保临江"吃紧，这年冬，省委书记陈正人电话命令他在十天内炸毁通往南满的大小桥梁，以阻碍国民党军向吉林进犯，已准备好了炸药。他在电话中回答说：现在是严冬，东北不是江南，河水已冰冻，上面可以走汽车，没有桥也一样地过，何必浪费炸药、毁坏建设呢？尽管陈书记恼怒了，他也坚持自己的正确意见，没有炸桥，后来事实证明他是正确的。1947年10月，他调任敦化县县长，一到任就参加了有地委书记、副书记出席批判原县长马运海的县委会议，开了六七天，他一直没有表态。地委书记点名要他发言，他说：刚来敦化，没有调查没有发言权。当时会上的倾向性意见是马县长丧失了立场，应开除党籍，而所谓丧失立场是指马县长从部队转业到地方后，娶了一位漂亮的小学教员，其家庭成份高一点，同志们看不惯，把他的错误上升到"丧失立场"的高度。他则认为这个错误与县委的大政方针无关，同时县委对此也未批评教育过，不应开除党籍。第二天，他与县委书记张国震向省委书记、军区司令汇报时，都不主张开除马的党籍，上级领导同意了他俩的意见，只作了留党察看的处分，由于他坚持真理，保护了一个同志。

1954年在湖南省委秘书长任内，有次开省委扩大会议，北京一京剧团来长沙演出，出席会议的同志要求看戏，他请示省委常务书记周惠，回答说："不看，要开好会。"于是他将送来的票分给了省委机关干部。那些与会的地、市委书记听说有戏看便找周惠闹，周书记找他去弄票，只好又要了一些票回来，而且是前排的。可是那些书记们饭后都去会朋友了，他开着汽车四处找也没找齐，结果前排的坐位空了一半。他很气，便向周惠说："领导上朝令夕改，下面不好工作。"后来竟以此说他"不尊重领导"、"不利于省委的团结"。1959年庐山会议后，省里批判周小舟，挖周的"墙脚"时，他又成了被挖的对象，结果联系1954年的事把他定为"右倾机会主义分子"。罗列的罪状有四条，他认为均不符合事实，对结论一直不服，当接替他工作的统战部长找他签字时，他理所当然地拒绝了。第二天又找他，并称省委领导说，如果不签字就要考虑他的党籍问题。不得已被迫签了字，但写了12条意见对结论进行反驳。当领导问及为何既签字又提那么多意见时，他说："签字是组织服从，申辩是事实求是。"由于他坚持真理，始终没有承认妄加的错误，受到了最重的处分，撤销党内外一切职务，次年下放西洞庭湖农场劳动。到农场后，他决心当个好农民，曾赋诗《护秧》一首言志云："播种归来又护秧，满身犹带谷芽香，扶针恰遇寒流袭，分蘖偏逢暴风伤。万物育成须奋斗，一生经历抗强梁。农夫辛苦无他欲，为国增添爱国粮。"不失为一名劳动者的本色！1961年7月，省委组织部甄别平反，他第一个回单位。

三

1958年4月，他被任命为省文教办公室主任，首先抓了扫盲工作。省委提出"一年突击，两年扫尾巩固，三年内扫除全省青壮年文盲、半文盲"。这当然是不切实际的所谓教育"大跃进"，但他还是作出了自己的努力。同时，全省新建和扩建了大批各级各类学校，掀起过普及教育的"高潮"。同年11月，他还写过一本小册子叫《贯彻教育方针，大搞教学改革》，宣传鼓吹虚假的"大跃进"，由湖南人民出版社出版发行，这与当时的历史背景分不开，也说明了他忠于职守和对教育工作的热情。但后来他有自嘲诗句云："满怀强国富民志，唯上盲从害死人"，认识了自己一时的盲从。

杨老重视教育工作，对母校感情深厚，1989年母校编写《湖南师大附中校史》以迎接85周年校庆，请他作序，他欣然命笔。他首先回顾母校创办历程写道："20世纪初，中华民族灾难深重，有识之士，对民族存亡，甚为关切，革命先烈禹之谟先生为振兴中华，致力于兴办教育事业，1905年创办惟一学堂（后更名广益中学），至今已85周年矣。解放前的湖南私立广益中学，以其慎选良师，严谨治学，教学质量优良，学校管理严格而著称省垣。在八年抗日战争的艰苦岁月，学校一再迁徙，坚持在战火中办学，实属难能可贵。"接着，感谢母校对自己的培育，"我是广益中学高一班学生，受学校熏陶，走上了革命的道路。回顾自己数十年的经历，对母校的良师益友，时刻萦怀。"最后指出："编写校史，概括地记述学校的历史和现状，总结办学经验，发扬学校的优良传统，启迪后人，这对于进一步办好学校，具有重要意义。"他的这番话，对全校师生鼓舞很大。

同年，母校筹建校友会，他应邀担任筹委会顾问，对筹备工作提出了许多宝贵意见，也在老校友中起了号召作用。1995年，校友会理事会换届，他被提名任名誉理事，直至2000年。1994年，母校成立90周年校庆筹委会，他被邀请担任顾问。我是筹委委员并参加筹委会秘书组工作，负责编辑《湖南师大附中建校九十周年纪念册》和接待校友等工作，曾登门征求他对筹备校庆的意见。他说："办校庆要回顾办学历程，总结办学成绩和经验；要发动校友办校庆，注意节约；校庆是校友的节日，要动员校友回校，并做好接待工作。"这对我们很有启发。1999年，他又出任95周年校庆筹委会的顾问，我是筹委会副主任之一，具体负责编辑《校友之光》（介绍了156位杰出、知名校友），他是杰出校友，我又登门拜访，向他索取个人简历，他很高兴，答应亲自撰写。并提出介绍校友应该文如其人，不要过度赞誉。没过多久，就收到了他寄来的约600字的材料，把1954年"受到错误批判"、1959年"被错误打成彭黄张周余孽"以及十年浩劫中被打成"三反分子"都如实地一一写上了。我认为上述冤假错案均已平反，只须写句"曾多次遭受不公正的待遇"即可。便打电话听取他的意见，他严肃认真地回答说：个人简历应该是有什么就写什么，不要回避阴暗面，否则就不真实了。他那种实事求是的精神令人敬佩，不愧为一位彻底的唯物主义者！

在结束本文时，让我敬录杨老2000年春九十初度诗作结尾，"朝闻大道夕偕亡，也算人间走一场，饱历沧桑身尚健，安居乐业寿无量。"

（摘自《湘潭政协》2014年第2期。2015年3月第三次修改）

访杨迪参谋长

刘磊

中国人民解放军杰出的军事指挥员，沈阳军区原参谋长杨迪同志，是湖南私立广益中学（今湖南师大附中）初中第30班的老校友。2005年学校百周年校庆前，我和两位同事受校领导委托，专程赴沈阳去看望和采访了他，给我留下了深刻的印象。

一年半初中，不忘母校培育

那是2004年6月4日，我们三人到达沈阳后便与杨迪参谋长的林秘书联系，约定下午3时去拜访杨老。两点刚过，林秘书和司机小张就到了我们住的招待所。林秘书告诉我，杨参谋长虽已81岁，又患口腔癌动过两次手术，但精神很不错，得知母校老师来采访，说是"母亲来看儿子了"，一点多钟就起了床，在客厅等候。杨参谋长住的是一个别致的小院子，原来是解放战争时期林彪的住所，院内有块草坪，有幢两层的洋楼，二楼有宽敞的阳台，院子的右边有排平房。林秘书说，参谋长离休后，除了他和张司机外，单位还给他配了警卫和厨师，参谋长的夫人是位医师，老两口的晚年生活过得很舒坦。车子到达时，院门早已敞开，我们一下车，杨老就迅步出来迎接，高兴得无法形容。在并不大但很雅致的客厅里，杨参谋长首先把准备好的著作和祝贺母校百年校庆的题词赠给我们，说："我没有什么好礼物为母亲祝寿，就送了我的这颗心。"

杨迪老校友是湖南湘潭河口人，出生于1923年10月，从小聪明好学。1936年夏，他从高级小学毕业后，慕名来长沙报考广益中学，当年9月入学，编入初中第30班，年仅13岁。因抗日战争爆发后，长沙累遭敌机袭击，学校被迫停课，杨迪不得不于1938年2月休学，据保存的学籍簿记载，他在校期间，勤学守规，操行甲等，成绩优秀。采访一开始，他就深有感情地回忆了当年在广益中学求学的情况。他说，"广益是创办最早的私立学校之一，有一批名老教师，教学水平高，诲人不倦，对学生要求严格，校风、学风都很好。在广益的一年半，是我一生中唯一的普通中学学习，不仅打下了文化知识基础，也学会了做人的基本道理，使我终身受益，忘不了母校的培育。"他的祝贺母校百周年校庆祝词写道："祝母校继承和发扬广益中学优良的校风学风，培育国际一流、德才兼备的高级杰出人才，为祖国科教兴国、科技强国而做出更大的贡献！"对母校充满了感情和期望。

十五岁参加革命，荣获五枚勋章

接着，杨老向我们介绍了他参加革命的经过。他说，"从广益回家后，当时虽然年纪小，但在抗日救亡的群众怒潮中，已经认识到中华民族到了生死存亡的最关键时刻，不抗日就会要亡国，要抗日就要跟共产党走，就要到延安去。于是 1938 年 8 月，我不满 15 岁，就由哥哥杨第甫（广益中学 1933 年高一班毕业，1937 年 10 月参加革命。次年加入中国共产党后长期从事地下工作。新中国成立后历任湘潭县委书记兼县长、湖南省委秘书长、湖南省委统战部部长、第三届全国政协委员兼湖南省文教办主任、湖南省科委副主任、湖南省政协党组书记和副主席等职）。送到西安八路军办事处参加了革命，因为年纪小，被分配到陕北公学学习。同年 12 月行军到达延安，中央组织部仍说我年纪太小，又被分配到陕甘宁边区中学学习。1939 年 7 月进入抗日军政大学，当学员并被任命兼文书（属排级干部），8 月加入中国共产党，因不满 16 岁，候补期为两年（一般只一年）"。当时，担任总政治部组织部副部长的胡耀邦每个星期到抗大讲半天"党的建设"课，杨迪正坐在第一排讲桌的前面，年纪小又精灵，下课后，胡部长常常同他交谈，并亲切地叫他"小鬼"。杨老说，"同年 12 月的一天胡部长讲完课后对我说，他已经了解了我的全部情况，现在党中央军委一局缺人，正要选调几名青年干部去工作，经过讨论研究，已决定调我到一局去工作，不久调令就要下来了。1940 年元旦刚过，我就被调到王家坪党中央军委总参谋部一局（作战局）了"。从杨老的回忆和他的生平简介中，我们知道，抗日战争时期，他一直在延安中央军委总参谋部一局任见习参谋、参谋，在王家坪的作战室里，聆听过许多中央军委和总参谋部领导的教导和参与了党中央、中央军委的战略战役方针、政策和作战计划的制定，并出色地完成了组织交给的各项任务。1945 年抗日战争胜利后，他跟随叶剑英参谋长赴重庆和北平军调处执行部，任叶参谋长的作战参谋，参与国共停战谈判和协调军事工作，他是叶参谋长点名要的"小鬼"（首长一直喜欢称呼他为"小鬼"），在李克农秘书长的领导下，机智勇敢地与国民党特务进行了针锋相对的斗争。还曾智用美国代表专机飞哈尔滨，从中共东北局提出 5 箱金条，以缓解延安党中央的财经困难。1946 年夏，他担任东北民主联军第 6 纵队司令部作战科科长，1949 年 6 月任第 15 兵团司令部作战科科长。任职期间，从东北打到海南岛，参加指挥了著名的四平保卫战、三下江南、四保临江作战、辽沈、平津、广西、广州等战役，跟随邓华司令员参与指挥了创造奇迹的海南岛战役。1950 年 7 月第 15 兵团与第 13 兵团部对调，奉命开赴东北边防，10 月进入朝鲜，他先后任志愿军司令部作战处副处长，志愿军西海岸指挥部作战处处长。1954 年回国后，他先后任东北军区司令部作战处处长，沈阳军区司令部作战部部长，陆军第 64 集团军参谋长、副军长兼参谋长，沈阳军区副参谋长、参谋长（大军区副职）。1955 年被授予上校军衔，1960 年晋升为大校军衔。1989 年 3 月离休后，任沈阳军区学术委员会副主任、第四野战军战史编写领导小组成员，组织开展军事学术研究，总结和撰写军史。

杨迪同志在半个多世纪的军营生涯中，经历了抗日战争、解放战争、抗美援朝战争，经受了战争年代血与火和艰苦困难环境的考验，始终保持了我党我军的优良传统和优秀品德，成绩卓著。先后荣获中华人民共和国三级独立自由勋章（此级勋章授予当时的团级干部）、二级解放勋章（此级勋章授予当时的师级干部）和朝鲜民主主义人民共和国二级自由独立勋章和二级国旗勋章；离休后，1989 年 4 月还被中国人民解放军授予独立功勋荣誉章。杨迪参谋长真是一身荣誉，光荣一生。

八十岁老军人，出版三本战争史

采访继续下去，自然谈到了杨老的三本战争回忆录。他说，"我根据自己的亲身经历、所见所闻，并得到一些同志的支持和帮助，写了三本战争回忆录，都先后出版了，刚才已送给你们。我虽已年迈，但写每一本书，从来不请人代笔，我也没有学会用电脑打字，仍然是亲手一个字一个字地坚持写。这样，我慢慢地写着写着就能很自然地回忆起当时的历史情景，带着感情写出来，就更真实"。他又说，"我是抱着对历史负责的态度，实事求是地、真实地回忆历史，不请人题字、写序，也不写自序，我想请读者自己去评价，让历史去评说。"杨老是由近及远来回忆、来撰写的。第一本书叫《在志愿军司令部的岁月里——鲜为人知的真情实况》，1997 年春动笔，第二年 8 月完成，9 月由解放军出版社出版发行。2003 年 5 月，为了纪念抗美援朝战争签署停战协定 50 周年，又应解放军出版社的要求，增补了 6 万多字，共计 375 千字，于当年 7 月出了第二版。在抗美援朝战争期间，杨老在彭德怀司令员兼政治委员和邓华代司令员的领导下，参与了抗美援朝全过程的军事参谋和指挥工作，是志愿军司令部为数不多的参加全部战役准备和过程的参谋和指挥工作人员之一。制订了第 13 兵团组成东北边防军的作战计划，随邓华司令员到北京接受中央军委赋予的任务，参加拟制了 25 万大军跨过鸭绿江的秘密行军计划。在紧张激烈的战斗日子里，为实现志愿军首长的战略战役意图，他审时度势，周密制定作战计划，并协助志愿军首长多次到前线指挥。因此，他能写出志愿军司令部里"鲜为人知的真情实况"。

第二本书叫《创造渡海作战的奇迹——解放海南岛战役决策指挥的真实记叙》，他经过八九个月的连续笔耕，在纪念解放海南岛战役胜利 50 周年之前的 2000 年 5 月写成，也由解放军出版社出版了，计 280 千字。杨老作为第四野战军第 15 兵团司令部作战科科长，是海南岛战役前线指挥所的负责人，也是现今仍健在的（当时 76 岁）参加海南岛战役的历史见证人，他从战役的宏观角度，回顾了许多鲜为人知的战役决策的内情，真实而生动地记叙了解放海南岛战役指挥的全过程，描述了四野第 15 兵团指挥的 10 万大军，面对惊涛骇浪，在敌人海、空军的拦截和轰炸下，用双手摇着木船，劈波斩浪，飞渡琼州海峡，登陆海南岛，打败拥有陆、海、空军立体防御的 10 万兵力的国民党军的壮观场景，并对大型岛屿登陆作战进行了客观的分析与研究，既具可读性，也对后人具有重要的启迪和借鉴意义。

第三本书叫《抗日战争在总参谋部——一位作战参谋的历史回眸》。杨老写这本书的时候，已经患了癌症，经过一年多时间的抢救治疗、休养，到 2001 年春节过后感觉身体恢复得可以了，心里非常高兴，便提笔写作，可是连续三个月的作业，感到气力不佳，只得暂停。至 10 月才又继续笔耕，到 2002 年 7 月终于坚持写完了，计 345 千字，也已由解放军出版社出版发行。从 1940 年起，杨老一直在总参谋部一局（作战局）任作战参谋，一局是当时我军指挥作战的一个最重要的机构，毛主席和中央军委的战略方针、战略意图都是通过一局贯彻落实的。杨老从抗日战争的相持阶段到战略反攻，直至抗日战争胜利结束，都亲身经历，故书中回顾了许多鲜为人知的战争决策和指挥内情，真实而生动地记叙了抗日战争时期总参谋部一局的工作与贡献。也记述了战争年代总参谋部内部的思想业务建设情况和论述了迄今仍可作为借鉴的参谋人员能参善谋的素质等。

我们的采访持续了近两个小时，都感到上了一堂生动的中国现代历史课和一堂深刻的革命传统教育课，对杨迪参谋长的敬仰之情油然而生，对人民解放军的热爱之心大大增强。如今杨老虽已与世长辞近两年，但他的光辉事迹依然展示在湖南师大附中校史馆的"校友之光"墙上，且将长期保存，他的革命精神永远活在我们心中。

（摘自《湘潭政协》，2013年3月）

任俨同志二三事
——为纪念他逝世一周年而作

刘磊

著名技术经济学家

任俨同志是湖南湘阴（今属汨罗市）人，老家为今弼时镇。1927年农历10月9日出生，2012年1月病逝于北京，享年85岁。他的父亲任理卿出身当地望族，是新中国成立初期中国共产党五大书记之一的任弼时的叔父。为人正直，乐于助人。1919年由清华大学选送美国留学，获北卡罗来纳州州立大学纺织学院硕士学位。1923年回国，从事纺织事业。大革命时期曾协助我党营救过任弼时等中共地下党员。解放初期创建中国纺织工业研究院并任副院长，被誉为"纺织泰斗"，享受部级干部待遇。他的母亲杨翊斌，长沙女子师范毕业，曾与同学李淑一等创办女师二附小。她终生从事教育工作，律己严，性好强，又会理家，教子有方。

任俨从小聪颖好学，智力超群，四岁时就能在母亲的指导下背诵《白香词谱》；在书香门第的熏陶下，个性得到了自由发展，在老家念完小学。1940年曾就读于重庆南开中学。1941年春至1946年冬在湖南私立广益中学（今湖南师大附中）完成中学学业。1947至1955年先后就读于东吴大学和哈尔滨工业大学，毕业后留校工作。1950年加入中国共产党。1957至1961年公派赴莫斯科工程经济学院留学，获苏联副博士学位。回国后任哈尔滨工业大学工程经济系教师和协理员，曾参与筹建我国第一个工程经济系，编译教材50余万字，撰写《苏联机床行业情况资料》两本，其中《机械加工工艺过程经济学》一书，由李岚清为之校订。为推动工业经济教研室的发展和专业人才的培养，做了大量卓有成效的工作。1972至1980年在燕山石化总厂工作，并任向阳学校校长及石化区教育局党组成员，两次被评为北京市燕化区先进工作者。

1980年调入中国技术经济研究会（属司局级单位），历任学会第一、二届干事会副总干事，学会第二届理事会副理事长，第三届理事会常务副理事长（主持日常工作，于光远任理事长），第四届理事会顾问。曾先后组织全国性学术会议数十次，主持会议并撰写会议简报和纪要；多次应邀到全国各地的技术经济研究会作报告；主编《技术经济和管理现代化通讯》，著述《生产力经济学》、《领导和经济效益》及《社会主义经济建设读本》等；又参加长江、汉水和湘江航运技术经济考察和《长江综合开发利用考察报告》的撰写；还四次带领专家、学者赴日本参加技术预测讨论会，推动了学会同国外同行的学术交流。1987年获研究员职称。

同时，他先后担任《技术经济》副主编、主编，《中国横向经济》编委会主任，中国生产力经济研究会副会长，兼任中国社会科学院数量经济、技术经济所兼职研究员和中国国际工程咨询公司专家委员会委员等。是我国著名技术经济学家。

他在学会的组织工作、学术活动、书刊编辑、考察工作、对青年技术经济工作者的培养以及撰写论文和专著等，都为学会作出了贡献，1989年和1991年被评为中国科学技术协会先进学会工作者。

任俨于1991年5月退休。退休后享受司局级干部医疗待遇。他从1993年起，作为《简明华夏百科全书》的组织者之一、学术委员会委员、总编辑委员会副主任，继续为国家奉献余热，推出了他的最新科研成果，为国家作出了重要贡献！

他一生对党无限忠诚，具有坚强的党性和高度的思想觉悟，工作认真负责，任劳任怨；他一生光明磊落，胸怀坦荡，为人正派，作风朴实，严于律己，宽以待人，淡泊名利，乐于助人，深受单位干群的尊重和爱戴。

对母校的感情深厚

中学阶段是一个人成长的关键时期，人们一般对自己就读过的中学感情最深，任俨更甚。他1941年2月进入湖南私立广益中学，与原国务院总理朱镕基同编在初中第39班，且同坐一张双人课桌。1943年冬毕业后升入广益高中第27班。当时正值抗日战争时期，学校从长沙避难迁到了湘南常宁县柏坊的太坪，租赁尹氏、李氏两家宗祠和几间破旧民房作校舍，设备简陋，学习、生活条件十分艰苦。据他回忆，上课在祠堂屋，睡的是双层铁铺或地板，晚上自习用完从长沙带去的煤油后就点茶油灯，五六人共盏灯，光线很弱。吃的是豆腐渣、鸡蛋汤和蔬菜。1944年6月长沙、衡阳相继失守和被围，常宁告急，李之透代理校长带领像他这样一些年龄小、有家归不得又无法安排的学生（最后只20多人），肩背粮食、书籍，脚穿草鞋步行70多里到庄泉租民房上课。衡阳沦陷后再长途跋涉经宁远到达蓝山，招回失散的部分学生，坚持教学。在逃难期间，粮尽源绝，借贷无门，只能吃稀饭、喝盐水度日。教科书和文具也奇缺，无法买到课本的学科由教师自编讲义油印，有的甚至只能靠老师板书、学生笔记；一张纸也先用点水钢笔写作业再用毛笔练字。但由于教师敬业爱生，教学认真，学生尊师守纪，学习刻苦，成绩很不错。1946年春，学校复员长沙，年底任俨高中毕业，成绩优良。

　　任俨跟随广益中学颠沛流离，备尝艰苦，度过了他成长的关键时期，长了身体，长了知识，也学会了做人的道理，因而对母校的感情极深。一是1946年写了《难中追述》和1999年写了《困学记趣》，怀念母校。前者比较翔实和生动地记述了母校1944至1945年艰难坚持办学的不少细节，是那段校史的可贵补充，已收入《湖南师大附中百年校志》。后者的一部分以《广益、广益，光荣犹未己》为题，收入了《我与母校》一书，是很好的爱校教育教材；另有一些成了我撰写《朱镕基在广益中学的日子》一文的部分素材，该文由《南方周末》发表后在国内外广泛流传。二是积极向母校捐赠，关心在校学生的成长。1990年5月，向"李之透奖学基金"认捐1500元，每月节省40元生活费汇交学校，四年之后实际累计共汇1900元，因为按照国家计委规定的社会折现率每年12%计算要增加400元。可见他多么认真！1992年又向母校捐赠《辞海》30册。三是热心参加校友活动。他和李春人校友夫妇俩，千里迢迢先后参加了母校的90周年（1995年）、95周年（2000年）和100周年（2005年）校庆活动。1995年1月2日举行校庆时正值严冬，他们克服了很多困难；2000年5月的95周年校庆是他们的儿子开专车送来的，任俨应邀向全校师生作了报告，回忆在母校的学习生活，获得好评；100周年校庆时，他已78岁高龄。他俩是唯一全部参加了10年内三次大型校庆活动的老校友！校庆前夕，他和在京校友中的院士张履谦、朱之悌、朱作言，中将王厚卿、张学东，原国家计委副主任佘健明以及北大特聘教授申丹等8人联名向母校题赠了"三湘名校育英天地，吾辈受益终生铭记"的祝词，用巨石刻碑，立于校园（另一面刻朱镕基校友题赠的"祝贺母校百年校庆"）。同时，任俨是北京校友分会的筹建者之一，并被推选为理事，分会每年举行一次年会，他们俩从不缺席，在校友中传为美谈。这一切都表达了他对母校的深厚感情。

　　任俨的事迹被收入2005年编辑的《湖南师大附中百年校志》和展示在校史馆，是母校100年来的32名杰出校友代表之一，与革命烈士柳直荀和李立三、国务院原总理朱镕基以及五名将军、七位中国工程院院士等并列，是我们学习的好榜样。

中学期间趣闻多

　　任俨在广益中学读书时，以年龄小、脑子灵活、好奇、爱动，被一些老师和同学视为有几分淘气的"小精灵"，留下了不少趣闻，兹举三则于后。

　　与朱镕基比赛背圆周率：教他们班代数、平面几何和三角的汤执盘老师一次讲课，说圆周率是一个无理数，我国南北朝时祖冲之把圆周率（π）计算精确到小数点后六位数字（即3.141592），定为"祖率"。16世纪，德国人路多尔夫费了几年工夫，把π精确计算到小数点后20位；19世纪，又有一德国人和一英国人分别求得小数点后500位和700位。一次一个偶然的机会，有位同学得到了一本课外读物，上面印有精确到小数点后500位的π数值，顿时引起了同学们熟记圆周率的兴趣。有一天，任俨和同桌的朱镕基比赛背圆周率，由班上同学周继溪当裁判。比赛结果，朱镕基背了近100位，任俨背了40多位，同学们都夸赞他俩的记忆力强，说"朱镕基的脑子尤其好使"。因为当时其他同学一般只能记住"祖率"。

孔步亦步孔趋亦趋

语文教师李石友老先生，常年穿一件灰布长袍，戴着高度近视眼镜，走路有些蹒跚，讲课、评点作文时，常常诙谐百出。因此，同学们也常常跟他开玩笑。李老先生一向赞成顺其自然，因势利导。一天，打钟上课了，李老生先正要进教室，任俨晚了一步，跟在他后面进教室，学着他蹒跚举步的姿势，引得同学们哄堂大笑。李老生先一回头，看见是任俨在自己后面跟着学步，便对他说："后生子，怎么不学好样，尽学坏！"这样，又引起了一阵笑声。任俨灵机一动回答李老先生说："后生子不敢学坏，孔步亦步，孔趋亦趋嘛！"李老先生接着说："看你不出，我不是孔夫子，倒是希望你当好颜回！"说得许多同学莫明其妙，笑声顿止。李老先生于是走上讲台，把庄子田方子中颜渊学步一段典故讲给大家听，一下子教给了同学们"亦步亦趋"、"奔逸绝尘"、"瞠乎其后"三个成语典故。真不愧为一对高水平的老师和聪明的学生！

一床毛巾被传爱情

那是1945年冬季，学校由常宁逃难到了蓝山，任俨读高中二年级了。他和其他很多同学一样没鞋穿，整天赤着脚，到晚上睡觉前打桶热水坐在床边洗了脚就上床睡觉，第二天清晨起床后将洗脚水倒掉。有一晚不小心，盖被的一角掉入洗脚桶，棉絮吸干了大半桶水。冬天阴冷，雨雪霏霏，被子一两天也晾不干，晚上没有被子盖。当他在课间与同学谈及这倒霉事时，被刚转学入同班的女同学李春人听到了，她回到宿舍拿来一床浅黄色的毛巾被，偷偷地借给他以解燃眉之急。后来，任俨去归还时，李春人说："就送给你吧！"此后，两人竟然相交、相恋，1946年冬双双高中毕业后，邀李之透代理校长证婚结为连理。任李二人相濡以沫60多年之后，当年的那床毛巾被仍然保存完好。这床毛巾被既是他们两人爱情的见证，也是他们与母校共度艰苦岁月的见证！

（摘自《汨罗春秋》第二期，2013年3月）

无私奉献中追求升华

——记湖南农业大学博士生导师罗泽民教授

刘磊 彭鸣皋

湖南农业大学博士生导师罗泽民教授，是一位德高望重、温厚平易的谦谦学者。他有一长串辉煌美丽的名分：如"全国优秀教师"、"全国高等学校先进科技工作者"、"全省十佳师德标兵"等等。他作为湖南省杂交水稻主要研究人员之一，为杂交水稻的基础理论研究作出了一系列卓有成效的贡献。1981年6月，他与被世人誉为"杂交水稻之父"的袁隆平等学者，荣获国家科委颁发的特等发明奖。尔后，他又获国家教委、国家科委共同颁发的"金马奖"、湖南省人民政府颁发的"徐特立教育奖"和香港（柏林顿）中国教育基金会授予的"孺子牛金球奖"。至于省、部级科技进步奖和优秀教育成果奖有六七个之多。他以顽强的毅力、仁爱之心和卓越的成就，铸造了辉煌人生，正如媒体上说的：他的一生像是一篇由天才写出来的美丽的文章。

颖悟好学，读书过目成诵

罗泽民，生于1928年6月26日，祖籍江苏扬州市。少年时代，父亲年迈多病，家境贫寒，日寇侵华期间小学和初中是在流离迁徙中断断续续读完的。1946年，得到在长沙工作的大哥的支援和鼓励，他考入长沙广益中学（今湖南师大附中）。机缘凑巧，他因病休学一期，我们中的一个才有缘同学两载。一个风和日丽春光明媚的日子，我们驱车到农大看望这位老校友、老同学。他在简朴的"家庭办公室"里接待我们，相别五十多年了，他已是蜚声中外的名人，仍一如既往，待人温厚，热情和蔼，丝毫没有一点架子。"历历广益事，分明在眼前"：那是1949年长沙解放前夕，学生运动风起云涌，潜心好学与时世不相闻的耿介书生罗泽民，出于痛恨蒋政权太专制太残暴太腐败，而走上了"反内战、反饥饿、反迫害"的学运革命道路。他能书善画，积极协助同班好友邹晋魁（地下党支书）创办《火星报》。"昔年雁度添清兴，今日秋来逐恨新。极目中原频拭泪，西风古道断肠人"。满腹豪情一腔幽恨都郁结在他的《感事》诗文中。国文老师刘家传夸他的古体诗写得好。

1949年2月25日，震惊中外的《重庆》号巡洋舰起义的消息振奋人心，《火星报》登出一幅旁注"一叶知秋"的漫画，同学们看了大为叫好。见一叶落而知岁之将暮，以小见大，预示着蒋家王朝已摇摇欲坠矣，一时脍炙人口。漫画未署作者实姓真名，无由"识荆"，今日重逢，重提旧事。他是《火星报》、《广益旬报》的美编负责人，定会实话实说："舍我其谁!"然而答复大失所望，他恬淡地说："竟有这事？我早就忘却了"。

罗泽民资性聪明，颖悟好学，读书过目成诵。1949年7月，他品学兼优毕业于广益中学。老师、同学们都劝他报考清华、北大等名牌大学，他的大哥不同意，说："新中国刚刚成立，百废待举，需要各方面的人才，农业科学应用性强，可以解决几亿人的吃穿问题"。他是个爱国青年，觉得大哥的话在理，国家兴亡，匹夫有责。他要为新中国的农业繁荣昌盛贡献绵力薄材，就毅然决然报考湖南大学园艺系，榜上名列前茅。入校后，他潜心求学，孜孜不倦，不觉光阴荏苒，四年大学生涯一晃就过了。1953年8月，他大学毕业。学校领导认为他秉性纯良，文化底蕴厚实，举止谈吐温文尔雅，语言文字表述能力较好，决定安排他留校任教。一位担任学校领导的南下干部找他谈话："你是新中国培养的第一批大学生，是学校培养的重点，决定留校任教，要你从学农改行从事基础课教学，再反馈过来为发展农业服务，希望你在工作中学习提高，为国家、为人民培养人才!"他感到教书的事业高尚，百年树人，任重道远，不应止于"传道授业解惑"，还要引导创新。他立志鞠躬尽瘁，为之奋斗一辈子。

教学的只有半碗水能给学生一碗水吗

在大学攻读园艺系果树专业的罗泽民，改行任教有机化学，实在是勉为其难了。他钻研学问的欲望很大，决心也很大，学校批准他去中山大学有机化学专业进修一年。艰难困苦会使人迸射出惊人的勇气和惊人的智慧，他不放弃学术中细技末节和重要的地方，兼收并蓄，日见进益。那年冬天，他因数月连宵苦读，除夕夜严重咯血，为了不耽误学习，不回湖南，也不去医院看病。当血从喉部涌出，他就把脖子伸到水龙头下，用冰冷的水冲淋颈部，自称"冷水止血疗法"，居然有点效验。就这样，锲而不舍，坚苦卓绝，他终于以优异的成绩用一年时间完成两年课程。"学然后知不足，教然后知困"，走上讲台，始知知识领域无比宽阔，越是深入，越会发现有许多新的领域。"好问则裕"，他求教于前辈阮宇成老师。阮老师诲人不倦，从搜集资料备课写教案到授课的举止言谈，不厌其详一一指导。阮老师说，讲课要言近旨远，化解微言大义，深入浅出，把深奥的知识讲得让学生都能听懂，七尺讲台是教书育人的前沿阵地，你讲错一句话，写错一个字，就会一而十，十而百地错传下去，岂不误人子弟! 教师必须谨言慎行，"慎终如始，则无败事"。阮老师的谆谆教导，使罗泽民终身受益。他至今还说："我之所以没有被学生轰下讲台，得力于阮宇成老师的传、帮、带。"

博识多通，学术造诣精深的阮宇成老师是青年教师罗泽民学习的榜样，承传精进，从不稍懈，渴求知识，更学做人。罗泽民老师收入不丰却竭力买书读书，拾遗补阙，博闻强记，过绝于人。卢向阳教授(原罗老师的高足弟子，现为博士研究生导师、学校研究生处处长、校长助理)，说"罗老师去北京开会，总要去王府井书店和海淀图书城，一次就购回几千元的书：节假日进城，也是这样。他说：'不进书店，不算进城'。他家藏书万余册，文化修养与专业科技，列架层层，中外有关载籍兼收并蓄，他深感当今生命科学发展迅速超前，而教育进程相对滞后，教师必需善纳新知，与时俱进。他便不分寒暑，应教学科研之需，用一切可以利用的时间不辞劳苦，扎扎实实地搜集分散在浩如烟海的文献书刊中的新近资料，专攻苦读，不断提高自己，充实教学，几十年如一日。"读书惟在记牢，但又不满足于牢记，罗老师的《书感》诗云："满架书刊列眼前，先人成果后人研。不能悟出兴邦策，倒背如流也枉然。"

"罗老师感到最大的快乐是读书"，卢向阳说，"不加劝阻，可以通宵达旦，这是师母刘淑述老师最感头痛的"。

天道酬勤，罗泽民把自己打造成了具备综合智能结构的"通才"。同时术业专攻，期望自己能适应形势发展而进步。他从讲授有机化学到生物化学，再到分子生物学和生物技术，都得心应手，游刃有余。然而现代科学的综合发展趋势是动态的，许多学科都在不断地分化与综合（生物化学发展尤为迅速），新的学科在不断产生，陈旧的学科在逐步消亡，为了尽快掌握国内外分子生物学的发展动态，博士生导师罗泽民教授于1991年暑假，参加了由中科院上海生物化学研究所举办的分子生物学研讨班。临行前，老伴刘淑述教授竭力劝阻，说他这么一大把年纪，身体又不好，就不要去了吧。他恳切地说：现代科技发展日新月异，要不断更新知识。有人说，在现代社会中，一个大学毕业生，五年后就有一半知识陈旧，十年之后，则基本过时，我不去学习，岂不成了胸存滥调、满腹陈词的过时人物！教学的只有半碗水，能给学生一碗水吗？罗老师参加了研讨班，他是全班中年龄最大（63岁）、资格最老、教学职称最高的人，而每次学习，他总是第一个走进会场选坐第一排的人，专心一志，三十多天如一日。弟子卢向阳说，更新知识已经成为老师的终身的事业，学校每次举办学术报告会，不管天晴下雨，不管黑夜白天，罗老师总是第一个走进会场选坐第一排，始终不懈。前不久，原是罗老师培养的博士生现在美国工作的一位学者回校讲学，罗老师一仍旧惯，到得最早……他说，做学问嘛，无贵无贱，无长无少，道之所存，师之所存。同事们对罗老师的精益求精追求升华的治学精神，赞叹不已。罗老师以渊博的知识，超常的记忆，卓绝的德行，敏锐的思维和出色的工作赢得了莘莘学子的信任和上级领导的器重。1983年，学校让他培养硕士生；1990年10月，由国务院学位委员会评审、批准他为博士生导师，荣获"全国高等学校先进科技工作者"、"全国优秀教师"等光荣称号。

用自己做的学问推动社会进步

报载：有学者质疑："我们现在有许多人在做学问，但有多少人在用自己做的学问推动社会进步？"我们的罗泽民教授就是"在用自己做的学问推动社会进步"的人。上世纪六十年代，我国遗传育种专家袁隆平提出水稻杂交的课题，青年教师罗泽民当时正在钻研水稻增产的基础理论；七十年代初，他参加全国杂交水稻科研协作组，主持承担杂交水稻生理生化方面的研究，曾撰文阐述多项生理生化指标和雄性不育的关系，指出杂交水稻呈现强优势的生理生化特点，以及亲本三系对杂交组合（子代）显现优势的影响，论文受到广泛的好评，国内外有关刊物作了摘要刊登、转载，影响甚广。他苦心焦虑，夜以继日，坚持研究杂交水稻三十年，在杂交水稻基础理论研究上取得了一系列卓有建树的成果。如研究发现水稻内源性的高抗稻褐飞虱水稻品种特有的抗生性物质，为抵御小虫大害的抗性育种，提供了有价值的重要信息，发表后，受到国内外水稻育种界的高度重视。又如对 100 个不同类型"杂交水稻组合温光反应特性及生理生化特点的分析研究"经田间试验证明，研究结论准确，为广大杂交水稻栽培、育种工作者，依生态环境不同，因时因地制定栽培措施和育种计划提供了重要依据，被广泛推广应用。尤其值得一书的，是罗泽民研制的无毒杀雄剂，可使因气温波动不应恢复育性的植株达到全部不育，保证了杂交水稻的制种纯度。我国江南稻区，气温骤变，超越两系杂交稻育性转换临界温度的情况，常有发生，严重影响杂交稻的制种，成为进一步发展杂交稻的严重障碍。有一年育种时节，气温突然下降到 24℃以下，袁隆平教授急速给罗泽民教授挂电话："养兵千日，用兵一时，请速用杀雄药剂毒杀低温下雄蕊传粉！"罗教授配方，弟子卢向阳在出国前前夕，冒着酷暑到湖南西部多个育种基地及时实施喷洒，效果显著。杀雄剂对人畜无毒，杀雄率高，不伤害雌蕊及植株，异交结实好，这一年早稻增产由过去的 6%—7%提高到 11%—12%。在第一届国际杂交水稻学术讨论会上，罗教授宣读此项研究论文时，受到各国专家的高度评价。袁隆平教授在一次会上说，这是一个重大的突破，解决了早稻制种纯度问题。罗泽民还参加了由袁隆平主编的《杂交水稻育种栽培学》专著的基础理论部分撰写工作。1981 年 6 月，袁隆平、罗泽民等湖南省杂交水稻主要研究人员荣获国家科委颁发的特等发明奖。湖南省科委、国家科委通知罗泽民去北京领奖，当时他心脏病重正在马王堆疗养院疗养，医生怕出问题，他也不想去。经袁隆平教授点名，科委等诸方领导劝说，才一道去北京。当时罗泽民曾说："我的工作限于基础理论方面，只是配合袁老师作了一些研究而已"。到了北京，他们受到万里、方毅、钱学森等国家领导人和学者的热情接待，一一握手。钱教授说："这个杂交水稻的突破，在农业上的重大作用，可以与原子弹爆炸媲美"。夸说他们功德无量。

罗教授常率领弟子深入农村贫困地区，考察了解当今农业生产和农业产业化中迫切需要解决的重要问题，结合本学科和交叉学科的高新技术，培养提高研究生选题能力，务使研究生课题研究成果突出，具有实效。如：用廉价植物制剂抑制农田脲酶，能减少尿素损失 50—60%；增加作物中有机硒的富集，已在东北大面积缺硒地区重点推广；研究机理制定措施解决江南稻区旱育秧无法大面积推广的问题，已获农业部科技进步一等奖；为解决南方早籼稻大米品质差而多年大量积压的严重问题，指导研究生连续 7 年攻关，获得高产高蛋白适宜作饲料稻的早稻品种，并制订了相适应的栽培措施，得到大面积推广，经济效益十分显著，获省科技进步二等奖；DBA 的提纯精制和甘薯变性淀粉系列产品的研究应用于生产已获显著经济效益；高吸水率、低成本、性能稳定的农用超强吸水剂，已大面积推广应用。他还和课题组同志一道，将实用的甘薯加工技术传授给 41 个乡镇企业和农户，都取得较明显的经济效益。……甘薯深加工系列产品的开发，实行产业化生产，已成为省示范推广的工程。凡此种种，都是罗泽民教授用自己做的学问推动社会进步的成果。

从教50年，成就最为突出，劳绩最为丰厚

"教师是教育人的，为人师表，应该先正己后正人，真正做学生志行的表率"，这是罗老师的为师准则。凡要求学生做到的，首先自己做出榜样。备课、板书、讲课、做人、做学问，他勤勤恳恳，认认真真，一丝不苟。从教50年来，他先后主讲过本科生的无机化学、分析化学、有机化学、基础生化、动物生化，以及研究生的高级生化专题、分子生物学、生物技术概论、酶工程、次生物质代谢、蛋白质化学和酶学等十余门课程，兢兢业业，教书育人，皓首穷经，不辞心力交瘁，春蚕到死，蜡烛成灰，无怨无悔，为国家、为人民培养了一大批"面向现代化、面向世界、面向未来"的硕士生、博士生，他们大都已成为各自工作岗位上的骨干力量。"善教者使人继其志"，他所教的学生都热爱自己所学的专业，定位于"农"，没有把学位当成提高身价跳出"农门"的跳板，他们个个热爱农业科学，热爱自己的老师。卢向阳教授曾去日本搞学术交流，日本学者挽留他在日本工作，他拒绝了。他说，他离不开祖国，牵恋着敬爱的罗老师。在华盛顿工作的学生刘熊博士，常写信问安，"遥祝老师健康长寿"，执弟子礼甚恭。

湖南农大校党委书记刘强，代表党委是这样评价罗泽民教授的：树立了一代师德新风尚，创建了一门新学科，建立了一个新学院，培养了一大批优秀人才，成就最为突出，劳绩最为丰厚"。刘书记还说，今年8月，学校将为罗泽民老师举办教学生涯五十周年庆典，以表彰罗老为国家、为人民立下的丰功伟绩。

罗老今年75岁高龄，须发斑白，垂垂老矣。他说，一有机会，便想回母校（湖南师大附中）看望，怀着稚子之心，抚摸母校的门墙，回忆当年经历抗日战争苦难之后，回到长沙，投向母校怀抱的情景。老师三年的谆谆教诲，给他奠定了如何做人和进一步深造的知识基础，他将怀着历史难忘的感激之情，低下白发之头，向母校创办人禹之谟烈士的铜像，深深掬忱敬礼。而今志士暮年，为国为民的壮怀未减，随着科学的进步和发展，仍在与时俱进，不断地进行研究，积极探索超级杂交水稻的超高产机理和潜能，以及探索在不用超常规呵护的条件下能大面积持续稳定高产的途径。仍在不断地改进教学，提高教育质量，继续发挥甘为人梯的精神，培养着他的第20名博士研究生（硕士研究生已毕业20名）。罗老默默地工作着、奉献着，惟日孜孜，无敢逸豫，在无私奉献中以拳拳赤子之心，报效他挚爱着的祖国和人民。

注：本文写于2003年6月，后由《湖南日报》记者张茵采访、改写，以《读书应为稻粱谋》为题，于同年12月21日发表。

杰出校友中的同胞兄弟姐妹和夫妻

刘磊

今年四月十二日，是我校 110 周年华诞。学校历经沧桑，不断发展。十一届三中全会以后，进入新的发展时期；新世纪以来，全面提升，已成为享誉全国、闻名世界的湖南省示范性普通高级中学。一个多世纪来，四面八方的优秀学子慕名来校学习，许多校友争相把子女送回母校培养，不少家庭的祖孙三代都是我们的校友。他（她）们之中，不乏优秀的同胞兄弟姐妹，还有夫妻。目前在校史馆的"校友之光"墙和"桃李芬芳"栏展示了事迹的 240 多人中就有 15 人，约占 6.3%，现简介如后：

彭遂良和彭昭两兄弟都是辛亥革命烈士。彭遂良（1878—1911）、彭昭（1884—1911）是同胞兄弟，湖南郴州宜章人，1905年入我校前身惟一学堂，次年同时加入同盟会，并参加了禹之谟发动的公葬陈天华、姚宏业于岳麓山的壮举，走在送葬队伍的前列。1906 年 8 月，禹之谟被捕入狱，惟一学堂遭查封后，兄弟俩被当局开除回原籍。1911 年，武昌起义成功，兄弟俩在宜章响应，率部攻入县城，遭防兵伏击，双双殉难。1912 年，民国政府临时大总统孙中山褒赠彭遂良为陆军上校、彭昭为陆军中校，1913 年合葬于岳麓山。2011 年辛亥革命 100 周年之际，人民政府将其墓与黄兴、蔡锷及禹之谟等 25 处辛亥革命志士的墓同时修缮一新。

黎鳌、黎介寿、黎磊石同胞三兄弟，世称"黎氏院士三兄弟"。老大黎鳌，1923 至 1927 年就读我校（广益附小），1995 年当选中国工程院院士，1998 年由国务院授予"中国工程院资深院士"称号。老二介寿和老三磊石是 1937 年至 1942 年间我校（广益）初 32 班、高 20 班的校友。他们都是解放军南京军区总医院副院长。分别于1996 年和 1994 年当选中国工程院院士。

杨第甫、杨迪同胞两兄弟，一文一武。哥哥第甫是我校（广益）1933 年高一班毕业校友，1938 年入党，曾任中共湖南省委秘书长、第三届全国政协委员、省政协第一副主席和中华诗词学会副会长。有《世纪回眸》（诗词）和《吹尽狂沙》（自述）传世。弟弟杨迪于1936 年至 1937 年在我校（广益）初中第 30 班肄业，1938 年赴延安参加革命，次年入党。历任中央军委总参谋部作战参谋、部队作战科长、处长、部长和沈阳军区参谋长（大军区副职）。晚年著有三本战争史出版发行。

黄炎、黄润同胞两姐妹，都是我校（云麓）1944年高一班肄业校友。姐姐黄炎为中学物理教师，是重庆市模范教师、中国共产党第12次全国代表大会代表、中共四川省委第三、四届委员。妹妹黄润，是昆明医学院教授，"全国三八红旗手"，有10项课题获省、部级科技进步奖二、三等奖。

任俨（1927—2012）和李春人（1928—　）是夫妻，都是我校1946年（广益）高27班毕业校友，均为中共党员。任，哈尔滨大学硕士研究生、1960年的苏联经济学副博士。历任中学校长、中国技术经济研究会常务副理事长、中国横幅向经济研究会理事长等。研究员。著名技术经济学专家。出版译著《机械加工工艺过程经济学》等。李，1956年哈尔滨工业大学毕业。高级工程师。上世纪七十年代中期到八十年代，在国家机械电子工业部自动化研究所工作时，参加《汉语主题词表》的研制，作出了贡献，获1985年国家科技进步奖二等奖；参加"机械工业2000年产品振兴目标研究"作出了重要贡献，获1988年机械工业部科技进步奖一等奖和1989年国家科技进步奖二等奖。此前，她还负责完成了六项研究课题，其中一项为国内首创，获一机部新产品成果奖。

雷鸣、雷放两兄弟，是双胞胎。哥哥雷鸣是我校72届初13班毕业校友；1995年获美国纽约市立大学美术领域的最高学位美术硕士学位后，在美国从事广告美术设计和装饰艺术设计等工作，颇有成就。弟弟雷放是我校72届初12班、74届高27班毕业校友；1983年获德国斯图加特大学工程博士学位，曾在法国著名电子电器公司设在德国的实验室做家用电器的开发工作，参加多项研制并获专利。

徐丰、徐小星同胞两兄妹都是博士。哥哥徐丰是我校1973至1977年初42班、高50班毕业校友；1982年获巴黎大学博士学位，曾在美国密西根大学生物研究所诺德生物技术公司任研究员，获国际专利10多项。妹妹小星是我校1981至1987年第2届整体教育实验班高120班毕业校友；1996年获美国西北大学免疫分子生物学博士学位，随即应聘到Lsis医药公司做博士后，曾获国际专利多项。后为美国Mckinsey国际咨询公司高级研究员。

从以上这些同胞兄弟姐妹和夫妻身上，可见我校影响力的强大和育人成绩之一斑。值此学校校庆到来之际，衷心祝愿学校与时俱进，再创辉煌，为实现中华民族伟大复兴的"中国梦"培养更多的优秀人才！

（摘自《湖南师大报》总第1255期"附中105周年校庆特刊"，2015年4月5修改、补充）

听课随感

夏蔚林

　　1960 年 7 月，我从湖南师范学院毕业后，和数学系的夏威夷、谢承铗，体育系的李明顺一起分配到附中任教。秋季开学，我任初 50 班、51 班的数学课，接替袁科老师的 50 班的班主任。当时，数学教研组是学校的一个大组，组长曹昌词以身作则，团结全组把教学和有关活动搞得有声有色，成为学校的先进集体，组内人际和谐，进取心强，很有朝气。我庆幸能在全省名校、又在先进教研组开始我人生长跑的起步。

　　作为教学新兵，急需向老教师学习请教。其时，学校和教研组着力倡导文人相重、互学互帮。学习伊始，我就是听老教师的课，每天听一堂先行课，坚持一节不拉；每节课都作听课记录，坚持写"听课后记"，把在听课中学到的、受启示的、乃至点滴建议，逐一列出，用以指导自己的教学；同时择时与授课老师交换意见，或下课余、或教研室、或路遇、甚或在食堂用餐。这样，从 1960 年下期开始，到 1964 年 10 月被省教育厅任命为副教导主任止，四年时间里共记有六大本听课笔记。我系统听过黄浩苍老师、王海云老师的代数课，李邦靖老师、李孝衡老师的几何课，以及其他十多位老师的教课，听课笔记曾在学校教学成果展览中展出。此举，得到了学校领导、老师们的首肯和好评，更使我受益匪浅。

　　通过听课，老师们对教学大纲的深入钻研、对教材的融会贯通、对备课的精雕细琢、对学生的特有情愫以及匠心独运的教案、严谨活泼的教风、得心应手的教法、各具个性的教态、工整规范的板书、还有"南腔北调"的普通话等等，耳濡目染，潜移默化，凝炼升华，成为我心中的"教神"。我学个笨鸟先飞，亦步亦趋，逐渐地也能完成教学任务，得到学生的认同。这几年的听课和教学，斗胆说一句，也有点自我超越。那时候，每周每班 6 节数学课，而且都排在上午；学生作业堂堂有，而且要求全批全改；班主任工作多，还担任教工团支部书记等兼职；加之正值国民经济暂时困难时期，生活艰苦，每天上午三堂课下来，确有精力不支之感，然而教师的天职、党员（我在师院毕业前夕加入中国共产党）先进性的要求，以及年轻气盛的劲头（当时有师生送我"夏干劲"的雅号），使我咬咬牙，坚持了下来。春去秋来，光阴荏苒，五十余年已过去，我也退休多年了！然而，每当忆及这段时光，总是不能自己，老师们的师表、师德、经验……对我是永恒的激励；而当时自身的那样一股子憨劲，那丁点儿锐气，也永远鞭策我走好人生之路。

听课，是经验积淀的手段，是创新的底蕴，是教育的传承、教坛的财富，助我从教的启蒙，让我受益于终身。借此回忆，衷心祝愿我曾工作十一年、成长于斯的湖南师大附中培养出更多高素质的人才！

（夏蔚林，男，1960年7月至1971年9月在本校工作，其中1964年10月起任校副教导主任至调离。从1971年9月起历任长沙市人大常委会教科文卫委员会副主任、主任，长沙市第十届人民代表大会代表等职。1998年8月退休）

杨佳——走向世界的光明使者

赵亚辉

[**阅读提示**]

在生命中的前29年，她拥有光明，15岁考上大学，24岁成为中科院最年轻的讲师。病魔让她陷入了无尽的黑暗，但她从未放弃理想和信念，不仅重返讲台，还成为哈佛大学建校300年来第一位获MPA学位的外国盲人学生，两度当选为联合国残疾人权利委员会副主席。她就是九三学社社员、中国科学院研究生院教授杨佳。

[**镜头一**]

中国科学院研究生院语音教室，杨佳用她优美的语调、优美的手势、优美的笑容，向新入学的博士研究生讲授英语口语。同学们并不知道，眼前这位活跃、亲切、耐心、博学的教授，是一个什么也看不见的人。

杨佳说："失明将我的人生一分为二，29岁之前，我是在超越别人；29岁之后，超越自我。"

在生命中的前29年，杨佳一路走来，全是鲜花和掌声。15岁，她在高一就考上大学；19岁，她成为郑州大学英语系最年轻的教师；22岁，她考入中国科学院研究生院；24岁，她成为中科院最年轻的讲师……

1992年，命运之手突然将她的光明全部夺走，视神经病变让她眼前的世界陷入黑暗，随之而来的还有婚姻的破裂……

再也看不见父母、女儿的笑脸，再也看不见家乡满山的杜鹃花，再也看不见最爱的书本和学生的作业，杨佳陷入了深深的迷茫和恐慌。多少次，她在心里想啊、盼哪……天，怎么老不亮啊！

杨佳像变了个人，整天把自己关在家里。在与黑暗博弈的日日夜夜，她苦苦思索："人这一辈子，路该怎么走，是在孤寂中沉沦？还是在困境中重生？"

杨佳选择了坚强，重新出发。她不肯告别阅读，不能看书，就听书,录音机用坏了一台又一台;不能写字,就学盲文,从最简单的 ABC 学起……

她有一个梦,她还想教书。可是,重返讲台谈何容易。要过的第一关就是出行。一个熟悉的声音对她说:"爸爸给你当拐杖!"就这样,失明 19 年,6000 多个日日夜夜,冬去春来,她紧紧握着父亲的手臂,坐公交、挤地铁,辗转到教学楼,风雨无阻。在教学评估中,博士生们给她打了 98 分。他们在留言簿上写道:我们无法用恰当的言辞来形容您的风采。您的内涵如此丰富,您的授课如此生动,在获取知识外,我们获得了乐趣和做人的道理……

杨佳找回了自信,"看"到了光明。她坚信:可以看不见道路,但绝不能停止前进的脚步!100 次摔倒,可以 101 次站起来!

[镜头二]

在哈佛大学肯尼迪政府学院毕业典礼上,院长约瑟夫·奈给杨佳颁发毕业证书:"祝贺你!佳,你是中国的软实力!"顿时,全场几千名师生自发起立,为哈佛大学建校 300 多年来第一位获得 MPA 学位的外国盲人学生鼓掌欢呼。

新世纪刚刚开始,杨佳继续选择了挑战。2000 年,她考入美国哈佛大学肯尼迪政府学院,攻读世界排名第一的公共管理硕士学位,师从院长、《软实力》一书的作者约瑟夫·奈。

哈佛老师采用案例教学,喜欢借助图像讲解。这对看不见的杨佳来说是一片茫然,只好课后加班。每堂课老师布置的阅读量很大,总是不下 500 页。她首先得把资料一页一页扫进电脑,再通过特殊的语音软件把内容读出来。这样一来,她比其他同学要花费更多的时间。为了提高阅读速度,她由原来每分钟听 200 多个英文单词,提速到 400 个,几乎就是录音机快进时变了调的语速。

在哈佛一年,读不完的书、做不完的作业、写不完的论文,还要参加许多学术活动,杨佳深知机会来之不易,学习到凌晨两三点是常事,有时甚至通宵达旦。就这样,她不仅圆满完成了学习任务,还超出学校规定,多学了 3 门课,成为哈佛大学建校 300 年来第一位获得 MPA 学位的外国盲人学生。

哈佛学成归来,杨佳在中国首创了《经济全球化》、《沟通艺术》课程,成功将哈佛 MPA 课程本土化,受到了同事和学生的欢迎。

[镜头三]

在联合国残疾人权利委员会的首次会议上,杨佳在世界各国代表面前据理力争:"世界哪个国家残疾人最多?中国!哪个洲残疾人最多?亚洲!……"她的演讲赢得了满堂喝彩,得到委员会两次提名,她当选为联合国残疾人权利委员会副主席。

回顾自己的经历，杨佳说："感谢命运让我知难而进，一步一个脚印走出家门、走出国门、走进光明、走向世界。"

2008 年 10 月下旬，杨佳赴纽约竞选联合国残疾人权利公约委员会委员。这是联合国新设的一个人权机构，其使命就是履行残疾人权利公约。这是一次激烈的竞选，杨佳深知自己代表的不仅仅是个人，还代表着中国。她活跃在会场内外，用英语、法语、西班牙语热情地同各缔约国代表问候交流。投票中，她在第一轮就高票胜出，成为我国历史上第一位联合国残疾人权利委员会委员。

联合国是一个没有硝烟的战场，人权领域斗争尤为激烈。当得知联合国秘书处以经费紧张为由，要求残疾人权利委员会在工作语言中取消中文时，杨佳据理力争，最终捍卫了中文的地位，为我国在国际上赢得了更多话语权。

"我赶上了一个好时代，我取得的成绩，应该归功于亲爱的祖国。"杨佳说，"一滴水也能映出太阳的光辉。通过我可以让世人看到中华民族自强不息、顽强拼搏的精神，看到一个大国的崛起，一个和谐社会的构建，因为只有国家好了，残疾人才会好，残疾人好了，国家会更好。"

（摘自《人民日报》2011年10月25日06版）

知难而进　人生依然阳光灿烂
——记全国政协委员、九三学社社员、中科院研究生院教授杨佳

王海馨　李可

从五彩斑斓的世界突然陷入无尽的黑暗，巨大的反差带来的痛苦，也许会摧毁意志薄弱的人，然而失明后的杨佳，并没有让自己的人生停滞在黑暗里，她用坚强的心，不断超越自己。她使我们坚信，知难而进，人生依然阳光灿烂。

失明只是人生旅途的一个站点

见到杨佳，很难将她与盲人教授联系在一起。她平静地看着我们，面带微笑，举手投足中透出一份优雅和淡定。同她的很多学生一样，我们丝毫感觉不到她的双眼竟已失明。

1978年，15岁的杨佳考上郑州大学，19岁留校任教，22岁考入中科院研究生院，24岁成为该院最年轻的讲师……一路走来，春风得意。谁会想到，命运之手竟会将这一切全部夺走。1992年，她被确诊患有一种罕见的黄斑变性导致的视神经萎缩，视力朝着不可逆转的方向慢慢消失。那一年，她29岁。随之而来的是婚姻家庭的破裂。

杨佳的人生陷入低谷，但顽强的她却丝毫没有放弃生活的希望："摔倒了100次，就101次站起来！"在父母的帮助下，杨佳学穿衣，学吃饭，学走路。不能看书，她就听书;不能写字，她就学盲文。渴望重返讲台，她每天不到6点就出门，在老父亲的搀扶下挤地铁、坐公交，辗转到教室。课堂上，板书时，她用左手紧贴黑板丈量尺寸;操作台的触摸屏上，她贴胶布做记号完成多媒体教学。

重新回到讲台，杨佳在第二年被评上了副教授，接着，利用新的电脑语音软件，还编写出版了《研究生英语写作》、《研究生英语阅读》等几本著作。

被誉为"中国的软实力"

2000年，失明8年，37岁的杨佳，以惊人的毅力考上了哈佛大学肯尼迪政府学院，攻读世界排名第一的公共管理硕士学位。

老师变学生，上课变听课。课堂上，杨佳靠着学校提供的一台特殊键盘，记录老师讲课内容;课后，为了完成每天500页的阅读量，她把书扫描进电脑，再用软件读出来。为了赶进度，她听书的速度，达到了每分钟400个英语单词。

杨佳说："学习到凌晨两三点是常事，甚至通宵达旦，我靠的是什么？靠的就是一种信念：学成报效祖国。"

就这样，杨佳不但圆满完成学习任务，还超出学校规定，多学了3门课程。她的毕业论文《论邓小平的领导艺术》，征服了曾效力于4位美国总统的顶尖教授大卫·戈根，破例为她打出了哈佛的最高分"A$^+$"。"毕业典礼上，当我从院长约瑟夫·奈博士手中接过证书时，他对我说：祝贺你！佳，你是'中国的软实力'！顿时，全场几千名师生自发起立，为我，为哈佛大学建校300年以来第一位获MPA学位的外国盲人学生鼓掌欢呼。那一刻，我非常激动，我用实际行动证明了，中国人是好样的！中国的残疾人是好样的！"

愿为人民利益鼓与呼

哈佛学成归来，迎接杨佳的是一个更加开放的光明世界。

2002年，杨佳首创了"经济全球化"、"沟通艺术"课程，而且为北京奥运会、残奥会赛会志愿者制定了NP3S专业标准。2008年，杨佳当选全国政协委员。

"一个人以何种方式获取知识并不重要，重要的是如何运用所学知识服务社会、报效祖国。"杨佳如此说亦如此做。作为全国政协委员，她积极为人民利益鼓与呼。她的建议《怎样做到两个奥运同样精彩》被有关方面采纳；她还就如何帮助大学生树立正确的人生观和价值观，以及10多项涉及维权方面的问题在政协会议上呼吁；对节能减排等问题提交提案。

对残疾带来的不便感同身受的杨佳，更是积极参与残疾人事业。她参与推动制定保护残疾人权益的国际公约——"残疾人权利国际公约"，2006年12月13日在联合国获得通过；她参与起草新世纪残疾人权利《北京宣言》，积极推动中国残疾人维护权益与国际的接轨。2008年，杨佳成功竞选为联合国残疾人权利公约委员会委员。第二年，她当选为联合国残疾人权利公约委员会副主席，并在2010年年度选举中再次连任，成为4位官员中唯一的连任者。

目前杨佳正在国内开启《科技助残全球化及标准化》这一科研项目。她说，残疾人要"平等·参与·共享"，科技一定要先行。中国能否把这个领域做好，让国人受益、打开世界市场，也关系到向世界说明中国社会的文明程度。这是一项崭新、庞杂的工作。作为九三学社社员，杨佳已通过参政议政渠道向有关方面建议由政府成立"科技助残全球化研究中心"，设专门团队展开探索。

今年5月14日，哈佛大学肯尼迪政府学院将校友成就奖授予杨佳。120个候选人中，评委选中了她，"作为一个身体有残疾的杰出女性代表，杨佳长期从事保障残疾人人权和权益的工作。""为改善残疾人生活状况和人权作出了杰出贡献，不只是在中国，而且在世界范围内。"

（摘自《光明日报》2011年10月25日06版）

我与初75班学生

邓日

一辈子从教，当过十一年班主任，让我最难忘的是我当班主任时间最长的初75班学生。

这班学生入学时间是1963年9月1日，我任班主任兼教语文。接这个班以前，我已当过四年班主任。郴州师范中师毕业后，到桂阳城南完小任过五年级班主任一年（这个班在我任班主任时被评为优秀集体），任过一个中心小学的校长兼学区主任半年。1956年考入湖南师院（今湖南师大）中文系本科，毕业后留该院附中，当了三年班主任。

总结班主任工作的经验和不足，我深深地认识到，当好一个班主任，一要正己，二要敬业，三要爱生，四要奉献，五要上好课，特别要让由小学升入初中的新生，很快适应中学的生活和学习。因为小学生是老师扶着走路的，而中学是老师带着学生走路的。为此，我在开学前就做了一些了解学生的工作，并初步拟定了班主任工作计划。当学生走进教室报到时，我就能叫出全班每个学生的名字，让学生坐在事先安排好的座位上。等全班同学到齐后，我宣读了学校制定的课堂纪律、寝室纪律、食堂纪律和一些注意事项，并且宣布了临时班委会干部、小组长和课代表，然后召开干部会议，让干部明白自己应该做的事情。

正人先正己，身教重于言教，教师要求学生做到的，自己必须先做到。我和学生朝夕相处，清晨一起上早操，一起早读，上午一起做课间操或眼保健操，自习课常常一起自习，课余一起下棋或游戏。

上好语文课，这对增进师生的感情，树立教师的威信很重要。虽然我已上过近千节语文课，上过文道统一的研究课和对外的一些公开课，但我备课、批改作业仍然很认真，不敢马虎一点。我努力上好阅读课和作文课。阅读课让学生多读、多思，严格要求学生将精典段落、名言警句熟读背诵。作文讲评以表扬为主，以课文和学生优秀习作引导学生写作。总之，要让学生上语文课有所收获。就这样，学生很快适应了中学生活，干部力量逐渐显露出来，形成了一个良好的班集体,各项活动大都走在年级六个班的前面。任课老师反映上课好,寝室食堂纪律也不错。课间操比赛,学生着装一致,动作整齐,获年级第一。田径运动会获精神文明、运动成绩优秀奖。黑板报内容丰富,字迹端正,图文并茂,获年级评比第一,等等。一期下来,班级被评为年级唯一的优秀班。第二学期,又被评为年级唯一的优秀班。我班学生黄三三(后改名黄山)的家长在长沙市教育局任科长,他了解我班情况,通过学校教导处主任,要我总结了这个班的经验,油印出来,作为长沙市教育工作会议的交流材料。

后来随着年级的增高,班干部的能力越来越强,大多数学生越来越自觉,班集体也越来越出色。而我那时担子越来越重了,学校叫我担任了年级组长,语文教研组长去农村"四清",学校最受师生尊敬的教育家李迪光校长,又亲自动员我担任了语文教研组组长,我的《从雷锋到王杰》一文的讲稿在湖南广播电台播出,此时的我,工作劲头更高,我跟同学们下乡支农,积极组织学生跟农民"三同",受到农民的赞扬;一起上岳麓山采茶,背树;有一段时间,甚至在一起排队进食堂,跟男同学睡一个寝室。同学们表现好,集体荣誉感强。每个学期都被评为优秀集体,获得了不少奖,奖状贴在教室后面的墙上,占了大半个墙面,这对班上的同学和我个人都是一种鼓励和鞭策。

我的初75班学生可说"学不逢时"。1966年,他们快要初中毕业准备升入高中之际,"文化大革命"爆发,那是一个以所谓阶级斗争为纲的时代,血统论横行,非工农子弟低人一等,教师成为"臭老九",非工农出身的教师威信一落千丈;读书无用论泛滥,学校无法上课。后来是干脆停课"闹革命"。1967年才复课"闹革命",工宣队进入学校,我班学生都来了。不久,又搞上山下乡运动,除个别学生因病留城外,大多数同学都被动员下乡了。有的去靖县,有的去海南,有的去安乡,还有的自找去农村的门路。此后,我跟学生几乎没有什么联系,即便偶尔碰见从农村回家探亲的学生,也只是打打招呼而已,这时的我,心是悲凉的。

改革开放,春风吹拂,万物复苏。我跟初75班学生逐渐有了往来,这种往来,到1994年和1995年,日益增多。1994年的一天,学生请我和老伴到溁湾镇的一个酒店聚会,共有十几个人到场。1995年1月2日,学校90周年校庆,初75班来了二十几位同学。我们在学校集体合影后,他们又来到我家里,大家兴高采烈、欢欢喜喜,谈笑风生,照了好多相。

最让我难忘的,是学生为我祝贺60岁生日。说实在的,我们这一辈子的人,繁忙的工作,沉重的家务,往往让我忘记了那个日子。可是1995年2月3日,初75班同学却为我提前过了一个最快乐最温馨的六十岁生日。同学们为我庆寿,作了精心安排:首先请摄影师到学校为我和老伴录了像,又派来专车接我们到天心炸鸡店的一个宽大的厅里,那里早已摆好寿宴,同学们早已等在那里,我们一进门,就热烈鼓掌欢迎。餐厅正面墙上贴着一个大大的"寿"字,"寿"字的两侧是一副对联:"纬帐三千春风早沐,称觞六十寿酒同斟。"我和老伴坐在正墙下边,同学们坐成一个半圆形。主持祝寿宴的是过去班上的小不点,现任长沙市教育学院教务主任的甘一群。祝寿会开始,先是每个同学自我介绍离校二十八年的经历和家庭情况,我听了大家的介绍，感慨良多。接着曾任班学习委员的袁家亮代表同学致生日贺词，贺词都是对我当班主任和教语文的一些赞扬的话。然后向我赠送生日礼物，同学们都走来站在我周围，由做医生的邓雪云和在市28中教生物的刘敢抬着一个大镜框，里面镶嵌一幅"六鹤同春"的湘绣，放在我面前，并拍下了集体照，还送了一本同学录（同学录里有生日、住址、电话和给老师的贺词，有的还贴上自己的照片）。

　　这次祝寿会一共来了26个人，除长沙的外，还有来自广州的张玮、香港的简清。同学们鼓掌欢迎我讲话，面对眼前这二十多张诚挚热情的脸，置身在这温馨的气氛中，我真的感到自己是世界上最幸福的人，我激动地说："我感谢同学们，衷心的感谢，如果有下辈子的话，我还会当教师。"同学们也很感动，师生沉浸在这融洽的爱的海洋里。寿宴上，同学们轮流给我敬酒祝福。

　　聚餐后，我们又来到了原班上聪明、活泼、成绩优秀、爱好文体的卢石平家。她热情地招待了大家，同学们开怀畅谈，舒心极了。

　　同学们还为我在长沙电视台点了歌。当晚8时许，我打开电视机，等着看同学们点播的歌曲节目，终于播音员口中念道："湖南师大附中初75班全体同学为邓日老师点播《长大后我就成了你》这首歌曲。"过了几天，一位同学送来了这次活动的录像带。

　　每当我想起那天的情景，心中就涌起一股幸福的暖流。能够赢得同学们如此的真情和祝愿，作为一个教师，我还有什么不满足的呢？谢谢同学们为我精心安排了这么隆重、这么热烈、这么活泼的祝寿活动，谢谢同学们对老师的深情厚谊。我激动地写了《六十生日抒怀》：

　　　　弟子祝寿心头喜，花甲一轮存豪气。
　　　　硕果累累香四溢，风光满眼尽桃李。

　　我还不能忘记的是，七十岁时，同学们又为我做了生日。我的生日是5月7日，附中校庆是5月6日。那天上午二十几位同学参加校庆。下午又为我在裕丰酒楼举办生日宴会，先举行了隆重的祝贺仪式。由沈佩兰主持，肖壮白、黄山献花，黄治辉发表了热情洋溢的讲话。

　　让我没有想到的是，2009年5月6日晚，杨力功、李地、蔡继刚、沈佩兰、邓雪云、王太明、黄治辉、甘依群、文竞之、肖壮伯10个同学，乘两部小车来我家看望我，给我送了花和生日蛋糕，祝贺我74岁生日。这是同学们第三次祝贺我的生日了。我与初75班的同学，1963年9月，有缘相聚在湖南师大附中，那时同学们还是十二三岁天真活泼的少年，到2010年，同学们即将步入晚年，大多数同学要满60岁了。我想为他们庆祝60大寿，以表我这老班主任的一点心意。我兴奋地对当时前来为我祝寿的同学说："明年10月长假时，我给同学们祝贺60大寿！"在马驹塘的集会上，我又说明要祝贺同学们60大寿，同学们都赞同2010年秋季，举办一个热烈隆重的初75班同学60岁生日大庆聚会，并推举卢石平为联络员。

　　过去，同学们还多次邀请我和老伴参加初75班宴会，多次来家看望我。我与我的初75班学生，相聚相交，从1963年9月至2010年的今天，将近半个世纪了，半世纪的师生情谊，叫人说不尽，写不完。

　　这几年，先后参加活动的同学有：文竞之、王太明、邓雪云、邓汉瑜、甘依群、卢石平、卢中奇、吕业峰、吕敬元、刘敢、刘培新、孙征、李地、李一于、李京婴、李忠敏、李振斌、吴佑龄、张小东、张玮、张金香、陈学东、肖平安、肖壮白、沈佩兰、严春山、杨力工、胡翠娥、袁家亮、黄治辉、黄山、黄孝玮、黄仲陶、龚曼辉、彭轶伦、彭棣威、喻兴芝、蒋克掀、童明皓、简清、谭月娥、蔡继刚、戴湘平等。他们中，有教师、医生、财务工作者、职员、公务员，企业家等等；从职称看：有小学高级教师、中学高级教师、大学教授，主任医生、工程师、高级技工师、高级政工师、会计师等；有科级、处级、厅级干部。他们在各自的岗位上，勤奋工作，发光发热，为祖国的建设，尽心尽力，作出了贡献。有部级劳模（王太明）、有救人英雄（杨力工）、有上市公司常务董事（张小东），有房地产公司副总（蔡继刚），有的还成为单位或部门的负责人。作为教师，我为他们感到光荣而自豪。

　　2009年，我又高兴地看到卢石平创建的后来又由李地、黄山、张小东值班的网易"75班同学录网站"。这个网站办得热闹温馨，有情趣，可谓有声有色，图文并茂。这个网站继承和发扬了附中优秀集体初75班的优良传统，融入了友情、亲情、师生情，团结了同学，增进了友谊，给人以信心和力量。

　　回忆和初75班同学相处的三年多时间和以后的许多日子里，我们有许多快乐的时光，有许多难忘的记忆，也有一些遗憾。不过，好在今日遇上盛世，大家都过得很好，在即将集体庆贺同学们60大寿的时候，衷心祝愿同学们健康，幸福，快乐！

（摘自初75班编《我们同学一辈子》，2010年9月。
作者系我校原副校长，退休语文特级教师）

读《一字之训》以后

李允恭

无意中翻阅湖南师大附中建校95周年纪念文集《我与母校》，其中有一篇仇天强同学写的《一字之训》。仇天强，不就是当年我教的高三（1）班的同学吗？记得1962年秋，我接这个班的语文教学和班主任工作时，他正从高三（3）班编进这个班。此文莫不与我有关？一看，果然是写我当时纠正了他一个错字，竟使他铭记在心，终身受益的故事。

他写道：后来无论上大学或参加工作，都不忘这"一字之训"，坚持"一丝不苟"，不敢"马马虎虎"，甚而推广到教育子女等方面的积极影响。我当时有些怀疑，是不是为了做文章突出主题？但再细想，又觉其中确有值得研究之处。那是1963年夏天，当时临近毕业考试，正忙于复习备考，仇天强同学匆匆向我递上一张请假条，接过来一看，上面写着："我因丙请假……"其中这个"丙"十分刺眼，我便退还他说："你没有病，请什么假？"他茫然地看着我，似乎无限委屈。仇天强同学，各科成绩优良，语文不错，何至写出这类错字？我心里确有点不愉快，但见他如此懊丧，便用舒缓的语气向他解释"病"字必须有"疒"——这叫病框，是形声字的形符（形声，是中国文字造字最多的一种方法，一边表形，一边表声），表示生病的样子。里面这个"丙"，是声符，表读音。与病有关的字，往往有这个病框，例如医疗的"疗"，疯了的"疯"。如果丢掉病框，那就完全失去了原来的意思。你请病假，丢掉病框，就看不出你有病的意思，所以我说你没有病，并未冤枉你，是照你自己写的说的。他伸了一下舌头，拿着假条退下去重写了。

事情就这么简单。纠正错别字，是语文老师的家常便饭。可在仇天强的心里，却一石激起千层浪，从1963年离校到现在，已近40年了，他总是念念不忘，反复提及。记得他在湖南上大学，第一个春节，给我写了个贺卡，上面端端正正写了个"病"字，以志不忘也。之后，大学毕业，离开湖南，天南地北，我又不知他在何方。岁月悠悠，便把这事淡忘了。1996年秋天，学校校友会的老师告诉我，仇天强来信，说西安要成立校友分会，他是主要发起人，邀请学校派员参加，特邀我也去西安，我当时便悟出他这份深情厚谊的缘由了。到了西安，他果然又提及这桩旧事，我却随机应变，没让多说。1999年，他趁学校校庆征文之机，写出《一字之训》，解开了积存在心头几十年的这个情结。这是他真情的流露，绝非什么应景文字！

仇天强同学，在中学年代，确是个敏而好学的学生，纠正一个错字，他却从这样的小事中感悟到学习不能马虎。参加工作以后，又自觉坚持一丝不苟的作风。择善而从，孜孜不倦，力求把这种优秀品质、严谨作风，推至一种完善境地，成为自己开创业绩的锐利武器。如今他已是西安市西北电力试验研究院的高级工程师了。他曾任该院金属室的主任等职，先后获市科技大会奖、市优秀科学论文奖、西北电网科技进步奖等；并在《西安科技》、《华东电力技术》、《西北电力技术》等杂志发表十多篇论文；参加"首届中、日水力发电高温材料技术交流会。"这不就是一个明证吗？当初，我给仇天强纠正一个错字是随意的，而仇天强同学却听之有心，不只感悟，而且执着实行与不断完善，这都是他高度的自觉行动。我只是起了一种触媒作用。

可见当老师的，在与同学相处的过程要特别慎重，因为你无意间一句话，一个动作，一件小事，往往会引起同学各种不同的反应，甚至影响他们的学业、事业发展。20世纪60年代附中高二（4）班有位同学叫李约拿，他现在是湖南电影制片厂的国家一级编辑。他那时在校爱好文艺学习，有些偏科，有一次上化学课，他却在下面悄悄地看《山乡巨变》，老师没有发现，可怎逃得过班干部的眼睛？马上反映到班主任那里。这样的事，当时可不是小事。因市统考在即，如果你一人一科考砸了，影响学校、班级、学科的总平均，谁也不能答应。幸好他的班主任张行言老师是位老成持重、爱生如子的女老师，她在干部会上引导大家说："李约拿爱好文学，不要过分责难，人各有志嘛！"会后又找李约拿轻言细语提醒了一下。这可产生了积极效果："人各有志"，爱好文艺也是志，保护了李约拿继续读、写文艺作品的积极性；李约拿得到鼓励，奋力拼搏，把落下的化学也补上了，市统考得了100分。这件事的处理，如果不是遇到张老师这样的老师，而是位随大流、搞"大批判开路"的人，也许会给这位今日的"国家一级编辑"造成难以弥补的心理创伤！

青少年学生的心灵是敏感、稚嫩、容易受伤害的，但只要我们做老师的时时想到他们是国家的未来，民族的希望，像园丁爱护花木一样精心呵护，即使偶有闪失，处置不当，也会设法补救，不会造成太大的损伤。所以，爱护学生，是老师必须具备的基本品德。如果有了这份爱心，我们在垂暮之年会多一分欣慰，少一分遗憾！

（作者系我校语文退休高级教师）

这块牌子会更俏
——记附中改名前后

方龙伯

　　解放初期的长沙，因为局势初定，百废待兴，之前任务繁重，经济尚处于困难时期，以私校为主的长沙市各中学都感生源不足，致有"劝学运动"。至1953年，经济逐渐繁荣，人民生活改善，由于当时城乡入学并无户口限制，致当年秋初新招生时，周边各县如长沙、望城、湘阴、浏阳等地考生拥入，数量猛增。城区落第考生成百上千，家长心焦，社会动荡，失学孩子冲击教育局，掀翻局食堂饭桌，占据五一路长沙饭店，成群坐上顶层。理由是："我们都没处读书，还盖这么好的饭店做什么！"（事实上，那饭店我住过，还比不上现在一般较低档的宾馆酒店。）后经多方努力，增加班次，补招学生，情况才得缓解。

　　湘省中等教育曾长期位居全国前列，省会中学尤为突出。可多集中于城北，如一中、三中（明德）、四中（广益）、五中（雅礼）、六中（兑泽）、七中（广雅）、八中（丽文）、九中（大麓）、一女中（周南）、二女中（福湘）、三女中（艺芳）均在城北。为方便学生入学，有关部门决定调整布局，逐步迁移几所学校。

　　1954年首先将五中迁往南区侯家塘，把校舍让给湘雅医学院，接着是为四中（即我校前身）在南大路（今城南中路）建立分部，将初一、初二年级先行迁往。由余培忠老师任主任，方龙伯老师任副主任。

　　那时的南大路尚属郊区（金盆区），以初级农业合作社为主，校区外就是菜园、山地，那挖黄泥（用以拌和煤）的小贩，还不时进入校区后山挖土。新校区仅有当时流行的"大屋顶"三层楼校舍一栋、简易厨房一所，公共厕所一小栋，员工家属都住在工棚里。水电未通，油灯照明、挖井取水，开学后我多次去电业局申请、交涉，才将照明电线架到。当时食堂所用燃料为老糠（米糠壳），烧得多又不易弄到，只好用一间教室"囤积"备用。校区周围并无商店，也无公交车通行，一般购物得步行去天心阁下。全校仅公用自行车一辆，师生均未见有私车的。

　　校风学风甚佳，学生多清贫朴实，学习勤奋，并能吃苦耐劳，遵纪守法，尊师爱友。记得某次语文组杨开穆老师因病住市三医院，前往探视的学生络绎不绝，后只得在广播里"紧急叫停"。学生王建勋因精神病住入省人民医院，同班同学日夜轮班照顾，我则去湘雅请名医会诊（后回乡治愈）。当年考试不用监考，从未有舞弊的。进餐为八人一席，绝无抢菜之事，早餐未吃完的稀饭留在中餐吃，一些团班干部（如常秀云、李延安、绰号"陈娱驰"等同学）总是带头先吃稀饭，印象殊深，至今难忘。那样的环境里的确为学生奠定了较好基础，为国家培养了不少杰出人才。我记得的有：吴介夫（湘潭市教育局长）、刘上生（师大著名教授）、廖焕燃（广州军区防化研究所总工程师）、易松涛（周南中学校长）、向远宏（广东惠州市建筑集团总工程师）、周运其（市十一中副校长）、张正雅（长沙农校校长）等。

1954年11月份某日，我去北区熙宁街本部汇报工作。进入校长室后，李之透校长笑着说："方主任，你来得正好，请你陪这两位客人去看看分部。"原来是湖南师范学院涂西畴副主委及总务处长姜运开教授因接办四中事来了。随后我陪他们乘师院吉普车去分部，他们在余主任和我的陪同下，视察一小时左右后离去。

当年12月里的一个大风雪天，李之透校长偕各部负责人（有余培忠、袁祖植、罗佑生、傅云龙和我）去河西师院开会。我们乘轮渡过大河后，由于冬干水浅，过小河则需走很长一段跳板搭的桥，大家手牵手紧紧结成一条"人链"，迎着刺骨寒风和雪花走完了那段路。

在设在岳麓书院的师院办公室里，涂西畴、王学膺、林兆倧等领导同志迎接了我们。会上，我们得知我校即将改为湖南师范学院附属中学，并将在河西二里半建新校址，原四中校舍将交市教育局。

1955年元旦，又是一个严寒的日子，授牌仪式在熙宁街校本部举行，四中从此改为师院附中，教职员工佩戴师院的徽章，学生改用师院附中的布质胸徽，这称得上是校史上的一件大事。

1955年夏高中部迁入河西新校址，那是另一个"乡下"。桃子湖北，凤凰山下，只有一条羊肠小道通往新校区。校区西是一特大的水塘（后填土改为师院田径场，现为师大图书馆），在孤零零的小山下，仅有一栋三层教学楼和一个工棚。分部则迁往本部，原址交给长沙市十一中学，1956年夏分部再迁河西，使得学校初具规模。

记得长沙市第一女中（周南中学）改为市四中时，派人来我校取校牌，我当时正在办公室，当即嘱人去取。那校牌因久未悬挂，已是两头高翘，来人说："就是因为这块牌子俏（翘）得很，我们才来取呢。"语意双关，不乏幽默。

事实上，学校迁河西后，特别是改革开放后，办得越来越好，确是愈来愈"俏"，已成为国内一流名校，为拓展优质教育资源，还构建成以己身为主体，拥有七所中学的联合体，提供了数以万计的优质学位。

筚路蓝缕，创业维艰。我亲睹了学校在过去60年里翻天覆地的变化，并能参与其中部分工作，深感荣幸。我坚信在党委领导下，全体师生员工将继承优良传统，奋力拼搏，不断创新，成就斐然，享誉海内外，这块牌子会更俏！

（作者系我校退休英语特级教师）

我记忆中的校园
——漫游母校之随想

徐斐尔

我在附中学习、居住和工作的时间前后加起来有 15 年之多，期间跨度整整 50 年（1964—2014 年）。这半个世纪，国家乃至我的家乡长沙城变化之大，对我而言，无法做到用语言文字去完整准确地表达。于是，我试图通过对母校校园的变化的描述，抒发自己对"国家在前进，未来更美好"的感悟，再次表达与母校的浓浓情结。

1991 年离开附中后，我回去次数很少。2005 年学校成立 100 周年校庆时曾回去过一次，今年 5 月 1 日参加高中 84 届学生聚会（"怀念不如相见"）算再次返校。两次在校园徜徉，睹物思情，脑际中总留下了不少陌生的感觉并都勾起对往日校园的回忆。不要说 50 年前我在附中读书时校园的面貌，就只是说 1991 年我离开附中时的格局，很多都时过境迁了。如今，母校校园的变化给我的感触概括起来就是两个字——"巨大"。

我最记得是学校的老校门和后门。那时，校门在现在"惟一楼"和办公楼之间的西侧。门上面好像是一块约 1.5 米宽，长约 5 米的水泥预制板，两个方形水泥门柱子顶着它。每逢节日，门顶上面会插上多面彩旗。国庆节则五星红旗迎风飘扬，平日什么都没有。靠传达室的门柱子上挂着一块不到半平方的木板，上面写着"湖南师范学院附属中学"校牌。校门结构如此简单，与气派沾不上边，但只有知情者才知道校园内却卧虎藏龙，内容丰富得很。因此，这张校门一开始在我的眼里就很高大，那块校牌在我心里始终很神圣。

因学校地理位置很高（估计最初地基是座山），因此校门外进出的左右两条路都是两个大坡道，在我记忆里坡道很长时间都是石子路。靠北面道的拐弯处有一棵参天大樟树；靠南面的道直下约 100 米，是座石头山，叫"凤凰山"。这棵树以及这座山，给校门增添了一份威严，像两个卫士捍卫着母校。还记得有一次野外长跑测试，体育老师陶汉威一声起跑令下，我们飞快地跑下坡。因为坡陡，想慢都慢不下来。开始，大家都嘻嘻哈哈，有的还互相撩打；但跑到溁湾镇返程时，就老实多了，既无笑声，也无人言语，大家前后不一，专心一意地跑步。眼看到了校门，一个约 30 度、20 米的坡道挡在前面——平时感觉不强烈，此时真要命。耐力好的同学，霸蛮鼓劲冲上去了。耐力弱者（其中就有我），毫无办法，只好一手叉着腰，站在坡下，立式休息一会后，然后再两手撑着腰，或碎跑或慢走，完成这最后一程。至于及格不及格，至少我是没有心思去考虑了。的确，这道坡曾难住了不少长跑的同学（体力不支）！这张校门则拦住了不少想进去却没进得去的莘莘学子（名额有限）！与大门深深镶在我记忆中的还有当时守传达室的郭师傅，一位 40 多岁的北方人，忠于职守但很热情和蔼，同学们都很喜欢他，叫他"郭伯伯"。直到 20 世纪 80 年代末期，郭师傅仍坚守这张大门，我们仍称他为"郭伯伯"。

学校的后门应该在现在的校门右上侧的位置。门很小，不正规，但很实用。夏天，我们全家三口就走这张门去湘江游泳，这样要少弯几百米路程。现在，小门变成大门了，后门变成前门了，谁曾会料到？沿着气派的大门的阶梯往上走，"往上"的豪迈之情激励着我这个附中人，但我同时也夹杂着怀念老校门的复杂之情。

对比现在和过去不同的校门，我曾萌发过奇想：如果让时间倒回 50 年，老校门的地方立着今天的校门，当时的学生能冷静观之，淡然进出吗？我甚至想远了：如果把老长沙中山路的"百货陈列馆"搬到现在的湘江大道上，我还会有小时候那种"庞然大物"的感觉吗？万物都在变化，大小是相对的，小时候看似很大的东西，现在却显得很小；何况历史是没有"如果"的。50 年前，不可能有今天这样威武雄壮的校门。试想，那时国门都紧闭，有谁又会想到今天祖国的大门会向世界如此开放呢？——改革开放，使我的母校发生了未曾预料的变化。

那时候，一进校门，便是现在的"惟一楼"和办公楼之间的宽阔地带。现在是块空旷的水泥地，其功能好像是停车场，经常摆放着不少轿车。可能是私家车越来越多的原因，不得已而为之吧。以前完全不是这样：我就读高中时，直到 30 年后，这块地的中央一直是一个小巧的圆形花园，花草在花工的护理下，叶绿油油，花鲜艳艳。我在这小小花园里曾度过了许多的"晨读"，背诵了不少散文和文言文。在附中工作时，我在教学楼和办公楼来回穿梭，这花园更是必经之地。我很留恋当时的圆形小花园。此时我心中在暗自设计：此处不停放汽车，移植几株四季常青的大树到这里，像那四株香樟树一样，那多好啊！清晨学生的朗朗读书声还会在树中萦绕，久久不散。——附中这块读书的宝地，需要茂密的树木和美丽的花草映衬、陪伴、见证。

花园的东西两头原来各有一个水泥篮球场，每天下午放学后，只要天不下雨，这两个场地不是教工篮球赛，就是班级篮球友谊赛，欢呼跳跃，热闹得很。1991 年，我离开附中时，还是这样的格局。那时，学校另外还有 4 个篮球场，集中在现在惟一楼东头的北面。记得那些篮板的立柱都只有一根，不是木质的，是水泥浇筑的；篮筐的高度都偏高了一点，篮板的弹性不太好，因此那 4 个篮球场的吸引力比小花园两边的篮球场差多了。

现在校史陈列馆建得真好，它如同给校史赋予了一块纪念碑，实实在在给校友筑建了一个温暖的家。馆内"自强不息、勇创一流"八个鎏金大字和几十位杰出校友的照片给人鼓舞，催人上进。但这个地方原来是一长线工棚似的低矮房——仓库，里面堆放着大量体育器材和劳动工具。仓库前是60米的跑道，和紧挨的篮球场一起组成当时上体育课的场地。我们在这块场地上过很多节体育课，测过很多次60米短跑，也曾在这个仓库里多次领取劳动工具。现在，学校的篮球场和田径运动场，都远离了教室，以免球场上的喧闹声干扰课堂，让学生分心。课堂需要安静，但那时场地的确太有限。

教学楼是学生学习的主要场所。那时的教学楼和现在的惟一楼是同一地点，但当时国内建筑没有"裙楼"一说。现在楼底的架空层大大增添了惟一楼的现代气派。老教学楼是很简单的三层楼房，整栋楼的外墙没有任何装饰，一眼望去，看到的是暗红色的，排得整整齐齐的砖块；屋顶是斜面的，那时也没有平台一说。整栋楼有四张门：中间一张大门带个门厅，直通另一面的后门，东西两头对称各有一张侧门。教室内和走廊铺的都是地板。但在我的记忆中，好像地板从来都是油漆褪尽，灰色显露。教学楼每层有教室12间（36个班，初一到高三，每个年级6个班，就是当时的规模），苏式合面，教室与教室相对。如果教师讲课声音大的话，相互都有干扰，因此关起门来上课是常有的事。教室窗很大，采光好。那个年代教室里是没有电扇的，更不知空调为何物。炎炎夏日，我们在教室里是怎样抗暑的，我一点都记不起来了。还记得寄宿生晚上有两节自习课，中间休息15分钟，我习惯站在大楼走廊的东头，远眺湘江对岸的点点灯光，缓解看书后眼睛的疲劳；上完自习后，还时常在那里吹一下竹笛再急急忙忙赶回寝室。旧教学楼一直是没有卫生间的。没记错的话，50年前，教学楼外有一个巨长又简陋的厕所，在原后门的东侧，离教学楼最短直线距离约50米。三楼的学生（读高二时我就在三楼的西段），下课上一趟厕所，动作稍慢，十分钟就会全用在这一件事上。不知什么时候，这个巨长的厕所转移到了教学楼的东侧10米下坡之处，已变小了很多，但还是那样简陋，气味很重。后来，这种简陋的公厕在校园永远消失了，都改成了现在楼内的卫生间。顾名思义，"卫生间"卫生多了。你还莫说，厕所还真是文明进步及生活环境变化的一个重要标志。

现在的办公楼仍是若干年前的那栋楼。因为我前后目睹了它50年，因此可以肯定它至少有近60年的历史了。办公楼是我感情很深的地方——我在这栋楼里工作了近8年。这次，我特意进去参观了一番，发现大的格局没什么变化，但外墙和内部进行了不少改造和装修，漂亮多了。毕竟由于楼龄长了点，估计不久的将来，它将会被一座现代化的新楼代替。这栋楼现在叫"办公楼"是准确的。以前应该叫"综合楼"，因为一、二楼办公为主；三楼则是物理、化学实验室、美术活动室等。一楼西头一间大房子还做过"劳动技术教育室"，楼上做过"教工阅览室"。对称的东头大房间既做过"学生阅览室"（我读书时），又做过对外开放课的教室，后来改成"音乐教室"。它的楼上做过"工会活动室"，也做过"校史陈列室"……这栋楼原是学校最南面的一栋楼。再往前走10米就是学校的围墙，如前所述，因学校位置很高，墙外好几米之下才是一条通向湘江的小路——有的路段并排只能走两个人。路边紧挨着一条一米来宽的排水沟，全是污水流淌。小路和排水沟都直通湘江。排水沟边是一块接一块的菜地和有名的桃子湖。现在学校外延了几十米,已有一栋白色高楼矗立在办公楼的偏东之处,一条宽敞的汽车道绕过办公楼直通校园各处。校外的景象也今非昔比了——崎岖的小路成了车水马龙的大道,昔日的排水沟及旁边的菜地上都盖起了高低错落的房子……

我读书时的音乐教室是在原校门北侧的一线仅一层的红砖灰瓦房里。当时这线房既做音乐教室和电工房用,又兼做围墙。这种房子现在不可能存在了,因其地皮利用率低得不可容忍。那年代,读书人少,能读到高中的人就更少了。

附中历来是寄宿学校。很长时间学生宿舍就在叫做"八舍"的一栋楼里,在当时很有名。"八舍"也是苏式合面结构,寝室对着寝室,一共四层。一、二层住男生,女生和一些单身老师住三、四楼。这种格局,一直延续到了90年代初期。当年我是寄宿生,我住的寝室共住10个人,还记得在这寝室住过的同学有刘宪能、刘宝田、唐若怡、甘子干、罗绍亮、尹邦洪、曾辉华、王双喜、袁向阳、王梦潭、张涤非、刘湘达等。床是铁质的,上下两层,靠墙左右各摆三张(多余的一张放大家的衣箱和杂物)。"八舍"的位置在现在食堂的西面,地势很低,因此一楼潮湿。那时八舍内的盥洗室,没有门,开放式的。要冲凉(那时湖南人不叫冲凉,叫洗澡),夏天在盥洗室水龙头下用脸盆接自来水,从头往下淋。记得冲凉时还不能脱光,因为很难保证没有女生去男生寝室找人时路过。冬天,则提着桶,拿着一张热水票到锅炉房先接热水,再提到一间很大的浴室解决问题。锅炉房和浴室就在现在食堂的西头。忘记什么原因了,有段时间,"八舍"的厕所停止使用。要用厕的话,得到宿舍外的公厕去。没记错的话,那公厕就在"八舍"二楼东头,总面积估计不到50平方米。晚上,师生犯急了都得勇敢地冲出宿舍,寒冷的冬天也不例外。好在都是小伙子和大姑娘,血气方刚,不怕冷。"八舍",连同那与学生寄宿生活息息相关的公厕、浴室是何时消失的,我不知道,我只晓得那是八九十年代的事了。80年代后期,我在八舍的一楼还住过两年。我与八舍有着深厚的情谊。

"民以食为天。"我读书时学生食堂在我记忆中非常深。当时其位置就在现在的400人会议厅之处。食堂坐落在很高的土堆上(最早应是一座小山),上去要爬20来级阶梯。食堂很大,从外面看,像一座开大会的礼堂。里面摆着好几十张四方餐桌,固定八个人围一台,站着用餐,每个月8元钱伙食费。两菜一汤还是三菜一汤记不清楚了。只记得那时国家还处在三年困难期的后期,因此,经常用红薯代米饭。但学生们胃口好,吃红薯也很开心,很少听到怨言。这座高大的食堂哪一年推掉的,我也不知晓。我只惊叹,撑着这食堂的那堆黄土,应有好几千立方,在那个年代搬走还真不容易。这堆土如果不铲除,那现在的"科学楼"会吊在空中,"琢园"也会变成空中花园。山丘全部铲平后,"八舍"的位置也就不在低处了。从此,校内所有建筑基本都在同一水平线上,实现了"平等"。

运动场是学校的必需之地。现在四棵香樟树的地方是学校当时的田径运动场。因场地限制,其跑道不规范,没有400米(南北向可跑100米,东西向太窄);加上中间的那四棵香樟树有碍投掷,因此学校每年一届的运动会都要借大学部的田径运动场举行,兴师动众,费力劳神。

香樟之地是全校学生上体育课、做操、体育锻炼的大好场所。记得每天清早，高音喇叭准时响起军号声，寄宿生要动作敏捷地赶往那里，平时排队做操，冬天沿着跑道跑步。起床号响后，赖在床上不起来的学生几乎每天都有，但为数很少。管寄宿的专职老师往往会采取急促催喊进而掀被子等措施。我还记得，有一个学期我们班来了三个师范学院的实习生。他们可负责了，天天早晨自始至终陪着我们一起在这个运动场上跑步，上午两节课后陪着我们在这里做课间操。每天下午还在这里指导我们训练体育达标项目和运动会的比赛项目。实习期满后，在欢送他们回去的班会上，许多同学都哭了，舍不得这几位实习老师。

20世纪60年代，学校教工宿舍有校外的"合作村"和校内的"桐林村"等。"合作村"都是一栋一栋单处的平房，栋数不少，房子的墙好像都是土筑的，屋顶都盖着瓦。这些房子直到80年代才逐渐拆除。学校的多层水泥结构的楼房宿舍就是从这里开始兴建的。最早建成的两栋分别取名叫"40户"和"36户"（那年代人就是朴实，起名字直接简单）。"桐林村"的位置在四棵香樟树的正东面，现在的篮球场之地。70—80年代，我在那里住过几年，名为"村"，实际是一栋两层的楼房，两个单元，木地板，共住12户。60年代，江文笔书记和李迪光校长住在一栋平房，也叫桐林村，可以说是那年代最好的房子。回忆起来，其实"合作村"和"桐林村"住家很舒服，房子宽敞，窗明几净，冬暖夏凉。但学校规模越来越大，教工人数越来越多，地皮也金贵起来，不得不拆平房盖高楼。现在教工宿舍有多少栋，我还真没搞清楚。

漫步在校园，记忆的碎片凌乱出现。远望着四株香樟树，数十年过去，它们枝繁叶茂，壮观多了。但我清楚，没有其当时的平凡，哪来它们今天的伟岸？

香樟，你是历史的见证，你是校园巨变的瞭望台。目睹东面——校内桐林村一长线边沿地成了篮球场群，校外的一大片菜地成了标准的田径场；西面——阻碍你远眺的山堆早不见踪影，取而代之的是上规模的学生活动中心和食堂；南面——图书馆与你相邻；北面——六层楼的学生宿舍矗立……再瞭望东面远处，昔日河边的防洪河堤成了现代化的潇湘路；橘子洲头公园美丽如画；江对岸高楼林立，湘江大道朝南北方向延伸、通向远方。

"三十功名尘与土，八千里路云和月。"回首过去，思绪纷飞;立足今日，感慨万千;憧憬未来，信心百倍。在此，我由衷祝愿母校的明天更美好、更现代!

（作者于1967年于母校高中60班毕业，1968年下放农村，1973年就读湖南师大外语系，1982年回母校工作，1991年始在深圳工作，2008年于深圳市福田区教育局退休）

阿思　阿津　阿瑶

欧阳昱北

　　玲珑如促织之类的秋虫"瞿瞿"无歇的时候，这第一要紧的是又一个秋不期地来了，仿佛劈头被告知了很老，让你在官道上莽撞了警跸想鼠窜，却到底蹒跚了脚步再无回避。

　　从听虫里偷来的浮生，思绪就有些散乱。记得丰子恺先生说过：由儿童变为成人，好比由青虫变为蝴蝶。青虫生活和蝴蝶生活大不相同。很多时候，我们大人先生已做成了蝴蝶，便忘却了爬行，就不顾了青虫们是否情愿，在它们身上装了翅子，以为可以一同飞翔。

　　印象里并未长足的阿思肩着一个硕大的帆布包，随着百千的同学蜂拥地赶着上学的早，包儿斜在膝下，花格儿的，呱嗒不休地一路敲打着她的小腿，将女孩所有的欢喜都充溢在里面，很有些要装太多东西的味道。校园一律的黑背包的时候，我便从扎堆儿的人里识得阿思。

　　再见她，她正在一心一意地哭。大约贪玩了流星雨罢，第二天交不来默写，又做不来照抄的假，被罚了一周的值扫。我便拿得失相偿来开导她，她圆溜了大眼，疑似参半了我的价值观，便去心甘了继续她的清扫。阿思毕竟是爱自由的，像极一只无所挂怀的虫儿，在属于自己的地里枝头并不管晴雨地找寻独得的快乐，结果便每每被枝条的尖锐有意或无意地戳到，落下些皮外的伤痕。

　　她终究不再斜肩着她的硕大的布包儿，去疯她的日子了。高三了，便因我女儿与她同窗的关系，英勇惨烈地要来借宿。我向来于学生严厉，都避我惟恐不及。她存了心思，怕自己无拘惯了，便将自己交由我这不苟言笑的老儿看管。当然，这是她终于考上理想的大学后才脱口的秘密。

　　阿思确实有坐不住的时候，让我会疑心她的椅子板上有什么东西。当她们一双女孩子家家伏案苦读的时候，斑鸠来阳台的花下垒巢。有巢有蛋终而有雏，阿思的唧喳常和雏们的唧喳混响成一片，便让人生出了日子的确在忙碌生长的想头。一天，她不无神秘地将一对鸟雏的脑袋捧在手心让我看。我见她将斑鸠的雏儿捉来，就责备了她。不料她竟一迭声地笑，到底摊开手心，原来是一双袜子上缀着的饰物，被生动地做成黄口鸟雏的。

她也有郁闷的时候。在网页的帖子里她说：至于大包包文不加点天天洗头爱吃零食不爱喝汤等小习惯哎都被您看穿啦我都没秘密了郁闷

她总不忘了给我给自己以鼓励。在网页的帖子里她又说：哈哈那早匆忙见您剪了精神的头发加油疲惫但满足特别是看着录取通知书我会好好珍惜拥有独立

阿思是大家都首肯的才女。她读书既杂，来规矩属文，真是"文点"俱佳的。一次月考，她写了篇《永恒的阅读》，很能沉静她的思考："……敦煌文物大批外流，的确是让国人心痛的事。但是，痛心之余仅去指责王道士是没有意义的。从藏经洞的发现到文物的流失殆尽，整个事件显示的是社会的愚昧。而这种愚昧来自贫困和教育的严重不足，如果它不能经由民生富裕和教育普及加以改善，则类似的情形必然会不断重演。与其指责王道士之流，倒不如自省我们现在的社会，自省我们现在的教育。"她的善思于同龄的女孩里并不多见，她自己却混沌不觉。

她确能俯拾即是地将斑斓的生活装满。诚然她是美丽的，翠玉莹润的那种。

阿津是一个特别渴望长大的孩子。小时候，她总是喜欢俨然地把右手掌举起，迎向太阳去看，看那掌纹怎样河流般宽而且深地奔流到腕。我知她的故事，是因为她的母亲与我的妻子是闺中友的缘故。女大十八变，再将她对号成先前那个丫角儿，是她来文科班成了我的学生的时候。

女孩一律是嘴馋的，阿津念念不忘我女儿给她的雪峰橘，我便挑选了几个送她。乃瞻我橘，她便载欣载奔地飞来，旋即飞回她的座位，每人一瓣地让紧邻桌儿的同学有点分享，便宝贝地将橘儿收藏在她独有的世界里，有好些时日不吃。

她是哭笑都不矫饰的女孩，高挑的模样儿，长袖善舞，动静也就不甚分明。一堂课下来，我正微愠她的偶尔小话，她因赶明儿赛舞而即刻要出发，需为很国粹的舞做个解说罢，便惶惶然来找我。我于跳舞之类，思想的底子是藏着偏见的。倒不是盲目于手舞足蹈的美，总觉得要耽搁些备考的专题，甚是为她可惜。我在她的催促声里，凑成几句，她欢天喜地地走了。不知怎地，我竟惦记起她来，她毕竟学舞起步晚些，我不知道她的舞可是好，也不知道她索要的词儿可是妥贴……

间天，阿津回来，老远就读到她欢喜的生气，努力坚持的舞蹈已能让她升上大学。生路既非单一，为何要用我们的经验去左右了阿津们的飞翔呢？我只是知道舞蹈是肢体的艺术，并不曾了解在寻舞的路上，她会见鸟在飞，蝶在舞？阿津千真万确是个现代的女孩，而汉唐歌舞的流风余韵总该有点儿着落的罢，纯净如阿津的孩子愿来作些传承，其实是对的。

我们无妨设计，这样天性的女孩整天捉笔在案，是何等的了无生气！我忽然觉悟了大人先生的残忍：将自己的世界硬塞给阿津们，像极了缫丝，将茧丝抽去，蛹在暴露的瞬间其实失去了它的家园。

我是从作文上读得阿瑶的。在《妈妈的美丽》里，她写道：那夜的晚餐，我分明感受到空气在凝固……狂怒的爸爸举刀的手被我和一个亲戚死死摁住。最终，妈妈毅然打开在她看来是自铐于脚上的婚姻铁镣，手牵着我，头也不回地走出了曾经属于我的家的大门。"情感的或缺终于没有影响了阿瑶长大，忽见她十足的女孩了，就很替她高兴。只是她较长的时间活在父亲的阴影下，有些瑟缩和敏感，而这或者就培养了阿瑶的蕙质兰心罢。

孔子与点，后人以为抵牾了儒学的精神。袁枚《小仓山房文集》里说："孔子辙环终老，其心伤矣，适闻曾点旷达之言，遂喟然而叹。"他以为是老惫于尘俗的慰藉？无所休歇的寒暑易节，总来鞭挞我的神经的时候，就寻思起悲喜的不能预先彩排来，也就将生的抗争都搓揉成平和。我竟不见阿瑶放弃，她只是读书，去芝麻开门。

我曾将一小盆被弃忘的仙人球拾掇，充作自然的养眼，寄上浮生的托付，浇水上去，却连根都烂了。隔天就有新的盆栽，撮起刺球儿，静置在我的案头。盆下压有纸条儿，殷勤相告，不要常浇水，生命自是强的。不必细致地辨识，阿瑶娟秀的字已叠合成她娟秀而略有所思的脸，我便感受到临老久枯的眼窝也会上潮。

阿瑶多少不自信了，其时，眼眸里总有个忧郁的精灵寄住。她终于开朗起来，学习就愈见出色，女孩子群里也能夹杂了她小声的笑。我当然也就不再为阿瑶这个很能认定的孩子去多余地担了心思。

阿瑶不是那种有响亮味道的女孩，却总在不经意间将感动带给我。我的女儿羡慕阿瑶在生活的板结里，自持的苦学劲儿自己却又没有坚持，阿瑶便自我地担待了来做她的工作。她见我一年下来骤见了龙钟的态度，几次都拿我上课说的"竹之为竿，不舍每节"劝说我的女儿，说到有慈严之父其实都好，竟已是满脸泪水。

岁月每天都在生长它的枝叶罢，原来这里不仅有秋天的故事，还有春天的想头。

小虫从叶缘的卵里探出它的头脑，重要的是自己的攀爬。大人先生却很不以虫们的自在为然，即刻就要虫成了蝶去。结果就沉寂了它们的梦想，即便将来果真可以飞了，却只是先前的蝶的重复。其实虫的攀爬和蝶的飞翔都是同等，无非春秋代序里生命的过程，难怪丰子恺先生会对青虫般孩子的世界羡慕不已。

刘勰《文心雕龙·诸子》说："太上立德，其次立言。"真真是有生立德立言如此，即便还未生长出翅子罢，而美好已多。

（作者系我校语文特级教师）

延长音
——与"琳琅满目"同学对话十二年

李蓝

一、"琳琅满目"

"琳琅满目"（lilmam）是我早年的一位学生，这是她的网名，她的真名叫贺琳琅。2000年因成绩优秀，艺术特长（竹笛）突出，考入湖南师大附中。初中毕业时表现优异的她，经学校推荐考上新加坡丹戎加东女校全公费留学；高中毕业考入加拿大著名的麦吉尔大学，因成绩优秀，获麦吉尔大学"达达拉—克林顿奖"，在与前来颁奖的美国前总统林顿交谈时，"琳琅满目"说："我跟总统提到，我特别欣赏她的女儿，她一直是我的榜样，因为她那么优秀，为人处世还那么低调和谦逊。他说，他也这么认为，不过他觉得他的女儿的良好基因似乎更多地来自于她的母亲。他的回答让我特别感动。我觉得希拉里·克林顿好幸福，我觉得克林顿总统很有人格魅力。"

本科毕业，"琳琅满目"考入美国布朗大学，今年6月她研究生毕业并工作。2011年暑假"琳琅满目"来看我，那天在清华大学念博士的儿子在家休息，当儿子经过客厅外出时，走到门口的他突然回过身来，对坐在客厅沙发上的"琳琅满目"说："你是我爸最骄傲的学生！"

我与"琳琅满目"的"对话"开始于2001年夏天，当年我带附中学生乐队到北京参加一个音乐比赛，那时她是个可爱的"小不点"。一天在参观北京八达岭长城时，她问了我关于"延长音"的问题。2003年9月，"琳琅满目"初三毕业赴新加坡全公费留学，从这时起，我与她开始通信交流。今年暑假比较清闲，由于使用多年的雅虎电子邮箱要整体迁移，我整理电子邮箱中的资料，上网十多年邮箱里全部来往信件大约三百多封，与"琳琅满目"的来往邮件为两百多封，占了三分之二，另外还有她这一时期近百张照片，没想到这个音乐"延长音"会这么长，我很惊讶！其中，有"琳琅满目"从初一到大学研究生毕业的成长经历，有师生之间对学习、生活、思想、友情、爱情等等诸多问题交流讨论的"故事"。

"琳琅满目"来信说研究生毕业并找到工作，我像孩子的父亲一样，长长松了一口气，还有一种幸福和成就感。"琳琅满目"在她博客里写我的"标签"是："像爸爸一样的老师"。远在海外的她，逢年过节都会发来祝福，我感到非常温馨，她是个善解人意的孩子。当她在信中提出一些新问题时，我会与她进行交流讨论；看到她克服一个个困难，逐步成长时，我体会到双重高兴，为她，也为自己。我常感言:看到学生健康成长，是老师最大的快乐。

去年五月一日，我儿子李一舟在电视节目《非你莫属》第100期一夜走红，事后有人问我是怎样培养教育孩子的，也有人对我说:你可以将你培养教育孩子的经验写本书，说不定也会红的。听到这些话，我想起了"琳琅满目"，其实答案早就开始写了，只不过当时我也不知道，许多答案就在我与"琳琅满目"十二年来的通信中。

借用苏轼的一首诗:横看成岭侧成峰，远近高低各不同。不识庐山真面目，只缘身在此山中。

二、变化的延长音

2001年暑假，我带学生乐队到北京参加"中州杯"全国中、小学器乐比赛。当时我负责乐队的弦乐、低音部分的排练工作，还有乐队学生的思想工作，另一位"小李老师"负责管乐、弹拨乐和整体合奏与指挥工作。一天排练休息，大家去八达岭长城游玩，汽车上，同学们都兴高采烈，我有晕车的毛病，便有意闭目休息。耳边有个声音轻声响起:"李老师，我有个问题，可以问一下吗？"我微微抬起眼皮，是乐队的笛子手，一个初一的小女孩。我用力撑开眼睛说:"什么问题？"

她说:"对不起，李老师，本来不想打扰你，可这个问题我想了好久，不知道该怎么办，看见你在休息，就问你了。前几天小李老师要我吹《美丽的凤尾竹》的引子，它是一个16拍的延长音，我不知道要怎样吹才能吹好这个长音。"

我说:"笛子我是一窍不通，你问过小李老师没有？他是笛子专业的老师啊。"

她说:"没有。"

我说:"这样吧，我从音乐的角度来说吧。第一，你可以按音乐节拍规律的强弱变化来演奏，这是一种每小节有规律性的变化，如乐曲4/4拍子强、弱、次强、弱的变化。第二，在乐句与乐句之间，你还可以进行力度、速度的变化演奏，从而形成对比性的乐句发展，比如刚才我们游览长城时所看到的，长城的各个烽火台形状大小看起来差不多，其实不一样，长城处在高低起伏变化的群山之中，你看它们时，它会给人一种变化动态的美感，人们常说:音乐是流动的建筑，想想刚才看到的长城，再想想你那个长音应该怎样变化和表达。"

这位小同学若有所思地点点头说:"谢谢老师。"

在以后几天的排练中，她没有再问我什么。有一天，她对我说:"大李老师，我按你说的办法练习了几天，昨天排练时小李老师表扬了我，说我吹得不错。"

听了她的话，我也很高兴。

在这次比赛中，乐队获得了"阳光奖"（一等奖）。

当乐队从北京载誉归来时，学校有关领导还有记者到火车站迎接和现场采访，大家脸上都挂满笑容。

三、我爱附中

一晃，时间到了2003年暑假，一天在家休息的我接到一个电话，

我问："喂，你好。"

对方说："我是那个吹笛子的同学。"

我说："啊，我知道，什么事？"

她说："是我升学的事，初中毕业了，升高中，家里人要我去五中（雅礼中学），我想留在师大附中，现在与家里闹矛盾，又想听听你的意见。"

我说："听爸爸妈妈的话，去五中，五中也是个好学校，你们家住在劳动广场，上学也近啊。"其实，当时我还有没说出口的内心潜台词：你成绩很优秀，争取将来出国留学，五中的前身是美国人办的教会学校，英语教学一直是它的强项，去那读高中，将来出国留学时对你可能会更好一些。每年招生时，各个重点中学都在争夺优质生源，作为老师，这时有些话是不好对学生说的。

又过了些日子，一天她来电话对我说：

"对不起，李老师，我没听你的话，我还是选择了留在附中，因为在附中待了三年，对它有感情，还有就是好多初中熟悉的同学也在这里。"

我说："好的，我只是建议，最后是你自己做主。"

若干年后，一天"琳琅满目"对我说："李老师你知道吗？我当年选择附中还有一个原因的，初一时我也去考了五中的艺术特长生，可是五中不要我，附中要了我，所以高中时五中要我我也不去，还是感觉附中好，我爱附中。"

听了她的话，我想：真是个单纯的小孩子！

四、早怕比晚怕好

这是2003年暑假中她第三个电话。

电话那头的她说又有事了，内容是前不久学校推荐她去报考新加坡全公费高中留学，家人也要她去报考，可她不想去。

我问："为什么？"

她说："我怕。"

在这段日子里，她与我有过多次交谈。

她说："李老师，我不想去。"

我说："有的人为了出国留学，自费几十万上百万，你这可是全公费留学，如果考上了，每年"赚"十几万，比李老师教书拿的工资多好几倍，你是读书学习，多好的事，机会难得呀！"

她说："远离家乡、父母，我害怕。"

我说："你早晚都会遇上害怕的事，早遇上比晚遇上要好，早遇上早解决，以后再遇上就不怕了，我就是这样走过来的，现在很少有害怕的事了。"事后我反省：我这样做，是不是太残忍了？她毕竟只是个小女孩。那一年长沙市四大名校共考上 10 人，附中只考上她一个，听到这消息我很高兴。在新加坡，她给我的来信内容大多是谈学习生活情况，她妈妈告诉我，在电话里她常哭得稀里哗啦，我想，现在哭，以后就不会哭了，会笑的。

五、真诚，耐心，爱

近年来我常对学生说："作为家长，如果能教好自己的一个孩子（基本都是独生子女），我就高兴了；作为老师，如果能教好一个学生，我就更高兴了，因为我是一个人，能养育和教育好两个人，二比一大呀，我当然更高兴！一个人的能力有限，尽力而为就行。教育（家长、老师）不是万能的，因为'从来就没有什么救世主，也不靠神仙皇帝，要创造人类的幸福，全靠我们自己'。读书靠自己。"

我也对同学开玩笑说："老师就两个字，第一个字是什么？是老呀，老是什么意思？经验啊，呵呵！"

三年前，师大音乐学院有几位同学到我这里实习，有位女同学问我："李老师，怎样才能做个好的音乐老师？"当时我想了一下后回答："真诚，耐心。"

十二年前，在儿子高三毕业的"成人仪式"上，学校党委书记周望城老师要我以家长、老师双重身份代表发言，由于触景生情，我丢开先前按领导要求写好的发言稿作即兴发言，记得当时的结束语是："作为家长、老师，我爱你们！"这是我平生至今第一次面对孩子、同学说"爱你"二字。

如果今天有人问我"怎样做个好老师？"我会说："真诚，耐心，爱。"

我是一个工作三十九年，教书三十三年，再过三年就退休的中学音乐老师，之所以写出这"文章"，一是源于《管子·权修》："一年之计，莫如树谷；十年之计，莫如树木；终身之计，莫如树人"；二是读《傅雷家书》有感，它算是自己几十年教育教学经验的一个回顾小结吧。

后记：2014 年 6 月"琳琅满目"来信说，她考上了美国多所学校的博士研究生，真棒！

（作者系我校音乐高级教师）

攀登
——写在湖南师大附中110周年校庆之际
欧晓明

　　2015年2月27日坦桑尼亚当地时间早上8点27分（北京时间当日13点27分），带着湖南师大附中高151班全体师生的心愿，在经过5天的奋力攀登后，我登上了非洲最高峰——5895米的乞力马扎罗的Uhuru峰，并代表高151班全体师生向母校110周年校庆献礼！

　　在海明威的名著《乞力马扎罗的雪》这本书中，记载了非洲第一高峰乞力马扎罗山顶附近有一只风干的豹子的尸体。豹子到这样高寒的地方来寻找什么，为何长眠于此？没有人作出解释！

　　而现在的我，就如同那一只豹子，攀爬在寸草不生的乞力马扎罗4700米海拔的戈壁高原。非洲之巅——乞力马扎罗5895米的Uhuru顶峰就在前面不远！今晚，就是冲顶的时刻。

　　没有人知道，我为什么攀爬这座非洲第一高峰。其实，在筹备登山的整个过程中，我自己甚至都没有完全想明白为什么要来！冲动，纯粹是一种人过40而不服输的冲动！此前备战的训练中，我不慎左脚脚踝严重扭伤，一直不能完全吃力，但早就定下的行程无法更改，我还是如期出发了。我心中十分明白，重在参与，适可而止，实在上不去就……直到四天前，高中同学、也是曾经的团支书李林海发的微信，让我这次登山有了新的意义！

　　羊年春节大年初三，全副武装的我抵达机场，准备登机启程。附中高151班的微信群依旧热闹，当年班上的团支书李林海私下微我：你真的决定登乞力马扎罗？我笑道：到现在你还以为我在忽悠？我已经到机场了，马上登机！李林海回复：如果是这样，同学们希望你带上我们的共同的祝福……

　　我登上了飞往坦桑尼亚的飞机，思绪开始翻滚。和登机前的轻松相比，现在心中多了一份责任！

　　在前往坦桑尼亚乞力马扎罗市的飞行中，机长特意驾机围绕着乞力马扎罗转了一小圈，让旅客从空中领略乞峰的风采。从窗口望去，乞力马扎罗就像一个从平地冒出的喷嘴，被一片皑皑白雪覆盖，浸泡在浓厚的白云中，若隐若现，在云雾之中泛出神灵的威严！……我终于看到了乞力马扎罗的雪！

头两天的攀登和我想象中的登山大相径庭。从海拔 1980 米的山口出发，一路风光旖旎，树木参天，沿途鸟儿飞，虫儿叫，鲜花绽放人欢笑。这哪里是在登山，这简直就是在旅游！……第一天在 2900 米的曼德拉营地的夜宿是在极度兴奋中度过，而这种兴奋仅延续到 3720 米的火龙博营地，即被高原反应、寒冷、失眠，还有持续攀登的劳累彻底替代！

大山，在这里开始显露其威严！

3720 米的火龙博营地，比西藏拉萨的海拔高 70 米。这里夜十分寒冷，狂风无情地刮过帐篷，发出可怕的呼呼的声音。我穿上抓绒衣躺在睡袋里取暖，此刻高原反应开始了。我发现任何快速的动作，哪怕是快速站起蹲下这样的最普通的动作，都会引发深度喘息，而且伴随着一阵缺氧而导致的头昏。所有的动作都不得不慢慢的，用斯瓦西里语说就是：Pole Pole（慢点、慢点）！向导告诉我们，这里的氧气含量只是海平面的 70%，气温也比山下低 20 多度。

站在 3720 米海拔的地方看夜空，满天星斗，银河洒落，不禁想起谭咏麟那首歌词：繁星流动，人生如梦，从不相识开始心接近，默默以真挚待人……此时，我已忘却身在人间！

早晨，太阳撕开黑暗，万物复苏。几乎一夜无眠的我忘记了这是在高海拔，冲出屋子去迎接太阳！和太阳一起娱乐，用身体亲近阳光！队友玩笑道：太阳都被你玩坏了！

又开始攀登了，我们不再谈笑风生，因为那样会影响呼吸的节奏而引发气喘，也会使心率加速而让人难受。随着海拔的不断上升，高原反应产生的头疼头涨让我思想的速度急速下降，脑子逐渐一片空白。我尽量减少任何不必要的动作，只是机械地慢慢往前走，心中却惦记着那份嘱托！生活总不会全是挑战，也会给你安慰，不知不觉中，我走在了云端之上了，离蓝天是这么的近，我仿佛置身于天路！

途中的植被也发生着巨大变化，从 2900 米以下的树木参天，到 3720 米已经是一片矮林，在向 4700 米基博营地进发的途中，先是经过一片草甸，过了一个山脊便是一片戈壁，没有一棵树，一根草！

高原给人一种强烈的空旷感。相比大山，人变得极为渺小，人由此产生一丝敬畏！远眺屹立风中千万年的大山，我感受到这种苍茫给我内心带来的平静和安宁！

终于抵达 4700 米基博营地。坐在营地旁边的大石头上，背后是 Mawenzi 峰，我头疼难耐，呼吸急促。Uhuru 峰就在眼前，和前面的路况不同，Uhuru 峰变得十分陡峭，几乎是直上天际。一位同行的队友实在无法忍受高原反应的困扰，已经放弃登顶。我使劲挠了挠快涨裂的头，暗下决定，今晚无论如何要登顶，只为了那一份嘱托！

在 4700 米基博营地，有 4 个小时休息，然后吃饭，冲顶！利用休息的时间，我拿出一个纸板，在上面认真地、一笔一画地描绘班级的嘱托"湖南师大附中永远的 151"！为了这几个字，我和山门口小卖部的坦桑尼亚小黑妞还磨叽了好一会，她翻了半天没找到我要的白纸，只找到这个唯一能写字的纸板，严格说这其实就是一个装啤酒的纸箱子，我用尽当年做宣传委员的书法功底，一笔一画地描绘着班级的嘱托！

在机场时，李林海微信给我说："如果是这样，同学们希望带上全我们共同的祝福……附中今年110年校庆，樊老师和全班同学们委托我告诉你，希望你能够代表永远的高151班，用你登顶乞力马扎罗的壮举为母校110周年庆献礼！"我一时语塞，因为我对自己是否有登顶的实力并不自信，况且……我下意识地转了转受伤的左脚！……"好，我一定努力！"这句话根本是咬牙说出来的！

25年前的那个学期，由于父母工作的变迁，我以插班生的身份进入到附中高151班。初来乍到的我一个同学也不认识，我的学习进度也比同学们的进度整整慢了半个多学期，我更没有同学们身上的红黑相间的年级服，我甚至不能完全听懂长沙话里很多俚语的意思……在刚开始的一个星期，我总觉得我是一个外人！是师大附中悠久的文化传统的包容，是班主任樊希国老师的悉心帮助，是这群快乐、阳光的151班同学们的热情接纳了我，很快，我成了一名真正的"附中人"！仅仅一年半的附中的求学经历，彻底地改变了我的人生轨迹！

2011年毕业20年的同学聚会上，我曾代表151班誓言：我感谢附中给我的一切……今日我以附中为荣，明日附中以我为荣！……

我必须登顶，只因老师和同学们的嘱托！

2月26日夜里11点，冲顶开始！队伍在向导带领下一字纵队排开缓慢上行。黢黑的夜晚，一片寂静，只有登山杖敲打在石头上的声音。往上看，漆黑一片，往下看，还是漆黑一片，只有零星的头灯的闪亮让你知道还有同行的登山者！

出发前向导说，旁边都是悬崖，一定要紧跟前面的队友。头灯照在山坡上，只有一小团光亮，然后便是漆黑一片，我知道旁边不远处就是万丈深渊。我紧紧跟着前面的队友，避免自己走失。连续几天的行走的劳累，每晚仅仅一两个小时的有效睡眠，以及高原缺氧越发严重的头疼，让我开始眼前迷瞪，意识也逐渐模糊！腿还在机械地行走，而眼睛却睁不开了，脑子里出现了幻觉，极度困倦的我终于咕咚一下摔倒了！

爬起来，继续！我下意识摸了摸登山包，因为里面放着那块手写的纸板。

冲顶的过程一般需要8—9个小时，也就是坚持到早晨日出，我就到顶了。但是，随着海拔的身高，缺氧导致的呼吸越来越深沉短促，高山反应导致的头疼极度难忍，困倦让人的意识迷糊，我的体力被一丝一丝地耗尽……5个小时后，终于抵达了雪线，但我已经快爬不动了！脚步在慢慢挪动，头脑已经快停顿了！

遥遥无尽的山路开始让我开始绝望！左脚扭伤的脚踝早就隐隐作疼，不敢吃力；冰冷刺骨的寒风吹在我的脸上，眼睛都难以睁开；脚早已麻木，手握着登山杖，指头已经冻僵……但最痛苦的不是困倦和寒冷，而是高原缺氧导致的心率极度过速：为了保证足够的供氧，心脏在缺氧环境下会主动加速，加快血液流动速度，保证氧气需要，维持身体机能。我已经感觉到心脏急速搏动，能够清楚地感知脑动脉的脉冲，眼睛充血十分难受，头脑也越来越迷糊！……我一屁股坐在雪地里，双目紧闭，不想起来了，头脑产生了幻觉，不远处好像有一张软床，我需要躺一躺……

突然一个冷颤，让我从迷糊中惊醒！我不能躺下，为了那一份嘱托，我必须站起来！

我几乎是用最后的一丝力气站起来的，背上装有那个纸牌的登山包，蹒跚着继续往上走。

直到这个时刻，我才懂得，这才是登山的意义！登山，彻底耗尽你的体能，搅乱你的头脑，消磨你的意志，挑战你身体的最极限。只有能够坚持住的人最终抵达了顶峰，不幸放弃的人也只能折戟沉沙！我不想做那只风干的豹子，因为我知道为什么要来这里！

一番极度痛苦的挣扎，终于登上 5685 米的吉尔曼点（GillmanPoint），这时，新的一轮太阳升起了，脚下的云海不断翻滚，我却到了崩溃的边缘！

如果你认为这就冲顶了，那么你就错了！这里是 5685 米吉尔曼点（GillmanPoint），顶峰平台的入口，而顶峰是 5895 米的五葫芦峰（Uhuru Peak），还需要 1.5 小时的攀登！听到向导这么一介绍，我彻底崩溃了！刚才的冲刺已经耗尽我所有的能量，我需要休息，实在是走不动了！我感觉我的脸在膨胀，我的舌头也开始僵硬，缺氧的头脑几乎停滞……我用仅有的力气去大口呼吸！

嘱托，还是那个嘱托，让我维持着最后一点清醒，我似乎听到了同学们的鼓励！

我费力地拿出仅剩的一块能量胶，艰难撕开口，快速吃下去，因为速度慢了，能量胶就会被冻住……

这里的温度是零下 15 度，但 8 级左右的大风吹在脸上，非常非常冷；空气中的氧气含量只有海平面的 50%，我必须主动大口呼吸，而且尽可能动作缓慢。劳累、困倦、缺氧、混沌，这是我从未有过的感受，我亦步亦趋，朝着五葫芦顶峰蹒跚而去，我感觉到腿很软，人很飘！

能量胶发挥了作用，10 分钟后，我濒临死机的生理系统开始复活……1.5 小时后，我拖着疲惫的身体终于抵达了 5895 米的五葫芦峰——乞力马扎罗的顶峰，非洲最高点！源自内心深处的兴奋一下子冲了出来，疲劳困倦短暂被激动所替代！终于登顶了！

站在峰顶，环顾四周，一切都在脚下，太阳闪出金光，照在身上暖洋洋的。我举起了那个准备好的纸牌，上面写着："湖南师大附中永远的 151 班，乞力马扎罗 5895 米，2015.2.27"。我说出心中默念过百遍的那句话："受附中高 151 班全体师生的委托，我在非洲之巅乞力马扎罗，向母校 110 周年校庆献礼！"这个时候的我，手脚冻僵，嘴唇乌黑，但是我的心里，很温暖！

此刻心里默念起附中的校训：公勤仁勇，励志笃学。校训号召我们磨炼意志，敢于挑战，鼓励附中的莘莘学子百折不挠，勇攀高峰！……我想对我一直在支持我，鼓励我的高 151 班全体老师和同学说：我做到了！

海明威笔下的那只风干的豹子，一定是为了某个嘱托而孤独地走向乞力马扎罗！他想要寻求的是灵魂的不朽，精神的永恒，即使到了生命终结的状态，这种精神仍然具有一种原始的、静穆的、崇高的美！

但是我庆幸，我终究不是那只豹子，因为我从来没有孤独过，我一直能感觉到那些阳光可爱的老师同学们在陪伴我，因为有他们，我才能完成那一份嘱托！

完稿于2015年3月26日　南非　约翰内斯堡

后记：

衷心感谢湖南师大附中高151班班主任樊希国老师以及高151班全体老师、同学对此次登山的支持和鼓励！

诚挚感谢北京极度体验"7＋2"俱乐部、大连大刘户外体育俱乐部的帮助！

更要感谢中国登山队队员、登山家刘福勇先生、曾方世先生的指导与帮助！

还要感谢同行队友李蕾女士、胡亚军夫妇、赵凯先生、吴永生先生和王毅先生的帮助与鼓励。

（作者系我校1991届高151班校友）

两小无猜
——我们家特殊的同学情

熊伟文

记得第一次到附中报到那天，我们初 100 班的班主任邓定亚老师召集班上的学生开了一个简短的班会。然后，又要七八个人留下来，说这是 100 班的第一届班委会。我的名字也在里面。我听了真是又紧张又兴奋，这说明我在这群全市择优录取的天之骄子中算是不错的。就在这第一次班委会上，我认识了李卫东。她话语不多，眼睛明亮清澈，身上有一种超出她年龄的成熟和从容。

那时，我 12 岁，她 11 岁。

以后常常有人，包括我们的中学同学，问我："你和李卫东是不是青梅竹马？"我总是非常诚实地回答说："是。我和她不但是青梅竹马，而且还是两小无猜。"因为在那个年代里，我的心思完全在学习上，倒不是因为我是多么的品行高洁，坐怀不乱，而是我在这方面发育很晚，中学几年从来就没有过少年维特之烦恼，远不如我当时的好友良种的早慧。

到美国后碰上一些老美更加离谱，我刚说我和我太太十一二岁就认识，心直口快的老美一脸惊讶："我以前只是听说中国有包办婚姻，今天总算亲眼看见了！"我一开始还赶紧澄清，现在我也懒得解释了，反正不管白猫黑猫，抓住老鼠就是好猫。

高中的时候我们又一同分到了 103 班。我仍然是一个两耳不闻窗外事、一心只读圣贤书的书呆子，终日沉浸在数学的海洋里。到高二时，我们的团支书龚宇去了文科班。班主任沈震湘老师找我谈话，告诉我她想要李卫东当团支书，我来当班长。我推辞说："我根本就不是当班长的材料，我都不晓得当班长该干些什么。"沈老师说："不要紧，听李卫东的就行了。"

我不曾想到的是："听李卫东的"成了我以后几十年的人生指南。

"你该召集班会了"，"你该组织大家搞春游了"，"星期五你要发言，你的发言稿写好了吗？"我常常得到李卫东这样的指示，班上的工作我很少自己去想。她总是那样的细致，那样的周全，那样的善解人意。因为这种工作关系，我和她打交道很多。期中考试结束以后，沈老师会把我们两个人叫到她家里，把全班的各科成绩汇总，然后算平均成绩。那个时候，没有电子表格，全是手工算，一个人算，一个人往本子上写；汇总完全班成绩以后，天都快黑了，我们一起回家。我们一路上谈得很多，也很开心，但真的是没有那种怦然心动的感觉，今天回想起来算是配合很默契。一定要往绯闻上去靠，顶多只能说是"男女搭配，干活不累"吧。当时，两个小孩子真的是单纯，就像一杯清水。

我们高中三年一直就是这种青梅竹马、两小无猜的状态。要说好感，那是已经好得不能再好。她这个人非常可靠，非常值得让人信任。该她干的事，她绝不会少干；不该她说的话，她决不会多说。当时，班上有些同学调皮的事情被老师知道了，大家很自然地就怀疑是不是她去打的小报告。后来发现，我们班这两个团支书，龚宇和李卫东，都不是这样的人。

今天回过头去想，我当时跟她没有擦出火花来，唯一的解释，只能是因为我荷尔蒙还没有开始分泌。

她那些年在班级工作和我的个人成长上给了我很多支持，尤其在我身处困境的时候。

我在高中仅有的一次困境是那一年夏天，我和我的小伙伴们一起去湘江游泳。学校确实有明文规定，不能私自下河游泳。但是，我们这些男孩子怎么会把这些规定放在心上呢？那天中午，梅子恒、廖卫泽等4个人去了深水区，我、黄卫和马宁在浅水区里游。我和马宁都是初学游泳。黄卫游泳游得棒极了，而且他是个非常关心和体贴的人，他留下来在浅水区里教我们游。马宁极具运动天赋，学得很快。而我小脑迟钝，学了好久还是笨手笨脚。我和马宁那年夏天的目标是游到对岸去。黄卫不停地鼓励我们："你们行，一点儿也不难。"那天，马宁学得很好，他已经可以自己独立游很长一段距离了，他甚至觉得自己可以游到对岸了，但是信心又不是很足。黄卫说："我可以陪你一起游，你要是没劲了，就把手放到我的肩上。"于是，两个小伙伴开始往对岸游。我听到黄卫一直在不停地给马宁鼓励："你游得挺好。就是这样，注意节奏。"他们已经游到了我看不见的地方，可是他们的声音仍然沿着水面从远处传来。

我的两个小伙伴就这样离开了我，离开了附中，再也没有回到我们的校园。

在以后的几天里，我每天都在写检讨，深挖思想根源：为什么一个优秀团员、市里的三好标兵会违反学校纪律。我并没有为自己感到委屈，我每天只感到失去伙伴的凄苦，惊叹生命的脆弱。马宁的追悼会上需要一个班干部致悼词。有校领导提出应该由团支书李卫东来致，像这样一个严重违纪的人怎么能够继续当班长呢？李卫东说："这样不行！这对他的打击太大了。"在那个时代里，和那种情况下，一个女中学生竟然能够反驳校领导的意见，该需要什么样的勇气？她的意见得到了班主任吴老师和其他校领导的支持。在追悼会的头一天，李卫东问我："要我看看你写的悼词吗？"看完后又说："写得很好。明天慢慢念，口齿要清楚。一定不要哭啊。"第二天在追悼会上致悼词的时候，我心里很难过，但我忍住了没有哭，眼泪一直憋到回家的路上才哗哗地流下来。

从那时起，我开始被她身上的那种正直和善良所深深地吸引。

　　中学毕业后我去了北京，她去了上海。我们开始通信。一开始是谈崭新的大学生活，谈到大都市后的所见所闻所感，然后是谈理想，谈前方的人生道路;再然后就是谈情说爱。那个时候，从北京到上海，信在路上要走三天。一开始是寄出一封信后就在苦苦地等对方的回信，后来连回信都不等，寄出一封信后又开始写下一封。

　　几年下来，我们写的信装了一大皮箱。1992 年，我们带着这只皮箱来了美国。这是我们最宝贵的财富。

　　1986 年夏天，我向她求爱后，从男同学升格为男朋友，双方父母一路绿灯。在同学们的眼里，班长和支书的结合是那么地顺理成章，水到渠成。所有的老师，尤其是邓老师、沈老师，还有吴老师这几位班主任老师，都特别为我们高兴。可是，那些年我们聚少离多，所以非常珍惜能够在一起的日子。每次学期末，我们都是订最后一门考试后的第一班火车，急不可耐地回到长沙，然后依依不舍地坐开学前最后一班火车回学校。当时挺奇怪，北京的高校总是比上海的高校早一点放假。所以总是放假开始时我到火车站去接她，要开学了她到火车站去送我。每次我接到她都开心极了，只有 1987 年暑假我没有回长沙，去大连实习。她跑去看我，然后我把她送到火车站。那天火车站很挤，送人的都不让上月台。我们在进站口吻别，然后她进去，转眼就消失在人海里。我顿时失魂落魄，感到我的心都被她揪走了。我马上写信告诉她我心里的这种感觉，她回信说："小傻瓜，你难道从来就没有想到过，每次送走你之后，我内心的痛楚。"这让我很内疚，觉得自己亏欠了她的。因为这种离别时的思念之苦，我们的爱情跟靓福恋一样的刻骨铭心。

　　1991 年年初，我们结婚了。我从小在她家出出进进了十多年，一直叫她父母李叔叔、凌姨，第一次改口叫爸爸、妈妈的时候，感到很别扭、很窘迫，但是很郑重、很甜蜜。从今以后，我们就是一家人了，我身边的这个女同学，将要与我相伴一生。我一定要让她一生幸福。

　　我们现在很喜欢自驾游，两个人一边开车一边说话，就像我和她二十岁的时候，走在朱自清那篇课文里的荷塘边，我们俩手拉手，走啊走啊，有说不尽的话，就这样一直走下去，愿前面的路永远没有尽头。

　　我们两人也吵架。有一次不记得是为了什么，两人大吵了一架，然后她摔门而去。过了两小时还没有回来。那个时候大家都没有手机，我开始担心："这个宝不会撞车吧?"正在后悔刚才为什么没有让一让，就听到她用钥匙开门的声音。她进门来了，手里捧着一束娇艳欲滴的红玫瑰。她找出一只花瓶，盛上水，把花插在里面。她的手小心地梳弄着玫瑰的枝叶，脸上带着甜甜的微笑。我挺纳闷，走过去，弱弱地问："买了玫瑰啊?"她没有抬头看我，眼睛依然注视着花朵，轻声说："我替你把花店里最漂亮的一束玫瑰买回来了，算是你向我道歉。"我的卫东宝啊，I 服了 YOU！从此以后，每个情人节我都记着给她买玫瑰花。

　　我们有两个孩子，女儿九年级，儿子八年级。还是像在中学一样，居家旅行，大事小情，人情南北，都是卫东安排，我在她的领导下做一些力所能及的事。

她像很多女生一样，喜欢购物，但是不喜欢退货。所以，要是她买回来的东西不喜欢，我就得去退。美国的商家一般都接受退货，偶尔会碰上难缠的。有一次碰上一家出了名的难退货的，营业员问我："你要退货的原因是什么？"我回答说："原因是老婆要我来退货。"营业员显然对我的回答不满意，又问："你老婆为什么要你来退货？""不知道。老婆让我干的事情我从来不问为什么。"营业员看着我认真的表情也忍不住笑了，只好给我办了退货。

卫东交给我的事情有一件我最爱干，就是带两个孩子玩。两个孩子跟爸爸可好了。我有时候觉得我、儿子和女儿，就像是卫东的三个孩子，我们都爱吃妈妈做的菜，妈妈不在家我们就在家里一起疯，把家里弄得好乱。等妈妈回来了，又在妈妈的指挥下收拾房间。

我们一般隔一年回一次长沙。高103班在吴文健、卓斌两位班长的领导下组织得特别好，每次都组织不少人聚会。我们班的女生还有点封建，人多的时候开两桌，女生们都凑到一桌，只有我能凭家属的特权挤到她们那一桌。这一群女生莺莺燕燕、叽叽喳喳，我根本就插不上嘴。其实，我什么也不想说，我只想静静地坐在她们身边，看着卫东跟她的女伴们说笑，任凭她们的欢声笑语把我带回三十年前的青春时代，我的思绪开始飞扬：修百年方能同舟，修千年方能同学，要想娶一个同学做老婆，这缘分大概得修一万年吧？其实人生就是一所学校，在这所学校里，你的老婆就是你永远的女同学。你们说对吗？

（作者系1985届校友）

守望香樟
——谨以此文献给我的同学马宁并纪念曾经的青春附中

桂东浩

时光在指间穿过，滤去的都是浮躁，沉淀下来的只有纯真。又见香樟，已然是三十年后。在记忆的深处，那些激情飞扬的日子清晰地浮现在眼前。你的笑容依旧，岁月无痕。

那时的附中，前望麓山，后依湘江。正如罗曼·罗兰在《约翰·克利斯朵夫》的开篇名句："江声浩荡，自屋后上升"，那是青春激荡的地方。

在一众追风的少年中，你是那么引人注目。一袭海魂衫是你的最爱，虽没见过真正的大海，你的心却高飞在自由的波间。阳光英俊的你往往是女生们聚焦的中心。而你正有一颗晶莹剔透的心，与班上一美少女"宝哥哥"、"林妹妹"地互称，引得同学们艳羡不已。

你和我的家相距很近，从初中到高中，我们一直同班。因为离校较远，我们都在校寄宿。晚饭后我们常去湘江边散步，看渔民张网捕鱼。或者登上附近的凤凰山，看西天的晚霞和江心的点点白帆。那时的我们，沐浴在和煦的风里，追逐着青春的梦想。

你曾是班里的体育委员，带着我们做操、打球。我俩还有一个共同的爱好，就是喜欢看军事题材的书籍。记得有一本关于海战的书，我俩相互传看，经常谈论，眉飞色舞。

每到周一，王曼筠老师总是踮起脚尖，在讲台上微笑着问道："同学们啊，生活速记写好了吗？"我一直为自己干巴巴的文字苦恼着，直到有一天晚自习时，我偶然翻看了你的文章。你长于写景抒情，想不到你的笔下竟是草木含春，风情万种。我于是顿悟：原来鲜活的文字来源于细致的观察和用心用情的描述。从此我的作文有了起色，王曼筠老师的红圈圈也多了起来，还经常会有鼓励和点睛的批注。写得好一点的文章，王老师会要我们用毛笔写在大大的白纸上，贴在教室走廊两边的墙上，后来还专门编辑成册。

附中的教学楼和办公楼之间是一个很大的花坛，种植了各种颜色的菊花。办公楼是一幢红墙的苏式建筑，后面有一小片空地，生长着一丛丛的细竹。我们常去那儿，摘一枝细细的竹，握在手中比剑。你总是左手背在身后，右手挥剑，进退间都是剑客风范，仿佛是佐罗再世。

附中注重的是学生的素质培养，学习氛围是比较轻松的，课余活动也丰富多彩。且不说学校组织的学工、学农，班上还经常会组织各种活动。初春，我们会泛舟烈士公园人工湖上；盛夏，我们登上橘子洲头，望湘江北去；深秋，我们于爱晚亭畔，赏秋叶红透；隆冬，我们在香樟树下，任雪花飞舞。

欢乐的时光总是过得很快。转眼是1983年9月23日，那天中午，你和黄卫同学去湘江游泳，却化入了江水之中。打捞起你们已是下午，天空也阴沉下来，细细的雨无声地飘落。我们抬着你俩返校，一路上我紧握着你的手，感觉到的只有透骨的冰寒。

你就这样离去，将短暂的青春浓缩，永远地定格在了附中。很长一段时间，我木然于生命的脆弱，心也变得空空荡荡。但我相信，你从未远去。记得你给自己取的英文名是Morning，每日清晨，当阳光在浓密的香樟树上闪耀，折射出来的不都是你灿烂的笑容吗？

Good morning！见或不见，你在那里，守望香樟。念或不念，心在那里，不增不减。

岁月如不息的波浪，淘尽了生命之沙，留下的都是铭心的悲欢。那些熟悉的名字，陪伴着我穿过成长期的风雨，在我的心灵深处为我永撑着不倒的伞。

（作者系1985届校友）

姐妹

徐筱可

　　我和她在附中的第一次搭话，是初中开学后不久，在上体育课的操场上。

　　那天妈妈给我梳的辫子，是从头顶一直编到脑后的那种，叫蜈蚣辫，是我寄宿的幼儿园阿姨最拿手的一种发型。她就是认出了这辫子，于是主动上前聊天，原来她和我就读的是同一家幼儿园，而且同班！我们俩都认出了彼此。

　　在幼儿园的演出中，她总是担当报幕的角色，而我，只是一个站在众多小朋友当中挥舞纱巾的人。

　　幼儿园大班那年，我家从河东搬到河西，我俩读的小学之间的距离差不多就是长沙城从西到东那么远。那是一个流行跳级的年代，我们俩竟不约而同地都跳了一级，于是得以在附中的同一个班相遇，这就是我们之间奇妙的缘分了。

　　因着这层关系，我们顺理成章地成为了好朋友。

　　记忆中她有一头乌黑浓密的短发，额头前留着齐整的刘海，皮肤稍稍黑，笑起来露出细碎的牙齿，反衬出格外的白，身上常常散发出好闻的牛奶味。身材小巧玲珑，穿的是她妈妈巧手缝制的衣服，样式别致，整洁大方。

　　她是家里的老大，自然而然的显出一种成熟笃定的气质，遇事都比较有主见，我和她在一起时，多数都是被她照顾，以她说了算，不知不觉中也被她感染同化。

　　那时中午在学校吃饭，我们都是自带的搪瓷碗，吃完饭后再接上点开水，带到教室里来喝。记得有一次，她自己的水喝完了，竟若无其事地端起我的碗喝了一口！我心里大吃一惊，因为从小在家受的教育是各人用各人的杯子，决不可混淆。从那以后，我不再抵触和他人共用一个杯碗，虽然这并不能说是什么好习惯，但她就是改变了我。

　　放假了，她提出要到我家来玩，我麻着胆子答应了。那个年代公共交通很不方便，从她家到我家要转三趟公共汽车，而且晚上7点以后车都停开了，那就意味着要住在我家。我家的氛围是属于那种极为封闭无趣的，从来就不见有什么客人拜访，父母也从不带我出去串门。我无法想象她住到我家来会是什么样的情形，还好，事情没有我想象的那么糟，我的父母家人都挺喜欢她的，于是我也获得批准可以到她家去做客，我就这样被她带着一步步接触到家以外的世界了。

想起来几乎每个暑假我都会到她东郊的家中住几天，那一定是快乐而轻松的时光。我们一起做暑假作业，一起到大操场去看拖拉机，在平房的邻居之间串门……印象最深的是，他爸爸几乎什么都会做，家里的沙发，家具自不必说，连奢侈的电扇也是自制的，家里一人一台！还有她家床下堆满了农学院的良种西瓜，个头小巧，她妈妈把西瓜从中间切开，我们便一人捧着一半用勺子挖着吃，相当的甜。

进入高中，我们分在了不同的班，她的教室在走廊的斜对面。课间时我们仍然待在一起玩，多数是我到她那里，所以顺带连她的同学也熟悉了。中学六年叫得上名字的，除了初中高中的同班，就是她们班上那寥寥的几个了。

高三那年学习紧张起来，我尝试了一段时间寄宿的生活，希望可以集中精力迎接高考。她把我带到她的寝室住下，我睡下铺，她在我上铺。我除了上课学习别的什么都不擅长，她理所当然地照顾我：教我把吃完饭的碗先放到热水池里荡一荡，这样去油后才洗得干净；晚上熄灯前总是帮我在蚊帐里捉蚊子，然后掖好蚊帐的四角才放心地爬上去睡觉。

在学习上，她的成绩不能算拔尖，但是相当稳定优良。她很勤奋，也许是受着到大学教师父母的熏陶，非常认真有条理。至今我脑海中还清晰地记得她精心制作的一张张小卡片，有时候是英语单词，有时候是物理公式，有时候是政治或历史题，字迹非常娟秀。她就是这样一种性格，能够将一件非常枯燥无趣的事情坚持下来，并做到极致。

现在想起来最奇怪的就是：我们情同姐妹，但在考什么大学的问题上却完全没有商量。结果她留在长沙学医，我离家去北京。大学毕业后我回到家，她却到了北京工作。期间我们一直保持着联系。我和她之间的友情十分深厚自然，在我心中，她永远都在那里，只要我有什么事情，只要我想见了，我总可以毫不费劲地找到她，向她倾诉烦恼，分享欢乐。每次出差到北京，我都会找到那个转弯抹角的医院去看她；她回家探亲，自然也是通知我接送。

转眼岁月流逝，她在北京按部就班读硕、读博、出国进修、著书、成为卫生部她研究的那个领域的专家。我虽然没有像她那样的成就，日子也是顺顺利利地过下来了。

可是世上就有一些事情，你猜得到开头，却猜不到结尾。

俗话说，女人生个娃傻三年，如果是小子再加三年。我就这么不幸地傻了好几年之后，某天忽然想起久不联系的她，拨打起她的电话。电话那头传来的消息却让我怔住了。是的，我知道她十几年前就开始接触佛教思想，但是我怎么也没想到她会抛下世俗的一切，去实践她的理想。

终于有一天，我不顾一切地跑去寻她。那是一个即将建成开放的道场，她在那里负责组织筹建工作。我们又像学生时代一样住在她的宿舍里了。她过着极简的生活，忙碌而充实。我能感觉她内心那种千帆过尽、宠辱不惊的坚定。躺在宿舍的床上，听着诵经的钟声，我的内心无助，五味杂陈。她的世界我是去不了了，可我的世界里多希望还有她啊！

中学同学张罗三十年聚会了。大家也在打听她的下落。我终于忍不住发了信息过去问她，她回应：算了吧，我是槛外人。

现在的她，早已放下个人的亲情喜乐，一门心思只为天下人谋更大的福祉。我虽不舍，但亦无奈。在红尘中挣扎任性的我，不想放下这段缘分，在阿弥陀佛世界里的她，是否也能感应得到？

不知道下一次和她的相逢会是在何年？何地？故写下这段文字以为纪念，纪念我的这位中学时代的好姐妹，一生的挚友。

南无阿弥陀佛！

（作者系1985届校友）

如水的朋友

宋钰

我和李红是如水的好朋友。

如水,并不是平淡寡味的意思。这友谊仿佛田间的流水一般,或潺潺,或欢跃一会儿,更多的是悄无声息地流淌,却总是川流不息。

数起来我们有 21 年没有见面了,不禁吓了一跳,时光真是无情啊!

读初中的时候是 20 世纪 80 年代初,我和李红在一个班,都属于高个子的女生,眼睛又还没有被折磨坏,座位自然是要靠后的,李红就坐在我的后面。

我家住得离学校很远,中午在学校借餐。有段时间,电台在中午播放刘兰芳的评书《岳飞传》,流行得万人空巷,而小小的随身听还远在我们的想象力之外。我发愁听不到评书,常到学校的围墙根隔墙听农家的收音机,旁边就是学校的大型厕所。

李红每天中午放学后都回学校旁的家,也是个岳飞迷。她知道了我的窘况,就力邀我去她家听。李红的父亲是我们的地理老师,貌似严肃,言语不多。开始我还惴惴不安,后来见李老师实际上很宽厚慈爱,就厚着脸皮,天天在中午一点钟准时去敲门。那个年代最典型的是五口之家,家产和摆设都像相互克隆似的;但是相片上李红的家人却个个犹如天人,都拥有一双美丽非常的大眼睛和精致的五官,让我羡慕不已。

我那时想得最多的是自己的功课,时时为作业、上课回答问题、考试分数而患得患失,是个有点木讷和自恋的书虫。而李红似乎对这些没那么在意,成绩虽然平常,有时还起伏一下,但时时快快乐乐的。她常常在下午上课前十五、二十分钟的时候,欢跳着蹦进座位,马上和正啃功课的我说话,我这才开始一天里最放松的时间。有时她早些回到学校,就拉我出去找地方玩。我们在教学楼后已经荒芜的花园里,在大树根下找到两个舒适的角落,就坐在干草上聊天。现在已经完全忘却聊了些什么,只记得那时的心思简单得没心没肺,李红永远都是乐天乐地的话题和观点。

那时很多同学迷恋集邮,手段大多是到各单位开放式的邮箱里偷撕别人信件上的邮票。我的脸皮较薄,收获甚微,李红就慷慨地将她家的邮票撕给我,我的最珍贵的红底金猴票,就是她送给我的,到如今,每当我看到这枚已经升值无数倍的邮票,都记起她那天陪我一起快乐的样子。

不知不觉初中就毕业了,全班照毕业相时我们刻意站在一起合影,这也是我们唯一的"合影"。

读高中的时候我们被分到不同的班，各自有了新的投缘的同学。有时李红从我的课室路过，会探个日本包菜头进来，向我打个招呼，不及我回应就蹦走了。有时在校园的小路上我们碰到，就很亲切的、很夸张、很简单的问候几句，她大大的眼睛里，永远是无忧无虑和天真烂漫。

当女生们都挣扎着再长高一点点的时候，李红却没有停止的迹象，眼看着就高过一米七了。她的耐力很棒，是长跑健将，我见她最多的场合就是在运动场。她均匀的脚步和健美的身影是那样的引人注目。

高考后，同学们一门心思等通知，备行李，来不及聚会告别就各奔东西到各地继续读书。我只依稀知道她考中本省财经学院，而我则去了南京。

在那靠文字通信、交通不发达的年代，咫尺天涯是常见的事。寒、暑假大家都忙着旅游、走亲戚，无法预约的登门常常无功而返。我竟然在四年里都没有李红的信息，好像两人都相互遗忘了似的。

可在临毕业的一刻，突然收到她的明信片，不知她如何知道我的信址。简单地告诉我，她找到了心上人，将随他而去，却没有说去哪里。而我正打点行李准备离开南京赴广州，这唯一的联系又中断了。

回家探亲，偶然听同学说李红荣膺芙蓉小姐，信息却又不是非常确切，因为讲不清楚时间和地点。凭她超群的身材和容貌，自然不容置疑，我猜想有些男孩子气的、不知掩饰、简单快乐的她，应该就是以她清纯的气质，在矫揉造作的美眉堆里胜出的。

以后的岁月，大家忙碌工作、生活、结婚、生子，电话号码也从五位逐渐升到了八位，鲜有同学能在这快速的变化中保持联络。

一晃又过了十多年。再次联系上完全是料想之外的事。去年纪念校庆，久散的同学又到了怀旧的年纪，忽然相互寻找起来，这才发现，很多少年时代的同学竟然同在一个城市工作，甚至一个街区生活！有如几米的《向左走，向右走》，令人感慨不已。

在寻找的运动里，终于找到李红的消息，原来就在离我相邻的城市，火车、高速都不到一小时车程！第一时间拨通电话，两人很快听出对方的声音，原来语气和语调竟然还和十多年前一样，很亲切、很夸张、很简单。仍旧是很快速地相互分享对对方的想念、各自的信息，还是乐天乐地的话题。她在事业和生活上都非常顺利，和当年的心上人拥有非常美满的家庭。

相互发送近照，依稀可辨当年的样子，时光的磨炼，已将两人重新刻画。

虽然约定一定要见一面，甚至约好了吃饭见面的地点，却又因故临时取消，这样又过了一年。我们仍旧在两个相邻城市里各自忙碌着，经常不经意的问候、回应一下，或是转发精华帖，或是在节日里送电子卡片，有时还在电话里小聊一会儿，意犹未尽时却又总是因事匆匆收了话筒。

人说最美好的回忆在少年。在二十年后的见面到来之前，将这段回忆整理整理以纪念。

（作者系1985届校友）

忆老九

尹锦东

在师大附中 1985 届，老九绝对是个名人。他就是我 6 年的同窗和好友，真名叫陈高。

老九这个绰号不知道是谁起的，可能是他长期戴副黑边眼镜，貌似知识分子"臭老九"形象的缘故，因为 20 世纪七八十年代"四眼仔"在学校还不多见。平时大家习惯叫他"老九"，或只是在他激怒别人时，才会高喊"臭老九"。

老九为人积极主动热情，初中阶段已显示出众的口才和超强的交际能力。当我们还懵里懵懂、宝里宝气的时候，老九已经凭借他那三寸不烂之舌，在班里年级里混得风生水起、像模像样了，连我们几个老友的父母都跟老九非常相熟。在那个正统保守的年代，老九可算一只早熟的鸟。课余我们经常去黄道家，也许是去黄道家方便，也许是黄道家饭菜好吃。每次去都是老九唱主角，大方得体的谈吐，真实自然的表情，搞得黄道父母左一个陈高右一个陈高喊得那个欢快。也正因此，老九无可争议地成为高 107 班班会活动主持人。

老九敢想敢干，自立能力强。记得那是初中时一个冬天的夜晚，应该是个周末，大概是七八点钟，他突然敲开了我家的大门，说他家来客人了，床不够睡，希望在我家住一晚，并主动礼貌向我父亲说明来意。我父亲一直很欣赏老九，二话没说就安顿好了他。事后更是对老九的胆识和独立自主能力大加赞扬。

我在附中读书 6 年，一直分管宣传，当然是班级的！其实就是负责出黑板报。出版倒也得心应手，但组织稿件却是件心烦头痛的事，经常缺米下锅。老九一直是最积极主动交稿的同学之一，而且经常亲自版书，一展自己的风采，看着自己的作品他总会兴奋地甩下那小分头，右手再来一下得意的响指！由此可见老九非常热心班级事务，有强烈的参与意识和自我表现精神。

老九宽容大度，从来就是大家的开心果。初中时，他冬天怕冷，夏天怕热。夏天动不动就大汗淋漓，甚至面青口唇紫，常常请病假。冬天还没有冷就穿着他那件厚厚的麻布袋式冬大衣到处晃悠，活像只大笨熊，逗得大家乐不可支。大家还经常拿他这件招牌式的外套跟他开涮，时至今日想来还是觉得好笑有味。面对大家有意无意的调侃和玩笑，老九总能坦然处之，微笑面对，实在忍无可忍，也只大吼两声，随后又相安无事。

渐渐地我们知道了老九患有严重的先天性心脏病，然而他却一直跟我们一样学习生活，舞照跳，"马"照跑，一切如常。直到高一时某一天，他要去住院准备做手术挑战生死了，仍然是那样的淡定自如，表现出与年龄不相符的超强心理素质和自信心。术后我们曾去病房探视老九。那时附二院病房很大，能摆十张八张病床，一进病房，只见房内空荡荡的，只有两三张床住有病人，其中就有熟悉的老九。术后的老九面色明显红润，精神不错，斜躺在床上，床边还吊着几根引流管。看着病房里那几张人"走"床空凄凉的场景，老九的脸上充满了成功闯关后的喜悦和幸福！确实，在那一刻，幸运属于老九！先心病手术现在已是很成熟的医疗技术，但在当时却是死亡率奇高的手术，胸外科病房就像鬼门关，大多数先心病患儿进去就没能出来，胸外科发展的历史可以说就是踩着患者尸体前进的历史。在今天来看，老九那种面对重病甚至死亡毫不畏惧的勇气以及良好的心理应对能力都应成为当今重症患者的榜样和楷模。

老九爱好"打拖拉机"。当年在校办工厂油漆车间劳动时，中午跟师傅打牌的就有他！1990年左右最后一次见他也是在我大学宿舍"打拖拉机"，那时他已到三湘公司上班，至此一别廿五年。

2015年1985届毕业30年要聚会了，老九：你知道吗？

（作者系1985届校友）

怀念邓燕

陈晖

一直想要写点邓燕的事，但我作文从来不行，中国字也忘掉很多，就一直没开始。可是自从上次回长沙，总是一静下就似乎要见到她的笑脸，想想这也是一个提示吧，就写了。邓燕有知请别见笑浅陋的文笔。

我和邓燕不能算是如今说的闺蜜。她比我大两三岁，对我总是有一种近似长辈般的宽容和友爱。但随着年龄的增长，交往也越来越平衡。

很早时，我爸妈家住某栋三楼，邓燕家就住我们对面那栋一楼。我有时趴在阳台栏杆上就可以和对面楼下的她说话。她有一个哥哥和一个弟弟，都很帅、很酷的样子。弟弟小名"山中狼"，很调皮。邓燕在家几乎就是个小当家，前前后后什么事都干，照顾所有的人。她妈妈有她一样的、很洪亮、底气很足的嗓子，总听她叫"燕子——"，尾音拖得很长。燕子总是很大声地回喊过去，然后就会回家帮忙去了。

中学时，同学们有点把我当小朋友，不太告诉我什么事。闲聊时邓燕就会慢慢给我补上。闲聊时，邓燕总是笑笑的，脊背永远立得直直的，扬着脑袋，老是说"最有味哒"，让我也觉得真的是很有意思、很好玩。我从她那知道很多我们所里、隔壁矿冶矿山和冶金工校同学的事。也得知不少她高中班上我不认识的同学的趣闻。所以我对很多同学的印象，多少是邓燕口中获得的。有时，她去找周围的同学玩，就把我也带上。我也一样，因为我一叫她，她就高高兴兴地一起走了，一点都不矫情。

后来我上大学，然后出国，渐行渐远，中学同学联系渐少。因为兄弟姐妹们都不在长沙，我回长沙的次数也就不多。每次回长沙，休息过来第一件事总是和邓燕打招呼，然后她就一一告诉我这个同学怎样了，那人又干吗去了。然后我就会又找到张玲。那熟悉的感觉就好像也没离开长沙多久一般。邓燕便成了我和长沙的感情上很安稳可靠的联系渠道。

后来我爸妈在电话上告诉我好像邓燕有病，但他们不知太多详情。我想她那么快乐高兴的人能得什么病呢？2005年回去，还是第一件事就是找她。我爸妈这才告诉我说她得癌症做了手术，但她在电话里听来很好，只是声音变成气声。等我去看她，她抱着个孩子递过来，说是她弟弟的，她有时帮着带。我记得她也曾帮她哥哥带过孩子。神色间那么的喜爱慈祥，俨然一个能干的母亲。见了面我最开始几乎听不见她说话，电话上听得清楚多了。以后几天她慢慢告诉我她开了刀，在家里信佛，希望佛祖保佑。她"那位"虽然不在跟前，对她也很关心。她的心情很积极，相信能康复。她说最近没事干，有点闷。我正好想上街，她说那我们一起去吧。不记得去哪了，但记住了她在平和堂里满脸是笑的高兴样子。问她累吗，她回答说那天感觉不是病人，是正常人。

那是我最后见到她。之后忘了是哪个同学告诉我，因为我那天带她上街太累了，她回家就病倒了几天。她电话上说没事，她很高兴。但我心里总觉不安。回美国不记得多长一段时间后，我爸妈告诉我她过世了。我心中一阵茫然失落。笑脸那么阳光，语调那么有感染力的，那么会管家过生活、那么自然地流露出母爱，邓燕居然还没有享受到自己的家庭幸福就走了，怎么会这样呢？让人怎么接受！

这之后我大概又回过长沙两次。每次没有邓燕就不知道怎么找老同学。就如同通过她的一条与长沙联系在一起的脐带不知什么时候突然断了，让人不知所措。

夜深人静时，邓燕的笑脸还时常浮现在眼前。佛也许已保佑她去了片净土，让她在这世没完全成熟的青春也发展到圆满？她会记得她小时候的朋友们还在怀念她吗？

（作者系1985届校友）

快乐的寄宿生活

廖卫泽

高中那段寄宿生活终生难忘。刚开始时，我们寝室好像有马克洋和江文革，后来马克洋回归104班寝室，江文革后来就没来了，我们寝室就是七个同学，一直到最后。

那时，星期天晚上就到校，每人从家里带份菜过来，轮流买酒，星期天晚上就在寝室喝酒。记得佐餐葡萄酒五毛钱一瓶，猕猴桃酒六毛五一瓶，基本上就是这两种酒。有一次江文革喝醉了，他睡的是上铺，他爬上床时爬到一半就不动了，两个脚还吊在外面就睡着了。

有次邱亮同学过生日，带了一大塑料壶二十斤散装啤酒，中午吃完饭后，就在寝室为亮哥庆祝生日，几个人二十斤啤酒，喝得人人轮流跑厕所。

抽烟也是那时在寝室里。抽烟没有瘾，就是好玩。邱亮和欧劲松抽得多些，老梅不抽。有天中午，我和欧胖子、邱亮在抽烟，不记得怎么搞的，席少云老师突然出现在寝室门口，敲门查房。我们几个烟还未来得及灭，门开了，席老师可是抽烟的，一进来就说："你们在寝室里抽烟，哪几个抽了？"我的烟还捏在手上，不可抵赖，其他几个都说没抽，席老师说把烟交出来，我把我买的白金龙交给他了。"不准有下次"，他也没多说，烟就没收了，走了。他走后，我都觉得奇怪，怎么只有我暴露了，原来邱亮一脚把烟踩到床底，欧胖子把烟头按在手板上，烧起了个泡。刚好那天下午全年级开大会，席少云老师在大会上公开点名批评我，我们寝室的几个同学指着主席台上的烟说，那包烟是你的。说来也怪，到现在我还不抽烟。

那时吃过晚饭后要到七点才上晚自习，我们几个吃完饭后就出去散步。不记得哪天在师大运动场旁的5路车站，看到一个低年级的漂亮妹妹在等车。欧胖子说那个妹子好漂亮，我们几个就站在附近看，看到有台小面包车来接她走了，往溁湾镇去了。从这天后，我们每天吃完饭后，只要没事，就来到5路车站旁，等着看这个漂亮妹妹。接她的车是六点一刻准时到，我们就给这个漂亮妹妹取了个名字，叫六点一刻。后来通过各种关系打听到了她的名字和住址。

直到现在欧胖子还在问六点一刻在哪里。你还别说，这个六点一刻真的有出息，演了两部电影，现在在华东师范大学研究电影，是博导。

我们寝室晚上每天开睡前会。熄灯后讨论各种问题，就是不讨论学习问题。记得连续争吵了好几个晚上，排出了我们年级最漂亮的十名女生。

那时杨帆同学早上到其他班寝室门口，学刘磊老师的宁乡话"起床了，起床了，早上时间多宝贵"，一开始还真管用，后来就变成了"狼来了"的故事了。

回首 30 年，能想起的，终生不忘的，可能就这些了。

（作者系1985届校友）

我的骑友

王靓

　　记得好像是初二下学期开始，我父母才允许我骑自行车上下学，总算可以和那拥挤的 5 路车说拜拜了。

　　那个时候家里有自行车的不多，骑车上下学的就更少了，到了高中才逐渐多了起来。我骑的那辆车是我妈从印尼带回来的英国三枪牌 28 女式自行车，之前一直是我爸的交通工具。后来弄到了一张自行车票，买了一辆凤凰 26 的，就把原来这辆给了我骑。总觉得这女式自行车不是男人骑的，但总比没有好啊，因此还是很兴高采烈的。

　　我初中是住河西有色工校（现在是中南大学南校区），上下学途中必遇到同样骑车的矿冶院的吴克坚同学。两人经常你追我赶。看到 5 路车就追，试着双手脱把溜下坡，又或者坐在后架上踩单车，到后来学着平地骑车脱把。甚至发展到揪货车尾，每每被货车司机臭骂一顿，直到听说发生有人揪货车出事后，才不敢造次了。

　　吴克坚的车没有站架（装在后轮的支撑架），车只能靠墙或树或立杆什么的放置，否则就只能平躺在地上了。有一次，我突然发现这小子的车没有刹车！这没刹车怎么控制啊，我就好奇地问他："你这车有没有刹车？"他："有啊。"我："怎么刹？"他："脚刹。"我："你这不是骗我吗？我什么时候看见你把脚放地上做刹车用了，那鞋不都磨穿了。"他说："是脚刹，不是把脚放地下刹，看着我的脚，我往前踩踏板，和你车一样，但我往后带一点，就是刹车，看见了吗？"我："咦，新鲜啊，下来下来，老子试试。"

　　好吧，说说我佩服的一个人，李燕平同学，我和他是初 104 的。他骑车上下学好像比我们都早，这不是关键，关键是，他是踩三角叉，而不是像我们一样坐在车凳上，我们是骑车，他是正儿八经踩单车！而且是一部很扎实的 28 寸永久牌邮政自行车！看着他那辆车，吴克坚的车就显得那么清秀（吴克坚的车不仅没有刹车线，没有站架，连后座都没有，光秃秃的），再看他那比车高不了多少的个子，你搞不清楚到底是车骑他还是他骑车。没隔多久，这小子正儿八经骑车了！不是踩了。而且右腿还能潇洒地从后面上车，而我骑着女式车，还不能熟练地从后面上车，为此还专门向他请教如何那么洒脱地上车。

高中搬到河东住，告别吴克坚的一路相随，开始和李燕平骑车在湘江大桥（现在叫一桥，也叫橘子洲大桥）上来回。二里半那个坡又长又陡，每次都要和李燕平比谁先骑到坡顶，后来骑车的同学越来越多，每次都比得汗流浃背。校门口那段是下坡路，而且校门内那段下坡要拐个九十度的弯，李燕平每次好像车速不减，很优雅地转个弯就下去了，而我们都是双手握着刹车慢慢拐弯下去。一次请教他如何做到的，他示范了一下，又告知我要点，然后鼓励我试一下，我信心十足去试，没想到可能车速没控制好，人车分离，我直线段在地上滑出去，单车行走一段圆弧后倒下，一群放学的同学笑弯了腰。我是赶紧忍痛爬起来，尴尬地扶起车，李燕平赶紧跑过来关切地问我："没事不？"我说："没事。"但结果是右边手脚痛了好几天。

到高中时，我总算有了自己一辆车，长沙自行车厂出产的鲲鹏牌 28 寸男式车，车的质量虽然不怎么地，但它是一辆男式车啊！我很爱惜，经常擦洗、上油。后来在我爸的指导下自己修车，到后来我家五辆自行车都是我修。经我手调试的自行车特别好骑，有时候想以后下岗找不到饭吃，我就摆个修车摊吧。

一次放学，又和李燕平同路。他问我一辆车我能搭几个人，我说包括我最多三个，他说可以搭六个。我又好奇地问："怎么搭？"然后他喊了几个同学到师院大操场，我先骑着搭两个，前横杆坐一个，后座坐一个，然后后面小跑着一人踩着后车轴站一个。我还在想，哪里还能上一个呢？只见李燕平在我车前跟着车跑，然后双手后抓车把一跃而上，坐在我车把上！他还在说："前轮还可以站一个！"我急忙说："你以为我这是你那辆永久牌邮政车啊，车会散架了！"随后几个人兴奋地转了操场一圈才下来。

那个时候觉得李燕平骑自行车，简直是人车一体，那坑洼不平的小路，他照样能骑，我骑车的技巧，很多是跟他学的。

当然也有马失前蹄的事情发生。有一天在校园看到李燕平同学拄着双拐，腿上打着石膏，一颠一颠地走着，上前一问，骑车摔断了腿。难怪我摔倒在校门口他马上过来问情况，原来都是吃过苦头练出来的，同病相怜啊。李燕平同学一直酷爱户外运动，从他身上可以体会到人生可能就是一个不停去追求去探索的过程吧。

（作者系1985届校友）

课本剧《雷雨》

邹兵

我们的高中年代已经进入了围绕高考指挥棒运转的应试教育轨道，紧张而单调。但班主任谢老师却能在语文教学中独辟蹊径地进行创新，来打破枯燥乏味的局面。其中一个做法就是安排同学们按照一些经典名著中的人物角色特点来分别朗读其中的对话，使我们更加准确深刻地理解文章内涵。这使得本来只能死记硬背中心思想和遣词造句的语文课，变得鲜活生动起来。我经常被安排朗读课文中反面角色的台词，印象中有《变色龙》中的奥楚美洛夫，《欧也妮·葛朗台》中的守财奴葛朗台等等，而最难忘的则是曹禺的经典名作片段《雷雨》。

记得当时课堂上安排我演周朴园，李笑演鲁侍萍，刘宇清演鲁大海，其他角色因戏词较少而兼任。现在想来，以我们当时的年龄和阅历，是根本不足以理解把握这部经典作品所反映的"如痴如醉地陷在煎灼的火坑里"的人性的。但当时只觉得有趣好玩，完全按照自己的理解尽力表现。李笑演的鲁侍萍台词最多，也最有难度。不知当年的李笑同学对于鲁侍萍这个人物究竟理解多少多深，但至少女生情感比男生成熟更早些，也更细腻敏感些；再加上她天生具有的表演才能和充满感染力的语音语调，也把鲁侍萍这个悲情角色表现得淋漓尽致。现在回忆起来，最为出彩、给人印象深刻的有这么几处：

一是周朴园与鲁侍萍不期而遇，问："谁指使你来的？"她悲愤地回答："命！不公平的命指使我来的。"

二是周朴园给鲁侍萍支票企图弥补罪过。她接过支票后慢慢撕碎，说："我这些年的苦不是你拿钱就算得清的。"

三是周萍因与鲁大海发生冲突而打了他两个耳光后，鲁侍萍眼见两个亲骨肉相残却不能告知不能阻止，痛不欲生地说"你是萍——凭——凭什么打我的儿子？"周萍问："你是谁？"答："我是你的——你打的这个人的妈"。

这几处戏剧冲突高潮点的难度极高的台词，竟然被李笑同学表达得如此情真意切，细致入微，她充满真情实感的朗读博得满堂掌声。相比而言，我和刘宇清作为正反两个极端的角色，受到当时概念化和脸谱化形象的影响，虽然也基本符合人物性格，但却没有多少出彩之处。后来有同学就直率地指出我把周朴园表现得简单化了，只有冷酷无情的一面，而没有反映出他复杂矛盾的内心。当时还不服气，自认为没有受过专业训练，能做到这样已经相当不错了。现在想来，还是当时对于剧中人物理解过于表面、对于大师作品的丰富内涵认识肤浅所致。

也由于这个缘故，后来就喜爱上了《雷雨》这部经典剧作。毕业后曾多次研读原著，陆续看过孙道临秦怡和张瑜主演的电影《雷雨》、赵文瑄和王姬版主演的电视剧《雷雨》等，对于剧中错综复杂的人物关系、难以言表的感情纠葛有了更深刻的理解和感悟，对于曹禺先生那一笔一笔"情感汹涌的流"有了更深的体会。据说老谋子的《满城尽带黄金甲》也有《雷雨》剧本的影子。一部作品能够成为历代的经典，完全是因为作品中永恒的人性，打动了每一个人的内心。而中学时代这别具一格的语文课程，有幸让我以一种新鲜的方式触摸经典，感受经典。

若有朝一日同学聚会时，大家一起再重温经典，应该是别有韵味吧。

（作者系1985届校友）

附中生活速记

彭卫东

看到同学们记录的一个个这么有趣的事儿我笑翻啦，这让我打开了遥远记忆的门，在附中生活的一些小片段不时涌现出来……

速记 1　刚进学校门去报到时，我爸妈带着我和我的行李找到108班。班主任周老师看了看我，然后问我妈："家长，同学这么小能寄宿吗？"我妈很快回答："没问题，我孩子别看个小，生活自理能力还是很强的。"周老师笑着说"是吗？"我清脆地答道："是的。"就这样我开始了我的附中寄宿生活。到寝室一看十二人一间房，六张上下铺，每张铺上贴着名字。当时我、林静、周艳辉、彭力力、郑蓉、吴宇清等108班同学加上初三的几个学姐一个寝室。我找到自己的名字，正好是下铺，赶紧就麻利地铺床，这时只听边上有个漂亮小女孩轻轻地用普通话讲："咦，我们寝室还有男同学住呢！"我说："不会吧？！""喏，彭力力、彭卫东不是男同学吗？"我笑啦："我是彭卫东，彭力力应该也是女同学吧。"小女孩说："我还以为是你家谁上学呢，没想到是你，你蛮能干。"听罢我好自豪，一下就和她混熟啦，经过交谈知道这漂亮女孩叫林静，睡我上铺。

速记 2　我们那时候寄宿哪有现在的条件好？没什么零食吃，一到星期天下午回学校我们就把从家里带的东西拿出来大家一起分享。家里条件好有带苹果、奶糕奶粉的，不好的就带梅子、姜；菜有好的带瘦肉条的、带香肠的，不好的就带剁辣椒、腐乳，带得最多的要算炒面（一种用面粉炒熟了放糖的简单实物，吃起来蛮香的）。不过让我记忆最深刻的是瞿欣姐从家里带的她妈妈做的猪肉松，那时候这东西简直就相当于现在的奢侈品，又贵又好吃到不行，我们总是嘴馋得不得了，那叫一个香咯！

速记 3　我们读书那年代，男女同学界限好森严，附中又是好学校，更是如此。同学们在学校还讲讲话，出校后就互相不打招呼，我算是个例外。因为个子小，同学们都比较关照我，女同学把我当小妹妹，男同学把我当小弟弟看待。与女同学玩：到江心绿洲去可以看张虹、郑蓉她们跳舞；爬凤凰山可以看吴长虹她们打牌；在食堂吃饭和黎晓一起等吃得最慢的吴宇清；在寝室与周艳辉睡一起讲悄悄话等。和男同学玩:《少林寺》上演的时候可以和李宝文、李红雨、曹建宏他们挤在一起观看;瞿健、宓卓坐我边上,可以和他们讲话、开玩笑;在师大的大操场男女同学拿着小凳子一起看连场电影;周末回家挤不上去5路公交车男同学用脚踹我屁股上背的书包好让我上车等等。和同学们的关系真是融洽呀,那叫一个开心哟……

速记4　最有趣的是有一次不记得是冯健文还是谁用单车搭我上学,我坐在后座上轻松自在,搭我的也不太费力。那时候快进附中校门前的一段路是一个上坡,同学就讲骑上去吧,我说:"行吗?"她说:"行。"刚说完"呼"的一声就往上冲,我还没做好准备,手没抓好,只听"嗵"的一下,我已经坐到了地上,而同学的单车突然轻下来借着那股力一下就上到了坡顶的校门口,回头和我讲话,一看我还在坡下的地上,让我俩这个笑喔,根本停不下……

速记5　我们初108班在班主任周祝芬及其他老师的培养教育下,人才济济,期期都被评为年级先进班级,出了像钱于君、付晓岚这样的杰出校友,还有其他许多优秀的同学就不一一列举了。不过同学们记不记得我们班还有一个特点:当时年级最高的钟海峰,年级最矮、最瘦的我,最胖的彭力力都在我们班喔,用时下的话讲这也算是年级的一个亮点啦,呵呵……

（作者系1985届校友）

那些年，一起追风的少年

刘春元

春秋数载，如梦似幻，就算时光荏苒，步履匆匆，却总有那一份记忆值得珍藏，总有那几多青春让人回忆。

我们的故事开始于炎热的夏季。脸上流淌的汗水，训练场上激起的浮尘构成了那些心中只有梦想的单纯时光。那四棵伫立在旁的香樟，倾听了许多故事，埋藏了许多秘密，储藏了许多回忆，青翠中褪去了心中的稚嫩，茁壮中长出了强健的体魄。时隔多年，我们中的许多人早已远走他乡，天南海北，但脑海中总会浮现出绿荫树下，嬉笑怒骂，那幅有你有我的图画。

运动是故事永远的主题，篮球场上常常有着我们的身影。每次和万宝、燕兮、头宝一起打球都会觉得这样的日子不想过得太快。还记得有一次的年级男子篮球赛里，"假妹子"被打歪了鼻子，也不知道是不是塞翁失马，因祸得福，在手术完以后，鼻子变高了，人也变得更帅了。校女排永远是人们的焦点，不仅仅是因为球打得好，更多的是因为队伍里那些英姿飒爽的妹子。每每出战，都引得无数男生驻足观看，将场地围得水泄不通。而最拿得出手的球类莫过于我们的男子足球队，面对其他长沙队伍不遑多让，干净利落地拿下亚军，球场上流过的汗水与泪水，咽下的唾液与血液都渐渐地在时间的流淌中蒸发殆尽，然而那些疲惫与努力，微笑和喜悦却深深地烙印在脑海里，挥之不去。

那时，最让人兴奋的莫过于运动会。在繁重学习之余，运动会绝对是让人最开心的，无论是跳高的郭文峰，跳远的马克洋，还是投标枪的谭立新每次的出场都信心满满；而相比于田赛，径赛的竞争更加激烈，高手如云的百米争夺，每个人都不想放弃争夺第一的机会，还是韩振民笑到了最后。而被称为"飞毛腿"的陈燕、潘艳、张静、雷伶、王灿群和我，我们都能在自己的强项中获胜，纪录一次次被刷新。最令人难忘的莫过于跑3000米的龙清平，炎热的天气和过长的距离让他在比赛中晕倒了，而醒来后的第一句问的不是别的，而是："我到终点了吗？"这个故事我一直没忘。有时候觉得，在步入中年以后人总是喜欢安于现状，喜欢规律的作息，安逸的生活，而每次当我想到这个故事的时候他都会提醒我，人的一辈子，总有过这种倔强的执着，这份坚持，这份追求，当是人生中最不应舍弃的财富。我到终点了吗，我也时常地问自己，到底哪里才是终点，到底什么才是终点，可能事业会有终点，而我们的友谊却从来都不会有完结的时候。

这就是我们的故事，它可能有一个平淡的开头，却有着异常丰富的内容，过了这么多年，我们的战场可能已经从田径场换到了商场或牌场，我们也从风华正茂的追风少年变成了事业家庭丰收的中年人。时间的雕磨让我们的脸上都有了风霜的痕迹，但是曾经那颗想要跃马纵横的心却从来没有消失过。三十余载白驹过隙，物是人非，无论你是穷困潦倒还是家财万贯，在我们的故事里，你永远都是那个在训练场上意气风发的追梦人，这样的故事，从来都没有结局。

古人云人生四大喜事之一便是"他乡遇故知"，那更喜的可能就是"家乡遇故知"罢。这个夏天，这个五一，我们相聚在我们初识的地方，相聚在这个梦开始的地方，无论身在何方，在这个故事里的你，一定要来，我们等你，一起再追风一次！

（作者系1984届校友）

校友情深　美好回忆

陈初开

"校友情深，美好回忆"这是师大附中五九届同学聚会的视频的标题。提起五九届，这些年，已经年近八旬的爷爷奶奶们，还经常聚会，经常相互走动、相互帮助、相互照顾，寄深情于暮年。

早在20世纪90年代，杨树松、张良宁的母亲，不愿意随儿女到上海生活，一个人住在长沙开福区的一个小巷子里。年逾八旬的老人，双眼基本上看不见，住在一间又黑又闷的小屋子里，三餐很难到口。一个藕煤炉子，经常生不着火，捡点柴火烧饭，烧得是满屋子的黑烟。远在广州部队工作的廖焕然同学邀集长沙的同学，买上一些吃的和一台小电风扇送到老人家里，还和周围邻居交代，让他们多多帮助她。后来同学们又去看望多次，杨树松、张良宁同学知道此事后非常感动。

其实，这种相互帮助、相互关爱的事例很多，很多，这只不过是其中的一桩而已。这种友爱精神，是我们的母校老师们培养的结果。我们清楚记得，在1959年1月，我们成立了一个"杨培根帮助小组"，当时已经进入高三的最后一个学期了，大家忙着准备高考，进入高三后，班上从原高17班调来了一个双腿有残疾的同学——杨培根，他靠两根拐棍才能行走。帮助杨培根同学完成高中学业，就成了我们高14班团支部的一项重要任务。我们在团支部组织下，决定成立"杨培根帮助小组"，发动班上的共青团团员和乐于助人的15个同学来帮助杨培根同学。我们记得像李延安、朱一霞、常修莉等一批女同学，她们不顾少女的羞涩，也争着去背杨培根同学上三楼的教室。每天杨培根同学还没有起来的时候，洗脸水已到了他住的教学楼一楼楼梯间的门前，每到吃饭的时间，值班同学都及时为他打饭、送饭。总而言之，同学们对他的照顾是无微不至的。这种关心残疾同学、乐于助人、奉献爱心的精神，影响着我们的一生。我们还记得母校成立九十周年校庆时，同学们用车把杨培根校友接到学校参加了会议。事后不久，大家还相邀去参加杨培根校友的婚礼，在此次集会上，大家又捐款1400多元，给杨培根同学买残疾人用的三轮车，这种深厚的校友情是多么可贵啊！

　　李立功、刘静是一对同学夫妻，他们退休在江西萍乡市委组织部。前不久，大家听说刘静身体不好，引起众多老同学的牵挂，但是路途遥远，很难找到机会去探望。2014 年秋天，王闰年同学的儿子，看出了妈妈的心事，也担心妈妈年岁已高，坐车、转车很不安全，主动提出请假开车送妈妈和她的同学去江西萍乡看望老同学，王闰年、粟淑君、朱一霞和她 85 岁高龄的丈夫曾老师一同驱车前往。他们终于在同学的下一代的帮助下，实现了多年希望相见的愿望。欣喜之情，难以言表。刘静同学的身体，也似乎好了许多。

　　住在外地的同学很多，北京的何达筠、梁振杰，上海的张良宁、杨树松、张海溪，南京的郑祥英，天津的梁志大，湖北的周蕙兰、常海亮，四川的肖学初，广州的廖焕然、贺立朝，惠州的朱一霞、向远宏，深圳的李延安等，他们回到长沙，总想和长沙的校友见上一面。这些年来，长沙的黄福全、常修莉、廖琳辉等同学做了大量的组织工作，联系聚会有数十次之多。黄福全、陈初开同学还主动承担了摄影和制作光盘的任务，把校友们的深情厚谊、美好回忆记录下来。刘磊老师 80 岁生日时，除了向他祝寿以外，还为他生日摄制了一套光盘，记录了他生日庆典的难忘时刻。

　　我的母亲，已经是 98 岁高龄，从外地回到长沙的同学和长沙的校友每次都要带上礼物前来看望。当我推辞时，廖琳辉同学深情地说："你的妈妈也就是我们的妈妈，孝敬老人是应当的。"她说出来同学们的心里话，这些同学也是这样孝敬自己的公公婆婆和爸爸妈妈的。

　　同学们到老还在坚守着附中人的优良传统，到老也没有忘记附中老师对我们的品德教育。附中这些品德教育的光荣传统，不但影响了我们的一生，而且对我们的下一代产生了良好影响。

　　母校建校 110 周年了，在这个特别的日子里，我心潮如海，母校在艰难、奋斗、胜利、辉煌中走来，将会朝着更加辉煌的未来走去，我吟诗一首，以表达此刻的心情：

> 师生同庆校华诞，
> 桃李芬芳果满园，
> 齐心共圆中国梦，
> 更大辉煌在明天。

（作者系1959届校友）

让生命之光更亮

——师大附中1967届花甲聚会有感

唐仲远

　　四十二年前我们离开师范学院附中（今湖南师大附中）时，不过才读了两年初中，却经历了两年多"文革"风云！我们没有毕业典礼，没有对前途的把握，大部分人茫然地奔赴农村，少数人留在城市，或者进入部队。那时我们都不过十七八岁，本该是完成高等教育的年龄！

　　那时我们的人生角色是儿女孙辈，是人生阶段最美好最轻松的角色。不久我们一个个成为某人的妻子或丈夫，因此也就成了某人的媳妇或女婿。再过了一段时间，我们也成为父母，承担起教育抚养孩子，孝敬老人的责任，这可是人生阶段最沉重最艰难的角色，却也是极丰富极有挑战的角色。

　　现在我们大多数人都过了一个花甲，已经知天命，而且耳顺眼亮了（尽管物理意义上我们大多数人眼是花了）。我们这一代人的经历可以说是非常特殊的。我们曾经接受了"与天斗，与地斗，与人斗，其乐无穷"的教育，错误地乱斗瞎撞；又经历了大返城，带着家口寻找谋生岗位的艰难；紧跟着面临或者拼命补文凭，或者被淘汰换岗，甚至下岗的命运。但是我们都以坚强和乐观接受了命运的挑战，因此我们都完成了自己的人生义务。今天重逢在母校，彼此一交流，发现好多人也成了爷爷奶奶，外公外婆。

　　以前的说法是退休了，就该享福了，我们要养老啦。但是我不太同意这个认识。其实现在是我们人生最美好的阶段。

　　因为我们目前的人生责任减轻了，职业义务解除了，直接抚养下一代的责任也完成了，第三代的教养我们当然要尽心关注，要给把手帮助正在上班就业的孩子们。但是我们千万不要把第三代的抚养和教育当成自己的头号任务。因为无数事实证明，你大揽大包越多，你的第三代也许越不成器。

　　我们应该多给自己一些积极生活，我们并没有老。我送给自己的六十岁生日礼物是参加了一个特殊的文化旅游活动，五月份到四川藏族地区走了一趟。阿坝州甘孜州，青山绿水，蓝天白云，满山野花，都是平原见不到稀罕品种，如野杜鹃、三角梅、绿绒蒿。海拔四千多米的高山我们翻了四座，如夹金山、雅拉神山、二郎山。在从无游客落脚的野牦牛沟，我们步行了六公里，那可是三千三百米高的一条峡谷！我们去那里是寻找一个英国人的足迹，他叫威尔逊，是位植物学家，一百年前四次来中国，走遍了四川云南的高山，是第一个向西方世界介绍中国高原植物的学者，客观上帮助中国开发了园林植物学科，因此被称为中国园林植物学之父。在他曾落脚的高山坡上，我们一起呼喊着他的名字，真实感受与古人神交的那份快乐。

我们还可以多从事一些社会文化工作、公益工作，尽自己的力量帮助需要帮助的人们。我们的母校由一位深明大义、胆识极高的革命家禹之谟创办的，他曾是湖南商会领袖，教育会领袖，为了革命牺牲了性命。他的墓就在岳麓山上！作为他的学生，我们也应该多一份社会责任意识，利用人生最美好的阶段，让生命之光更亮！

（作者系1967届校友）

一件窝火的事

盛湘

前些年有一条突然间让全国网民津津乐道的新闻：万科的王石老总恋爱了。娱乐记者为此专门采访王总的好朋友潘石屹，请潘总对此谈感想，潘总听后勃然大怒，"王总在热恋，你要我来谈感受，你有没有搞错？"我很理解潘总为什么生气，因为我在湖南师大附中高105班求学时也遇到过一件类似的，但更让人窝火的事情。

当时高105班建立了一套学生自治的机制，由班里的干部组成纪律检查委员会，每天有位班干部值日，负责巡视课堂纪律和记录同学的不良行为。某日，某课课堂上，坐我旁边的贾云鹏同学又忍不住去搭讪美女同学贝京，在那儿窃窃私语。看着贾胖子老是去招惹我们的美女，我真是心有不平，忍不住挤眉弄眼。不幸的是，所有这一切被坐在远方某个角落、当日负责巡视工作的任奇志同学逮个正着。更不幸的是，奇志同学没盯住获利的贾胖子，无辜的我却成了她的猎物。课毕，罚单开出：盛湘同学上课不专心，讲小话，罚他今日负责打扫整间教室。飞来横祸啊！与美女同学窃窃私语，我没分享；罚单，却给了我。我想举报贾胖子来脱身，又不能，因为他小学、初中都跟我是同学，举报他有些不厚道。各位看官，你说我窝火不窝火？记得当时我就去找奇志同学理论，谢卫华同学很仗义，当场为我作证，证明我没有讲小话。但争执没有效果，维持原判。记得我当时扔下一句话，谁留下来打扫卫生谁就是小狗，便扬长而去。

回家后，我一直闷闷不乐，我妈妈注意到了，向我了解情况，然后下结论说，我的行为是一种对抗组织的行为，很不好。她及时与班主任李老师进行沟通，表态会配合学校做好儿子的教育工作。

第二天一到学校，李老师就找我谈话，先是笑眯眯地问我昨天的前后情况，做好充分准备的我理直气壮地做了陈述，满以为李老师会改判。谁知李老师脸色一沉，"你一个大男人，怎么心眼这么小？跟女同学斗气，你打扫一下教室能累死吗？"之后又给我列举了一些成功人士的案例，其宗旨是，男人要学会能吃亏。我发现，我所面临的问题已经发生了变化，现在已经不是违纪的问题，而是要证明自己是不是男人的问题。老到的李老师四两拨千斤，他之前已做足功课了解了情况，直接避开了琐碎的是非曲直之争，这样既保护了班干部和他们的工作积极性，又解决了我"心里憋屈"的问题。

当然，打扫教室的处罚还得执行。当我挽起袖子开始扫地的时候，我发现好多女同学默默无声地走过来加入了我的行列，帮我一起打扫。我记得有党新梅、谢卫华、王丹等同学，甚至还有"罪魁祸首"任奇志，不觉令我惊讶三分。其他还有几位同学，我实在记不起名字来了。今天我想真诚地对你们说，"可爱的姑娘们，你们在哪里？我真的想请你们吃饭咧！"

前几年在长沙参加过同学们的一个聚会，那是年三十的前一天，我见到了身为检察院检察官的任奇志同学，她今天还是我们大家的监管者。饭席间，何飚与谢军发起了折腾检察官的运动，不停地向奇志同学分配任务，"奇志哎，端菜去咧。""奇志哎，上茶咧。""奇志哎，跑快点咧。"看着奇志检察官忙得不亦乐乎的样子，大家也不亦乐乎地笑成了一团。那晚我喝多了，奇志同学亲自开车送我回家。回沪后，我和朋友吹牛时就有了资本了：哥们儿我在长沙的面子大了去了，酒足饭饱之后，还有美女检察官亲自开车送我回家过年呢。

想起与同学们在一起的乐事，常能使我欢乐开怀。

（作者系1985届校友）

纯正韵味的长沙乡里伢子
——记我的同桌郭早阳同学

黄铉

1988年我参加了8月8日师大附中组织的一场考试，混入了高146班。高146班号称全省招生，据说正式名称是首届"全面打好基础，积极发展个性特长试验班"，而顶着如此TITLE的试验班似乎只搞了两届。在这样的班级分化还挺严重，一部分同学朝着"全面打好基础，积极发展个性特长"努力；一部分同学有所侧重，有的主要负责"全面打好基础"，有的主要负责"发展个性特长"；像我这样的同学自顾自在"发展个性"，特长什么的就不清楚了。

郭早阳同学属于"发展个性特长"的队伍。高146班招生中网罗了当届学生中湖南省初中数学竞赛的第一、二、四、五名数学尖子，我们尊其为"四大天王"。郭早阳位列其中，人称"郭天王"。早早地，领导和老师们就为他们规划了数学竞赛的培训计划和获奖任务。

当时146班的同学来自三湘四水，长沙市生源约占一半。郭早阳初中毕业于长沙县牌楼中学，原来是一口浓郁的长沙乡里口音，在附中三年，通过学习长沙味塑料普通话，总算有所进步。再后来上清华于首都求学，又去了美国、英国学习和工作若干年，说普通话、英语都顽固地带着长沙乡里腔调，一点都不洋气。

作为外地学生，郭早阳享受住校待遇，比我们长沙市的同学们更早摆脱了家长的掌控，可以相对自由地安排自己的时间。在减少"浪费生命"的睡眠时间后，他可以放肆地玩、拼命地学。下课后、熄灯前，是放肆玩的时间，郭同学常常吆五喝六，招呼本班乃至外班的这个人、那个人，打牌搓麻，充当组织者，一副坐庄的派头。而在熄灯后，他端坐蚊帐中，摊上厚厚的《高等数学》《数学分析》等教材，摆上应急灯，开始钻研高、新、尖的数学课题；也曾为躲避宿舍老师，躲在被窝里打手电看数学书。

高中时，我们班经常调座位，有一段时间我和郭早阳同桌。在那个年代，港台武侠小说伴随改革开放的春风涌入校园，成为时尚。尤其是男生，要是不读个几十百把本金庸、古龙、梁羽生的武侠小说，都没有办法和小伙伴们愉快地聊天。但当时相对于汗牛充栋的武侠巨著，我们的购买力实在有限，于是大家去租书，每本书一天一毛钱到两毛钱。为进一步合理分担成本，作为有同样需求的同桌，郭早阳和我搭伙租书，并约定上课他看，下课我读。可惜，我们未能在"中国合伙人"的道路上高歌猛进太长时间。郭早阳上课时看"武打小说"，其他课倒也罢了，数学课遭了殃。我们的数学老师兼年级组长袁宏禧老师一直对数学尖子郭早阳同学青眼有加，上数学课时也不时加以青眼，结果几次逮到现行，"活钳"武打书。袁老师其实挺厚道，没有将收到的武打书付之一炬，也没有充公或笑纳为己有，在批评教育后过几天总原书赐还。如此三番两次后，我深感非常不经济，合资租书计划就此终结。

"郭大侠"在很多方面还是无愧于"中国好同桌"的。比如，我对数学题束手无策时向他请教，他一般都不吝赐教。郭大侠看到题目，略加思索，通常以"这还不容易"感叹开头，刷刷几笔便写下清晰、明了的解题过程。因我基础太差，往往半懂不懂、似懂非懂，但又不能显得太无能，只得装作恍然大悟，以"晓得哒"结束。"求渔"太费神，于是作业难做时、小考进行中，我直接"求鱼"，郭大侠基本上有求必应，大方提供解答。

郭早阳同学虽然贪玩，但对数学绝对是真爱，关键是该认真的时候还蛮认真，当然还是有天赋的。不负老师们的栽培和信任，几大天王参加高中数学竞赛拿湖南省一等奖如探囊取物。郭早阳和我们班的刘欣同学又顺利进入省队和全国冬令营。最后郭早阳终于杀入国家队，代表中国参加奥林匹克数学竞赛。比赛在万里之外的斯德哥尔摩举行，中国队以四金两银的佳绩取得团体总分第一。郭同学遗憾地只获得银牌，但好歹是咱附中第一块奥赛奖牌，他的名字后来也第一个刻在校史光荣榜上。

郭早阳载誉归来后，我们问他出国开洋荤感受，郭大侠说"没感觉"，在国外他基本窝在大使馆看录像，过武打片的瘾。大伙儿感叹，真是个"长沙乡里鳖"。

郭早阳从附中毕业保送去了清华，后来到美国读博士、博士后，又去英国大学教书。2011年左右进入中组部"青年千人计划"引进回国，在重庆大学担任教授、博导，实现了"出口转内销"。2014年又来到北京，进入北京航空航天大学，继续结构力学方面的学术生涯。附中建校一百周年，他也曾应邀回母校吹牛。自认识郭大侠二十几年以来，他的国籍没变，对数学的热爱没变，老婆没变，口音没怎么变，甚至连发型都没变（头发数量少了很多），当然对附中母校的培育感恩之情也不会变。他一直是那样一个率真中夹杂顽皮、聪慧中带着情义、不羁中保持执着的长沙乡里伢子。

（作者系1991届校友）

星际穿越：从肖同学到肖老师

张强

肖同学，出身于一个教师世家，最终在香港理工大学做了教师，这个世界还真的是有命运啊。

肖同学

初三的上学期，肖同学登场了。肖同学是转学过来的，但很快和同学们打成一片。若干年后，有一次肖同学已经海归回来，跟我一起吃饭。我感觉最不一样的是，他送我回家时展现出来的驾驶技术。在北京我坐过各种人开的车，坐肖同学的车，马上觉出不同。他开车又快又稳，总而言之是流畅。我不禁问了他原因，答案是他在初中阶段就开始学车。总之，肖同学最开始给人的印象，是一个家境比较好，非常会玩的一个人。比如他家有一套玩具，是各个兵种在沙盘上战斗，那套玩具很精致。

肖同学还是一个文艺青年。那是在北师大读书的时候，我去找他蹭饭，他指着宿舍的一张床说，这是某某名人的床，让我今天晚上睡在那里。他看《泰坦尼克号》这部电影的时候会哭，我觉得他的泪点很低。然而，对他印象比较深的，是他谈到大学时写的一篇论文，是关于《史记》中的项羽。

为了报答亭长的真情厚意，项羽把自己心爱的乌骓马赠送给亭长，以示纪念。自刎之前，（项羽）顾见汉骑司马吕马童曰：'若非吾故人乎？''吾闻汉购我头千金，邑万户，吾为若德。'最后自刎乌江。

肖同学心中的偶像竟然是项羽。而让我选，要么是决胜千里的韩信，要么是运筹帷幄的张良。肖同学却崇拜项羽的英雄气概，贵族气质。不管怎么样，他颠覆了之前我对他的印象。毕竟不是每个人都喜欢项羽的。尤其他是一个典型的南方人。

肖同学也有走背字的时候。最开始是高考。那一届，据说很多同学没有考好。肖同学复读了一年，考上了北师大，他的运气还算是好的。后来，他毕业了，在北京一家报社当记者，体会到了什么叫做北漂。当时，我有一个朋友是北京人，名叫丁丁。丁丁像阿甘一样，心情不好的时候，就沿着北京三环徒步走一圈。有一小段时间，肖同学就寄居在丁丁家里。那是北三环两室一厅很小的房间，是我印象中，肖同学生活水平最低的一次。

我们四个人，肖同学，肖同学的前女友现堂客，丁丁加上我，有时去下馆子吃饭。每次肖同学都迟到半个小时以上，从来不觉得有歉意。昨天，我和肖同学，以及他们班上的女神，在北京著名的长沙宾馆吃饭，肖同学迟到了两个小时。这次不怪他，北京堵车，你懂的。不过，我一见女神就预言了肖同学会迟到。等到他终于出场，我和女神的谈话已经到了尾声。

肖老师

凡是命运，必然是复杂的。肖同学的命运里其实充满变数。他的父亲，很早就在长沙一个著名的饭店担任总经理。从小到大，肖同学在父亲的熏陶下，去了很多的一流饭店。一次偶然的机会，让他去到美国去学习饭店管理，有奖学金。他有一次非常感慨地对我说，他的美国同学读博士，都是为了以后当教授，目标特别明确。而他一直想的是创业，上学的时候也没有美国同学那么专注，但结果是，他拿到博士学位后，还是到香港理工大学从助教做起，并且成为这个知名院校饭店管理专业的一张名片。

昨天，就快到农历春节，北京又开始了世纪大堵车。肖同学又饿又累，去找洗手间的时候，忽然觉得一家企业的 Logo 像他的一个博士生的公司。他果断拍了一张照片，发到微信里质问他的学生，是不是这么巧。然后两个人开怀大笑，尽管他们没有见面。我从来没有问过肖同学一个问题，他是不是一个好老师。因为，这个问题不是问题。如果你见过肖同学的妈妈，一个骨灰级的好老师，就不会愚蠢地再问肖同学有没有这方面的遗传。而他的目标，就是当一个实战派的好老师，将自己跟一线企业家的交流心得，以及各种案例的研究成果，转化为最有用的东西交给学生。

肖老师一专多能，还是一个活动家。自从他上了贼船，当了老师，我就从来没有看见他轻松过。他不是一个轻松的人，因为他是射手座。而我也是射手座。他竟然说我是最不像射手座的射手座。我说，我是最典型的射手座。射手座就是貌似轻松，但是发力很猛的人。再见肖老师，我忽然觉得他比以前成熟了很多，已经成为饭店管理这个行业的顶尖人士。

星际穿越，勿忘初心

2015 年 1 月，我组织了一个行业会议，其中邀请到国内顶尖的 O2O 专家叶开老师来演讲。令人折服的是，他引用电影《星际穿越》的多维度空间，去阐述 O2O 的一些原理。湖南师大附中对于我而言，就像一次"星际穿越"，对很多附中人而言，或许都是一个非常特殊的时空。

　　我是 1985 年在附中读初一的，1989 年第一学期转学。现在回想起来，最有意思的一件事，就是在 1985 年的时候，附中办学的指导思想就是素质教育。那个时候，我和陈永胖等同学参加了生物老师黄国强建立的牛蛙小组，放学后要为牛蛙找到海量的蚯蚓作为食物。而另一位任老师，泰斗级的老师，竟然让每一个学生对枯燥的数学都产生了浓厚的兴趣。这是怎样的大神！可惜那时没有微信，否则我希望朋友圈里，永远有这样一位可亲可敬的任老师。

　　当时，班上除了流行自己创作漫画书，还有好几个人开始写武侠小说，彼此互称大侠。武侠小说最终被班主任禁止，但也没有进行严厉的惩罚。肖同学在这样的环境下，自然也如鱼得水。后来，我到北方读的高二和高三，深切感受到一个个学校怎样把学生变成了考试机器。由于有对比，附中对于我而言，几乎成为了少年时代最美好的时光。昨天的聚会，还有一个主角，是上文提到的女神，她在清华从事教育工作。我们很多时间，竟然在讨论教育。因为，我们已经从懵懂无知的少年，变成可以去影响儿女命运的家长。我们的价值观，并不仅仅影响我们自己。我想肖同学、廖女神和我，都会毫不犹豫地选择素质教育，相信素质教育更能让儿女成才。

　　最近三年，我都参加了附中北京校友会。附中的校友，成材率之高，校友达到的精神高度，一度让我有一点挫折感。他们实在是太棒了。素质教育是需要多年才能开花结果的，而考试教育只需要 90 天就能让一个学生考上一个较好的学校。我有一个朋友是艺考学校的校长，90 天的集训，就可以让一个艺考学生功力大增，考出好成绩，但这对创造力而言，没有丝毫益处。肖同学现在重复了当年他父亲做的事，带着女儿去全球各个饭店。也是，这就是教育。行万里路，胜过千言。我相信有一天，附中不会在暑假布置太多的作业，也鼓励家长带着孩子去远足。观察世界，了解世界，活在真实的世界，而不是活在标准答案里。

　　昨天，跟肖同学在分手前，最后我们辩论了一个小时。他把我当作他的学生，把对他学生呕心沥血讲的一些话，又跟我讲了一遍。重点内容是：要大胆进取，要控制风险。是的，这两点有些自相矛盾。我认为的重点是：身经百战，勿忘初心。人生随时有各种风险，不让自己迷路的只有初心。附中，那段难忘的生活，让我们很好的保留了初心。而不管我们今后走多么远，也要回头看看那时的初心。

　　肖同学，好久都没跟他深谈过了。分享才能产生连接。我们都是附中人，都在行走中，从未停止思考。附中是一个星际，我们已在星际外探险。可是，不管回望，还是穿越，都能感受到它依然巨大的引力。

（作者系1991届校友）

"广益"，我的母亲！

言颐荪

当我思念母校的时候，心底里不由自主地迸出六个字："广益"，我的母亲！

记得 1945 年抗日战争胜利后，我随父母回到长沙，次年春季湖南私立广益中学招生，我插班考上了初中二年级第 46 班，读了一年半毕业。一年半，时间虽短，却一生难忘。

我的第一印象是学校条件艰苦。抗日战争时期，学校先后避难迁到常宁、蓝山，刚刚复员回长沙，开学课桌都没有，不几天老师带领我们到学校所在地熙宁街不远的湘江边搬课桌椅，据说是从蓝山运回来的，我们搬了两趟，虽然有点累，但大家都特别高兴，因为可以上课了。

我最大感受是功课学得特别扎实。抗战八年长沙经历了一次大火、四次会战的劫难。每一次我家都逃难到湘西山区，没有学校就辍学，有学校就念书，有时念两个月，有时念三个月，从小学到初中，学校不知换了多少个，根本没有真正念好书，现在可以静下心地念书了。广益读书的气氛浓，各科老师水平都高，对我们这些水平参差不齐的学生反复补讲，一年半打好了初中三年的基础，以后高中就好念多了。1949 年后我参军，开始做文化教员，接着在后勤部机关当干事，乃至后来当处长、厂长，工作比较得心应手。离休后我还写了一部自传体纪实书《苦涩的风流》，记录我改革初期在军工厂搞改革的酸甜苦辣，今年又把它浓缩成《我的"改革梦"》参加首届"中国梦之路"全国主题征文大奖赛，荣获一等奖。我怎么能忘记在广益打下的坚实文化知识基础呢！

我最大受益是思想开阔了。以前环境限制、战火流离，思想单纯闭塞。到广益似乎进入世外桃源，老师讲授的知识广阔，同学相互谈论的命题自由。记得学校有校刊，每班出墙报，一些志同道合的同学还自发组织出墙报，内容非常丰富新颖。我也参与了班里出墙报，更注意看别班的墙报，对比学习，增长知识。新中国成立后我入伍当文化教员，职责之一就是出墙报，正好用上了。

随着形势的发展，蒋介石政府贪污腐败、发动内战，遭到人民的强烈反抗，广益师生积极参加罢课游行（那时不知道有地下党领导），我也随波逐流，参与了这些活动，从中受到了影响，对我长沙和平解放后立即参军走上革命道路打下了思想基础。

"广益"，一个思想基础，一个知识基础，留下了深深的烙印……

1997年我回长沙省亲，自然想起了"广益"，找到熙宁街想看看母校，哪知那里已是面目全非。打听到"广益"已改为师大附中，找到附中。当时正值寒假，校友会刘磊副理事长兼秘书长接待了我，把我领到他家，他介绍了民主革命先驱禹之谟为了培养革命人才"保种存国"于1905年创办惟一学堂，不久改为广益中学堂，1912年更名为广益中学，1955年更名为湖南师范学院附属中学的变迁，包括学校的光荣革命传统和优良办学传统，以及九十多年来培养过许多革命人才的历史，这些都是我没有听说过的。刘老师和夫人罗浪吟老师还陪我参观校园，在禹之谟雕像、广益楼、校门前拍照。第一次回母校受到热情的接待，第一次聆听了母校的历史和辉煌，我才理解了广益中学校歌"广益、广益，湖南革命策源地……"的深刻含义，对母校感情更深了。

2005年100周年校庆前夕，母校派刘磊老师，工会苏华主席和另一位老师专程到沈阳拜访沈阳军区原参谋长杨迪将军，当然也看望辽宁校友分会的其他校友。杨迪将军1936至1937年冬在广益初中第30班肄业，1938年赴延安参加革命，历任高级军事指挥部门的作战参谋、科长、处长、参谋长，参与过许多重大战役的指挥，为抗日战争、解放战争和抗美援朝作出巨大贡献。离休后任沈阳军区学术委员会副主任，编写过四野战军军史，他还撰写出版了《在志愿军司令部的岁月里》《创造渡海作战的奇迹》和《抗日战争在总参谋部》三部专著，是广益中学出类拔萃的人才之一。

刘磊、苏华等三位老师来沈阳后先到我家，他们不知道杨迪将军的住址，要我帮助。我那时已因脑血栓右肢偏瘫，儿媳用轮椅推着我领他们去，首长和夫人迎入客厅，杨迪将军第一句话："母亲派你们看儿子来了！"

哇！真是言简意赅地说出了他的心思，也表达了我们这些远方游子的情感。杨迪将军送给他们自著的三部书，次日还宴请了他们，我和在沈阳的校友都应邀参加。从这以后我和母校的联系就更密切了。

又是十年春去了，在母校110周年大庆的前夕，"广益"对我的培育和老首长的话仍在我心中缭绕：

"广益"，我的母亲！

（作者系我校原广益中学初中第46班校友）

从熙宁街到岳麓山

邓牛顿

1951 年开春，我 11 周岁还不到，考进了广益中学。此时，既是我们年轻共和国的春天，也是我个人生命的春天。

从 1951 年春到 1956 年夏，我一直在广益就读，经历了解放初由私立广益到省立广益，再到长沙四中、师院附中的变化过程。进广益是在长沙北门外的熙宁街。知道这所学校是由辛亥革命烈士禹之谟创办的。当时的校长是李之透先生，戴着一副眼镜的清癯面容的照片悬挂在礼堂的门楣之上。我被分配在初 61 班。短短几年时间，学校一再更名，学生们则不断地调换新符号（相当于今天的校徽，只不过是布制的），成为教育界特殊的风景。

我进学校时付不起学费。当时《新湖南报》（1951 年 3 月 19 日）有这样一则报道《各地学校互助解决缴费问题》称："本期因农村经济变更，部分学生缴费发生困难，各校师生特发起了互助运动。如长沙广益中学邓牛顿家里很穷，学费还差一些，全校教师便替他分担……"四月，湖南省人民政府下达了增加助学金的指令。那时的口号叫做"向工农子弟开门"。我享受甲等人民助学金直至高中毕业。有一个冬天，还得到了寒衣补助。

老师中印象最深的有谢国度、刘必劲、黄千一、黄忠篇、李鸿浚、喻子贤、蔡伏生、任基德、湛杏村、高远平、彭声河等，有许多是当年的名师。谢国度老师的地理教得特别出色，他用粉笔画的河流，上游下游，由细到粗，信手为之，流向准确。刘必劲老师看见谁上课打瞌睡，会用粉笔头砸学生头，百发百中，边砸边说："你这个鬼脑壳"，引得满堂大笑。高远平老师漂亮，不知怎么就腆着个大肚子上讲台，后来她随夫君去天津工作，1958 年我在南开上学时还碰到过一次。彭声河老师从北京外院刚毕业，教俄语，跟我们这帮学生一起跳跳蹦蹦。任基德老师年轻潇洒，教几何，我当时穷，家父还跟他借过两块钱，一直到现在我也不知道归还否？

同学中印象最深的要数高若海。我们初高中一直相伴。他学习优秀，为人友善，笑容盈面。打篮球也是一把好手，上篮时，手一端，腰一扭，臀一翘，准进！（日后他考进清华，令人倾慕，或许还有学姐暗恋呢!）1955 年学校搬到岳麓山二里半时，我所在的高 5 班出尽了风头。各色锦旗挂满了教室墙面。学习出色，体育拔尖，连文娱活动也搞得好。临毕业时，由嵇汉雄领衔，李乐园、汤人武合跳的三人马车舞，在市里得了个头名。李、汤二位都有追嵇意向，汤痴迷、李热烈。乐园在母校 90 周年庆典上见过，双雄姐我去哈尔滨时拜访过。只有汤兄，如今你在哪里？

我因为年纪小，班级里的学兄学姐们对我特别爱护。说来惭愧，每逢下大雨，或是冬天生冻疮，常常要大家背来背去，甚至把饭菜带到跟前……此刻，小弟我向诸位鞠躬了，万分感激你们深厚的学友之情。

学生时代的生活丰富多彩！熙宁街头、湘江沿岸、开福寺里，到处都留下了我们少年时代的足迹。操场边闻槐树飘香，操场内看班级比赛，木排上观夕阳西下，米码头替板车工人帮坡，校内校外都跃动着我们青春的姿影。尤其记得初中时到岳麓山参加夏令营。有一年春天冒着大雨，采摘了一大把一大把的映山红，送给班主任老师。搬到河西后，在学校周边，兴趣浓郁地看考古队员进行文物发掘，是极为生动的野外课堂。上山采毛栗成了秋冬之际最为高兴的课外活动。而年轻时在岳麓山上植树，拜谒黄兴、蔡锷、禹之谟墓，更是一辈子难以忘怀的事情。

注：因年代久远，记忆略有误差。马车舞参与者尚有李廷剑、周学文等同学，特此说明并致歉意。

（作者系1956届高5班校友）

情系母校
杨铁文

我于 1957 年考入湖南师院附中，编入初 33 班，后转初 35 班，高中 40 班，1963 年毕业。在母校学习生活六年，离别母校至今已 50 多年。常言道：人到老年喜回忆。我常回忆在附中求学的美好时光，回忆母校如严父慈母一般的恩师，回忆朝夕相处的同学，回忆在附中参加课外活动小组的情景，回忆 1958 年 6 月附中航模代表队参加省大中院校航模大赛的盛况……回忆是永恒的，回忆是美好的，回忆是幸福的，母校——师大附中，您永远值得我们回忆。

母校一贯坚定不移地贯彻党的教育方针，特别注重学生的德、智、体全面发展和整体素质提高。为培养学生的个人爱好和兴趣，发挥个人特长，学校组织多项课余活动小组，如器乐、歌咏、舞蹈、射击、航模、海模、文学等等，都是利用课余时间开展活动，学校还配备了专业老师负责组织辅导，如射击熊绪霖老师，航模万亿老师等。当时射击、航模、海模是附中的国防体育强项，市体委经常派专业老师、教练来校上课辅导。曾记否？晚餐后的休息时间，我们航模组的同学，手捧自己精心制作的模型飞机，去师院大操场试飞，最精彩的莫过于杨握铨、黄健耕两位学长了，他俩在操场上启动飞机发动机，表演精彩的两机空战特技飞行：在他们的操纵下，两机飞上天空，忽上忽下相互追逐，时而翻滚飞行，时而上下俯冲，时而倒飞，正 8 字、倒 8 字飞行……高难度动作惊险刺激，扣人心弦。一下子引来无数同学围观，轰鸣的发动机声伴随着欢呼声、掌声、尖叫声，久久难以平息。

1958 年秋，湖南省里举行首届大中学校航模运动会，附中选拔了十几名队员参赛，领队是万亿老师，队员有王自强、王申芝、杨握铨、黄健耕、罗少东、贺克平、莫凯屏、王集标、康国雄、杨铁文、杨大林等，参赛的项目有自由飞、橡皮筋动力、牵引、特技、竞速等十多个项目，赛场是长沙市郊杨家山。经过三天激烈的拼搏，我们夺得两项总分第一名，获得锦旗两面；团体总分第一名，获得银质"卫星杯"奖杯一座。载誉归来，学校领导刘磊主任亲自带领同学们到溁湾镇轮渡码头欢迎我们凯旋。

忆往昔，深情系母校，看今朝，桃李满天下。我作为一个附中学子，感到无比的骄傲与自豪！祝福母校更加辉煌！

（作者系1963届高40班校友）

火热的高中生活

邱红

在湖南师大附中的三年（1957—1960 年）高中生活用"火热"来形容，恰如其分。1958 年党中央提出"鼓足干劲、力争上游、多快好省地建设社会主义"总路线，又制定出"十年超英，十五年赶美"的宏伟目标，全国进入轰轰烈烈的"大跃进"年代。工农业战线率先走在前面，"人有多大胆，地有多大产"，各式卫星频发。在这股气势磅礴的时代潮流裹挟下，宁静的校园也闹腾开了。社会上大炼钢铁，烧制水泥，我们高 20 班 50 多号人在班委会、团支部的组织领导下，也闻风而动。有的到学校附近山头挖砂矽烧耐火砖，有的到乡下借风箱搜集破铜烂铁，好像也炼出了一坨"铁"。烧水泥组则把黄泥拖来，掺点沙子，搓成一个个小球，再烧成很硬的泥疙瘩。回过头来看，那时的冲动蛮干，也彰显着纯朴的政治、爱国热情。

当时国家底子薄，提倡勤俭办一切事业。落实到学校，就是"勤工俭学"。师生自己喂猪种菜，在湘江河畔开辟数亩菜地。来自全省各地的高中生，多为农家子弟，干起农活来都是行家里手。为着把分配到我班的蔬菜种好，杨世雄带领几个同学到橘子洲运肥料，把借来的一条船堆得满满的，船舷离水面不到两寸！现在谈起来都感后怕，没什么划船技术，若风浪来了，或几个人坐心不平衡船极易翻沉的！各班暗暗较劲，使得蔬菜枝繁叶茂，硕果累累。鲜绿的萝卜白菜供几千师生吃不完，厨房师傅把剩余的几口大缸用来制作泡菜、酸菜，"自力更生，丰衣足食"，学校把每人每月应缴的 8 元伙食费降为 6 元，当年师大附中食堂办得好，在全市中学界是很有名气的。

我们还自发开荒，甚至翻过岳麓山顶，在山那边挖土种红薯。有个星期天，我们几个女生挖来自己种的红薯，买来绿豆、白糖，捡来干柴，在山内一农户家煮一大锅红薯绿豆粥，"味道好极了！"

暑假了，学校组织我们到宁乡夏铎铺、沅江草尾参加"双抢"。去草尾的自带铺盖蚊帐，男生均睡在大堤上。因是湖田，泥淹过膝盖，矮一点的，则快近裤裆了。上面火辣，下底冰凉，挪动一步要从深泥里扯出一只脚来，好艰难！加之蚊虫叮咬、蚂蟥吸血，伙食又差，一个个咬紧牙关硬撑近一个月，才胜利返校。

　　1959 年，修京广复线，这是个惠民大工程，我们也责无旁贷地投入到火热的修路中来。我校参战的学生住在原六中，分配路段在杨家山，与市一中、一师等校毗邻。工地上彩旗飘扬，高音喇叭声此消彼长，挖的挖土，挑的挑泥，打的打夯，你追我赶，热气腾腾。路基一天天在增高，经一个多月的日夜奋战，胜利完成任务。最后一天收工在下午，回住地时才看清沿途景致，上下工地一直是两头不见天啦！有个晚上，团支部书记要传达中央精神，是要选刘少奇担任国家主席吧，听着听着，大部分同学竟睡着了，你可想象当时那劳累的程度！

　　学校要培养德智体全面发展的学生，增强体质工作刻不容缓。"四红"运动开展得如火如荼。学生要达到劳卫制一级，班上还得加码，都要过劳卫制二级（女生一级 100 米 17 秒，俯卧撑六次，二级 100 米 16 秒俯卧撑 10 次吧），为着不拖班级后腿，只得挑灯夜战。师大一教授女儿谭××，林黛玉似的弱不禁风，还加上另几个体弱女生，哪里过得了关！同学们集体荣誉感太强了，借来锣鼓，由两个男生驾着一个弱女生，边跑边拖，锣鼓急敲，呐喊震天，总算到达终点。俯卧撑呢，有的勉强做一两次就起不来了，旁人把手托住腹部用力往上抬，也算达了标。

　　同学们清晨起来，自觉去长跑，一般喜欢在湖大操场跑几圈，有的甚至跑到中南工大再跑回来。学校每年举办运动会，我年龄小，参加少年组比赛。有天参加 100 米、400 米初赛、决赛，800 米赛，耳边听见男同学的啦啦队在奋力喊"邱×× 加油""邱×× 加油"，我如虎添翼，一举夺得二、三、四名的好成绩，为班上争了光。

　　当时课外活动小组很红火，篮球队、田径队、射击队器乐组、航模组……高三了，我还代表学校参加全市中学生运动会，跑少年组的 800 米。要高考了，练得少，赛场上的运动达到极限，艰难得令人刻骨铭心。卢柏良既在器乐组拉二胡，还在航模比赛中得了第一名呢！全校的歌咏比赛，有次我班合唱《在太行山上》，《到敌人后方去》一个个慷慨激昂，充满青春活力。

　　男同学们更好玩一些，结伴爬岳麓山，去湘江游泳，除"四害"时到乡下去打麻雀。他们中有些严冬时洗冷水澡，浴室外屋檐下结的冰凌一尺多长，数十条整齐排列着，形成冰帘。我们几个女生也不示弱，打来一桶冷水，往身上浇，那刺骨的冷！但心里是热的，那股不服输的劲儿影响到后来的方方面面。

　　虽然参加劳动、修路等耽误了一些学习时间，但后来通过恶补追上来了。尤其高三那一年，学校会战高考，调遣精兵强将前来把关。物理、化学课均由师大老教授亲临讲台；俄文、语文老师争抢早自习；数学上双人双高课……高考后除四人外，其余全进入大专院校。走上工作岗位后，好些成为国家栋梁之材。

　　50 多年过去，每当我们欢聚一起，总要津津乐道于"恰同学少年，风华正茂"，高中生活的甜美回忆，是那段"血与火"的历练，奠定了人生的坚实基础。

（作者系1960届校友，原名邱兰芝）

母校难忘

晏玉林

　　我从小生长在庄严雄伟的岳麓山爱晚亭下的千年学府岳麓书院旁，于 1955 年 9 月至 1961 年 9 月就读于桃红柳绿的湘江河畔景色迷人的母校湖南师大附中，所在的班级是初 24 班，高 26 班，分科后毕业于高 27 班。在母校经过 6 年的艰苦学习和锻炼，在各位老师的辛勤教育和培养下，我获得了很多的知识，懂得了很多做人的道理，深深地感受到了母校和班集体的温暖，感受到了同班学友互助友爱的精神，学习中互相切磋，劳动中互相援助……这一切确实为我这一生的奋斗历程打下了坚实的基础。那一幕幕的场景在我记忆中留下了不可磨灭的、永远难忘的印象。

　　母校所处的地理位置优越，三面环山，一面临水，环境优雅，是读书学习的好地方。我的母校历来就是省级乃至国家的优秀重点完全中学，我为曾经是该校学子之一而感到荣幸。记得校长李迪光曾经向全校师生提出过要求："勤奋好学、诚信正直、敢担责任、稳步提高教学质量，为实现民族复兴而努力奋斗。""百年树木，惟楚有材，呕心沥血，继往开来。"要求我们学生树立正确的世界观人生观，树立伟大的革命理想，树立正确的学习目的，做一个德、智、体全面发展的人才。母校师资力量雄厚，全校老师在李迪光校长、江文笔书记、刘磊副教导主任等领导的带领下，凭着一股强烈的爱国主义热情，精神抖擞，斗志昂扬，对党的教育事业忠心耿耿，在教学中循循善诱，孜孜不倦，身先士卒，吃苦在前，和学生打成一片，从不搞特殊。在他们的影响下母校形成了浓厚的读书风气，教学秩序有条不紊。他们为国家输送了一批又一批出色的人才，附中的校友遍布祖国各地，成为社会主义建设可靠的栋梁。

　　回顾我的初中阶段（1955 年 9 月—1958 年 9 月），老师们为了提高我们的思想觉悟，争取为社会做一些好事，利用课余时间植树造林搞绿化，带我们参加除"四害"、捉松树毛虫、锤石头修路，支援"双抢"等活动。为了对我们进行爱国主义教育，向革命先辈学习，定期带我们到岳麓山上瞻仰黄兴墓、蔡锷墓、蒋翊武墓、禹之谟墓等，了解他们为革命献身的英雄事迹，继承先烈遗志，带我们到爱晚亭讲述伟大领袖毛泽东青年时代在长沙第一师范读书时，胸怀世界，关心国家命运，率领同学们到爱晚亭进行学习和革命活动的故事。激励我们长大了也要成一个为党和国家的事业奋斗终生的革命人。老师还带领我们参加各项体育运动使我们认识到将来走向社会要能担当起建设祖国的重担，就必须有强健的身体，因为身体是革命的本钱。

1956年时，因农村遭受自然灾害，粮食减产，人们以瓜菜杂粮代饭，一餐只能吃1钱2钱最多3钱米，政府号召人民节约用粮。老师教育我们要勤俭节约，计划用粮，在那样的艰苦环境下，全校师生还坚持教学，刻苦努力。当时我在初24班，是班文娱委员，十二门功课，门门是满分，艰苦并没有难倒我们。我忘不了这都是老师的教育，家长的支持，同学们帮助的结果。

1958年9月进入了高中阶段，除了正常学习之外，在高一时母校老师组织我们参加了杨家山修筑京广复线路基的劳动。吃住在长沙市六中，开地铺，每天早上天未亮哨声一响，就起床吃饭，挑起扁担、畚箕、锄头，像解放军一样，排着整齐的队伍，唱着雄壮的革命歌曲，徒步走八里路到工地，接着就开始紧张的筑路劳动。记得当时我是班文体委员和工地通讯员，每天要交一篇稿件给广播员，报导战地捷报和好人好事，我也被评为了青年突击手。在这次突击任务中，我校被评为了先进集体。完成任务回校复课后，我参加了学校文工团自编自演的《筑路大联唱》，这个节目在长沙市中学生大合唱比赛中荣获了第一名。这说明了母亲也培养出了一批文学艺术优秀人才。这些场面至今还刻在我的脑海中。

后来在我们国家的社会主义总路线，多快好省地建设社会主义的号召下，母校组织我们师生参加了大跃进、人民公社、大炼钢铁，大办工厂、大办农业、大办食堂的勤工俭学运动，同学们参加了种蔬菜、养猪、挖硅砂矿、做水泥球、生产土霉素等劳动，记得我和另外一个同学被老师派到长沙市南门外一个土霉素细菌肥料厂去学习土霉素接种技术，一个星期后回校就进行土霉素细菌接种试验，经常起早摸黑，加班加点地干。锻炼了我们的毅力，考验了我们责任感，因为我们有爱国爱校之心，所以再苦再难也不怕。高二时，1959年5月19日我在班团组织的严格考验下，光荣地加入了共青团，除在班上担任文娱委员之外，还当上了团支部宣传委员，尽心尽力地多为班集体做点事。

我还记得母校的航空模型队和射击代表队在1957、1958、1959年曾多次参加市和省的比赛，均获得团体总分第一名。当时我也是射击代表队员之一，在刘彻教练的带领之下，在课余活动的时候进行有计划的射击打靶训练，每个队员都很快掌握了射击的基本技能，我的射击水平也有很大的提高，小口径步枪射击成绩算是比较好的。1960年暑假，我和刘彻、钱建威、欧资辉、易国云、傅正乾、罗宪明、邱杏元、陈景聪等二十几人还代表附中射击队参加了长沙市国防体协的射击训练一个多月，队员们发挥了一不怕苦，二不怕死的精神，为了减少步枪子弹发射的后坐力，在六月伏天高温的天气下，穿着军用棉衣棉裤大汗淋漓地进行刻苦训练。接着在长沙市中学生射击比赛中，参加了日本式小口径步枪和五四式手枪的射击，大家的成绩都很优秀，最后得了一面大奖旗，为母校争了光。

对母校的回忆，点点滴滴，很多片断，很多故事，很多情景，几天几夜也说不完。

"感时花溅泪，恨别鸟惊心。"1961年我高中毕业了，此时正逢国家三年困难时期，加之我家还有三个妹妹都在母校师大附中读书，全靠父亲在湖南大学土木系教书的微薄工资来维持一家六口的生活，负担很重。这时，我毅然决然地服从国家需要，依依不舍地告别了父母和兄妹，告别了可爱的母校，和部分同年级同学奔赴了长沙市教育局农场劳动和工作，吃苦耐劳地担任会计工作一年，在局领导的信任和农场职工们的厚爱之下，1962年上半年被评为长沙市教育局先进工作者。

1962年9月，因为机关办农场停办，我又和部分农场职工随长沙市二十五所中学的六二届中学毕业生一起响应党的号召上山下乡支援农业生产，来到了洞庭湖畔的岳阳国营君山农场当了一名知青，为祖国的农业科学发展献出了自己宝贵的青春和智慧。在此十七年间干过种田、会计、社教、教书等工作，期间获得过乙等劳模，红管家、五好工作队员、先进工作者、先进生产者等殊荣。这一切成绩的得来，都是因为我每时每刻都没忘记母校老师对我们深情的教诲所产生的巨大动力的结果。

天有不测风云，"文革"十年动乱，割断了历史，割断了文化，也割断了我所向往的事业，期间发生了很多不堪回首的往事。1979年10月党落实"老知青返城工作"的政策，我有幸带着全家六口来到了岳阳市二商业局系统，干起了商业工作，先后搞过会计、职工教育、秘书等工作。退休后做了几年的小生意，2000年起又在岳阳市老年大学坚持学习了十几年。

"望风怀想，能不依依。"我的前半生坎坎坷坷，风风雨雨，生活道路崎岖不平，每当我遇到挫折，面临困境，感到孤独时，我总情不自禁地想到我那充满温情的母校，希望重现那充满幻想、充满欢乐，充满友谊的时光，这一不可名状的深情，经常注入我的生活情感之中。

"江河涛涛，岁月悠悠。"历史从昨天走来，它将继续走向绵绵的未来。人生是短暂的，然而当你一步一步往前走时，又是漫长的。我还要循序渐进地生活和学习。孔子曰："饭疏食饮水，曲肱而枕之，乐亦在其中矣！"我要认真地体会生命的美妙。

母校难忘。我要以一颗虔诚之心来迎接母校110周年校庆。往日燕纷飞，各奔坎坷路；今日鸟同林，齐颂师生情。

（作者系1961届校友）

母校在我心中

易国云

　　1957 年至 1963 年，我就读于湖南师大附中。母校是一所认真贯彻党的教育方针，注重学生德、智、体全面发展和整体素质提高的好学校。我还清楚地记得：革命老人李崇德、欧应坚感人肺腑的传统教育报告；爱晚亭下，先烈墓前热血少年的默默誓言；省委周里书记来我班听课的亲切情景；夜深人静了，老师教研室还亮着灯光；教学楼前，航模选手的特技表演；校园靶场上射击健儿的叭叭枪声；硅砂矿里师生共同流下的汗水；农场果园里累累果实的清香……这一桩桩，一幕幕，虽然时过四十年，但回忆起来就好像在昨天。

　　母校非常重视学生的文体活动。国防体育是传统项目，其中航模、射击省市闻名，堪称一流。射击运动以培养青少年的爱国主义和集体主义精神，培养勇敢顽强的作风，学习初步军事常识，增强国防观念和国防后备力量，倍受师生喜爱。

　　为了加强对师生的国防教育，母校邀请了湖南省摩托射击俱乐部的老校友回校表演。那天，"呜……呜……"一支全副武装的摩托队伍开进了校园。手枪射击表演临时靶场设在当时的中心操场。手枪速射难度大，对运动员要求高。在距离射击地线 25 米处的正前方并排一线设有 5 个人像靶，要求射手在 8 秒、6 秒、4 秒之间，分别将 3 组子弹（每组 5 发）向 5 个不同目标迅速射击。时间一到，靶身自动侧转隐蔽。随着指挥员一声令下，只见射手不慌不忙，举枪挥臂"砰！砰！砰！"接连枪响，射击停止。示靶手立即用红球在靶位上指示弹着点。当郭岳第 3 组子弹发射完毕时，示靶手接连在 5 个靶位上指示"10 环！ 10 环！ 10 环！ 10 环！ 10 环！"的喜讯。与此同时，记时员向观众宣布，刚才第 3 组子弹，射击时间是 3.8 秒钟。场上阵阵喝彩，掌声不息。大口径运动步枪 200 米距离对跑射击和摩托车飞越障碍及行进中排除故障的表演项目分别在母校东操场和师大 400 米跑道举行。那威武的场面，磅礴的气势和运动员的风采，同样让现场观众大饱眼福，喝彩不止。

　　我是一名射击运动爱好者，1959 年参加了射击队。有一本射击教材介绍，一位苏联功勋运动员，仅他一人就在卫国战争中担任狙击手时击毙了 30 多名德寇校级军官。射击运动的魅力强烈地吸引着我们这些血气方刚的青少年学生，我们渴望将自己练成神枪手，报效祖国，保卫祖国。

射击运动是严格而艰苦的，我们利用每周下午课外活动时间训练。如遇赛事，则自觉利用节假日，增加集训时间。纪律严格，训练有目的、有组织、有计划地进行。从拟制训练计划，讲授兵器常识和射击原理，到各种射击动作的示范教练及实弹射击，全是在老师原则性指导下由学生自己组织实施。第一次实弹射击考核，我达国家三级运动员。

1960 年暑假，母校组织了大批学生到沅江茶盘洲农场支援双抢，我们班也在其列。其间学校电令我赶回参加长沙市手枪队集训。我们当时使用的是崭新的国产五九式东风 1 号、2 号、3 号、4 号小口径运动手枪。集训结束后，上级给母校增设了手枪运动项目和单、双管猎枪对飞碟射击的项目。

当时虽然政治运动频繁，国际风云变幻，国民经济处于三年暂时困难时期，但是母校对射击运动依然非常重视，省军区和省、市体委也很器重，优先拨给枪支子弹，母校射击运动仍呈发展趋势。继老队长之后，我担任过学校团委会军体委员兼射击队队长。

长沙市每年都要举办大中学校射击比赛。母校每次必组队参加，而且从团体到单项，总是稳操胜券，从不落后，我也随老队员多次出征，受到锻炼。

中学生活丰富多彩，母校对我恩重如山。母校的乳汁哺育了我。附中就读的六年，对于我，无论是从世界观的确立，知识的获得，身体的锻炼，作风的培养，还是劳动观点的养成，都至关重要，它是我步入社会生活的先导，也是我走向新的学习和工作的基础。离开母校 40 多年了，无论是顺风，还是逆境，我都觉得有一种动力在鼓舞和鞭策着我前进。这种力量就是母校的叮咛，老师的教诲。母校在我心中。

（作者系1963届高40班校友）

我和我的附中

梁钢

喜迎母校 110 周年华诞，我心里一直感谢母校培育我解决新问题的能力和勇气。如果说从母校毕业后近四十年我的学习和工作能取得一点成绩，那追根溯源也会回到母校湖南师范学院附属中学。在附中读初中和高中的一些往事，我至今都记忆犹新。

记得 1974—1975 年在附中初 45 班学习时，有次物理考试后肖淑文老师讲评试卷中的一道题，一辆匀速行驶的汽车共受到哪些作用力？肖老师说许多同学都忽略了地面给予汽车的支撑力，只有梁钢写出了这个与汽车重力大小相等方向相反的作用力。这个题目，老师以前从没讲过。我根据老师讲的作用力和反作用力原理，自己做出分析和结论，获得了老师的称赞。我感觉这是母校培养我解决新问题的能力。

1976—1977 年在附中高 50 班学习时，遇到毛泽东主席逝世，班主任李咏琴老师让我在班上宣读报纸上刊登的党中央、全国人大、国务院、中央军委《告全党全军全国各族人民书》，那是我第一次在很正式的场合面对几十人宣读很正式的文件。我感觉这是母校培育我在很多人面前担当大一点事情的勇气。

从附中毕业后，1977 年我通过高考进了大学，后来在国防领域工作 10 年，在金融领域工作 20 年，期间遇到过各种各样从没见过的新问题，也留下了一些成功解决新问题的小故事。我记得在深圳建设银行工作期间，有次临近下班，一个企业客户要从建行转710 万元到招行用于纳税。因为支行柜台操作人员耽搁了几分钟，此时人民银行跨行大额实时转账系统按时关闭了。眼看这笔转账当天难以办理，客户和支行人员都非常着急。我在分行客户部门接到支行的报告后，紧急商请分行结算，科技等部门设法解决。因为这类问题极少遇到，大家一时都没找到解决途径。情急之下，我想起电视剧《大染坊》里七十多年前染厂老板用银行本票买布的场景，于是一方面联系招行准备接收建行本票，另一方面组织建行经办支行提交开立银行本票的申请给有权限的分行营业部，并请营业部操作柜员、管理票据人员、管理加密机人员协同作业，开出了现已很少使用的银行本票，送到招行当天入账，受到了客户好评。这个"一张本票"的经历后来刊登在 2011 年 5 月 16 日全国《建设银行报》头版的新闻故事。我感觉这也体现了我从青少年开始逐渐积累的组织多人一起解决新问题的能力和勇气，与母校附中的培育是分不开的。

　　如今我和母校当年高中的一位同学一起在医疗信息工程领域从事研究和开发，相信以后还会和许多人一起努力解决各种各样的新问题，也可能还会创造一些激动人心的故事。我内心一直怀有青少年时期的梦想，希望能为人类社会做出一点精彩的贡献，为国家和人民服务，也为母校增光。

（作者系我校1975届初45班、1977届高50班校友）

岁月如歌

吴宇清

当记忆索引到 35 年前的日子，呈现的画面是那样的遥远和清晰，此刻，随机记录其中的部分：

画面 1：教室

我的座位在很偏后的位置，文可坐我们组的最后一排，我在他前座。借着这个地理位置，文可同学吃饭从不迟到。我们班每天到点敲饭盆的，就是这个称职的同学。而且，他吃完饭，还经常打一碗水回来浇他的桌盖板。

有一天，他砰的翻开桌盖，我回头一瞧，盖板背面长满了绿绿的毛茸茸，他对着我，以老师的口气，很严肃地用普通话说："这，就是苔藓植物！"

画面 2：学校某一山坡荒草丛中

初一、初二的时候，我和林静很多次考试都是在一起复习的，而且喜欢两个人拿着书躲到荒草丛里对着互问互答。当然，每次的考试范围复习题，林静这个好学生都会认认真真做好，工工整整列在她的本子上，我从来都是乐享其成。

有一次期终考试，一道政治科目的综述题，我俩都背的同一版本，答题一字不差，但老师给了我满分，给她扣了五分！

我俩拿着两张试卷仔细对照之后，我特别为她叫屈，要她去找老师问问。她倒是挺心平气和的，当时，我在心里真的为她点了一百个赞！莫非，那时的林静，就已经有些明白："Life is not fair, get used to it."

画面 3：湘江

1980 年的一个夏日中午，无知无畏的我和黎晓，领着根本就不会游泳的朱晓娟、彭力力、张虹，冲进了湘江。满以为江边的沙丘是平缓地进入深水区域，没料到几秒钟之后，大家突然就一起掉进了一条深沟！几个人，抱成一团，挣扎到了生与死的边缘。

庆幸我们很快就被冲回浅滩，有惊无险。

我的人生，有了第一次那样接近死亡的经历。

画面 4 : 教室

大多的晚自习，我都觉得无事可做，所以总是没事找事地练习毛笔字。我感觉郑蓉和我一样，总是心照不宣地同步练字。然后，相互拿着字端详，互相吹捧一番，有时候吹得越练越来劲，欲罢不能。

画面 5 : 食堂

我从来都是一个不慌不忙的人，偏偏和彭卫东这个急性子形影相随。记得那时候写生活速记时，还把她美化成我可爱的小尾巴，其实她更是我美丽小尾巴上炸得没完没了的小鞭炮。每顿饭，我都是在她的步步紧逼的催促下慌慌张张地完成的，经常还没吃饱，就被急急忙忙地收工了。

记得，当时，饱受其炸的，还有黎晓和郑蓉。

催的和被催的，都同样的难受，但每天还是要在一起。这样的革命情谊，是一辈子都不会忘记的。

画面 6 : 五一广场

放学回家，我和黎晓总是有讲不完的话，她家前面那条路，我们总是来来回回地要走好多趟，才依依不舍地分手。每天如是。

那时候，我俩规定，对话必须讲英语。可怜那时候连汉英词典都没得卖，根本就是胡诌。如果那时有现在的教育条件，依我们两个那刻苦攻关的劲头，英语早早就该修到美国土人的水平了。

画面 7 : 教室

钱于军是我们班的文艺委员，他经常满怀深情地唱一首歌，歌词是："老师啊，亲爱的老师，我们为你唱赞歌；你心里，燃烧着一团火，温暖着我们的心窝……为我们耐心补课……"每次，他唱这首歌，我就在想，音乐老师一定单独给他补过课，不然，这歌我们都不会唱，他却可以唱得这么好听。

画面 8 : 教室

初中结束了，最后一次在教室，我说起我转学的事情。记得当时姜红特别情深意长地跟我说："也许一生再也见不到了！"

但后来，碰到姜红的机会，居然最多。

（作者系1992届初108班校友）

忆

党新梅

初中到高一的四年，让我对附中和长沙有了深深的感情，这份情，这许多年，换了几个地方，都没变！

那是一段教室、操场、食堂、宿舍几点一线的单纯的学习生涯；那是一段老师在课堂上说："你就莫让我看上，看上哒你就冇跑咧"，会引得哄堂坏笑的青涩年华；那是一段怦然心动、情窦初开的美好时光……

30 年，时间的年轮遗憾地碾平了多少青春的记忆，但母校和老师的恩、同学的情都在内心生根，成为这辈子抹不去的记忆！

脑海中，老师和同学们的面孔还是那样生动，久违的名字以及高 105 班的老师们都是那么亲切；教学楼外白雪掩映下的腊梅依然清香绽放；操场上四棵茂盛的香樟树始终挺拔茁壮……宿舍里住校姐妹们兴致勃勃的聊天，比赛场热火朝天的加油呐喊，饭堂门外敲击饭盆的乒乒乓乓，仍遥远而清晰地回响在耳畔……老师在黑板前流利书写的背影，教室后面黑板报上秀美的花边工整的粉笔字，排球赛场四周密密层层的拉拉队，食堂饭桌上分饭时划了十字的饭钵，学工劳动给滑动变阻器 Ω 形支架打毛刺而红肿的手指，医务室帮忙时搓好的一堆堆棉签，甚至清晨第一个走进宿舍水房时看到的围在潲水桶四周肥硕的老鼠……都还历历在目！

还有一件事，2013 年 719 聚会在水库游泳时被旭文偶然提起，又把我拉回到那时的记忆……

那是一个静美惬意的夏日傍晚，夕阳最后的余晖为宁静的湘江披上柔和的色彩，我们宿舍的女生晚饭后来到湘江边散步，那时怎么也想不到，这样一个轻松美妙的时刻会发生至今让我记忆犹新的一幕。

四下里看不到其他的人，不记得是谁提议游泳，陈萱说她可以下水，我的水性是不错的，但学校有规定，不许私自下江河游泳！其他的同学都不会游泳，自然不用纠结，可你们也不该那么好奇不是？还想看我们游！想不起来我坚定的决心是怎么一点点儿瓦解的，最终同意和陈萱一起下水。当时有没有提醒岸上的你们不要告诉老师呢？应该是提醒了，对不对？哈哈！

酷热的夏日长沙，在凉爽的湘江水里，不时有几根水草拂过身体，游出 30 来米的我刚刚放下违规的紧张，开始享受这份自在，岸上传来了呼喊声。我转过头看回去，陈萱正在水里挣扎！我想也没想快速向她游去，游近了，我伸出双手准备把她托上来，不想她的手把我的手一下子箍住，紧紧地抱住我，我的上身完全没法动，一点劲儿也使不上。那时的我，一定是没看过电影《瞧这一家子》的，不然，那句流传广泛的经典台词"把他打蒙"怎么也能帮我一把！就这样，我们俩，确切地说贴得紧的像一个人，一起重重地向下沉去……然后，我再用力地用脚蹬，两个人一起慢慢地浮上来。这样几次下来，虽然自己还没到完全筋疲力尽的地步，但也明显地感到每一次下沉都沉得更深，每一次上浮都更加吃力，头露出水面也更少！感觉到无望，也没有别的办法，只能这样坚持着，大概还不到老天收我们的时候，岸上同学的呼喊声让远处游泳的两个大学生姐姐听到了，她俩一起游过来，我们得救了。萱，我们可是生死之交啊！

至于上了岸我们是怎样的狼狈，又是怎么回的学校，不记得也不重要了，因为，"噩梦"还没有结束……

附中的同学，大概没有不记得那四棵香樟树的，而且记忆多半美好吧，比如在荫凉下做操、藏猫猫、偷懒躲老师什么的。我最记得的，是那天晚上，绕着那四棵树走了好多圈，我终于下定决心去找老师自首。后来，给我的处分出来的时候，在原来的"记过"上又粘了一张写着"警告"的纸，那个样子，实在是不好看！

关于这件事，我记忆中原本就到这里了，虽然对于一向遵纪守法的我，那个处分当时多少给心理带来些阴影和压力，但能从湘江有惊无险地回来，也还是值得庆幸的！

719 时旭文问我的问题可以给这件事加上个尾篇："当时传说你父母说自己女儿水性好，想到哪儿游泳都行，出了事不用学校负责？"我是第一次听说还有这样的传言，我对旭文说，以我对父母的了解，他们是一定不会那么说的。

后来回家探望爸爸的时候，我还真当面问了这件事，80 多岁的爸爸在我询问的目光下笑了，笑得像个孩子："爸爸怎么可能那么做！"

（作者系1985届高105班校友）

我们的食堂

胡文毅

　　进入师大附中学习，由于离校远，很多同学都选择在学校寄宿。也是因为这个原因，我们和学校食堂结下了不解之缘。

　　刚到学校的时候，食堂还是吃大锅饭，每人每月伙食费十元左右，标准是八个人一桌，两个菜，很少见荤。也许是条件的限制开始早餐也吃饭，没有菜一般都是每人半片腐乳，一盆酸菜汤。正是因为那段经历，使得我后来一直习惯早餐吃饭。上午上课学习的时间长，早餐太简单，往往还没有到中餐就饥肠辘辘了。我们就想办法去隔壁的教师食堂买馒头或者花卷，那时候我是隔天去加餐，每次三个一两的馒头。印象最深的是我们宿舍的彭小堃土豪同学，每天早餐要加十个馒头。那时候别说一般没那么多钱吃，就算你有钱也未必能买到，因为教师食堂餐票我们是买不到的，只能请老师帮忙代买，我自己也经常麻烦颜咏兰老师和高育寅老师，真的非常感激她们，因为那时候老师的餐票也是定额的，是她们牺牲自己的指标来无私地帮助我们，使我们渡过了难关。

　　其实学校对于食堂改变一直是积极的，早餐也试过吃面包，只是那时候本身的素材少，做的面包不但口感不好还很硬，不用汤泡都啃不动，我们那时戏称为铁饼。其次改变以前限定每人每餐三两米饭的定量，可以根据需要购买饭票加饭，但只能加饭哦，菜是固定的，没得选择。当然食堂也尽可能提高菜的质量，有一次改善生活吃小河虾，结果搞得有位同学过敏，在宿舍发作了，校医都叫过去了，把老师和同学都吓得要死。以后食堂做菜选料就更谨慎了。

　　当然我们自己也想很多办法来改善生活，譬如周末从家里带些菜到学校，往往每周一大家都从家里带了菜，相互交换，其乐融融。可是好景不长，往往一两天就都吃光了。每周这种短暂的快乐之后会让后面的日子变得无比的漫长。有一次晚饭后，隔床的刘坚同学非常神秘地把我带到麓山书店旁一个不起眼的小面馆，也许有点偏，没什么人，我俩在面馆里掂量了好久（当时光头米粉一毛一，肉丝一毛八），每人只舍得买一碗光头米粉。说实在的我长那么大还是第一次吃米粉，味道那个好啊，把碗都舔干净了。以后每周四晚饭后，我俩就相约去面馆搓一顿，尽管后来还有过几个同学加入，不过每次不敢叫太多，声势搞大了怕学校知道，因为当时学校不允许出校吃饭，每次我们都是偷偷去的。

后来学校把管制放开了，有一段日子我们一些同学每天一起去师范大学学生食堂吃饭。因为大学食堂开放的时间早，等我们下课以后再慢慢走过去往往就没什么菜了，所以上午第四节下课铃声一响，我们都以百米赛跑的速度往食堂跑，印象最深的是我们班的汤永进同学，每次都跑到最前面，让我们羡慕不已。

再后来学生食堂也改进了，取消了固定的大锅饭，像教师食堂一样买餐票点餐，毕竟外面吃饭太远不方便，我们又都回到自己的食堂来了。随着物质的丰富，食堂菜的品种也越来越丰富。以前少有的荤菜也多了，不过价格要贵一些，一般带荤的都要两毛以上。有些稀罕的菜还是比较抢手，记得有一次晚餐，我们几位男同学下课打球去晚了，排了好长的队，那天正好招牌上有个黄花菜炒肉，平时很难得有的，前面的同学很多点这个菜，这样下去估计轮到我们这个菜就没有了，当时有位男同学急中生智大声地说道："这个黄花菜是好东西，发奶的。"当时食堂里的同学都听见了，弄得前面的女同学都不好意思点这个菜，结果轮到我们都买到了。这个故事当年被我们当成一个笑话，还流传了很久。

到了高二以后，食堂已经搞得很好了。特别到了我们高考前，食堂还特别推出了很多新鲜营养的菜肴，来为我们辛苦的学习补充能量。伴随着我们中学的学习和生活，附中学生食堂也成为了我们一段难忘的记忆。

（作者系1985届初中112班，高中110班校友）

那四棵香樟树

万毅

　　那四棵香樟树，其实就是师大附中校园里矗立了好几十年的四棵普通的大樟树。

　　1978 年我们到附中读书，住在校园一角的老宿舍里。每天必有几次经过那一字排开的四棵树。那时它们已经很粗壮，树身并不算太高，树枝却很茂密，像巨伞一样的张开，四棵树互相牵连着，晴天遮出一片阴凉，雨天保住一块干地。

　　当时四棵树的周围是学校的田径场，三百米的环形跑道远远地围绕着它们，跑道中间是平坦的黄土地，大概是因为这四棵树，硕大的平地并没有被做成一个大足球场，学校只是在四棵树的尽头处依地形放了两个球门，供踢足球的学生用。每天学生做课间操，就在四棵树的周围进行。那四棵树一直就那么骄傲而荣耀地挺立在宽阔的操场中间。

　　1978 年的秋天，教学楼和办公楼之间的小花园里菊花曾经开得十分的灿烂，满树满园的菊花，红白黄绿、精彩纷呈。但是，冬天一到，菊花便残了，不只是那一季，以后的几年，再也没有看到那样的绚烂。而那四棵香樟树，日复一日、年复一年地以他们同样的姿态、同样的装束守候在那里，等我们从他们下面经过，等我们在他们身边停留，等我们围绕他们嬉戏。同学们对那四棵香樟树也是有着特别的喜爱，回宿舍的时候，必定从他们的下面经过，无论天晴落雨；做操上体育课的时候，也总是抓住一切的机会和可能躲进那一排的阴翳里。即使是离他们远远的，也能瞥到他们的身影，感觉到他们的温情，就像是知道有几个朋友总是在默默地注视和关心着你一样。

　　在附中的六年里，不知道有多少次对着这四棵香樟树发呆。一年四季，它们总是一袭绿衣，夏天火毒的太阳不能晒枯他，秋冬凛冽的寒风不能吹落他，而到了淫雨霏霏的春天，更是他们最美的时候。他们总是在春天开始生命的涅槃。老去的叶子带着深沉的绿、带着舍生的情怀、带着丝丝牵挂一片片往下落，而新的叶芽却迫不及待地带着红红的肉身从树枝上喷发而出，与树上的前辈红绿纷呈，共显荣华；还有一些正在走向成熟、由深红渐渐转为浅红、浅绿的树叶，共同把生命的过程演绎诠释得精彩、美妙而撼人心魂。从那时，已经爱上香樟。而那四棵香樟树，带给我们的，是无休止的活力、不减的呵护和不改的美。

　　离开附中好多年后，同学邀约返校聚会。大家不约而同问到一个问题：那四棵香樟树还在吗？在，我们就回去；不在，那里也就不是我们的附中不是我们的母校了。令人高兴和欣慰的是，他们还在，而且应该一直都会在那里。

（作者系1984届校友）

朝花夕拾附中事

王珂弟

　　我小学毕业于东区育才小学，毕业后本应该去一中读中学。但由于父母调工作，我家从湖医附二院搬到河西中医研究院，经过一番折腾，我比同学们晚了一个多月到附中报到入学。

　　报道第一天，负责老师问我有什么特长，当时是一无所长，只在育才迎宾队里吹过简单的迎宾号，我就随意说了句会吹号，该老师将我分到了文体特长的初105班，我就这么滥竽充数地混进了才华横溢，个性鲜明的105班。

　　105班其他同学的特长可是实打实的专业水平，个个出场都是明星范：足球健儿：马学军，李虹宇，吴希阳，李静湘，陈江；排球女将：林可，屈朝晖，谭小利；乒乓高手：邓燕，梁彤；体操王子：黎勤武，吴克坚，毛晓东；短跑：韩振民，薛亚东，盛飚，陈晖，卢飒；长跑：徐岳峰，张玲，龚智雄，谢红宇；投掷：黄志刚，黄辉，欧劲松；刀剑客：陈晖；舞蹈美少女：李捷，卢飒；钢琴大师：欧劲松；二胡公主：李倩。这个名单可能还有些遗漏，很多同学还跨界，多栖，充分体现了多才多艺，文体不分家的特点。

　　学校开运动会，105班总会囊括绝大部分项目的名次，其他班级难以望其项背。当时附中同学大多数哈只会港长沙话，不会港普通话，我班却有群同学只会港普通话，还是矿山普通话。上数学几何课，讲到这只角等于那只角，长沙话是"咯扎郭等于那扎郭"，操矿普的同学们发音其实蛮标准，但我们听上去就是这只脚等于那只脚，下课后还要嘲笑他们一番。

　　105班还是美女帅哥班，欧劲松和杨帆高中时搞了个年级十大美女榜，听说上榜过半数的是105班的。这次征集照片看到欧劲松、李静湘，谢虹宇和薛亚东这F4笑靥如花的合照，我都有种替他们感觉生不逢时的遗憾。

　　任课老师对105的感觉应该是爱恨交加，活跃但也调皮，初三时有一天下午一节邓定亚老师的数学课，几乎全部男同学旷课，在钻学校的地下防空洞。李虹宇同学对英语深恶痛绝，一次罗东源老师课上看武侠小说被查到，罗老师年轻气盛，当场把毛弟请出教室，然后对全班说:"你们看看,不好好上课有什么后果?"话音未落,教室后排传来一声响亮的"对现"。我当时坐第一排,清楚地看到讲台上罗 teacher 脸上几秒钟的发懵的表情,然后就是欧胖子被请出教室,罗老师边请边说:"对现,咯就是对现。"

班上男女生之间大多数不讲话,初中毕业的暑假一班男女同学约好去烈士公园玩,在烈士公园人工湖上,男同学划船,女同学或立或坐船头,夏风细细,波光潋滟,长裙飘飘,生命定格在这一刻该多么美好……

进入高中 102 班后,班上体育水平和 105 班不可同日而语,但也给我们这些以前 105 班的边缘人物机会。我参加了校运会的长跑项目,师红伟成为班足球队的射手,可没想到 102 班最时髦的活动变成唱歌,这是我的弱项,又悲剧了。

不过 102 的男女歌手真不少,水平也高,那时没有卡拉 OK,没有麦霸一说,那就称歌霸。男歌霸有胡兴文,周晓波,黄敏,吕征;女歌霸有顾文彬,蒋东章等。歌霸们站上讲台,不用伴奏,可以一首接一首的串烧,台上唱得声情并茂,台下听得羡慕嫉妒爱。

102 班的特点是同学们都特别实在,同学之间对成绩也没有特别的攀比和竞争,学习和生活比较平衡,有些同学校内和校外还开始了暗恋和明恋,年级级别的学霸没有,本来有个数学学霸胡兴文,结果进了 102 班以玩为主,学游泳,学骑车,学踢球,看星星,当歌霸,暗恋……高考竟然数学没及格!还有班上活宝简称班宝平思学,逢课必睡,频遭各位老师吐槽,席少云:"平思学平时就不学",语文高老师"朽木不可雕也"……他每次在教室和寝室行为艺术之后,过几天就会看到他那很有修养的老父亲带着他拜访各位老师。

班上热心集体的同学多,班长何畏,两任书记耿明、沈智,文娱委周晓波,学委陈旭灿,体委王靓,班级活动都勇挑重担,其他同学打酱油也打得认真,那时的童锅和我一样也属于打酱油的,组织者和主持人的才能还没开发。

最后公布一下本人的最新研究成果:人的命运是由什么决定的?性格?运气?才能?奋斗?我的研究表明对某些同学来说命运是由他(她)的名字决定的,黎勤武:现在国防科大勤奋的研究武器。马钢:现在广州马不停蹄地在卖钢材。文博:文艺地在博物馆工作。沈瑞希:已成为瑞典人。

（作者系1984届高102班、初105班校友）

三十年后的附中记忆

陈纲

"60后"的我们，在都市森林里或为理想或为生存而拼杀着、奔命着。不经意中，就到了该知天命的时候，人变得更淡定，甚至有稍许冷漠了。然而在岁月的间缝里，昏昏欲睡闷热难熬的中午、半梦半醒长夜漫漫的晚上，脑海中却总是浮现出中学时代那些沉醉在幻想和读书日子里洋溢着青春气息的画面。

寄宿生

我们是长沙市的第一批住校生。

记得妈妈带我报到后去寝室帮我铺床，上铺的兄弟是颜勇，大个，一脸的成熟。妈妈客气地说："你这高中的大哥哥要照顾照顾小弟弟呢！"对方却来了一句："我也是初一的，100班的。"对于三年后初中毕业还1米49、全班最矮的我来说，颜兄1米6几的个，套用现在的话，那是羡慕嫉妒恨！（其实我和缪宝都是1.49米，但班上女生硬是异口同声说她1.495米，不知道她们从哪里见过学校体检会把身高精确到小数点后三位的，又不是招飞行员？！活生生把我从"并列"变成了"最"，留给我心中永远的痛！）当然这也间接促成了我初中毕业后苦练篮球快速增高的一段佳话，高考后再见颜兄时，他依然是一米六几。

那时的生活条件当然很艰苦，但父母们疼爱子女却一点也不见少。

每周日返校，我们都从家里带来些瓶瓶罐罐，里面装了些腊鱼、腊肉还有炒面之类的。晚自习的时候，为了不背光，我们都会把桌椅掉个头来拼在一起，面对面地学习。我们四人组是蔡宝、缪宝、秦曦和我，班上最矮的几个。学到酣处的时候，偶尔会听到金属调羹刮着玻璃瓶壁的声音，于是乎大家都翻开抽屉吃将起来。男生总是嘴大胃大吃得快些，一般熬不到周末。印象中蔡宝、缪宝都不是抠门的人，我们弹尽粮绝的时候，间或也捐出一两坨腊鱼什么的让我们解解馋。比较夸张的是鲁浩宇，他带炒面用的是以前商店里装香粉的那种特大号的瓶子，一般人弄不到，容量很大足以支撑他坚持到周末。莫百勇则喜欢夜深人静的时候躲在被窝里吃炒面，是不是怕人分享不得而知。欧立猴说他常被老鼠亲嘴，仔细想来那也是可能性很大的事情。

寄宿生怕人哭，一旦有人想家了开始哭泣了，就会一传十十传百，此起彼伏，最后声势浩大，欲罢不能。初一报到的当天夜里便是如此。

但这还不是我们最怕的。起初我们住的是用教室改成的寝室，每间可住三十二个人，楼内没有厕所，所以每天晚上在走廊上会摆上一只好大的马桶。我们实在想象不出楼上的女生是怎么使用它的，每天轮值的2个人，无论男女，必须早上抬了去倒掉，我们最怕的便是这件事。看着同学们高一脚低一脚地连拖带拽地一路洒将过去，我和秦曦暗自庆幸。因为我俩个头小，踮起脚还不能使马桶抬离地面而成了全部寄宿生中幸免于难的人！

糗事二三件

这辈子我唯一打过的一次零分也发生在附中，就是初二的时候我们全年级同学都必须参加的那次长沙市中学生数学竞赛。那时候我对什么水池里一个龙头放水一个龙头出水，还有火车相向或相对行进的题目真没开窍，只觉得出题的人太讨厌了，一边出水还一边放水，自来水不要钱吗？这不是有毛病吗？从此落下了病根，到现在我还似乎还没完全弄明白相向而行到底是同方向还是反方向。可能就是从这次零分开始，我知道我应该去学文科，这是后话，按下不提。

还有件更糗的事。记得好像是十四五岁开始对女性有了兴趣，或许根本谈不上"兴趣"，只是慢慢在乎女生对自己的评价了，也想去了解女人了。那时候社会上都在狠批《少女之心》，说是什么大毒草，按当时的形势估计其实也没几个人读到过它，但批判的时候却言之凿凿似乎稍不留心，不时刻想着毛主席的话，不时刻用无产阶级思想武装自己的头脑就会被它毒害不轻似的。我也不知从哪晓得它还有个别名，叫《曼娜回忆录》。居然有那么几次，我色胆包天地每周都到学校图书馆作古正经地填写借阅单，企盼借阅《曼娜回忆录》。书，当然是借不到的，还得由衷感谢图书管理员孤陋寡闻，没去举报，否则在当时那种氛围下，我不死也得脱两层皮吧！

学业为本

回过头来想，师大附中就是从我们那几届开始而成为湖南省最好的中学的。

"学好数理化，走遍天下都不怕"是我们那时最深入人心的口号。我们也"追星"，陈景润就是我们心目中的最亮的那一颗，我们甚至都羡慕他思考问题时撞到了电线杆上的投入。

那个时候，我们没有金庸和琼瑶，没玩过电游，没唱过卡拉OK，更不可能男生女生一起过生日嗨皮。最多的消遣除了运动就是看课外书和听刘兰芳的长篇评书，百听不厌！《说唐》的传阅率绝不亚于后来的《查泰莱夫人的情人》。也就是这现在看起来十分单调、枯燥的中学生活却成为我们人生中永恒的回忆。

那个时候，男女同学之间在课堂外是基本上不说话的。有时上学放学碰巧走到了一块儿，就得红着脸低着头快步疾走或者慢腾腾地一步三回头地缩后，甚至在拥挤的公共汽车上狭路相逢也把彼此当成了陌生人。如果凑巧一个男同学和一个女同学同时进教室，就会有些怪异目光投射过来，弄得你浑身不自在。

那个时候，我们都是目标明确、刻苦而勤奋的，总想着在我们手上能实现四个现代化。我们身上随身携带着的单词本，只有巴掌的几分之一大，却常常在坐车和排队的时候派上了用场。我们班的团支部书记龚宇经常被老师表扬"书不离手"，哪怕是我们高谈阔论或驰骋球场时。奇怪的是我们谈论内容和球场比分她仍然一清二楚，这种一心能二用的功夫在随后的五月聚会时还真得讨教一二。

我们的理想单纯幼稚，有梦想当大记者、大律师、科学家和光荣的人民教师的，其中不乏被同学称为"活标本"、"活地图"、"活字典"的单科超人，唯独没有想成为的就是资本家和后来李明同学那样的业界大佬。后来高考，隔壁班的罗山同学拿下了湖南省理科状元，好长一段时间谈起来仍觉得脸上有光，仿佛那状元就是自己本人。

现在想来，那些年的风风雨雨，就如春游时的翩跹风筝，亦如傍晚时映天红霞，在记忆里永恒地刻下了青春无敌的痕迹。那是一种绝对真实的完美！

萌动的青春

"哪个少男不钟情，哪个少女不怀春！"

少年维特的烦恼正是在我们十七八岁年纪的时候闯进了我们的生活，无法避让。那时候，我是个老师和父母眼中的乖乖孩子，对于学习之外的东西是懵懂无知的。她成绩中等，却有一口老师称为"标准伦敦口音"的英语口语，经常性地被老师叫起来带读课文。每次听她抑扬顿挫地朗读，我都会很开心、很享受，或许从那时候起我就开始暗暗地喜欢上她了。那时的我，还不懂什么是爱情，只知道自己很喜欢跟她说话，陪她一起欢笑，喜欢坐在她身边，仅此而已。我知道，高考之前，一切都是枉然，一切都可能见光死。唯一能做的就是自己能考上理想中的大学，并尽量帮着她也美梦成真。有座位在她旁边的同学后来在我毕业纪念册上留言"风景这边独好"，如此看来，群众的眼睛还是雪亮的！

命运多舛，我的追求推迟了一年，但毕竟还是来了。虽然最终我的初恋尘封在两年后的秋天，尘封在那些变成灰烬的信纸里。但它毕竟见证了我们的青春年少，见证了我们在附中度过的最后那段时光。

岁月如梭，那些渐行渐远的记忆，越来越模糊。她爱上了他，而我也有我的她。有人说，人生若只初见，又何必相见，空流一地心碎。此言差矣！当初懵懂的年华，痴狂的笑脸，千杯买醉时的万般聊赖及感染了寂寞的离愁别绪都早已随岁月风化，失落在那些个霏霏淫雨的季节里。对我而言，附中生活是人生中最美好、最纯洁的一段回忆，真的就像校园的夜晚透过窗口飘来的那一缕梅花暗香，时时萦绕在我深深的怀念中。

集结号已经吹响，我们将毫不犹豫地再次投入附中的怀抱！

（作者系1984届初101班，高103、高99班校友）

那些阳光灿烂的日子

肖丹华

145 的两年，是我生命中最快乐的两年，没有之一。

十五六岁的高中生，既不像小屁孩那样啥都不懂，又还没有长大后的压力和烦恼，那时候的日子，记忆里每天都是阳光灿烂。

145 是附中第一个超常实验班，很多同学都是初中两年、高中两年，16 岁就上了大学。我是和其他八个同学一起，高中时才进的这个班。因为年龄小，145 的同学们都特别的单纯简单，相处起来也特别的随意快乐。

那时候我有一个最好的朋友叫齐齐嘎，一个总是笑眼眯眯的，虽然年龄小个子小，却思想独立，个性鲜明的女孩。貌似我从小到大，好朋友都是娇小玲珑型的，虽然我个子高高。那时候，我们都酷爱体育，每天放学后都会去打球，打得最多的是排球，有时候也打羽毛球，不到天黑绝不会回家。我们也喜欢跑步，也喜欢在校园里闲逛，两人并排而行，一会儿合拢，一会儿分开，一高一矮，走出两条正弦波来。

高二（也就是高三）那年，教育思想开放新潮的班主任何麦秋老师觉得要锻炼我们的生活自理能力，每个同学都要求至少住宿两周，不管家里远近。我和齐齐嘎一个湖大子弟，一个师大子弟，离附中都不到一站路距离，约在了一起住校。我们住进了另外一个高三班的宿舍里，上下铺，每天早上六点，我们都会窸窸窣窣地爬起来，在住校生统一的早操之前，先去操场跑几圈。这一举动没几天就引起了同宿舍那些其他班高三生的抱怨，说我们动静太大，影响了她们睡眠，她们晚上都是要熬夜看书的。我们只好更窸窣，但照样每天早起晨跑。

住校的生活让我们发现了我们是如此的类似，生物钟是如此的一致，每天一起跑步，一起吃饭，一起打球，甚至连上厕所的时间都不约而同。我们又都是各自非常独立的人，从来没有刻意去一定要在一起，却自然地很多时光就在了一起。我们俩是最后一波轮转住宿的，后面没有人再等着我们的床位，我们住了两个星期还没有尽兴，就接着住了下去，一直住到快毕业。

　　照毕业照的时候，人稀稀拉拉半天都没到齐，你懂的。我和小齐等得无聊，又想到了一块，"不如我们去跑几圈？"等我们跑完四圈回来，人还没到齐，唉，他们怎么就这么磨叽呢？

　　大学时，我锻炼的好习惯慢慢消磨殆尽，一个重要原因，我觉得是再没有这样一个自然的合拍的好伙伴。我从来不是一个主动的人。

　　我们班还有一位特立独行的牛人，康康。与大家失联多年后，最近在微信重现，立马惊艳一片。女性味十足，时尚精致，漂亮得让人眩目。当年的康康，一副假小子样，永远是一头短发，拽拽的样子，疯疯癫癫，打打闹闹，总是和她的死党喻花互称"哈（Husband）"、"外（Wife）"。我至今没弄明白，她俩到底哪个是哈，哪个是外。康康据说智商极高，曾有一回被数学陈正一老师当堂训斥："别以为你智商高，就可以不用功！"我们这才恍然大悟，怪不得那么拽，原来智商高！

　　别看康康在学校里总是一副天不怕地不怕的样子，其实家里管得很严。有一回，我和康康一起去对河我堂姐读书的湖医玩，玩得有点晚，七点回到家，我惊讶地发现康康的父母居然已经坐在我家客厅里等人！夏天的七点，天还没黑有没有，她父母就已经寻到了我家！那个年代电话还没有普及，我们家跟她家也并不熟，他们从中南工大找到我家里来，一定费了很多周折！搞得跟我拐跑了他们女儿似的！从此我再也不敢叫康康一起去外面玩了。如今的康康，游历了欧洲各国，成为了颇有艺术气息的著名建筑设计师，甚至嫁给了一个法国人，有了一个跟她小时候一模一样拽的女儿。不知道现在康康的父母是不是还跟以前一样，要求宝贝女儿晚上七点之前必须归家？

　　康康漂亮的潜质，当年只有一个人慧眼金睛地看到了，就是俺们的何老师。康康被何老师定为校运会我们班的举牌女生，好多同学都非常意外。何老师说，康康是我们班最漂亮的女生！我一直以为最漂亮的应该是总是打扮得像小公主一样的魏伟，虽然她个子举牌有点勉强。何老师还说过一句名言："女生最漂亮的学文，丑的学理，中间的学工！"没提学医的，所以至今不知她把我划入哪一类。

　　那年的校运会，我们班参加高三组，和那些比我们大一两岁的人一起比，基本属于重在参与型。我却居然获得了女子 1500 米银牌，成为个人体育史上最好成绩！

　　康康的"老外"喻花也颇有特色，写得一手好文章。至今我还记得她高考前写的一篇文章："我们能不能扼住命运的咽喉？握在手里的沙子，何时能孕育出冰冷的珍珠？"如此冷峻的文风，让我佩服不已。如今身为美国硅谷资深"挨踢人才"的喻花，你拥有想要的珍珠了吗？

　　145 的男生，猴鸡狗猪，大猪细猪猪婆，老鼠马蜂，一应俱全。每个人的小学或中学同学中，都有一个叫猴子的，我们班也不例外。猴子几十年如一日地聪敏、精干、瘦削，在许多男同学已被岁月充气成中年大叔的时候，猴子一如往昔的瘦逐渐成为大家的标杆。如今同学见面，开场寒暄基本是这样的："你又胖了！1.7 猴了吧？""没有没有，还是 1.5 猴！"

　　男生中最玉树临风的，当属涛哥。涛哥身高一米八以上，瘦瘦高高，打得一手好篮球，又是校排球队的，本班外班女生，迷倒不在少数。曾有一次湖南省女排来学校和校男排比赛，体育馆挤得水泄不通。我和美腿挤在人群里，巴巴地盼着看涛哥的英姿。校男排被省女排打得落花流水，从头到尾，我们盼到花儿都谢了，也没看到涛哥。下来后，美腿问涛哥："你怎么不上呢？"涛哥搓着瘦长的排球手指，淡定地说："他们已经有6个人了，我再上，不就7个人，违规了！"原来如此！

145还有朵奇葩，肉皮。当年的我，对他的做派是颇有些不屑的，因为他居然用咖啡擦皮鞋！八十年代物资还不怎么丰富，普通人家连咖啡是什么都不知道，因此我认定肉皮是纨绔子弟。现在的肉皮，延续了当年嘻哈的作风，成为145微信群上独一无二、不可缺少的段子手、开心果、调味剂，百年不遇、千载难逢的策神。当年班上好多男生的优点，是不是都如肉皮这样，没有被女同学们及时发现呢？

回忆高中同学，不能不提我的同桌，骆驼。严格地讲，我们当时并没有同桌，每个人单独一个小桌子，只有隔壁，没有同桌。座位也不固定，每周向左平移一格，前后也不固定，可以自己随便换，何老师真是自由开明。所以就有最矮小的尿盆坐后面的事，甚至身高超过一米八的涛哥也坐过第一排，一双大长腿直伸到讲台上，老师上课都得小心绕行。骆驼和我个子都高，大部分时间都坐最后一两排，同桌的时间也最长。

骆驼来自神秘的48所，讲着一口普通话。那时候讲普通话的同学，都显得比我们这些一口长沙话的伢子妹子出生高贵。那时候骆驼的家里人已经搬到了外地，但他因为舍不得离开145，就还留在这边，平常寄宿，周末就回何老师家。一样情形的还有魏教授。他俩就像何老师的干儿子，又和周鸡一起，被何老师指定为班级的权力中心，长期霸占书记、班长及学习委员的职务，人称"三巨头"。在我眼里，骆驼属于和我等平民百姓格格不入的权贵阶层。

那时候，骆驼说着一口标准的普通话，我讲着一口长沙腔，两人就这样上课讲小话的讲了很多。那时候，老师和同学们经常都操着一口长沙"塑（suo）料普通话"上课，只有我和数学陈正一老师坚持使用原装长沙腔。每当我站起来用长沙话回答老师的提问，就会引起一阵笑声。骆驼于是自告奋勇地说："我教你说普通话吧，以后用得着！"我当时对电视里放的一则广告印象深刻——"车到山前必有路，有路必有丰田车"，于是很豪迈地拒绝了骆驼："不用！车到山前必有路！"这件事的直接后果是，刚上大学的前两个星期，我几乎没有开口说话，因为不会说普通话，因为感冒嗓子痛，也因为军校的严肃、压抑，和对军训一年未知生活的无所适从。这个"无言"的开始，预示着我沉闷大学生活的开端。

骆驼那时候还经常出一些怪点子逗我。大家都知道，长沙人总喜欢说"嗯诺"的，有一天骆驼就跟我打赌，5分钟内我不许说"嗯诺"。5分钟，有什么难的？然后我们像平常一样，开始聊天。他想尽各种办法要逗我说出"嗯诺"，我都识破了他的诡计，小心翼翼地避开了。5分钟眼看就快到了，我放松了警惕，一边听着课记着笔记，一边继续和他讲小话聊天。他突然没头脑地问了我一句："你今年十六岁了？""嗯诺。"话刚出口，我就意识到中了他的圈套，两人同时爆发出一阵大笑。年轻的英语罗晋明老师刚好讲课走到我们跟前，被这阵肆无忌惮的笑声打断，他看了我们一眼，居然没有批评喝斥我们，就当什么也没有发生似的继续讲课。当年145老师对我们的开放宽容，可见一斑。

这种课堂上公然大声"讲小话"的事，齐齐嘎和我也干过一次。那是一次杨序九老师的化学课，杨老师在黑板上出了几道题让我们做。坐在教室最右上角的小齐大声问："这道题怎么做呀？"身为好朋友的我，怎能不帮？于是坐在最左下角的我用整个教室都听得到的声音大声回答，应该这么这么做。小齐也同样大声地回答："好的！"我们的声音，穿越着整个教室的对角线。杨老师对于我们这种学习讨论的方式居然没有提出异议，也没有打断我们，大家继续做着习题。

那时候何老师的丈夫陈贤斌老师，就像是我们的班主任助理，虽然不是我们直接的老师，却积极参入到我们班的许多事务中，还经常给我们主办一些诸如"开拓性教育""发散性思维"的讲座。这些词我都是第一次听到，并不太懂到底是什么意思，却无形中潜移默化地受了很多影响。

我还记得十六岁那年一个初冬的早晨，我穿着一件新买的大红的晴纶束腰棉袄，昂首阔步地去上学，心情一如棉袄的颜色一样明艳艳。我经过一片工地旁，地上一溜蹲了四五个民工，我听到他们在议论我："你猜那个小姑娘多大？""十六岁""十四岁"。我能清楚地感觉到他们对我年轻的羡慕。我把头昂得更高，心情更加地明艳艳。十六岁真好，年轻真好！

借用张小娴的一段话来表达我此时的心情：曾经青春作伴的朋友，是否也永远停留在相识那一年的时光里，不虞老去？虽然我们都老大了，可是，只要见到面，彼此相处的方式、说话的语气，甚至是戏谑的眼神，都好像又回到当年。一个人原来是可以如此这般地当时年纪小。只要你在，我也青春如故。亲爱的朋友，和你一起老去，比独个儿老去幸福多了。

献给所有145我亲爱的同学们。

（作者系1989届高145班校友）

那时的附中 现在的我

范龙

时光如水，转眼间离开母校已经20多年了。毕业后我在西安上大学，回到长沙工作，结婚生子，过着平顺幸福的日子。这些年，我到过一些城市，也去过一些学校，自己的孩子读书了，我也开始参加家长会。离开附中的日子越来越长，但不管走到哪里，岁月如何变迁，身份如何变化，我的心中永远记着附中，念着附中，附中严谨的治学理念、谦虚的做人准则已经深深刻在我的心中，操场上那四棵大樟树在我的脑海中永远是那么枝繁叶茂，郁郁葱葱！

我记得那时候是王楚松当校长，常力源当教务主任，后来是副校长。先是王珏后来是樊希国当我们初中150班班主任，蔡卫红是我们高中148班班主任，张守福担任高中文科班152班班主任。初中教过我的老师有樊希国、黄国强、姜建平、苏华、王珏、刘军杰、王健纯、陈映红、陈素英、唐观灯、肖佐安、陈艳飞等，高中繆礼端、蔡卫红、罗宗友、李咏琴、袁宏喜、张守福、谢克平、沈真、陈贤斌、王际定、黄国强、何善曾、王伏莲、刘军杰、高育寅、刘旭华、苏华、张晓丽等，还有很多老师也关心过我。我非常感激他们，我一直记着附中所有教过我和没有直接教过我的老师对我的培养和教导，我深深地记着你们！在后来的聚会中，我还听说这些老师中有的竟然已经永远地离开了我们，我深深的怀念着他们！

那时候，附中校门还是朝着西边，外面走出去有很长的巷子；竖着四棵大樟树的操场还不是塑胶跑道，而是长着一些野草的真正的土地，晴天踢起足球来灰土到处飞；学生宿舍楼一楼还住着不少年轻老师，走道里经常油烟缭绕；中午下课的铃声响后，一大群学生像脱缰的野马或者钱塘江大潮一样，浩浩荡荡向食堂飞奔。

那时候，同学之间都是纯洁的友谊，大家既有竞争又互相帮助着学习，或者集体参加足球、篮球等各类比赛，男生往往是运动员，女生大都在场外欢呼助威。好像高中就开始男女分班上体育课，男女同学之间交流不多，但又渴望沟通，即使有好感，碰着也红着脸躲避，都以学业为重不敢越雷池半步。

那时候，漂亮聪明的龙丹妮和戴着边框眼镜的何炅开始搭档，主持学校活动并崭露头角。即将毕业的体育健将张轻是我们的偶像，看着他在田径场大步飞奔把对手甩在身后引起一阵阵欢呼。

那时候，我作为校田径队队员，除了上好课外，每周都要在操场上来回奔跑，常力源、兰世灼、陶汉威、王健纯老师，带着我们多次参加长沙市中学生田径赛并获得不少名次。在学校运动会上，我和钟继华、贺飞戈、王劲组成的队伍，勇夺高中二年级男子组 4×100 米第一名，李军军获得女子 3000 米冠军，狠狠风光了一回。在肖佐安老师的指导下，我的书法作品竟然获得学校初中比赛一等奖，并在校宣传栏里展示。小小的成绩，也让我暗暗骄傲了许久。

那时候，日子过得匆忙而有序，每天像上紧的发条，学校的铃声就是号角和命令，一分一秒都好像要填满，绝没有一点空虚。我作为寄宿生，吃了晚饭就要早早到教室自习，晚自习完毕后就要到宿舍快快地洗漱快快地关灯安静，第二天天没亮就要早早地起床跑步，开始新一天紧张的学习生活。

那时候，许多开心的事让人记忆犹新：到湘江边野炊，一桥下溜旱冰，到株洲奔龙公园秋游、岳阳君山踏青，和湖大附中同学开展联谊，在校广播站念新闻稿；早上在食堂排长长的队买又大又白的肉包子吃，中午吃饭时大师傅在白米饭上盖上一层带着响声冒着热气香味的油淋里脊或者麻辣子鸡……

岁月如梭，往事已成回忆，回忆依然那么清新美好。跟我一样感觉的，不只我一个人，我们初中 88 届、高中 91 届的同学也有这种感觉，我们长沙校友会的同学都有这种感觉。我们虽然不常来母校，但母校的精髓已经永远流淌在我们的血液中，让我们都拥有一个共同让人骄傲的名字："附中人"！

带着这种缭绕不断的感觉，带着这份深情厚谊，我们回来了，我们要看看我们敬爱的老师，可爱的同学，看看我们深爱的母校！2008 年 2 月 10 日农历大年初四，作为其中一员，从母校毕业 20 周年的初中 88 届 101 名同学与 13 名老师再次在附中相聚。原校长王楚松、副校长樊希国、原校友会秘书长苏华和年级任教老师出席并致辞。师生相见，十分感动。2011 年 11 月 5 日—6 日，在枫叶正红时，带着深深的眷恋，20 多位老师和高 91 届毕业 20 年的 150 多名同学，在麓山脚下母校的温暖怀抱再次相聚。我又开心地组织和参与了这次活动。大家互诉衷肠，分外激动。这两次聚会，在校领导和校友会、老师的大力支持帮助下，在组委会的精心组织和同学们的踊跃参与下，都获得了圆满成功。

2014 年 1 月 7 日，由于参加了本年级校友活动的组织工作得到学校的肯定，我荣幸被选为长沙校友会秘书长，并首次参加了长沙校友会理事会换届暨迎新春活动。谢永红校长亲自出席并致辞。此次会议产生了新的二十多位校友组成的长沙校友会理事会，为指导和组织长沙校友活动的健康发展提供了保障。

2014 年 10 月 8 日，肩负沉甸甸的责任，我有幸和陶大军律师代表长沙校友会，参加了附中校友会第六届校友会理事会筹备会。谢永红校长等校领导向来自五湖四海的校友代表，深情介绍了学校发展情况、理事会换届情况和校庆筹备工作安排，听取了校友的建议和意见。会议决定，2015年4月12日—5月12日为建校110周年校庆活动月，2015年5月2日为庆典日，学校热烈欢迎海内外各界校友回母校参加校庆活动。自此，母校迎接110周年校庆活动筹备工作在各地校友会中全面铺开。

在组织本年级聚会、从事校友会工作中，我与谢校长、樊校长、苏华、陈胸怀、周晓芳等老师打过多次交道，我体会母校老师对学生的热情，深感母校对校友的深情，就像母亲生出了自己的孩子，就永远挂念着一样。而校友对于母校，也像子女对待自己的母亲一样，时时牵挂在心。我们虽然离开了母校，但这份情谊依旧那么浓酽。这份情正如那首诗所写："你见或者不见我，我就在那里，不悲不喜。你念或者不念我，情就在那里，不来不去。你爱或者不爱我，爱就在那里，不增不减。你跟或者不跟我，我的手就在你手里，不舍不弃。"

回首从前，从附中的菁菁少年，成长为郁郁青年，再到不惑之年，我们把人生最宝贵的一段青春岁月镌刻在了附中，那份美好的青春回忆和师生同窗情谊，让我们永生难忘。祝福你，我的母校，祝愿你始终像校园里那四棵大樟树一样，生生不息，郁郁苍苍，永远是我们连绵不绝的精神家园和至纯至真的青春记忆！

（作者系1988届初150班，1991届高148班、文科152班校友）

那时花开

胡蓉

那时我们正是豆蔻年华,有幸在附中学习,记得那时校园里一年四季鲜花盛开不败,春光如海。

通红艳红的茶花开在冬月,平素司空见惯,到附中的第一个冬天,茶花足足让我惊艳一把。那时是初一期末,上第二节语文课时,忽降大雪,外面纷纷扬扬飘起鹅毛大雪,漫天漫地,如一幅巨大的雪幔遮天蔽日,窗台白了,校园白了,树叶白了,小路白了,雕像白了,外面一切都白了。下课铃一响,我们几个女生约好冲到琢园玩雪,正玩得不亦乐乎,在图书馆西面楼梯下茶树下忽然发现一朵茶花花骨朵,艳红艳红的梭形茶花花骨朵含苞待放,所有的美好却因这一场大雪终止,它被冻住了,外面包裹着厚厚一层冰,透明透明的厚厚一层冰,里面是艳红艳红的梭形茶花花骨朵含苞待放,下面衬着厚厚白白的雪叶,一如孤傲与世的红粉绝世佳人,那般楚楚动人。我好想保住这美得动人心魄的一刻啊,摘下带回教室却一节课的时间冰雪消融、花瓣凋零,原来美也是要在特定条件才能这么惊艳。

腊月走在校园,不经意间幽香扑鼻,似乎整个头都被种朦胧的浓香包围,寻香而至,必在花圃里发现几株腊梅开放,黝黑遒劲枯枝上,傲然绽放星星点点金黄腊梅。

过了春节来上学,已是春节刚过,冬季的萧索还在,从教学楼到宿舍,琢园栏杆、图书馆窗台的迎春绿叶如瀑布般泻下,为清冷的世界带来希望。过不了几点,这里那里不时钻出一朵两朵三四朵金黄迎春花蕾,再过几天,花蕾渐多,忽然一夜之间,迎春花悄然盛开,让人看了心里好喜欢,喜欢劲儿未过,不过几天,满墙满窗都是热闹喧嚣金黄的迎春花,五瓣花瓣预示着冬天已过,春天不会远了。

果然过不多久,校园墙边的桃花开了,粉红粉嫩薄薄的花瓣盛开在春天透明的阳光下,清爽极富朝气。

桃花谢了不久,图书馆后、宿舍前花圃里的紫荆花一丛丛一簇簇结蕾在枝上,天气一暖,阳光一盛,热烈欢快地开放。红花檵木纤细纸条纸团般的花束也不甘寂寞，热烈欢快地开出紫红色的花儿，一时间校园被它们染成了紫红色。

天气越来越暖和，厚重的冬装早就脱下，换上春装，做课间操时，我最爱偏头看教务楼和教学楼间圆形花坛里盛开的月季，多姿多彩，怎么也看不够，大朵大朵，有粉红娇嫩如婴儿面颊的，有嫩黄嫩黄如初生小鸭的，有雪白雪白如冰雪高洁的，有通红通红如初升太阳的，有橙黄橙黄带来丰收喜悦的，有朱红欲滴得令人心疼的，有冷艳紫红玩神秘的……我最爱那朵花蕊金黄，花瓣多重卷曲，从里到外由嫩黄渐次变白的那朵，极大，刚好双掌大小，课间我常轻轻双手捧着，小心翼翼捧着，轻轻摩挲它绒绒软嫩的花瓣，心底有块东西在软软地生长，软软地融化。

春天校园百花盛开，有花杆笔直挺立，两边交叉开放的木槿，如哨兵般一左一右立于科学楼前；有花色艳丽多彩的大丽菊，装点得校园色彩斑斓；有亭亭玉立的美人蕉，吐露或大红或大金的大朵花，热烈迷人，我们最迷的是它的花蜜，黄昏人稀时，悄悄潜入琢园花旁，张望得四下无人，迅速摘下花朵，从花底抽出细长白嫩的花蕊，幸运时可吸入两三口清香甜蜜的花蜜。

四五月春光明媚，琢园花廊顶垂下一嘟噜一嘟噜紫色的紫藤萝，小蝴蝶般的花一串串带来美好的梦幻，从花架下走过，阳光自花叶间隙落下，生活愉快得像轻快的蝴蝶，从教学楼上向下望，小小一条绿叶紫花溪流无声地奔涌着，诉说着无边的美好。

夏天悄悄来临，教学楼东边体育馆前的橘花也悄悄开了，张开五片雪白花瓣，中间立碗般的雪白花瓣棒着护着黄色花蕊，羞答答地躲在茂盛的大大的叶片下，悄悄飘出的橘香提示它的存在，当然蜜蜂不会像我们般粗心，早早成群结队飞来采蜜了。年年闻花香，却年年不见橘子红，直到高三那年秋天刚开学，吃晚餐回来经过橘园，无意中听到橘树中有人声，循声而去，发现有男生藏浓密树叶中偷偷摘青橘子，呵呵，看不出啊，老实厚道如他，居然也干这事，难怪看到我来，那个调皮的男生笑着躲开了，敢情是在望风啊，见事情败露，可能是怕我告状吧，晚自习他们主动嬉笑上前，分我两个青橘，酸涩难当，自然，本来也没有揭发想法的我如他们所愿封了口，哈哈。在附中待了六年，见无数花开花落，竟第一次吃到果子，还是仅有的一次。

秋天返校，有菊花迎接，有大朵大朵黄色菊花，有喷丝吐雾淡紫菊花，有深紫深红中规中矩开放重瓣菊花，有金黄金黄努力绽放菊花，有双层中空多重雪白花瓣菊花，有金背大红大红背金互异互补菊花……名目繁多，年年依旧，年年有新意，年年看不厌，现在还好吗？

应是还好吧，我们渐走渐远，心却未曾远离，多少次梦回附中，只记得当年豆蔻年华，那时花开。

（作者系1991届高150班校友）

因为有你

凌海涛

110周年校庆。

就像是一句带着魔法的咒语，将幽长的时光通道骤然打开，沉淀已久的回忆透过仆仆风尘争先恐后而来，一时间让人措手不及。

仿佛在快进一部熟悉的旧电影，瞬息而逝的场景明明模糊成一片，那些本以为淡忘的细节却异常清晰，一帧帧从灰白色的背景里浮现出来。

操场中央的大樟树下我们初初相识，高强度的军训过后，浓郁的树荫是额外的恩赐，清风拂过树梢，带走片片笑语。

琢园中的樱花树尚不及人高，静静绽开的花朵还十分稀疏，引不起太多的注目。我们匆匆穿过花下小路，奔向新建成的科学楼，心中念念不忘的，是今天的生物解剖课上可怜的小兔，或化学实验桌上神奇的物质转化。

音乐教室偏在学校一角，窗下的矮树会在盛夏开出鲜艳的明黄色花朵，它们的花蕊众多而细长，仿佛能随着我们青春热情的歌声起舞。

即便是飘雪的寒冬，教室窗外的水泥球场上也不乏跑跳争抢的身影，场边穿着笨拙的女孩匆匆走过，或许只是为了近距离偷偷看一眼某个阳光的少年，青涩的好感刚刚萌芽，让人紧张又欢喜。

还有刚刚毕业的班主任，上课会严肃地板着他仍带着一点娃娃气的脸，下课铃一响就浑然忘了师生界线，任我们自由进出他小小的单身宿舍，向我们征求红烧鱼的最佳做法，与我们分享他的书籍和零食。

快进的镜头就像是那些年飞逝的时光，不知不觉就到了分别的时刻，毕业照中的我们还是笑得一如当年般灿烂，年轻的生命充满对未知的向往，早已淡化了离别的忧伤。

琢园的樱花树早已高大挺拔，绚丽花海下的少年们会不会为此稍做停留？操场中央的樟树好像静止了时间，是因为年复一年地聆听那些年轻的声音？熟悉的教室越来越明亮整洁，是不是承载了太多学子们的拼搏和欢欣？

似乎听到那首动人的歌曲，因为有你，不会轻易放弃，所以一切都是当初的模样；因为有你，万水和千山，从来不曾把昨日淡忘；因为有你，在这个地方，依然还有爱在这里生长，厚重绵长。

（作者系1991届高151班校友）

附中记忆

蒋莉

窗外雪正浓，隔着纱帘，更添一分混沌。泡一杯清茶，开始胡思乱想。多少年没有写过文章了，如果周望城老师知道这样，会不会有些幽怨地笑笑。

从初次踏入附中的校门，一回首，竟是 30 年。6 年的光阴，当时漫长，回想却很短暂。想必人的记忆也是有选择的，偶尔想起，留下的竟然都是些满满的欢乐。

刚进校就是速算竞赛，成绩红榜一出，一片哗然。原来周围全是些不显山不露水的牛人啊。能与这帮牛人为伍，当年是多么骄傲啊。如今教育孩子，却是健康就好，快乐就好！

长沙的冬天真冷，阴冷阴冷的。寄宿生的晚自习盼望的是中间休息，一堆人扎在一起挤油渣。拼着吃奶的力气，也要把敌人挤趴下，然后嘻哈笑做一团。如果那个家境殷实的某同学的父母来探望就更好了，大家可以分享一下美味的香肠腊肉橘子啥的。这小小的幸福，让我们记住了好多年。多年不曾相见，不知他现在可一切安好。

少年心性，有时也是蔫坏的。好友是个看上去有些莽撞，却极其聪慧的女子。曾经拖着扫把满教室地驱逐对面班的老是在我们班下围棋的某同学；然后我们敲锣打鼓地助兴。曾经商量好上课时故意耳语某同学的名字，让他听到，让他狐疑，让他频频回头，却啥也没说。然后乐得吃吃低笑，开心不已。现在她的孩子，一如那时的她，阳光明媚。

物以类聚，人以群居。晚上点蜡烛看小说的同学引发了火灾，烧了两个半床位；三楼的男生都已经冲下来帮忙救火，而寝室另一边的同学还睡眼蒙眬。被宿管易老师训斥写检讨罚走读的同时，看到的尽是她眼底的好气好笑好无奈。现在真想抱抱她，宽慰下她当年整天面对这样一群混世魔王殚精竭虑的心。

哪个少年不含情，哪个少女不怀春。不论学校多么严厉禁止学生谈恋爱，总有飞蛾扑火一样勇敢的人。那么清丽聪明的女生，终是黯然离开了附中。同学聚会，聊到此处，总是一声叹息。面对高中生女儿，总是揶揄，有没有中意的男生？妈妈帮你参考下。

学习是重要的，课外活动是不可少的。男生的足球，女生的篮球，比赛的不仅是比分，还有人气。对内那是各立山头，对外那就是众志成城。当年篮球场上那个霸气的女生，那个笃定不依不饶的女生，那个被外班言语气哭的女生……如今一个个都是贤妻是良母，纵使意难平，已是笑意盎然。

好学校的学生也是八卦的，毁人也是不倦的。无意写写早自习的百态，居然被老师当众念了。那个上课打瞌睡的学生没有让人记住，因为形容某同学的笑容不厚道的用了傻兮兮三字而被取笑至今。那可是我班成绩最好的牛人啊。如若回到当初，我道歉，是不是作文本上的差评可以一笔勾销。相逢在异国他乡，一笑了然。

校规是严厉的，惩罚是必需的。不带校徽是要扣分的，迟到是要扫地的。高中三年里，班级的打扫卫生算是被承包的。偶尔要点小心眼，却是未遂的。某日的第一节课因老师不在改自习，迟到想溜进教室。发现教室异常安静，问下门口某人班主任来了没，某人只是诧异地看着我，不说话。众目睽睽下得意洋洋地坐到座位上时，居然全班爆笑。坐在学生座位上的老师也笑得岔不过气来，连批评也免了。可怜的学弟学妹们啊，这就是你们的樊希国老师啊。不告诉你们真相，于心不安啊。

想起了那个桥畔遥望风筝的少年，是不是心中的理想无处可说？如今他的孩子，却是那么开朗，阳光，滔滔不绝。

想起了那年的逃学，充满了希望，却有有些惆怅。

想起了最好的朋友在校广播站在生日时给我点播的秋日的私语。

太多太多的记忆，就让当年喜欢的王蒙的诗《青春万岁》做个结尾吧。

青春万岁
王蒙

所有的日子，所有的日子都来吧，
让我编织你们，用青春的金线，
和幸福的璎珞，编织你们。
有那小船上的歌笑，月下校园的欢舞，
细雨蒙蒙里踏青，初雪的早晨行军，
还有热烈的争论，跃动的、温暖的心……
是转眼过去了的日子，也是充满遐想的日子，
纷纷的心愿迷离，像春天的雨，
我们有时间，有力量，有燃烧的信念，
我们渴望生活，渴望在天上飞。

是单纯的日子，也是多变的日子，
浩大的世界，样样叫我们好惊奇，
从来都兴高采烈，从来不淡漠，
眼泪，欢笑，深思，全是第一次。
所有的日子都去吧，都去吧，
在生活中我快乐地向前，
多沉重的担子我不会发软，
多严峻的战斗我不会丢脸；
有一天，擦完了枪，擦完了机器，擦完了汗，
我想念你们，招呼你们，
并且怀着骄傲，注视你们。

（作者系1991届高151班校友）

师大附中听课记

肖杨

　　未曾想，会再次以学生的身份回到母校师大附中聆听大师们的谆谆教诲；也未曾想，会以一堂公开课作为呈给母校的答卷。十六年前懵懂不知世事的我骄傲地走出母校迎接大学生活；十六年后，我带着崇敬和惶恐的心，遍览母校的一草一木，人事变迁。

　　"省培项目"策划的这5天的"影子教师"体验，确实让我这个很难有机会出来全面感受另类校园文化的"老"教师感到无比新鲜和由衷感激；更何况，我终于有机会再次回到附中，拾起点点记忆，回望审视自己的过往，才明了什么叫做：只道当时是寻常。

"荆轲刺秦不是恐怖主义行动吗？"

　　高一1420班，正在由郭在时老师教授《荆轲刺秦王》这篇文言经典，当谈到"你觉得荆轲应不应该行刺秦王"这个问题的时候，一位男生做出这样的质疑：荆轲刺杀行为与恐怖主义无异。

　　很难想象，我们对经典文章、经典人物的看法会在某一天由听似稚嫩的声音刺破；而郭在时老师微微一笑，对无数学生报以掌声的回答，做出总结：对人，对事，对物的看法，必定要与时俱进；无论你持怎样的见解，这必然会成为你观看世界的姿态和方式。

　　一个优秀的老师必然是懂得激发学生思维，尊重学生独特体验，保护学生优秀创意，引导学生深刻反思的。郭老师在文言文教学实践活动中，展现出非凡的自信和对学生的高度信任——字词疑难大部分由学生争鸣解决；"说文解字"激发学生的兴趣和热情；漂亮的书法板书让人不忍擦拭；平等的姿态营造出自由快意的学习气场。

　　最质朴平实的常规课，最真实有效的教学艺术。

"我最喜欢翠翠的爷爷，他很可爱。"

　　高二1311班，文科班。李新霞老师正在教授沈从文先生名作《边城》。

这堂课,李老师主要采用"漫谈"的方式展开,重点研讨《边城》中展现出的"美"与"爱"。虽然看似"漫谈",学生对文本的感受也确实各不相同,五花八门,但是李老师却能极其自然地将学生引入更深刻的思考:人物—情感—主题,我平日一定会明显切分的教学环节,竟然在李老师看似顺着学生思路走的教学节奏中不着痕迹地一一完成了。

一个女生说:最喜欢文本中翠翠的爷爷,因为这是个可爱的老人……

可以说,这个回答是很浅层次、很现代的表达。李老师顺着学生的思路,让大家回忆爷爷在作品中有哪些细节是值得玩味的——电影的表达,课文节选部分的几处,小说其他文本的体现……借助一位"可爱"的爷爷,学生们竟然串联起了小说中各种人物,从而很快挖掘出整个边城的人际关系,人性之美。

我很享受李老师亲切自然的教学风格,更惊叹于她如此强大的课堂驾驭能力。难怪和我聊天的学妹说:李老师好厉害的,我超级喜欢她。

的确,毫无斧凿痕迹的课堂,最具亲切感的交流,怎不叫人感佩!

"新闻评论要找出有价值的新闻事实。"

高三 1216 班,厉行威老师在为学生讲授"新闻短评写作"。

《新闻阅读与实践》这本选修教材的处理一直是很让人头痛的,有些课文很经典,有些早就过时,加上湖南高考对新闻类材料的考查比较固定,因此这本书的教材使用很是尴尬。

厉行威老师借助"短评"单元的一篇《台上他讲,台下讲他》,仅花费六七分钟时间就让学生自己梳理出新闻短评的结构,接下来直接进入高考考点模拟训练。学生就一则信息量很大的事实新闻谈"如何选取评论角度",一生回答:"新闻评论要找出有价值的新闻事实作为短评的——评论点。"

如此高效的高三课堂,真正做到了"把教材当例子"使用,而选修教材"选"的特性,选做题的"选"的个性化也由此体现。

创造性地使用教材,充分发挥学生才能,是厉老师这堂课给我的启示——高三课堂并非灌输知识和答题步骤的场所,它最终还是学生自主习得知识,渐进增强能力的场域。

让学生从一个台阶踏上更高一级的台阶,教师需要具备强大的资源整合能力,有效教学的前提是:教师要懂得学生需要什么,自己能给学生什么,以及如何把自己的教给学生。

"沙漠——可以象征人类发展进程中遭遇的困境。"

高三 1203 班,欧阳昱北老师在做命题作文《花开有声》的讲评。

欧阳老师并未就文讲文,而是让学生先比较北京高考作文题和上海高考作文题在命题上的特点——前者直白；后者隐喻。2014 上海高考作文题运用了"沙漠"这个意象谈"自由"与"不自由"；就这些学生能很快想到"生命"、"人生"这些主题；但欧阳老师不止步于一般化的理解，而是希望学生能跳出常规思维来思考。

一男生回答："沙漠"还可以象征人类发展进程中的困境。

欧阳老师：比如呢？

男生继续回答：比如"思想启蒙"。（全班掌声）

"跳出来"——很不容易的"提升"过程，当我们还总是让学生"进入"文本，扣住"大方向"的时候，欧阳老师已经比我们大多数人走快了一步。

写作的本质是表达。

当我们总是希望遏制学生漫无边际毫无逻辑的表达的时候，我们可能已经失去了"真实"的学生。欧阳老师的学生的确很优秀，但从另一个方面来看，教者充满激情的真实表达不恰恰是让学生能以"跳出来"的姿态负责任地表达自己的重要原因吗？

只有语文教师先认识到自己的存在，明白自己"表达"的意义的时候，才可能引领学生明白他们的存在，了悟他们的"表达"；而作为生命个体的师生才可以获得自由的灵魂，而非顺从地成为"戴铐而舞"的囚徒。

原来，最精致的教学策略，就隐藏在我们自己的表达中。泰戈尔说：离你最近的地方，路途最远，最简单的音调，需要最艰苦的练习。

"我喜欢多看到一堂课的优点。"

在欧阳昱北老师和郭在时老师的指导下，我代表"影子教师"附中队上了一堂公开课。

说实话，郭老师的学生真的很优秀，但我并不太满意自己的呈现，没有充分调动学生的思维。评课的老师很客气，没有责难，多有提点。郭在时老师一句话很让我感动："我喜欢多看一堂课的优点，这堂课很优秀。"

这几日学习，受益良多，尤其是欧阳老师、郭老师在指导我授课的过程中毫无保留，倾囊相授的真诚，这是大师级人物才有的气度和风范，我的感激之情实在不胜言表。

附中滋养了我的中学生涯，而她还会一直成为我生命中最温情的依靠。她值得我敬之，爱之，惜之。

（作者系1998届高中文科1班校友）

附中回想

涂汝宸

　　我的高中母校，是湖南师范大学附属中学。它在上个世纪中期搬到了湘江之西的大学城，夹在为了谁继承岳麓书院正统而唇枪舌剑的湖南大学和湖南师大中间，不远还有好胃口的中南大学。虽与两千年来一直是长沙中心区的五一广场仅一江之隔，但河西仍秉承着"改革开放以来新开发地区"的名号。于是，在所谓的"四大名校"中，附中成了"偏远地区"的"神秘学校"。但师生们不仅对此毫不介怀，反而还为自己学校的好风水倍感自豪。

　　也确实如此。坐北朝南，学校依岳麓山而建，正对桃子湖，东边是笔直流过的湘江，沿潇湘大道上桥便是橘子洲。山水洲城湖齐聚，确为罕事。

　　稀罕的学校，会不会有稀罕的生活，稀罕的风景？回想三年，我并不确定。但是，那不重要。

一

　　长沙的春天来去匆匆，没有给人太多穿春装的时间，却愿意给植物留下自由发挥的空间。

　　开花最早的，应属风雨走廊边一株应是樱花的植物。它的花瓣只有小指甲盖大，花色白得透明，加之树干颜色深，近视者几乎难以察觉。直到一星期过，小巧的花瓣散落在绿色的地砖上，才有人惊觉：哦，它开花了。再惊觉：哦，开春了。

　　此时天气变化剧烈，棉袄还不太敢离身。

　　与这株樱花同时，或许更早的，是迎春花。迎春花易养，枝叶铺垂繁密，终岁长青，花色金黄鲜亮，是校园之友。或许是因年纪太大无人修剪，我总觉得附中的迎春开得不如初中广益中学的好。广益是附中的民办中学，专门给不准自办初中的附中输送生源。广益的迎春花与这所学校一样年轻，整整齐齐地种在采光充足的教学楼栏边。最记得暮春的一天，正午阳光灿烂，竟让已呈颓势的迎春花显得明艳饱满。一阵风吹来，两栋教学楼的天井中花瓣翩跹，窸窣中落入池塘，本应是凋零的景色，却在阳光中生意盎然，那场景着实令人终生难忘。

附中的迎春花则茂盛得略显凌乱，如触了电的摇滚乐手的头发，而且种的位置偏远，采光不及广益，即使开了花，也是乱七八糟，这边一大团，那边剃光头。我天天经过，竟有些不忍直视。

有一次我倒是对它们有了新的认识。如上所说，长沙的春天冷暖气团在激烈交锋，怎样的天气变化都不奇怪。高二的春天它们感受到地暖如期开花了，依旧开得基尼系数奇高。结果一场暴雨和强降温接踵而至，昨天热热闹闹，今天白日见鬼。我断定它们今年要酝酿情绪等待明年了。结果，一周过去，气温螺旋式上升，在一个没有雾霾的大晴天，它们以惊人的小的贫富差距重新出现在我面前。我看着一堆乱发里灼目的黄，明白过来：上次，才是酝酿情绪啊。

迎春花的情绪还未到高潮的时候，紫荆开始吐苞了。附中的紫荆是粉紫色，种在琢园正对小卖部门口的地方，兼有观赏以及为小卖部大妈晒鞋子的功能。因为实在离楼太近，它们总是非常礼貌地把枝桠伸到走廊里来。不过，我没见过有人折它们的枝。

日本晚樱栽得比紫荆靠中间些，不像椰树待在一个被发配的地段。它的花期比紫荆稍晚，似乎也更长。当粉嫩的重瓣完全打开时，晚樱就成了琢园里不散的烟云，介乎油画与水粉间的观感能受到最多学生的青睐。高三我们班在这棵树下拍了纪念照，大家摆出各式各样奇异妖娆的造型，甚至用樱花拍了恶搞求婚照。想起晚樱的花语，我的眼角都在抽搐。

不过，春天的植物里，影响范围最广的还是柳树。它不及两层楼高，但柳絮可以慢悠悠地滑上五楼。所幸它比较客气，并没有让柳絮多到必须打扫的程度。但是，在春日的窗边，偶尔几个喷嚏，或许要归功于它吧。

二

夏天最捧场的花，是杜鹃，广玉兰和厚萼凌霄。杜鹃以紫红居多，间或一两朵粉白；广玉兰则以其巨大的花叶给学校的清洁师傅增加工作量；厚萼凌霄趴在满墙油绿中央，罕见的亮橘带着威武霸气。但是杜鹃不够密集，广玉兰因背光有些蔫巴，厚萼凌霄太稀少，它们在一两处为校园做细致的雕花，但并非主角。

夏天的主角，是香樟。

樟树是长沙的老居民，城区处处可见，依山而建的附中更是如此。附中的标志性景观就是镕园和羽毛球场之间的四棵百年樟树，排排站把天遮得连斑驳的光影都投不下来。有一次碰上强对流天气，同学说樟树被雷劈了，我跑去一看，只劈折一根小枝。吓我一跳。

到了六月，樟树的花完全开放，香气便能在身体周遭抽枝吐叶了。在若有似无的清淡温馨中，大脑仿佛被摩抚，如面团般慢慢发酵，舒展却不酥软，让人心中一派安闲。我的体育课曾选修武术，在附中大道上就是这样度过每个四十分钟。

香樟花只有绿豆大，但是掉在身上很痒。有一天做完课间操回教室，途经四棵大樟树，一阵风来，下起了香樟花雨……百人齐挠痒，这个场景没有任何美感，真的。

附中从我这届开始制作文化衫，颜色有九种，红橙黄绿青蓝粉白黑，大家自由购买。此衣一出，竟大杀违规穿便服的风气。五颜六色走在樟树的阴凉下，似乎略略弥补了夏天花色不足的遗憾。

三

附中自己没有大枫树，也罕有落叶植物，无论春夏秋冬都是油绿油绿的光景。但是，我们可以从学校清楚地看到岳麓山的枫红弥散开来。老实说，若是不看枫，不观鸟，从单衣马上变成棉袄的气候是让人对秋天没什么实感的。

候鸟的迁徙路线，经过湖南，经过岳麓山，也经过附中。它们拖着疲惫的身躯，可以在这里放松一下被枪声折磨得衰弱的神经。校园里好奇的目光或是观鸟爱好者协会狂热的眼神是不会伤到它们的。

教室里正在安静地上课，忽然一阵吱吱喳喳以极快的速度由远及近，所有人转头看向窗外，黑压压的一群正越过惟一楼盖满科学楼顶。正在板书的老师回头瞟一眼，对习以为常的候鸟降落表演和学生走神大戏皱皱眉，不发一言。少顷又是一阵嘈杂，刚转回头的学生再次转过去，刚才的那一群集体起飞，换到待在惟一楼上。这样的演出重复几遍，老师终于忍无可忍怒吼一声……这堂课的闹剧结束。

泰戈尔说："树是大地对天空的渴望。"这是诗人的情怀。我不是诗人，就只能说："树是随地乱扔团伙窝藏地点。"一次在惟一楼的阳台上，我正看着图书馆方向的鸟。很奇怪，附近看不到成群的鸟，但实在太吵了。突然，左手边第二棵樟树枝叶摇动，一群鸟不知从树的哪些部位突然冒出，在我面前集体起飞，我直到十秒钟后才重见天日。看着它们往天马山的方向消失，我默默地想起，最近附中大道的水泥路变成斑点狗路，满地碎樟树果堆积，憔悴损，诚然……非一鸟之功也。

我和几个朋友，特别喜欢踩被鸟啄下的果子。耳中啪叽一声，伴着脚下一种果肉飞溅的脆爽触感……是秋天的感觉吗？

不记得附中办校庆是哪个季节，好像是春季。校庆的时候，学校就会组织师生代表上岳麓山祭拜学校创始人禹之谟。有一年我的同学被选上了。岳麓山不算高，但爬上爬下也不轻松。疲惫的他回到学校，到了惟一楼前的攀登文化广场，靠着攀登碑坐下来休息。攀登碑是用来纪念奥赛金牌得主与教练的雕塑，上面刻着他们的名字。我的同学顺手将祭花放了在攀登杯下。当时学工处主任似乎气得不轻。

四

湖南的地形，是个向北开口的马蹄形。东为罗霄山脉，西为武陵山脉；从北部的洞庭湖平原向南，变成丘陵，直到南岭，海拔逐渐升高。这样的地形让南下的冷空气受地形抬升生成水汽，再受南岭阻挡，部分越不过南岭的冷空气又折返往北，这时，湖南的冬天就由冷进化为湿又冷。所以，虽然气温相差不多，但湖南是同纬度省份中感觉最冷的地方。

每到冬天，在附中就能深切感受到"岳麓山不是高山"这个事实。虽然在学校的北边，可是我们并不觉得它为附中抵御寒风做出了任何突出贡献。

虽然没有统一供暖，但是我们有空调。虽然有空调，但是很多人不习惯它带来的干燥。于是，冬天的大部分时间，教室里在一阵开与不开的纠结后，还是会选择关紧门窗，关掉空调，然后猛灌水。

女生多的文科班，无论是"赤日炎炎似火烧"还是"寒风冻死我，明年做个窝"，都是桶装水消费大户。搬水是男生的事情。男生们对于明明自己不怎么喝水却要供那么多女生喝水这一事实颇有怨言。不过，这是一个少数服从多数的民主社会。

下雪是不是一件令人开心的事情，或许因人而异。在附中我就很怕下雪，因为它会让任何一条我回家的路结冰，而它们都是有坡度的。若是除开这一点，下雪时变成白底红砖的校园，比起平时的红绿相间，确实别有一番冬天的滋味。

要是没有雨雪，课间操就得去长跑。下去的时候哆哆嗦嗦恨不得蜷成一个球，结束时都是头顶冒气全身舒展。不过跑的过程中由冷到热的过渡阶段不太好受，所以这时我会去看铁丝网上的爬山虎以转移注意力。它们总给我一种莫名的喜感，因为我妈在操场散步时曾认为那上面结了一个丝瓜。其实，那只是几片叶子卷在一起而已。

爬山虎不愿意往铁丝网的东边长，都聚集在西边，不知是为什么。

五

附中的景物是四季有变换的，但是有一处景物常年不变，那就是两栋职工宿舍中间的竹子。它一定也年代久远了，只比五六层的宿舍矮一点点。最有趣的是，它拥有猛犸象的造型。庞大的体积，枝叶丛生如蜷曲的长毛，还有一条长鼻，自然地越过围墙，垂到校园里来。每当我经过这绿色的庞然大物时就会想象，下一秒它就要冲破钢筋水泥的笼子，缓步迈进附中。

寒来暑往，秋去春来，它维持着那个造型，甚至似乎连鼻子都没有长长，一直是那个差一点点就要扫到过路学生的样子，无论路过的学生换了多少。

它是我们的一成不变，我们是它的逝者如斯。

我们是附中的天上浮云，宛如白衣，斯须苍狗。

又是一届彩云飘去。我曾嫌弃附中的迎春花开得乱糟糟，不知会嫌弃北方光秃秃的冬天和供暖否？

（作者系2014届1101班校友，现就读于北京大学）

北京朝南望

刘惕如

2014年。双城。两校。一个人。仿佛前一秒还穿着"SDFZ"牌文化衫赤红着眼与地球自转较劲，后一秒便打底涂唇披衣冲上前往南锣鼓巷的地铁。长沙，北京。附中，法大。时间太快，都不容许我故作姿态地感叹一句。

此刻我刚刚在自习教室后排角落坐定，拢拢一头张牙舞爪的乱发——唉，这磨人的小妖风。直到现在还无法完全适应帝都的诡异气候，一堆南方文科生聚在一起也还会怀念故乡的亚热带季风性湿润气候。看，高考就是如此神奇，顽固地钉在脑海里铲不去。

高考还有一个神奇的地方，便是把我们派送到一个个完全不一样的地方，开启一段想都没想过的旅程。我就这样被派送到了首都的边疆，准备在军都山下死磕法条，有事没事朝南方望望。

大学的确很好，很不一样。虽说离市区远了点，宿舍小了点，其实其他也没差。遇到另外五个有趣的室友，一起在边耍宝边高冷的路上越走越远，偶尔出去聚个餐改善生活。也做了许多事。上课做PPT泡图书馆写作业，志愿活动当主持做海报发传单。还练街舞练朗诵准备二辩质询到凌晨两三点，甚至拥有了人生第一双球鞋在帝都清晨冰冷的雾霾中练着脚弓球脚背球开大脚射门。

累吗？累。不累。当我蹬着12cm高跟鞋在舞台上想象自己金泫雅附身随鼓点起舞时，当我迈着两条小短腿截下对方来球又一屁股倒在球场上时，身体紧绷疲惫，心却兴奋鼓胀。想要和谁分享所有欣喜与难过的想法胀得心口发疼。总是会，弯下身子，气喘吁吁地，朝南望。

从北京朝南望，目光穿过层层雾障砸落在湘江畔，飞溅在四棵老樟树密密的枝叶上。这里，我的校，我的家。我度过了十多年的时光的，家。四岁的中秋在沙坑边看月亮。八岁的冬天在操场上堆雪人。十一岁的夏天骑着单车在一拨拨蓝白校服里横冲直撞。十三岁的每个星期一咬着馒头在学校门口登上校车。十五岁的深秋在老师办公室拼命仰着头不让眼泪掉下来。十六岁的初夏在科学楼角落里被温柔而克制地拥抱。十七岁的春末在镕园的樱花树下留下最后的笑脸。至此，我在家中度过的最长的时光也已落幕。曾经寸步不离的地方，如今也只能遥遥地望一望。望到脖子酸疼也还要望。

不记得是哪年艺术节，还是小学生的我被老妈带进去看表演，台上一首改编的《师大附中好》逗得满场哄堂大笑。那时的我只知道爸妈在这里教书，至于好在哪里，一片茫然。

也许，旁人眼中的"附中好"就是"名师加高上线率"，但在我眼中好像又不止这些。可是，还有哪些，我似乎也说不出个所以然。这样的好，没有办法用成块而具体的语言来描述，而且每个人的感受又不大相同。只能说，这样的好，是被绵密的针脚缝进一件一件的小事中的，只有费力地扒拉开才能找到。找到了，这针线又密密地缝进你的心房，时不时地动一下扯一下，微微的暖意和酸涩。

就像前两天在图书馆电脑上提交这个月的英语作文，系统打了个不咸不淡的分数让强迫症上身的我很是不爽。拉下页面哗啦啦掉出一条接一条的修改意见，冷冰冰的蓝色字体硬邦邦地戳着我的眼睛。憋着心里的火气跟着指示改了又改，再提交时发现修改次数多得惊人。这时候才想起曾经不管是杨特、Carol还是Jasmine都是挨个面批，不光挑错还找亮点，有争议的地方讨论查资料一定会给个答复，还会半温柔半严肃地提醒我注意书写。想起那个时候把二轮资料拍在杨特桌上豪气冲天地宣布"杨特这一个小时归我了谁也不许抢"她也干脆应道"好！"还有Jasmine威胁我"下次作文还有拼写错误就打人"，我哭诉她不爱我时又拥过来"乖我怎么就不爱你了呢"。手指停在头顶的温度都还记得。

这样令人眷恋的温度，一次次将我从孤独和挫败中捞起来。全新而忙碌的生活让交流变得稀疏而不耐，可当我在十一月看到每天校友群上班节祝贺的刷频还是会忍不住眼眶泛湿。一个群里所有人都顶着同一个班号的头像，没有预想的喜剧效果，反而有种令人安心的力量。国庆几个北漂党约在一起吃饭逛街去天安门守夜看升旗，相约没事就聚一聚，站在法渊阁前跟校友妹子举着手提大喊"祝大附中110周年生日快乐"，鼻尖瞬间发酸。眼泪是凉的，心却是滚烫的。所有人心房上的那根线拉长拉长，扭在了一起，朝着那个方向奔去。这是我们共同的记挂与归属。

像这样埋在针线里的好，还有好多好多。啃着酱抹多了的鸡蛋灌饼占高数课的座不如嗦碗粉然后听罗主任的"反函数"或者洪七公的"鱼活"。在操场上跑着跑着耳朵里又响起哐哐哐的跑操必备曲目。在烤肉店里跟同学吃着羊肉串却总有一缕思绪飘向去年那个时候的南郊公园，背着满满当当的食材洗削切串，笑声里熏满了辣椒粉和孜然的香味，几乎是扶着西瓜一样的肚子回了家。这些，只有附中才能给我。

如果要说我的感情有什么不同，那便是对父母了。附中是我家，这不仅是情感上的归属，也代表着地理位置的确认。我的家便是教工宿舍。是啊，亦家长亦老师，父母在我的学习和品行上不曾松懈，也不知今日的我是否还令他们满意。曾经我抵触，早自习英语错了几个单词他们清楚，在我还不清楚考试结果时他们已拿到了年级排名。我一度认为这是一种过度保护，一种禁锢，让我失去了自由处理事情的权利，失去了独自面对问题的机会，即使我惯用的面对方式是逃避。最终，在这件事上，我也选择了逃。我逃到了一千多公里以外的北京，在中秋节的下午装作淡定地把他们送上去北京西的车，泪水却在转身那一秒夺眶而出。其实我明白，他们为我付出了多少。我做我爸学生快四年，从广益到附中，我在哪，他就在哪。我拥有无限制提问和开小灶的权利，而他也乐在其中。我喜欢钻牛角尖，固执得紧，老爸也大为恼火，但每次都还是会耐心地把我这颗驴脑袋扳回正确的道上。在一套套明显打着特权烙印的小题和套题的后面是他并不比我轻松多少的心。我妈没有教过我，但在我奋斗的前线与后方一定都有她的身影。为我积累素材写明信片，做范文剪贴本，每个朝代的古诗文鉴赏都讲解到位。下了晚自习回家一定有花样百出的宵夜，天冷了还有艾叶姜水泡脚。想想以后还有多少时间吃过晚饭三个人手牵手去桃子湖散步都心疼。逃不掉的。这般温厚而固执的爱迫使我朝南望，望，望，望见老爸在电脑前抽着烟出着历史分析题，望见老妈在讲台上分析着现代文阅读，望得泪眼蒙眬。

一直到现在，上完法制史还是会一个电话打回去问问老爸隋唐的司法制度，看到博物馆的文物还是会暗笑"哦呵呵呵呵，老爸又可以出题了"，边按下快门用微信发给他，会记得老妈说的"一天一水果"跑去军都买哈密瓜，会因为她提起想吃我做的饭而留心各种菜谱回家露一手。附中是家，因为有恩师有好友有爸妈。

从北京朝南望。从北京朝家望。这是一个一百一十周岁的大家族，饱经沧桑而风华正茂。我不愿慷慨而激越地高颂校史和那一个个星辰一般的名字，也不愿哭哭啼啼地追忆在这个校园与我有关的浅爱深情，虽然我还是哭了。我只想用笔头，用零碎的语言和繁复的堆砌排比描绘着麓山下湘江边的梦。这是我心房上细细缝着的一根弦，弦音清亮而圆润，一如我的少年时光。

（作者系2014届高1123班校友，现就读于中国政法大学）

远方的客人

洪红

　　我出生在教师家庭，我父亲朱石凡一直在师大附中教数学，八十年代初就是湖南省最年轻的特级教师；我母亲洪湘戎是师大附小的语文老师。作为一名师大附中老师的子弟，也是一名在师大附中求学六载的校友，我自然对师大附中有着特殊的感情。

　　回忆那个纯真的年代，有一次在家里接待国外友好学校来宾的事情使我至今印象深刻。

　　那是 1981 年盛夏的傍晚，知鸟在树上不知疲倦的唱着歌。热风吹在身上黏黏的，湿漉漉的头发奄拉在我脏兮兮的脸上。我们家那时住在附中合作村一溜的平房里，家家都有一个小小的后院，房前有着大坪，种着几棵大树。而我那时在上初中，刚刚跟一帮男孩子玩铁环围着附中合作村跑了几圈，现在要回家开火煮饭了。到家门口发现没带钥匙，我来到后院，噌就爬上了窗户，头和身子一挤就挤进了屋。

　　家长们陆陆续续地回家了，饭桌子开始摆在坪上。每家的菜都差不多，冬瓜汤上漂着一点油星子，红红的苋菜，长长的豆角，还有孩子们最喜欢的油渣子炒豆豉辣椒。尽管菜式相同，可孩子们还是喜欢串到各家蹭吃的，别家的饭就是比自家的香。晚霞一点一点地落下，天色渐渐转暗。一张张竹床摆出来了，床下点着蚊香，不知道是不是真的能防蚊。这是一天中最高兴的时候，大人们坐在小凳上摇着蒲扇聊着家长里短，孩子们在竹床上嘻闹。偶尔会有乡下来的亲戚开始讲鬼的故事，搞得我们又恐惧又兴奋，惊叫声一片。

　　爸爸今天回来得较晚，但是他带来了一个令人兴奋的消息。日本鹿儿岛与长沙结成友好城市，鹿儿岛中学与师大附中结成友好中学。过几天鹿儿岛中学学生老师一行会来附中参观，我们家被选为接待家庭之一，到时会有几个和我一样大的学生到我们家参观和吃饭，我要全程接待和陪护。日本人，外国人啊，想起来就让人兴奋。我热切地盼望着他们的来临，想象着他们长什么样子。我该用什么语言跟他们交流呢？

　　他们终于要来了。妈妈开始打扫房间，爸爸请来樊老师当厨师。

樊老师做的菜在附中远近闻名，我和哥哥常常到了饭点就是要赖在他家蹭饭吃。爸爸和樊老师在商量菜谱，隔壁的萍萍拿出她所有的漂亮裙子让我一一试穿。我选中了一件白底带绿色细格子的连衣裙，有着漂亮的蝴蝶结腰带和荷叶边短袖。我站在穿衣镜前简直认不出自己了。平时一副假小子样，上树爬墙样样在行。现在穿上裙子，配上白里透红的小脸，倒有了小女孩的娇羞。

第二天我们早早就在校门口等待。一辆轿车缓缓而来，下来了十几个穿黑色制服的中学生和几个穿灰色西服的老师。我们迎接他们到了会客室。通过翻译，双方互相介绍了各自的学校和在场的学生和老师，随后带他们参观了校园。接下来就是到家庭参观和用餐。我领着三个学生，一个女生两个男生往我家走。他们三个与我同年却比我高半个头，男生穿着笔挺的制服，在我们那时物资缺乏的年代，制服使他们显得异常英俊。女生穿着制服短裙，留着齐刘海的短发，带着甜甜的笑容。我们一路上用英语交谈着。书到用时方恨少啊，我那可怜的英文，一个一个单词再带比画地。终于到家了，爸爸妈妈微笑着迎上来，我只好硬着头皮当翻译，再次感到书到用时方恨少啊。樊老师还在挥汗炒菜，借来的大圆桌上摆满了平时难得一见的各式佳肴，比过年还丰盛。我开始用英文单词一一介绍，"Fish"，"Chicken"，"Duck"，"Vegetable"……三位学生十分有礼貌，对每道菜都称赞有佳，不管是不是合他们的口味。这顿中餐就在微笑，点头，竖拇指，夹杂着英文单词中热热闹闹地度过了。饭后，为了感谢我们，他们拿出了小礼物。女生送我一个书包，上面有着漂亮的卡通人物，一个男生送我一个铅笔盒，除了各种笔，还有各种香味的橡皮擦。另一个男生送我一个精美的日记本。我真激动啊，长这么大从没见过这么精美漂亮的文具。接着我又送他们回会客室，并一直陪着他们，我们还留下了通信地址。

终于到离开的时候了，一天的相聚虽然短暂但我们都有点依依不舍，目送着他们离去的轿车，我的眼眶开始湿润了。今天经历了很多第一次。第一次接待外国人，第一次用英语与外国人交流，第一次请外国人在家吃饭，第一次拥抱外国人。这天以后，我学了半年的日语，并且第一次用日语给那位女生写了一封信。

在附中的日子总是那样快乐、那样单纯。虽然后来我一直在国外工作和生活，但是内心的最深处永远藏着那种怀念……

（作者系1986届高118班校友）

师大附中的回忆

梅锋

良师

刘雄志老师上物理课经常别出心裁。目的是让我们更容易记住物理原理。有一次讲液体压强，他拿出一个连通器，两端液面面积相差几倍，液面上的活塞面积也差几倍。他一副挑衅的神情说："你们信不信我一个指拉子（手指头）就比谭立新力气大。"谭立新是校足球队的，听后笑嘻嘻上台，心里自然憋着要赢。谭立新用尽全力按面积大的一端连通器，恨不得整个身体都压上去。刘老师用一个拇指按面积小的一端，其实看得出也用了很大力气。两人较了半天劲，最后打成平手。

郑定子老师瘦高，戴一副茶色眼镜笑眯眯。他教语文，喜欢天南海北地讲段子。经常是铃响了他想下课我们不让。他著名的段子是："中国总说'我们的朋友遍天下'，不错，但是我们尽是些小朋友和女朋友。"如果我们对课文含义有不同与他讲的理解找他问，他会笑眯眯地说："嗯，你也可以这样想。"在那个标准答案压死人的年代，他的教学理念十分超前。事实上，正是由于他的引导，让我喜欢上了文学，虽然本科到博士学的都是热物理。

赵尚志老师声音沙哑但是风趣幽默。是我们年级班主任。我们这一届高考成绩公布时，上线率百分之八十，记得是前所未有地好成绩（当然和现在的师大附中高考成绩没法比）。赵老师喜笑颜开，声音更是沙哑得快说不出话，所以看他几乎只剩笑了。忘了为什么我父亲也去了学校，离开时出了校门碰见赵老师，一聊才知道我叔叔也是他六十年代的得意门生。他还在长沙晚报上发表过一篇写我叔叔事迹的豆腐块《少年小鲁班梅祺镇》。

同学

柳戈青为人嫉恶如仇。高中的时候曾在公交车上用眼睛盯着一个正在行窃的小偷，让他知难而退。当时长沙公交车上小偷十分嚣张，一般市民都不敢管，何况中学生。后柳戈青进检察院工作，也曾有拿着一条板凳追击一个持刀歹徒，把对方堵在楼道里俯首就擒的英雄事迹。

舒晓圆头圆脑很会搞笑。如果你打他头他一定赶紧用手揉几下并说"打什么头咯，打傻去撒"。百试不爽。所以同学有时会故意打他头。物理课被老师叫起来读题目，毫米（mm）不读毫米，他要读"摸摸"，原来是按 MM 的拼音读法。

曾文博闻强记，潇洒倜傥，应该有女生暗暗倾心，但没有什么确切证据。记得我们有次聊某种社会现象，我用一个例子想证明一个什么论点，他一句话就 KO 了我：社会学问题，个案不能证明普遍现象。简洁明快，充满了逻辑的力量与美感。

桂红专研专注，是年级学霸。常年戴一浅色框眼镜，梳短马尾，穿回力球鞋，斜背大书包，脑门亮晶晶地昂首挺胸而行，目不斜视。其他同学在学习上望其项背自然经常在背后议论取笑找些心理平衡。她也不以为意。有次学工实践，学习修理自行车。桂红问师傅："为什么脚蹬子可以反转呢？"其他同学吃吃而笑。其实棘轮机构是机械设计中一个充满智慧的发明。二八妙龄女孩子估计没人思考过，就算偶尔想一下也不好意思在大庭广众问人露怯。

肖旭按现在的说法就是闷骚。爱思考、多才多艺，沉着但不善表达。他做团支书，认真负责有想法，大家都很服他。高三时刘老师离职经商（那时叫"下海"），全体同学万分不舍。适逢《长沙晚报》征文，肖旭就琢磨着写一篇讲刘老师的文章。由于知道的时间太晚，到了截稿之日邮局下班前才刚刚写好。肖志书抓着稿纸飞奔去邮局，我在教室等着。也不记得他走了多久，总之等他推门回来时我发现他情绪低落。他走到我面前，说了句"邮局关门了"眼泪就夺眶而出。这是我唯一一次看见他流泪。

张轻、杨学忠一个校队短跑一个校足球队，校运会 200 米比赛时张轻定是冲在最前面，远远甩开其他选手撞线，接受全校欢呼。杨学忠的气场则在足球场上。冲进对方防线，在一众矮他半头一头的同学中左突右冲，带球过人，这对男同学来说太帅了。他俩都是身材高挑面庞俊朗皮肤白皙，学习成绩也都不错。现在想起来，吸引女孩子的优点他们都占齐了。

课外花絮

高一时学校广播站组织班级广播稿比赛。其他班也就是写稿子上去念，刘雄志老师却要我们录制一盘介绍 115 班的磁带。在那个录音机都不普及的年代这个想法非常标新立异。周末几人在刘老师的省长府邸一个房间里开始制作录音带。刘老师做导演、剪辑、效果合成，袁向红、王志群朗诵，曾文、邵红和我写稿。比赛结果我们得了第一名。这盘录音带在同学们手中珍藏流传至今。

高二时学校搞各班团员集体舞比赛，杨虹和蒋怀宇（好像还有两个实习老师）作为文艺委员和宣传委员组织班上团员自编舞蹈。每天下课和周末都被她们逼着在操场或办公楼后面排练。起初诸多不顺，一度情绪低落，但是极强的集体荣誉感让大家都坚持着。后来逐渐找到感觉，比赛时更是有如神助反响热烈，评委最后竟然为我们另设了一个特等奖。

校团员集体舞比赛时全体参赛同学都化了妆，女同学穿格子裙，白袜平跟皮鞋，涂脂抹粉，男同学都穿白衬衣打领带，也都被迫涂了腮红。当年中学生没有什么打扮，这样就算盛装舞会了。化完妆后互相一看，真是女生个个妩媚男生人人帅气。我少年懵懂，这是头一次发现我班的女生有这么多漂亮的。赛后男生都立即把脸上的红红白白擦去，但是女生们却都假装忘了要卸妆，齿白唇红地就回家去了。我当时只觉得女生这样很可笑，现在回想才能理解这些青春少女的小心思。猜想她们当天在各自回家的路上或结伴或独行，扬着青春稚气的脸既骄傲又害羞，向路人展示她们这天得来不易的美丽。

校排球赛 115 和 118 都是夺标大热门。结果 118 险胜，115 的同学情绪骤然跌落谷底，但是团支书肖旭还是把事先买来准备庆祝夺冠用的鞭炮点起来。很多同学不理解，颇多责难。记得事后还在团日志中为此展开了讨论。赢是荣誉，输也要像个英雄。估计这是肖支书当时的想法。

刘老师组织 115 全班去衡山玩三天。在当时此事与众不同之处在于第一是在正常上课期间；第二全程有人衡山旅游局的工作人员陪同讲解；第三有车接送（虽然是运猪运货的卡车）、有人安排住宿；第四为了筹足经费全班同学卖废品，最大一笔收入是卖了团委苏华老师办公室里的废弃资料、报纸。对于大部分同学，可能那次是人生第一次这样高规格旅游。回来后记得是期中考试，115 仍然名列前茅。学校也就不好说什么了。

结语

中学时代的印象，于我是灿烂阳光下青春与理想的旗帜高高飘扬。虽然不承认自己老，但是当我们很多人的子女已经上大学甚至毕业工作了的时候，也许是该回忆整理一下那个逐渐遥远模糊的记忆了。当记忆的闸门打开，思如泉涌，感慨良多。这里只择其片段，仿《世说新语》的简略笔法匆匆记录。虽挂一漏万，也算是对美好中学时代的小小纪念。

（作者系1986届高115班校友）

高中轶事：团日志

邵红

我是初三入的团，成绩排名基本在班级 10—20 之间。1983 年念高一重新分班，分在高 115 班。什么时候、怎么当上团支部组织委员的，现在已经没有印象了。只记得当时班上约有十几名团员。说实话，当时对组织委员要做啥，什么概念也没有，也没有人告诉我要做啥。只知道团支部由团支书、组织委员、宣传委员组成。后来翻阅团日志里面记载的团支书肖旭写的一段总结记录，还原了当年团支部建立初期的很多细节，包括宣传委员人选的确定。

和肖旭在初中不是一个班，经过短暂的磨合就开始一起工作了。对他的印象就是成绩好，稳重，话不多但很管用。支书确实就是支书，像团支部的定海神针。用现在的话，就是取经团队的唐僧，可能一些事情不是他亲力亲为，但是，有他在，感觉就是那么有定力，有把握。

组织委员的主要工作是发展团员和组织团员活动。我怀着及其忐忑的心情和积极要求进步的非团员一本正经地谈话。现在想想，幸好当时谁也不知道我的紧张。多年后同学聚会，说起这事，有好几个同学说，早说啊。

宣传委员蒋怀宇同学是名刚入团不久的新团员，展现了极大的热情。入学第一天，我们就在教室遇见并聊上。她应该是我进入高中遇到的第一个同学。确切地说，是个新同学，因为初中不在一个班，没有接触过。但是，我们好像一点都不陌生，她很容易让人接近，让人不由自主地想和她说话。在考虑宣传委员的人选上，我和肖旭有了不同的想法。肖旭看好能写能画的袁向红，我看好蒋怀宇，因为我在她的身上感受到了极大的热情和活力。看文字记录，经过竞选，宣传委员真的就是蒋怀宇了。高三分文理科时，她去了文二班。现在想起来，我们一起做得最多的事情，就是经营《团日志》。

当时怎么想起做《团日志》呢？其实很简单，就是想丰富团员的生活，相互了解和学习。于是想让大家通过这个本子的传递互通有无。没曾想，这么一个小小的本子，竟然记载了当年的生活和学习状况。多年以后看了，真不能想象当时的自己怎么会有那样的言行，当年自己的字怎么写得那么丑……但这都是最真实的记录，这就是那时的心路历程。现在看起来，尤其弥足珍贵。

我依稀记得，当初为了能发挥这个小本子的作用，我们想了很多办法设计表格，研究传递方法和传递效率，然后由蒋怀宇同学动手把表格画下来，开始每天坚持传递。

我能说我们当时做了一件我们自己都不知道的多么令人自豪的事情吗？那就是在纸上实现了现在各大网络论坛每天发生的事情。我们要求，每天由一位团员带着本子回家，写一篇文字，不限内容。第二天来学校后，在课间传阅，看过的团员在自己的名字下画一个勾，如果有什么感想或者想说的话，可以在下面跟贴。然后传递给没有看过的团员，直到所有团员看过。再按表格顺序，由一位团员带回家写一篇文字。这样，每天换一个人写文字，每篇文字在传递的过程中，有跟贴，有争论，有建议……开始只有十几名团员，一个本子，一个表格够用，一天能传递完。随着人数增多，蒋怀宇同学适时把团员分成两组，用两个本子记录传递。

有一天，校团委苏华老师看到我们的《团日志》，很激动地写下了一大段话："它给我教益，让我深深地为团员的成长而兴奋。这里充满着生活的气息（准确一点说，是充满着八十年代的中学生的生活气息）。"不但肯定了我们团支部的工作和努力，还把《团日志》寄给了《中国青年报》。没想到，《中国青年报》做了摘要在报上发表，我们团支部因此还收到其他省市团支部的来信，希望取经，这真是对我们的极大鼓舞。感谢苏华老师让我们得到这个荣誉。

我们一边回信，一边继续履行《团日志》功能，它依旧每天坚持不断记录团员的各种活动、心路历程、重大抉择。想到还有一些不是团员的同学怎么办呢？于是，又发明了《组日志》，把非团员分成两个积极分子小组，这样非团员也有了交流工具。到高三毕业，全班同学都成为团员了。

很多当年的事情确实记不起来了，还好有实物在。现存的《团日志》的封面是多才多艺的袁向红同学写字并作画的，向袁向红同学致敬！她让《团日志》有了美好的封面！本子呢，很普通，本人出的。可能我骨子里是个恋旧的人，经过多次搬家，有次搬家卖掉了200斤书和杂志，但保存了20世纪80年代手写的《团日志》，也向我自己表示下敬意哈！高中毕业那年举家从长沙到北京，高考完父亲回长沙搬家，我没有随行，现在保留下来的团日志和组日志里缺失了一本平行记录的《团日志》，不能说不遗憾。

这么多年来，《团日志》被翻阅的情形有几种：2005年前，我是每次搬家整理要舍弃的物品时，都拿出来看一遍，记忆被短暂带回那个年代，然后舍不得丢，收起来；2005年以后《团日志》的待遇有了明显不同。苏华老师来北京，让我见到了19年没有见到的班长曾文，当我拿出《团日志》给曾文同学和苏老师看的时候，他们两个都激动极了。于是有了2006年10月，毕业20周年的1986届年级聚会。曾文把《团日志》扫描下来，刻在《恰同学少年》的光盘里面，连同王志群保留的当年校广播站播放的《班级之声》录音，与当年的照片一起，分发给来自世界各地的同学们，《团日志》不再是我一个人的回忆见证了。

（作者系1986届高115班校友）

一篇迟交了三十年的游记
——记1984年5月高115班南岳游

肖旭

我们从南岳衡山兴高采烈地游玩回来，过了一段时间，班主任刘雄志老师批评我们："旅游局长交待的希望每个同学写一篇《南岳游记》，现在我一篇也没看到。"如今恩师驾鹤西去，同学们从祖国各地赶回长沙缅怀老师的音容笑貌和深情厚谊。忆起那次美好而难忘的春游，不由得想起还欠了老师一篇早该交卷的作文。没想到，我这篇作文一拖就是三十年。

十几岁的少年，自我意识随身体一同增长，不愿再写小学生的记叙文："今天秋高气爽，阳光灿烂，我们排着整齐的队伍去烈士公园'春'游。"一次快乐的春游，对身心是一次极好的愉悦，但倘要写下与之匹配的难忘的文字，还真得到回忆中去找寻。那些记忆的碎片，如珍珠般串起来，呈现了青春美好的场景，激发出人生唏嘘的感悟。只是可惜的是，有很多话想对老师说，却是斯人不在，此地空楼啊！

记得那是五月初的清晨，我们从学校出发。到火车站二次集合，我却迟到了。我在火车站电话亭给上班的妈妈打了一个电话，转身就不见同学们了，还好遇到老师焦急找寻的身影。我紧随老师从团体入口来到月台，所有同学都已经整齐地排队集合完毕，像一队出征的战士。坐火车去衡山站，一路上欢声笑语，我却因为迟到闷闷不乐，为自己拖了后腿而懊悔，直到后来被广阔天地、乡情美景所陶醉，才舒缓下来。

到达衡山的第一站，是去参观欧阳海烈士勇拦惊马保护火车的纪念地，标志性建筑是一座高大的展现英雄形象的雕塑。我们在那里进行了严肃的爱国主义教育。我可以自豪地说，从各方面追求强烈的集体荣誉感，是115班引以为傲的荣耀和凝聚力。现在仔细想想，那不正是"修齐治平"儒家思想的一种体现吗？

这支队伍转乘几辆卡车，如同当年风光的解放军战士，经陆路和水路（轮渡）到南岳镇。住下来时，已是晚上。我第一次体会到真正"伸手不见五指"的黑暗，看到夜空中从未见过的星星的璀璨。

和那种记忆有关的另一个场景，是再早两年前，我和初中的小伙伴陈浜在一口水井边，听蛙声阵阵，看星光点点，第一次聊了一个话题：理想和人生。旅行的意义就是在刹那间唤起了世界和人生的美好。

第二天，我们逛了南岳镇和南岳大庙。南岳旅游局的邝局长（如果我没记错的话）亲自给我们全程导游，这种接待规格也是刘老师带队才有的。如果不是邝局长的讲解，我们不会知道那些建筑的鬼斧神工，那些规格数目的制度和礼数，不会知道那些雕梁画栋中，还有许多传诵千万年的神话传说和故事。他在推辞了所有感谢之后，只给我们提了一个要求：希望我们多写一些南岳的游记作为回报。

南岳大庙不但雄奇瑰丽，而且文化蕴含丰富。历史上，佛道二教轮流主持大庙，各有起伏，目前是道教占据主殿，佛教甘居侧殿。她的奇妙之处在于集佛教、道教和民间祭祀（拜关公）于一庙，也有说集儒道释于一家，各种宗教和谐相处，相得益彰。相比较今天宗教冲突带来的战争不断，争斗得你死我活的国际社会，中华文化的博大和宽容，令人惊叹。

旅游小巴一路送我们去忠烈祠、磨镜台、藏经殿，看名胜古迹、诗词碑刻。有一处石头上刻着巨大的"大乘小"，是叠在一起的，好像现在有人把"招财进宝"写成一个字，曾文在那里和我们大谈大乘、小乘佛教，我全然听不懂。不知道如今笃信佛教的蒋居士是否是在那一刻开启了慧根呢？

在磨镜台附近有一处风景宛如仙境。朦胧的雾气中有一座石桥若隐若现，桥对面的山上，即使是五月初，仍有片片鲜艳的红色杜鹃花在云山雾海间绽放，偶尔几株白色的杜鹃花，点缀在红色中更显奇特。

半山以上只能徒步，兴致正浓的我们连走带跑，不一会儿就到达了顶峰——祝融峰。山上的植被有了变化，更多的是不太高大的针叶林，小径穿过稀疏的树林，还能寻访到很多巨大石刻和几个清静道观、寺庙。

当天宿在南大门，晚上看到满天的星星，仿佛就在眼前。第二天从南天门下山，又是另外一种景象：一改昨日的阴天，太阳出来了，山上的雾气却没有消散。于是万千风景映入眼帘，时而一片晴空，看到山下峰峦叠翠，万里寥廓；时而云蔽雾绕，只有近处不同的植被，随着我们下山的步伐而略有改变；忽然又是霞光万道，金色的光芒洒满人间。

在南大门的坊柱上有一联："门可通天，仰观碧落星辰近；路承绝顶，俯看翠薇峦屿低。"两年后的高考作文中，我在第一句写道："朋友，你去过南岳衡山吗？"颇有《黄河大合唱》的气魄；第二句，我竟神差鬼使地记住并引用了这副对联，成为那篇《树木、森林、气候》的出彩之笔。因为这篇全体新生第一名的高考作文，我有幸成为大学校报的通讯员和学校广播站的编辑，并且有意或无意地与校长秘书和杂志编辑的工作擦肩而过。似乎所有的好运气都和那次难忘的旅行有关。而且我估计，在今后的工作中，作为一个理科生，我的文科素养还会发挥有益的作用。

　　回想起来，要感谢师大附中的人文素质教育，感谢我们曾有一次愉快的南岳旅游。特别要感谢曾有一位亦师亦友的刘雄志老师，虽然他布置的游记今天才写，但他强调培养的崇高的集体荣誉感和真挚的同学友谊，教导了我们在人生中，即使低头和妥协，也依然保持正直、向上、团结、友爱，并且为家庭和国家不懈奋斗的精神。

（作者系1983届初120班，1986届高115班校友）

记在师大附中二三事

袁向红

　　回想在师大附中读书的经历，有时真是感慨万千。那时的我们每天都很充实，除了每天的上课学习，还有很多像野炊、爬山、联欢会等活动。我中学时担任学生干部，又是每天走读往返河东河西之间，自然感觉很辛苦。

出黑板报的苦与乐

　　几年前当我帮上小学的儿子做手抄报时，常常不自觉地回忆近30年前在高115班出黑板报的情形。

　　当年，我家住在河东的国防科大。因为不寄宿，所以每天基本上要坐3个小时的公交车往返于河西的师大附中，通常早上5点半出家门，晚上7点以后才会回到家。

　　当一脸严肃的班长要我负责高115班的黑板报时，身为校学生会干部而非班级宣传委员的我，却似乎找不到任何理由拒绝。每当出黑板报的那天，我会比平时更晚到家。我和几个写字较好的同学一起在黑板上用白色粉笔工整地抄写完主体内容，再配上不同颜色、不同美术字体的标题，然后随手画点花花草草做点缀。完工时，看着黑板被装点得五彩缤纷，我感到内心充实而愉快，还有那么点沾沾自喜，经常让我忘记了回家的时间。当因为不满意而擦掉重来时，那纷纷扬扬飘落的粉笔灰，经常落满鞋面，五颜六色，但我并不觉得脏。那时的彩色粉笔是很珍贵的，所以即使是粉笔头，也舍不得丢掉，食指和拇指经常因为用力捏着小小的粉笔头而凹陷。很多时候，努力踮着脚也够不着高处，我要端张凳子，站在上面去完成黑板报顶端的内容。有一次弄得太晚，又没有电话可以告知父母，当母亲下班回家得知我还没有回来，便焦急地骑着单车赶到学校去找我，当晚却得了急性阑尾炎住进医院。

　　现在，时代不同了，科技的进步为我们带来了更为先进的工具来制作各种宣传品。我恍然记起那时似乎从来没有得到过什么表扬或鼓励。不过，当我在工作中制作PPT演讲文稿时，略胜一筹的排版布局效果，不知道是否得益于那时的锻炼呢？30年前出黑板报的经历，成为一段苦乐自知的回忆。

求学路漫漫

1980年，和我一起从国防科大附小考上师大附中的，有十几个孩子。因为科大在河东的烈士公园附近，附中在河西的岳麓山脚下，算是路途遥远，所以科大的子弟一开始都是住校生，每周六回家，周一早上返校。科大为了照顾这些还算争气的子弟，专门安排了班车每周接送。与其他小伙伴不同，我的寄宿生涯只有半年，好像是因为我不习惯学校的伙食，还有严格的寄宿纪律，所以我宁可每天比大多数人多花2个多小时在路上。

对比现在动辄有私家车接送上学的孩子，当时走读还是非常辛苦的。每天早上5点半母亲就叫我起床。来不及在家吃早餐，我就头顶着微弱的星光出门了。在上大垅坐13路公交车，一直坐到终点站溁湾镇，再转乘5路公交车到附中下车。到了附中的车站，路边有些小吃店，我就在那里买早点吃，通常是油条、糖油粑粑等东西，冬天吃的时候通常已经变凉了，这也是我多年来容易胃痛的原因之一。中午会在学校食堂吃午饭，因为我不能吃辣，也不吃猪油，能吃的东西不多。可能最有营养的就是晚餐。即使放学后不和同学玩耍立刻回家，经常也是已经晚上7点以后才到家。

那时的公共汽车，没有封闭式的车窗，也没有空调，所以夏天时充满汗酸味，冬天时冷得让人发抖。书包都是斜跨包，没有双肩背包或者拉杆箱，所幸教材和辅导书不多，书包并不重。我好像用的是军用书包，自觉挺帅气的。那时的同学们，像我这么远距离走读的人，好像不多，我和同学们的交集，基本是在学校里，所以我非常羡慕那些河西的同学，比如师大、湖大、矿院的子弟，在校是同学，放学后还能常常聚在一起，如兄弟姐妹般一起成长，感情深厚。但这段走读经历，也让我变得更加独立坚强，即使现在的我每天在广深上演"双城记"，也一直坚持着。

非叶非花自是香

1985年春天，母亲重病入院，在很长一段时间内频繁进出医院，父亲几乎将全部的精力投入教学和照顾母亲。备受呵护的幸福家庭模式瞬间崩塌，毫无预兆。很多生活习惯被迫改变。幸而，另一个世界仍然完整，岿然不动，给我极大的安慰和鼓励。

五一，班主任刘雄志老师带着全班同学去衡山旅游。那时衡山的景色，我已记不太清。只记得，晚上同学们聚在一起开晚会时，刘老师拿出一小包衡山毛尖，对全班同学说，谨代表全班同学祝福我的妈妈早日恢复健康，希望我勇敢坚强，幸福快乐。犹记得那一刻内心的那种温暖与酸楚交织的感觉，泪水在眼眶里打转却不肯让它流下。我在同学们默默的注视中接过那包茶叶，指尖似乎感受着刘老师掌心传来的温暖。虽然只有巴掌大的纸包装在小小的布口袋里，却承载着数不尽的祝福。

回到家，我将茶叶交给父亲，看着父亲倒了一杯滚开的水，然后用手指捏了几片茶叶扔入滚水中，薄薄的褐色茶叶在水中渐渐舒展为黄绿色的叶子，直立在水中浮浮沉沉，却始终不会沉底，而原本透明的水变成淡淡的黄绿色，升腾的热气带出缕缕清香在唇边缠绕。那两年，老师和同学们给予我的关心、鼓励、支持和包容，成为我强大的精神支柱。而我，也是从那时起爱上了喝茶。

非常遗憾的是，刘老师去得太突然，我甚至没有机会和恩师一起喝一杯茶，聊聊这二十多年的经历和感受。也是因为刘老师的突然离去，让我真切地体会到人生苦短，同学和老师们之间的情谊，多么值得珍惜。

（作者系1986届高115班校友）

春晖永沐

李晓萱

10年前，当母校一百周年校庆时，我作为初一的讲解员迎接校友、讲解校史。而今年，母校又走过了桃李芬芳的十年，迎来了她110周年的华诞。回忆中，母校是早晨，校门口的川流不息；是午后，大樟树下的悠闲小憩；是清晨，教室里的书声朗朗；是夜里，办公室的灯火通明。更是春日，惟一楼前的花香阵阵；是夏日，荷塘的蛙声连连；是秋日，图书馆前林荫道的落英缤纷；是冬日，下课后打雪仗的开心欢畅。10年过去了，昔日的小毛孩们都长大了，可是母校还是这么的年轻有活力。

想念这里，因为，有恩师的地方，就是家，你们送走了一届又一届优秀学子，就像一位摆渡者迎来送往，却从不上岸。很多毕业生都会说这样一句话："没有母校就没有我的今天。"也许是出现频率太高以至于大家很怀疑它的真实性，怀疑说话人的真诚性，渐渐地，这句话变得很空洞，很假。但是，今天当我回到这里，如果只能让我对母校说一句话，我仍然会选择这句话："没有母校就没有我的今天。"因为母校不仅仅决定了我之后的学业之路，更决定了我的人生之路。大家一定会记得自己的开学典礼。我同样，一辈子也不会忘记，不过，不是因为内心有多兴奋又或者请来了哪位校友。而是因为，我昏倒了，在对于一名初一新生最重要的开学典礼上当着全校师生面昏倒了。因为突然离开父母，过上寄宿生活让我一下无法适应，极度想家。当时一周下来就瘦了10斤，后来我还跟同学戏谑说真怀念当时的减肥进度。当时的我每天都想回家，无法融入校园，还记得第一次语文考试，我连作文题目都没看，就酣畅淋漓的写下四个大字："我要回家。"如果故事这样发展，结局不悲也惨。但是当时老师们苦口婆心地和我谈话，更重要的是用他们的慧眼充分发掘我的优势特长。当得知我曾经在小学时参加湖南省演讲比赛获得过金奖，便积极鼓励我参加各类演讲比赛，我清晰地记得我的演讲讲述的是朱镕基总理曾经在附中求学时的点点滴滴。我不断地反思，能在这么优秀的育人沃土，能有如此杰出的校友典范，能拥有如父如母的恩师教导，我怎能任自沉沦。渐渐地，从年级演讲比赛第一名到全校演讲比赛第一名，从广播台站长到电视台台长，从年级干部到校级干部，从校级三好学生到长沙市新概念三好学生，到最后成功直升附中高中。我的中学正如蝴蝶破蛹一般，很痛但绚烂。

后来很多人问我你为什么敢于在传说男女比例 7 比 1 的中南大学竞选校史上第一位校学生会女主席，并成功担任湖南省学联主席；在 21 世纪杯英语演讲比赛总决赛上勇夺全国前 10 强；在中国驻尼泊尔大使馆作为中国国际广播电台实习生与大使先生侃侃而谈；在中央电视台英语新闻频道我的中国梦大型主题论坛中向当代儒学大师杜维明犀利提问；敢于冒着全国只招 7 个人的风险，放弃校内保研资格，而去申请北京大学光华管理学院硕博连读，并成为光华此专业第一个跨专业保研成功的人。我说我得感谢我中学时期那么多关心我的老师，感谢他们没有放弃当初那个自怨自艾、只想回家的小姑娘；我得感谢母校的素质教育与丰富多彩的校园文化，让我能迅速地找到属于我的闪光点，充满信心地奋斗下去；更重要的是母校的学习氛围与优质资源，让我知道对于学生而言，优异的学习成绩是成就自我的真正保障，所以大学期间我总是以附中人的姿态，奔走于教室、图书馆、办公室，即使工作比赛再繁忙也始终保持着专业第一的成绩。每当获得成绩和荣誉，旁人便会问我是哪个中学毕业的，当我无比自豪地说我毕业于湖南师大附中，我总能从他们的脸上看到豁然开朗的表情，同时听到一句："难怪这么优秀。""附中人"就是伴随我们一生的自豪与荣耀。

最后，真诚地祝愿母校 110 周年生日快乐，祝美丽的母校桃李满天下，春晖遍四方。

（作者系2010届校友，现就读于北京大学）

附中生活点滴

黄进

湖南师大附中对很多同学来说只是中学的母校，是生命之旅中短短的三年或者六年，但对我来说却是我生命中最初的最重要的那十几年，从记事开始我就在这片校园里生活，这校园里的很多的人和事对我人生的影响毋庸置疑是最大最深最远的。这篇小文当然无法将这些人和事都一一讲述，只能撷取其中的点滴以表我对这些人的感激之情，文中提到的人也只是我的恩师中的一小部分，他们中有些人是附中的校工，我甚至不知道他们的全名，但他们也是我人生课堂的恩师。

我大概四岁左右就混迹在附中的校园，父母工作忙无暇接送我上幼儿园，每天早上父亲会把我从校外的家里带到附中的校园，他在学校的食堂匆匆吃完馒头稀饭就去校办工厂上班了，我则慢慢享用完我那同样是馒头稀饭的早餐，然后在校园里四处游荡，碰到住在学校家属区里的孩子出来玩我才算有了玩伴，我们这些孩子会在校园里找一处小山包玩占领山头的游戏，会到转栗子树下自制旋转小陀螺，我们知道附中的哪个角落可以掏到小麻雀，哪里有桑叶哪里有金橘，如何爬上高高的梧桐树，或是找一些牛毛毡点燃后钻进防空洞。无聊时我会跑去和卖饭票的方伯伯聊聊天，饿了我会再去食堂转转，食堂的张杰师傅会给我一个小馒头充饥，传达室的郭伯伯和杨伯伯是一定不会让我跑出校门的，大概是父亲托付过他们，他知道只要我在校园里就一定会很安全。小孩子们一起玩耍时有人告诉我卖饭票的方伯伯是国民党特务，可我怎么也没法把整天笑嘻嘻和蔼可亲的他和电影中满脸奸相的国民党特务对上号，让我和他划清界线不和他说话好像不大可能。我童年的大部分时光就是这样在附中的校园中度过的，有着无尽的欢乐的同时，因为有那么多的好人使我在那个物质匮乏的年代也很少挨饿，没有大人全天候看护也照样安全。

快上小学时我家搬到了家属区的八舍，我家住二楼，邻居有附中的刘盛昌老师，张守福老师和王伏莲老师两口子，曹瑞昌老师还有附小的林路校长、师大的邓姨。邻居们互相照应和睦相处，各家在楼道里做饭，相互借个煤米油盐酱醋都是常事，开着门吃饭、欢迎邻居参观做客，关上门打孩子、邻居们会在门外为孩子求情；从来没有邻里矛盾，没有家长里短，就像一个温暖的大家庭。正是在这样的环境里，我学会了邻里之间如何相敬如宾互帮互助，这么多年后我脑海里理想的邻里关系仍然是我住在附中八舍时的样子。

初中一年级时我仍然住在八舍，家属宿舍的门是对着附中的校外开的，二楼从水房中间隔了一道墙，水房的一半是给校外的家属用，另一半是给校内的寄宿生用。像假小子一样的我经常会在寄宿生下晚自习后，从二楼水房的窗户翻墙到另一侧的学生宿舍去和寄宿的同学一起玩耍。有一次因为恶作剧把一位寄宿的女同学吓哭了，不曾想很快初一女生宿舍哭声一片，其实是刚离家的小姑娘不习惯寄宿生活想家，哭大概也是传染的吧，管寄宿生的易红芝老师循着哭声追查过来，我意识到这下娄子捅大了，赶紧灰溜溜地翻墙跑回了家，再也不敢去女生宿舍恶作剧。从此以后的很多年听到易红芝老师的声音都有种莫名的恐惧，绝不敢和她正脸相迎。不过我的初中生活总的来说是充满了无穷的乐趣的，每天放学我会和李舟晖、罗晖、曹爽英几个好朋友去爬凤凰山或是沿着湘江的河滩散步，追逐蒲公英或是采摘各种野果。寄宿的同学多数家住河东，对河西这样的郊外生活更是充满了好奇，和我同样假小子性格的吴雪芳最盼望的就是晚自习停电，这样就可以让我带她去抓萤火虫、摘金橘疯玩一个晚上不用看书学习。

那时候学习其实对我们来说从来也不是负担，教数学的李咏琴老师性格开朗、深受学生爱戴，有一次她动手术住院我们这些学生去医院探望她，她在病床上谈笑风生让我明白原来住院手术并不是一件痛苦而可怕的事情，完全可以乐观面对。

在我小的时候和蔼地和我聊天的卖饭票的方伯伯原来是特级英语教师方龙伯老师，他会时常关心我的学习情况，热情邀请我参加英语课外活动小组。我在八舍的邻居曹瑞昌老师成了我的初中英语老师，王伏莲老师则成为了我的初中地理老师，因为喜欢这位快人快语的王老师，我的地理考试成绩通常都是满分，英语成绩当然也不敢落后，以免曹老师到我爸那里给我敲警钟。作为初中时的班长，我要特别感谢我的班主任李赛娥老师，是她对我的鼓励和信任，让我能不断前行，不会因为几次考试成绩不理想就对自己失去信心，也不会因为有同学对我的工作不理解或是不支持就气馁或者放弃，更让我明白了团队合作是多么的重要。

初中时有一件小事对我一生影响非常之大，不记得是哪位老师有一次见到我母亲时对她说："你那个大女儿笑起来非常阳光非常甜美，我很喜欢看到她，因为看到她会让人很开心。"其实我上初中后一直因为自己长了颗虎牙对自己的外貌颇不自信，尤其是笑的时候要露出虎牙更是有些苦恼。自从听到这位老师的称赞，我明白了发自内心的笑就是最美的，既然这样我何必在意一颗虎牙，又何不大方地去展现我最美的笑容呢？很多年以后，有一次在美国的一家寿司餐馆，餐馆的老板要猜我是哪里人，从新加坡、日本、韩国、马来西亚到香港、台湾，无论如何也猜不到我是大陆人，我问他为什么，他说大陆人不爱笑，尤其是缺少我那种坦然的毫无掩饰的真诚的笑。当然那个年代美国人见到的大陆人也不够多。可我要感谢这位老师，虽然是一句小小的赞美，却让我拥有了一辈子的美，让我因为这阳光灿烂的笑容结交了更多的朋友，拥有了更多的快乐，也让我从来不会吝惜我对他人的赞美。

高中三年是我学习和体育成绩进步最快的三年，这三年也是我从幼稚走向成熟变化最快的三年。有几位恩师也是我和很多同学在回忆高中生活时不得不提及的。我们高118班和高115班的同学们的高中前两年岁月是在高118班班主任陈正一老师和高115班班主任刘雄志老师这两位最好强的班主任的带领下在激烈竞争中度过的，这种竞争甚至延续了二三十年。三十年前每到开运动会，118班的同学就会听到陈老师不时地问：我们得的名次超过115班没？115班投的稿比我们多哒，女同学们你们不上去比赛的多写些广播稿啊！

集体舞比赛前，陈老师会问：115班跳什么舞啊？你们看，115班每天放学还练半个小时，我们要比他们有创意，一定要比过他们。足球、篮球、排球……各种比赛，我们118班最大的竞争对手就是115班，我们的高中生活似乎就是在两个班的较劲中度过的，当然这其中胜利的狂喜和失败的失落也会时常伴随着我们。

2005年百年校庆，两班重逢，又免不了一场恶战，三十多岁的身材已纷纷中年发福的男同学们在学校的足球场又展开了一场近身肉搏，本班男同学凑不够一个队，洋女婿都上了场，刘雄志老师更是以五十多岁的不老身躯，光着膀子和同学们并肩驰骋在足球场上。

我们这两个班在竞争中成长、在竞争中强大，在竞争中增强了凝聚力和自信，建立了持续到今天并且还会一直持续下去的纯真的友谊。我们不会因为学习成绩不够好而自卑，不会因为失败而放弃，不会忽略团队中任何一员，我们会为自己曾在这样的一个团队感到幸福、感到自豪。古人有感慨："既生瑜，何生亮。"殊不知是周瑜成就了诸葛亮，也是诸葛亮成就了周瑜。又是一个十年过去了，百年校庆时刘老师赤膊上阵的身影仿佛就在昨日，陈老师的音容笑貌仍然在我们的脑海中那么清晰，然而两位恩师都已离我们而去。虽然下面这句话非常老套，但它确实再形象不过：老师像蜡烛，燃烧了自己，照亮了学生的人生路途。

高中的前两年对我来说是运动的两年、娱乐的两年，每天早上我会去学校操场跑上两千米，这是我从五岁开始坚持的运动，围着那四棵香樟树跑上几圈会让我每天都充满活力，清晨在操场我有时会碰到体育组的易老师和王晋凌老师，他们会指导我如何练习加速跑、变速跑以提高速度，或是利用单双杠增强臂力，以提高综合体能和力量。下午放学后，我和同学们会在操场或是体育馆打篮球、排球或是羽毛球，王健纯和高育寅老师也会时常对我们进行技术指导。蓝世灼老师是乒乓高手，可惜我对乒乓球的热情不是太高，没能在他的指导下练出两手绝招。每一位老师对学生都是那么耐心和热心，即使不是他们的工作时间，他们也总是主动地给予我们指导和帮助，就像对待自己的孩子一样。

罗晋明老师也是对我的高中生活影响非常大的一位好老师，我上高中的那年好像也是罗老师大学刚毕业的那年，刚刚步入社会的年轻教师充满了活力和干劲，带领我们一众小伙伴去庐山夏令营。虽然条件艰苦，却充满了新奇和快乐。我体会了我一生中唯一的一次长痱子，因为从长沙到武汉如今只需要高铁一小时的路程，我们却在炎炎夏日乘坐了整整一个白天的最慢的没有空调的绿皮火车行走在两个火炉之间。接下来的晚上，我们因为毫无旅行经验，没能在乘坐从武汉到九江的轮船时，在上船的第一刻去租一块凉席，整整一个晚上都只能站在甲板上吹凉风，当然正好可以把白天长的痱子吹回去。不过这些小插曲就像长沙人爱吃的辣椒炒肉里的辣椒一样，那能把鼻涕都刺激出来的辣才能衬出肉的鲜美，否则我们的庐山之行绝不会如此印象深刻。我从小学到研究生毕业都是三好学生、优秀学生干部，然而我也是个超级贪玩的假小子。我一生中唯一的一次考试不及格是罗老师考我们班的第一次小考，对我来说简直是莫大的耻辱，因此第二次小考前我赶紧收拾我初中毕业后因漫漫长假而放纵的玩心，狠背了几天单词，于是第二次考了个满分。然而让我觉得更丢人的事情发生了，罗老师居然在全班同学面前表扬我，说我进步巨大，第一次考试没及格，第二次却考了个满分。我滴个神，原本没人知道我不及格啊……从此我发奋图强，学英文绝对不敢偷懒含糊，好在罗老师的课生动有趣，让我这上课喜欢走神的伪学霸不会随便分心，因此英语成绩也一直都不错，进入大学后的入学考试也轻松直升二级。马智军老师也是和罗老师一样能和学生打成一片的年轻老师，还记得有些上课经常放臭屁的男同学会在每次放屁时举手请马老师下基层体验群众生活。当无辜的马老师上当受骗后全班笑成一片，那欢乐场景很多年后回忆起来都让人忍俊不禁。我最感谢的还有一位恩师，那就是我高三的班主任化学老师李安老师，我一直认为是他最大程度地激发了我学习的潜能。在李安老师教我之前我是个贪玩的伪学霸，凭借自己的一点小聪明混个班里前十名，因为体育不错又是班干部，每年评个三好学生优秀干部都不成问题，但那些常年稳居前三的真学霸也从来不是我想赶超的对象。李老师在84届带出了恢复高考后附中第一个全国化学竞赛冠军罗山，85届高三在李老师的教育下也成绩斐然。李老师的名声可是响当当，当然我那时认为罗山也是天才。李老师的化学课是着实吸引了我，那节奏不容我有一刻分神，但很快我也掌握了他的规律，每讲新的内容时，李老师生动活泼节奏飞快，让底子好的同学都不得不全神贯注，第二次课则是反复解释和强调前面讲过的内容，照顾那些底子差的同学。这种两头兼顾的做法还真是卓有成效，底子好的和底子差的学习成绩都大幅提高。通常都说女同学高中后劲不足，我却在李老师的发掘潜能式的教育方式下终于在高三冲进了班里前三名，而且劲头越来越足。李老师也让我明白了，罗山能做到的我也能做到。哪有那么多天才，勤奋和好的学习方法才是王道！虽然我在全国化学竞赛初赛时因为发高烧未能考出我的真实水平，但从此建立的自信心却成为我一辈子最无价的财富。

附中的好老师太多了，我无法在这里一一提及，他们中的很多没有给我上过课，但他们和我提到的这些老师一样优秀，他们无论在我们读书的时候是否曾经给我们上过课，在我们毕业以后仍然是我们的良师益友，给予我们很多帮助和鼓励。就像我们在深圳的校友们都很喜欢徐斐尔老师、颜韵兰老师、余艺文老师、卞新云老师、李晓鸽老师等等等等，都是这样优秀的老师和我们的好朋友。

　　还有两个人我也要在这篇小文中一表谢意，那就是我的父亲和母亲，他们也是附中的校友。我的父亲黄健耕是一个非常热爱教学的物理老师，然而在那十年浩劫的年代他却被发配到了校办工厂，不过能干的他把个小小的校办厂办成了全国闻名的湖南省教学仪器二厂，他为了给我打好理工科基础，向学校申请当我的物理启蒙老师，成为我初中时的第一任物理老师。我也算不负父望，上大学后的物理成绩都是全优，成为班里解物理难题的高手。当然父亲对我最重要的教育是品德教育，诚实、善良、奉献以及追求卓越都是父亲对我的要求和期望。父亲是地道的"恰得亏、霸得蛮、耐得烦"的长沙人。我的母亲周荣芳曾经在附中的财会室、劳动服务公司工作，后来又承担了学校的审计工作，作为一名财务人员，母亲严谨的工作态度、认真负责的工作作风也对我的工作作风有着非常大的影响。在我上初中时，她曾经对我说：工作中每一分钱账都不能出差错，但做朋友要仗义，花自己家的钱就不要斤斤计较，要吃得亏，生活中难得糊涂才会更快乐。感谢我的父亲母亲，感谢他们对我的培养和教育。同时他们作为一名教育工作者，和附中其他的教育工作者一样优秀。

　　我时常庆幸我能在附中这样的环境里长大，遇到那么多好的人好的老师，学到那么多不仅仅是知识还有为人处世的王道。感谢我的母校！感谢我的恩师们！在这一百一十年校庆之际，祝愿我的母校能成就更多的教育工作者，能培养出更多能造福社会的学子。

（作者系1986届高118班校友）

五月十二日

莫天池

　　出生后七天的一场医疗事故，使我罹患了脑性瘫痪，一生都只能依靠轮椅和拐杖才能行动。这种严重的后遗症让我全身每一处有动作的地方都会痉挛——不能站立，无法行走，手指僵硬，握笔困难，口齿不清。但不论面对怎样的困难，在我求学的道路上，我和我的父母都从来没有选择过放弃。

　　2007年，我被所在的初中推荐到湖南师大附中参加保送生考试。在被公平地择优录取之后，我成为了这所百年名校中普通的一员。现在，每当回想起自己在附中度过的时光，我都觉得那是我人生中最充实最美好的三年。在那三个春秋里，附中的领导、老师与同学以包容博爱之心接纳了我，关心我，爱护我，有无数的人与事深深地铭刻在我的心里，任凭时光如何流逝，那些温暖与感动都不曾褪去。适逢母校110周年华诞之际，特撷取一件以记之。

　　在高一的第二个学期，有一天，我所在的班级和隔壁班的同学都去上体育课了，我一个人留在教室里。正当我算着数学作业的时候，我突然感觉到，自己的座位有些晃动。我诧异地抬起头四处张望，发现旁边座位上同学们的水壶、杯子也在摇动。在瞬间的疑惑之后，我突然意识到：

　　"地震！"

　　安静的惟一楼里响起的喧闹声证实了我的揣测。我从窗户望出去，看到同学们在老师的指挥下正在有序而迅速地撤离教学楼。那一刻，我并不害怕，但是想到没有人会注意到我，第一次经历地震的自己一个人留在微微晃动的教学楼里，还是感到有些紧张。

　　"莫天池，我们把你弄下去吧？好像地震了。"

　　我抬起头，看到一个男生和两个女生站在教室门口。我知道他们是隔壁班的同学，但其实并不认识。说实话，看到他们的时候，我突然觉得特别安心，但又有些不好意思。

　　"没关系的，应该只是小地震，你们扶不动我的，你们先下去吧。"

　　"不行，不能把你一个人留在这。"

　　三个同学不顾我的犹豫，冲到我的座位上把我拉了起来，男生扶着我的右臂，两个女生用尽全力从左边支撑着我，四个人摇摇晃晃，跌跌撞撞地移到了教室门口。

"这样不行，下楼会摔倒。来，我背你！"

男生不由分说地蹲了下来，两个女生扶着我趴在他的背上，然后她俩扶着男生，以最快的速度冲下了楼，把我送到了不知所措的妈妈身边。

在路上，他们告诉我，他们是从操场回来取东西，正巧遇上了地震，发现我还一个人在教室里，所以马上决定把我带出去。那一刻，我不知道如何表达我的心情，只是笨拙地说着谢谢。三个同学气喘吁吁的，却灿烂地笑着。我甚至还没来得及问其中一个女生的名字，他们就跑回操场和其他同学会合去了。

那天的日期，是 2008 年 5 月 12 日。

那场我所感受到的"小地震"，就是震惊世界的汶川大地震的地震波造成的。

直到今天，每当我想起这次经历，我的心中都会涌起一份难言的感动。我知道，与震中的人们比起来，我的感受根本不值一提，但我却永远无法忘记，这三个隔壁班的同学。在那个谁也不知道接下来还会不会发生更严重灾难的时刻，他们没有选择默默离去，没有选择视而不见，而是毫不犹豫地向和他们不是一个班、身有重残的我伸出了援手。把我从座位上扶到教室外面要花很长的时间，将我背下楼梯也是一件特别费力的事，而且没有人知道在这个过程中，更大的危险会不会突然降临，抛下我率先撤离，显然是更为安全的选择。但他们没有这样做甚至没有这样想。在那一刻，我看到了师大附中培养出来的附中人所具有的非凡的担当、勇敢、善良，与爱心。

"教育，是爱的艺术。"附中之所以能够成为享誉全国蜚声海外的名校，我想，不光是因为附中学子成绩优异。母校不仅仅教给我们知识，实现我们的大学梦，更教会我们如何做人，做一个有爱心，有担当，有责任感，不论面对任何困难都有能力有勇气去面对与解决的附中人。如同 2008 年 5 月 12 日这一天的经历一样，我在附中生活的每一天都浸润着学校领导、老师、同学所给予的点点滴滴的温暖与感动，所以，我常和身边的朋友说起，"我爱附中，因为它实现了我的大学梦想，更因为，那是教会我如何爱与被爱的地方！"

湖南师大附中，祝你生日快乐，永葆青春！

（作者系2010届0706班校友）

感谢附中

成莎

尊敬的各位附中领导，老师，同学和校友们：

你们好！我是原0807班的附中学子成莎，现就读于吉林大学。

最近两个月来，由于我的母亲重病急需手术的事，让每一位附中人操了不少心。大家一知道我有困难，纷纷热切地伸出援助之手，一边鼓励我，一边筹划各种方案，帮我筹集资金，让妈妈早日去北京手术。

2008级的同学们在网上发布消息，号召大家为我募捐。消息一出，马上得到了大家的支持，我也瞬间收到了来自同窗好友以及许许多多不曾相识的校友们的关心和鼓励。看到所有的附中人一起为我激烈地商讨，以及精心为我制作的加油卡片时，我由衷地感到身为一名附中人的幸福感。筹款以及妈妈在北京治疗的过程并不轻松简单，中间遇到了不少麻烦，但同学们都毫无怨言地牺牲个人时间，替我张罗着一切，陪我一起想办法，一起渡过难关。这样的感情一直支撑着我，让我顺利地走下去。

曾经教育过我的老师们也一直都在默默地关注我。班主任蔡忠华老师在工作忙碌的同时，还在努力帮我联系北京的医院，并且从始至终都费了很多心力。还有许多任课老师和年级组长，他们也毫不犹豫地帮助我，并且一直在默默地祝福着我。这样的感动贯穿着始终，让我有了很大的力量去面对困难。

不止是08级的同学和老师，附中的学长学姐和学弟学妹们也都在热切地帮我筹划着捐款活动。他们大部分并不认识我，却主动地和我联系，给我留言，为我加油鼓劲，让我再次感受到了来自附中人的温暖！

另外附中的公益组织蓝精灵志愿者协会也一直在关注我的事。负责的老师和同学在紧张的学习同时，把平时参加"慈善一日捐"社会实践挣来的钱立马筹集起来，并且亲自将两万元的善款送到了妈妈手中。附中的领导们也去家里看望了妈妈，送上亲切的祝福和关心，让妈妈非常欣慰。

现在妈妈手术结束已经一个多月了，目前正在家里积极地康复中。还请大家不用担心。妈妈让我转告所有附中的好心人，谢谢你们！她会很快好起来的！

在附中的三年时光里，我认识了许许多多好朋友和许许多多真正的好老师。每天感受着附中古朴而自由的文化气息，在校园中学习成长，度过了我最幸福的高中时代。如今我毕业已经一年了，附中教给我的东西仍然大有益处，这是附中给我最宝贵的财富！同时，我有了困难，母校附中依旧是我最坚强的后盾，给我巨大的力量。这样的恩情我不知道如何表达，只衷心地祝愿附中越走越好，我也要努力地成为一名优秀的附中人！

最后向所有的附中人致敬，感谢你们为我做这么多！衷心地祝愿附中的各位领导和老师们工作顺利，同学们学习进步，已经毕业的校友们学有所成！

（作者系2001届高0807班校友）

推开记忆的门
——回忆在湖南师大附中的那些人那些事

曾文

　　一个人走在属于自己的人生道路上，犹如一个孤独的音符在追寻属于自己的那份和弦。今天我们是离开中学校园近三十年的中年人，尽管即将在不远的将来迎来自己的天命之年，但我们在记忆深处从来就认为仿佛昨天才离开校园。我写这篇小文章时，正值迎来农历乙未羊年，京城爆竹中，青春又再一次成为昨天。是谁发明了"年"这个东西，它像一把刀，直把我们的生命就这样寸寸剁去，而往昔的那些人那些事却在我们的生命直尺中留下怎样的印记呢？有很多地方只是浅浅的一痕，甚至今天都想不起来是怎样划下的；有少数地方，却是重重的一笔，一道深深的印记，例如在师大附中的日子，就深刻地影响着我们人生的走向。我们在推开记忆之门的同时，更加感谢在人生淡淡早晨就陪伴我们行走一段的那些人……

同学，还是同学

　　回忆中学时光，无论如何就要回忆那些和我们同窗共读的同学。师大附中入学就读学生的来源在 20 世纪 80 年代初是相当简单的，大约超过三分之一的学生是湖南师范学院（师大以前名称）教职工的子弟，另外相当一部分是来自中南矿冶学院（中南大学前身）、国防科大、湖南大学、矿山研究院等大学或科研单位的子弟，学生的家庭背景和生活情况基本相同，因此今天看起来，那时的学生非常单纯。特别是那时附中不像现在是一个教育集团，初中同学绝大部分都能升入附中的高中，班级数量也不多，我们这一届是 1983 年初中毕业，初中入学时班级的编号是初 114 班到初 122 班共 9 个班；1986 年高中毕业，高中入学时班级重新编号是高 113 班到高 119 班共 7 个班；除了初 114 班按六年实验教育的计划整体升入高中外，其他学生在高中再次分班重新组合，大家彼此之间都比较了解和熟悉，我在初 116 班的同班同学邵红、舒晓、柳戈青、梅峰、林冰、付秋红、陈璟、范硕等同学后来就是我高中高115班的同班同学。

特别对那些师大的子弟来说，彼此就更加了解了。他们可能大部分是小学同学，也是初中同学，还是高中同学；他们的父母可能彼此有很好的私交，甚至是一个系一个教研室的同事。他们自己可能小学同班，初中或高中又是同班，大家转来转去，竟有小学5年、中学6年一共11年之多的时间是同窗共读（当然还有在一个大学的），想想也是多么奇妙的人生际遇呀！例如，我和朱奕、卜映辉、陈玢、王樱、雷京、肖旭、吕险峰、唐勇、洪红、杨春等很多人是小学同学，与其中不少又是在初中或高中同一班级里。

那个时候，从附中放学，也没有像现在的中学一样，有各位家长开车去校门接，熙熙攘攘，好不热闹。我们那时基本上是放学后师大子弟走路回家，矿山院或矿冶学院的坐5路公交车往西回家，住河东的同学则是同一路公交车相反方向到溁湾镇，有很多人需要再去换乘其他公交车，住得远些的同学就寄宿在学校，周六才回家。当时师大的体育场就在附中的附近，也非常靠近5路公交车汽车站，下午放学时有很多大学生在那里锻炼身体，所以附中男同学很多情况都是在偌大一个操场找一块小空地，拿几个书包堆个球门，就可以踢起足球来，常常是踢个把小时才依依不舍各自回家吃饭、做作业。对于师大子弟来说，不用挤公交车去上学和回家是最大的优势，有时候看到其他同学去挤公交车，感觉就很恐怖。很多女同学身体非常瘦弱，平时也文文静静，可是挤起来一样不逊于男同学，回想起来，那时的小女孩真的不娇气！

很有意思的是，同学之间单从开口讲话就能分出他家来自什么单位。师大子弟基本全都是一口长沙话，而国防科大子弟则是一口标准的普通话（令人羡慕呀！），偶尔有人说话带些儿化音，绝对是演讲比赛或诗朗诵的"宠儿"。而矿山院或中南矿冶学院的子弟，则是有人说长沙话，有人讲普通话，更多的人是不甚标准的长沙"塑料普通话"。于是，上课回答问题有时会很好笑，说长沙话的同学快速回答完问题，可能有个别同学还没听懂。另外，不少同学有"外号"，叫起来也很亲切。有的外号是根据名字来的，如林冰叫"林妹妹"，邵红叫"少爷"，舒晓叫"老鼠"，魏链叫"William"，蒋怀宇叫"讲外语"（她正好英语口语特好）；有的外号搞不清是怎么来的，如有人叫我"老K"，不知道是怎么叫起来的。还有像李朝晖同学，为人踏实，化学很好，大家几乎不叫本名，而都叫他"阿V"，每次他都淡淡一笑地答应，好像那就是他的名字。后来为制作毕业20周年聚会光盘，我还请他扫描了许多历史材料。

那时的同学很单纯，甚至单纯得可爱之极！当然那个时代能提供的信息量和现在的中学生能得到比起来，应该根本不在一个数量级上。跳集体舞时，男女同学都不愿意拉手，排练时还得找个僻静的空地去排练，好像生怕别人看见。我记得高中时，有些时候女同学因为生理周期的原因，就不能正常参加体育课的跑步等活动，于是一上体育课跑步时，就看到女同学那边稀稀拉拉，不知道有些女同学是怎么和老师一说，就能在那边打打羽毛球或简单地推推排球什么的，于是男同学们就不明就里地埋怨起来：为什么女同学那样轻松呀？我们要跑这样多呀？而体育老师也不回答，而结束时有的女同学则不好意思地说，"那肯定是有原因的。不该你们问的，就别问！"等到有相当长一段时间后，我们男同学才知道"原来是这样的"……

"班长"

我在附中上学时，初中时是在初 116 班，高中时是在高 115 班。从初一第二学期开始，我担任班级的班长，到了高中还是担任班长，一直到中学毕业。现在在中学班级同学的微信群里，很多人依然不叫我的名字，叫我"班长"。回想起来，中学这个所谓"班长"的干部职务称呼，跟随少年的我一直到现在。

那时的班长基本上是班级同学投票选干部与老师最后拍板相结合。我当时的语文与数理化、英语等成绩都不是班级最好的，但综合起来基本上在老二老三的水平，优点是兴趣爱好比较广泛，思维敏捷，缺点是做起事来比较"冲"，有时候不冷静。于是总体比较符合"好孩子"的要求，就这样被选去当干部，而我那种个性就是要把事情办好，因此也得到班级各位同学的支持。

班长需要团结其他干部去组织和办好各种班级活动，如文娱比赛、体育比赛等等。当时附中的学习气氛很浓，既有段考又有期末考试，还有数不清的小考，家长都希望孩子集中精力放在学习上，因此初中时的各种课外活动并不多（那时并没有什么课外的奥数学习）。到了高中以后，随着素质教育理念的逐步深入人心，当时也开始强调反对"高分低能"，于是相关的社会活动就相对比较多。

每年基本固定的活动有，五四青年节的合唱比赛或歌咏决赛，春季的爬山比赛，每学期年级的排球和足球比赛，学校运动会，元旦前的新年联欢会等等，还有不定期组织的活动，像诸如智力比赛、舞蹈比赛、演讲比赛一类的活动，另外班级内部还有"每周一比"、出黑板报以及像趣味十足的"健美杯"男女混合足球赛，团支部也有"一帮一"、新团员发展等许多工作。

虽然在老师帮助下组织了以上这些活动，在学习和工作上也得到了老师和同学的一致认可。但是随着高考的临近，学习的担子越来越重，自己心里的压力就越来越大，患得患失的心理就越重，特别是在高中二年级时自己很辛苦却没有得到个别同学的理解，还被说怪话、风凉话，虽然我担任班长的高 115 班被评为市优秀集体，但是学校在评选市三好学生时并没有考虑我，于是乎我认为对我很不公平，就产生了赌气思想并"辞职不干"，还把自己心里的压力、苦恼和家庭矛盾写在了《团日志》上。

现在看来，那时的我承受的压力和苦恼根本不算什么，所谓"辞职"也是不成熟的表现。可那时一直一帆风顺的我就这样"任性"了。提出辞职以后，我才真正感受到了同学的充分信任和肯定，让我人生第一次真正体会到信任的可贵。许多平时不怎么说话的同学鼓励我，更多的同学在《团日志》上表示，"一想到115，就想到有个能干的班长"，"你的价值，不会因为没有一两张奖状而贬值的"，"生活在不可避免的重压之下……你会成为一个真正的男子汉的"。特别是我当时的班主任杨纯然老师，是一位既严厉又慈祥的"妈妈"老师，她语重心长地找我单独聊了很久，从人生的挫折、个人的发展、视野的开阔以及辩证地看待自己和别人长处等方面和我分析探讨，使我渐渐明白，一个成熟青年应具有的素质，要学会控制自己的情绪，要以最积极的心态面对未来挑战。后来，我愉快地按同学和老师的希望继续担任班长直到中学毕业。

这件事对我的影响很大。我毕业后被保送进入大学，后又到北京工作。直到今天，每每碰到难以承受的压力或工作困难，我总是对自己说，"控制情绪，勇于担当！"因为我知道今天碰到再大的困难，总有一天会笑着对别人讲起。我要感谢在附中当班长的经历，那是我人生最宝贵的历练。

刘老师

刘雄志老师是我初中和高一、高二的物理老师，也是我初二和高一、高二的班主任。他为人热情、大方，善于调动同学的学习积极性，善于组织各种课外活动加强班级的凝聚力。无论是担任物理老师，还是担任班主任，他都给学生留下了极其深刻的印象。虽然他不担任中学老师很多年了，后来生意做得很大，我们这些学生见到他时，还是一直叫他刘老师。

刘老师个子不高，但上课声音极具感染力。因为他父亲曾担任省领导，大家其实也知道他是高干子弟，但他却从没有什么架子，特别能和学生打成一片。他强调学生上课要学会自学，要能融会贯通，又能深入浅出地给大家讲解深奥的物理问题，常常是课堂上笑声一片，学生该学的东西也都学习好了。

刘老师是一个非常好的班主任。高一时，为了尽快地使每一名学生最快地融入集体，刘老师作为班主任组织班干部带领全班同学，利用两三天假期时间去了南岳衡山旅游，其实他不这样干也没人说他，但是刘老师就是刘老师，他利用自己的人脉关系用最省钱的办法把这几十名学生送到景区去玩，既使高一的新班级更加融洽、同学更相互了解，又使我们这些孩子开眼界、了解历史和民情，进行了爱国主义的教育。

刘老师的特点非常强调要从点滴做起，培养集体主义的荣誉感。他通过组织很多活动来带动大家，如去湘江边野炊、开新年晚会等。凡是大型活动，就鼓动大家为班级荣誉而战。

每当开校运会前，刘老师一定要求我们要力争第一。这方面我们班有很大的优势，男女短跑我们班是张轻和曹晖稳拿第一（基本都是破纪录的节奏），长跑谭立新也有很大优势，因此运动会上我们总是排名第一。每当其他活动时，如演讲比赛、歌咏比赛等，他都会特别关注，定方向，出主意，要求班干部认真准备，团结同学全力以赴。遇到年级的排球比赛、足球比赛，他更是常常多次参加我们的准备练习，亲临指导，有时还上场一试身手，和我们一起呐喊，也为臭球急得嗷嗷直叫。高二下半学期，有一次年级篮球比赛，115班只得了亚军，好多去现场加油的女同学都掉眼泪了，他第二天反而开会安慰大家，要看到参赛队员的尽心尽力，于是大家心情又好多了。刘老师真是一位"情绪调动"大师。

刘老师既是一位性格豪爽、豪气冲天的男人，更是一位心细如发、善解人意的人。他不仅关注好同学，更关注那些调皮或者性格有些不合群的同学。高一时，我们班有一位漆同学，个子不高，人很聪明，就是调皮，有时还旷课。刘老师为了他，一改那种"当断则断"的个性，多次单独和他聊，苦口婆心地讲道理，又发动我们几个干部帮助他，到他家去拜访。由于个人原因，漆同学后来还是离开附中了。半年后，他给刘老师写了一封很长的信，痛哭流涕，表示"每当人们说起集体，我就想起我们的班级，想起刘老师"。刘老师每每和我们说起他，也是一脸可惜。当时，刘老师给我们班制定的座右铭是"让人们因为的我存在而感到幸福"，使得我们整个班级集体荣誉感特别强，而每一位同学身在其中，都无比自豪。

刘老师担任初116班和高115班班主任时，我都是班长，因此与刘老师接触的机会多一些，和他交流自己思想的次数也多一些。那时，按刘老师的话来说，我是"响鼓"，不用"重锤"，但关键处要点到。有几次自己骄傲自满，上课懈怠，刘老师都是单独和我谈，要我起模范带头作用。他的为人处世，对我影响也很大。"做事一定要负责任，不做则已，要做就做好。"这是他给年轻的我树立的目标。刘老师在我们高二下半学期时离开附中，开始了他作为企业家的另一个人生道路。半年后，他给我和班级团支书写了一封长信表达对同学的思念之情，他说："确实很想你们……我虽然不是你们的老师，但我对你们的深情，可以与任何老师相比……祝你们进步！"他还留了办公室和家里的电话，希望我们多联系他。师生情谊，却是一纸难以尽表！

刘老师的事业越做越大，成了有名的企业家。而我从附中毕业后一直到参加工作、公派在国外常驻，和刘老师的联系也少了很多。万万没想到的是，2015年1月23日夜里，刘老师因为突发脑出血而永远离开我们。包括我自己在内的不少同学都自发从全国各地回长参加追悼追思活动，有的同学还通宵守灵。这是怎样的一种师生情意呢？彼此心灵相通，延续三十年而长存心中！

"昨夜星辰昨夜风"，无论是真心友爱的同学，还是爱生如子的良师，我只能说过去的附中给了我们太多美好的记忆。那时的我们，那么朝气蓬勃，那么满怀理想，那么懵懂无知，那么情窦初开！那时的老师循循善诱，认真负责，当时教我们班的老师除了上面说的班主任刘老师和杨老师以外，还有郑定子老师、周申令老师、赵尚志老师、李咏琴老师、杨开穆老师、杨序九老师、郭子霞老师、王健纯老师、王晋玲老师等等，他们有的已经仙归道山，但是给学生的美好回忆却是永恒的。自己现在奋笔疾书时，青春中最值得回忆的片段蓦然从记忆中显现出来，犹如一个岁月与另一个岁月热切地拥抱。我们祈求时光倒流，仿佛一个孤独的音符，去找寻那过去的合奏。

时光荏苒，逝者如斯。今天的我们已有无数安身立命，创业成家的大事。过去的纯真故事，会为我们那颗整天在纷繁嘈杂中挣扎的心灵开辟一方净土，一个空间，在不知不觉中让我们学会冷静、坚强，排解忧伤、痛苦，在寒冷中感受温暖，在浮躁中有所思考，在柔弱中获取力量……

回想当年，我们曾在橘子洲头，凝视湘江北去，漫江碧透；曾在岳麓山上惊艳万山红遍，层林尽染。那时"吾十有五，而志于学"。而正值年头岁末，我怅然对着墙上的日历，仿佛依稀看到一群十几岁质朴的少年男女在师大附中的校园上课学习和嬉笑玩耍，那画面将永远伴随我在人生道路上前行。

（作者系1983届初116班、1986届高115班校友）

后 记

　　为完成本书的编辑工作，广大在岗或离退休的教职工、在校的学子和毕业的校友们，纷纷献稿，提供资料。他们中有的身处海外，带给我们"漂洋过海来看你"的温暖；有的年事已高，仍委托同学、子女致电来信。这一切，都让我们深深感动，在此，谨表达诚挚的谢意。

　　我们收到的稿件近千篇，而选萃的仅是其中很小的一部分。文章有些是专门采写的，有些是学校师德师风报告会演讲稿，有些是校友的回忆。这些文章，不一定雕琢了文辞，但都倾注了真情。关于母校，关于恩师，恰同学少年，忆峥嵘岁月……这一切，从来不需要想起，永远也不会忘记。

　　同时，本书中直接引用了一些报刊上已经发表的文章，已在篇末注明，对相关作者及报刊，谨表达诚挚的谢意。

　　在本书的编撰过程中，工作较为琐细繁复，诸多同仁贡献了很多有益的想法，做了大量工作；本书的顺利出版，特别感谢广大校友的踊跃投稿，感谢深圳校友会的大力支持，在此一并致谢。

《沃土》编写组

二〇一五年四月

图书在版编目（CIP）数据

沃土——附中人·附中情文集 / 谢永红主编. —长沙：湖南师范大学出版社，2015.4
ISBN 978-7-5648-2091-6

Ⅰ.①沃… Ⅱ.①谢… Ⅲ.①中国文学—当代文学—作品综合集 Ⅳ.①I217.1

中国版本图书馆CIP数据核字（2015）第059680号

沃　土——附中人·附中情文集

谢永红　主编

责任编辑｜廖小刚　禹纯顺
责任校对｜蒋旭东　王旭中
书籍设计｜书艺有道
出版发行｜湖南师范大学出版社
　　　　　地址：长沙市岳麓山　邮编：410081
　　　　　电话：0731.88853867　88872751
　　　　　传真：0731.88872636
　　　　　网址：www.hunnu.edu.cn/press
经　　销｜湖南省新华书店
印　　刷｜长沙超峰印刷有限公司

开　　本｜787 mm×1092 mm　1/16
印　　张｜25.5
字　　数｜622千字
版　　次｜2015年4月第1版第1次印刷
书　　号｜ISBN 978-7-5648-2091-6

定　　价｜56.00元